C. S. MAHRENDORFF

UND SIE RÜHRTEN AN DEN SCHLAF DER WELT

C. S. Mahrendorff

UND SIE RÜHRTEN AN DEN SCHLAF DER WELT

Roman

Langen Müller

1. Auflage Juni 1997
2. Auflage September 1997
3. Auflage November 1997

Umschlaggestaltung: Wolfgang Heinzel
unter Verwendung eines Motivs
des Archivs für Kunst und Geschichte, Berlin
Satz: Filmsatz Schröter GmbH, München
Gesetzt aus 10,5/12 New Caledonia
auf Macintosh in QuarkXPress
Druck: Jos. C. Huber KG, Dießen
Binden: R. Oldenbourg, München
Printed in Germany
ISBN 3-7844-2657-3

Inhalt

Für G.

Drum, Gyges, wie dich auch die Lebenswoge
Noch heben mag, sie tut es ganz gewiß
Und höher, als du denkst: vertraue ihr
Und schaudre selbst vor Kronen nicht zurück,
Nur rühre nimmer an den Schlaf der Welt!

Friedrich Hebbel,
»Gyges und sein Ring«

Vorwort des Autors

Dieses Buch verdankt seine Entstehung einem langjährigen Studienfreund, der mich im März 1988 bat, ein Dokument zu begutachten, das ihm in einem Wiener Antiquariat in die Hände gefallen war. Er wage es nicht, so schrieb er mir, sich an seine ehemaligen Professoren zu wenden, aus Angst, sich lächerlich zu machen. Ob deshalb nicht vielleicht ich, der ich schließlich ein passionierter Verehrer der Musik und der Person Gustav Mahlers sei, bereit wäre, einmal einen Blick auf seinen Fund zu werfen.

Durch diesen Brief neugierig geworden, fuhr ich zwei Wochen später nach Wien, wo mir schnell klar wurde, warum mein Freund so ratlos war. Bei den fraglichen Papieren handelte es sich um alte Tagebuchaufzeichnungen eines gewissen Dr. Leonhard Heydinger, der darin über die vergessenen Ursprünge der »Schwarzen Hand« berichtete, über jene serbische Geheimgesellschaft also, die mutmaßlich für den Mord an Erzherzog Franz Ferdinand 1914 in Sarajewo verantwortlich war. Heydinger behauptete nun, daß es sich bei der »Schwarzen Hand« in Wahrheit um eine antisemitische Wiener Geheimloge gehandelt habe, der sich erst im Lauf der Zeit serbische und alldeutsche Nationalisten angeschlossen hätten, wodurch die ursprüngliche Absicht immer mehr in Vergessenheit geraten und schließlich ganz aufgegeben worden sei.

Diese These allein war natürlich schon gewagt genug, denn nach dem heutigen Stand der Forschung war die »Schwarze Hand« erst 1911 aus dem Kreis der Mörder des serbischen Königs Alexander I. Obrenovic mit dem Ziel hervorgegangen, alle damals noch unter türkischer und österreichischer Oberhoheit stehenden Serben in Bosnien und der Herzegowina zu befreien.

Zwar hatte es immer Historiker gegeben, die hinter der »Schwarzen Hand« auch Kräfte in der österreichisch-ungarischen Donaumonarchie selbst vermuteten. Doch blieb dies bis heute ebenso ungeklärt wie die Frage, woher eigentlich der Name der Gesell-

schaft stammt. In ihren Annalen nämlich wird nirgendwo die Bezeichnung *Crna ruka* (serbisch für »Schwarze Hand«) erwähnt – der offizielle Name der »Schwarzen Hand« lautete bekanntlich immer nur *Ujedinjenje ili Smrt* (»Vereinigung oder Tod«).
Die Verwirrung meines Freundes richtig verstehen konnte ich allerdings erst, als ich langsam zum Höhepunkt der Heydinger'schen Theorien vorstieß. In einem Eintrag vom Mai 1911 behauptete der Autor nämlich, daß indirekt auch der Tod Gustav Mahlers das Ergebnis einer Verschwörung der »Schwarzen Hand« war. Angeblich sollte der schwer herzkranke Komponist im Falle der Genesung erneut zum Wiener Hofoperndirektor berufen werden, weshalb die Organisation einen Arzt ermordete, der dem Kranken als einziger hätte helfen können …

Es kostete mich nahezu drei Jahre an Nachforschungen in Europa und Amerika, um herauszufinden, daß es für diese Theorie so gut wie keinen historischen Beweis gab. Weder in den einschlägigen Archiven Wiens noch New Yorks, wo Mahler zuletzt als Dirigent gewirkt hatte, fanden sich irgendwelche Hinweise auf eine kriminelle Verschwörung. Und nicht genug damit – alles sprach dafür, daß es auch den geheimnisvollen Dr. Heydinger selbst nie gegeben hat. In einem alten medizinischen Fachkatalog aus dem Jahr 1891 fand ich zwar einen Hinweis auf eine längere Abhandlung über »Die Bedeutung der Traumsymbole«, die ein gewisser »L. Heydinger, Doktor der Psychologie, Wien« verfaßt haben soll, darunter jedoch nur den lapidaren Zusatz »Pseudonym«.
Inzwischen hatten mich die Aufzeichnungen jedoch derart in ihren Bann gezogen, daß ich keine Ruhe mehr fand. Denn einige Fragen hatten auch meine Recherchen nicht restlos klären können. Warum zum Beispiel hatte sich Mahler niemals öffentlich gegen die antisemitische Hetzkampagne der Wiener Presse gewehrt, die ihn im Herbst 1907, nach zehnjähriger Amtszeit, zum Rücktritt von seiner Stellung als Hofoperndirektor zwang? Warum konnte sich der vorher immer loyal hinter Mahler stehende Obersthofmeister Fürst Montenuovo trotz all seiner Macht plötzlich nicht mehr gegen die Opernintendanz durchset-

zen, die auf Mahlers Demission bestand? Und vor allem: Warum wird in vielen Mahler-Biographien verschwiegen, daß Montenuovo im November 1910 tatsächlich versuchte, den Komponisten zu einer Rückkehr an die Hofoper zu überreden?
Es waren diese und andere Fragen, die mich schließlich im Sommer 1993 dazu bewogen, die Aufzeichnungen Dr. Heydingers zum Gegenstand des vorliegenden Romans zu machen. Er erzählt die Dinge aus der Sicht Heydingers und erhebt – wie jeder andere Roman auch – keinen Anspruch auf Wahrheit. Auch ist er kein Kriminalroman im klassischen Sinne. Zwar enthält er viele Elemente der traditionellen Detektiverzählung, doch bildet diese nur den Rahmen für ein gesellschaftskritisches Kulturpanorama der Jahrhundertwende und eine Hommage an die Persönlichkeit und das Werk Gustav Mahlers. Außerdem ist das Buch eine Art psychoanalytische Verbeugung vor einer der literarischen Ikonen des Viktorianismus – vor dem Mann nämlich, der den modernen Detektivmythos überhaupt erst begründet hat. Es ist oft darüber spekuliert worden, ob es sich bei ihm um eine reale Person gehandelt hat, weshalb es auch mir darauf ankam, ihn möglichst lebendig zu zeichnen. Aus diesem Grund tritt er im Buch auch nur unter verschiedenen Pseudonymen auf, so daß es der Phantasie des Lesers überlassen bleibt, ihn bei seinem »richtigen« Namen zu nennen.
Anders liegt der Fall dagegen bei jener Frau, deren Name unauflöslich mit dieser Legende verknüpft ist. Um der Erzählung nicht vorzugreifen, will ich auch ihre Identität hier nicht verraten. Vorweggenommen sei nur, daß es sich um eine der schillerndsten Persönlichkeiten des *fin de siècle* handelte, eine Frau von durchaus zweifelhaftem Ruf, ohne die aber die Machenschaften der »Schwarzen Hand« vielleicht nie ans Tageslicht gekommen wären. Der Leser möge sich daher nicht verwundern, wenn vor allem im Prolog dieses Buches ausführlich von ihr die Rede sein wird.

Zum Schluß ist anzumerken, daß viele der auftretenden Personen und Begebenheiten im Roman historisch sind, ebenso wie ich mich bemüht habe, die zeitgeschichtlichen Zusammenhänge so genau wie irgend möglich darzustellen. Auch die biographischen Einzelheiten sind überwiegend einschlägigen Werken der Geschichte (und besonders der Musikgeschichte) entnommen. Sollte beim Leser trotzdem der Eindruck einer unzulässigen Verknüpfung von Dichtung und Wahrheit entstehen, so sei an das Wort Hegels erinnert, wonach auch der Historiker nur »ein rückwärts gekehrter Prophet« ist.

C. S. Mahrendorff, im Frühjahr 1997

Prolog

»Der Wagen hielt gar nicht erst, denn aus der Haustür geschossen kam eine Frau, die eilig einstieg. Ich konnte nur einen kurzen Blick von ihr erhaschen. Eine schöne Frau, ein Gesicht – ein Mann könnte sterben für ein solches Gesicht…«

Sir Arthur Conan Doyle,
A Scandal in Bohemia

Es war im August des Jahres 1891, daß ich mich genötigt sah, Wien für eine Weile zu verlassen und eine längere Urlaubsreise zu unternehmen. Ich wollte mich vom Wirbel um meine Abhandlung über »Die Bedeutung der Traumsymbole« erholen, die zum Skandal geworden war, weil ich es gewagt hatte, darin Auszüge aus dem Ägyptischen Totenbuch und der jüdischen Volkssage vom Golem zu verwenden. Auf Empfehlung eines Kollegen entschied ich mich für einen Badeurlaub an der Mittelmeerküste, und zwar an der sogenannten Etruskischen Riviera. Mit dem Nachtzug fuhr ich über Triest nach Mailand und weiter nach Pisa, bis ich am nächsten Morgen in Livorno ankam. Ich stieg im Grand Hotel ab und bezog ein Zimmer mit Loggia und Meerblick, komfortabel gelegen in der Beletage und ausgestattet mit allen Annehmlichkeiten eines modernen europäischen Hauses dieser Art. Es war Hochsaison, das Wetter prächtig – wenngleich etwas drückend, da der Scirocco wehte –, das Hotel voll von Urlaubern aus ganz Europa, darunter reiche Familien aus Rußland und Polen, die sich mit ihren zahllosen Kindern, Tanten und Gouvernanten am Strand vermittels eines angenehm kehlig-melodischen Singsangs zu verständigen pflegten.
Doch schon nach wenigen Tagen spürte ich ein gewisses Unbehagen. Der rechte Erholungseffekt wollte sich nicht einstellen; ich litt zusehends unter der schwülen Hitze und der übertriebenen Geschäftigkeit der östlichen Urlaubsgesellschaften. Vor allem aber wurde mir der Aufenthalt im Salon des Hotels durch eine aufdringliche Kapelle verleidet, die sich mit schmachtenden Violinen und zirpenden Gitarren unermüdlich an allen möglichen Opernmelodien verging. Als man eines Abends sogar das Vorspiel zu »Lohengrin« zu Schanden

spielte, beschloß ich, das Hotel zu wechseln. Ich wandte mich an die Rezeption und bat um die Rechnung.

»Ma Signore!« Der Concierge breitete überrascht die Arme aus. »Wohin wollen Sie? Es ist Hochsaison. Alle Häuser von hier bis nach Viareggio sind ausgebucht!«

Ich erklärte dem Mann die Sachlage, wobei ich nicht mit deutlichen Worten über die Musik des Hauses sparte.

»Ich verstehe«, lächelte er ölig. »Der Herr sind Musikfreund und lieben das Exklusive. Aber um so schlimmer! Unsere Kapelle gilt als die beste in ganz Livorno.«

»Das ist mir gleich. Ich reise ab.«

»Prego. Wie der Herr wünschen.«

Ich bezahlte und ließ mein Gepäck kommen. Als ich auf den Wagen zum Bahnhof wartete, erschien noch einmal der Concierge.

»Warum fahren Sie nicht nach Elba, Signore?« schlug er vor. »Es gibt dort eine alte Villa an der Nordküste, in der viele Musiker Urlaub machen, richtige Musiker, Sie verstehen – Professoren, Opernsängerinnen, Klavierspieler ... Außerdem ist der Scirocco dort viel weniger heiß. Hier ist die Adresse.«

Ich dankte ihm und dachte nach. Was hatte ich zu verlieren? Eine Reise mit unsicherem Ziel die Küste hinab wäre sicher mit Unannehmlichkeiten verbunden, und ein Wechsel an die Adria, nach Venedig oder Ravenna zum Beispiel, kam schon aus Zeitgründen nicht mehr in Frage.

Ich bestieg also kurzerhand den nächsten Postdampfer nach Elba und kam am späten Nachmittag auf der Napoleoninsel an. Die angegebene Adresse mußte sich auf halbem Wege zwischen Portoferráio und Marciana di Marina befinden, und tatsächlich fand ich nach einigen Kilometern auf der Küstenstraße eine kleine Renaissancevilla, deren Lage, versteckt inmitten eines großen, wildwuchernden Gartens und mit eigenem Zugang zum Meer, mich sofort anzog.

Die Casa Petrucci – so der Name des Anwesens – stellte sich als ein überaus bemerkenswertes Haus heraus. Der gegenwärtige Besitzer, Signor Vittorio, war ein Abkömmling des sagenumwobenen Ottaviano Petrucci, jenes Italieners, der Anfang des sechzehnten Jahrhunderts zum ersten Mal verschiebbare Schrifttafeln für das Aufschreiben mehrstimmiger Musik benutzt hatte. Daß bei einem solchen Urahnen – dem Begründer der modernen Notenschrift, wie Signor Vittorio nie müde wurde zu betonen – die Musik zu den Hauptthemen in der Konversation des Hausherrn gehörte, war nicht verwunderlich. Daneben war er selbst ein talentierter Musiker, der es allerdings in seiner Exzentrik darauf anzulegen schien, das Klischee vom schnurrbärtigen und jovialen italienischen Provinztenor gründlich zu zerstören. Dürr, kahlgeschoren und von ausgesprochen kühler, ja fast düsterer Höflichkeit, vermochte zwar auch Signor Vittorio recht passabel zu singen, wenngleich in einer seltsamen Stimmlage, irgendwo zwischen Heldentenor und Baßbariton schwebend und mit einem gewöhnungsbedürftigen, oft wenig kantablen Timbre. Seine wahre Leidenschaft aber galt dem Klavierspiel, für dessen Pflege er sich vor Jahren eigens einen großen Bösendorferflügel aus Wien hatte liefern lassen, der seither einen besonderen Platz im Speisesalon der Casa Petrucci einnahm, etwas seitlich von den Tischen stehend, unter einem Porträt Verdis und neben einer mannshohen Marmorbüste von Beethoven.

Letzterer war denn auch das unübertroffene Idol des Hausherrn. Verdi, so meinte er pathetisch, sei *la musica italiana*, Beethoven dagegen *la musica assoluta*!, und so verging kaum ein Abend, an dem er nicht die eine oder andere der großen Sonaten des deutschen Komponisten am Klavier exekutierte. Sein Spiel entsprach ungefähr seinem Gesang: harsch und bisweilen holprig, gelegentlich aber auch mit einer unnachahmlichen Grandezza, die seine Interpretation entschieden über die eines gewöhnlichen Dilettanten emporhob. Überhaupt darf man sich ihn bei seinen Darbietungen nicht hemdsärmelig oder gar um Unterhaltung seiner Gäste bemüht vorstellen. Ganz im Gegenteil, stets nahm er, wenn auch nicht im Frack, so doch in einem schwarzen Abendanzug mit gestärkter Hemdbrust und weißem Seidenbinder am Flügel Platz und zog scharf die Luft durch die Nase ein, wenn neue Gäste, die mit den Gepflogenheiten des Hauses noch nicht recht vertraut waren, sich ausgerechnet während einer besonders innigen *dolcissimo*-Passage durch unbedachtes Tellerklappern oder Gläserklingeln bemerkbar machten. Es galt als ungeschriebene Regel in der Casa Petrucci, daß spätestens eine halbe Stunde vor zehn Uhr abends – dem Termin, zu dem Signor Vittorio seine Konzerte zu eröffnen pflegte – niemand mehr eine Bestellung zum Abendessen aufgeben durfte, um nicht durch Schmatzen oder Schlürfen den Kunstsinn des Hausherrn zu beleidigen. Seine Empfindlichkeit in dieser Hinsicht ging so weit, daß er einmal die »Waldsteinsonate« mitten im Stück abbrach und bleichen Gesichts den Saal verließ, weil ein leises, aber eindeutig definierbares Verdauungsgeräusch aus der Richtung eines kugelbäuchigen Germanistikprofessors aus Leipzig – vielleicht auch dessen nicht minder beleibten semmelblonden Gattin – die Wirkung einer raffiniert eingebauten Generalpause kläglich zunichte gemacht hatte …

Die meisten Gäste jedoch wußten um die Eigenheiten des *padrone* und verhielten sich entsprechend. Viele waren Stammgäste, die jedes Jahr im Sommer oder Herbst wiederkamen, vorzugsweise Italiener aus Mailand oder Rom, aber auch Deutsche und Österreicher, von denen ich einige im Verlauf meines Aufenthalts näher kennenlernte. Nur so war es auch zu erklären, daß der erwähnte deutsche Professor seinen Ferienaufenthalt nach dem unbeabsichtigten (dies nahm man wenigstens an) Fauxpas nicht vorzeitig beenden mußte. Denn Signor Vittorio war zwar ein rasch aufbrausender und leicht zu beleidigender Mann, wenn es um Kunst und Musik ging, aber nicht nachtragend. Und da der Professor nun einmal ausgezeichnet Geige spielte und schon des öfteren die eine oder andere Beethoven'sche Violinsonate zusammen mit dem Hausherrn am Klavier durchgespielt hatte, war der Zwischenfall nach wenigen Tagen (in denen es Signor Vittorio allerdings vorzog, eine Konzertpause einzulegen) wieder vergessen.

So einmütig in ihrer Musikbegeisterung fast alle Gäste der Casa Petrucci auch waren – es befanden sich zwei unter ihnen, die hier ganz offensichtlich eine Sonderrolle innehatten und die deshalb nach einer Weile immer stärker meine Aufmerksamkeit fesselten. Obgleich ich anfangs noch glaubte, es müsse sich bei ihnen – ein Mann, offenbar Engländer, und eine noch junge schöne Frau – um ein Ehepaar handeln, wurde mir schon nach kurzer Zeit klar, daß dieser Eindruck auf einer Täuschung beruhte. Zum einen bewohnten sie zwei getrennte Zimmer im obersten Stock des Hauses. Das allein war natürlich noch kein sicheres Indiz; die Zimmer mochten eine separate Verbindungstür haben. Aber ich sah sie auch niemals in eindeutiger Weise Zärtlichkeiten austauschen, obwohl doch zweifellos ein sehr intimes, zugleich auch sehr exklusives Einverständnis zwischen ihnen bestehen mußte. Sie schienen vollkommen in ihrer eigenen Welt zu leben, legten keinerlei Wert auf Geselligkeit und ignorierten ihre Umgebung freundlich, aber bestimmt. Nur manchmal erhaschte man ein verschwörerisches Lächeln, das den Verdacht erweckte, sie führten irgendeine Art Komödie auf, wie zwei Schauspieler, die auch abseits der Bühne ihre Rollen weiterspielten. Eine schwer faßbare Aura von Geheimnis und Exotik, von Exzentrik und Boheme umgab sie, die einfach nicht zum bürgerlichen Habitus einer konventionellen Ehe, genausowenig aber zu einem gewöhnlichen Liebespaar passen wollte.

Ich hätte nicht zu sagen vermocht, wer von beiden den ungewöhnlicheren Eindruck auf mich machte. Sie nahmen nur sehr unregelmäßig ihre Mahlzeiten im Salon der Casa Petrucci ein, und in der gesamten Zeit meines Aufenthalts sah ich sie dort höchstens ein halbes Dutzend Mal. Der auf den ersten Blick auffallendere Part war aber ohne Zweifel die Frau. Sie war von unbestimmbarer Schönheit: ein schmales Gesicht, das sie durch wagenradgroße Hüte vor der Sonne schützte, mit dunklen Augen und einem weichen Mund, der ihr zusammen mit der klassisch geraden Nase etwas von der sinnlichen Ausstrahlung Delacroix'scher Frauenfiguren verlieh. Ihr Haar, dessen Farbe je nach Intensität der Lichtreflexe zwischen kastanienbraun und einem dunklen Mahagoniton wechselte, trug sie meist zu einem mondänen Knoten hochgesteckt. Ihre Haltung wirkte selbstbewußt und elegant, ihre Bewegungen waren von solcher Leichtigkeit und Ungezwungenheit, daß sie keinesfalls eine geborene Deutsche oder Österreicherin sein konnte, vermutlich nicht einmal eine Europäerin, eher schon eine Amerikanerin. Andererseits hatte ich sie einmal eine Bestellung in fließendem Italienisch aufgeben hören und bei anderer Gelegenheit eine Bemerkung in sehr gewähltem Deutsch aufgeschnappt, alles mit einer klangvollen, dunklen Stimme, von der ich gern mehr gehört hätte. Leider saß sie jedoch immer so weit von mir entfernt oder war derart in das Zwiegespräch mit ihrem Begleiter vertieft, daß ich nur einen sehr gedämpften Eindruck bekam. Und doch hätte ich beschwören mögen, daß sie sich mit *ihm* stets in einem stark britisch akzentuierten Englisch unterhielt …

Sie mochte allenfalls Mitte Dreißig sein und war immer ausgesprochen luxuriös gekleidet. Am Tage trug sie französische Cocktailkleider mit Schals aus Organdy oder Duchesse, abends schwarze Tailleurs, Kostüme aus schimmerndem Samt oder lange Directoireroben, alles im Gegensatz zur herrschenden Damenmode sehr schmal geschnitten. Auf Rüschen, Korsetts oder Mieder verzichtete sie offenbar völlig. Als ich ihr einmal die Tür zum Salon aufhielt, wofür sie sich mit einem ironischen Lächeln bedankte, bemerkte ich, daß sie unter ihrer samtenen Kostümjacke nicht einmal eine Hemdbluse trug; die nur nachlässig geschlossenen Revers konnten im Augenblick ihrer Verbeugung den Blick auf die weiche Linie ihrer bloßen Brüste nicht mehr verbergen. Ich wußte nicht, ob sie meine Verwirrung bemerkte, ob ihr Lächeln vielleicht sogar etwas wie geheime Komplizenschaft andeuten sollte; auf jeden Fall nickte sie mir im Vorbeigehen mit einem leicht anzüglichen Hochziehen der Augenbrauen zu, begleitet von einer gewandten, aber nicht eben übertrieben schnellen Handbewegung, mit der sie ihre Garderobe wieder straffte.
Ich fragte mich, ob ihre spöttisch-verführerische Erscheinung, die ja selbst in der kunstsinnigen Atmosphäre der Casa Petrucci etwas von *demi-monde* an sich hatte, eine kühle Inszenierung war oder ob sie einfach dem Temperament ihrer Persönlichkeit entsprach. Sie hatte zweifellos etwas von einer Schauspielerin, aber daß ich doch eher zu letzterem neigte, lag zum einen an der Art, in der ich sie manchmal lachen hörte – frei, übermütig, ohne jenen harten Beiklang, der das Lachen vieler sinnlicher Frauen oft verzerrt –, zum anderen an zwei Episoden, die ich mehr oder weniger unfreiwillig miterlebte. Beide spielten sich am gleichen Tag ab, so daß sie mir besonders gut in Erinnerung geblieben sind.
Sie und der Engländer – über dessen Rolle in diesem Duo ich mir von Tag zu Tag unsicherer wurde – pflegten ihr Frühstück stets als letzte im Musiksalon einzunehmen, wenn fast alle anderen Gäste das Haus bereits verlassen hatten. Eines Vormittags war auch ich schon auf dem Weg zum Strand, als ich bemerkte, daß ich meine getönten Sonnengläser vergessen hatte. Ich kehrte kurzentschlossen um und hatte gerade die Terrasse betreten, als ich plötzlich den Klang von Signor Vittorios Bösendorfer vernahm. Ich nahm an, daß der Hausherr ein wenig übte, und wollte mich schnell auf mein Zimmer schlei-

chen. Im Vorbeigehen erkannte ich jedoch, daß es sich bei der Person am Klavier gar nicht um den *padrone*, sondern um die schöne Unbekannte handelte, die gerade begonnen hatte, über Chopins kleines e-moll-Präludium opus 28 Nr. 4 zu improvisieren. Ihr Ton war voll und ungemein singend, ihr Anschlag von solcher Leichtigkeit, daß ihr an manchen Stellen ein Pianissimo gelang, das kaum noch vernehmbar war und die wohl allerletzte Stufe vor der völligen Stille markierte. Daneben machte sie aber auch ausgiebig Gebrauch vom rechten Pedal, produzierte mit seiner Hilfe raffiniert schillernde Akkordverschleierungen und stürmische Crescendi, wahre Kaskaden von rasend schnellen Zweiunddreißigstel-Noten, die meist in einen kräftigen Fortissimo-Höhepunkt mündeten, um von dort aus in einer neuen Variation zum Hauptthema zurückzukehren.
Es waren ausschweifende, nicht immer ganz stilsichere Phantasien, vorgetragen jedoch mit einer Virtuosität, welche die große Begabung, wenn nicht die berufsmäßige Künstlerin verriet. Mit Signor Vittorios herzhaftem Dilettantismus jedenfalls hatte diese Musik so wenig gemeinsam wie das Ölgemälde der Bucht von Portoferráio im Treppenhaus der Casa Petrucci mit einer Vedute von Caravaggio. Der Gesichtsausdruck der Spielerin, soweit ich das von meinem Platz aus sehen konnte, war von lässiger Konzentration. Sie vermied gänzlich jenes affektierte Gehabe, das viele Pianisten wohl für besonders musikalisch halten (vielleicht kannte sie die goldene Regel, die besagt, daß man einem übertrieben schauspielernden Musiker nur einmal einen Spiegel vor die Noten stellen müsse, um ihm die Fratzenschneiderei ein für allemal abzugewöhnen). Nicht einmal am Ende ihres Vortrags, als sie das Chopin'sche Thema in einigen lang ausgehaltenen, tiefen Moll-Akkorden ausklingen ließ, war ihr eine sentimentale Regung anzusehen. Mit einem Ruck nahm sie die Hände von den Tasten und blieb noch eine Weile gedankenverloren am Klavier sitzen, bevor sie sich plötzlich erhob und mit flüchtigen Schritten durch den rückwärtigen Ausgang des Salons verschwand.

Die zweite Begebenheit, die mich in der Vermutung bestärkte, daß es sich bei der Unbekannten nicht um eine gewöhnliche Abenteurerin handeln konnte, ereignete sich am späten Nachmittag. Obwohl es bereits Ende August war, hatte die Sonne den ganzen Tag vom wolkenlosen Mittelmeerhimmel heruntergebrannt. Ein dunstiger Schleier begann sich über die kleine Lagune hinter der Casa Petrucci zu legen, und ich beschloß, vor der Rückkehr zum Abendessen noch einen Spaziergang in nordöstlicher Richtung zu machen. Von dem kleinen Fußweg, der hinter dem Haus vorbeilief, bog ich kurz hinter den Dünen ab und gelangte nach einer Weile auf einen Trampelpfad, der durch das Küstengebüsch zu einem kleinen Pinienwäldchen führte. Äste und hohe Gräser auseinanderbiegend, kämpfte ich mich durch das Unterholz, doch schon nach wenigen Metern begann ich, meine Entscheidung für diesen Weg zu bereuen. Die Strecke wurde immer unwegsamer, das Gebüsch immer dichter. Ich merkte, wie mir in der Hitze der Schweiß den Rücken hinunterlief. Es war klar, daß hier erst wenige Feriengäste entlanggegangen waren, wenn es sich nicht überhaupt um einen Geheimpfad für Einheimische handelte.

Schließlich gelangte ich aber doch auf eine Art Lichtung, von der aus sich der Pfad seitlich bergab in Richtung Meer schlängelte. Ich wollte mich gerade anschicken, zum Strand hinabzuklettern, als ich plötzlich etwas entdeckte, das mich innehalten ließ. Am Rand der Lagune, in einer kleinen Bucht, die vermutlich nur von meinem erhöhten Standpunkt aus zu überblicken war, erkannte ich die Klavierspielerin vom Vormittag, die unbefangen in den flachen Wellen am Strand herumsprang. Bis auf den Dunstschleier des Spätnachmittags, der sie natürlich nicht einmal notdürftig verhüllte, war sie vollständig unbekleidet, ja eigentlich trat ihre Blöße in der flimmernden Feuchtigkeit nur noch stärker hervor. Ich fühlte, wie mir das Blut in die Wangen stieg. Sie war wohl gerade vom Schwimmen zurückgekommen; auf der nackten Haut schimmerten noch die Wassertropfen, die hochgesteckten Haare waren im Nacken und über den Ohren naß, einige lockere Strähnen hingen ihr bis auf die Schultern hinab. Und als ob der Anblick, den sie so in der feuchten Schwüle dieses Nachmittags bot, nicht schon aufreizend genug war, löste sie nun auch noch ihre Haarklammern, schüttelte sich und versuchte mit einer energischen Handbewegung ihre rotbraun leuchtenden Haare, die sich wie ein Sturzbach über Kopf, Schultern und Rücken ergossen, aus der Stirn zu wischen. Erst jetzt fiel mir auch die leicht bronzene Tönung ihrer Haut auf, und ich fragte mich, ob sie vielleicht zu den Verfechtern des Nudismus gehörte und abgelegene Buchten wie diese bevorzugte, um hier frei in den Dünen herumzustreifen. Unfähig, den Blick von ihr zu wenden, beobachtete ich, wie sie nochmals ihr Haar zu bändigen versuchte und dann langsam quer über den Strand auf einen kleinen Felsvorsprung zuging.

In diesem Augenblick erkannte ich den englischen Begleiter der Unbekannten, der lächelnd auf sie zuging und in einer spöttischen Geste, die recht treffend das Machismo-Gebaren der Südländer parodierte, die Arme ausbreitete. Seine Geliebte – oder was immer sie war – verbeugte sich ironisch und warf sich ihm mit einem Sprung in die Arme, so daß beide in den Sand fielen und sich prustend hinter den Felsen wälzten. So sehr ich mich auch reckte, ich konnte von meinem Beobachtungsposten aus nichts weiter erkennen. Ich wartete noch eine Weile, während der das Lachen unter mir langsam verebbte.

Nach einigen Minuten kamen die beiden wieder aus ihrem Versteck hervor. Die Schöne hatte sich ein schlichtes Strandkleid übergeworfen und trug einen Korb mit Handtüchern und anderen Badesachen, der Engländer einen Picknickkorb, aus dem eine Flasche Rotwein herausragte. Arm in Arm bogen sie um den Rand der Lagune auf der anderen Seite der Bucht und verschwanden aus meinem Blickfeld.

Im Verlauf des Abends mußte ich immer wieder an dieses Strand-Intermezzo denken. Dabei hatte ich nicht einmal das Gefühl, etwas Verbotenes mit angesehen zu haben. Das erotische Element war zwar auch in der Erinnerung gegenwärtig, verblaßte aber vor dem unergründlichen Einvernehmen, das anscheinend in jeder nur erdenklichen Hinsicht zwischen dem mysteriösen Paar herrschte. Die spontane, bei aller Ironie aber doch sehr männliche Geste des Engländers ließ mir diesen nun allerdings in einem völlig neuen Licht erscheinen. Seinem ganzen Auftreten nach hatte ich ihn bisher für einen reservierten, ja melancholischen Charakter gehalten, den einzig seine Begleiterin aus seiner Düsternis zu reißen imstande war. Ohne sie wirkte er oft wie verloren; in ihrer Gesellschaft dagegen blühte er geradezu auf, gab sich lässig und unbefangen, würzte seine Konversation (soweit ich etwas davon erhaschen konnte) mit ironischen Bemerkungen und exzentrischen Grimassen, spielte den nonchalanten englischen Kavalier und war wie ein Bühnenkomödiant darauf bedacht, sie zum Lachen zu bringen.

Sein Alter mochte ungefähr dem ihren entsprechen. Er war groß und ungewöhnlich schlank, fast mager, ging leicht vornübergebeugt, hatte hohe Wangenknochen, schütteres, glatt zurückgekämmtes Haar und eine schmale Adlernase, die aber nur im Halbprofil als solche hervortrat. Mit seinen vornehmen Tischmanieren und seiner schlaksigen Körperhaltung hatte er fast etwas Aristokratisches, etwa in der Art eines Baronets aus einem Gedicht von Byron, der Erbe und Titel ausgeschlagen oder verspielt hat und nun ein unstetes Wanderleben als zweifelhafter Bohemien – Schriftsteller oder Maler vielleicht – in Europa führt. Er rauchte viel, zumeist extra lange exotische Zigaretten, die er einer flachen silbernen Metallbox entnahm und mit der Miene des Genießers anzündete. Wenn er dann so dasaß, die Beine übergeschlagen, rauchend, plaudernd oder auch nur aufmerksam seinem schönen Gegenüber lauschend, hätte er wirklich alles mögliche sein können: Reisebegleiter, Freund, Konzertagent, Künstler, Dandy, englischer Fremdenführer. Und dennoch war ich sicher, daß er keines von alledem *wirklich* war. Irgend etwas an ihm wirkte seltsam unecht, nicht unbedingt wie eine Betrügerei, eher wie eine Rolle in einem – allerdings recht guten – Theaterstück.
Aber nach der Strand-Episode wollte ich es nun endlich genau wissen. In einem günstigen Augenblick – Signor Vittorio traf gerade die letzten Vorbereitungen für sein abendliches Konzert – schlich ich mich hinter den Tresen der Rezeption und schlug das Gästebuch auf. Unter dem Tag der Ankunft des Paares war nur ein Eintrag vermerkt. Er lautete:

VISCOUNT AND VISCOUNTESS LANDISWORTH OF
HALLBOROUGHSTONE.
NOTTINGHAMSHIRE, ENGLAND.

Ich hätte laut auflachen mögen. Aristokratische Erscheinung, teure Kleidung, kultiviertes Auftreten: alles gut und schön, aber das war denn doch zu stark, das ging zu weit! Dieser bleiche Engländer ein britischer Vicomte? Mit einem Herrensitz in England? Und seine sinnlich-musische Freundin, die vielleicht noch nicht einmal eine Europäerin, geschweige denn eine Engländerin, war, seine Frau? Es war einfach absurd.

Ich studierte noch einmal aufmerksam den Eintrag, so als ob er dadurch mehr von seinem Geheimnis preisgeben würde, als plötzlich hinter mir in breitestem Wienerisch eine nervöse, hohe Männerstimme ertönte:
»Ja, was machen Sie denn da? Sie können doch nicht einfach da hineinschauen!«
Schuldbewußt wandte ich mich um und starrte in das bebrillte Gesicht eines vor Angst schwitzenden, untersetzten kleinen Mannes.
»Pardon«, sagte ich achselzuckend und klappte das Buch wieder zu. »Ich wollte nur sehen, ob ich unter den Gästen einen Bekannten wiederentdeckt habe. Leider habe ich mich geirrt.«
»Und wen wollen Sie entdeckt haben, wenn ich fragen darf?«
»Sie dürfen *nicht*«, gab ich kühl zurück. »Es ist ja schließlich kein Verbrechen, sich einmal das Gästebuch anzusehen, oder?«
»So?« meinte der andere immer noch zitternd. »Und warum fragen Sie dann nicht Signor Vittorio um Erlaubnis?« Er kam einen Schritt auf mich zu und fuhr hastig fort: »Na, ich weiß, ich habe Sie schon länger beobachtet. Ständig verschlingen Sie hier die Gäste mit den Augen, und aus Wien scheinen Sie auch zu kommen … Wollt ihr uns denn überallhin verfolgen?« rief er plötzlich hysterisch und fuhr sich mit einem Taschentuch über die nasse Stirn. »Ich will Ihnen etwas sagen«, fuhr er schnell und mit etwas gedämpfterer Stimme fort, »wer immer Sie auch sind: Ich gehe nicht mehr nach Wien zurück, haben Sie verstanden? Ihr habt gewonnen, ich bin am Ende, bestellen Sie das Ihrer sauberen Geheimgesellschaft daheim! Ich werde nach Warschau gehen oder St. Petersburg, irgendwohin, wo ihr mich endlich in Ruhe laßt!«
Er wischte sich noch einmal über das Gesicht, um sich dann abrupt anzuschicken, in den Konzertsaal hinüberzugehen. Doch ich hielt ihn am Arm fest.
»Wovon reden Sie da überhaupt?« fragte ich verwundert. »Was für eine Gesellschaft meinen Sie? Und warum sollte ich Sie verfolgen? Ich weiß ja nicht einmal, wer Sie sind.«
»Nun tun Sie doch nicht auch noch so unschuldig«, zischte der Untersetzte erbittert. »Ihr seht doch alle gleich aus, einer wie der andere.«
Ich straffte mich.
»Mein Herr!« sagte ich streng. »Ich weiß zwar nicht, was Sie von mir

wollen oder für wen Sie mich halten, aber wenn Sie schon länger unter Ihren angegriffenen Nerven leiden sollten, bin ich gern bereit, Sie einmal unverbindlich zu untersuchen. Hier ist meine Adresse.«
Überrumpelt nahm er meine Visitenkarte entgegen und hielt sie sich mit gerunzelten Brauen vor die dicken Brillengläser.
»›Dr. Leonhard Heydinger, Internist, Wien‹«, las er und sah mich plötzlich verwirrt an. »Doch nicht *der* Dr. Heydinger? Mit diesem Buch, das von den Träumen und vom Golem handelt? Der Psychologe?«
»Ebender«, erwiderte ich, indem ich eine Verbeugung andeutete. »Erfreut, mit einem weiteren meiner Leser Bekanntschaft zu machen.«
»Ich hab' es nicht gelesen, nur davon gehört«, erwiderte er, schien aber langsam unsicher zu werden. »Das ist doch ein Trick, nicht wahr? Eine solche Karte ... Ich meine, wer sagt mir, daß Sie sie nicht –«
»– daß ich sie nicht gestohlen habe? Mein Gott, sind Sie mißtrauisch. Aber wenn Sie mir nicht glauben, können Sie ja nach Wien fahren und es nachprüfen.«
Er wurde rot und druckste noch eine ganze Weile herum, bevor er sich schließlich einen Ruck gab. »Nun, also dann nichts für ungut. Gestatten Sie: Renz ist mein Name, Josef Renz. Ehemals zweiter Geiger an der Wiener Hofoper.«
»An der Hofoper? Ich kann mich nicht erinnern, Sie dort in den letzten Jahren gesehen zu haben.«
»Nein, natürlich nicht«, antwortete Renz müde. »Es ist ja jetzt auch schon bald sechs Jahre her. Ich wollte mir eine Karriere als Konzertgeiger aufbauen. Aber nach einigen Erfolgen kamen die Presse und die Kritiker ... Ein paar Verrisse, und alles wurde immer schwieriger ... Und dann natürlich die Agenturen ... Ich bin Jude, müssen Sie wissen«, setzte er hinzu, als ob damit alles erklärt sei.
»Ich fürchte, ich verstehe nicht ganz.«
Er starrte mich finster an. »Ja, wissen Sie denn nicht, wie man in Wien mit jüdischen Musikern umgeht?«
»Sie meinen die antisemitischen Zeitungskritiker?«
»Die auch. Aber ich sprach eher von den geheimen Machenschaften *hinter* den Kritikern ...« Er zögerte und schüttelte dann plötzlich den Kopf. »Ach was«, sagte er in gänzlich verändertem Ton, »vielleicht

sollte ich mit Ihnen gar nicht darüber reden. Vieles ist ja doch nur jüdisches Geschwätz und Phantasterei.«
»Obwohl es ausreicht, Sie dazu zu bringen, nach Rußland zu gehen?«
Renz lächelte nervös. »Nun ja«, sagte er lahm, »manchmal kann ja ein Ortswechsel auf einen Künstler wie ein Wunder wirken, nicht wahr?«
In diesem Augenblick krachten die ersten Beethovenakkorde Signor Vittorios aus dem Musiksalon herüber. Renz murmelte eine Entschuldigung, verabschiedete sich und nahm unauffällig unter den anderen Gästen im Auditorium Platz, während ich noch ein Weile in Gedanken versuchte, mir auf das merkwürdige Verhalten des Geigers einen Reim zu machen. Es gelang mir jedoch nicht, und da ich an diesem Abend für Beethoven à la Petrucci zu müde war, zog ich mich auf mein Zimmer zurück, wo ich bald darauf einschlief.

Am nächsten Tag hatte ich Renz und unsere merkwürdige Konversation schon wieder vergessen. Es hätte sich aber ohnehin keine Gelegenheit mehr ergeben, das Gespräch mit ihm fortzusetzen, da er es gezielt darauf anlegte, mir auszuweichen, wo er nur konnte. Anscheinend war ihm die ganze Sache doch peinlicher gewesen, als er gedacht hatte. Wenige Tage später reiste er ohne ein weiteres Wort ab.
Der angebliche Viscount und seine schöne Begleiterin blieben ebenfalls verschwunden. Ich wartete zwei Tage vergeblich im Salon, ob sie nicht doch wieder zu einer ihrer sporadischen Mahlzeiten erscheinen würden, aber dies war nicht der Fall. Schließlich überwand ich meine Scheu und beschloß, mich an Signor Vittorio persönlich zu wenden.
»*Signora e Signor Landisworth?*« fragte der Hausherr erstaunt. »Aber sie sind bereits vor drei Tagen abgereist!«
»Vor drei Tagen schon?« fragte ich verblüfft.
Der *padrone* lächelte vielsagend. »Nun, sie waren immer un *poco misteriosi*«, sagte er. »Sie verstehen?«
»Ich hörte, sie seien ein adliges englisches Ehepaar gewesen.«
»*Ma no, no.*« Er lachte plötzlich breit und schüttelte den Kopf. »Kein Ehepaar. Sie war seine Schwester. William and Irene Landisworth. *Molto inglese.*«
»Seine Schwester? Aber ich dachte –«
»*No, no.*« Signor Vittorio legte einen sehnigen braunen Finger auf die

Lippen, wie ein italienischer Dorfpfarrer, der einem jungen Konfirmanden das Beichtgeheimnis erklärt. »Nur Geschwister«, wiederholte er und fügte mit einem undurchdringlichen Lächeln nochmals hinzu: »*Molto inglese.*«
Zu weiteren Auskünften ließ er sich nicht herbei, was mich nicht weiter erstaunte. Ich war längst sicher, daß er mit den beiden unter einer Decke steckte und mir eher das Blaue vom Himmel heruntergelogen hätte als zu verraten, wer sie wirklich waren.

*

So ging mein Aufenthalt auf Elba zu Ende, ohne daß es mir gelungen wäre, daß Rätsel um den Viscount und die Viscountess Landisworth aus Nottinghamshire, England, zu lüften. Zwar versuchte ich noch, mit ein oder zwei anderen italienischen Gästen ins Gespräch zu kommen, von denen ich hoffte, sie wüßten vielleicht mehr als ich. Aber mehr als das stereotype »*Si, Signora e Signor Landisworth. Molto inglese*« war auch aus ihnen nicht herauszubekommen.

Waren sie wirklich Geschwister gewesen? Ging ihr Verhältnis nicht weit über ein verwandtschaftliches hinaus? Wenn sie Geschwister waren, warum dann diese seltsam künstliche Distanz zwischen ihnen, wozu diese umständliche Komödie? Ich wollte einfach nicht an einen klassischen Fall von Inzest glauben, zumal ja nicht einmal die Szene am Strand ein eindeutiges Indiz in dieser Richtung darstellte. Und dennoch war ich fest davon überzeugt, daß die beiden ein heimliches Liebespaar waren, verbunden durch etwas, das sie fester aneinanderkettete, als sie es ihre Umgebung glauben machen wollten. Nur, was auch immer der Grund für ihre Verbindung war – es würde wohl für immer ihr Geheimnis bleiben. Mir blieb nichts weiter als die Erinnerung an eine schöne Klavierspielerin und einen melancholischen Engländer, die sich am Strand von Elba lachend im Sand wälzten.

Erster Teil

Eine Frage der Identität

I.

Für den flüchtigen Besucher war das Wien des Jahres 1892 das, was es immer gewesen war: die elegante Metropole der Bälle und der Festgesellschaften, des Walzers und des Heurigen, des Praters und der Oper. Nur wer selbst in dieser Stadt lebte, nur wer in ihr aufgewachsen war und sich von der Prunksucht der vergangenen zwei Jahrzehnte nicht hatte blenden lassen, nur der wußte, daß Wien zugleich eine Stadt der Angst war. Es war eine Angst, die man sich nicht eingestand, von der man nicht sprach, die man zu ersticken suchte. Sie hatte keinen Namen, kein Gesicht und war doch überall zu spüren. Sie lauerte hinter den Fassaden pompöser Ringstraßenpaläste und unter der verzweifelten Lustigkeit von Kaiserwalzer und »Zigeunerbaron«, sie lag in der Luft und entlud sich von dort auf die Straße, wo sie Formen annahm, die man noch vor einem Vierteljahrhundert als kühne Phantasterei abgetan hätte.

Die kaiserlich-königliche Habsburgermonarchie unter Franz Joseph war in die Jahre gekommen; der Liberalismus der Gründerzeit hatte ausgespielt, die Spannungen unter den sozialen Schichten gewannen Jahr um Jahr an Heftigkeit. Die ersten Automobile ratterten dröhnend und stinkend über das Kopfsteinpflaster, Pläne für eine elektrische Tramway wurden ausgearbeitet, kasernenartige Massensiedlungen in kürzester Bauzeit errichtet, um der stetig anwachsenden Arbeiterschaft wenigstens notdürftig Obdach zu bieten. Es war die Zeit der Sozialistenprozesse und der Studentenkrawalle, der Arbeiterkundgebungen und des Ausnahmezustands, der über die Stadt verhängt werden mußte, nachdem Radikale zwei Polizisten und einen Wechselstubenbesitzer ermordet hatten; es war die Zeit des skandalumwitterten, niemals ganz aufgeklärten Selbstmords des Kronprinzen Rudolf und seiner Geliebten in Mayerling; und es war die Zeit der ethnischen Spannungen in einem Reich, das von der Schweiz bis zum Balkan reichte, von Polen bis zur Türkei, und in dem allein in der österreichischen Gebietshälfte neun verschiedene Sprachen gesprochen wurden.

Denn Österreich-Ungarn war nun einmal ein Vielvölkerstaat, und in seiner Hauptstadt Wien prallten all die verschiedenen Nationalitäten und Rassen, die Deutschen, Serben, Kroaten und Bosnier, die Slowaken und Tschechen, die Tiroler und Böhmen, die Ungarn und natürlich die Juden wie in einem überhitzten Schmelztiegel aufeinander. Allein der Antisemitismus sollte im Laufe der Jahre derart groteske Blüten treiben, daß schließlich ein Mann wie Dr. Karl Lueger, Gründer und Führer der Christlichsozialen Partei, der vorgeschlagen hatte, alle Juden auf Schiffe zu verfrachten und diese zu versenken, Bürgermeister der Stadt werden konnte …

In diesem Wien der Angst nun gab es einen Ort, der die Eigenschaft besaß, den Geist der Zeit wie in einem Brennglas zu bündeln, ohne daß sich der Betrachter dabei verbrannte und dieser Ort war das Kaffeehaus. Egal ob man nun Demel's Café am Kohlmarkt mit seiner berühmten Konditorei bevorzugte oder das malerische Central mit seinem hochaufragenden Arkadenhof, egal ob man sich im Café Landtmann zum Ärztestammtisch traf oder im Imperial am Kärntnerring die gefeierten Sänger der Hofoper einmal aus nächster Nähe erleben wollte – das Kaffeehaus war die Oase in der Wüste der Bedrohlichkeiten. Und die Königin unter diesen Oasen war das Café Griensteidl am Michaelerplatz.

Das Griensteidl war eine Welt für sich. Dabei hatten die Räume des Lokals im ehemaligen Palais Herberstein für sich genommen nur wenig Anziehendes an sich. Der sogenannte »Große Lesesaal« zum Beispiel, in dessen Mitte ein riesiger, über und über mit Zeitungen und Journalen bedeckter runder Tisch stand, war ein kahles, steinernes Gewölbe, in dem man sich bisweilen wie in einer Bahnhofswartehalle vorkam: verloren, ungemütlich, einsam. Zum Ausgleich dafür wirkte das »Schachzimmer« mit seinen kleinen und schlecht beleuchteten Nischen ebenso bedrückend wie das »Künstlerzimmer«, das überdies mit geschmacklosen englischen Blumentapeten in einem ehemals bronzebraunen, mittlerweile aber nicht mehr näher bestimmbaren Farbton ausgekleidet war. Es gab wenig Fenster im Griensteidl, eigentlich nur jene zur Straße hin, die aber niemals geöffnet wurden, aus Angst, die sorgsam konservierte Künstleratmosphäre des Hauses könne dadurch unwiderbringlich an die frische Luft entweichen. An manchen Abenden hing daher auch ein schwerer Dunst aus spanischen Zigaretten und enttäuschter Liebe, Havannazigarren und Wiener Schwermut, türkischem Mokka und pathetischer Dichterlesung

so undurchdringlich wie Londoner Novembernebel über den Tischen des Lokals. Die Kellner waren unaufmerksam und mürrisch, das Publikum laut und arrogant; hatte man schlechte Laune, ging man ins Griensteidl, hatte man gute, erst recht. Wie in allen Kaffeehäusern Wiens war es auch im Griensteidl verboten, auf den Boden zu spucken, und wie in allen anderen tat man es auch hier – mit dem Unterschied, daß sich hier weiter niemand darum kümmerte.
Denn ins Griensteidl ging man nicht wegen der Behaglichkeit, sondern wegen seiner besonderen Atmosphäre, einem seltsamen Gemisch aus Zeitgeist, Künstlerklatsch und Ruhmsucht. Gerade in jenem unwirtlichen Großen Lesesaal entluden sich zu fortgeschrittener Stunde die Emotionen, wenn aus zunächst noch moderat geführten Wortwechseln plötzlich lautstarke Attacken gegen alles und jeden wurden, die auch schon einmal in Handgreiflichkeiten ausarten konnten. Im Künstlerzimmer dagegen gab man sich etwas feiner. Hier traf man zusammen, um in gepflegtem Wiener Zynismus den jüngsten Theaterskandal zu genießen oder die Idee für einen epischen Sittenroman zu ersinnen, der dann zwar doch nicht geschrieben wurde, dessen öffentlich unternommener Versuch aber genügte, um den Autor fortan als »Hoffnung« gelten zu lassen. Und da wider Erwarten tatsächlich ab und an eine Berühmtheit aus einer solchen »Hoffnung« hervorging (selbst Laube und Grillparzer hatten zu ihrer Zeit zu den Stammgästen gehört), bürgerte sich unter den Wienern allmählich der Spitzname »Café Größenwahn« ein, eine Bezeichnung, für welche die selbsternannten Kaffeehausgenies des Griensteidl natürlich nur ein gelangweiltes Achselzucken übrig hatten.
Zu besonderer Virtuosität in dieser Hinsicht brachte es eine kleine Gruppe vornehmlich jüdischer Dichter und Schriftsteller, die im Laufe der Zeit unter der Bezeichnung »Jung-Wien« bekannt wurde. Ich stand in flüchtiger Verbindung mit diesem Zirkel, nicht etwa, weil ich damals selbst literarische Ambitionen gehegt hätte, sondern weil zwei seiner Mitglieder zu meinen Patienten gehörten. Den unbestrittenen Vorsitz führte Hermann Bahr, ein rauschebärtiger Kosmopolit aus Linz, der mit schwankender Stimme jedem seiner Schützlinge die baldigst eintretende europäische Berühmtheit prophezeite. Infolgedessen gab man sich unter den Jung-Wienern allzeit leger und weltmännisch abgeklärt – »Ich habe da heute an einem Sonett gearbeitet,

das ist so tief, man möcht's gar nicht zu End' bringen« –, trug gemusterte Seidenkrawatten zu blitzenden Monokeln, rauchte Zigaretten mit goldener Spitze, nippte an grünen Schnäpsen und hielt allgemein ganz auf Künstler, obwohl keiner der jungen Literaten bisher einen größeren Erfolg vorweisen konnte. Ihre Bedeutung ergab sich eher daraus, daß sie im Hauptberuf Kritiker bei namhaften Wiener Zeitungen wie der »Neuen Freien Presse« waren und so ohne große Umstände die Möglichkeit hatten, ihre Werke gegenseitig zu besprechen. Das war allerdings auch dringend nötig, denn selbst die weniger Begüterten unter den Jung-Wienern schienen es als ausgesprochen degoutant anzusehen, mehr als hundert Seiten im Jahr zu veröffentlichen (vorausgesetzt, man betrachtete sich nicht als *reinen* Dichter, bei dem bereits zwanzig Seiten als anstößig empfunden wurden). Auch brachten es die Abende im Griensteidl mit sich, daß die dort bis spät in die Nacht geführten Diskussionen gerade jene Energien aufzehrten, die eigentlich für das Schaffen eigener Werke notwendig gewesen wären. Die Folge war bei den meisten Talenten der Jung-Wiener ein äußerst schmales Opus, mit dem man zwar den Anspruch auf Erlesenheit untermauern konnte, aber regelmäßig in Schwierigkeiten geriet, wenn die Miete für den nächsten Monat drohte…

Selbstverständlich aber war das Griensteidl kein reines Literaten-Café. Es verkehrten hier ebenso Musiker wie Schauspieler, Wissenschaftler wie Ärzte, Politiker wie Studenten. Wer es darauf anlegte, konnte den ganzen Tag hier verbringen, ohne sich in irgendeiner Weise einschränken zu müssen. Es wurden alle Mahlzeiten des Tages serviert, man erhielt Spirituosen und Tabak, Adreßbücher und sämtliche Bände von Meyers Konversationslexikon, man spielte Billard oder Schach, Tarock oder Skat, konnte mit eigens dafür bereitstehendem Schreibzeug Briefe oder Gedichte schreiben und für ein paar Kreuzer Telegramme absenden. Zu meinen Bekannten zählte ein stadtbekannter junger Bohemien und Aphorismen-Dichter (in dieser Reihenfolge), der seine Adresse zeitweilig mit »Wien I., Herrengasse, Café Central« angab. Das Kaffeehaus war also der eigentliche, nämlich der geistige Wohnsitz; was man daneben noch für ein Leben führte, galt als zweitrangig. Damit war noch nichts darüber gesagt, ob man diesen Ort liebte, im Gegenteil. Wie viele auch meiner

Bekannten hatten nicht nach gewissen abendlichen Diskussionen geschworen, nie wieder einen Fuß über die Schwelle zu setzen, und waren dennoch – wie von der Sucht getrieben, seine Mitmenschen zu verachten, ihnen dies jedoch auch zeigen zu müssen – am nächsten Abend wieder hingegangen. Mit einem Wort, das Kaffeehaus war, wie es der genannte Aphorist so treffend formulierte, *»ein Ort für Leute, die allein sein wollen, aber dazu Gesellschaft brauchen«*.

*

Nach meiner Erinnerung war es ein naßkalter Abend im November 1892, an dem ich mich im Griensteidl mit einem Gründungsmitglied der Jung-Wiener verabredet hatte. Das Café war um diese Zeit bereits gut besucht. Es wimmelte von Menschen und surrte von Stimmen, man schimpfte, qualmte und brütete hinter Tageszeitungen vor sich hin. Ich wollte mich gerade nach meiner Verabredung umsehen, als ein Kellner auf mich zukam und mir ausrichtete, daß sich der gnädige Herr heute abend entschuldigen lasse, er sei leider unpäßlich. Ich konnte mir ein spöttisches Lächeln nicht verkneifen. Die »Unpäßlichkeit« bestand wahrscheinlich darin, daß sich der »gnädige Herr«, eitel wie er war, nicht hatte entscheiden können, ob er zu braunen Kniehosen lieber Schnallenschuhe mit Gamaschen oder ein Paar schwarzpolierte Herrenreiterstiefel anziehen sollte, dabei stundenlang vor dem Spiegel hin- und herprobiert und am Ende die Lust verloren hatte, überhaupt noch auszugehen.
Unschlüssig ging ich daher in den Lesesaal hinüber, um wenigstens einen Blick auf die Abendzeitungen zu werfen. Der Leitartikel der »Neuen Freien Presse« sprang mir ins Auge, in dem ein Untersuchungsausschuß in der Affäre Kahn gefordert wurde. Kopfschüttelnd legte ich die Zeitung zur Seite. Es war wirklich kaum noch zu glauben, auf welche Ideen manche jüdischen Journalisten heute kamen. Wäre Ludwig Kahn ein christlicher Wiener Bankier gewesen, kein Hahn hätte nach seinem Tod gekräht. Aber Kahn war Jude und noch dazu Inhaber einer der renommiertesten Privatbankhäuser Wiens gewesen. Also hatte man seinen Unfall zum Anlaß für die wildesten Spekulationen genommen. Von einem antisemitischen Attentat war die Rede gewesen, von einer Intrige, eingefädelt in Kreisen deutschna-

tionaler Geschäftsleute, bis hin zu dem absurden Verdacht, Kahn habe sich geweigert, an einem Komplott gegen Baron Rothschild mitzumachen, und sei deshalb von Agenten der Geheimpolizei ermordet worden …

Dabei gab es nicht den geringsten Hinweis auf ein Verbrechen. Die Droschke Kahns war einfach am hellen Tag auf der Fahrt von seinem Haus in Dornbach nach Wien von der Straße abgekommen. Während der Kutscher noch rechtzeitig von seinem Bock abspringen konnte, starb der Bankier in den Trümmern des geschlossenen Wagens, der in voller Fahrt mehrere Meter tief die Böschung hinabgestürzt war. Auch die polizeiliche Untersuchung hatte bestätigt, daß es sich um nichts weiter als einen tragischen Unglücksfall handelte. Und dennoch wollten die Gerüchte nicht verstummen, daß mehr hinter der ganzen Sache steckte, besonders in den jüdischen Blättern wie der »Neuen Freien«, die neuerdings offenbar hinter jeder Ecke das Gespenst des Antisemitismus hervorkriechen sahen.

Ich wollte das Lokal schon wieder verlassen, als ich in einer Ecke des Lesesaals plötzlich das Gesicht eines Kollegen erkannte. Die kurzsichtige Haltung, mit der er sich in seine Zeitung vertieft hatte, die fleischige Nase, die etwas zu langen, strähnigen Haare und der dichte Vollbart – kein Zweifel, der Mann, der dort saß, war niemand anders als der junge Sigmund Freud, den ich noch aus meiner Zeit am Allgemeinen Krankenhaus kannte. Er hatte zwei Jahre nach mir seine eigene Praxis in Wien eröffnet und war bisher hauptsächlich durch seine Kokainforschungen bekannt geworden, die ihm allerdings einen recht zweifelhaften Ruf eingebracht hatten. Unter anderem hatte er nämlich die Droge als Schmerzmittel bei Morphiumentzugskuren empfohlen, ohne auf die Gefahr hinzuweisen, daß damit unter Umständen eine noch verhängnisvollere Abhängigkeit entstehen könne. Als es sogar zu Todesfällen gekommen war, verteidigte er sich zwar mit dem Hinweis, daß er nie die Injektion, sondern immer nur die orale Einnahme befürwortet habe. Dennoch galt Freud damals in Fachkreisen als der Mann, der mit dem Kokain die »dritte Geißel« auf die Menschheit losgelassen hatte – nach Alkohol und Morphium. Und da er sich überdies auch noch mit Hypnose und Hysterieforschung beschäftigte, Themen also, die ungeachtet aller Liberalität in der Wiener Ärzteschaft immer noch mit Skepsis betrachtet wurden,

war weder seiner Privatpraxis großer Erfolg beschieden, noch wollte seine wissenschaftliche Karriere so recht in Gang kommen.
Er schien daher auch heute abend in ziemlich gereizter Stimmung zu sein, wie ich den nervösen Handbewegungen entnahm, mit denen er gerade dabei war, sich seine notorische Zigarre anzuzünden. Ich begrüßte ihn freundlich und fragte, ob ich mich ein wenig zu ihm setzten dürfe, da mich meine Verabredung leider im Stich gelassen habe. Freud sah ungnädig von seiner Zeitung auf.
»Ah, der Herr Experte für die Traumsymbole und christliche Golem-Spezialist«, knurrte er mürrisch. »Aber bitte, lieber Kollege. Wenn ich Ihnen als Lückenbüßer gut genug bin …«
»Aber warum so grantig? Etwa Ärger mit Ihren Hysterischen?« fragte ich boshaft, indem ich meine durchnäßte Pelerine an die Garderobe hängte, eine Melange bestellte und ihm gegenüber Platz nahm.
»Lassen Sie die Witze, Heydinger«, fauchte er hinter einer großen Tabakrauchwolke. »Nicht jeder kann es sich leisten, Psychologie und Okkultismus in einen Topf zu werfen, nur weil er einen reichen Vater hat.«
Ich lachte und sagte: »Sie übertreiben maßlos, mein Bester, auch ich muß sehen, wie ich durchkomme. Und was den Okkultismus anbelangt, müßten Sie als Jude doch am besten wissen, was es mit dem Golem auf sich hat.«
Freud machte eine wegwerfende Handbewegung. »Ich bin für meine Abstammung nicht verantwortlich«, grunzte er. »Und ob alte Volkssagen etwas in wissenschaftlichen Untersuchungen verloren haben, vermag ich auch nicht zu beurteilen.«
»Haben denn die Geheimnisse des Alkovens etwas darin verloren?«
Er blickte mich über die Zigarre hinweg scharf an. »Wie meinen Sie das?«
»Nun«, sagte ich vorsichtig, »es heißt, daß Sie demnächst etwas über Hysterie veröffentlichen wollen, worin … ja, wie soll ich sagen – einige recht gewagte Aspekte angesprochen werden…«
Freud ließ einen unterdrückten Fluch hören und schlug mit der flachen Hand auf den Tisch. »Es ist doch immer wieder dasselbe«, rief er verärgert. »Eigentlich sollte man überhaupt nicht mehr aus dem Haus gehen oder am besten gleich alles alleine machen. Gewisse Personen scheinen einfach nichts für sich behalten zu können. So ent-

stehen die Halbwahrheiten und Verdrehungen, durch die man in Verruf kommt!«

Mit den »gewissen Personen« spielte er offensichtlich auf Dr. Josef Breuer an, den bekannten Wiener Internisten, mit dem er seit einiger Zeit psychologische Forschungen betrieb.

»Beruhigen Sie sich«, antwortete ich, »es ist keineswegs so, wie Sie vielleicht denken. Breuer hat mir gegenüber nur sehr allgemeine Andeutungen gemacht.«

»Was heißt ›allgemeine Andeutungen‹?« fragte Freud, mit der Zigarre wild in der Luft herumstochernd. »Ich erwarte, daß man weder allgemeine noch besondere Andeutungen macht. Ich erwarte, daß man überhaupt nichts andeutet!«

»Es ist also wahr?« lächelte ich.

Er antwortete nicht, sondern rauchte eine Weile düster schweigend weiter, wobei er es vermied, mich anzusehen.

»Na schön«, meinte er dann. Er streifte die Zigarrenasche ab und richtete seine Augen für einen Moment auf einen undefinierbaren Punkt an der Kaffeehausdecke. »Ja, es ist wahr. Und ich verspreche mir sogar eine ganze Menge von dieser gemeinsamen Veröffentlichung mit Breuer. Ich bin überzeugt, daß sie etwas wirklich Neues darstellen wird.«

»Dann stimmt auch die Sache mit den gewagten Aspekten?«

Freud nickte. »Es geht um den Zusammenhang zwischen Hysterie und … nun, Vorgängen aus dem Bereich der Sexualpathologie.«

»Heikles Thema.«

»Allerdings. Breuer und ich haben herausgefunden, daß viele Formen der Hysterie wohl auf verdrängte … nun, Sexualerlebnisse zurückzuführen sind, auf sexuell motivierte Übergriffe in der Jugend zum Beispiel, durch Kindermädchen, Gouvernanten oder die eigenen Verwandten. Ich vermute sogar – aber das ist vorerst nur ein sehr vager Verdacht, den ich auch Breuer gegenüber noch nie geäußert habe –, daß diese Vorfälle schon im frühen Kindesalter vorkommen.«

Verblüfft, zugleich auch ein wenig schockiert rührte ich in meiner Tasse.

»Ich kann mir nicht vorstellen«, sagte ich skeptisch, »daß solche Dinge häufig genug auftreten, um daraus eine allgemeingültige Theorie abzuleiten.«

»Wir haben eine Fallsammlung«, meinte Freud herablassend, »die ich als ausreichend bezeichnen würde.«
Ich mußte bei dieser Antwort unwillkürlich an Hegel denken, der auf die Frage, wie es wäre, wenn sich die Tatsachen seiner Philosophie nicht fügen würden, auch nur mit dem Satz »Um so schlimmer für die Tatsachen« geantwortet hatte.
Ich hütete mich allerdings, diesen Gedanken auszusprechen und fragte statt dessen: »Und wie kamen Sie an diese Erlebnisse heran? Es dürfte doch bei den wenigsten Patienten die Neigung bestehen, sich freiwillig an so etwas zu erinnern.«
»Nein, natürlich nicht.«
»Also? Hypnose?«
»Anfangs ja«, antwortete Freud, dessen mürrischer Gesichtsausdruck sich zusehends in die Miene eines vertraulich plaudernden Universitätsprofessors verwandelte. »Aber seit einiger Zeit habe ich begonnen, mit einer anderen Technik zu experimentieren, die ich als ›Freie Assoziation‹ bezeichnen würde. Es geht dabei in etwa um das, womit auch Sie sich beschäftigten – um Symbole, Träume, unwillkürliche Versprecher in der Rede des Kranken, all das also, was nicht der Kontrolle durch den Intellekt unterworfen ist. Ich versuche zum Beispiel, die tiefere Bedeutung eines Symbols mit einem auffälligen Symptom in der Hysterie des Patienten in Zusammenhang zu bringen, um ihn dadurch zu veranlassen, seinen Erinnerungen freien Lauf zu lassen – um sozusagen sein Unbewußtes anzubohren.«
»Symbole haben leider die Eigenschaft, mehrdeutig zu sein«, erwiderte ich achselzuckend.
»Gewiß, aber oft führt die Assoziation zu einem Zusammenhang, der keinen Zweifel an der richtigen Deutung zuläßt. Nehmen Sie ein harmloses Beispiel. Ein Hysteriker erzählt, daß er nicht gerne schwimmt. Er vermeidet das Meer oder die See, wo immer es nur geht. Er ist ein gesunder, fast schon athletischer Mann ohne irgendeinen körperlichen Fehler. Aber wenn er an einen See kommt, ja wenn er auch nur eine Pfütze auf der Gasse erblickt, wird ihm schwindelig und er verspürt den Zwang, sich ins seichte Wasser setzen zu müssen. Gleichzeitig fühlt er einen starken Schmerz auf der Wange. Hier haben wir also das Symbol Wasser. Warum will er sich ins Wasser setzen, obwohl er das Wasser sonst haßt? Was stört ihn am Wasser?

Er antwortet: Es ist feucht. Die Assoziation ergibt nun die Frage, ob er früher einmal in *Wirklichkeit* im Feuchten gesessen hat und ob er dabei auch jenen Schmerz auf der Wange verspürte. Nach und nach schält sich die Erinnerung heraus, die er bis dahin verdrängt hatte: daß er nämlich als Kind jahrelang Bettnässer gewesen ist und dafür regelmäßig von seinem Vater am Morgen geohrfeigt worden war.«

»Nun gut, aber damit ist das Trauma ja noch nicht überwunden. Etwas zu wissen heißt ja noch nicht, auch sogleich davon befreit zu sein.«

»Doch, oftmals schon. Man könnte das Ganze als eine Art Rede-Kur bezeichnen. Der Patient spricht sich, angeleitet durch den Arzt, all das, was ihn aus seinem Unterbewußtsein heraus erdrückt, von der Seele, bis schließlich der Punkt erreicht wird, der letztlich das Trauma hervorgerufen hat. Dadurch erhält er die Möglichkeit, bewußt den Zusammenhang zu erkennen und sich – wenigstens im Idealfall – von seiner Neurose zu lösen.«

Ich konnte ein herausforderndes Lächeln nicht unterdrücken. »Hört sich fast wie die katholische Beichte an.«

Freud deutete in anklagender Haltung mit der Zigarre auf mich. »Vor weniger als fünf Minuten haben Sie mein Judentum ins Spiel gebracht«, meinte er finster, »und jetzt kommen Sie mir plötzlich mit dem Christentum.«

»Ein Punkt für Sie«, gab ich spöttisch zu. »Denn wenn es wirklich so einfach wäre, dürfte es ja keine Neurosen unter römisch-katholischen Patienten geben. Denen wird schließlich fast immer die Absolution erteilt, nicht wahr?«

»Sehr komisch, Heydinger, wirklich. Und das von einem Mann, der sich mit dem Okkulten beschäftigt. Sie sind sich wohl gar nicht darüber im klaren, daß Sie mit Ihrer Bemerkung einen wunden Punkt berühren, wie?«

»Was meinen Sie? Ihre Religion?«

»Meine Religion«, sagte er düster, »oder meine *Rasse*, was ja heutzutage wohl das gängigere Abgrenzungskriterium darstellt.«

»Ich glaube, ich verstehe nicht ganz.«

»Nein? Aber das ist doch ganz klar. Wäre ich ein Christ – ein abstammungsmäßiger meine ich, nicht nur ein getaufter Jude –, dann würden meine Forschungen doch einen ganz anderen Stellenwert

einnehmen! Man würde mich endlich ernst nehmen und auch nicht ständig auf der Sache mit dem Kokain herumreiten. Aber so, als gewöhnlicher Jude, der noch nicht einmal getauft ist, kann ich doch die Reaktion der Antisemiten förmlich voraussehen. Natürlich, wird man sagen, nur Freud, diesem perversen Juden, der sich mit seinem Stamm seit zweitausend Jahren in den Ghettos von aller Staatsgemeinschaft abgesondert hat –, nur einem solchen Juden also kann es einfallen, sich für derartige Absonderlichkeiten zu interessieren.«
»Aber Freud, ich bitte Sie«, erwiderte ich. »Sehen Sie sich doch in Wien um, wie viele einflußreiche und bedeutende Persönlichkeiten heute jüdischer Abstammung sind. Und haben Sie nicht selbst einmal gesagt, daß Sie eigentlich gar keine Beziehung mehr zur Religion Ihrer Vorfahren haben, ja daß Ihnen die jüdischen Gebräuche und Glaubensregeln innerlich sogar völlig fremd sind?«
»Natürlich sind sie mir fremd«, erwiderte Freud barsch, »aber was bedeutet das schon in den Augen der christlichen Mehrheit? Besonders, wenn man neuerdings glaubt, daß der Jude all diese Dinge einfach in seinem *Blut* hat?« Er schüttelte energisch den Kopf. »Nein, Heydinger, machen Sie sich nichts vor, der Antisemitismus ist keine Mode, die spätestens nach der nächsten Saison wieder verschwindet, schon gar nicht in Wien. Bei den Persönlichkeiten, die Sie gerade erwähnt haben, handelt es sich doch fast nur um Angehörige der freien Berufe. Natürlich gibt es jüdische Musiker, Ärzte, Journalisten – aber wo sind die jüdischen Offiziere, die Diplomaten, die Staatsbeamten? Wo sind, von einigen getauften Juden einmal abgesehen, die jüdischen Professoren? Ich weiß, daß viele Juden denken, ihre Emanzipation sei noch lange nicht abgeschlossen, es brauche eben seine Zeit, um in der jeweiligen Landeskultur aufzugehen … Aber ich sage Ihnen etwas: Selbst vor der Wirtschaftskrise, als die Judenemanzipation noch zu den kühnsten Hoffnungen berechtigte, war es nie Entgegenkommen, sondern lediglich Duldung, die man uns entgegenbrachte. Und selbst dafür reichte es oft nicht, wenn man sich nicht taufen ließ.«
Ich wollte widersprechen, doch er ließ mich nicht zu Wort kommen. »Wissen Sie, warum ich mich nie habe taufen lassen? Ich will es Ihnen sagen. Als ich zwölf Jahre alt war, ging ich einmal mit meinem Vater in der Stadt spazieren. Ein sogenannter ehrenwerter christlicher Bürger kam uns entgegen, der meinem Vater den Hut vom Kopf

schlug und ihn anherrschte: ›Steig vom Trottoir, Jud!‹ Und was tut mein Vater? Er tritt schweigend auf die Straße und hebt still seinen Hut wieder auf. Verstehen Sie? Immer wieder habe ich mich später gefragt, warum er sich so hat demütigen lassen. Und mir vorgenommen, es später einmal besser zu machen.«

Nach dieser ungewohnt persönlichen Erklärung entstand eine peinliche Pause. Ich hatte den Wiener Antisemitismus noch nie besonders ernst genommen, und so unangenehm Freuds Erlebnis auch für ihn gewesen sein mußte, ich war eigentlich nicht bereit, darin mehr als einen bedauerlichen Einzelfall zu sehen. Meiner Ansicht nach handelte es sich bei denen, die auch jetzt wieder antisemitische Parolen ausgaben, lediglich um verblendete Parteigründer und unreife Mitglieder schlagender Studentenverbindungen, die in Stammtischmanier von einem deutschnationalen Österreich faselten, ganz abgesehen von den Juden selbst, die sich ja oft gegenseitig ihren Antisemitismus vorwarfen. Ja, gelegentlich war mir sogar der Gedanke gekommen, ob es sich nicht vielleicht um so etwas wie kollektiven jüdischen Verfolgungswahn handelte.

Freud, meiner Verlegenheit gewahr werdend, lächelte ironisch.

»Seltsam«, meinte er. »Beinahe hätte ich gesagt, machen Sie sich nichts aus meinen Ansichten, als mir klar wurde, daß ich damit *Sie* dafür getröstet hätte, daß *ich* Jude bin.«

Nun war es an mir, ungehalten den Kopf zu schütteln. »Wirklich, Freud, man könnte meinen, daß Sie und Ihre Glaubensbrüder unter Wahnvorstellungen leiden wegen ihrer Religion oder ihrer Abstammung oder weiß der Teufel was sonst noch.«

»So, glauben Sie«, erwiderte er kühl. »Und wenn es nun keine Wahnvorstellungen wären? Wenn es neben dem salonfähigen Antisemitismus längst zur geheimen Verschwörung gegen das Judentum gekommen wäre?« Er beugte sich plötzlich vor und dämpfte seine Stimme. »Sie haben doch auch eine Reihe jüdischer Patienten, nicht wahr? Haben Sie in Ihren Sprechstunden noch nie Andeutungen über die ›Schwarze Hand‹ gehört?«

Ich lächelte spöttisch. »Ich bin Internist, kein Dermatologe.«

Freud lehnte sich achselzuckend zurück. Ich wußte, daß er nun den Gleichgültigen spielen würde, um meine Neugier anzustacheln.

»Nun«, meinte er denn auch, »wenn Sie gar nichts davon wissen,

sollte ich Sie eigentlich nicht unnötig beunruhigen. Sie würden mir ja ohnehin nicht glauben. Und wer weiß, vielleicht ist es ja tatsächlich nur eine Ghetto-Marotte, in die man mich als jüdischen Mediziner eben eher einweiht als Sie.«
»Aha. Und ich dachte, Sie hätten für Andeutungen nichts übrig? Oder haben Sie plötzlich Angst, einem antisemitischen Kaffeehausattentat zum Opfer zu fallen, wenn Sie frei sprechen?«
Freud verzog das Gesicht. »Manchmal sind Ihre Scherze wirklich geschmacklos, Heydinger. Dabei ist die Sache wirklich nicht komisch. Nach dem wenigen, was ich weiß, soll es in Wien eine Geheimgesellschaft geben, die jüdische Geschäftsleute und Bankiers mit irgendwelchen Wertpapiergeschäften und gefälschten Wechseln in den Ruin treibt. In keinem der Fälle war den Mittelsmännern etwas nachzuweisen, weil« – er zögerte kurz – »nun, weil es sich um Geschäfte handelte, die an den regulären Börsenbestimmungen ein wenig vorbeiliefen, wenn Sie verstehen, was ich meine.«
»Aber Freud, ich bitte Sie. Eine antisemitische Geheimgesellschaft? In Wien? Sie wollen mich auf den Arm nehmen.«
»Ich erzähle Ihnen nur, was ich gehört habe. Bevor die Wechsel geplatzt oder Bürgschaften verweigert worden waren, sollen die Opfer angeblich zur Warnung einen Brief erhalten haben mit dem Wasserzeichen M. N., den lateinischen Initialen für die Schwarze Hand.«
»Sehr hübsch.«
»Ich sagte ja, daß Sie mir nicht glauben würden.«
»Aber Sie denken doch wohl nicht im Ernst, daß das Ganze etwas anderes ist als ein antisemitisches Schauermärchen, oder?«
Freud zuckte die Achseln. »Ich weiß es nicht. Aber es gibt zwei Fälle, die mich doch etwas nachdenklich gestimmt haben. Einmal die Geschäftsaufgabe von Singer, dem Bauunternehmer, der nach Amerika gegangen ist, vor allem aber der Unfall von Ludwig Kahn, von dem man jetzt jeden Tag in den Zeitungen liest.«
»Wollen Sie damit etwa sagen, daß Kahn ebenfalls ruiniert werden sollte? Und auch solch einen Brief bekommen hatte?«
»Man vermutet es«, nickte Freud.
»Und was hat Sie gerade an Kahn und Singer so sehr irritiert?«
»Ganz einfach. Es waren beides Bekannte von mir, aber keine Patienten. Beide waren geistig völlig gesund, gestandene Männer, keine

Spur von Psychose. Warum also sollten gerade sie solche Geschichten erfinden?«
Ich wußte nicht, was ich dazu sagen sollte. Zwar hielt ich mich nun wirklich für alles andere als einen nüchternen Rationalisten, aber bei Themen wie Geheimgesellschaften und Finanzverschwörungen hörte mein Hang zum Okkultismus denn doch auf.
»Ich glaube kein Wort davon«, sagte ich daher. »Wenn etwas Wahres daran wäre, müßte es ja auch Hinweise darauf geben, wer oder was angeblich dahinter steckt. Und die gibt es doch nicht, oder?«
»Keine konkreten«, antwortete Freud. »Man munkelt, daß es sich um einen Ableger des Kreises um von Schönerer handeln könnte. Aber das sind natürlich alles nur Vermutungen.«
Ich hatte fast erwartet, daß Freud diesen Namen nennen würde. Georg Ritter von Schönerer, der ehemalige Vorsitzende des Deutschnationalen Vereins, war noch immer *der* Antisemit in Österreich schlechthin. Er hatte die Habsburger und den römischen Katholizismus abgelehnt, war für ein Aufgehen Österreichs in Großdeutschland eingetreten und hatte als erster vollkommen ungeniert die Abschaffung der Gleichberechtigung der Juden gefordert. Ein glühender Verehrer Bismarcks und der Hohenzollern, war er besessen von der Idee einer allgemeinen geistigen und kulturellen Überlegenheit der germanischen Rasse. Seiner Auffassung nach hatte es sich das Judentum zur Aufgabe gemacht, die gesamte Welt zu beherrschen und namentlich durch seine Finanzmacht zu unterjochen. Weil ein Teil der Aktien der Pariser Metro in jüdischen Händen lag, ließ Schönerer Gerüchte über eine jüdische Verschwörung verbreiten, deren Ziel es sei, Paris und andere europäische Hauptstädte von unterirdischen Stützpunkten aus in die Luft zu sprengen. Am meisten kreidete er den Juden an, daß sie sofort bereit seien, zum christlichen Glauben überzutreten, sofern ihnen das für ihre Zwecke nutzbringend erschien. Von Schönerer war es auch, der die Parole ausgegeben hatte: »Was der Jude glaubt, ist einerlei – in der Rasse liegt die Schweinerei«, und sein Linzer Programm von 1881 ergänzte er später um den Satz: »Die Beseitigung des jüdischen Einflusses auf allen Gebieten des öffentlichen Lebens ist unerläßlich.« Vor vier Jahren war seine politische Karriere endlich durch seinen eigenen Fanatismus unterbrochen worden. Nachdem er nämlich die Redaktion des liberalen

»Neuen Wiener Tageblatts« mit einigen Gleichgesinnten überfallen und den Chefredakteur mit der Reitpeitsche traktiert hatte, weil die Zeitung den Tod des deutschen Kaisers Wilhelm I. etwas voreilig einen Tag zu früh meldete, wurde er zu einer schweren Kerkerstrafe sowie dem Verlust seines Adelstitels und der Bürgerrechte auf fünf Jahre verurteilt.
Für meine Begriffe handelte es sich bei Schönerer um einen paranoiden Choleriker mit pathologischer Neigung zum Größenwahn, der lediglich eine aufsehenerregende Fassade gefunden hatte, hinter der er seine nichtssagenden politischen Vorstellungen verbergen konnte. Es war zwar nicht zu leugnen, daß er sogar während seiner unfreiwilligen Abstinenz von der politischen Bühne eine feste Anhängerschar für sich hatte gewinnen können; trotzdem konnte ich mir nicht vorstellen, daß er in seiner Verblendung nun auch noch eine Geheimgesellschaft gegründet haben sollte, um seinen politischen Forderungen Nachdruck zu verleihen.
»Haben Sie selbst einmal einen solchen Drohbrief gesehen?« fragte ich daher Freud. »Mit eigenen Augen, meine ich.«
Mein Kollege hatte sich eine neue Zigarre angezündet.
»Nein, leider nicht«, meinte er unter Ausstoß dichter Qualmwolken. »Und offen gestanden, ich weiß selbst nicht genau, was ich davon halten soll. Am Ende sind es tatsächlich alles nur Hirngespinste. Wir Juden sehen eben immer und überall den potentiellen Feind. Obwohl man natürlich nicht alle Juden über den gleichen Kamm scheren kann«, setzte er mit einem Lächeln hinzu. »Wenn ich mir nur unsere Kaffeehausliteraten betrachte …«
Seine letzten Worte galten der etwas dandyhaft gekleideten Erscheinung, die plötzlich an unseren Tisch getreten war, uns augenzwinkernd zunickte und mit affektierter Stimme ansprach: »Grüß Gott, die Herren Doktoren, geben Sie auch wieder einmal dem Griensteidl die Ehre?«
»Ah, der junge Herr Doktor. Haben selber die Ehre, lieber Schnitzler«, gurrte Freud mit übertriebener Höflichkeit, worauf sich der junge Literat nervös über seinen rotblonden Kinnbart fuhr. Er wirkte etwas verlegen, trotz seiner geckenhaften Aufmachung – Gamaschen, Pepitahosen, braunes Samtsakko mit Nelke im Knopfloch wie jemand, der einen früheren Kameraden wiedersieht, aber eigentlich

nicht mehr so recht weiß, worüber er sich mit ihm unterhalten soll. Schnitzler hatte ebenso wie Freud und ich einige Zeit als Sekundararzt unter Professor Meynert am Allgemeinen Krankenhaus gearbeitet; unsere Bekanntschaft war aber über ein gewisses kollegiales Verhältnis nie hinausgekommen. Seine eigentliche Liebe galt der Literatur, und obwohl er noch nicht viele Veröffentlichungen vorweisen konnte – eine Tatsache, durch die er sich ja nicht wesentlich von anderen Kaffeehausdichtern unterschied –, ging sein Ehrgeiz wohl dahin, den Arztberuf als Broterwerb eines Tages aufgeben zu können. Seit neuestem durfte er sich auch zum exklusiven Kreis der Jung-Wiener zählen und kam regelmäßig ins Griensteidl, um sich zusammen mit den anderen jungen Literaten an ihren kühnen Hoffnungen zu berauschen. Schon deshalb war es erstaunlich, daß er sich heute abend dazu herabließ, Freud zu begrüßen, dessen ausgefallene Forschungen er zwar kannte, den er aber insgeheim wohl für einen Philister hielt. Darin irrte er sich, denn Freud besaß durchaus literarischen Geschmack, gefiel sich jedoch gelegentlich darin, die Attitüden der selbsternannten Kaffeehausgenies des Griensteidl zu verspotten. Und auf den jungen Schnitzler, immerhin Sohn des Direktors der Wiener Poliklinik, hatte er es stets besonders abgesehen.

»Sagen Sie, Schnitzler«, wandte er sich daher nun an den jungen Literaten, »wir hörten, daß es gestern einen kleinen Tumult unter den Mitgliedern Ihres Kreises gegeben hat. Angeblich soll der junge Herr Kraus geohrfeigt worden sein ...«

Ich mußte mich beherrschen, um nicht über diese geschickte Attacke zu lachen. Jeder Besucher des Griensteidl kannte die Geschichte von Karl Kraus, einem jüdischen Jurastudenten im ersten Semester, der ebenfalls der Jung-Wien-Runde angehörte, aber schon seit einiger Zeit begonnen hatte, wenig schmeichelhafte Glossen über einige Salondichter und ihre Werke zu veröffentlichen. Vor wenigen Tagen hatte er gegenüber einem Feuilleton-Redakteur der »Wiener Rundschau« unter unmißverständlicher Anspielung auf das Griensteidl die Bemerkung geäußert, daß »in manchen Literatencafés die Talente so dicht an einem Tisch zusammen sitzen, daß sie einander gegenseitig an der Entfaltung hindern«. Der Redakteur, offenbar ein echter »Schmock«, hatte das Bonmot noch am selben Abend den Jung-Wienern hinterbracht. Dort war es sofort zu erbosten Reaktionen gekommen, wobei nicht recht klar war, ob Kraus nun tatsächlich eine Ohrfeige oder lediglich verbal eine letzte Warnung erhalten hatte.

Schnitzler jedenfalls, immer noch jovial, aber mit einem Anflug von Verstimmung, machte eine wegwerfende Handbewegung.

»Ach, der kleine Kraus«, sagte er. »Man kann es ihm nun einmal nicht recht machen, ständig ist er auf der Suche nach etwas, worüber er sich lustig machen muß. Eigentlich ist er gar kein Künstler, sondern der geborene Kritiker. Wenn man ihn ohrfeigt, ist er beleidigt, ohrfeigt man ihn nicht, nimmt er es als Bestechungsversuch.«

»Nun ja«, meinte Freud maliziös, »was Ohrfeigen betrifft, werden Sie ja noch aus Ihrer Zeit bei Professor Meynert wissen, daß es bei manchen Menschen drastische Folgen hat, wenn sie sich entlarvt fühlen. Und denken Sie auch an das Sprichwort aus dem Volksmund: Kein Rauch ohne Feuer«, setzte er hinzu, wobei er kräftig an seiner Zigarre zog und gleichsam als Illustration seiner letzten Worte eine große Qualmwolke ausstieß.

Schnitzler war nun sichtlich verärgert. »Herrgott, Freud«, sagte er, »wenn man Sie so reden hört, könnte man meinen, daß es für Sie nichts Schöneres auf der Welt gibt, als von böswilligen Kritikern heruntergemacht zu werden. Vielleicht darf auch ich Sie an ein Sprichwort erinnern: Wer im Glashaus sitzt, sollte nicht mit Steinen werfen! Und jetzt entschuldigen Sie mich bitte, ich habe eine Verabredung, die ich nicht warten lassen möchte.«

Er deutete eine steife Verbeugung an und begab sich zu einem der Tische im hinteren Teil des Cafés, wo er gegenüber einer vornehm gekleideten Dame der Wiener Gesellschaft Platz nahm, die ihn allem Anschein nach bereits erwartet hatte.

»Ganz unrecht hat er nicht«, bemerkte ich, als er außer Hörweite war, »wenigstens, was das Glashaus betrifft.«

»Ich weiß, ich weiß«, lächelte Freud schuldbewußt. »Vielleicht lag es einfach an unserem Thema von vorhin, daß mich der Drang überkam, ihn ein wenig zu ärgern.«

Unvermittelt lachte er über sich selbst. »Was für ein Glück, daß Sie kein Antisemit sind, Heydinger, sonst hätte ich Ihnen mit meinem Verhalten die besten Argumente gleich selbst geliefert: Vor nichts hat der Jude Respekt, am wenigsten vor einem anderen Juden, wie?«

Er blickte interessiert in die Richtung des Tisches, an dem sich Schnitzler niedergelassen hatte.
»Unglaublich, wie die Frauen auf ihn fliegen«, meinte er kopfschüttelnd.
»Neidisch?« fragte ich.
»Nein«, lächelte Freud melancholisch. »Ich habe mich inzwischen ins Los des braven Familienvaters gefügt. Übrigens, wie steht's eigentlich bei Ihnen damit?«
»Oh, es kann gut sein, daß wir uns bald gemeinsam über die Vorzüge des Ehelebens unterhalten werden.«
»Das ist nicht Ihr Ernst! Sie sind doch der geborene Junggeselle!«
»Sie finden?«
»Aber natürlich.« Freud zog heftig an seiner Zigarre. »Ich erinnere mich noch genau, wie ich Sie unlängst an einem Sonntagmittag besuchen wollte, um mir ein Fachbuch zu leihen, und mich von Ihrer Haushälterin belehren lassen mußte, daß der gnädige Herr sonntags fast nie vor zwei Uhr aufzustehen pflegt.«
»Ja, das kommt allerdings vor. Die Samstagabende gehören nun einmal der Oper oder den Salons, vom Kaffeehaus ganz zu schweigen. Aber ich glaube nicht, daß sich diese Gewohnheiten in einer Ehe ändern würden.«
»Wollen Sie etwa eine Schauspielerin oder etwas Ähnliches heiraten?«
»Etwas Ähnliches, ja.«
»Großer Gott, Heydinger, doch nicht etwa dieses junge Ding, mit dem ich und meine Frau Sie unlängst im Prater trafen?«
»Das junge Ding«, antwortete ich, »ist erstens dreiundzwanzig und zweitens auf dem besten Weg, eine der ersten Sopranistinnen Wiens zu werden.«
»Oh, pardon, das wußte ich nicht. Darf man den Namen erfahren?«
»Lena von Rother. Sie hatte vor einigen Wochen ihr Debut als Isolde in der Hofoper, als Ersatz für die indisponierte Materna.«
»So.« Freud blickte leicht betreten drein. »Nun, ich fürchte, ich habe das Wiener Musikleben etwas aus den Augen verloren. War es wenigstens ein Erfolg?«
»Es gab sechs Vorhänge«, antwortete ich. »Und auch die Kritiken waren recht wohlwollend.«
Freud räusperte sich und zog umständlich seine goldene Uhr aus der

Westentasche. »Na«, meinte er, »wenigstens wird eine Sängerin Verständnis für Ihre eigenen musischen Umtriebe aufbringen, nicht wahr? – Meine Güte, gleich sieben. Und ich wollte eigentlich schon um sechs wieder zu Hause sein.«

Er drückte eilig den Stummel seiner Zigarre aus. »Gehen Sie auch oder bleiben Sie noch?«

»Ich begleite Sie ein Stück, wenn Sie nichts dagegen haben.«

»Durchaus nicht.«

Wir winkten den Kellner herbei, zahlten und versuchten, uns einen Weg durch das mittlerweile vor Gästen überquellende Lokal zu bahnen. Als wir den Ausgang fast erreicht hatten, sprach uns plötzlich ein Mann an, der dort allein an einem Tisch saß und rauchte.

»Guten Abend, Dr. Freud«, sagte er, indem er schwerfällig aufstand. Mein Begleiter stutzte einen Moment lang.

»Ah, Herr Livingston«, sagte er dann leise. »Wie geht es Ihnen?«

Der andere zog achselzuckend an seiner Zigarette. Obwohl kaum älter als Mitte Dreißig, war seine Haltung bereits gebeugt und seine Gesichtszüge durchfurcht, dabei wie in einem nervösen Tick ständig den Ausdruck wechselnd: eben noch abgespannt und resigniert, im nächsten Augenblick wieder so, als ob er unter starker innerer Spannung stünde. Mit seiner vernachlässigten Kleidung – unordentlicher Hemdkragen, offensichtlich in größter Eile gebundene Krawatte, schäbiger Rock – und seinem abgezehrten, unrasierten Gesicht, das unter den dunklen Bartstoppeln weiß wie ein Laken war, sah er aus wie ein heruntergekommener Wiener Künstler. Im Aschenbecher vor ihm häufte sich ein wahrer Berg von Zigarettenstummeln. Während er rauchte, versuchte er krampfhaft, das Zittern seiner Hände zu verbergen; die Spitzen seines Zeige- und Mittelfingers waren gelb von Nikotin. Am auffallendsten aber war der unstete Blick seiner Augen, deren Pupillen wie bei einem Alkoholabhängigen unnatürlich erweitert waren. Auch ein nicht medizinisch geschulter Blick hätte wohl auf Anhieb erkannt, daß es sich um einen Kranken handelte, der kaum noch imstande war, die Fassade der gesellschaftlichen Konvention aufrechtzuerhalten.

Mit einer fahrigen Handbewegung fuhr er sich durch sein dünnes Haar, dessen Strähnen ihm wirr in die Stirn fielen, bevor er sich mit brüchiger Stimme und in stark ausländisch akzentuiertem Deutsch an

Freud wandte: »In Ihrer Praxis sagte man mir, daß Sie hier seien. Kann ich Sie einen Moment sprechen?«
Es lag etwas in seiner Stimme, das mich zusammenzucken ließ. Unwillkürlich sah ihn mir noch einmal genauer an. Nein, dachte ich, das war unmöglich. Kein Mensch konnte sich innerhalb von nur wenig mehr als einem Jahr derart verändern, derart verfallen. Aber immerhin, die Nase … und auch die hohlen Wangen …
Freuds Gesicht hatte einen unwilligen Ausdruck angenommen. »Das kommt mir äußerst ungelegen«, beschied er den Unbekannten. »Ich war gerade im Begriff, nach Hause zu gehen.«
»Es dauert sicher nicht lange«, bat der andere.
»Bedaure sehr, heute abend ist es –«
»Ich *muß* aber mit Ihnen sprechen!« entfuhr es dem Fremden plötzlich in hysterischer Erregung, worauf einige Neugierige an den Nachbartischen anfingen, zu tuscheln und die Hälse zu recken. Mochte es an irgendeiner typischen Kopfbewegung gelegen haben, an die ich mich erinnerte, oder an einer Geste seiner schmalen Hände, jedenfalls wurde mein Verdacht immer stärker. War dieser Mann nicht jener Engländer, den ich damals in der Casa Petrucci als den angeblichen Viscount Landisworth erlebt hatte?
»Nehmen Sie sich zusammen!« befahl Freud streng. »Das ist hier wirklich nicht der richtige Ort. Kommen Sie meinetwegen um neun Uhr in meine Praxis. Das ist das einzige, was ich Ihnen anbieten kann.«
Der Fremde, der bei Freuds Worten förmlich in sich zusammengesunken war, richtete sich wieder etwas auf. »Gut«, sagte er mit mühsam beherrschter Stimme. »Gut, ich werde da sein.«
»Bis dahin also. Kommen Sie, Heydinger«, sagte Freud kurz, nahm mich am Arm und drängte mich zum Ausgang, ohne daß es mir gelungen wäre, ein Wort mit dem seltsamen Unbekannten zu wechseln.

Es hatte inzwischen aufgehört zu regnen, und wir gingen schweigend die Herrengasse in Richtung Schottenring entlang. Da Freud keine Anstalten machte, zu reden, beschloß ich, das Schweigen zu brechen.
»Ein Patient?«
»Ja«, antwortete er ausdruckslos.
»Engländer?«
Freud nickte nur. Ich wußte aus Erfahrung, daß es keinen Sinn hatte,

in ihn zu dringen, und so gingen wir eine Weile schweigend weiter.
»Unangenehm, so etwas«, meinte Freud plötzlich. »Ich schätze derartige Szenen in der Öffentlichkeit ganz und gar nicht.« Er schüttelte den Kopf, bevor er hinzufügte: »Dabei hätte ich nicht geglaubt, daß er rückfällig werden würde. Es sah ganz so aus, als ob er die Sucht überwunden hätte.«
»Morphium?«
»Kokain.«
Ich pfiff durch die Zähne. »Die Zeit, in der Sie sich mit Kokain beschäftigt haben, liegt doch nun schon um einiges zurück, nicht wahr? Und trotzdem behandeln Sie noch derartige Fälle?«
»Es ist kein gewöhnlicher Fall. Die Sucht ist nur der äußere Aspekt, eigentlich geht es um etwas ganz anderes. Aber ich kann Ihnen das nicht so ohne weiteres erklären. Mr. Livingston ist einer meiner schwierigsten Patienten.«
»*Livingston*? Ist das sein wirklicher Name?«
Freud verlangsamte seine Schritte. »Wieso zweifeln Sie daran?« fragte er mißtrauisch.
»Nun«, wagte ich einen direkten Vorstoß, »er wirkte auf mich fast wie ein heruntergekommener britischer Aristokrat. Ich dachte, er sei vielleicht ein Baronet oder etwas Ähnliches.«
»Sie haben zuviel Phantasie«, wich Freud einer eindeutigen Antwort aus.
»Lebt er hier in Wien?«
»Ja, er ist« – Freud zögerte – »Musikwissenschaftler und betreibt hier Studien für eine Schrift über Wagner. Er wohnt in der Leopoldstadt. Aber seien Sie so gut, Heydinger, vergessen Sie die Sache. Wenigstens bis neun Uhr bin ich jetzt Privatmann.«
Wir waren an einem Droschkenstandplatz angekommen, und ich winkte eines der bereitstehenden Gefährte heran. Meine Praxis befand sich im Dritten Wiener Gemeindebezirk, in der Salesianergasse an der Ecke zum Rennweg, unweit des Belvedere-Parks, und der Weg dorthin war mir heute abend für einen Spaziergang zu weit.
»Also auf bald, Herr Kollege«, sagte Freud, als ich einstieg. »Und kommen Sie ruhig einmal zu mir, wenn Sie sich wegen Ihrer Heiratsabsichten unsicher sind. Meine Frau wird Ihnen schon den Kopf waschen.«

Der Fiaker fuhr ab, und ich lehnte mich in die Polster zurück, noch immer unter dem Eindruck, den das verstörte Gesicht des so völlig veränderten Engländers auf mich gemacht hatte. Ich war mir mittlerweile ganz sicher, daß es der Mann aus Italien war. Wer war er wohl wirklich? Wie war er in die Fangschlingen des Kokains geraten? Und wo mochte seine vorgebliche schöne Schwester geblieben sein?

II.

Nur wenige Tage nach dem Abend im Griensteidl hatte ich einige finanzielle Angelegenheiten bei meiner Privatbank zu erledigen. Schon mein Urgroßvater war Kunde von Werner & Companie in der Wipplingerstraße gewesen, und ich hatte bisher keinen Grund gesehen, mit dieser Tradition zu brechen, obwohl Gerüchte besagten, daß es mit der Liquidität des alten Werner nicht mehr zum Besten stand.

Als ich an einem der beiden Schalter einen Wechsel einlösen wollte, fiel mir auf, daß ich den jungen Angestellten hinter der Glasscheibe noch nie hier gesehen hatte. Ein Neuer, dachte ich, oder ein Lehrling, der nach dem trockenen Kanzleidienst wohl nun auch einmal diesen Bereich des Bankgeschäfts kennenlernen sollte. Er wirkte gelangweilt und blickte wie durch mich hindurch, machte ansonsten aber einen eher gewöhnlichen Eindruck. Er war kaum mittelgroß, von untersetzter Statur und sicherlich nicht viel älter als achtzehn Jahre. Sein auffallend rundes Gesicht zeigte einen Ansatz zum Doppelkinn, sein Kopf begann ungeachtet seiner Jugend bereits kahl zu werden. Die rotgeäderten Augen waren leicht hervorquellend, die vollen Lippen ließen auf eine jüdische Herkunft schließen. Langsam nahm er mir den Wechsel aus der Hand, betrachtete ihn widerwillig, trug mechanisch etwas in ein bereitliegendes Journal ein und fragte mich dann, ob ich Banknoten zu fünfzig, hundert oder zweihundert Kronen wünsche. Ich dachte kurz nach, welche Verpflichtungen ich zu erfüllen hatte, und wollte mich gerade für Hundertkronen-Scheine entscheiden, als ich bemerkte, daß der junge Beamte plötzlich mit ganz anderen Dingen beschäftigt war. Unter dem Wechseljournal hatte er Musiknoten versteckt, eine größere Orchesterpartitur, soweit ich erkennen konnte, in einer entlegenen Tonart mit vielen Kreuzen.

»Ich hätte es gerne in recht großen Scheinen«, sagte ich daher harmlos. »Fis-Dur, wenn möglich.«
»Fis-Dur, bitte sehr«, murmelte der Jüngling, immer noch vollkommen in Gedanken, bevor er begriff, daß ich mir einen Scherz erlaubt hatte. Er sah mich ärgerlich an, beherrschte sich aber und sagte schlagfertig: »Pardon, mein Herr, Fis-Dur ist momentan noch nicht vorrätig. Fünfzig, einhundert oder zweihundert Kronen?«
»Einhundert.«
Der junge Mann zahlte mir die Summe in der gewünschten Weise aus. Dann musterte er mich argwöhnisch. »Noch einen Wunsch, der Herr?«
»Danke«, gab ich leichthin zurück, steckte das Geld in meine Brieftasche und ging zu einem der Schalter hinüber, die für die Wertpapierberatung reserviert waren. Ein jovialer älterer Herr mit grauem Ziegenbart und aufdringlich falschen Zähnen, Herr Schornauer, der schon meinen Vater zu dieser oder jener Fehlspekulation – »Eine todsichere Sache, Sie werden sehen!« – überredet hatte, begrüßte mich diensteifrig und forderte mich auf, hinter dem Schalter an seinem Schreibtisch Platz zu nehmen.
»Ein neuer Angestellter?« fragte ich mit einer Kopfbewegung in Richtung des Schalters.
Schornauer verzog schmerzlich das Gesicht. »Ja, leider«, sagte er. »Sind Sie nicht korrekt bedient worden?«
»So würde ich es nicht ausdrücken. Aber ich habe den Verdacht, der junge Mann lebt nicht nur für den Bankiersberuf.«
Der Berater seufzte. »Hat er wieder Notenpapier vollgekritzelt? Oder heimlich Partituren studiert? Ah, ich will es gar nicht wissen, es geht mich ja nichts an. Aber eigentlich sollte man Herrn Schönberg nahelegen, sich eine andere Beschäftigung zu suchen, ein anständiger Bankbeamter wird aus ihm ja doch nie werden. Sein Vater ist vor kurzem gestorben, so daß die Mutter froh war, ihn irgendwo unterzubringen. Und unser Senior hatte ja schon immer Mitleid mit solchen Leuten.«
Er zuckte die Schultern, worauf wir uns geschäftlichen Dingen zuwandten. Schornauer setzte mich über den Stand meiner Vermögensanlagen in Kenntnis und pries den guten Ruf seines Hauses. Es seien böswillige Gerüchte, die man über Herrn Werner senior in die

Welt gesetzt hätte, betonte er, dummes Gerede, an dem gar nichts Wahres daran sei – die Bilanzen des Hauses seien so gut wie eh und je. Herr Werner sei schließlich nicht so dumm gewesen wie Ludwig Kahn, der sich mit seinen dubiosen Zeitungsbeteiligungen am Ende völlig verausgabt habe.

»Kahn besaß Zeitungsbeteiligungen?« fragte ich erstaunt.

»Aber ja, wußten Sie das nicht? Er war sogar stiller Teilhaber diverser liberaler Blätter. Man sagt, daß er hinter den Kulissen einer der wichtigste Gegner der antisemitischen Presse war.« Er beugte sich vertraulich vor, so daß mir sein saurer Atem ins Gesicht schlug. »Unter uns«, flüsterte er, »ein Mann, der viele Feinde hatte, bis hinauf in die Hofburg. Ich bin mir gar nicht sicher, ob sein Unfall nicht ... na, Sie haben ja sicher auch davon gelesen. Ein Kutsche, die am hellen Tag ohne jeden Grund verunglückt – also ich bitt' Sie, wer soll denn das glauben?«

Er lächelte verschlagen, ließ sich jedoch nicht zu weiteren Erklärungen herbei, was mir nur recht war. Sie konnten einen wirklich nervös machen, diese jüdischen Gerüchtekocher mit ihren ständigen Andeutungen.

Während er das Gespräch wieder auf Gelddinge brachte, warf ich beiläufig einen Blick auf den verhinderten jungen Musiker drüben am Schalter, der während der Pausen zwischen dem Publikumsverkehr ständig Eintragungen in Dokumente machte, von denen ich nicht annahm, daß es sich um Bilanzen handelte. Schornauer schien meine Unaufmerksamkeit nicht zu bemerken und überschüttete mich mit den neuesten Finanzempfehlungen, wie immer alles »todsichere Sachen«.

Als ich jedoch nach einer Weile erneut zu dem Schalter hinübersah, erlebte ich eine Überraschung. Lebhaft und in einer Weise, die auf eine nähere Bekanntschaft schließen ließ, unterhielt sich der kahle Jüngling mit einem Kunden, in dem ich trotz seines weiten, glockenförmigen Regenmantels und dem breitkrempigen Schlapphut eindeutig Landisworth alias Livingston aus dem Griensteidl wiedererkannte! Der Engländer schien sich recht gut mit dem Lehrling zu verstehen, wie er überhaupt viel weniger bleich und zerquält aussah, als an jenem Abend im Kaffeehaus. Ich wünschte, Schornauer würde für einen Moment aufhören mit seinen unermüdlichen Beschreibungen

dieser Anleihe und jener Obligation, die wiederum eine schlechtere Dividende erzielt hatte als der Schatzbrief der Regierung von Preußen, um etwas von der Konversation drüben am Schalter erlauschen zu können. Aber bevor es mir gelang, Schornauer zu unterbrechen, war schon ein Vorgesetzter erschienen, der den jungen Lehrling unmißverständlich aufforderte, private Unterhaltungen während der Dienstzeit zu unterlassen, und dafür auch den Engländer um Verständnis bat. Der Kahle bekam einen roten Kopf, und die beiden verabschiedeten sich schnell. Livingston – falls er wirklich so hieß – drehte sich um, und erst in diesem Moment sah ich, daß er einen Geigenkasten in der Hand hielt, den er vorher wohl auf dem Schaltertresen abgestellt hatte.
Ich wußte selbst nicht recht warum, aber mit einem Mal überkam mich das unwiderstehliche Verlangen, ihm zu folgen. Rasch zog ich meine Uhr aus der Tasche, murmelte etwas von einem vergessenen Hausbesuch, und bevor der verblüffte Schornauer etwas antworten konnte, war ich schon aufgesprungen und dem Engländer hinterhergehastet.

Dieser hatte glücklicherweise nur einige Meter Vorsprung, so daß keine Gefahr bestand, ihn auf den belebten Straßen aus den Augen zu verlieren. Außerdem war er mit seiner blauschwarz glänzenden Pelerine und seinem Künstlerhut ungewöhnlich genug gekleidet, um ihn gut von den sonstigen Passanten unterscheiden zu können, ganz abgesehen von dem Geigenkasten. Ich erinnerte mich an Freuds Bemerkung, er sei Musikwissenschaftler, was zwar weniger phantastisch klang als sein falscher Adelstitel, sich aber immer noch unwahrscheinlich genug anhörte. Für meine Vorstellungen von einem Musikwissenschaftler – ein Fach, bei dem ich an würdevolle, leicht skurrile kleine Professoren denken mußte, die lange schwarze Bärte und goldene Kneifer trugen und aus obskuren Gründen nicht in der Lage waren, Musik zu *machen* und sie deshalb *erforschten* –, für einen solchen Gelehrten also wirkte er viel zu unakademisch und mysteriös. Auch mußte er über eine durchaus sportliche Konstitution verfügen, denn er legte jetzt ein solches Tempo vor, daß ich Mühe hatte, ihm zu folgen. Ich wunderte mich nicht schlecht über diesen energischen Gang, schien er doch so gar nicht zu dem hysterischen Kokainsüchtigen zu

passen, als den ich ihn erst vor wenigen Tagen kennengelernt hatte. Dann fiel mir jedoch etwas ein, was ich in den Abhandlungen Freuds gelesen hatte: daß nämlich die Droge je nach Suchtstadium auch eine körperlich aufputschende Wirkung haben konnte. Vielleicht war das also der Grund für die immer weiter wachsende Entfernung zwischen uns, die ich nur durch einige Laufschritte ausgleichen konnte.
Ein kleines Stück nach der Böhmischen Hofkanzlei bleib er stehen, um die Kreuzung am Hohen Markt in Richtung Marc Aurelstraße zu überqueren. Dabei wandte er den Kopf zur Seite, so daß ich nun deutlich sein Profil sehen konnte. Mochte er in Wahrheit sein, was er wollte – sein *Kopf* jedenfalls hatte tatsächlich etwas von einem Forscher: das vorspringende Kinn, das heute wieder glattrasiert war, die hohlen und blassen Wangen, die schmalen Lippen mit dem Ausdruck von Strenge und Askese, die gebogene Nase. Spiegelte sich in all dem nicht doch etwas von einem Wissenschaftler, von einem unorthodoxen Physiker oder Mathematiker vielleicht, der heimlich Sanskrit lernt und inkognito die Philosophievorlesungen seiner Universitätskollegen besucht?

Meine Überlegungen wurden jäh unterbrochen durch eine Horde junger Männer, offensichtlich Studenten, den Schmissen in ihren Gesichtern nach zu urteilen, die lauthals grölend in Richtung Innere Stadt zogen. Ihrem heiseren Stakkato entnahm ich, daß es sich um antisemitische Randalierer in der Tradition von Schönerers handelte, die für die Loslösung Österreichs vom Katholizismus und das Aufgehen im Deutschen Reich eintraten. Mit weit aufgerissenen, verzerrten Mündern skandierten sie:

»Ju-den raus, Ju-den raus!«
und:
»Ohne Juda, Habsburg, Rom
bauen wir den deutschen Dom!«

Selbst nachdem sie an uns vorüberparadiert waren, hörte man noch lange ihre sich überschlagenden Stimmen, die auch durch die wachsende Entfernung nichts von ihrem fanatischen Charakter verloren.

Livingston hatte den Trupp jedoch keines Blickes gewürdigt und unbeirrt seinen Weg fortgesetzt. Schon an der nächsten Querstraße wechselte er wieder die Richtung und bog nach rechts in den Fleischmarkt ab, um sodann die Rotenturmstraße hinaufzueilen. Allmählich begann ich mich zu fragen, ob er vielleicht bemerkt hatte, daß ihm jemand folgte, und nun versuchte, mich durch ständiges Hakenschlagen abzuschütteln. Dann erinnerte ich mich jedoch wieder, daß Freud auf die Frage nach seiner Wohnung die Leopoldstadt erwähnt hatte, und tatsächlich ging der Engländer nun geradewegs auf die Marienbrücke zu, die über den Donaukanal in den Zweiten Wiener Gemeindebezirk hinüberführte.

Kurz vor der Brücke geschah allerdings etwas Verwirrendes. Aus der Leopoldstadt kommend, fuhr in rascher Geschwindigkeit ein offener Fiaker vorüber, dessen Verdeck halbgeöffnet war. Livingston blieb plötzlich stehen und starrte wie hypnotisiert auf die Insassen. Seinem Blick folgend, erkannte ich flüchtig eine junge Frau mit einer Pelzmütze auf dem Kopf; an ihrer Seite einen Mann mit dunklem Schnurrbart und Zylinder, eingehüllt in einen teuren, am Kragen mit Astrachan verbrämten Wollmantel. In dem kurzen Augenblick des Vorbeifahrens konzentrierte ich mich unwillkürlich auf die Frau, die sich zärtlich an die Seite ihres Kavaliers schmiegte. Der Wagen war zwar viel zu schnell, als daß ich allzuviel von ihren Zügen hätte erkennen können. Aber trotz des vagen Eindrucks eines eher blassen Gesichts, dessen Kinn überdies hinter einer Fuchsstola verborgen war, hatte ich für einen Moment lang das Gefühl, in ihr niemand anders als die falsche Viscountess aus der Casa Petrucci wiedererkannt zu haben… Waren es nicht die gleichen dunklen Augen und die klassisch gerade Nase gewesen? Oder bildete ich mir das alles nur ein? Stand ich vielleicht im Begriff, langsam das Opfer einer fixen Idee zu werden? Nur weil ich den seltsamen Engländer wiedergetroffen hatte, mußte ja noch lange nicht auch seine mondäne Geliebte in Wien sein …

Kaum daß der Wagen uns passiert hatte, drehte ich mich wieder zu Livingston um – und erschrak. Der Engländer stand völlig regungslos da, ungläubig der Droschke hinterherblickend, so daß ich ihm direkt ins Gesicht sehen konnte. Es zeigte einen Ausdruck derart heftiger Leidenschaft und Erbitterung, daß ich mich beschämt abwandte und in den Schatten eines Hauseingangs drückte, um nicht erkannt zu werden.

War sie es also doch gewesen?

Erst nach einer Weile trat ich wieder auf das Trottoir und sah, daß Livingston bereits ein kurzes Stück die Brücke hinaufgegangen war. Zum ersten Mal war ich unschlüssig, ob ich ihm noch weiter folgen sollte. Jeder Elan war aus seinen Schritten gewichen, wie betäubt schlich er dahin. Mitten auf der Brücke stützte er sich auf das Geländer und blickte eine Weile gedankenverloren auf den Donaukanal hinab. Schließlich wandte er sich aber doch wieder zum Gehen und schritt langsam die Brücke hinunter. Und als ob dieser Impuls auf mich übergesprungen wäre, setzte auch ich mich in Bewegung und überquerte ebenfalls den Kanal.

Auf der anderen Seite angekommen, bog Livingston von der Lilienbrunngasse in die Gredlerstraße ab, die an ihrem Ende in die große, vordere Längsachse der Leopoldstadt, die Taborstraße, mündet, eine breite Allee, gesäumt von großen, hohen Mietshäusern im Stil der Spätklassik. Hauptsächlich in diesem Teil des Zweiten Wiener Gemeindebezirks, der bis vor wenigen Jahren noch als vornehme Adresse gegolten hatte, lebten nun die Wiener Juden, und auch einige meiner Patienten, die es sich nicht leisten konnten, in die großbürgerliche Innenstadt umzuziehen, hatten hier ihren Wohnsitz. Genau gegenüber der Kirche der Barmherzigen Brüder verschwand der Engländer im Hofeingang eines großen Wohn- und Geschäftshauses, direkt neben einem Schuhmacherladen. Ich verlangsamte meine Schritte und wartete einige Augenblicke, um ihm einen Vorsprung zu geben. Dann ging auch ich auf das Gebäude zu und betrat den Hof, wo jedoch niemand zu sehen war. Zögernd näherte ich mich der Haustür an der gegenüberliegenden Hofseite. Die Tür war nicht verschlossen, sondern nur angelehnt. Kurzentschlossen drückte ich sie auf. Im Hausflur roch es nach Karbol; offenbar war im Treppenhaus kürzlich saubergemacht worden. Ich überflog die Namensschilder der Briefkästen. Den Namen Livingston konnte ich nicht finden, dafür lautete die Inschrift des dritten Schildes auf der rechten Seite »Schönberg«. Schönberg, dachte ich, war das nicht der Name des musikalischen Banklehrlings bei Werner & Companie gewesen? Es handelte sich natürlich um einen keineswegs seltenen jüdischen Namen, schon gar in Wien, aber eigenartig war es schon, daß im selben Haus jemand mit diesem Namen wohnte. Außerdem: War es in der Bank nicht offensichtlich gewesen, daß sich der Engländer und der Lehrling persönlich kannten?

Während ich noch über diesen Zufall nachdachte, entdeckte ich bei genauerem Hinsehen an einem der Briefkästen auf der linken Seite den Namen »Sigerson«. Ich stutzte erneut. Sollte sich Freud dermaßen versprochen haben? »Livingston« anstelle von »Sigerson«? Oder lebte der angebliche Musikwissenschaftler hier unter einem skandinavischen Pseudonym?

In diesem Moment hörte ich durch das Treppenhaus die typischen Quintklänge des Stimmens einer Violine. Ich dachte an Livingstons Geigenkasten und begann verstohlen die Treppen hinaufzusteigen. Als ich im vorletzten Stock angekommen war, setzte mit einem klangvollen Ton, der auf ein wertvolles Instrument schließen ließ, Musik hinter einer der Türen ein. Schon nach der ersten Note erkannte ich das Stück und blieb verblüfft auf dem Treppenabsatz stehen. Es war Bachs berühmte Chaconne d-moll, ein Stück, das zum Standardrepertoire jedes großen Konzertgeigers gehört. Es erklang strahlend und mit großer technischer Sicherheit, wenn auch an einigen Stellen deutlich hörbar wurde, was der Komponist dem Spieler an Fingerfertigkeit abverlangt. Einige unsaubere Intonationen vor allem in den virtuosen Arpeggio-Partien vor der sechzehnten Variation konnten jedoch nicht darüber hinwegtäuschen, daß hier ein enorm talentierter Geiger am Werk war. Der Mann schien derart eigenwillige Vorstellungen von Tempo und Dynamik zu haben, daß ich stellenweise glaubte, statt Bach dem Werk eines spätromantischen Komponisten zu lauschen. Auch sein Ton veränderte sich immer wieder, wurde an einigen Stellen rauh und schrill, was dem Stück einen düsteren, fast schon beklemmenden Charakter verlieh. Die Bach'schen Dissonanzen traten dadurch scharf hervor, ja es schien, als ob sich der Spieler in den schneidenden Mißklängen badete, bevor er langsam und zögernd wieder zu einer barocken Kantilene zurückfand.

Der Engländer war also ein ebenso talentierter Musiker wie damals seine klavierspielende Begleiterin in Italien. Dann, so dachte ich, konnte er aber durchaus auch ein ganz gewöhnlicher Musikforscher sein, der wirklich nur deshalb nach Wien gekommen war, um hier ein

Buch über Wagner zu schreiben … War ich also nur einer Laune meiner Nerven aufgesessen? Besaß ich, wie Freud gesagt hatte, tatsächlich zuviel Phantasie? Aber was war mit den Erlebnissen auf Elba, was mit dem Namen Sigerson? Und was mit der Szene mit dem Fiaker vorhin an der Marienbrücke?
Das Geräusch von knarrenden Dielen aus dem Treppenhaus im Stockwerk über mir brachte mich zur Besinnung. Was ging mich dieser englische Geiger hinter der Tür eigentlich an? Ich war doch nichts weiter als das Opfer meiner überspannten Vorstellungen …
Energisch riß ich mich los und stieg die Treppe hinunter. Aus der Haustür tretend, warf ich nochmals einen Blick hinauf zu dem Fenster, das zum Zimmer des Engländers gehörte. Ich wollte sicher sein, daß ich mich nicht geirrt hatte, daß es nicht vielleicht doch ein anderer gewesen war, der dort oben musiziert hatte. Aber sofort duckte ich mich in den Schatten der Hofmauer, denn was ich sah, zerstreute jeden Zweifel. Livingston stand – glücklicherweise im Halbprofil, so daß er mich nicht sehen konnte – am geöffneten Fenster, die Violine noch unter seinem Kinn, und zupfte geistesabwesend an den Saiten. Die Gelegenheit nutzend, löste ich mich aus dem Schatten und verließ in fliegender Hast das Grundstück.

III.

Am nächsten Morgen war es mir unbegreiflich, wie ich mich so hatte gehenlassen können. Wahrscheinlich konnte ich noch von Glück sagen, daß niemand (und vor allem nicht das Opfer meiner Verfolgung) mich bemerkt hatte. Nicht auszudenken, wenn der Engländer zufällig die Tür geöffnet und mich im Hausflur zur Rede gestellt hätte. Ich nahm mir vor, mich in Zukunft vielleicht doch etwas weniger mit Okkultismus und dem Studium orientalischer Religionen zu beschäftigen und statt dessen lieber einige europäische Rationalisten zu lesen, Thomas Hobbes am besten oder auch Voltaire …

Eine Handvoll Patientenberichte zur Seite legend, wollte ich mich gerade anschicken, die Vormittagssprechstunde zu eröffnen, als ein Telegramm abgegeben wurde. Es lautete: »*Unerwartete Neuigkeiten. Treffe Dich um sieben Uhr im Central. Lena.*«

Es gehörte absolut nicht zu den Gepflogenheiten meiner jungen Dame, zu telegraphieren, und schon gar nicht in einer solch kryptischen Weise. Ich konnte mir daher auch nicht erklären, was es mit diesen Neuigkeiten auf sich hatte, und war froh, heute einige komplizierte Fälle behandeln zu müssen, die meine ganze Aufmerksamkeit beanspruchten. Erst nachdem ich um sechs Uhr den letzten Patienten entlassen hatte, kehrten meine Gedanken wieder zu der seltsamen Nachricht zurück. Ich zog mich um, aß kurz etwas zu Abend und machte mich dann auf den Weg ins Central.
Von Lena war noch nichts zu sehen, also nahm ich an einem kleinen Ecktisch Platz, bestellte einen türkischen Mokka und blätterte gelangweilt in ein paar Journalen. Als erstes sprang mir eine Schlagzeile der »Reichspost« über die jüngste Parlamentmentssitzung ins Auge, in der ein deutschnationaler Abgeordneter die Abschaffung der Judenemanzipation gefordert hatte und für Sondergesetze nach russischem Vorbild eingetreten war. Einige Seiten weiter eine Notiz über einen jüdischen Orchestermusiker, der auf dem Weg zur Hofoper von einem Korpsstudenten zusammengeschlagen worden war. Und schließlich die Meldung, daß der Bankier Ludwig Kahn möglicherweise in zweifelhafte Finanzgeschäfte verwickelt gewesen war. Unglaublich, dachte ich, jetzt stand das Ganze schon in der antisemitischen Presse! Ob am Ende doch ein Funken Wahrheit in all dem Gerede von Freud und Schornauer steckte?
Den Gedanken abschüttelnd blätterte ich lustlos weiter, unfähig, mich länger auf einen Artikel zu konzentrieren. Erst als ich im Feuilletonteil zum dritten Mal hintereinander den gleichen Satz las, ohne zu begreifen, worum es ging, legte ich die Zeitung weg und ließ meinen Gedanken an Lenas Nachricht freien Lauf.
Ich konnte mich eigentlich nur an eine einzige Gelegenheit erinnern, bei der sie mir jemals ein Telegramm geschickt hatte – als ihr Vater vor zwei Jahren mit einem Blutsturz ins Krankenhaus eingeliefert worden war, nachdem er aus der Zeitung von der Entlassung Bismarcks durch den deutschen Kaiser erfahren hatte. Alexander von Rother war lange Jahre Attaché der preußischen Regierung in London gewesen, bevor er sich in Wien vorzeitig zur Ruhe gesetzt hatte, ein kunstsinniger Deutscher, dessen Vorfahren angeblich sogar mit irgendeiner entfernten Linie der Tudors verwandt waren. Auf einem

Londoner Diplomatenball hatte er sich in Catherine Baker-Fox verliebt, die ebenso schöne wie exzentrische Stieftochter des gleichnamigen Staatssekretärs und Gelegenheitsdichters, und sie bald darauf geheiratet. Lena, das einzige Kind aus dieser Ehe, wurde in England geboren und wuchs abwechselnd in Berlin und London auf, wo Rother und seine kapriziöse junge Frau bald zu fast allen wichtigen Kulturzirkeln gehörten. Man verkehrte ebenso selbstverständlich mit englischen Literaten aus Bloomsbury wie deutschen Malern aus Wedding, umgab sich mit Politikern aus Whitehall oder jungen Offizieren aus Brandenburg, besuchte Kunstausstellungen in Zehlendorf oder Mayfair und versäumte weder eine Premiere in Covent Garden noch im Opernhaus Unter den Linden in Berlin.

Die Leidenschaft für die Musik schien von Rother besonders im Blut zu stecken. Ein begeisterter Opernliebhaber und glühender Wagnerianer, träumte er stets davon, daß seine Tochter eines Tages zur Bühne gehen werde, und ließ Lena schon als kleines Kind Gesangsunterricht nehmen. Ihre Mutter dagegen wollte unbedingt eine berühmte Dichterin aus ihr machen und war entzückt, als Lena mit sechs Jahren »Oliver Twist« verschlang und für die romantischen Rittererzählungen Walpoles schwärmte. Zwei Jahre später ging sie bereits zu Lawrence Sterne über – ihr Lieblingsbuch war jetzt »Tristram Shandy« –, und als Vierzehnjährige überraschte sie die Gäste einer Berliner Abendgesellschaft damit, daß sie Gedichte von Eichendorff und Shelley rezitierte, um den Unterschied zwischen deutscher und englischer Romantik herauszustellen. Die Anwesenden waren verblüfft; man lächelte ungläubig oder gab sich hilflos amüsiert, was Lena zum Anlaß nahm, weitere Gedichte von Browning und Tennyson aus dem Englischen ins Deutsche zu übersetzen, um, wie sie sagte, »Papas Berliner Salon-Walküren einmal zu zeigen, warum auf der Welt Englisch und nicht Deutsch gesprochen wird«. Nachdem Rother diese Übertragungen zwei Experten in Deutschland vorgelegt hatte, sahen diese in Lena fast ein literarisches Wunderkind und bedrängten sie, für einen großen deutschen Verlag zu arbeiten. Man lud sie unter großem Aufwand nach München ein, wo sie jedoch prompt die Lektoren mit der Forderung brüskierte, daß unmittelbar neben dem deutschen auch der englische Originaltext der Gedichte abgedruckt werden müsse. Da man dies aus verlegerischen Gründen nicht akzeptieren konnte oder wollte, lehnte Lena kurzerhand alle weiteren Angebote ab, wodurch die Hoffnungen ihrer Mutter, wenigstens in der Tochter noch zur Dichterin zu werden, vorerst zu Ende waren. Erst einige Jahre später, als sie sich bereits endgültig für eine Karriere als Sopranistin entschieden hatte, erschien in einem kleinen Berliner Verlag ihre Übersetzung von Swinburnes »Poems and Ballads«, in der ihre alte Forderung nach einer zweisprachigen Ausgabe endlich erfüllt wurde und die in einschlägigen Literaturkreisen als durchaus ernstzunehmende Arbeit angesehen wurde.

Zu diesem Zeitpunkt aber war das mondäne deutsch-britische Familienglück der Rothers längst zerbrochen. Enttäuscht von einem äußerlich glanzvollen, künstlerisch jedoch unerfüllten Leben in den viktorianischen Zirkeln Londons, hatte sich Catherine von Rother kurz nach Lenas fünfzehntem Geburtstag in Berlin das Leben genommen. Sie sei nicht länger bereit, schrieb sie sarkastisch in ihrem Abschiedsbrief, die Rolle der Muse zu spielen und ständig von Künstlern umgeben zu sein, in denen sich ihr eigener Mangel an schöpferischer Begabung nur um so deutlicher spiegle. Talentlosigkeit sei nun einmal ein Fluch, dem auch das höchste Maß an Esprit nichts entgegenzusetzen habe …

Der Freitod traf Rother völlig unvermittelt. Er gab sein Amt in London auf, zog sich ganz aus der Gesellschaft zurück und bewarb sich auf einen farblosen Büroposten im Berliner Außenministerium. Lena schien das Trauma besser verwinden zu können; vielleicht gewann sie auch Kraft aus der Aufgabe, ihrem Vater aus dessen seelischer Verdüsterung herauszuhelfen. Mit der Zeit gelang ihr dies immerhin so gut, daß Rother begann, sein Leben fast nur noch auf seine Tochter zu konzentrieren. Er widmete sich mit neuem Eifer ihrer musikalischen Ausbildung, ließ sie bei berühmten Sängerinnen in München, Mailand und St. Petersburg studieren, verschaffte ihr ein paar glücklose Engagements an deutschen Provinztheatern und korrespondierte so lange mit allen wichtigen Theaterintendanten Europas, bis er eines Tages ein Angebot für den Chor jenes Opernhauses erhielt, das seit dem gigantischen Neubau von 1869 als das glanzvollste und bedeutendste Südeuropas galt und mit seiner hypermodernen Bühnentechnik sogar die Mailänder Scala in den Schatten stellte – die Wiener Hofoper. Enttäuscht über die Politik des jungen deutschen Kaisers, die er für selbstherrlich und gefährlich hielt, schied er aus dem diplomatischen Dienst seines Heimatlandes aus, siedelte in die Habsbugermetropole um und erwarb eine kleine Villa auf der Hohen Warte in Döbling, wo er seither zusammen mit seiner Tochter lebte.

Bei einem der künstlerischen Empfänge, die die beiden hier nach einiger Zeit zu geben begannen, hatte ich Lena zum ersten Mal kennengelernt. Sie war damals gerade zwanzig geworden, eine überdurchschnittlich große junge Frau, kühl und zurückhaltend, fast schon ein wenig arrogant in ihrer Art, mit einigen blassen Sommersprossen und blondem Haar, das sie entweder nachlässig aus der Stirn gekämmt oder nach Art englischer Schulmädchen im Nacken mit einer schwarzen Schleife zusammengebunden trug. Ich wußte zwar, daß sie als schwierig galt, sich nichts aus Wiener Salonschmeicheleien machte und jede Art von Affären mit sogenannten »wichtigen Leuten« verabscheute; dennoch gerieten wir gleich bei unserer ersten Konversation aneinander. Ich machte irgendeine Bemerkung über die Repertoirekrise an der Hofoper, worauf sie sofort den Kopf in den Nacken warf und schnippisch fragte, ob ich etwa auch »einer von diesen Zeitungskritikern« sei. Ich verneinte, worauf sie wissen wollte, was ich von einer gewissen neuen Sopranistin an der Hofoper hielte, die gerade bei ihrem Debut durchgefallen war. Nunmehr auf der Hut, antwortete ich ziemlich vage, fand ein paar lobende Worte über die schauspielerischen Talente der Dame und meinte schließlich, daß ihr Ton vielleicht ein wenig »spitz« sei. Die Reaktion kam prompt: Sie maß mich mit einem kurzen verächtlichen Blick, drehte sich auf dem Absatz um und ließ mich einfach stehen. Ich kam mir vor wie ein zurechtgewiesener Lakai. Der einzige Trost war mein Gedanke, daß sie es bei dieser Extravaganz in Wien wohl niemals zu etwas bringen würde …
Erst als ich sie zum ersten Mal bei einem Liederabend hörte, wurde mir plötzlich ihr seltsames Verhalten klar. Ich hatte wohl ihren wunden Punkt getroffen, denn auch an *ihrem* Gesangsstil mußten sich die Geister scheiden – zu neu, zu ungewöhnlich war diese Stimme. Nichts an ihr erinnerte noch an die großen Sängerinnen der Epoche. Ihr Ton war oft spröde und von seltsam kaltem Glanz, dann wieder jugendlich überschwenglich, nie jedoch von jener glatten Theatersentimentalität, die bei den Wienern so beliebt war. Sie haßte Koloraturen ebenso wie

nackte technische Virtuosität, und für die meisten der ungekrönten Opernköniginnen der Stadt hatte sie nur Verachtung übrig. Es ginge ihr, so meinte sie einmal, in erster Linie um den *Inhalt* einer Rolle, um den dramatischen Gehalt von Handlung und Motiven; erst wenn es ihr gelungen sei, innerlich vollkommen mit einer Figur zu verschmelzen, begänne sie mit der Einstudierung der Musik …

Bei diesen Ansprüchen mußte sie natürlich auf Widerstand im traditionsreichen Wien stoßen, sowohl beim Publikum als auch bei den Theaterdirektoren. Man sprach offen von »deutschem Adelsdünkel«, der in Wien nichts verloren habe, und so mancher Kapellmeister mochte sie im stillen verflucht haben, wenn sie sich wieder einmal in einer Wagnerpartitur besser auskannte als er selbst.

Dennoch verzieh man ihr vieles, wenn sie auf der Bühne stand und einen ihrer guten Tage hatte. Dann nämlich entfaltete ihr freier, ungestrengter und glasklarer Vortrag eine unerhört suggestive Wirkung, die sogar einer so schwülstigen Oper wie Meyerbeers »Afrikanerin« neues musikalisches Leben einhauchen konnte. Ihre Stimme überstrahlte plötzlich alles, ihr Ton ließ die Melodien in unvergleichlicher Farbigkeit aufleuchten. Natürlich war sie nicht für alle Rollen einzusetzen; als Carmen hätte sie sicherlich wenig überzeugt, wie sie selbst zugab. Ihr Fach war – neben den romantischen Wagner-Tragödinnen wie der Elsa oder eben der Isolde – eher die klassische Oper Mozarts und Glucks. Auch wurde sie immer wieder zur Zielscheibe des Spotts ihrer Rivalinnen, die zwar ihre stimmliche Begabung anerkannten, aber nicht ganz zu unrecht ihre noch wenig entwickelten schauspielerischen Fähigkeiten kritisierten. Da sie aber gerade in dieser Beziehung seit dem Erfolg im »Tristan« viel dazugelernt hatte, schien es, als würde sie sich allmählich doch einen Namen machen. Und während ich nun auf sie wartete, war ich fast davon überzeugt, daß ihr Telegramm etwas mit ihrer musikalischen Zukunft zu tun haben mußte.

Es wurde fast Viertel vor acht, bis sie endlich im Central erschien. Sie entschuldigte sich, gab mir einen Kuß auf die Wange und ließ sich müde in einen Sessel fallen.

»Schrecklich«, meinte sie. »Auf der Probe wurde so schlimm getrödelt, daß ich laufen mußte, um nicht noch später zu kommen.«

»Ich wußte gar nicht, daß für heute eine Probe angesetzt war?«
»Ich auch nicht. Sie wurde ganz kurzfristig von Freitag auf heute vorgezogen. Deswegen ja das Telegramm. Anders hätte ich dich sicher verpaßt.«
»Na, ich muß gestehen, daß ich mir schon Sorgen gemacht habe. Was sind denn das für ominöse Neuigkeiten?«
Sie zuckte die schmalen Schultern. »Ich fürchte, sie werden dir nicht so sehr gefallen«, antwortete sie. »Ich habe ein Angebot aus Deutschland erhalten, und zwar vom Stadttheater in Hamburg. Möglicherweise ist man dort bereit, mir ein Engagement anzubieten.«
»Hamburg?« fragte ich entgeistert. »Wieso denn ausgerechnet Hamburg?«
»Ja, ich habe auch erst gestaunt. Schau her, hier ist der Brief.«
Sie kramte in ihrer Handtasche und zog mit ihren langen, schönen Fingern ein zusammengefaltetes Papier heraus. Ich strich es auf dem Tisch glatt und las:

»Sehr verehrtes Fräulein von Rother,
ich erlaube mir, mich mit diesen Zeilen an Sie zu wenden, obwohl wir uns nicht namentlich bekannt sind. Ich hatte das Glück, Sie am 15. Oktober d. J. in der Wiener Hofoper in der Hauptrolle von ›Tristan und Isolde‹ zu erleben. Gestatten Sie mir, Ihnen nachträglich zu Ihrer Darbietung zu gratulieren, mit der Sie nach meiner Auffassung eine überaus zukunftsweisende Interpretation der Musik Richard Wagners geschaffen haben.
Als Erster Kapellmeister des Stadttheaters Hamburg beabsichtige ich, das hiesige Ensemble weiter auszubauen. Hierzu ist mir von der Intendanz, Herrn Direktor Pollini, das Vorschlagsrecht zur Verpflichtung auswärtiger Künstler übertragen worden. Zur Zeit bestünde die Möglichkeit eines zunächst auf drei Jahre befristeten Engangements als dramatischer Sopran. Zur Vereinbarung eines Termins zum Probesingen wollen Sie bitte direkt zu meinen Händen correspondieren.

Mit dem Ausdruck vorzüglicher Hochachtung
Gustav Mahler«

»Mahler?« fragte ich. »Der ehemalige Direktor der Budapester Oper? Der Mann, über dessen ›Don Giovanni‹ sich Brahms seinerzeit so euphorisch in der ›Neuen Freien‹ geäußert hat?«
»Genau der«, antwortete Lena. »Brahms und sein Kreis gehören seitdem offenbar zu Mahlers größten Bewunderern und fördern ihn nach Kräften. Aber er muß natürlich auch noch andere Gönner haben«, setzte sie hinzu, wobei sie mir einen vielsagenden Blick zuwarf.
»Warum?«
»Na, weil er Jude ist. Soviel ich weiß, hat es auch in der deutschen Presse einige böse Tiraden gegen seine Berufung nach Hamburg gegeben.«
Ich schüttelte ungehalten den Kopf. »Fängst du jetzt auch noch damit an?« fragte ich. »Man hat ja bald das Gefühl, daß sich in Europa heutzutage alles nur noch um den Antisemitismus dreht.«
»Wie meinst du das?«
»Ah, schon gut.«
Ich nippte mißmutig an meinem Mokka, und wir schwiegen eine Weile.
»Gesetzt den Fall«, fragte ich dann, »man würde dich tatsächlich verpflichten wollen. Würdest du annehmen?«
»Ich weiß es nicht«, sagte sie ausweichend. »Die Konditionen sind natürlich sehr günstig, ganz abgesehen davon, mit diesem Mahler wieder einmal einen vernünftigen Dirigenten zu haben. Und die Situation hier in Wien, na, du weißt ja … Wenn ich nur an all die Intrigen denke, an das Umschwänzeln dieses Hofrats und jenes Intendantenfreundes … Ich frage mich, ob ich hier jemals über die dritte oder höchstens zweite ›Geige‹ hinauskommen werde, ›Tristan‹ hin, ›Tristan‹ her. Auf der anderen Seite –« Sie zögerte, bevor sie hinzufügte: »Auf der anderen Seite können drei Jahre eine lange Zeit werden. Und ein Steinwurf ist es ja nicht gerade von Hamburg nach Wien.«
»Schön gesagt. Hoffentlich verlangst du nicht, daß ich dir raten soll, was ich an deiner Stelle tun würde?«
»Nein, natürlich nicht.«
»Ich tue es aber trotzdem. *Ich* würde annehmen.«
Sie sah mich erstaunt an, wobei sich eine kleine Falte über ihrer Nase bildete. »Wirklich?«
»Gewiß«, erwiderte ich. » Du hast völlig recht mit dem, was du über

die Hofoper gesagt hast. So, wie es zur Zeit aussieht, kann es lange dauern, bevor du hier weiterkommst. Um dir einen gewissen Ruf zu schaffen, war Wien sicher wichtig. Aber jetzt ruft man dich eben woanders hin.«
Ich merkte selbst, wie unaufrichtig meine Worte klangen. Unser Verhältnis war immer von Kühle und Distanz geprägt gewesen, und vielleicht war es ja gerade das, was mich so an ihr anzog, dieser Hang zum Unsentimentalen, verbunden mit der Ausstrahlung einer gewissen Unerreichbarkeit. Aber der Gedanke an eine Trennung, unterbrochen nur von sporadischen Wochenendbesuchen, erfüllte mich doch mit mehr Widerwillen, als ich gedacht hatte.
Unvermittelt begann sie zu lachen.
»Ich weiß nicht«, sagte ich stirnrunzelnd, »was daran so lustig sein soll.«
»Na, wenn du dein Gesicht sehen könntest, würdest du es bestimmt auch seltsam finden, daß jemand den Edelmütigen spielt und dabei dreinschaut, als hätte er gerade auf einen Kirschkern gebissen.«
Ich verzog das Gesicht. »Macht es dir denn gar nichts aus?« fragte ich enttäuscht.
»Doch«, antwortete sie, plötzlich wieder ernst. »Doch, es macht mir sogar sehr viel aus. Ich frage mich in letzter Zeit manchmal, ob die Musik das eigentlich alles wert ist. Aber vielleicht«, fuhr sie dann mit einer entschlossenen Handbewegung fort, »vielleicht machen wir uns ja ganz unnötige Gedanken. Ich sollte erst einmal nach Hamburg fahren und mir die ganze Sache aus der Nähe anschauen. Wahrscheinlich sind die Kollegen in Norddeutschland ja genauso intrigant wie die in Wien, und der Kapellmeister stellt sich als notorischer Schürzenjäger heraus. Außerdem gibt es neben dir noch einen Mann –«
»*Bitte?*«
»– so laß mich doch ausreden. Es gibt natürlich noch jemanden, dessen Meinung mir am Herzen liegt.«
Ich beruhigte mich, da mir plötzlich klar wurde, wen sie meinte. »Dein Vater.«
»Natürlich. Ich habe noch gar nicht mit ihm darüber sprechen können, da ich den Brief ja erst heute morgen bekam. Außerdem wollte ich, daß du es als erster erfährst.«
»Vielen Dank«, sagte ich etwas lahm.

»Also abgemacht. Ich werde heute abend mit Vater sprechen, und wenn er zustimmt, werde ich einen Vorstellungstermin in Hamburg vereinbaren.«
Sie erhob sich. »Du weißt«, sagte sie, als sie mein verdutztes Gesicht sah, »daß ich heute abend zum Geburtstag der Renard muß?«
»Nein, verflixt! Das hatte ich ja ganz vergessen. Kannst du nicht absagen?«
Aber natürlich wußte ich, daß das unmöglich war. Marie Renard, die mit ihrer sinnlich-üppigen Darstellung der Carmen und der Manon die Wiener zu Begeisterungsstürmen hinriß, war *der* Publikumsliebling an der Hofoper schlechthin. Ein Fernbleiben bei ihrem Geburtstag konnte im intrigensüchtigen Wien unabsehbare Folgen haben.
»Ausgeschlossen«, führte daher auch Lena meinen Gedanken zu Ende. »Du kannst dir denken, wie dann der Klatsch blühen würde. Wenn ich mir auch sonst einiges erlauben darf, am Geburtstag der Renard führt kein Weg vorbei.«
Sie gab mir einen Abschiedskuß.
»Wann sehen wir uns wieder?« fragte ich.
»Willst du morgen nach Döbling kommen? Wir haben wieder einige Leute eingeladen.«
Ich nickte. Sie packte ihre Tasche und wandte sich schon zum Gehen, als mir plötzlich etwas einfiel. »Du liest doch regelmäßig die Wiener Musikjournale, oder?« fragte ich. »Hast du jemals etwas von einem Musikschriftsteller namens Livingston gehört?«
Sie dachte flüchtig nach. »Nein, noch nie.«
»Oder vielleicht Sigerson?«
»Auch nicht. Wer soll das sein?«
»Ach, nicht so wichtig. Vergiß es wieder.«
»Schön. Bis morgen also«, sagte sie, warf mir schnell eine Kußhand zu und verschwand genauso eilig, wie sie gekommen war.

IV.

Verdrossen blieb ich an meinem Tisch sitzen. Hamburg, dachte ich, wenn es doch wenigstens Prag oder Salzburg oder Genf, meinetwegen auch München gewesen wäre, Städte also, die in halbwegs erträglicher Entfernung lagen und deren Besuch nicht jedesmal eine volle Tagesreise – ich verabscheute Nachtzüge – erfordert hätte. Aber Hamburg, ausgerechnet Hamburg!

Je länger ich darüber nachdachte, desto klarer wurde mir, daß Lena wohl schon lange nicht mehr mit der Hofoper zufrieden war. Gerade in der letzten Zeit, seit ihrem Überraschungserfolg im »Tristan«, war sie oft völlig erschöpft von den Proben gekommen und hatte die Hofoper als »Senkgrube jeder künstlerischen Moral« verflucht. Wichtiger als Talent und Fleiß, so meinte sie, seien dort ja wohl eiserne Nerven und eine doppelte Portion Verschlagenheit, um im ständigen Nebel der Intrigen nicht unterzugehen. Allein das Claquen-Unwesen sei zu einer echten Bedrohung jedes künstlerischen Bemühens geworden. Die bezahlten oder mit Freikarten versehenen Beifallklatscher wurden offenbar von einem regelrechten Syndikat organisiert, das immer höhere Preise forderte. Das System war einfach. Je nachdem, wieviel eine Sängerin bereit und imstande war zu zahlen, wurde auf ein Zeichen des Chefclaqueurs hin entweder bei jedem Auftritt, nach jeder Arie oder – als billigstes Angebot – nur nach dem Fallen des Vorhangs applaudiert. Erfolg, so Lena, sei in Wien eine reine Geldfrage geworden …

Dabei war dies nur der äußere Aspekt der Sache. Ich wußte selbst, daß die Hofopernkünstler hausinterne Strichlisten darüber führten, wie oft ein Geiger danebengegriffen, ein Hornist den ersten Ton seines Solos nicht getroffen oder eine Sängerin ihren Text vergessen hatte. Bei Gesuchen um Gehaltserhöhungen oder Urlaub galten diese Listen, die auf unergründliche Weise immer wieder ihren Weg in die Direktion der Oper fanden, als heimliche Entscheidungsgrundlage, deren Existenz zwar nie offen ausgesprochen wurde, die aber jedermann zu kennen und gezwungenermaßen auch *anzuerkennen* schien. Ich lebte lange genug in Wien, um zu wissen, wie die Mentalität dieser Stadt, ihre Kritiksucht und ihre hinter gemütlicher Herzlichkeit getarnte Grausamkeit auch ihre Künstler prägen mußte. Und bei den Sängern kam ja noch hinzu, daß ihre Kunst eine Bühnenkunst, der Druck also bei ihnen am größten war. Wenn der junge Kraus die Kaffeehausliteraten verspottete, weil sie ihm blasiert und ihre Werke ihm flach erschienen, so konnte man darüber lachen – ein Schriftsteller war schließlich nicht darauf angewiesen, *sich selbst* allabendlich

einem Publikum zu präsentieren. Wer dagegen kannte nicht jenes Gefühl der Scham und des Mitleids, das man unweigerlich in der Oper empfand, wenn einer Sopranistin plötzlich die Höhe wegbrach, ein Baß bei einer Premiere seinen Einsatz verpatzte oder ein Heldentenor so unsicher intonierte, daß ein vernehmliches Raunen durch das Auditorium ging?
Daß es an der Hofoper allerdings überhaupt so weit kommen konnte, lag in erster Linie daran, das ihr in Wilhelm Jahn ein Mann als Direktor vorstand, der aufgrund seiner langen Dienstzeit seit neuestem den Eindruck vermittelte, die Zügel völlig aus der Hand gegeben zu haben. Angeblich wurden die Geschicke des Hauses von zwei Damen bestimmt, von denen die eine die Geliebte des stellvertretenden Generalintendanten und die andere die Mätresse des für die Oper zuständigen Kanzleidirektors in der Generalintendanz war. Es wurde sogar geflüstert, daß über das Amt des Obersthofmeisters, welches die höchste Instanz in allen k.k. Hoftheaterangelegenheiten darstellte, Beziehungen bis hinauf zu Kaiser Franz Joseph persönlich unterhalten wurden …
Die meisten Inszenierungen rechtfertigten daher auch kaum noch den Ruf, den das größte Opernhaus Europas in der Welt genoß, zumal unter dem Jahn'schen Direktorat auf Neuerungen und Experimente fast völlig verzichtet wurde. Das Repertoire bestand im wesentlichen aus altbewährten deutschen Klassikern und den großen Werken der französischen und italienischen Oper, aus Balletten, leichten Singspielen und gelegentlich einmal einer Strauß-Operette. Daß daneben häufig Wagner auf dem Spielplan stand, war nur der Tatsache zu verdanken, daß man in Hans Richter einen Dirigenten besaß, der als Statthalter Richard Wagners in Wien galt und das Erbe des Meisters so bewahrte, wie er es von diesem allerhöchstselbst in Bayreuth empfangen hatte.
Aber seit der letzten großen internationalen Musik- und Theaterausstellung – welche der Hofoper wenigstens noch die Entdeckung der Nationalitätenoper vom Schlage eines Smetana und den Verismus von Mascagnis »Cavalleria rusticana« beschert hatte –, seitdem erhoben sich auch in der Wiener Presse die Stimmen, die meinten, Jahn habe den Höhepunkt seiner künstlerischen Entwicklung überschritten. Ganz Mutige traten sogar offen für eine Ablösung des Direktors ein

oder forderten zumindest eine umfassende Reform des Hauses. Doch da der amtierende Erste Obersthofmeister alle Vorschläge dieser Art geflissentlich ignorierte, weil er damit wohl auch seinen eigenen Stuhl hätte räumen müssen, verliefen alle Pläne im Sande jener Bequemlichkeit, aus der sich die Wiener, wenigstens was ihre k.k. Hoftheater anbetraf, nicht so ohne weiteres aufschrecken lassen wollten. Mochte auch in der Politik die Sozialdemokratie Einzug halten, mochten Attentate und Arbeiterkundgebungen an der Tagesordnung sein – in der Hofoper waren Tradition und Gewohnheit, waren Mozart und Beethoven nun einmal sakrosankt.

Wenn ich mich nun fragte, welchen Platz eigentlich *ich* in Lenas Leben einnahm, so mußte ich zugeben, daß ich darüber inzwischen unsicherer war als je zuvor. Lena gehörte zu den Frauen, die sich stets zurückhaltend und kühl gaben und nur sehr wenig über ihre Emotionen sprachen. Sie liebte es, nach einer Opernaufführung mit Freunden im Kaffeehaus zusammenzusitzen und lange über Kunst und Musik zu diskutieren oder sich über die Mentalität der Abonnements-Philister lustig zu machen, die nach vier Stunden Wagner nichts anderes im Sinn hatten, als möglichst schnell wieder nach Hause zu eilen und sich die Zipfelmütze über die Ohren zu ziehen. Aber über sie selbst, über ihre eigenen Empfindungen und Ansichten erfuhr man in diesen Runden kaum etwas. Sie war immer nur die Elsa, die Iphigenie oder die Isolde, zuckte vieldeutig die Schultern, wenn die Sprache auf allzu Privates kam, und zog es im übrigen vor, nicht »sentimental« zu werden.

Ich hatte mich oft gefragt, worin diese Kühle wohl ihren Ursprung haben mochte. Lag es am Trauma des Todes ihrer Mutter und dem folgenden Zusammenleben mit ihrem Vater? War es die Rolle der Ersatzfrau, die spielen zu müssen sie sich eingeredet hatte? Es war mir nie gelungen, Näheres darüber zu erfahren, vielleicht auch deshalb, weil sie bei entsprechenden Fragen sofort den Psychologen in mir witterte und elegant das Thema wechselte.

Um so überraschter war ich, als sie mir vor ein paar Wochen eine Heirat vorgeschlagen hatte. Ich hatte immer geglaubt, daß sie meine Abneigung gegenüber einer bürgerlichen Ehe teilen würde, und als ich mich wenig begeistert von ihrem Vorschlag gezeigt hatte, war das

Thema auch bald wieder in den Hintergrund getreten. Nichtsdestoweniger wurden wir seither überall als Heiratskandidaten angesehen. Man machte Anspielungen in der Oper und im Kaffeehaus, auf Empfängen und in den Salons, und irgendwann hatten wir uns so daran gewöhnt, daß wir es nicht mehr für nötig hielten, den Klatsch zu zerstreuen, obwohl keiner von uns ernstlich Anstalten machte, diese »Verlobung« wirklich in eine Ehe münden zu lassen. Ich hatte sogar manchmal den Verdacht, daß ihr Vorschlag nur so etwas wie der letzte Versuch war, sich mit den Wiener Verhältnissen zu arrangieren; vielleicht hatte sie gehofft, durch eine Ehe mehr Sicherheit für ihre Position an der Hofoper zu gewinnen. Nicht, daß sie mich auf ihre Art nicht geliebt hätte – aber sie war einfach zu kühl und pragmatisch, als daß ich wirklich hätte glauben können, sie wolle einfach nur mit dem Segen der Kirche mit mir zusammenleben. Und bewies nicht auch ihr Interesse für das Angebot aus Hamburg, daß es ihr gar nicht um eine Ehe, sondern nur um ihre Karriere ging?
Ja, dachte ich plötzlich resigniert, ich würde sie nach Hamburg gehen lassen, wenn man dort bereit war, sie zu engagieren. Vielleicht würde ja *das* der Beweis sein, ob es ihr nur um die Musik oder auch um mich ging …

In trüber Stimmung rief ich nach dem Marqueur und verließ das Central, um noch einen Abstecher ins Griensteidl zu machen. Vielleicht, so hoffte ich, fand ich dort noch einen Bekannten, der mich ein wenig auf andere Gedanken bringen würde.

*

Leider hatten sich jedoch im Wiener Literatentreffpunkt Nr. 1 nur mir Unbekannte eingefunden, wie ich enttäuscht feststellen mußte, als ich am Michaelerplatz eintraf. Und als ob dies nicht schon unangenehm genug gewesen wäre, war auch noch der kleinste Ecktisch besetzt, so daß ich wohl oder übel gezwungen war, einen Tisch mit jemandem zu teilen, wenn ich warten wollte, ob nicht doch noch ein vertrautes Gesicht erscheinen würde.
Während ich also unschlüssig die Besucher musterte, ärgerte ich mich insgeheim wieder einmal über den Unsinn jener Klischeevor-

stellung, die behauptet, der Wiener sei ein geselliger Mensch, der sich sogar mit einem völlig Fremden gemütlich zum Heurigen an einen Tisch setzt. Meiner Ansicht nach war es ganz im Gegenteil so, daß der Wiener grundsätzlich jeden Menschen haßt, sich selbst eingeschlossen. Da er aber weiß, daß es allen so geht, entschließt er sich meist doch zu irgendeiner Form gesellschaftlichen Beisammenseins, wobei er dann von einem Extrem ins andere fällt und in einer Runde vollkommen Unbekannter sentimentale Geheimnisse über seine Ehe ausplaudert, die er nicht einmal seinem besten Freund – sofern er noch einen solchen hat – anvertraut hätte.

Aber ob Wiener oder nicht, auf jeden Fall erschien es mir am günstigsten, an einem Seitentisch Platz zu nehmen, an dem lediglich ein kleiner, etwas korpulenter junger Mann saß, der mit dem im Griensteidl üblichen blasierten Gesichtsausdruck vor sich hin rauchte.

»Entschuldigen Sie bitte, mein Herr«, sagte ich also entschlossen, »ist hier noch ein Platz frei?«

Der Angesprochene starrte mich mit zusammengekniffenen Brauen unfreundlich an, wobei er mir plötzlich seltsam bekannt vorkam.

»Sie leiden unter einer Sehschwäche?« fragte er barsch.

»Pardon?«

»Ob Ihr Sehvermögen beeinträchtigt ist, meine ich?«

»Nein, wie kommen Sie darauf?«

Er sah mich mürrisch an und dozierte dann arrogant: »Sie haben gefragt, ob hier noch ein Platz frei sei. Der Stuhl neben mir ist leer. Es hängt kein anderer Mantel darüber. Auf dem Tisch steht nur meine Kaffeetasse. Es ist offensichtlich, daß hier niemand sitzt. Ihre Frage war also überflüssig. Und da sie keine Brille tragen, fragte ich, ob Sie ein Augenleiden haben.«

Einen Augenblick lang verschlug es mir die Sprache. Das war selbst für das Griensteidl starker Tobak! Aber immerhin, wenigstens war mir beim Klang seiner hohen, quäkenden Stimme wieder eingefallen, woher ich ihn kannte.

Ich musterte ihn also spöttisch und sagte: »Für einen kleinen, subalternen Banklehrling bei Werner & Companie, der eigentlich Musiker werden wollte, bedienen Sie sich eines reichlich vorlauten Tonfalls, junger Mann.«

Der andere wurde rot. Ich war sicher gewesen, daß er mich nicht wiedererkannt hatte und folglich auch nicht ahnte, daß *ich* wußte, wer *er* war.

»Es hätte ja sein können«, setzte ich hinzu, »daß Sie auf die Dame Ihres Herzens warten und der Platz im voraus vergeben ist.«

Der andere errötete noch mehr. »Dann hätten Sie halt gefragt, ob ich noch auf jemanden warte«, stammelte er.

»Damit Sie mir geantwortet hätten, was mich das anginge?«

»Dann eben, ob Sie sich zu mir setzen dürfen.«

»Darf ich mich zu Ihnen setzen?«

Überrumpelt und mit einem blöden Ausdruck starrte er mich an und sagte dann achselzuckend: »Von mir aus.«

Ich setzte mich und vertiefte mich sogleich angelegentlich in die Getränkekarte. Als der Kellner kam, bestellte ich eine Melange, klappte dann mit einem Ruck die Karte zu und wandte mich an meinen Tischgenossen, der schweigend das Rautenmuster auf dem Steinfußboden studierte.

»Sie gestatten, daß ich mich vorstelle: Dr. Leonhard Heydinger. Internist und Psychologe.«

Der Jüngling schien durch diese Eröffnung eingeschüchtert. »Angenehm, Schönberg. Arnold Schönberg«, murmelte er, um nach einer kurzen Pause zu fragen: »Woher kennen Sie mich? Sind Sie Kunde bei Werner & Companie?«

»So ist es«, erwiderte ich. »Sie bedienten mich gestern morgen am Schalter.«

Er schwieg wieder eine Weile. Dann sagte er plötzlich heftig und wie um sich zu rechtfertigen: »Ich kann Ungenaues und Überflüssiges nicht leiden. Es gibt für alles einen absoluten und unmittelbaren Ausdruck. Ich pfeife auf die Konvention!«

»Da werden Sie es in Wien aber schwer haben«, erwiderte ich spitz. »Außerdem, wenn ich das einmal so sagen darf, machten Sie im Bankhaus auf mich den Eindruck, als ob Sie Ihre gesamte Tätigkeit dort als überflüssig ansehen.«

Schönberg zuckte sichtlich getroffen zusammen. »Wie kommen Sie darauf?« fragte er.

»Nun, die Art, wie Sie mich am Schalter bedienten und dabei gleichzeitig eine Orchesterpartitur studierten, hinterließ bei mir das Gefühl, der Bankdienst sei für Sie nichts weiter als ein entsetzlich lang-

weiliger Broterwerb. Und Herr Schornauer konnte mir das nur bestätigen.«
»Sie haben sich bei ihm über mich beschwert?« fragte er verärgert.
»Nein. Wenn überhaupt, hätte ich mich bei *Ihnen* beschwert.«
Schönberg sagte eine Weile nichts. Dann platzte er plötzlich heraus: »Mein Herr, ich kenne Sie nicht, und ich weiß auch nichts über Sie, aber eines weiß ich: daß Sie verflucht recht haben mit dem, was Sie über meine Arbeit in der Bank sagen.«
»Wenn es für Sie so schlimm dort ist, warum gehen Sie dann nicht auf das Konservatorium?«
Sein rundes Gesicht verzog sich zu einer komisch-verzweifelten Grimasse. »Mein Gott«, stöhnte er, »wie Sie daherreden. Sehen Sie einmal her.« Er hielt mir seine Hand hin und zählte an seinen Fingern ab: »Erstens hab' ich keinen Vater mehr. Zweitens keine Matura. Drittens kein Geld. Viertens kann ich nicht Klavier spielen. Und fünftens: zum Teufel mit dem Konservatorium! Was soll ich drei Jahre meines Lebens in solch einer Anstalt zubringen, nur um am Ende festzustellen, daß ich doch nichts gelernt habe? Was mich interessiert, nämlich das Komponieren, das kann man dort ja doch nicht lernen, und von ein paar vertrockneten Professoren schon gar nicht. Da bleib' ich lieber gleich in der Bank, dort kann ich wenigstens zwischendurch machen, was *ich* will!«
Schönberg hatte mit solcher Erregung gesprochen, daß ich mich bemühen mußte, ein Lächeln zu unterdrücken, war er doch der beste Beweis für meine Theorie über die Geselligkeit der Wiener. Erst grantelten sie hochnäsig drauflos, und fünf Minuten später waren sie schon dabei, einem ihre Lebensgeschichte zu erzählen.
»Haben Sie keine Angst, hinausgeworfen zu werden?« fragte ich.
»Und wenn schon«, knurrte er und fügte, die Bremer Stadtmusikanten zitierend, hinzu: »Etwas Besseres als den Tod finde ich überall.«
»Da wäre ich mir aber nicht so sicher, wenn Sie noch nicht einmal Klavier spielen können.«
Er maß mich mit einem Ausdruck grenzenloser Verachtung. »Wozu bitte muß ein Komponist Klavier spielen können? Hatten Bach, Mozart oder Beethoven zum Komponieren ein Klavier nötig? Bach hat Teile seiner Fugen einfach auf Bierdeckel gekritzelt, als er im Wirtshaus saß, Mozart schrieb Streichquartette beim Billardspielen, und

Beethoven war bereits taub, als er seine Neunte Symphonie schrieb. Es geht darum, die Musik hier drin« – er deutete auf seinen Kopf – »zu hören. Ich brauche kein Klavier, um eine Symphonie in allen Einzelheiten zu hören, die Noten genügen mir. Ich brauch' sie nur zu lesen, wie andere ein Buch, und schon hör' ich alles so wie im Konzert. Aber am Konservatorium, natürlich, wer da kein Tastenakrobat ist, der wird erst gar nicht zugelassen!«
»Berühmte Namen, mein Lieber, die Sie da bemühen«, entgegnete ich. »Bach war als Thomaskantor in Leipzig ein gefeierter Orgelvirtuose, Mozart spielte genauso brillant Klavier wie Violine, und Beethoven war vor seiner Krankheit immerhin einer der berühmtesten Klavierspieler Europas, nicht wahr?«
Schönberg warf mir plötzlich einen mißtrauischen Blick zu. »Verstehen Sie denn etwas von Musik?« fragte er.
»Das kommt darauf an«, sagte ich gelassen. »Meine Kompositionsversuche liegen schon einige Zeit zurück. Aber da Sie ja die Professoren am Konservatorium ohnehin nur als Künstler zweiter Klasse ansehen, will ich Sie nicht damit langweilen, daß das Hellmesberger-Quartett vor einigen Jahren so freundlich war, ein Streichquartett von mir aufzuführen.«
Er starrte mich mit offenem Mund an. »Das Hellmesberger-Quartett? Ein Streichquartett? Wie, sagten Sie, war Ihr Name?«
»Heydinger.«
Er überlegte eine Weile.
»Nie gehört«, sagte er dann.
»Nein, natürlich nicht«, lächelte ich. »Zu mehr als zwei Privataufführungen kam es ja auch nicht.«
Schönberg schien plötzlich verlegen. »Nun, ich ... Es tut mir leid, wenn ich vorhin vielleicht etwas heftig gewesen bin ... Es ist nicht so einfach, seinen Weg zu finden, wenn man nur ein kleiner Jude aus bescheidenen Verhältnissen ist, wissen Sie. Sie denken natürlich, daß ich nur deshalb so über das Konservatorium schimpfe, weil mir der Zugang dazu verschlossen ist. Und vielleicht haben Sie ja sogar recht damit.« Er seufzte. »Aber für mich bedeutet die Musik eben alles. Ich kann mir einfach nicht vorstellen, mein Leben nur deshalb in einem Bankkontor verbringen zu müssen, weil ich kein Konzertdiplom vorweisen kann.«

»Haben Sie nie daran gedacht, sich für ein Stipendium zu bewerben?«
»Doch, aber wie das halt so ist in Wien – man braucht einen Fürsprecher. Und ich kenne zu wenig Leute, die Beziehungen haben. Außerdem kann ich noch nicht viel vorweisen, einige Lieder, eine Sonate für Klavier, den Entwurf einer Symphonie ... Der Bankdienst frißt einen auf.« Er verstummte und sah traurig vor sich hin. Dann jedoch schien ihm plötzlich ein Gedanke zu kommen. »Wären *Sie* vielleicht bereit, einen Blick auf meine Sachen zu werfen?« fragte er, und bevor ich noch antworten konnte, hatte er schon einige Notenblätter aus seiner Rocktasche gezogen, die er über den Tisch schob.
Es waren zwei Lieder für Bariton und Klavier nach Texten von Novalis sowie eine »Phantasie« für Klavier und Violine. Soweit ich anhand des krakeligen Manuskripts beurteilen konnte, waren die Lieder recht sorgfältig, wenn auch etwas traditionell gearbeitet, eher an Brahms und Schumann erinnernd als an Liszt oder Wagner. Die »Phantasie« dagegen war schon beeindruckender, teilweise recht gewagt in der üppigen Harmonik des Klaviersatzes, der in dieser Hinsicht sogar noch über Wagner hinausging, und mit einer außerordentlich kantablen Führung der Violine, deren technische Möglichkeiten gut ausgenutzt worden waren. Insgesamt eine bemerkenswerte Leistung für einen jungen Komponisten, der nicht Klavier spielen konnte.
»Sie beherrschen sicher ein anderes Instrument?« fragte ich.
»Nein«, antwortete er leichthin. »Ich habe einmal mit der Geige angefangen, aber nur, um mir die verschiedenen Tonhöhen einzuprägen. Zu Hause steht auch noch ein altes Cello, das ich mir zum Spaß manchmal vornehme.«
Erstaunlich, dachte ich. Ein offensichtlich enorm talentierter Komponist, der überhaupt kein Instrument richtig spielen konnte ...
Aber noch bevor ich etwas erwidern konnte, war Schönberg plötzlich aufgesprungen. »Du lieber Himmel«, rief er verblüfft und winkte dem Neuankömmling zu. »Ist er also doch noch gekommen!«
Ich wandte mich ebenfalls zur Tür – und fuhr vor Schreck zusammen, als ich einen breiten Schlapphut und darunter ein blasses Gesicht mit eingefallenen Wangen erkannte. Die Beleuchtung im Griensteidl war wie gewohnt trübe und dürftig, aber ich hatte dennoch nicht den geringsten Zweifel. Der Mann, der dort stand und suchend seinen Blick

durch das Lokal schweifen ließ, mußte das Objekt meiner gestrigen Verfolgung sein!
Als er Schönberg erkannt hatte, kam er mit langen Schritten geradewegs auf uns zu. An unserem Tisch angekommen, begrüßte ihn der Banklehrling vorwurfsvoll mit den Worten: »Ich habe nicht mehr damit gerechnet, daß Sie doch noch kommen würden, Herr Livingston; fast eine Stunde habe ich auf Sie gewartet. Übrigens hätten Sie mich auch nicht mehr angetroffen, wenn nicht zwischen mir und diesem Herrn hier eine sehr interessante Konversation entstanden wäre. Erlauben Sie: Dr. Heydinger, Psychologe und Musiker – Herr Livingston, Musikwissenschaftler aus London.«
»Angenehm«, war alles, was ich herausbrachte.
Der Engländer musterte mich flüchtig. »Ich glaube, wir sind uns schon einmal begegnet, nicht wahr?« sagte er dann langsam in seinem präzisen, stark englisch akzentuierten Deutsch.
Ich fühlte, wie mir der Schweiß ausbrach. Bezog sich seine Frage auf die Casa Petrucci, oder hatte er mich am Ende doch bemerkt, als ich ihm in die Leopoldstadt gefolgt war?
»Ich glaube, Sie verließen vor einigen Tagen zusammen mit Dr. Freud dieses Lokal und wurden dabei Zeuge meines indiskutablen Benehmens«, fuhr er mit einem schwachen Lächeln fort. »Bitte entschuldigen Sie nachträglich.«
»Aber ich bitte Sie«, sagte ich erleichtert. »Ich bin Arzt, ich bin vieles gewohnt.«
Livingston runzelte die Stirn, wobei mir nicht ganz klar war, ob dies als Reaktion auf meine Worte gedacht war oder ob er diese vielleicht nicht richtig verstanden hatte.
Schönberg rettete die Situation, indem er leutselig von einem zum anderen blickte und sagte: »Na, wenn sich die Herren ohnehin schon kennen, können wir uns ja grad' so gut zusammen setzen, wenn Sie nichts dagegen haben?«
Ich nickte, während der Engländer kurz zögerte. Dann zog er sich aber doch einen Stuhl herbei und nahm ebenfalls Platz.
»Ich hatte mich mit Herrn Livingston verabredet«, wandte sich Schönberg erklärend an mich, »um ihm meine Stücke zu zeigen. Er komponiert nämlich auch und ist überdies ein hervorragender Geiger. Ich muß es wissen – ich bin sein Nachbar.«

Ich hatte also recht gehabt. Der Name auf dem Briefkastenschild in der Taborstraße gehörte tatsächlich zu dem jungen Bankangestellten.
»Dr. Heydinger war bereits so freundlich, sein Urteil abzugeben«, sagte er, indem er Livingston die Papiere reichte.
»Tatsächlich?« meinte der Engländer, was in seinem Deutsch nicht minder britisch klang als das Pendant »*Indeed*« seiner Muttersprache. Während er sich in die Noten vertiefte, hatte ich Zeit, um mir über die Veränderung Gedanken zu machen, die mit ihm seit dem Vorfall mit Freud vorgegangen war. Er war heute abend recht gut gekleidet und machte einen sehr selbstbeherrschten Eindruck, trotz einiger scharfer Falten um den Mund. Auch die krankhafte Blässe war aus seinen Zügen verschwunden. Seine Augen zeigten keinerlei pathologische Auffälligkeit mehr, sah man einmal von ihrem eigentümlich aufmerksamen, fast schon sezierenden Blick ab. Er studierte Schönbergs »Phantasie« aufmerksam und summte an einigen Stellen leise vor sich hin. Schließlich legte er die Noten auf den Tisch und schloß für einen kurzen Moment die Augen, wie um sich zu sammeln, bevor er sein Urteil abgab.
»Sehr schön«, sagte er dann. »Wirklich, ich gratuliere Ihnen, Herr Schönberg, eine schöne Arbeit. Allerdings sind Ihnen, glaube ich, einige kleine Fehler unterlaufen. Sehen Sie hier zum Beispiel.« Er rückte die Noten näher an den jungen Komponisten heran und wies auf einige Stellen in dem Manuskript. In der Violinstimme, so meinte er, wäre eine bestimmte Note in der angegebenen Lage auf der a-Saite nicht spielbar; an einer anderen Stelle müßte es sicherlich *cis* statt *des* heißen, da inzwischen ja die Tonart gewechselt habe ...
Auch ich hatte mich über die Noten gebeugt und erkannte, so wie es Livingston erklärte, sofort die Fehler, die sowohl Schönberg als auch ich, der ich immerhin mit sechs Jahren angefangen hatte, Geige zu spielen, gänzlich übersehen hatten.
»Natürlich, Sie haben vollkommen recht«, antwortete Schönberg, zog einen Bleistift aus der Tasche und verbesserte eifrig die Fehler. »Sie sollten Kompositionsunterricht geben, Herr Livingston.«
Der Engländer hob abwehrend die Hände. »Fehler in der Arbeit von anderen zu entdecken ist keine Kunst«, sagte er, bevor er wie nebenher hinzufügte. »Sie spielen schon lange Geige, Dr. Heydinger?«
Verblüfft starrte ich ihn an. »Woher wußten Sie das?«

»Ich wußte es nicht.«
»Ach, Sie haben nur geraten.«
»Ich rate nie.«
»Was dann?«
Er deutete auf meine Hände. »Als Sie sich soeben über die Noten beugten, sah ich, wie Sie mit Ihrer Hand versuchten, die betreffende Stelle auf den Saiten einer imaginären Violine zu greifen. Aus der Schnelligkeit, mit der Sie den richtigen Fingersatz fanden, schloß ich, daß Sie ein Geiger mit beträchtlicher Erfahrung sein müssen.«
»Ja, Sie haben recht, ich spiele schon seit meiner Kindheit Geige«, sagte ich und starrte auf meine Hand, als ob diese ein eigenständiges Wesen sei. »Ich muß schon sagen, Sie verfügen aber über eine bemerkenswerte Beobachtungsgabe.«
»Reine Gewohnheit, nichts weiter«, versicherte Livingston gelassen, während ich versuchte, mir meine Überraschung nicht anmerken zu lassen. Nichts, aber auch gar nichts erinnerte, so wie er hier saß und kühl über Musik und Geigenspiel dozierte, noch an den mysteriösen Viscount aus der Casa Petrucci, geschweige denn an den hilflosen Kokainsüchtigen von vor wenigen Tagen. Auch der Gesichtsausdruck von der Marienbrücke war vollkommen vergessen. Allerdings lag etwas in dieser Gelassenheit und in der Art, wie er einen bisweilen aus zusammengekniffenen Augen ansah, daß mir nicht ganz geheuer war. Es schien wie eine Ruhe, die er nur künstlich mit Hilfe des Kokains erzeugen und aufrechterhalten konnte.
»Darf ich fragen, was Sie aus England hierher nach Wien geführt hat?« fragte ich daher.
Er warf mir einen flüchtigen Blick zu, wobei er es geschickt vermied, mir in die Augen zu sehen. »Ich schreibe an einem Essay über Wagner.«
»Unterrichten Sie an einer Universität?«
»Nein, ich bin Privatgelehrter.«
»Kann man denn davon leben?«
»Eben nicht«, warf Schönberg, der inzwischen seine Korrekturen beendet hatte, in amüsiertem Ton ein. »Deswegen muß er ja auch Geigenstunden geben.«
Livingston lächelte kühl. »Ganz so schlimm ist es nicht. Ich besitze Privatvermögen.«

»Und warum schreiben Sie über Wagner und nicht über Brahms?« fragte ich, einfach um noch mehr aus ihm herauszubekommen.
»Die Kunst von Herrn Brahms wird nach meiner Ansicht stark überschätzt.«
»Sie finden? Und weshalb?«
»Weil er ein blutleerer Formalist ist.«
»Na, das ist etwas stark«, lächelte ich. »Glauben Sie nicht, daß Sie ein wenig übertreiben? Nehmen Sie doch nur seine Vierte Symphonie, die ja allgemein als Gipfelpunkt seines Schaffens angesehen wird.«
»Ein schlechtes Beispiel.«
»Warum?«
Der Engländer zuckte die Achseln und antwortete mit einer Gegenfrage: »Würden Sie mir zustimmen, wenn ich sage, daß Liszt, Wagner und Bruckner versucht haben, die Musik als Form aufzulösen, indem sie Dramatik vor Handwerk setzen? Schön. Was tut nun Brahms? Zuerst zwingt er den Gedanken der permanenten Variation in die Form einer Sonate, die dadurch wie eine einzige große Durchführung klingt, ohne Exposition, ohne Reprise, ohne Coda. Dann scheint er sich von seiner selbstauferlegten Beschränkung lösen zu wollen und wird romantisch, woran auch die fortissimo einsetzenden Streicher nichts ändern, da sie nur Episode sind. Als nächstes flüchtet er sich in eine … nun, in eine seltsame Heiterkeit, so als wolle er dem Gefühlsausbruch des vorhergehenden Andante moderato entkommen. Schließlich das Finale: eine großangelegte Passacaglia nach Bachs Kantate ›Nach dir, Herr, verlanget mich‹, wiederum in die Form eines Sonatensatzes gepreßt. Das ist alles zweifellos sehr kunstvoll, ändert aber nichts daran, daß es sich um eine reine Form-Musik handelt, ohne wirklichen Ausdruck, ohne inneres Feuer. Wie sagte doch Bruckner ganz richtig? ›*Wer sich durch die Musik beruhigen will, der wird der Musik von Brahms anhängen; wer dagegen von der Musik gepackt werden will, der kann von jener nicht befriedigt werden.*‹«
Sprachlos lehnte ich mich zurück. Livingston hatte mit solcher Lässigkeit gesprochen, daß jeder Zweifel an seiner Fachkenntnis in mir verflogen war. Wären nicht meine persönlichen Erinnerungen und der Hintergrund des Kokains gewesen, ich hätte ihn einfach für einen jungen englischen Gelehrten gehalten, der sich ausgezeichnet in

deutscher Musik auskannte. Sein deutscher Wortschatz war erstaunlich für einen Ausländer und ließ über den starken Akzent und die häufigen grammatikalischen Fehler leicht hinweghören.
»Sie sind demnach überzeugter Wagnerianer?« fragte ich weiter.
Er lächelte rätselhaft. »Nein. Oh, nicht so sehr wegen seiner Musik – obwohl ich mich immer schon zwingen mußte, über einiges darin hinwegzuhören, allein schon über die hölzernen Strabreimverse seiner Opern. Was mich an Wagner abstößt, ist seine Philosophie. Denken Sie nur an seine Vorstellung einer Höherentwicklung der Menschheit, die allein aus der arischen Rasse heraus erfolgen kann; denken Sie an all die zweifelhaften Ideen, die in seiner Musik zum Ausdruck kommen: die Überlegenheit des Christentums im ›Parsifal‹, die Vorherrschaft der nordischen Rasse im ›Ring des Nibelungen‹, der versteckte Antisemitismus im ›Fliegenden Holländer‹. Wagner war es doch, der anläßlich des Ringtheaterbrandes meinte, er sei über verschüttete Arbeiter in einer Kohlegrube zutiefst bestürzt und ergriffen, wohingegen ihn der Tod von Hunderten, die einer Offenbach'schen Operette beiwohnen – worin sich schließlich auch nicht ein *einziger* Zug moralischer Größe zeige –, fast gleichgültig lasse. Nietzsche hat für meine Begriffe völlig recht, wenn er schreibt, daß sich die Deutschen vor Wagner wie vor einer Krankheit schützen müßten, weil er die vollkommene moralische Verderbnis darstelle. Und wenn Sie bedenken, welche Bedeutung seine Musik und seine Weltanschauung inzwischen erreicht haben, dann werden Sie mir zugeben müssen, daß Wagner allein den modernen Antisemitismus in Europa mehr gefördert hat als irgendein anderer Denker oder Künstler.«
Er hatte ebenso leise gesprochen wie zuvor; dennoch unterbrach er sich nun, um sich unauffällig nach allen Seiten umzusehen, während ich mich einmal mehr fragte, wer dieser Engländer sein mochte, der hier seelenruhig in einem der bekanntesten Wiener Kaffeehäuser saß und in derart geschliffener Manier gegen Wagner polemisierte – noch dazu nicht einmal gegen dessen Musik, sondern gegen seine Weltanschauung, über die ich nur wenig wußte. Ich hatte zwar immer wieder einmal in Künstlerkreisen etwas über die zweifelhaften Rassenideen des Komponisten gehört und wußte auch, daß eine umstrittene Broschüre gegen den jüdischen Einfluß auf die Musik von ihm erschienen war, hatte dies alles aber nie richtig ernst genommen.

Als ob er meine Gedanken erraten hätte, fragte Livingston : »Kennen Sie eigentlich Wagners Abhandlung ›Das Judentum in der Musik‹?« Ich schüttelte schuldbewußt den Kopf.
»Sehr bedauerlich«, meinte Livingston, indem er spöttisch eine Augenbraue hochzog. »Das sollten Sie einmal nachholen. In diesem Traktat läßt er nämlich keinen Zweifel daran, wie er sich die Lösung der Judenfrage vorstellt.«
»Nämlich?« fragte ich stirnrunzelnd.
»Nun, nachdem er – noch nicht einmal ganz unzutreffend – darlegt, daß die Juden in der europäischen Kultur im Grunde immer Fremde geblieben sind, kommt er am Ende zu dem Vorschlag, nur ihr völliges Aufgehen in der Christengemeinschaft könne ihre Rettung bedeuten. An ihre Adresse gerichtet, heißt es am Schluß kurz und bündig – ich zitiere wörtlich: ›*Nehmt rücksichtslos an diesem, durch Selbstvernichtung wiedergebärenden Erlösungswerke teil, so sind wir einig und ununterschieden! Aber bedenkt, daß nur eines eure Erlösung von dem auf euch lastenden Fluche sein kann: die Erlösung Ahasvers, – der Untergang!*‹«
»Aber es ist doch bekannt«, erwiderte Schönberg nervös, »daß Wagner zahlreiche jüdische Freunde hatte. Denken Sie nur an Hermann Levi, der noch dazu sein bevorzugter ›Parsifal‹-Dirigent war.«
Livingston schüttelte den Kopf. »Sehen Sie nicht, daß gerade dies das Perfide an Wagner ist? Es ist doch sein bestes Argument *für* den Antisemitismus, wenn er sich mit Juden wie Levi umgeben kann, die damit offen zeigen, daß sie sich zu seinen Ideen bekehrt haben. ›Seht her‹, sagt Wagner zu den Juden, ›nur wenn ihr meiner Musik dient, ist euch der Lohn der arischen Kultur gewiß – sogar, wenn ihr nicht getauft seid.‹«
»Und wie erklären Sie sich«, fragte ich, »daß Wagner es damals ablehnte, die Petition an Bismarck zur Aufhebung der Judenemanzipation in Deutschland zu unterschreiben?«
Der Engländer lächelte spöttisch. »Aber das ist doch ganz klar. Ein Mann wie Wagner war nur so lange Theoretiker, wie es nicht um seine finanziellen Interessen ging. Und zur Zeit der Petitionsfrage war neben Bayreuth nun einmal Berlin der bedeutendste Schauplatz für seine Opern; man plante dort gerade eine große Aufführung des gesamten ›Ring des Nibelungen‹. Das einflußreiche jüdische Publikum

Berlins war aber schon seit geraumer Zeit nicht mehr bereit, dem Meister alles nachzusehen. Literarische Ergüsse und Traktate, nun gut, das konnte man vielleicht noch hinnehmen – aber wenn der Name Wagner in dicken Lettern unter einer Petition gestanden hätte, die ganz offen auf eine Schmälerung der jüdischen Rechte hinauslief, wäre die Grenze erreicht gewesen. Was schrieb Wagner also an den jüdischen Theaterdirektor Neumann in Berlin? ›Der gegenwärtigen antisemitischen Bewegung stehe ich völlig fern!‹ Sind Sie, meine Herren, da nicht auch der Meinung, daß Hans von Bülow ganz recht hatte, als er sagte, der Meister habe zwar das Feuer geschürt, aber andere sich daran die Finger verbrennen lassen?«

Sowohl Schönberg als auch ich schwiegen. Was konnte man auch darauf noch antworten? Der Name von Bülow hatte bei mir schon immer eine Abneigung wenn nicht gegen die Musik, so doch zumindest gegen die Person Wagners hervorgerufen. Bülow, immerhin einer der berühmtesten Dirigenten Europas, der sich in seiner Anfangszeit als Hofkapellmeister in München ganz besonders für Wagner eingesetzt hatte, war bekanntlich mit Cosima Liszt verheiratet gewesen, bevor sich Wagner in sie verliebte. Nach langem Hin und Her hatte er schließlich in die Scheidung eingewilligt und später trotzdem immer wieder Wagner dirigiert, so als ob jemand, der einmal in den Dunstkreis des Komponisten geraten war, sich nur unter größten Mühen wieder daraus befreien könne.

»Na, Herr Livingston«, sagte ich, »wenn man Ihnen so zuhört, kann einem wirklich die Lust an Wagner vergehen.«

Zu meiner Überraschung lächelte der Engländer plötzlich. »Ich glaube, man muß die Musik von der Person trennen«, erwiderte er fast entschuldigend. »Auch mir geht es schließlich so wie jenem Musiker, von dem Nietzsche sagt, er hasse Wagner, könne aber keine andere Musik mehr aushalten. Es tut mir leid, wenn ich Sie brüskiert haben sollte. Das lag nicht in meiner Absicht.«

»Sie brauchen sich nicht zu entschuldigen. Wenigstens nicht bei mir«, sagte ich mit einem Seitenblick auf Schönberg, der auffallend still in seiner Ecke saß und sich jeden Kommentars enthielt. Vielleicht war ihm als Juden das Ganze inzwischen doch etwas peinlich.

»Rauchen Sie?« fragte ich daher den Engländer, indem ich mein Tabaketui aus der Tasche zog.

»Vielen Dank«, erwiderte Livingston und bediente sich, indem er sich die Zigarette flüchtig unter die Nase hielt. »Oh, eine seltene ostindische Mischung. Berhampur, nehme ich an?«
»Allerdings, Berhampur«, sagte ich überrascht, »genau richtig. Ich kaufe sie in einem Wiener Spezialgeschäft. Wie konnten Sie das wissen?«
»Ach, ein kleines Steckenpferd von mir«, meinte er gleichmütig.
Doch bevor ich etwas zu dieser absonderlichen Begabung sagen konnte, geschah etwas, das meine Zweifel an Livingstons Identität jäh wiederaufleben ließ. Ein Kellner lief durch das Café und rief: »Telegramm für Herrn Livingston. Ist ein Herr Livingston hier?«, doch obwohl seine Stimme deutlich zu verstehen war und er nur im Abstand von wenigen Metern an unserem Tisch vorbeiging, zeigte der Engländer keinerlei Reaktion.
»Haben Sie denn den Kellner nicht gehört?« wandte sich Schönberg an ihn. »Es ist ein Telegramm für Sie abgegeben worden!«
»Für mich?« rief Livingston überrascht.
»Ja, natürlich. Hallo, Kellner! Hierher bitte!«
Der Livrierte, der bereits auf dem Weg in den hinteren Teil des Cafés gewesen war, drehte sich um und kam an unseren Tisch zurück. Er überreichte Livingston das Telegramm, dessen Umschlag der Engländer, die Zigarette im Mund, ungeduldig aufriß. Während er mit zitternden Fingern las, verkrampften sich plötzlich seine Züge. Er drückte so abrupt die Zigarette aus, daß er beinahe den Aschenbecher verfehlte, steckte die Nachricht hastig in seine Tasche und stand auf.
»Meine Herren«, sagte er schnell, »es tut mir leid, Sie müssen mich entschuldigen, ich muß gehen. Es hat mich gefreut, Sie kennenzulernen, Dr. Heydinger. Guten Abend.«
Er griff schnell nach Hut und Mantel, stand ohne ein weiteres Wort auf und verließ uns. Ich sah ihm noch hinterher, wie er in nervöser Hast dem Ausgang entgegenstrebte, ungeduldig die Tür aufriß und in der Dunkelheit verschwand.
Irritiert wandte ich mich an Schönberg. »Haben Sie eine Idee, warum er auf seinen Namen nicht reagiert hat?«
»Ich glaube, es hängt mit seinem Pseudonym zusammen. Er wohnt in der Taborstraße unter dem Namen Sigerson. Seine Abhandlung über Wagner will er, glaube ich, auch unter diesem Namen herausgeben.«

»Hat er denn als Sigerson bereits etwas veröffentlicht?«
»Das weiß ich nicht, ich habe ihn nie danach gefragt.«
»Wie lange kennen Sie ihn denn schon?«
Schönberg zuckte die Schultern. »Er ist, wenn ich mich richtig erinnere, ungefähr vor einem Jahr in der Taborstraße eingezogen. Aber von ›Kennen‹ kann eigentlich keine Rede sein, ich weiß im Grunde gar nichts über ihn. Ich hörte ihn manchmal nebenan Violine spielen, und als ich ihn eines Tages vor dem Haus traf, sprach ich ihn einfach an. Er war ziemlich reserviert, geradezu mißtrauisch – ich glaube, er legt großen Wert auf seine Anonymität. Abgesehen von seinen gelegentlichen Geigenschülern scheint er mit kaum jemand in Wien zu verkehren. Nur einmal mußte mitten in der Nacht ein ganz bestimmter Arzt zu ihm kommen, weil er fürchterlich geschrien hat, so als ob er Krämpfe hätte. Solche Anfälle hat er übrigens öfter. Danach sieht er immer aus wie ein Gespenst.«
Ich hatte keinen Zweifel daran, daß der nächtliche Arzt Freud gewesen war, der versucht hatte, seinem Patienten im Kampf gegen das Kokain zur Seite zu stehen.
»Und sonst wissen Sie gar nichts über ihn?«
»Nein.«
Zu dumm, dachte ich enttäuscht. Da wohnte er nun direkt neben ihm und wußte im Grunde noch weniger als ich – daß er angeblich Musikwissenschaftler war, der ausgezeichnet Geige spielte und nachts schrie. Ich wußte ja wenigstens von Freud, *warum* er schrie …
Doch Schönbergs Gedanken schienen sich mit etwas anderem zu beschäftigen. »Eine böse Sache, das mit Wagners Antisemitismus, nicht wahr?« sagte er. »Ich glaube, daß viele von uns diese Dinge einfach verdrängen. Obwohl man ja heutzutage in Wien schnell gezwungen sein kann, der Wahrheit ins Auge zu sehen – wenigstens, wenn man ein jüdischer Künstler ist.«
»Sie meinen die antisemitischen Kritiken in den Zeitungen?«
Schönberg schüttelte den Kopf. »Die Kritiken sind doch nur das letzte Glied in der Kette.«
»Welcher Kette?«
Schönberg starrte angestrengt in seine leere Kaffeetasse, bevor er sich in der gleichen verstohlenen Weise wie vor einigen Tagen Sigmund Freud vorbeugte und sich nach allen Seiten umsah. »Haben Sie noch

nie von der Gesellschaft gehört?« fragte er mit gedämpfter Stimme. »Von der« – er lächelte unsicher – »von der Schwarzen Hand?«
»Doch, über diesen Club ist mir bereits berichtet worden.«
»Na, dann wissen Sie ja Bescheid.«
»Ganz und gar nicht«, entgegnete ich spöttisch. »Man sagte mir, daß dieser Verein lediglich Geschäftsleute unter ihren Glaubensbrüdern im Visier hätte.«
»Wirklich?« Schönberg hüstelte nervös. »Da hat man Ihnen aber nur die eine Hälfte der Wahrheit erzählt.«
»Und was ist, bitteschön, die andere?«
»Nun«, erwiderte er so leise, daß ich mich vorbeugen mußte, um überhaupt ein Wort zu verstehen, »das eigentliche Ziel der Schwarzen Hand ist es, von jüdischen Künstlern, besonders von Musikern, Schutzgelder zu erpressen. Wer den Forderungen nicht nachkommt, läuft Gefahr, durch bestochene Zeitungskritiker, Intendanten, Konzertagenten oder die Claque so stark in der Berufsausübung behindert zu werden, daß es über kurz oder lang das Ende der künstlerischen Laufbahn bedeutet.«
Ich war versucht, mit der flachen Hand auf den Tisch zu schlagen. »Aber das ist doch vollkommen absurd!« rief ich, worauf mir Schönberg mit einer beschwörenden Handbewegung bedeutete, leiser zu sprechen. »Wenn das stimmt, was Sie da sagen«, fuhr ich *sotto voce* fort, »warum gehen die Betroffenen dann nicht zur Polizei?«
Schönberg zuckte die Schultern. »Man hat es versucht«, sagte er. »Soviel ich weiß, waren es zwei junge jüdische Musikstudenten, die mit einem solchen Erpresserbrief zur Polizei gegangen sind. Aber bei den Ermittlungen kam nichts heraus. Erstens hatte man kein großes Interesse, der Sache nachzugehen, da es ja nur Juden betrifft. Zweitens gehört es zur Vorgehensweise der Organisation, bei vielen jüdischen Künstlern Ausnahmen zu machen, so daß diese niemals etwas von ihr erfahren und dementsprechend ihre Existenz leugnen. Dafür werden oft besonders talentierte junge Musiker mit derart unerfüllbaren Forderungen belegt, daß sie schon aus diesem Grund gezwungen sind, einen anderen Beruf zu ergreifen oder ins Ausland zu gehen. Und drittens – «
»Drittens?«
»Nun … Angst, Dr. Heydinger. Die beiden Studenten, von denen ich

sprach, flogen eines Tages sang- und klanglos vom Konservatorium, weil ihnen irgend jemand sozialistische Revolutionspamphlete in die Kollegmappen gelegt hatte. Von anderen Opfern erzählt man sich, daß sie nachts überfallen und niedergeschlagen wurden. Denken Sie auch an den Fall Ludwig Kahn. Zwar hat es noch keine Todesfälle unter jüdischen *Künstlern* gegeben, aber wer weiß, wie weit der Arm der Schwarzen Hand reicht?«

»Was soll der Tod eines Bankiers mit den Karrieren jüdischer Musiker zu tun haben?«

»Sehr viel«, erwiderte Schönberg und musterte erneut argwöhnisch die Nachbartische. »Kahn war ein großer Musikliebhaber – ironischerweise übrigens auch ein passionierter Wagnerverehrer –, der angeblich in vielen Fällen für die Begleichung der Schutzgeldforderungen gesorgt hat. Da er Beziehungen zum Kaiserhof unterhielt, ging das Gerücht, er habe, als die Forderungen immer astronomischere Höhen erreichten, bei Franz Joseph wegen der Schwarzen Hand vorsprechen wollen, worauf ihn die Organisation zum Schweigen gebracht hat. Seine Witwe und seine Freunde bestreiten dies natürlich aus Angst vor weiterem Unheil, und es ist ihnen ja auch gelungen, die Sache offiziell als Unfall hinzustellen. – Aber mir wäre es ehrlich gesagt lieber, das Thema fallenzulassen«, meinte er plötzlich unbehaglich. »Ich persönlich habe zwar noch nie Kontakt mit der Gesellschaft gehabt, aber wer weiß … Außerdem«, fügte er hinzu, »wird es langsam Zeit für mich, nach Hause zu gehen …«

»Einverstanden«, sagte ich, da auch mir die Sache allmählich zu dumm wurde. Ich winkte dem Kellner, bei dem wir unseren Kaffee bezahlten. Als ich sah, wie Schönberg sich zum Gehen wandte und seine Noten in die Rocktasche stopfte, kam mir ein Gedanke.

»Sie sind doch auf der Suche nach Beziehungen, Herr Schönberg«, sagte ich, indem wir aufstanden. »Hätten Sie nicht vielleicht Lust, morgen abend zu einem Empfang bei den von Rothers zu kommen? Der Name ist Ihnen doch ein Begriff, oder?«

»Ja, natürlich. Fräulein von Rother ist doch diese Sopranistin, die man jetzt gelegentlich an der Hofoper hört, nicht wahr?«

»Ganz recht. Wenn Sie wollen, würde ich Sie morgen hier im Griensteidl abholen, um mit Ihnen hinaus nach Döbling zu fahren. Dort werden sicher einige Leute von Einfluß zugegen sein.«

»Das ist sehr freundlich von Ihnen«, antwortete Schönberg mit einem dankbaren Lächeln, zögerte aber plötzlich. »Allerdings – ich besitze keinen Abendanzug.«
»Machen Sie sich darüber keine Gedanken. Bei den Rothers gibt man sich zwanglos.«
Wir waren aus dem Kaffeehaus auf die Straße getreten, und ich reichte ihm die Hand. »Also abgemacht. Ich treffe Sie hier morgen abend um sieben Uhr. Ach, und noch etwas: Wenn Sie bis dahin Herrn Livingston treffen sollten, dann bringen Sie ihn doch ruhig auch mit.«
Wir wünschten uns gegenseitig einen guten Abend, worauf sich Schönberg auf den Heimweg in die Leopoldstadt machte und ich einen Fiaker nach der Salesianergasse herbeiwinkte.

V.

Die Abendgesellschaften bei den Rothers hatten ungeachtet der erst wenigen Jahre, die der ehemalige preußische Attaché in Wien wohnte, bereits eine gewisse Tradition. Vater und Tochter pflegten es ihren jeweiligen Freunden freizustellen, alte und auch neue Bekannte mitzubringen, wobei sie darauf vertrauten, daß man ihren Geschmack richtig einschätzte und nicht jedesmal mit obskuren Kaffeehaushoffnungen erschien, die zwar den Weinkeller des Hauses zu schätzen wußten, ansonsten aber nichts Besseres zu tun hatten, als wehleidige Phrasen über die Schwierigkeiten einer Wiener Künstlerexistenz abzusetzen.
Der Hausherr selbst verfügte nur über einen kleinen Bekanntenkreis, der sich hauptsächlich aus Angehörigen der Wiener Aristokratie und des Akademikermilieus zusammensetzte. Den künstlerischen Bereich überließ er vollständig seiner Tochter, der es denn auch regelmäßig gelang, für den nötigen Esprit zu sorgen. Beide zusammen bildeten auf diese Weise ein perfekt harmonisierendes Paar, ja man hätte sie geradezu für Eheleute halten können, wäre Rother zehn, fünfzehn Jahre jünger und etwas weniger exzentrisch gewesen. Drahtig, glattrasiert und preußisch, mit blondem Scheitel und blitzendem Monokel, war er immer noch von beträchtlicher, wenngleich etwas schwermütiger Attraktivität. Ein schmerzlicher Ausdruck spielte jedesmal um seine Lippen, wenn die Sprache auf seine Vergangenheit

als Diplomat in London kam, ein Anflug von Trauer und Melancholie, der einen unweigerlich an das Schicksal seiner Frau erinnerte. Er war Mitglied diverser Freimaurerorden und beschäftigte sich mit botanischen und »alchymischen« Studien, für die er sich im Keller seines Hauses eigens ein kleines Labor eingerichtet hatte. Niemand außer Lena und einigen auserwählten Freunden durfte ihn stören, wenn er sich dort seinen skurrilen Versuchen widmete. Aus seinen gelegentlichen Andeutungen wurde ich nie so ganz klug, und obwohl er stets versicherte, daß es sich um völlig harmlose Experimente handle, wurde ich mehrmals Zeuge, wie der gedämpfte Donner kleinerer Explosionen die Rother'sche Villa erschütterte. Als ich ihn einmal mit einer verbundenen Hand und einem Heftpflaster auf der Stirn antraf, erklärte er mit einiger Verlegenheit, vom Pferd gefallen zu sein, was ich für eine glatte Lüge hielt, da ich ihn vorher niemals hatte reiten sehen und auch Lena bei dieser Antwort nur milde resigniert zu Boden sah.

Aber auch Rothers engste Freunde betrachteten sein Steckenpferd mit gemischten Gefühlen. Während Valentin Glantschnig, ein gleichfalls zur Wunderlichkeit neigender Professor für organische Chemie, ihn stets zu seinen Forschungen ermunterte und imstande war, stundenlang mit ihm über Fortschritte in der Mikroskopherstellung und die Vorzüge einer bestimmten Sorte Reagenzgläser zu plaudern, hatte dessen Kollege, der Physiologe Julius Wiesner, nur Hohn und Spott für den Amateur übrig. Wiesner, der wenige Jahre später bekanntlich Rektor der Wiener Universität wurde, sprach offen von »albernem Hokuspokus«, der nur einem unbeschäftigten Juristengehirn entspringen könne, und prophezeite, daß sich Rother auf seiner Suche nach dem Stein der Weisen noch einmal selbst in die Luft sprengen würde.

Andererseits konnte Rother auf seine deutsch-britische Art sehr charmant sein, so daß sich immer wieder einmal gewisse Damen der Wiener Gesellschaft für ihn interessiert hatten. Da er aber seine verstorbene Frau nicht vergessen konnte und auch nicht die Sorte Mann für flüchtige Abenteuer war, blieb ihnen nichts weiter übrig, als sich mit seinem Status als liebenswert-schrulligem Sonderling abzufinden.

Diese Rolle spielte er stets mit Bravour, so auch auch heute abend, als er mich und Schönberg mit zerstreuter Herzlichkeit begrüßte. Der junge Amateurkomponist war allein gekommen, da er Livingston seit dem gestrigen Abend nicht mehr gesehen hatte. Ich bedauerte dies um so mehr, als uns Rother, kaum daß wir den Salon betreten hatten, zwei Gästen vorstellte, deren Bekanntschaft vielleicht auch Livingston gern gemacht hätte. Mein erster Gedanke, als ich die Namen Godfrey Norton und Houston Stewart Chamberlain hörte, war, daß Wien offensichtlich im Begriff stand, zum Eldorado für Engländer zu werden. Während jedoch Norton, ein recht gutaussehender Anwalt für Internationales Handelsrecht mit olivfarbenem Teint und dichtem schwarzem Haar, zunächst keinen besonderen Eindruck auf mich machte, fühlte ich mich von Chamberlain sofort angezogen. Seiner akademischen Bildung nach Botaniker und, wie Rother hinzufügte, ehemaliger Schüler Professor Wiesners, wirkte er äußerlich eher unscheinbar, zwar deutlich über mittelgroß und bemerkenswert gut gekleidet, aber doch sehr zurückhaltend in seiner Art. Man hätte ihn für ein nordisch-kühles Temperament halten können, ein Eindruck, der durch sein dünnes blondes Haar und das vergeistigte Gesicht mit den wässrigen Augen noch verstärkt wurde. Unwiderstehlich in seinen Bann jedoch geriet man, wenn er anfing zu sprechen, mit einer leisen, überaus kultivierten und sonoren Stimme, die einen unmerklich immer tiefer in das Netz seiner Ansichten lockte, in einer unglaublich virtuosen Beherrschung der deutschen Sprache, neben der viele einheimische Gäste wie Erstkläßler einer Provinzschule wirkten. Hätte Rother nicht seinen Namen genannt, ich wäre mit Sicherheit niemals auf den Gedanken gekommen, hier keinen gebürtigen Deutschen vor mir zu haben: Nicht die Spur eines Akzents verriet – im Gegensatz beispielsweise zum doch etwas angestrengten Deutsch Livingstons –, daß dieser Mann in Portsmouth zur Welt gekommen war.

»Erlauben Sie mir, Dr. Heydinger«, wandte er sich sofort höflich an mich, »Ihnen zu Ihrer außerordentlich fesselnden Abhandlung über die Traumsymbole zu gratulieren. Ich muß gestehen, selten etwas Gehaltvolleres zu diesem Thema gelesen zu haben.«

»Vielen Dank«, gab ich erstaunt zurück. »Sie interessieren sich für die Psychologie?«

»Wenigstens insofern«, antwortete Chamberlain lächelnd, »als sie sich

mit Phänomenen beschäftigt, für die es bislang keine befriedigenden Erklärungen gab.«
»Aber von Hause aus sind Sie Botaniker?«
»Ja, ich habe in Genf mein Bakkalaureat gemacht und wollte eigentlich meine Studien hier in Wien bei Professor Wiesner fortsetzen. Leider mußte ich meine Arbeit vor der Zeit abbrechen. Meine Augen sind recht schwach und waren den stundenlangen Untersuchungen am Mikroskop einfach nicht mehr gewachsen.« Einer Äußerung meines Bedauerns kam er zuvor, indem er sogleich hinzufügte: »Aber das ist kein großes Unglück, da meine sonstigen Studien ohnehin begannen, mir kaum noch Zeit für die Universität zu lassen.«
Bei dieser Erklärung berührte Rother leicht meinen Arm und blitzte mich durch sein Monokel hindurch an. »Lassen Sie sich nicht in die Irre führen, Leonhard. Herr Chamberlain ist zwar ein glühender Verehrer Deutschlands und seiner Kultur, aber es gibt einen britischen Charakterzug, den er noch nicht abgelegt hat – sich selbst geringer darzustellen, als er ist. Was er da als ›Studien‹ bezeichnet, sind in Wahrheit seine vielen schriftstellerischen Arbeiten. In Kürze wird seine Biographie über Richard Wagner erscheinen, er arbeitet an zwei weiteren über Kant und Goethe und plant darüber hinaus eine Art kulturhistorische Gesamtdarstellung unseres Jahrhunderts aus deutscher Sicht.«
Chamberlain wirkte etwas verlegen, und auch ich war kaum imstande, eine Geste des Erstaunens zu verbergen. Ein solches Programm hätte ich dem augenleidenden und allgemein eher schwächlich wirkenden Botaniker ungeachtet seiner Sprachkünste denn doch nicht zugetraut.
»Haben Sie etwa auch noch Musik, Philosophie und Geschichte studiert?« fragte ich daher.
»Nein«, wehrte er bescheiden ab. »Ich betreibe meine Forschungen auf diesen Gebieten ausschließlich als Amateur – wenngleich ich der Ansicht bin, daß diese Methode viele Vorteile bietet. Ich glaube nämlich, daß derjenige, der sich nur auf ein Fachgebiet beschränkt, den Sinn für das allen Wissenschaften Gemeinsame aus den Augen verliert. Daher ja auch die Faszination, die Goethe auf mich ausübt, ebenso wie Hegel, Schelling und natürlich Kant. Ihnen allen eignete doch der Sinn, unser Leben als Ganzes zu erfassen, um uns nicht nur

etwas über unsere Vergangenheit, sondern auch über unsere Zukunft sagen zu können. Und hatte nicht schon Leopold Mozart, als er seinen Sohn mit auf Reisen nahm, gewußt: ›*Wer nur etwas von Musik allein versteht, versteht auch davon nichts.*‹?«

»Und Sie haben keine Angst«, entgegnete ich, »sich dadurch dem Vorwurf der Scheinwissenschaft auszusetzen?«

In Chamberlains blaue Augen trat ein seltsamer Glanz. »Nein, Dr. Heydinger. Angst ist immer der schlechteste Ratgeber im Leben. Außerdem dürften Sie, mit Verlaub gesagt, zu diesem Thema doch sicher auch Ihre eigenen Gedanken haben, wenn ich nur an Ihre Abhandlung denke.«

Ich war eigentümlich berührt. In seiner ganzen Haltung spiegelte sich etwas von der Kultur und der Belesenheit eines klassischen Philosophen, das zusammen mit seiner ungemein melodischen und nuancenreichen Stimme eine fast magische Anziehungskraft ausübte.

»Ich betrachte es im Grunde sogar als Vorzug«, fuhr er fort, »nicht mehr in das Korsett einer Fakultät allein eingezwängt zu sein. Gewiß ist es notwendig, über ein wissenschaftlich geschultes Denken zu verfügen, und ich meine aus eigener Erfahrung sagen zu können, daß diesem nichts so förderlich ist wie das Studium der Naturwissenschaften. Aber um zu einer Gesamtschau der Dinge zu gelangen, bedarf es doch der Freiheit, vieles übergreifend zu betrachten.«

»Merkwürdig«, warf Rother ein, bei dem an diesem Punkt seine staatsmännische Vergangenheit durchbrach, »daß Sie ausgerechnet die Naturwissenschaften als Basis empfehlen. Ich betreibe diese zwar auch, aber ich muß doch sagen, daß mehr noch als Physik oder Chemie die Jurisprudenz die Grundlage allen logischen Denkens ist. Auch Goethe war doch schließlich Doktor der Rechte, nicht wahr?«

»Gewiß war er das«, erwiderte Chamberlain. »Aber wenn ich voraussetze, daß ein Mann nur als Dichter das sagt, was er wirklich denkt, so scheint er die Grenzen dieser Wissenschaft doch recht klar erkannt zu haben, nicht wahr? Denken Sie nur an das, was er den Teufel über das Studium der Rechte sagen läßt – erlauben Sie mir zu zitieren? Mephistopheles antwortet doch, nachdem er den Schüler aufgefordert hat, eine Fakultät zu wählen, und dieser meint: ›*Zur Rechtsgelehrsamkeit kann ich mich nicht bequemen*‹, mit den Worten:

›Ich kann es Euch so sehr nicht übelnehmen,
ich weiß, wie es um diese Lehre steht.
Es erben sich Gesetz' und Rechte
wie eine ew'ge Krankheit fort;
sie schleppen von Geschlecht sich zum Geschlechte
und rücken sacht von Ort zu Ort.
Vernunft wird Unsinn, Wohltat Plage;
weh dir, daß du ein Enkel bist!
Vom Rechte, das mit uns geboren ist,
von dem ist, leider! nie die Frage.‹«

Chamberlain hatte die Verse in lässig-ironischer Haltung, gleichwohl jedoch mit enormer deklamatorischer Wirkung wiedergegeben; in seinen Augen glomm ein seltsames Feuer, so als sei er innerlich stolz darauf, die Worte des Dichters zu seinem eigenen Besitz gemacht zu haben.

Glücklicherweise blieb es Rother erspart, etwas darauf entgegnen zu müssen, da plötzlich hinter uns jemand leise zu applaudieren begonnen hatte. Als ich mich umdrehte, erkannte ich zunächst nur ein lächelndes Frauengesicht unter einer wirren Masse hochgesteckter dunkler Haare. Erst als ich genauer hinsah und den sinnlichen Mund und die klassische Nase erkannte, wurde mir plötzlich klar, daß die Frau, die dort stand, niemand anders als die geheimnisvolle Viscountess aus der Casa Petrucci war! Ich hatte mich also doch nicht geirrt, neulich an der Marienbrücke! Mochte sich auch Livingstons Aussehen seit der Zeit auf Elba drastisch verändert haben, *sie* sah noch genauso aus wie damals, etwas blasser vielleicht, aber ansonsten noch immer unvergleichlich schön. Ich empfand fast ein Gefühl der Wiedersehensfreude, obwohl sie mich offensichtlich ebensowenig erkannte wie vor kurzem der Engländer. Sie trug eine lange, hochgeschlossene Abendrobe aus schwarzem Samt, weniger auffallend geschnitten als ihre Kostüme auf Elba, aber ihre schlanke Figur nicht minder deutlich betonend. Ihre Arme steckten in perlgrauen Glacés; der einzige Schmuck war eine goldene Halskette. Mit der typisch flüchtigen Handbewegung wischte sie sich eine lockige Haarsträhne aus der Stirn, und zwinkerte dem Rezitator ironisch zu.

»Ausgezeichnet, Mr. Chamberlain«, sagte sie mit einem mokanten

Lächeln, »man könnte wirklich meinen, Sie seien der Teufel selbst.« Ihre Stimme, die ich heute zum ersten Mal aus nächster Nähe hörte, besaß tatsächlich einen amerikanischen Akzent. Die Sprachmelodie dagegen war unverkennbar österreichisch, mit starkem Wiener Einschlag; die Artikulation ihrer Worte war so deutlich, daß ich sie mehr denn je für eine Schauspielerin hielt.
Auf Chamberlains Zügen war für einen kurzen Moment ein Schatten von Verärgerung erschienen. Rother fühlte sich bemüßigt, die Situation zu entschärfen, indem er der Schönen mit ironisch erhobenem Zeigefinger drohte: »Aber Madame, mit dem Teufel soll man keine Scherze machen …«
»Ich scherzte ja nicht mit ihm, sondern *über* ihn«, erwiderte sie unverschämt und fügte mit einem spöttischen Augenaufschlag hinzu: »Wer als Engländer des Deutschen in einer Weise mächtig ist wie Herr Chamberlain, der muß doch einfach mit dunklen Mächten im Bunde sein, nicht wahr?«
Ihre Ironie wirkte schier entwaffnend, und sowohl Rother als auch ich konnten sie nur sprachlos anstarren. Doch es zeigte sich, daß sie Chamberlain unterschätzt hatte.
»Nichts kann dunkler sein als die Schönheit Ihrer Augen, Madame«, parierte er und deutete eine leichte Verbeugung an. »Ganz abgesehen davon, daß sich seit Goethes Zeiten viel geändert hat und Mephistopheles heute ja gelegentlich schon als Frau verkleidet auftritt«, setzte er hinzu, auf ein Boulevardstück mit dem Titel »Des Teufels Gattin« anspielend, das gerade mit großem Erfolg im Theater an der Wien gegeben wurde.
Seine Herausforderin, souverän genug, das Wortspiel nicht weiter zu strapazieren, gab sich mit einem Lächeln geschlagen, nickte ihm wie ein guter Verlierer zu und zog sich in Richtung jenes Rechtsanwalts namens Norton zurück, den Rother mir vorhin zusammen mit Chamberlain vorgestellt hatte. Ich stutzte plötzlich. War vielleicht Norton der Mann gewesen, mit dem ich sie vorgestern vor der Marienbrücke gesehen hatte? Es konnte gut möglich sein, denn auch der Anwalt trug einen dunklen Schnurrbart und wirkte ähnlich selbstsicher wie der Unbekannte in der Kutsche …
»Na, mein Lieber, gestern noch unglücklich wegen Hamburg und heute schon auf der Suche nach Ersatz?«

Erschrocken drehte ich mich um.
»Meine Güte, Lena«, murmelte ich schuldbewußt. »Ich habe dich überhaupt nicht bemerkt.«
»So, das gibst du auch noch zu«, sagte sie spöttisch, während Rother verlegen an seinem Monokel herumfingerte und Chamberlain auf seine Schuhspitzen herabsah. »Nun, sei unbesorgt, du bist nicht der erste, noch wirst du der letzte sein, der von ihr geblendet ist.«
»Von Blendung kann keine Rede sein«, erwiderte ich kühl. »Außerdem pflege ich mich, wenn du das meinst, nicht für Frauen zu interessieren, die bereits vergeben sind«, sagte ich, mit einer Kopfbewegung auf Norton deutend.
»Das muß sich erst noch herausstellen«, gab Lena zurück.
»Was muß sich herausstellen?«
»Na, ob er diesmal bei ihr bleibt oder nicht.«
»Wer *er*? Norton?«
Von Rother beugte sich plötzlich mit vertraulicher Miene vor. »Mir scheint, Leonhard, Sie wissen gar nicht, wer sie ist, wie?«
»Nein, woher sollte ich?«
Lena lachte ungläubig. »Du kennst Irene Adler-Norton nicht?« fragte sie.
Aus den Tiefen meines Gedächtnisses stieg plötzlich die Erinnerung an irgendeine Schlagzeile in den Gesellschaftsnachrichten der Wiener Tageszeitungen auf. Doch so sehr ich mich auch anstrengte, es gelang mir noch immer nicht, den Namen in einen konkreten Zusammenhang zu bringen.
»*Irene Adler-Norton*«, erklärte Lena daher in der Art eines Lexikonstichworts, »Mezzosopranistin, bis vor wenigen Jahren jüngste Primadonna an der Oper von Warschau. Engagements in Berlin und an der Mailänder Scala, daneben berüchtigte Abenteurerin ohnegleichen. Ihre Affären sind Legion. Selbst ein König soll zu ihren Liebhabern gehört haben.Verheiratet mit Godfrey Norton, einem englischen Rechtsanwalt in Wien, der sie seinerseits bereits zweimal verlassen hat. Sie sind erst seit kurzer Zeit wieder vereint. Es heißt, daß sie eigentlich nur ihn liebt.«
Ich wußte nicht, worüber ich mich mehr wundern sollte: über die Fakten ihrer Beschreibung oder über die ungewohnte Offenherzigkeit, in der deutlich eine Spur Neid auf die ehemalige Kollegin mit-

schwang. Auf jeden Fall war die eine Hälfte des Rätsels um das mysteriöse Paar aus der Casa Petrucci endlich gelöst. Eine Aufführung von »Samson und Dalila« vor Jahren in Genf und ein Konzert mit Mozartarien in Berlin ... Eine junge, blutjunge Sängerin – ja, das mußte sie gewesen sein, damals allerdings noch unter dem Namen Irene Adler, ohne den Zusatz Norton. Und jetzt erinnerte ich mich auch wieder an irgendeinen Wiener Ehebruchskandal, in den ein hohes Mitglied der Hofopernintendanz und eine gewisse »Madame Norton« verwickelt gewesen waren. Aber nie wäre ich darauf gekommen, daß es sich dabei um diese Primadonna handelte! Und erst recht nicht, daß dies die gleiche Klaviervirtuosin war, die mit Vorliebe unbekleidet in einsamen Insellagunen zu baden pflegte ...
»Eine große Künstlerin, was immer man sonst über sie denken mag«, meinte Chamberlain, der offenbar nicht nachtragend war. »Ich habe sie vor Jahren einmal bei einem Konzert mit Brahmsliedern in Dresden gehört. Es war überaus beeindruckend.« Er betrachtete sein leeres Glas. »Ich werde mir noch etwas von ihrem ausgezeichneten Burgunder holen, von Rother. Bitte entschuldigen Sie mich, Dr. Heydinger – gnädiges Fräulein.«
Mit einem höflichen Kopfnicken wollte er sich entfernen, wobei ich den Eindruck hatte, daß der Wein nur ein Vorwand war, um in die Nähe der Adler-Norton zu gelangen. Er war aber noch keine zwei Schritte weit gekommen, als er mit Professor Glantschnig zusammenstieß, der unschlüssig nach einem Gesprächspartner gesucht und sich ruckartig genau im gleichen Moment wie Chamberlain in Bewegung gesetzt hatte. Während Rother dem verschrobenen Chemieprofessor, der vor Schreck sein volles Glas fallen gelassen und sich dabei über und über mit Sekt begossen hatte, zu Hilfe eilte, murmelte Chamberlain eine Entschuldigung und empfahl sich schleunigst aus Angst vor weiterem Unheil.
Es war bekannt, daß Glantschnig, ein kleiner, graubärtiger und beängstigend kurzsichtiger Mensch, die Eigenschaft besaß, auf Empfängen und Gesellschaften stets in irgendeiner Form im Wege zu sein. Sein Instinkt, mit dem er sich genau vor jener Tür aufzustellen pflegte, aus der ein Diener mit einem vollbeladenen Tablett treten wollte, war unfehlbar; hatte man einen Bekannten entdeckt, auf den man quer durch den Saal zugehen wollte, konnte man fast sicher sein, mit

Glantschnig zusammenzustoßen, der, die Hände hinter dem Rücken verschränkt, blinzelnd und mit schlingernden Bewegungen, ebenfalls irgendwohin eilte. Besonders gefährlich war seine Angewohnheit, während einer Konversation mehrmals unvermittelt einen Schritt zurückzutreten, so als ob er zusätzlichen Raum benötigte, um seinen Ausführungen über die Wiener Lokalpolitik oder den neuesten Universitätsklatsch den nötigen Nachdruck zu verleihen. Zu allem Überfluß gehörte er auch noch zu jener Sorte Menschen, die immer dann, wenn sie nach dem richtigen Wort oder dem passenden Ausdruck suchten, händeringend in eine geradezu verzweifelte Gebärdensprache verfielen. (Und er suchte, nebenbei bemerkt, fast ständig. Ich hatte mir sagen lassen, daß er seine Vorlesungen völlig frei vortrug, was zur Folge hatte, daß seine Studenten ihn immer überreden wollten, sich als »Burgschauspieler im tragischen Fach« zu bewerben ...)

»Der arme Professor«, meinte denn auch Lena amüsiert. »Und das, wo er kaum noch das Geld für einen neuen Abendanzug haben dürfte.«

»Na, so arm wird er nun auch wieder nicht sein«, erwiderte ich.

»O doch. Vater hat mir erzählt, daß er gerade sein ganzes Geld bei einer Fehlspekulation verloren hat.«

»Hat er sich denn nicht vorher abgesichert?«

»Schon, aber es muß wohl ein größeres Aktiengeschäft gewesen sein, finanziert mit zweifelhaften Wechseln. Er war doch Kunde bei Ludwig Kahn.«

Zum zweiten Mal an diesem Abend zuckte ich zusammen.

»Es war mir nicht bekannt, daß Kahn in unseriöse Geschäfte verwickelt war«, sagte ich möglichst harmlos.

»Offiziell ist auch nichts darüber bekannt«, erwiderte Lena achselzuckend. »Vater meint, daß man Kahn mit Absicht ruinieren wollte. Angeblich soll auch sein Unfall etwas damit zu tun haben.«

Ich starrte sie ungläubig an. »*Wer* wollte Kahn ruinieren? Und warum?«

»Ich habe keine Ahnung. Vielleicht ein paar jüdische Konkurrenten, denen er zu erfolgreich war, vielleicht auch ein paar verrückte Antisemiten aus der Wiener Geschäftswelt – wer weiß? Man munkelt, daß er gute Kontakte zur Presse und zur Hofburg hatte, was ja allein schon vielen ein Dorn im Auge ist.«

»Du glaubst also auch, daß sein Tod gar kein Unfall war?«
»*Ich* glaube gar nichts. Aber ist es nicht wirklich seltsam, wie schnell die Polizei ihre Untersuchung damals abgeschlossen hat? Soweit Vater informiert ist, hat die Familie Kahn alles in Bewegung gesetzt, um einen Skandal zu vermeiden. Sogar ein Journalist der ›Neuen Freien‹ soll bestochen worden sein, um nicht allzu ausführlich über den Unfall zu berichten.«
Ich verspürte wie schon bei meinen Begegnungen mit Freud, Schornauer und Schönberg das unwillkürliche Bedürfnis, mich gegen all diese dunklen Andeutungen aufzulehnen, besonders, da das Ganze plötzlich keineswegs mehr nur eine jüdische Ghettointrige zu sein schien.
Bevor ich jedoch etwas erwidern konnte, sagte Lena plötzlich: »Zuerst die Adler-Norton, jetzt der Fall Ludwig Kahn. Willst du denn überhaupt nichts über Hamburg wissen?«
»Doch, natürlich, entschuldige bitte. Du hast mit deinem Vater gesprochen?«
»Ja. Er ist auch der Ansicht, ich solle mir das Angebot erst einmal vor Ort ansehen.«
»Und wenn es dir gefällt?«
»Dann kommt immer noch das Probesingen.«
»Das dürfte dir bei einem Mann wie Mahler keine Schwierigkeiten machen.«
»Und die Zustimmung des Intendanten.«
»Die wird Mahler schon durchsetzen.«
Lenas Lippen verzogen sich zu einer sarkastischen Grimasse. »Du scheinst ja plötzlich ganz versessen, mich loszuwerden, wie?«
»Aber Lena, ich bitte dich. Was ist denn heute abend nur los mit dir?«
Sie zuckte nervös die Achseln. »Ach, ich weiß auch nicht. Wahrscheinlich liegt es an der Adler-Norton. Es geht mir immer auf die Nerven, wie sie so von allen umschwärmt wird. Sogar der kleine kahle Jüngling, mit dem du gekommen bist, hat große Augen gemacht. Wer ist er eigentlich?«
»Schönberg? Ein unbekannter Komponist, Jude, völlig mittellos. Muß in einer Bank arbeiten, weil er kein einziges Instrument beherrscht, schreibt aber sehr talentierte Sachen.«
Ich sah zu dem verhinderten Musiker hinüber, der etwas befangen

den Gesprächen einer kleinen Gruppe von Gästen rings um ihn lauschte. Außer dem Schriftsteller und notorischen Kaffeehausbohemien Ferdinand Schering erkannte ich den Pianisten Rudolf Janowsky, dessen junge, melancholische Frau Gertrud – eine meiner schwierigsten Patientinnen – sowie Franziska Lohner, Lenas Gesangsschülerin.

»Laß uns hinübergehen«, schlug Lena vor, die mit der Lohner, einer burschikosen Person mit kurzen brünetten Haaren, auch privat befreundet war. »Vielleicht können wir ihn vor schlechten Einflüssen bewahren.«

Mißmutig folgte ich ihr. Mir stand plötzlich nicht der Sinn nach seichter Salonkonversation. Viel lieber hätte ich mich einmal unauffällig mit der Adler-Norton unterhalten. Aber natürlich hätte das einen neuerlichen Affront gegenüber Lena bedeutet. Ich fügte mich also in das Unabänderliche und wappnete mich insgeheim gegen das Zusammentreffen mit Schering, auf den Lena mit ihrer letzten Bemerkung angespielt hatte.

Der Literat, ein alternder Mittvierziger mit aufgedunsenen Gesichtszügen, hatte vor Jahren einen satirischen Sittenroman über die Wiener Aristokratie geschrieben, durch den er zwar in Wiener Literatenkreisen unsterblich, bei den Opfern seines Spotts aber zum verhaßtesten Künstler ganz Österreichs geworden war. Adel und Offizierskorps hatten in der Folge alles daran gesetzt, ihn mundtot zu machen, wobei ihnen Scherings phlegmatisches Temperament mehr zu Hilfe kam als die vielen versuchten Bestechungen von Verlegern und Zeitungskritikern. Denn Schering kultivierte den Müßiggang zur Lebensart und saß lieber den ganzen Tag schachspielend im Kaffeehaus, als sich einem neuen Werk zu widmen. Als Sohn eines Stahlmagnaten aus der Steiermark konnte er es sich leisten, sich auf seinen schon stark verwelkten Lorbeeren auszuruhen und sich im übrigen die Zeit damit zu vertreiben, in den Wiener Salons die Philosophie seines Idols Friedrich Nietzsche zu predigen (angeblich führte er in seinem verschossenen alten Gehrock immer die Erstausgabe von »Also sprach Zarathustra« mit sich).

»Ich habe es aufgegeben, noch etwas von der Menschheit zu erwarten«, ließ er sich gerade pathetisch vernehmen. »Meinetwegen kann diese Erde untergehen. Ich bin bereit.«

»Wozu bereit?« fragte die Lohner unbeeindruckt. »Zur Hölle zu fahren?«
Schering lachte affektiert. »Zur Hölle? Aber mein liebes Kind! Das hier« – er beschrieb mit seiner Hand eine weite, kreisförmige Bewegung, welche die ganze Welt zu umfassen schien –, »*das* ist doch die Hölle!«
Während er fortfuhr, die Dekadenz der abendländischen Zivilisation zu geißeln, fiel mein Blick auf das verängstigte Gesicht Gertrud Janowskys. Sie war ungefähr ein Jahr, nachdem sie ihren Mann Rudolf kennengelernt hatte, meine Patientin geworden, weil sie unter nervösen Angstanfällen und Verfolgungswahn litt. Ich hatte damals eigentlich erwartet, daß sich ihre Heirat vorteilhaft auf das Krankheitsbild auswirken würde, doch erwies sich das als Irrtum – die Häufigkeit ihrer Anfälle nahm im Gegenteil sogar noch zu. Dabei schien alles darauf hinzudeuten, daß Rudolf, dessen Vater noch ein armer jüdischer Straßenmusikant gewesen war, eine glanzvolle Laufbahn als Konzertpianist bevorstand. Zierlich, fast knabenhaft, mit vollem, kohlschwarzem Haar, das ihm tief in die Stirn fiel, schickte er sich gerade an, zu einem der Publikumslieblinge Wiens zu werden. Lena hielt ihn allerdings für geschmäcklerisch; und daß ein jüdischer Musiker sich seitens der antisemitischen Presse »hebräisches Sentiment« vorwerfen lassen mußte, war in Wien ja ebenfalls nichts Ungewöhnliches. Aber besonders das weibliche Publikum war Rudolf treu ergeben und feierte ihn nach jedem Konzert wie einen neuen Rubinstein. Woran also konnte es liegen, daß sich Gertruds Zustand nicht verbessert hatte?
Meine Augen wanderten zu Schönberg, der direkt neben ihr stand, und plötzlich kam mir der Verdacht, ob vielleicht auch die Janowskys Bekanntschaft mit der mysteriösen Schwarzen Hand gemacht hatten. Rudolf war zwar nichts anzumerken; mit unbeteiligter Miene lauschte er Schering, nur hie und da nachsichtig den Kopf schüttelnd, wie man es angesichts dummer Kinderstreiche tut. Aber in Gertruds Zügen spiegelte sich eindeutig die Angst, wenn die Konversation antisemitische Themen streifte. Und noch etwas fiel mir plötzlich ein: Hatte sie mir nicht einmal von einem Traum erzählt, in dem von einem Brief mit einem alten lateinischen Siegel die Rede war? Was, wenn es nun kein Siegel, sondern ein *Wasserzeichen* gewesen wäre? Ich nahm mir

fest vor, sie bei unserer nächsten Ordination einmal vorsichtig darauf anzusprechen …

Unterdessen war Schering bei seinem Lieblingsthema Nietzsche contra Wagner angelangt.

»Alles hätte Nietzsche dem Meister vergeben können«, verkündete er mit schwankender Stimme, »seine Rückkehr nach Deutschland, seinen Jüngerkult, Bayreuth, seinen Kadavergehorsam nach dem Motto ›Wer nicht vollkommen für mich ist, der ist gegen mich‹ – aber daß Wagner, der vorher wenigstens ein religiös unabhängiger Denker gewesen war, am Ende seines Lebens buchstäblich zu Kreuze kriecht, sich dem Christentum hinopfert, mit einem Wort: den ›Parsifal‹ schreibt: das war zuviel für ihn.«

»Sie haben diese Oper also gesehen?« fragte Lena, wohl wissend, daß Schering in dem Ruf stand, heimlich alle großen Wagneraufführungen außerhalb Österreichs zu besuchen.

»So etwas würde ich mir nicht antun«, antwortete er herablassend. »Es genügt mir, die offiziellen Jubelhymnen in den ›Bayreuther Blättern‹ und die Kritiken in den Wiener Tageszeitungen zu lesen, um mir meinen Teil zu denken.«

»Eine ziemlich einseitige Methode, sich eine Meinung zu bilden«, wandte Schönberg zaghaft ein.

»Mag sein«, schnarrte Schering zurück, »aber wenigstens eine, bei der man ein Fenster öffnen kann, wenn einem der christliche Weihrauch den Atem nimmt.«

Ich mußte plötzlich an die gestrigen Äußerungen Livingstons denken und sagte: »Angesichts von Wagners Antisemitismus dürfte kaum die Rede davon sein, daß er jemals ein religiös Unabhängiger war, wie Sie gerade sagten.«

»Ach, Sie meinen sein Pamphlet über die Juden in der Musik?« fragte Schering. »Aber dabei ging es doch nur vordergründig um Religion.«

»Sondern?«

Bevor der Salonliterat antworten konnte, lachte Rudolf Janowsky plötzlich bitter auf. »Um *Neid*, Dr. Heydinger«, sagte er. »Sein jüdischer Kollege Meyerbeer war nun einmal erfolgreicher als er.«

»Nietzsche hatte auch noch eine andere Erklärung«, lächelte Schering maliziös. »Erinnern Sie sich nicht, daß er im ›Fall Wagner‹ fragte, ob Wagner überhaupt ein Deutscher war? Und in Anspielung auf

Wagners Stiefvater Geyer schrieb: ›*Ein Geyer ist beinahe schon ein Adler.*‹?«

Ich konnte ein Lächeln über den Wortwitz Nietzsches nicht unterdrücken, und auch um die Lippen Lenas und der Lohner zuckte es verräterisch. Der Name Adler war ein weit verbreiteter jüdischer Familienname, und mit seiner hintersinnigen Formulierung schien der Philosoph anzudeuten, daß Wagner – von dem man bekanntlich nicht wußte, ob sein Stiefvater nicht doch sein leiblicher Vater war – selbst jüdischer Abstammung war.

»Andererseits«, fuhr Schering zynisch fort, »was besagt schon ein Name? Den echten *décadent* erkennt man schließlich an seiner Gesinnung, ob es nun ein Geier oder ein Adler ist. Sehen Sie sich nur um! Wenn mich nicht alles täuscht, ist heute abend doch sogar ein *nichtjüdischer* Adler hier zu Gast ...«

Obwohl sie einige Meter von uns entfernt stand, zuckte ich zusammen bei dieser beleidigenden Anspielung auf die Adler-Norton. Auch Schönberg und Janowsky sahen betreten zu ihr hinüber in der Hoffnung, Scherings Bemerkung würde vielleicht in der allgemeinen Salonkonversation untergegangen sein. Um so größer war daher unser Entsetzen, als sie nun plötzlich gelassen auf uns zusteuerte.

»Sie sprachen von mir?« fragte sie lächelnd, als sie uns erreicht hatte.

»Um Himmels willen, nein«, lachte Schering sarkastisch. »Bei allem Respekt vor Nietzsche würde ich mich doch dagegen verwahren, eine Dame mit den Niederungen von Rassentheorien in Zusammenhang zu bringen. Besonders eine Dame wie Sie, Madame Adler«, setzte er hinzu, indem er das Wort »Dame« süffisant auf der Zunge zergehen ließ.

»Auch ich würde mich dagegen verwahren«, beschied sie ihn kühl. »Und wenn Sie mir, um einem Mißverständnis zuvorzukommen, noch eine Bemerkung gestatten, Herr Schering: Die Akustik dieses Salons läßt Ihre Art zu sprechen leider etwas in den Vordergrund treten, so daß ich soeben Zeuge Ihrer Ausführungen über Nietzsche und Wagner wurde. Da Sie sich demnach Ihr Urteil über Musik anhand von Zeitungen bilden, ist Ihnen sicherlich entgangen« – und bei diesen Worten war plötzlich jedes Lächeln aus ihrem Gesicht verschwunden –, »daß *Irene Adler* lediglich mein Künstlername ist. Ursprünglich stamme ich aus einem Land, das zwar weder einen Friedrich Nietzsche noch einen Richard Wagner hervorgebracht hat, in dem dafür aber die Toleranz gegenüber Andersdenkenden zu den Grundregeln des Zusammenlebens gehört. Nehmen Sie also bitte zur Kenntnis, daß ich in Richmond, New York, als Clara Stephens geboren wurde. Sie, Herr Schering«, fügte sie eisig hinzu, »dürfen mich jedoch auch in Zukunft mit Mrs. Adler-*Norton* anreden.«

Ich glaube, es war das erste Mal, daß Schering mit offenem Mund dastand. Sogar Lena schmunzelte anerkennend in sich hinein, während Rudolf Janowsky und auch Gertrud versuchten, sich ihre Schadenfreude nicht anmerken zu lassen. Nur Schönberg sah ähnlich verdattert drein wie der Literat und blickte der Sängerin, die auf dem Absatz kehrtgemacht hatte, ungläubig hinterher. Vielleicht, dachte ich, war ihm inzwischen doch ein wenig unbehaglich in dieser Atmosphäre zumute. Und da ich es ja nun einmal gewesen war, der ihn eingeladen hatte, fühlte ich mich plötzlich verpflichtet, mich seiner anzunehmen.

»Ich hoffe, Sie unterhalten sich ein wenig, Herr Schönberg«, sagte ich also, indem ich ihn zur Seite nahm. »Ich fand, daß Sie etwas erschrocken aussahen bei dem Auftritt von Frau Adler-Norton. Wurden Sie ihr und ihrem Mann nicht vorgestellt?«

»Ihrem Mann?« fragte Schönberg irritiert. »Ist sie denn verheiratet?«

»Ja, der dunkelhaarige Herr dort an ihrer Seite ist ihr Ehemann. Godfrey Norton, ein englischer Rechtsanwalt. Wenigstens hat man mir das so gesagt. Warum fragen Sie?«

»Weil ich sie erst vor kurzem an der Seite eines ganz anderen Mannes gesehen habe.«

»Nun«, sagte ich, »es heißt, sie sei eine Abenteurerin mit vielen Affären. Es wird wohl eine von ihren Männerbekanntschaften gewesen sein.«

Schönberg schüttelte den Kopf. »Es war nicht irgendein Mann. Es war jemand, den auch Sie kennen.«

»Das kann ich mir kaum vorstellen«, spielte ich den Ahnungslosen. »Wer denn?«

»Mein englischer Nachbar, Herr Livingston. Sie kamen mir im Prater entgegen, ich konnte ihre Gesichter genau sehen. Ich folgte ihnen sogar noch, bis sie in einen offenen Fiaker einstiegen und gemeinsam davonfuhren.«

»Nun, vielleicht ist sie seine Schwester«, schlug ich vor.
»Obwohl sie eine geborene Amerikanerin ist?«
»Dann wird sie am Ende wohl seine Geliebte sein.«
»Das kann ich mir nicht vorstellen«, sagte Schönberg. »Sie haben ihn ja gestern selbst von seiner besten Seite erlebt. Sagen Sie selbst: Ist das ein Mann, der so einfach einer Frau verfällt?«
»Warum nicht?« erwiderte ich. »Ich habe in meiner Praxis schon ganz andere Patienten erlebt. Außerdem wissen Sie doch selbst, daß er gesundheitlich nicht ganz auf der Höhe ist, um es vorsichtig auszudrücken. Vielleicht hängt dieser Zustand ja auch mit Madame Adler zusammen. Und noch etwas: Denken Sie an die auffallende Veränderung, die mit ihm vorgegangen ist, als er das Telegramm erhielt. Was, wenn es nun eine Nachricht von *ihr* gewesen wäre?«
»Möglich«, meinte Schönberg. »In der Taborstraße habe ich sie jedenfalls noch nie zusammen gesehen …«

Das Läuten der Glocke, mit der das Auftragen des Buffets angekündigt wurde, unterbrach unsere Spekulationen. Zwei Dienstmädchen rollten Servierwagen mit kalten Platten herein, und in die Gesichter jener Gäste, die zu den Stammgästen des Hauses gehörten, trat ein teils wissender, teils auch mild resignierter Ausdruck. Sie kannten die Grillen des Hausherrn und wußten, was ihnen bevorstand. Rother war seit einiger Zeit überzeugter Vegetarianer, und so bestand das Buffet lediglich aus Salat, gekochtem oder gedünstetem Gemüse, Eiern, Käse, Obst und Grahambrot. Er könne es, so hatte Rother seinerzeit seine neuen Tafelgewohnheiten begründet, nicht länger hinnehmen, daß der Mensch sich ethisch immer weiter zurückentwickle und im Grunde schon bis unter das Tier erniedrigt habe. Denn das Tier, so meinte er, habe schließlich keine andere Wahl, als Jagd auf seinesgleichen zu machen, während der Mensch dazu berufen sei, vermittels seiner Intelligenz eine Ernährungsweise zu finden, die den barbarischen Akt des Tötens überflüssig mache.
Offensichtlich gab er damit die Philosophie eines neuen Wiener Freimaurerordens namens »Lux Europae« wieder, dem er kürzlich beigetreten war und der für einen »kosmischen Humanismus« auf der Grundlage freiwilliger Askese eintrat. Als Mitglied wurde nur aufgenommen, wer sich bereit erklärte, auf den Genuß von tierischem

Fleisch, Tabak und Alkohol zu verzichten. Außerdem mußte sich der Novize verpflichten, die Überwindung der Selbstsucht durch umfassende Menschheitsliebe zum obersten Prinzip der Lebensführung zu machen. Dieses Programm, das mir größtenteils wie ein fader Aufguß halbtheosophischen Gedankenguts vorkam, schien in Wien durchaus auf Resonanz zu stoßen. Sogar einige meiner Bekannten aus der Ärzteschaft waren Mitglieder des Ordens, der sich allwöchentlich zu einer Art schöngeistiger Meditation im Haus eines Ordensbruders versammelte. Ansonsten war über die Loge nicht viel mehr bekannt, als daß ihre Angehörigen einen »Inneren Weg« gingen, der zu einer Erkenntnis höheren Wissens führen und nach einer Reihe von Jahren in den Zustand der Erleuchtung unter Verleihung des Titels »Erhabener Meister« münden sollte. Frauen waren nicht zugelassen; offenbar zog man es vor, das »höhere Wissen« nicht in falsche Hände geraten zu lassen und die angestrebte Erleuchtung zunächst auf eine Hälfte des menschlichen Geschlechts zu beschränken. Fast alle Mitglieder der höheren Grade, so deutete Rother nicht ohne Stolz an, waren leitende Persönlichkeiten im Staatsdienst, der Hochfinanz oder der Geschäftswelt – erstaunlich genug, wenn man bedachte, daß die Position eines k. u. k. Ministerialrates, die man schließlich nur durch langjährige Intrigen errang, nicht gerade die ideale Plattform schien, seinen Nächsten zu lieben und selbstvergessen seinen Egoismus hintanzustellen.
Wenigstens aber mußte man Rother zugute halten, daß der missionarische Eifer verschwunden war, mit dem er anfangs versucht hatte, jeden zu seiner neuen Philosophie zu bekehren. Die kleine Platte mit Aufschnitt und kaltem Braten, die neuerdings als zaghafter Ausdruck seiner Toleranzbereitschaft am Rand eines der Tische stand, lud denn auch zu einer recht bezeichnenden Studie menschlichen Gesellschaftsverhaltens ein. Es war immer der gleiche Ablauf. Mit pflichtschuldiger Höflichkeit betrachtete man zunächst die Pflanzen- und Milchprodukte, lud sich wohl auch den einen oder anderen Happen auf den Teller, schielte aber währenddessen ständig nach den Fleischerzeugnissen, in deren Richtung man langsam, aber unaufhaltsam vorstieß. Bis zum Erreichen des Ziels ähnelte sich das Verhalten fast aller Gäste. Danach entschied nur noch der Grad der eigenen Hemmungslosigkeit darüber, ob man sich zwei, drei oder nicht

lieber gleich vier Stück kalten Bratens – »Für alle reicht es ja doch nicht« – nahm. Entscheidend war, welche Ausgangsposition man sich beim Andrang an das Buffet verschafft hatte. Die mit den Gepflogenheiten des Hauses Vertrauten wußten, daß es am zweckmäßigsten war, sich von der Mitte der Tische aus in Richtung des Randes vorzuarbeiten. Einen unverblümt direkten Vorstoß erlaubten sich nur Gäste wie Schering oder Professor Glantschnig, bei denen die demonstrative Zurschaustellung darwinistischer Rücksichtslosigkeit im einen und der gedankenverlorene Verstoß gegen die Etikette im anderen Falle ohnehin zum Persönlichkeitsbild gehörte und an denen daher auch niemand weiter Anstoß nahm.

Wie bei jedem Ritual gab es jedoch auch hier Ausnahmen. Lena zum Beispiel, die anfänglich nur ihrem Vater zuliebe das Opfer dieser Freimaurerkost auf sich genommen hatte, behauptete inzwischen, daß sich dadurch ihre Gesangstechnik wesentlich verbessert habe. Ihr Atemvolumen sei größer geworden und damit auch die Treffsicherheit bei schwierigen Tönen in hoher Lage. Es war ihr sogar gelungen, die Lohner zu überzeugen, was bei deren Widerwillen gegen alles, was auch nur entfernt an Philosophie oder Weltverbesserei erinnerte, eine bemerkenswerte Leistung darstellte.

Und noch jemand gab es an diesem Abend, der um die Auswirkungen des Vegetarismus auf die Kunst zu singen wußte. Als nämlich Houston Stewart Chamberlain mit einer galanten Verbeugung Irene Adler-Norton an einem Teller mit Parmaschinken den Vortritt lassen wollte, lehnte diese ebenso höflich wie bestimmt ab.

»Nichts für mich, vielen Dank«, sagte sie. »An der Scala gab es eine goldene Regel: Ochsenzunge für die Bässe, Löwenzahn für die Tenöre. – Apropos, ich hörte, daß Sie zum engsten Wagnerkreis in Bayreuth gehören. War nicht auch der Meister selbst ein Anhänger des Vegetarismus?«

Chamberlain nickte überrascht. »Gewiß, aber es war bei ihm keine Frage der Gesundheit.«

Sich am Buffet bedienend, waren inzwischen weitere Gäste hinzugetreten, die durchaus zur Wiener Prominenz zählten. Ich erkannte Eduard von Békessy, den Kautschukfabrikanten und einflußreichen Mäzen des Wiener Musiklebens, einen Mann mit nervösen grauen Augen und einem spitzen Jagdhundgesicht, dessen Kinn ein kräftiger

Schmiß zierte. Neben ihm stand Nikola Markovic, der serbische Gesandte in Wien, ein melancholisch dreinblickender Dichter mit großserbischen Träumen, wegen seiner graumelierten Löwenmähne ein ebenso notorischer wie unnahbarer Salonliebling vieler Frauen. Seitlich hinter den beiden schließlich, rauchend und aufmerksam der Adler-Norton lauschend, der Ehrengast des Abends, Carl Andreas Graf von Rheinsperg, Hof- und Geheimrat im k. k. Ministerium des Innern: hochgewachsen, dunkelhaarig, stets im taubenbengrauen Gehrock und mit tadellos gestutztem, dünnem Schnurrbart, dabei eher einem dekadenten französischen Dandy als einem hochgebildeten Wiener Aristokraten ähnelnd. Ich war verblüfft, als ich viele Jahre später einmal in Paris Boldinis Porträt von Robert de Montesquiou sah – der Franzose schien Rheinsperg wie aus dem Gesicht geschnitten. Seine Großmutter war angeblich eine geborene Gräfin de Beaumont gewesen; vermutlich kam daher auch der liberale Einschlag in seinen politischen Ansichten und seine Leidenschaft für die Musik. Er galt als überzeugter Wagnerianer, war ebenso wie Rother und Békessy Mitglied der »Gesellschaft der Musikfreunde« und gehörte zu den freigiebigsten Gönnern der Wiener Philharmoniker, jenem Ensemble also, das zwar aus den Musikern des Hofopernorchesters bestand, sich aber im Gegensatz zu diesem über Abonnementskonzerte und Spenden selbst finanzieren mußte.

»Nun, Herr Chamberlain«, wandte er sich jetzt im spöttisch-näselnden Tonfall der höheren Wiener Ministerialbürokratie an den Engländer, »dann erzählen Sie uns doch einmal etwas über Wagners Vegetarismus.«

Chamberlain zuckte lächelnd die Schultern. »Ich kann Ihnen höchstens etwas über Wagners Regenerationslehre erzählen.«

Angelockt durch den Namen Wagner war sogleich Ferdinand Schering zu uns gestoßen.

»Kein Zweifel, daß man nach Opern wie dem ›Parsifal‹ regenerationsbedürftig ist«, spottete der Literat, doch Chamberlain maß ihn nur mit einem mitleidigen Blick.

»Der ›Parsifal‹ war auch nicht als müßiger Zeitvertreib für Operettenfreunde gedacht, Herr Schering. Wer in dem Glauben lebt, die Menschheit befinde sich auf dem Weg eines progressiven Fortschritts, dessen Ende unabsehbar sei – und dies ist wohl die Über-

zeugung der Mehrzahl –, der kann die Notwendigkeit einer Regeneration natürlich nicht zugeben.«
»So, glauben Sie«, erwiderte Schering giftig. »Aber Wagner war ja nun nicht der einzige, der sich Gedanken über die Höherentwicklung der Menschheit gemacht hat. Ich jedenfalls halte Nietzsches Idee vom Übermenschen, der die Welt nicht verbessert, sondern *überwindet*, für weitaus überzeugender.«
»Ach, wissen Sie«, erwiderte Chamberlain gelassen, »ich denke, man sollte die Ideen eines Philosophen, der seit nunmehr fast drei Jahren in geistiger Umnachtung lebt – fortgeschrittene Paralyse lautete die Diagnose, nicht wahr? –, nicht überbewerten. Ich persönlich halte mich lieber an das Beispiel, das die Verkünder solcher Lehren mit ihrem Leben geben, nicht nur mit ihren Schriften. Schließlich wurde Nietzsche wahnsinnig, nicht Wagner.«
»Gut, gut«, meinte Rheinsperg belustigt, indem er ein imaginäres Stäubchen vom Ärmel seines Gehrocks blies. »Aber was hat es denn nun mit Wagners Regenerationslehre auf sich?«
»Das ist nicht mit einem Satz zu sagen«, antwortete Chamberlain vorsichtig. »Wagner ging am Ende seines Lebens davon aus, daß die Menschheit immer weiter verfalle, statt sich ihrer wahren Bestimmung bewußt zu werden. Die Ursache dafür sah er hauptsächlich in der Verdorbenheit des Blutes, ausgelöst durch den Verzehr tierischen Fleisches, und natürlich in der Vermischung edler Rassen mit weniger edlen.«
»Das hört sich aber stark nach Gobineau an, nicht wahr?« unterbrach ihn Markovic und strich sich mit einer müden Bewegung die elegante Löwenmähne zurück, was ihm einen anerkennenden Blick der Adler-Norton einbrachte.
Chamberlain nickte. »Ja, Wagner hatte sich intensiv mit dem ›Essai sur l'inégalité des races humaines‹ beschäftigt und Gobineaus Theorie übernommen, daß sich der Verderb der weißen Rasse aus dem Grund herleitet, daß sie, unvergleichlich weniger zahlreich an Individuen als die niederen Rassen, zur Vermischung genötigt war, wobei sie durch den Verlust ihrer Reinheit mehr einbüßte, als jene für die Veredelung ihres Blutes gewinnen konnte. Im Gegensatz zu Gobineau aber, der ja den Untergang der arischen Rasse durch Blutsvermischung vorhersagte, glaubte Wagner an eine Regeneration dieser

Rasse durch Vegetarismus, Abschaffung der Vivisektion, eine Ethik des Mitleids und einen völlig neuen Begriff von Kunst.«
Ich dachte wieder an den gestrigen Abend im Griensteidl und an Livingstons Darstellung von Wagners Antisemitismus.
»Was soll das für ein Mitleid sein, das andere Religionen oder Rassen einfach als minderwertig ansieht?« fragte ich. »Und warum sollte eine Regeneration nur der arischen Rasse vorbehalten sein? Oder am Ende vielleicht nur den Deutschen?«
Chamberlain wirkte keineswegs verstimmt, aber in seinen Augen glomm erneut jenes seltsame Feuer, wie vorhin, als er aus dem »Faust« rezitiert hatte.
»Ich verstehe den Hintergrund Ihrer Frage, Dr. Heydinger«, antwortete er, »wenngleich ich befürchte, daß Sie sich zu sehr von Ressentiments und Idealvorstellungen leiten lassen und dadurch geneigt sind, Wagner in einem falschen Licht zu sehen. Bitte bedenken Sie, daß wir uns hier auf ein Gebiet begeben, das von sehr unklaren Begriffen beherrscht wird. Ich würde es zum Beispiel entschieden vorziehen, von Germanen zu sprechen, anstelle von Deutschen, wobei der Begriff ›Germane‹ viel weiter zu fassen ist, als dies herkömmlicherweise geschieht. Ähnlich steht es mit dem indischen Wort ›Arya‹, aus dem heute leichtfertig die Begriffe ›Arier‹ oder ›arisch‹ abgeleitet werden; leichtfertig deshalb, weil man darunter nur noch eine anthropologische Klassifizierung als indogermanische Rasse versteht. ›Arya‹ bedeutet übersetzt soviel wie ›zu den Freunden gehörig‹ – und in diesem Sinn möchte ich zu den Germanen auch die Kelten und einen Teil der Slawen zählen, da sie zum gleichen Stamm gehören.«
»Die Slawen?« fragte Rheinsperg mokant, indem er sich leicht mit dem Finger über seinen dünnen Schnurrbart fuhr. »Mir scheint, daß der typische Slawe nur wenig Germanisches an sich hat – Sie verzeihen, Markovic.«
»Mit Verlaub, Graf Rheinsperg, Sie gehen zu sehr von den gegenwärtigen Verhältnissen aus«, erwiderte Chamberlain. »Das, was man heute für charakteristisch slawisch hält – gedrungene Gestalt, runde Köpfe, hohe Backenknochen, dunkles Haar –, ist doch erst im Laufe der Geschichte durch Rassenvermischung entstanden. Virchow und Weisbach, die berühmten Anthropologen, konnten belegen, daß der

blonde Typus im Norden und Osten des europäischen Rußland vorherrschend ist, ebenso wie in Bosnien oder Montenegro – obwohl dies allein natürlich noch wenig besagt. Zwar wird das Vorhandensein blonden Haares immer auf Germanentum (in meinem weiten Sinne des Wortes) schließen lassen, und sei es auch nur als feine Beimengung, doch die Abwesenheit der hellen Färbung gestattet natürlich nicht den umgekehrten Schluß. Moltke, Wellington sowie überhaupt viele Familien ältesten germanischen Adels waren und sind dunkelhaarig. Worauf es aber bei der Frage der Zugehörigkeit zum germanischen Stamm eigentlich ankommt, ist, so meine ich, die Gesinnung. Und da brauchen Sie in bezug auf die Slawen doch nur an das zu denken, was zum Beispiel von der großen Schlacht um Kossovopolje im Jahre 1389 überliefert ist: Treue bis in den Tod, Heldenmut, Geringschätzung aller Güter im Vergleich zur persönlichen Ehre – das alles läßt die germanische Familienähnlichkeit meines Erachtens doch auf das deutlichste hervortreten.«

Es fiel schwer, von der Art, in der Chamberlain seine Ansichten vortrug, nicht eingenommen zu sein. Er sprach ruhig und überlegt, der Wohlklang seiner Stimme und die Perfektion in der Beherrschung der deutschen Sprache wirkten dermaßen überzeugend, daß man geneigt war, über das Irrationale seiner Betrachtungen ebenso hinwegzusehen wie über seinen starren, etwas unheimlichen Blick. Selbst Irene Adler-Norton hatte ihr Interesse für den serbischen Diplomaten verloren.

»Aber was hat das alles mit Wagners Idee einer Menschheitserneuerung zu tun?« fragte sie nun. »Schließlich bedeutete das Erscheinen der Germanen in der Geschichte doch nichts anderes als Barbarei und finsteres Mittelalter.«

In Chamberlains Zügen erschien ein leicht verstimmter, zugleich auch unduldsamer Ausdruck. »Pardon, Madame, aber ich muß Ihnen den gleichen Vorwurf machen wie soeben Graf Rheinsperg. Auch Sie schließen aufgrund von Geschichtsverdrehungen der Gegenwart auf die Vergangenheit und gelangen so natürlich zu falschen Schlüssen für die Zukunft. Zum Zeitpunkt des Eintritts der Germanen in die Weltgeschichte war dieser Stamm neben den Juden der einzige, der im damals herrschenden Völkerchaos blutsmäßig rein und unvermischt geblieben war. Er bildete damit die Grundlage für die Blüte der germanischen Kultur, die einen Goethe, einen Kant, einen Schopenhauer, einen Bach und einen Beethoven, einen Barbarossa und einen Bismarck erst möglich gemacht hat. Aber wo sind, zumal seit Wagners Tod, diese goßen Männer heute, an der Schwelle zum zwanzigsten Jahrhundert? Wo sind die Erben dieses Vermögens? Erkannte Wagner nicht zu Recht die Anzeichen des Verfalls auch bei diesem einstmals so edlen und fruchtbaren Stamm?«

Ich bemerkte plötzlich, daß mit Ausnahme Professor Glantschnigs, der in einem Armlehnstuhl eingenickt war, mittlerweile fast alle noch anwesenden Gäste an Chamberlain herangerückt waren und ihm – manche mehr, andere weniger distanziert – zuhörten. Niemand jedoch war in der Lage, ihm etwas entgegenzuhalten, selbst Schering nicht, der wohl wußte, daß er mit seinem Salonnihilismus dem Deutsch-Engländer gegenüber nicht bestehen konnte.

»Wie ist es denn Ihrer Ansicht nach zur Vorherrschaft der Germanen gekommen?« fragte von Rother, worauf Chamberlains Augen plötzlich zu leuchten begannen.

»Nun, um sich darüber Klarheit zu verschaffen, müßte man vielleicht besser fragen: Wer trat das Erbe der Alten Welt an, und worin bestand diese Erbschaft? Man könnte es sehr verkürzt so sagen: Das Erbe bestand aus zwei Kulturepochen und dem zentralen Ereignis der abendländischen Geschichte. Ich spreche von der Zeit der Griechen, der Ära der Römer und der *Erscheinung Christi*. Nehmen Sie zuerst die griechische Epoche. Was bedeutet dem Mann aus dem Volke heute noch die griechische Kultur? Was weiß er von der vollendeten hellenistischen Kunst und Philosophie? Sind ihm nicht Namen wie Homer, Plato und Pythagoras weniger als Schall und Rauch? Und der sogenannte Gebildete: Trägt er nicht lediglich Brocken dieser Kunst als unverdauten Bildungsstoff im Kopf? Es gibt nur noch *ein* Gemüt, das ermessen kann, welch reicher Quell aus dem geistigen Leben der Griechen sprudelte: nämlich das des Künstlers! Der Künstler – und hiermit will ich jedes künstlerische Gemüt bezeichnen – kann nicht anders, als voller Sehnsucht die Augen auf Griechenland zu richten, und zwar nicht allein wegen der einzelnen dort entstandenen Werke – seit dem Jahre 1200 ist auch bei uns manches Herrliche geboren: Dante steht allein, Shakespeare ist größer und reicher als Sophokles, die Kunst eines Bach hat kein Grieche auch nur ahnen können – nein, was der Künstler dort findet und was ihm bei uns fehlt, was bei uns verlorengegangen ist, das ist das künstlerische Element, die künstlerische Natur. Bei den Griechen durfte kein freier Mann Handel treiben; bei uns ist jeder Künstler ein geborener Sklave. Die Kunst ist für uns ein Luxus, ein Reich der Willkür, sie ist unserem Staate kein Bedürfnis und unserem öffentlichen Leben nicht der Gesetzgeber eines alles durchdringenden Schönheitsgefühls. Schon in Rom war es nur noch die Laune eines einzelnen Mäzens, welche die Blüte der Dichtkunst hervorrief; seither hingen die höchsten Taten der herrlichsten Geister zumeist von der Baulust eines Papstes, der Eitelkeit eines klassisch gebildeten Fürsten, der Prachtliebe einer prunksüchtigen Kaufmannschaft ab, oder hin und wieder wehte ein belebender Hauch aus höheren Regionen, wie die von dem großen und heiligen Franz von Assisi versuchte religiöse Wiedergeburt, welche zu unserer neuen Kunst der Malerei den ersten Anstoß gab, oder wie das allmähliche Erwachen des deutschen Gemüts, dem wir die herrliche neue Kunst, die deutsche Musik, verdanken.

Was ist aber aus den Bildern geworden? Die Wandgemälde überkalkte man, weil man sie häßlich fand; die Tafelbilder entriß man den geheiligten Stätten der Andacht und hängte sie alle nebeneinander an den Wänden der Museen auf; und dann – weil man sonst die ›Entwicklung‹ bis zu diesen gepriesenen Meisterwerken nicht wissenschaftlich hätte auseinandersetzen können – kratzte man dort den Kalk ab, so gut und so schlecht es ging, warf die frommen Mönche hinaus und machte aus Klöstern und *campi santi* eine zweite Klasse von Museen.

Mit der Musik ging es nicht viel anders. Ich habe selber in einer – noch dazu wegen ihres geläuterten Musiksinnes besonders gerühmten – Hauptstadt Europas eine Konzertaufführung von Johann Sebastian Bachs ›Matthäuspassion‹ erlebt, in der nach jeder ›Nummer‹ geklatscht und der Choral ›O Haupt voll Blut und Wunden‹ sogar *da capo* verlangt wurde! Man begreift, daß Hölderlin dem heutigen Künstler zurufen konnte:

> *›Stirb! Du suchst auf diesem Erdenrunde,*
> *Edler Geist, umsonst dein Element!‹*

Zwar wäre es durchaus ungerecht, unserer heutigen europäischen Welt künstlerische Regungen abzusprechen: In dem Interesse für Musik macht sich eine gewaltige Gärung der Geister bemerkbar, und das für moderne Malerei greift zwar nur in bestimmte, aber doch in weite Kreise und erregt eine fast unheimliche Leidenschaftlichkeit; das alles bleibt jedoch außerhalb des Lebens der Völker, es bildet eine Zugabe für Mußestunden und müßige Menschen; daher herrschen Mode und Laune und mannigfaltige Lüge, und die Atmosphäre, die den echten Künstler umgibt, entbehrt jeglicher Elastizität. Selbst das kräftigste Genie ist bei uns gebunden, gehemmt, von vielen Seiten zurückgestoßen. Und so lebt denn die hellenische Kunst als ein verlorenes, wieder zu erstrebendes Ideal in unserer Mitte fort.«

Atemloses Schweigen der Zuhörer folgte dieser mitreißenden Darstellung. Es war deutlich zu sehen, daß es Chamberlain gelungen war, die Anwesenden durch seine Ausstrahlung vollkommen in seinen Bann zu ziehen. Auch ich fühlte, daß es einer enormen Kraftanstrengung bedurft hätte, sich der hypnotisierenden Sogwirkung seiner Stimme zu entziehen. Bis jetzt hatte er stehend gesprochen, nun nahm er in einem Sessel Platz, worauf die anderen seinem Beispiel folgten und sich in einer Art Halbkreis um ihn herum gruppierten.
»Aber was war der Preis für dieses Ideal?« fragte Eduard von Békessy, dessen spitzes Jagdhundgesicht vor nervöser Erhitzung glühte, so daß seine Mensur deutlicher hervortrat als gewöhnlich. »Entstand es nicht auf der Grundlage einer Zivilisation, die von politischen Tyrannen, Kriegstreibern und Sklavenhändlern geprägt war?«
»Gewiß, Herr von Békessy«, antwortete Chamberlain, »Sie haben vollkommen recht. Ich sprach auch nur von der *künstlerischen* Kultur der Griechen, nicht von ihrer politischen. In dieser Hinsicht mußten sie an ihren erbärmlichen Eigenschaften zugrunde gehen. Das war ja der Grund dafür, daß ihre Epoche von jener des Römischen Reiches abgelöst wurde, dem es dann für lange Zeit gelang, eine stabile politische Kultur aufzubauen. Ich bin der Ansicht, daß die größte Leistung der Römer ohne Zweifel in der Ausarbeitung und Festlegung des Römischen Rechts lag. Die Grundlage des Lebens war bei den Griechen eine künstlerische, durch das Rechtssystem wurde sie bei den Römern eine politische, in unserer Zeit ist sie eine wirt-

schaftliche geworden. Sicher, auch die Griechen waren große Rechtstheoretiker – aber eben nur Theoretiker. Sie kennen wahrscheinlich alle den alten attischen Witz vom Prozeß um des Esels Schatten: Ein Athener mietet einen Esel, um sein Gepäck nach Megara zu treiben; bei einer Rast setzt er sich in des Esels Schatten nieder, was der Eseltreiber ohne Extrabezahlung nicht hinnehmen will: Er habe den Esel, nicht aber des Esels Schatten vermietet.«

Die Lohner mußte kichern, und Chamberlain ließ sie gewähren, bevor er fortfuhr: »Ja, so wie wir heute lachen, werden auch die Römer gelacht haben. Denn deren Recht, für alle im ›Corpus juris‹ zur Verfügung stehend, war eine vergleichsweise ernste Sache. Denken Sie nur an die lateinische Sprache. Wodurch hat sie ihren Charakter von so großer und wortkarger Bestimmtheit erlangt? Dadurch, daß sie ausschließlich als Geschäfts-, Verwaltungs- und Rechtssprache ausgebildet wurde. Diese unpoetischste aller Sprachen ist ein großartiges Monument des Kampfes freier Menschen um ein gesichertes Recht.«

»Ich bin kein Philologe«, meinte Dr. Wiesner, »aber steht nicht die Bedeutung von Horaz und Juvenal außer Zweifel?«

»Ihre Bedeutung schon«, erwiderte Chamberlain, »aber nicht, worin diese Bedeutung eigentlich besteht. Ich meine, sie besteht in ihrer Sprach*technik*, so wie die Römer Virtuosen waren, aber keine Künstler! Was ist das für eine Kunst, die wie bei Horaz nur zum Verstand, nie zum Herzen redet? Eine Technik! Käme sie von Herzen, so würde sie auch zu Herzen gehen.«

»Nun gut«, warf Rheinsperg ein, »aber Sie erwähnten vorhin nach den Griechen und den Römern die Geburt Christi. Welche Rolle spielt nun der Nazarener in dieser Entwicklung?«

»*Die entscheidende!*« antwortete Chamberlain mit Nachdruck, und obwohl er kaum seine Stimme erhob, begannen seine Augen wie in einer Art visionärer Besessenheit zu leuchten. »Durch ihn wird das Erbe der alten Welt doch erst vollständig. Zur künstlerischen Kultur der Griechen und der politischen der Römer tritt nun die Kultur der Religion. Die Erscheinung Jesu Christi bedeutet, vom welthistorischen Standpunkt aus, die Erscheinung einer neuen Menschenart. Das Alte Testament, der alte jüdische Glaube, wird durch ihn hinweggefegt. Er ist die Grundlage, der Eckstein der neuen arischen Rasse!«

»Der König der Juden als Gott der Germanen?« bemerkte Rudolf Janowsky sarkastisch.
»Der Begriff Jude«, gab Chamberlain ungeduldig zurück, »bezeichnet in erster Linie eine bestimmte, erstaunlich rein erhaltene Menschenrasse und nur in zweiter Reihe und uneigentlich den Bekenner einer Religion. Es geht auch durchaus nicht an, diesen Begriff, wie das in letzter Zeit viel geschieht, mit dem Wort ›Semit‹ gleichzustellen. Der Nationalcharakter der Araber ist zum Beispiel ein durchaus anderer als der der Juden, wie auch der Mohammedanismus heute ganz andere Probleme aufwirft als die Judenfrage. Wenn wir also den Aspekt der Religion zunächst beiseite lassen, so sehen wir, daß der Jude als Rasse in Galiläa, also dem Teil Palästinas, aus dem Christus stammte, nur teilweise ansässig war und sich im Lauf der Makkabäer-Feldzüge ganz in Judäa ansiedelte. Die bekannten Forschungen von Réville und Robertson-Smith haben ja ergeben, daß der betreffende Teil Galiläas in der Folge systematisch von den Assyriern kolonisiert worden war; demnach ist anzunehemen, daß auch rein arisches Blut dorthin verpflanzt wurde. Und Renan schreibt in seinen ›Langues sémitiques‹, daß die Galiläer unfähig waren, die semitischen Kehllaute richtig auszusprechen; sie wurden daher – wie schon Graetz, der Autor des vorzüglichen Buches ›Volkstümliche Geschichte der Juden‹, nachgewiesen hatte – nicht zum Vorbeten zugelassen. Der Kern der jüdischen Rasse, der sich durch die peinlich genaue Einhaltung religiöser Vorschriften vor der Vermengung mit anderen Völkern schützte, hätte aber eine Ehe zwischen einem Juden und einem Galiläer niemals zugelassen. Es liegt also nicht die geringste Veranlassung zu der Annahme vor, die Eltern Jesu Christi seien, der Rasse nach, Juden gewesen. Und damit ist die Wahrscheinlichkeit, daß Christus eben *kein Jude* war, daß er keinen Tropfen echt jüdischen Blutes in den Adern hatte, so groß, daß sie einer Gewißheit fast gleichkommt!«
In den Gesichtern der meisten Gäste zeigte sich fassungsloses Staunen. Ich fragte mich, worauf der unheimliche Deutsch-Engländer eigentlich hinauswollte.
»Sie würden also die Kunst der Griechen, die Politik der Römer und die religiöse Bedeutung Jesu Christi als das – wie nannten Sie es? – das Erbe der Alten Welt bezeichnen?« fragte von Békessy, dessen graue Augen nervös blinzelten.

»Wenn Sie es auf diese Formel bringen wollen, ja.«
»Und die Erben sind Ihrer Ansicht nach die Germanen, zu denen Sie auch die Slawen zählen?« fragte Rheinsperg spöttisch.
»Das wäre eine höchst voreiliger Schluß«, erwiderte Chamberlain. »Sie erinnern sich, daß ich eingangs vom Völkerchaos sprach, das mit dieser Frage nach dem Erbe unlösbar verknüpft ist, und in diesem Zusammenhang neben den Germanen auch die Juden erwähnte. Nur diese beiden Rassen waren beim Zerfall des Römischen Reichs, das sich bekanntlich in eine unüberschaubare Zahl von Völkern, Kulturen und Stämmen aufgefächert hatte, in ihrer ursprünglichen Reinheit vorhanden. Es kann daher kein Zweifel bestehen, daß auf der einen Seite die Juden und auf der anderen die Germanen das genannte Erbe antraten. Um Mißverständnisse von vornherein aus dem Weg zu räumen: Wie armselig das jüdische ›Gesetz‹ sich auch ausnehmen mag – wie sagte Goethe? ›*Glaube weit, eng der Gedanke*‹ –, einen Vorzug besaß es im verfallenen Römischen Reich ganz allein: Es war eben ein Gesetz, ein Gesetz, dem Menschen demütig gehorchten, und gerade dieser Gehorsam mußte in einer Welt der Zügellosigkeit ethisch von großer Wirkung sein. Vom Gesichtspunkt der Rassenreinheit aus kann ich mir die größte Achtung und Bewunderung den Juden gegenüber nicht versagen: Nie hat dieses Volk auch nur für einen Augenblick die Heiligkeit der Abstammungsgesetze vergessen! Wie heißt es im Deuteronomium: ›Kein Bastard soll in die Gemeinde Jahwes kommen, auch nicht nach zehn Generationen.‹ Aber wenn uns die Geschichte zeigt, daß es tatsächlich verschiedene reine Menschenrassen gibt, so liegt doch auf der Hand, daß diese schlechterdings nicht alle *gleichberechtigt* sein können! Die Juden sind und bleiben in unserer Mitte ein fremdes Volk, weil sie, wie schon Herder treffend bemerkt, an ein fremdes, allen anderen Völkern feindliches Gesetz unauflösbar gebunden sind, und dies nicht nur der Religion, sondern, was viel schwerer wiegt, dem Blute nach. Es ist dieses furchtbare, erbarmungslose Gesetz, auf dessen Grundlage der Erlöser ans Kreuz geschlagen wurde, was den Juden vom Europäer scheidet. Christus, der die Freiheit von diesem Gesetz nicht nur predigte und forderte, sondern auch selbst vorlebte, verkörperte die Verleugnung des gesamten jüdischen Wesens. Und dennoch ist es den Juden gelungen, nicht nur eine Gleichberechtigung in unserer Mitte zu er-

langen, sondern nach und nach die verschiedensten Lebenszweige der christlichen Kultur zu unterwandern. Von ideal-humanistischen Beweggründen bestimmt, öffnete der Indoeuropäer die Tore, und wie ein Feind stürzte der Jude hinein, stürmte alle Positionen und pflanzte – ich will nicht sagen auf den Trümmern, doch auf den Breschen unserer echten Eigenart – die Fahne seines uns ewig fremden Wesens auf. Nochmals: Ich mache ihm daraus keinen Vorwurf. Eine reine Rasse muß, solange der Hauptstock fleckenlos bleibt, stets nach Ausbreitung drängen! Aber es kann doch kein Zweifel daran bestehen, daß derjenige Stamm, der das Christentum erst wirklich durchgesetzt hat – eben der Germane – die eigentliche Seele Europas ist! Er sitzt doch auf den Thronen der Königshäuser Europas! Wo sind die jüdischen Dichter, die Philosophen, die Musiker? Was bedeutet ein Mendelssohn Bartholdy gegen Bach, Mozart, Beethoven, Liszt und Wagner; was ein Disraeli gegen Friedrich den Großen, Bismarck oder Metternich? Gewisse Anthropologen hatten uns bekehren wollen, alle Menschenrassen seien gleichbegabt. Nun, ich verweise sie auf das Buch der Geschichte und antworte: Das lügt ihr! Die Rassen der Menschheit sind in der Art sowie in dem Maße ihrer Befähigung sehr ungleich begabt, und die Germanen gehören zu jener Gruppe der Zuhöchstbegabten, die man als Arier zu bezeichnen pflegt. Ist diese Menschenfamilie eine durch Blutsbande geeinigte, einheitliche? Erwachsen diese Stämme wirklich alle derselben Wurzel? Ich weiß es nicht, es gilt mir auch gleich; keine Verwandtschaft kettet inniger aneinander als Wahlverwandtschaft, und in diesem Sinne bilden ohne Frage die indoeuropäischen Arier eine Familie! In seiner ›Politik‹ schreibt Aristoteles: ›Wenn es Menschen gäbe, die an Körpergröße allein soweit hervorragten wie die Bilder der Götter, so würde jedermann gestehen, daß die übrigen von Rechts wegen sich diesen unterwerfen müssen. Ist aber dies in Beziehung auf den Körper wahr, so kann mit noch größerem Rechte dieselbe Unterscheidung zwischen hervorragenden Seelen und gewöhnlichen gemacht werden.‹ Nun denn: Körperlich und seelisch ragen die Arier unter allen Menschen hervor; darum sind sie *von Rechts wegen die Herren der Welt!*«

Chamberlain war bei seinen letzten Sätzen immer mehr in eine dunkle Erregung geraten; das Feuer seiner starrenden Augen schien ihn förmlich zu verzehren, selbst seine bis dahin stets kontrolliert klingende Stimme hatte einen heiseren, leidenschaftlichen Unterton bekommen. Jetzt, nachdem er geendet hatte, sackte er mit einem Mal erschöpft in sich zusammen, wie ein spiritistisches Medium, das von seinem Dämon verlassen worden war.

Ich zwang mich, meinen Blick von ihm ab- und seinem Auditorium zuzuwenden. Fast alle saßen da wie betäubt. Rother, Graf Rheinsperg, Békessy, aber auch Schering, Dr. Wiesner und Markovic blickten noch immer wie gebannt auf den Engländer, Irene Adler-Norton strich sich nervös eine Haarsträhne aus der Stirn, ihr Mann hielt den Kopf auf das Kinn gestützt, Lena und Franziska blickten befangen zu Boden, ebenso Schönberg und Rudolf Janowsky. Nur Gertrud zitterte am ganzen Körper und hatte ihr Gesicht in den Händen vergraben.

Plötzlich bemerkte ich, wie die Adler-Norton ihrem Mann einen fragenden Blick zuwarf, worauf dieser kurz und unmerklich nickte. Das Paar erhob sich.

»Nun, Herr Chamberlain«, sagte die ehemalige Sängerin frostig, »ich halte mich nicht für befugt, über den wissenschaftlichen Wert Ihrer Ansichten ein Urteil abzugeben. Aber um ein wirklicher Großinquisitor zu werden, bedarf es mehr als nur intellektuellen Säbelgerassels, nämlich einer *Macht*, die hinter der Inquisition steht. Ich weiß nicht, welchen europäischen Mächten Sie Ihre Idee der Rasseninquisition schon angeboten haben, aber eines weiß ich: Obwohl ich nicht religiös bin, werde ich zu Gott beten, daß sie sich Ihnen gegenüber als taub erweisen mögen!«

Dieser entschlossene Abgang war das letzte, woran ich mich mit einiger Deutlichkeit erinnern kann. Alles andere – die belanglose weitere Konversation, die sich ängstlich bemühte, von Chamberlains Theorien abzulenken, der regungslose Engländer selbst, der kaum noch etwas zur Unterhaltung beitrug und sich alsbald empfahl, mein eigener Abschied, der Aufbruch der übrigen Gäste – all das verschwimmt in meiner Erinnerung zu nichts …

VI.

Die Einladung in Döbling hatte an einem Mittwochabend stattgefunden. Am darauffolgenden Freitag saß ich vormittags am Schreibtisch meiner Praxis in der Salesianergasse und wartete auf meine nächste Patientin. Gertrud Janowsky, die sonst immer sehr pünktlich war, hätte mir bereits seit zehn Minuten gegenübersitzen sollen. Ich sah auf meine Taschenuhr und überlegte, ob ich nach dem nächsten Patienten im Wartezimmer läuten sollte, als ich unten auf der Straße einen Wagen vorfahren hörte. Kurz darauf klopfte es, und mein Mädchen führte Gertrud herein. Sie sah müde und niedergeschlagen aus, mit tiefen Ringen unter den Augen und so verhärmt, als hätte sie erst vor kurzem versucht, einen Weinkrampf zu unterdrücken. Ich bat sie, Platz zu nehmen, vermied es aber zunächst, sie nach dem Grund ihrer Verspätung oder ihres schlechten Aussehens zu fragen.

»Nun, Gertrud, Sie waren das letzte Mal bei mir am …« – ich blätterte in ihrer Akte – »vor drei Wochen also. Wie ist es Ihnen seither ergangen? Sind neue Beschwerden aufgetreten?«

Sie nagte eine Weile nervös an ihrer Unterlippe. »Nein«, antwortete sie dann leise.

Bemüht, mir meine Skepsis angesichts dieser Antwort nicht anmerken zu lassen, lehnte ich mich zurück und sagte: »Das ist erfreulich. Ich hatte offen gestanden schon Bedenken, ob der Abend bei den Rothers nicht etwas anstrengend für Sie gewesen war. Wegen der Reden von Herrn Chamberlain, meine ich.«

Gertrud hielt steif die Hände in ihrem Schoß gefaltet und blickte schweigend zu Boden. Da sie nach einer Weile noch immer keinerlei Anstalten machte zu antworten, hielt ich es für besser, das Thema vorerst nicht weiter zu verfolgen. Gerade als ich jedoch zu einer anderen Frage ansetzen wollte, räusperte sie sich leise.

»Rudolf und ich werden Wien verlassen«, sagte sie tonlos, ohne mich anzusehen. »Und nicht nur Wien, auch Österreich. Wir … wir werden nach Amerika gehen. Unsere Stadtwohnung haben wir schon aufgelöst. Bis zur Abreise werden wir bei meinen Eltern wohnen, draußen in Weidlingau.«

»Aber Rudolfs Karriere beginnt doch gerade erst!«

In ihren Augen flackerte die Angst, als sie antwortete: »Er sagt, er könne in Amerika hundertmal mehr Geld verdienen als hier.«
»Steckt er in finanziellen Schwierigkeiten?«
»Nein, nein«, brach es heftig aus ihr heraus. »Nichts dergleichen …«
Für einen kurzen Augenblick schien es so, als ob sie noch etwas hinzufügen wollte. Aber sie blieb stumm.
»Nun denn«, sagte ich schließlich und lehnte mich in meinem Stuhl zurück, »vermutlich werden Sie dann heute zum letzten Mal bei mir gewesen sein. Wann werden Sie abreisen?«
»In zwei Wochen«, antwortete sie gequält.
Wieder vergingen einige Augenblicke, in denen keiner von uns sprach.
»Gertrud«, sagte ich »wollen Sie mir nicht sagen, was sie wirklich bedrückt?«
Sie rührte sich nicht, und ich wartete. Irgend etwas hielt mich davor zurück, sie direkt auf den Brief mit dem lateinischen Wasserzeichen anzusprechen. Ich wußte, daß ich damit bei ihr nichts erreichen würde außer Widerstand.
»Es hat etwas mit Ihrer und Rudolfs Abreise zu tun, nicht wahr?«
Keine Antwort.
»Sie sprachen früher einmal von einem Brief. Von einem Brief mit einem fremdartigen Siegel. Erinnern Sie sich?«
Sie fing plötzlich an zu zittern, sagte aber noch immer nichts.
»Haben Sie vielleicht jemals das Gefühl gehabt, daß Rudolf möglicherweise als Jude –»
»Lassen Sie Rudolf aus dem Spiel!« rief sie plötzlich heftig und sprang von ihrem Stuhl auf. »Ich will damit nichts zu tun haben, verstehen Sie? Nichts, gar nichts!«
»*Womit* wollen Sie nichts zu tun haben?«
»Das geht Sie nichts an!«
»Gut, in Ordnung. Ich will Sie nicht drängen.«
Doch sie war nicht mehr zu beruhigen. Mit hastigen Bewegungen griff sie nach ihrem Schirm und stammelte: »Ich kann diese … diese Fragen nicht mehr ertragen. Bitte lassen Sie mich gehen.«
»Aber Gertrud. Das ist doch keine Lösung.«
»Das ist mir gleich.«
Sie krampfte die Hände zusammen und blickte starr zu Boden. Ich

hoffte, sie werde sich nach einer Weile doch wieder hinsetzen, aber als ich eine entsprechende Handbewegung machte, wich sie nur noch weiter zurück. Ich sah ein, daß ich für heute nichts mehr bei ihr ausrichten konnte, und stand daher ebenfalls auf.
»Nun, Gertrud, für den Fall, daß Sie es sich doch noch anders überlegen, seien Sie versichert, daß ich Ihnen bis zu Ihrer Abreise jederzeit zur Verfügung stehe.«
Ich begleitete sie bis zur Tür und gab ihr die Hand.
»Zögern Sie nicht zu lange«, sagte ich zum Schluß. Ich öffnete die Tür, und sie ging langsam hinaus.

Zu dumm, dachte ich ärgerlich, kaum daß sich die Tür hinter ihr geschlossen hatte. Ich hätte Rudolfs Judentum auf keinen Fall erwähnen dürfen! Bei einem derart verschlossenen Patienten wie Gertrud war damit natürlich nichts zu erreichen. Ich hätte lieber versuchen sollen, sie zu hypnotisieren, um wenigstens auf diesem Weg zu erfahren, was hinter dieser überraschenden Reise nach Amerika steckte… Aber was half es, sich jetzt noch Gedanken zu machen? Die Gelegenheit war erst einmal vertan. Wenn es Gertrud in den kommenden Wochen nicht gelingen sollte, ihre Hemmungen zu überwinden, würde sie ihre Probleme eben mit über den Atlantik nehmen, ohne daß ich oder sonst jemand etwas daran ändern konnte. Das war ja eben die Crux meiner Profession: Ein Allgemeinmediziner kann aus dem Zustand der Mandeln ohne weiteres auf das Stadium der Angina schließen; der Psychologe hingegen ist ohne Mitarbeit des Patienten noch nicht einmal in der Lage, die Symptome zu erforschen …

Unter solchen Grübeleien war es mittlerweile halb eins geworden. Da sich keine weiteren Patienten im Wartezimmer befanden, beschloß ich, meine Vormittagssprechstunde zu beenden und zum Mittagessen ins Demel zu gehen.
Ich wollte gerade aufstehen, als plötzlich heftig an der Eingangstür geläutet wurde. Bald darauf hörte ich eine aufgeregte Stimme, gegen die sich mein Mädchen verzweifelt, aber erfolglos durchzusetzen versuchte. Die Stimmen verstummten, und es klopfte.
»Entschuldigen Sie, Herr Doktor, ich weiß, daß es schon Mittag ist, aber da ist ein … ein fremder Herr draußen, der sich einfach nicht

fortschicken lassen will. Er besteht darauf Sie zu sehen. Er will Sie im Kaffeehaus getroffen haben. Dabei hat er nicht einmal eine Karte.«
»Aber er wird doch wohl seinen Namen genannt haben?«
»Er sagt, er heiße Livingston.«
»*Was?* Das ist natürlich etwas ganz anderes«, sagte ich schnell. »Ich lasse bitten.«
Sie huschte hinaus und stieß fast mit dem Engländer zusammen, der bereits hinter der Tür gewartet hatte. Bevor sie noch »Bitte einzutreten« sagen konnte, war er auch schon ungeduldig an ihr vorbei ins Zimmer gestürzt.
»Herr Livingston, welche Überraschung.«
»Dr. Heydinger, es tut mir leid, hier so hereinzuplatzen«, erklärte der Engländer stockend, »aber ich muß Sie wirklich sehr dringend sprechen …«
Ich bot ihm einen Platz an einem kleinen runden Kaffeehaustisch an, der in einer Fensternische stand, und musterte ihn. Er sah furchtbar aus. Keine Spur mehr war an ihm zu entdecken von jener Selbstbeherrschung und Brillanz, die er noch vor wenigen Tagen bei unserer Unterhaltung im Griensteidl an den Tag gelegt hatte. Unrasiert, hutlos, die verschossene Tweedjacke unter dem Gehrock nur nachlässig zugeknöpft – schon seine Aufmachung ließ nichts Gutes ahnen. In seinem Gesicht aber spiegelte sich der ganze hoffnungslose Zustand eines Menschen, der von seiner Rauschgiftsucht vollkommen besessen ist. Die Augäpfel glänzten fiebrig, die Nasenflügel bebten, um die Lippen zuckte es unbeherrscht, kleine Schweißtropfen standen ihm auf der Stirn. Er schien mindestens so schlimm dran zu sein wie an jenem Abend, an dem ich ihn zum ersten Mal zusammen mit Freud gesehen hatte.
»Sind Sie schon länger in diesem Zustand?« fragte ich vorsichtig.
»Seit gestern nacht«, gab er zurück, wobei er einen verlangenden Blick auf eine kleine Karaffe mit Weinbrand warf, die ich für gewisse Fälle zur Beruhigung auf dem Tisch stehen hatte. »Darf ich? Meine Nerven, wissen Sie«, sagte er.
Ich nickte nur, worauf er sich hastig bediente. Als er das Glas in die Hand nehmen wollte, zitterten seine Hände so sehr, daß er fast die Hälfte des Alkohols auf dem Tisch verschüttete. Er stellte das Glas wieder ab, zog ein Taschentuch hervor und tupfte nervös die Pfützen

auf. Dann versuchte er es erneut, setzte langsam das Glas an die Lippen und trank es gierig in einem Zug aus. Das Taschentuch blieb auf dem Tisch liegen.

»Nun, Herr Livingston, was kann ich für Sie tun?«

Mein Gegenüber wartete einige Augenblicke, bis der Alkohol seine Wirkung entfaltet hatte. Dann lehnte er sich zurück, faltete, wie um sich zu sammeln, vielleicht aber auch nur, um sein Zittern zu verbergen, die Hände und schloß die Augen.

Allmählich wurde er ruhiger, bis auch das unkontrollierte Zucken seiner Mundwinkel nachließ. Endlich sagte er schwerfällig und umständlich: »Doktor, es wird Ihnen, seit Sie mich das erste Mal im Griensteidl gesehen haben, aufgefallen sein, daß meine Verfassung nicht ganz das ist, was man in Ihrer Sprache als ausgeglichen zu bezeichnen pflegt.«

»Allerdings«, antwortete ich abwartend.

Der Engländer holte tief Luft. Obwohl ich nicht erwartet hätte, daß er dazu imstande wäre, sah er mich plötzlich scharf an: »Wahrscheinlich verbietet es Ihre ärztliche Schweigepflicht, mir zu antworten, aber ich muß Sie trotzdem fragen: Hat Ihnen Dr. Freud damals – nach jenem Zwischenfall im Griensteidl, meine ich – etwas über mich erzählt? Verstehen Sie mich bitte nicht falsch, ich weiß einiges über Ärzte, da mein bester Freund in England ebenfalls einer ist. Außerdem schien mir die Art, in der Freud sie damals beim Verlassen des Cafés unterhakte, auf mehr als nur eine oberflächliche Kollegenbekanntschaft hinzudeuten.«

»Eine eigenartige Schlußfolgerung«, antwortete ich. »Dr. Freud erwähnte lediglich, daß Sie kokainsüchtig seien und nach einer zunächst erfolgreichen Entzugsbehandlung einen Rückfall erlitten hätten.«

»Weiter nichts?«

»Nichts, was ich nicht auch von Ihnen selbst oder Herrn Schönberg erfahren hätte. Daß Sie Engländer und Musikwissenschaftler sind, an einem Werk über Wagner schreiben und Livingston heißen.«

Er starrte eine Weile nachdenklich ins Leere. Dann gab er sich erneut einen Ruck.

»Also gut, Dr. Heydinger, ich will Ihnen sagen, warum ich zu Ihnen gekommen bin. Es ist richtig, das Kokain ist in körperlicher Hinsicht mein größtes Problem. Ich fürchte jedoch, daß diese Sucht eine …

nun, eine tiefere Ursache hat. Und bis vor kurzem habe ich geglaubt, daß es Dr. Freud gelingen würde, diese Ursache zu finden.«
»Und?« fragte ich.
Livingston sah zu Boden. »Diesen Glauben habe ich verloren.«
»Warum?«
»Das ist nicht ganz einfach zu erklären. Dr. Freud ist gewiß ein hervorragender Arzt, aber ich fürchte, daß ihn manche seiner Patienten weniger als Kranke interessieren denn vielmehr als Forschungsobjekte. In meinem Fall hatte ich jedenfalls den Eindruck, daß er nur seine Theorien an mir ausprobieren wollte. Am Schluß konnte ich es einfach nicht mehr ertragen, ständig nach irgendwelchen ... Sexualerlebnissen befragt zu werden. Außerdem glaube ich, daß er viel zu sehr auf die Wirkung der Hypnose vertraut. Ich erinnere mich, wie er mich kurz nach Abschluß der Entzugsbehandlung noch einmal hypnotisierte und mich dabei aufforderte, beim Aufwachen alles wieder zu vergessen. Tatsächlich habe ich nie erfahren, was ich während der Hypnose gesagt habe. Wahrscheinlich war es eine Menge gottverdammten Unsinns.«
»Und wieso glauben Sie, daß ich Ihnen helfen könnte?«
Er zuckte die Schultern. »Ich habe Ihre Abhandlung über die Traumsymbole gelesen.«
»Sie wollen demnach, daß ich Sie als Patient aufnehme?«
Livingston nickte.
»Obwohl Sie mir nicht einmal die halbe Wahrheit über sich sagen?«
Er zuckte sichtlich zusammen. »Wie meinen Sie das?« fragte er mit lauerndem Gesichtsausdruck.
»Nun, Herr Livingston, wenn ich Sie schon behandeln soll, dann würde ich wenigstens gern Ihren *wirklichen* Namen erfahren.«
Mit einem Satz sprang er plötzlich von seinem Stuhl auf und ballte die Fäuste vor Wut. »Sie haben mich belogen!« rief er außer sich. »Freud hat sich also doch verplappert, nicht wahr? *Goddamn*, Ihr Ärzte steckt doch alle unter einer Decke ...«
Statt einer Antwort stand ich ebenfalls auf, nahm seelenruhig sein Taschentuch, das noch immer zusammengeknüllt auf dem Tisch lag, faltete es auseinander und hielt es ihm vor die Augen. In goldener Seide waren darauf am oberen linken Rand die Buchstaben »W. S. H.« gestickt.

»Sie können sich die Beleidigungen meines Kollegen ruhig sparen«, sagte ich gelassen. »Nicht er hat Sie verraten, sonden Sie sich selbst. Als Sie den vergossenen Weinbrand damit« – ich wedelte mit dem Taschentuch – »auftupften, fielen mir sofort die Initialen auf. Nicht, daß ich vorher keine Zweifel an Ihrer Identität gehabt hätte. Ich erinnere mich zum Beispiel noch genau, wie Freud im Kaffeehaus zögerte, bevor er zum ersten Mal Ihren Namen nannte. Später fielen mir Ihre ausweichenden Antworten auf, wenn ich Sie auf Ihren Beruf als Musikwissenschaftler und überhaupt auf persönliche Dinge ansprach. Schließlich das an den Namen Livingston adressierte Telegramm im Griensteidl, das Sie ganz offensichtlich nicht auf sich bezogen. Ist das nicht alles deutlich genug?«
Fassungslos starrte er mich an.
»Wer sind Sie?« fragte ich kalt. »Wer ist W. S. H.?«
Er schwieg. Eine unangenehme, gespannte Stille entstand. Dann begann er plötzlich zu lachen, ein düsteres, hysterisches, unfrohes Lachen, wie aus den Tiefen seines Unterbewußtseins, erst leise und erstickt, dann immer lauter und schriller, bis es schließlich durch die ganze Praxis zu dröhnen schien. Für einen Moment glaubte ich, er würde völlig die Beherrschung verlieren.
»Großartig«, rief er prustend und mit verzerrtem Gesicht, »wirklich großartig! Meinen Glückwunsch, Doktor! Ein neues Zigarettenetui ohne Initialen habe ich gekauft, um meine Vergangenheit endlich abzuschütteln, und sogar ein ganzes Dutzend neue Taschentücher ohne Monogramm … Und in der Hose, in der ich zu Ihnen komme, muß ich *ein* altes vergessen!«
»Sie müssen sich schon etwas deutlicher erklären.«
»So, muß ich das!« schrie er. »Und wieso bitte? Was spielt mein Name denn schon für eine Rolle? Glauben Sie mir, ich habe gute Gründe, ihnen nicht zu sagen, wer ich wirklich bin. Alles, was ich will, ist, daß mich endlich jemand von dieser gottverdammten Sucht befreit … und von diesem – diesem –« Er brach stotternd ab, unfähig, über diese Stelle seines Ausbruchs hinwegzukommen, und preßte die Innenflächen seiner Hände gegen die Schläfen. »Aber nicht wahr«, stieß er dann beschwörend hervor, »Sie müssen ja gar nicht unbedingt wissen, wer ich bin? Ist es denn nicht viel wichtiger, was meine Krankheit ist?«
»Das hängt von den Besonderheiten des Falls ab«, antwortete ich aus-

weichend. »Aber wenn Sie partout ein Geheimnis aus Ihrem Namen machen wollen, werde ich Sie kaum davon abhalten können.«
Es war offensichtlich, daß er seine wahre Identität nicht preisgeben wollte. Auch schien es tatsächlich so, als ob er mich damals in der Casa Petrucci nicht bemerkt hatte.
Natürlich hätte ich ihm nun umstandslos meine Erlebnisse auf Elba schildern können. Aber ich wollte ganz sicher gehen und abwarten, was er von sich aus zu erzählen hatte. Also sagte ich: »Wäre es Ihnen vielleicht lieber, wenn ich Ihnen Fragen stelle?«
Er nickte achselzuckend.
»Sie sind kein Musikwissenschaftler?«
»Nein.«
»Was dann?«
»Betrachten Sie mich meinetwegen als freien Schriftsteller.«
»Sind Sie wegen Dr. Freuds Ruf als Kokainexperte in Wien?«
»Nein. Und ursprünglich war der Grund meiner Reise auf den Kontinent auch nicht der Wunsch, nach Wien zu kommen. Ich unternahm vielmehr eine Reise in die Schweiz; ich hatte geglaubt, dort etwas über … über meine verstorbene Schwester in Erfahrung zu bringen … Aber darum geht es nicht …«
»Worum dann?«
»Um eine … eine Art Vision.« Er beschattete seine Augen mit der Hand. »Es war auf einer Bergwanderung in den Berner Alpen. Ich war den ganzen Tag unterwegs gewesen und gelangte an einen Gebirgswasserfall. Man konnte ihn von einem darübergelegenen Felsplateau gut einsehen. Plötzlich hatte ich das Gefühl, ein Mann würde in den tosenden Abgrund hinunterstürzen.«
»Nun, bei solchen Naturschauspielen kommt es sehr häufig zu Zuständen von Höhenangst und leichten Zwangsvorstellungen. Vielleicht sahen Sie nur sich selbst hinabstürzen?«
»Nein. Ich kenne das Gefühl, das Sie beschreiben. Aber so war es nicht. Es war, als sei dieser Mann nicht nur einfach hinabgestürzt.«
»Sondern?«
»Es war, als habe ihn jemand hinab*gestoßen* …« Auf seiner Stirn standen dichte Schweißtropfen, als er hinzufügte: »*Ich* habe ihn hinabgestoßen.«
Das war nun allerdings eine überraschende Wendung. Natürlich tra-

ten derartige Zwangsvorstellungen im Gebirge häufig auf, aber irgend etwas in seiner Stimme, vielleicht auch im Ausdruck seiner starren Augen ließ mich aufhorchen.
»Welches Motiv hätten Sie für eine solche Handlung haben sollen?«
»Das weiß ich eben nicht … Es gibt keines … ich – ich …« Er brach ab und fuhr sich über die nasse Stirn. »Ja, ich glaube, Sie haben recht«, sagte er plötzlich, »es war sicher nur eine Einbildung, eine Folge meiner überreizten Nerven. Die lange Wanderung, der ungenügende Proviant, die dünne Höhenluft, das kann einem schon zu Kopfe steigen, nicht wahr?«
Er musterte mich mißtrauisch, doch ich ging zunächst nicht weiter darauf ein.
»Wenn ich Sie recht verstanden habe«, fragte ich, »kamen Sie nach dieser Bergwanderung nach Wien?«
Er nickte.
»Wegen Ihrer Kokainsucht.«
»Ja. Ich hatte plötzlich Wahnvorstellungen und träumte immer wieder, wie dieser Mann aus den Fluten des Wasserfalls wiederauftaucht. Er spie groteske Verwünschungen über mich aus und schwor mir ewige Rache.«
»Können Sie sich erinnern, welche Rolle Sie in diesem Traum spielten?«
»Es war lächerlich. Ich war irgendeine mythologische Gestalt aus dem Altertum, trug ein orientalisches Herrschergewand und eine Königskrone auf dem Kopf. Im Hintergrund waren große Pyramiden … Ich wurde fast verrückt davon.«
»Hat Dr. Freud etwas zu diesem Traum gesagt?«
»Nein, er konzentrierte sich ganz auf das Kokain.«
»Hatten Sie diesen Traum schon früher?«
»Ich kann mich nicht erinnern.«
»Wissen Sie noch, wann Sie zum ersten Mal in ihrem Leben Kokain genommen haben?«
»Ich fürchte, schon in meinen ersten Universitätsjahren. Ich litt damals unter depressiven Anfällen.«
»Also nicht aus einer flüchtigen Laune heraus?«
Livingston sah mich einen Moment ausdruckslos an. Dann krempelte er statt einer Antwort Rock und Hemdärmel auf und hielt mir seinen

entblößten linken Unterarm hin. Obwohl als Internist einiges gewohnt, schauderte ich, als ich das Meer von frischen und alten Einstichnarben sah, vermischt mit Spuren mehr oder weniger gut verheilter Abszesse. Das hatte mit einer Laune allerdings nichts mehr zu tun. Mein Entsetzen muß sich in meinem Gesicht abgezeichnet haben, denn Livingston lächelte plötzlich melancholisch.
»So schlimm, wie es aussieht, ist es nicht«, sagte er. »Den Höhepunkt meines Rückfalls hatte ich vor zwei Monaten. Seither ist es mir gelungen, die Abstände zwischen den einzelnen Injektionen deutlich zu vergrößern.«
»Wie das?« fragte ich überrascht.
»Sagt Ihnen der Grundsatz ›Simila similibus‹ etwas?«
»Allerdings«, erwiderte ich erstaunt. »Sie beschäftigen sich mit Homöopathie?«
»Ich nicht, aber ein junger Internist, den ich bei … den ich zufällig kennenlernte. Er verabreichte mir eine sehr hohe Potenz von *Acidum picrinicum.* Offenbar hat diese Substanz die Eigenschaft, das Verlangen nach Kokain herabzusetzen und die Entzugserscheinungen etwas zu lindern. Es wirkt nicht immer gleich gut, aber es ist immerhin besser als nichts.«
»Darf ich fragen, wer der junge Internist war?«
Livingston zögerte kurz, bevor er antwortete: »Sein Name ist Kirchner.«
»Na, da sind Sie ja in guten Händen. Ein sehr fähiger Mann. Wie sind Sie denn an ihn geraten?«
Ich fragte absichtlich nach. Mir war die Pause nicht entgangen, als er den Arzt soeben zum erstenmal erwähnt hatte. Doch Livingston schien plötzlich in eine Art Absenz verfallen zu sein, saß regungslos da und schwieg. Meine Frage schien er gar nicht gehört zu haben.
Als er nach einer Weile noch immer keine Anstalten machte, zu antworten, beugte ich mich in meinem Stuhl vor. »Mr. Livingston, es steht Ihnen natürlich frei, zu schweigen. Aber welchen Zweck sollte dann Ihr Besuch bei mir haben?«
Er wachte wieder auf. »Entschuldigen Sie«, murmelte er zerstreut.
Ich sah auf meine Notizen. »Sie sagten vorhin, daß Sie nach Ihrem Wasserfall-Erlebnis nach Wien kamen. Seit dieser Zeit versucht Dr. Freud also vergeblich, Sie von Ihrer Sucht zu kurieren?«

»Ja. Als er mich nach drei Monaten als geheilt entließ, beschloß ich, nicht direkt nach England zurückzufahren, sondern mich erst einmal von den Strapazen der Entziehung zu erholen. Ich entschied mich für eine Reise nach Italien, kam aber leider nur bis Mailand. Wenn man so will, hat mich die Vergangenheit dort wieder eingeholt.«
»Ihre Vergangenheit? Sie meinen, Sie hatten dort Ihren ersten Rückfall?«
»Nein, ich … ich traf dort jemanden aus meiner Zeit in England wieder.«
»Eine Frau?«
Der Engländer lächelte plötzlich dünn. »Das war für einen Psychiater nicht schwer zu erraten, wie? Aber es war nicht das, was Sie vielleicht glauben. Ich war immer überzeugter Junggeselle; ich habe mir niemals etwas aus Frauen gemacht. Als ich auf der Universität war, glaubte ich einmal, in die Freundin eines Kommilitonen verliebt zu sein, aber das war nichts Ernstes, allein schon deshalb, weil ich davor zurückschreckte, einen Vertrauensbruch zu begehen.«
»Und jene Frau, die Sie in Mailand trafen?«
Mit einer schnellen Bewegung zupfte er seine Manschetten zurecht. »Nun, *sie* könnte man vielleicht als eine Art Ausnahme betrachten.« Er lachte plötzlich sarkastisch auf. »Deshalb war ich ja auch ganz besonders vor ihr auf der Hut. Bitte halten Sie mich nicht für einen Phantasten, wenn ich Ihnen sage, daß die Dame die Hauptrolle in einer Londoner Erpressungsaffäre spielte, in der ich die Interessen eines europäischen Adeligen vertrat; wie und warum spielt hier weiter keine Rolle. Ich machte in der Angelegenheit keine besonders gute Figur, konnte aber trotzdem nie umhin, die Intelligenz und Entschlossenheit zu bewundern, mit der sie damals über mich und meinen Klienten triumphierte. Sie heiratete kurz darauf und verließ London. Wer hätte ahnen können, daß ich ausgerechnet sie in Mailand wiedersehen würde?«
Er unterbrach sich, um eine Zigarette anzuzünden, bevor er fortfuhr: »Eigentlich hatte ich vorgehabt, nur eine Woche dort zu bleiben und dann weiter in Richtung Rom zu fahren. Nach ein paar Tagen las ich jedoch in den Zeitungen über eine Neuinszenierung des ›Macbeth‹ an der Scala und beschloß, meinen Aufenthalt bis dahin zu verlängern. Als ich zur Premiere ging, hörte ich im Foyer der Oper plötz-

lich eine Frauenstimme neben mir: ›*Buona sera, Signore.*‹ Ich wandte mich zur Seite und erkannte zu meinem Erstaunen meine ehemalige Gegnerin aus London. Ich hatte vorhin nicht erwähnt, daß sie bis vor wenigen Jahren eine recht bekannte Sängerin war, die sogar für eine Saison an der Scala gesungen hat – daher auch ihr perfektes Italienisch. Es stellte sich heraus, daß sie sich nach ihrer Heirat mit ihrem Mann zunächst in München und dann in Wien niedergelassen hatte. Als ich ihr eröffnete, daß auch ich gerade drei Monate dort verbracht hatte, lächelte sie zwar, fragte jedoch nicht weiter nach. Wahrscheinlich vermutete sie, der Grund meines Aufenthalts sei wieder irgendeine zweifelhafte Affäre gewesen, ein Eindruck, den ich natürlich nicht zu zerstreuen suchte. Sie selbst war eigens nach Mailand gekommen, um diesen neuen ›Macbeth‹ zu sehen, weil sie in der Rolle der Lady Macbeth ihren ersten Erfolg an der Scala gehabt hatte. Auf die Frage nach ihrem Ehemann antwortete sie recht ausweichend, so daß ich annahm, er sei in Wien geblieben. Abgesehen davon jedoch gab sie sich völlig unbefangen, so als hätte es unsere zwielichtige Londoner Episode nie gegeben. Noch unbegreiflicher aber war, daß auch ich das Gefühl hatte, anstelle einer ehemaligen Gegnerin eine Freundin aus alten Zeiten wiedergetroffen zu haben. Sie bot mir an, uns nach der Oper noch zu einem Plausch über ›London und den Erbprinzen‹ zu treffen, und ganz gegen meine Gewohnheit sagte ich zu. Der Gong ertönte, und wir begaben uns zu unseren Plätzen. Ich war so benommen von diesem Wiedersehen, daß die Oper an mir vorbeizog, ohne daß ich mich später groß daran erinnnern konnte. Ich weiß nur noch, daß es kein besonderer Erfolg war (vermutlich kann in Italien eine Oper, die keine Liebeshandlung enthält, nie wirklich die Gunst des Publikums erringen). Daneben mußte ich ständig an meine ehemalige Widersacherin denken. Natürlich war ich damals in London gezwungen gewesen, mich auf meinen Auftrag zu konzentrieren, und in diesem Sinne war sie nun einmal eine Gegnerin, die es zu besiegen galt. Aber dann fiel mir ihre Photographie wieder ein, die mir der böhmische Adlige, in dessen Auftrag ich sie damals beschattete, zur Erinnerung überlassen hatte, und ich fragte mich, wie ich sie so ganz hatte vergessen können …«

Livingston verstummte und schwieg für einige Augenblicke. Ich hatte

das Gefühl, daß er nach den passenden Worten suchte, um weitererzählen zu können, ohne dabei allzuviel über sich selbst preisgeben zu müssen. Ich entschloß mich daher, ihm zu sagen, was ich wußte.
»Herr Livingston, ich möchte Ihnen gegenüber völlig offen sein. Ich fürchte, ich weiß, wer die Dame ist.«
Er zuckte wie unter einer Ohrfeige zusammen. »Was? Aber das ist unmöglich!« rief er aus. »Haben Sie uns zusammen in Wien gesehen?«
»Ich nicht, aber ein gemeinsamer Bekannter.«
»Wer? Wo?«
»Herr Schönberg. Im Prater.«
Er beugte sich vor und sah mich mißtrauisch an. »Woher will ein Mann wie Schönberg gewußt haben, wer sie ist?«
»Er wußte es nicht«, gab ich zurück. »Er erfuhr es erst anläßlich eines Empfangs in Döbling, bei dem zufällig auch eine gewisse Madame Irene Adler-Norton und ihr Mann anwesend waren.«
Bei der Erwähnung des Namens kehrte schlagartig die frühere Blässe in Livingstons Züge zurück. Es gelang ihm aber diesmal, die Beherrschung zu bewahren. Nur seine Stimme klang hohl, als er mit einer resignierten Handbewegung antwortete. »Also schön. Dann muß ich Ihnen ja nicht mehr viel erzählen.«
»Sie ist tatsächlich Ihre Geliebte?«
Er zuckte müde die Schultern. »Ich weiß nicht, ob Irene Adler-Norton irgend jemandes Geliebte ist«, erwiderte er. »Es wird Ihnen wahrscheinlich zu Ohren gekommen sein, daß sie als einschlägig bekannte Abenteurerin gilt. Auch der Londoner Auftrag drehte sich übrigens um etwas Derartiges. Ich möchte dazu eigentlich nichts weiter sagen, als daß ich lange glaubte, ihre Affären seien nur Spiele gewesen.«
»Sie meinen, bei Ihnen war es kein Spiel?«
»Wenn ich auf diese Frage eine Antwort wüßte, wäre ich vielleicht gar nicht hier«, antwortete Livingston dunkel. »Als wir nach jenem Opernbesuch in Mailand noch ein Restaurant besuchten, um uns bei einer Flasche Wein zu unterhalten, ließ sie durchblicken, daß sie und ihr Mann sich getrennt hätten. Natürlich kannte ich sie nicht gut genug, um einschätzen zu können, was es mit diesem Zerwürfnis auf sich hatte. Aber ob sie nun gebunden war oder nicht, ich begann, während ich ihr gegenüber saß, plötzlich zu begreifen, warum es

Männer gab, die bereit gewesen waren, alles für sie aufs Spiel zu setzten. Ich sah ihre Schönheit und ihren Esprit, registrierte den Charme ihrer Stimme, bemühte mich jedoch gerade deswegen um Distanz – und das, obwohl es eine ungemein amüsante Konversation war. Allein ihr Fundus an Anekdoten aus der Welt der Musik ist unerschöpflich. Ich erinnere mich, wie sie die Äußerung eines jungen deutschen Komponisten namens Max Reger zum Besten gab, den sie in Wiesbaden kennengelernt und der einem mißgünstigen Kritiker geschrieben hatte: ›Werter Herr! Ich sitze im kleinsten Zimmer meines Hauses. Ihre Kritik liegt vor mir. Bald wird sie hinter mir liegen.‹ Als wir schließlich aufstanden, wußte ich nicht mehr, ob mir ihre Wortkaskaden, der Wein, die Juli-Hitze oder alles zusammen zu Kopfe gestiegen war. Sie hatte vor, noch einige Tage in Mailand zu bleiben, gab mir ihre Adresse im Hotel Tiziano und lud mich ein, doch einmal auf einen Mokka vorbeizuschauen. Zum Abschied gab sie mir die Hand, und es lag etwas in der Art dieser Geste, das mich eigentümlich berührte.«

Er unterbrach sich, um eine neue Zigarette anzuzünden.

»Am nächsten Tag erhielt ich ein kurzes Telegramm von ihr«, fuhr er fort. »Sie schlug vor, eine Landpartie in das lombardische Umland zu unternehmen, in die Gegend von Magenta, zur Stätte der letzten Schlacht des Risorgimento. Ich sagte zu, mehr aus Neugier denn aus Neigung. Wir mieteten also einen Landauer und begannen eine ausgedehnte Fahrt, während der ich plötzlich eine ganz andere Irene Adler kennenlernte als jenes Klischee der Femme fatale, das die Klatschspalten der Zeitungen ziert. Sie erzählte von ihrer Kindheit in einer amerikanischen Quäkerfamilie, die in ihr nur den einen Wunsch hatte entstehen lassen: nach Europa zu gehen und dort Sängerin zu werden. Sie beschrieb die lebenslustige Zeit ihres Studiums in Deutschland und Böhmen und die harten Jahre ihrer Wanderkarriere durch halb Europa. Ich hatte mir vorgenommen, nicht auf diese Offenheit hereinzufallen, war aber doch verwundert, daß sie so rein gar nichts von ihren Affären erwähnte und auch keine Anspielungen auf meine Verschlossenheit machte. Auch die Art, in der sie mir nach dem Opernabend die Hand gegeben hatte, kam nicht noch einmal vor, und ich fragte mich, ob ich dieser Geste nicht eine falsche Bedeutung beigemessen hatte. Ohne länger darüber nachzudenken, be-

gann ich deshalb plötzlich, ihr den wahren Grund für meinen Aufenthalt in Wien zu schildern. Sie hörte aufmerksam zu, vermied aber jedes falsche Mitleid und die stereotypen Bemerkungen, die ich so sehr an anderen Frauen verabscheute. Nachdem ich geendet hatte, sagte sie lange nichts, um dann in wenigen, sachlichen Worten die Geschichte ihrer schwierigen Ehe mit Godfrey Norton zu erzählen. Ihr Mann, durchaus gebildet und von guter Erziehung, schien für ihre Kunst nur wenig Begeisterung aufgebracht zu haben. Eher ein *homme de lettres*, blieb ihm die Sphäre der Musik verschlossen, und allmählich hatte sich das Paar auseinandergelebt, jeder in einigen Affären Trost suchend und nach außen hin den Schein wahrend, solange es eben ging. Schließlich hatte man es aber wohl doch für das Beste gehalten, sich in beiderseitigem Einvernehmen zu trennen. Ich vermied es, Fragen zu stellen, da ich merkte, daß ihr das Thema doch etwas peinlich geworden war. So schwiegen wir einige Zeit, bis sie plötzlich eine Handbewegung in Richtung der wunderbaren Landschaft machte, die im Licht der italienischen Julisonne an uns vorbeizog. Es wäre doch ein Jammer, meinte sie ironisch lächelnd, einen solchen Tag mit Gedanken an Männer zu verdüstern …
Wir fuhren noch eine gute Stunde, während der ich Gelegenheit hatte, ihre profunden Kenntnisse der lombardischen Geschichte zu bewundern, bis wir schließlich in einer kleinen Trattoria in der Nähe von Magenta einkehrten. Ich weiß bis heute nicht warum, aber plötzlich konnte ich meinem Hang zum Schauspielern nicht widerstehen, stellte uns kurzerhand als Viscount und Viscountess Landisworth aus Nottinghamshire vor, verwickelte den hilflosen Wirt in ausufernde Erklärungen über die Herstellung englischen Bieres, beschrieb ihm die dunklen Katakomben meines Schlosses und brachte ihn durch das Einpauken der korrekten Anrede Ihrer Ladyschaft vollkommen zur Verzweiflung. Irene spielte mit und warf dem schwitzenden kleinen Mann derart anzügliche Blicke zu, daß plötzlich seine hagere, finster dreinschauende Frau erschien und uns unmißverständlich bedeutete, ihre Gutmütigkeit nicht weiter auf die Probe zu stellen. Wir beugten uns dem drohenden Anblick des Nudelholzes in ihrer Hand und traten die Rückfahrt nach Mailand an, während der meine Begleiterin spöttisch bemerkte, daß ihr der Titel einer Viscountess fast noch besser gefalle als der einer Erbprinzessin von Böhmen …«

Livingston hielt erneut inne. Er zog heftig an seiner Zigarette, sein Gesichtsausdruck war undurchdringlich. Erst nach einer Weile setzte er seine Erzählung wieder fort:

»Am Tag ihrer Abreise hatten wir uns noch einmal im Salon des Tiziano verabredet. Ich kam zu spät, da ich vorher meine Violine von einer Reparatur bei *Grancino* abholen mußte und mich in der Entfernung verschätzt hatte. Als ich den Saal betrat, saß sie gerade am Flügel des Hotels, wo sie zum Zeitvertreib vor sich hin improvisierte. Ich hörte eine Weile zu und war so beeindruckt von ihrem Spiel, daß ich ihr vorschlug, vielleicht gemeinsam etwas zu musizieren.

›Ich fürchte, wir werden hier nichts entdecken, was Ihren Ansprüchen genügt‹, sagte sie spöttisch, indem sie auf die Noten deutete.

›Aber bitte‹, gab ich ebenso mokant zurück, ›ich verlasse mich ganz auf den Geschmack einer *maîtresse chanteuse*.‹ Sie zuckte unmerklich zusammen und warf mir einen anerkennenden Blick zu, worauf wir die Noten durchsahen, unter denen sich in der Tat nur die üblichen Teestundenuntermalungen nach Art der Kaffeehausstehgeiger befanden. Erst nach einer Weile stießen wir auf einen Band mit Strauß'schen Orchesterwalzern. Wir entschieden uns für ›An der schönen blauen Donau‹, legten uns die Noten zurecht und begannen zu spielen. Um es vorwegzunehmen: Es wurde eine ziemlich ausgefallene Interpretation mit übertrieben wienerischen Betonungen des Drei-Viertel-Takts und ironisch ausgeschmückten Melodiebögen, alles klangvoll untermalt vom Klavierspiel meiner Begleiterin. Ich hatte nicht gewußt, daß sie eine derart versierte Pianistin war. Ihr Taktgefühl schien unfehlbar, ihr Sinn für rhythmische Akzente war enorm. Allmählich zog sie das Tempo an, unmerklich zuerst, dann jedoch immer stärker. Wir spielten uns in immer schnellere Variationen hinein und waren so bei der Sache, daß wir die Hotelgäste gar nicht bemerkten, die sich durch die Musik aus dem Foyer hatten herbeilocken lassen. Der Schlußakkord nach einem halsbrecherischen Finale, mindestens prestissimo, war noch nicht verklungen, da wurde bereits begeistert geklatscht; man johlte und rief ›Bravo‹ wie nach einem Opernabend in der Scala. Meine Partnerin erhob sich und nahm wie selbstverständlich meine Hand, um sich zusammen mit mir zu verbeugen.

›Nun, mein Freund‹, meinte sie, ›wenn Sie irgendwann einmal Ihren obskuren Beruf an den Nagel hängen und sich für eine Virtuosenkarriere entscheiden wollen, lassen Sie es mich wissen. Ich werde Ihnen jederzeit mit meinen bescheidenen Mitteln zur Verfügung stehen.‹
›*You're fishing for compliments, madam*‹, erwiderte ich im gleichen Tonfall, aber irgend etwas in ihrem Blick oder in der erneuten Berührung ihrer Hand, vielleicht auch nur eine Nuance in ihrer Stimme vermittelte mir wieder das Gefühl, das ich damals nach dem ›Macbeth‹ bei unserer ersten Begegnung empfunden hatte. Ich fühlte mich plötzlich seltsam enttäuscht, wollte dies aber nicht mit ihr in Zusammenhang bringen, versuchte im Gegenteil, diesen Gedanken mit aller Macht zu bekämpfen. Doch als wir nach unserem kleinen Konzert noch einen letzten Spaziergang durch die Mailänder Altstadt machten, war ich zum ersten Mal in ihrer Gegenwart unfähig, ein Wort herauszubringen. Ich mußte an ihre bevorstehende Abreise denken, an ihr abermaliges Verschwinden aus meinem Leben, an mein schäbiges kleines Pensionszimmer, eine Durchgangsstation wie so viele, die mir noch bevorstanden, bis ich irgendwann gezwungen sein würde, nach England zurückzukehren. Mir graute plötzlich vor dieser Rückkehr. Ich dachte an die Leere meines Londoner Lebens, an das freudlose Leben des alternden Bohemiens, das mich in sich hineinziehen würde wie in einen dunklen Mahlstrom …
Plötzlich – ich hatte keinerlei Blick dafür gehabt, welche Richtung wir eingeschlagen hatten, war blindlings zusammen mit ihr immer weiter gegangen, hatte nicht bemerkt, daß wir uns schon in den verwinkelten Straßen des alten Stadtzentrums befanden –, plötzlich zog sie mich in eine kleine Seitengasse, umklammerte meine Arme, preßte mich an eine Hauswand und starrte mich aus dunklen Augen drohend an.
›Wovor haben Sie eigentlich Angst?‹ fragte sie, nicht laut, aber vor Erregung zitternd, während ich so überrumpelt war, daß ich sie nur sprachlos anstarren konnte.
›Wovor Sie Angst haben, will ich wissen!‹ wiederholte sie, schärfer diesmal, und in ihren Augen glomm es drohend auf.
Ich versuchte sie von mir wegzuschieben und murmelte etwas davon, daß sie sich nicht lächerlich machen solle.
›So!‹ rief sie leidenschaftlich. ›*Ich* mache mich lächerlich. Und Sie? Sie kommen sich wohl besonders großartig vor, wie? Stets Herr der

Lage, immer korrekt, immer höflich, immer distanziert, nur keine Blöße zeigen, nicht wahr? Ja, Sie haben ganz recht, es *ist* lächerlich!‹ Mit einem Ruck ließ sie meine Arme los.

›Der geheimnisvolle Meisterdetektiv!‹ höhnte sie. ›Der Mann, vor dem sogar der Erbprinz von Böhmen gezittert hat, der aber einer Frau nicht für zwei Sekunden in die Augen sehen kann, ohne Angst vor sich selbst zu bekommen!‹

Mit einer herrischen Handbewegung fuhr sie sich durch die Haare, die ihr während ihrer Attacke in die Stirn gefallen waren.

›Wissen Sie, was Sie sind, mein Freund?‹ fragte sie zum Schluß. ›Ich glaube, daß Sie im Grunde ein Feigling sind, ein Schmierenkomödiant, der den Logiker nur spielt. Jawohl, mein Lieber, Sie sind nur ein Schauspieler, ein sehr talentierter zwar, o ja, aber nichtsdestotrotz doch nur ein Schauspieler, der sich in seiner Paraderolle wunderbar über sich selbst belügt. Aber lassen Sie sich etwas sagen: Ich kenne die Regeln der Schauspielerei besser als Sie und weiß, daß einmal der Tag kommt, wo es vorbei ist mit dem Theaterspielen! Irgendwann werden auch Sie von Ihrer jämmerlichen kleinen Bühne abtreten müssen!‹ Sie verbeugte sich, graziös und voller Verachtung zugleich. ›*Arrivederci, Signore!*‹

Bevor ich etwas hätte sagen oder sie gar zurückhalten können, war sie davongestürzt und in einer der umliegenden Gassen verschwunden. Ihre letzten Worte hallten noch in mir nach, und erst allmählich begann ich, ihren Sinn zu begreifen. Aber so verletzend sie auch waren, ich spürte doch zugleich einen verborgenen Genuß in ihnen, ähnlich dem Kokain, dessen Wirkung ja auch nicht denkbar ist ohne den Moment des Nadeleinstichs …«

An dieser Stelle brach Livingston zum dritten Mal ab. Ich hielt es nicht für ratsam, ihm Fragen zu stellen, sondern wartete, bis er den Faden seiner Erzählung von selbst wieder aufnehmen würde, was nach einer Weile auch geschah.

»Ich weiß nicht mehr, wie lange ich so dort stand. Immer wieder gingen mir die Worte ›Feigling‹ und ›Schauspieler‹ durch den Kopf. Warum wollte sie mich mit ihrem Spott treffen? Was hatte sie erwartet? Mit Ausnahme der erwähnten flüchtigen Berührungen hatte sie doch durch nichts zu erkennen gegeben, daß ich für sie etwas anderes war als ein Bekannter aus früheren Zeiten, mit dem man sich im Ausland einmal in seiner Muttersprache unterhalten konnte. Darüber hinaus mußte ihr doch klar sein, daß uns Welten voneinander trennten … Aber während ich unschlüssig durch die Gassen streifte, in denen es langsam dunkel wurde, bemerkte ich, daß ich unwillkürlich in die Richtung ihres Hotels gegangen war. Ich bog in die nächste Querstraße ein, von der ich wußte, daß sie am Ende in die Via Tibaldi mündete, in der sich das Tiziano befand. Von der plötzlichen Angst getrieben, sie könnte vorzeitig abgereist sein, beschleunigte ich meine Schritte, bis ich anfing zu laufen. Außer Atem – die Via Tibaldi ist recht lang – kam ich im Hotel an, wo mich der Concierge an der Rezeption spöttisch musterte.

›Signora Adler?‹ fragte ich.

›Bedaure, Signore‹, antwortete der Mann. »Die Signora ist vor zehn Minuten nach der *stazione centrale* abgefahren.‹

Ich starrte ihn entgeistert an. ›Vor zehn Minuten?‹

›Si, Signore.‹

›Und Sie hat keinerlei Nachricht hinterlassen?‹

›No, Signore.‹

Ich zog meine Uhr aus der Tasche. Es waren noch ganze zehn Minuten bis zur Abfahrt des Nachtexpreß, und der Bahnhof lag genau im entgegengesetzten Teil der Stadt. Ich stürzte aus dem Hotel und winkte verzweifelt eine Droschke herbei.

›*Stazione centrale!*‹ rief ich dem Kutscher zu, als ich einstieg. ›5000 Lire, wenn Sie es in zehn Minuten schaffen!‹

›*5000 Lire! Si, Signore!*‹

Der Mann schlug so heftig auf die Pferde ein, daß die Kutsche förmlich losschoß. Es war eine halsbrecherische Fahrt, doch obwohl ich eigentlich an nichts anderes denken konnte als an die immer näher rückende Abfahrt des Zuges, nahm ich noch wahr, mit welcher Virtuosität der Fahrer sein Gefährt beherrschte. Mehr als einmal neigten wir uns so bedrohlich in die Kurve, daß ein Umstürzen unvermeidlich schien, doch jedesmal gelang es dem Mann, über die Gesetze der Schwerkraft zu triumphieren und wieder in die Horizontale zu kommen.

Trotzdem schien alle Mühe vergebens gewesen zu sein. Exakt elf Minuten waren vergangen, als wir vor dem Hauptportal des Bahnhofs

ankamen. Ich bezahlte die 5000 Lire, schon weil keine Zeit mehr für das Wechselgeld blieb, sprang aus dem Wagen und rannte den Querbahnsteig vor den Gleisen entlang, bis ich endlich das Schild mit der Aufschrift ›Mailand-Wien-Expreß‹ erkannte. Genau in diesem Moment gellte der Pfiff des Abfertigungsbeamten durch die Halle, und der Zug setzte sich in Bewegung. Ich überlegte noch, ob ich es riskieren sollte, auf das Trittbrett des letzten Coupéwagens aufzuspringen, aber der Zug gewann viel zu schnell an Geschwindigkeit. Die roten Rücklichter verblaßten, bis sie im Dunkel der Nacht zu winzigen Punkten wurden und schließlich ganz erloschen. Ich stand da wie betäubt. Der Titel eines deutschen Gedichtes fiel mir ein: ›Ich bin der Welt abhanden gekommen‹.
Einem Schlafwandler gleich verließ ich den Bahnhof, und wirklich hatte ich nur noch das Bedürfnis nach tiefem, traumlosem Schlaf. Wie in einer Kokainhalluzination glaubte ich plötzlich, noch einmal Irenes Stimme neben mir zu hören: ›Vergeben Sie mir meine melodramatische Inszenierung, mein armer Freund. Ich weiß, es war infam, Sie so auf die Probe zu stellen.‹
Die Stimme klang so deutlich, daß ich mich zwang, zur Seite zu schauen. Ich vermeinte ihre Silhouette im Lichtkegel einer Straßenlaterne zu erkennen, aber erst, als sie einige Schritte auf mich zukam, begriff ich, daß sie es wirklich war.«

Livingston verstummte. Seine Stimme war immer leiser geworden; es war deutlich, daß er von seinen Erinnerungen überwältigt wurde.
Ich konnte jedoch meine Neugier nicht länger zügeln und sagte: »Erzählen Sie bitte weiter.«
Der Engländer lachte plötzlich düster. »Was wollen Sie hören?« fragte er verbittert. »Gibt es etwas Trivialeres als Schilderungen von Liebesszenen? Noch dazu von jemandem, der keinerlei Erfahrung auf diesem Gebiet hat? Soll ich Ihnen vielleicht den Glanz ihrer Augen beschreiben oder den Duft ihres Haares? Gott bewahre mich! Es hat ja doch keinen Sinn, die Erinnerung wieder zu beleben.«
»Sind Sie nicht vielleicht gerade deshalb zu mir gekommen?«
»Wohl kaum«, entgegnete der Engländer schneidend. »Ich darf Sie bitten zu bedenken, daß ich zur *Erholung* nach Italien gefahren war, nicht um mich von Irene Adler-Norton verführen zu lassen.«

»Verführen? Nehmen Sie es mir nicht übel, Herr Livingston, aber nach der Art, wie Sie sie schildern, kann ich das wirklich nicht glauben.«

»Ach nein?« rief Livingston erregt. »Als was würden Sie es denn bezeichnen? Als italienische Romanze vielleicht? Als besonders originelle Form von Wahlverwandtschaft? Und selbst wenn es keine Verführung war, was nützt mir das? Ich kann die zwei Monate, die auf jene Szene am Bahnhof folgten, schließlich nicht aus meiner Erinnerung reißen. Sie wissen ja nicht, was wir taten!«

»Im Gegenteil«, sagte ich ruhig. »Ich weiß es sogar sehr gut.«

Die Gelegenheit war gekommen. In wenigen sachlichen Worten erzählte ich ihm von meinem Aufenthalt in der Casa Petrucci.

Livingston lauschte wie gebannt und starrte mich am Schluß fassungslos an. Schließlich brach er in Gelächter aus. »Na bitte«, sagte er voller Sarkasmus. »Wer nur Augen für eine Frau hat …«

»Sie haben mich also tatsächlich nicht bemerkt?«

»Nein.«

»Und Ihr wirklicher Name ist auch nicht Landisworth?«

»Natürlich nicht«, erwiderte er ungeduldig. »Das Ganze war eine spontane Laune. Wir griffen einfach die Komödie unseres Ausflugs nach Magenta wieder auf und verließen Mailand getarnt als englisches Geschwisterpaar. Wir fuhren fast drei Monate lang durch ganz Italien, von Florenz über Elba bis nach Sardinien, verbrachten zwei Wochen in Siena und in Rom. Von dort gingen wir nach Ferrara und Padua, bis wir schließlich in Venedig eintrafen. Inzwischen war es Mitte Oktober geworden; die Luft wurde kühl, und das Wetter begann umzuschlagen. Wir reisten der Küste des Golfs von Venedig entlang nach Triest, von wo aus es galt, sich langsam Gedanken über die Rückreise zu machen.«

»Fiel es Ihnen denn leicht, als Junggeselle mit einer völlig fremden Frau durch Italien zu ziehen?«

Livingston zuckte gleichgültig die Achseln. »Warum nicht? Wir brauchten ja auf niemand Rücksicht nehmen, höchstens auf die Hotelbesitzer. Und für die hatten wir uns ja als Geschwister getarnt.«

»Und Sie stießen nirgends auf Mißtrauen?«

»Doch, manchmal schon. Ein junger Dichter in Rom meinte, man sähe es uns doch an den Nasenspitzen an, daß wir durchgebrannt seien. Er nannte uns scherzhaft Lord Byron und Augusta und meinte spöttisch, wir sollten uns vorsehen, nicht wegen inzestuöser Neigungen verhaftet zu werden. Warum wir uns nicht einfach ein paar falsche Ringe besorgt hätten, um wenigstens gemeinsame Hotelzimmer mieten zu können? Ich wollte den Mann scharf zurechtweisen für diesen Affront, ich weiß selbst nicht, warum, schließlich hatte ich mich ja bewußt auf die ganze Komödie eingelassen. Aber Irene lachte nur und gestand dem Franzosen sogar freimütig die Wahrheit.«

»Es wäre Ihnen also nicht lieber gewesen, einfach als unverheiratetes Liebespaar aufzutreten?«

»Der Gedanke wäre mir gar nicht gekommen.«

»Und *ihr*?«

»Ich weiß es nicht«, sagte er melancholisch. »In Ferrara meinte sie einmal, daß sie sich durchaus vorstellen könne, ihre Ehe auch offiziell aufzulösen, um mit mir zusammenzuleben. Ich weiß nicht, wie ernst das gemeint war, ob ihre Bemerkung möglicherweise nur dem Wunsch entsprang, das Lebensgefühl dieser Reise, von dem wir ja beide wußten, daß es nicht von Dauer sein konnte, für immer zu bewahren. Jedenfalls unterließ ich es, das Thema weiter zu verfolgen, wohl aus Angst, sie bereits dann verlieren zu können, wenn ich nur an die Zukunft *dachte* …«

»Sie fuhren aber gemeinsam zurück nach Wien?«

Er nickte kaum merklich, ohne aber etwas zu sagen.

»Und ihr Verhältnis ging dort weiter?«

Wieder keine Reaktion. Ich wollte schon einen neuen Anlauf unternehmen, als er anstelle einer Antwort plötzlich seine Brieftasche hervorzog und ihr ein Telegramm entnahm. »Dies hier«, sagte er, »erhielt ich eine Woche, nachdem wir wieder in Wien waren und ich die kleine Wohnung in der Taborstraße angemietet hatte, wo Herr Schönberg mich als Nachbarn kennenlernte.«

Ich faltete die Nachricht auseinander und las:

> »*Schwierigkeiten im Anzug. Godfrey ist zurückgekommen. Werde versuchen, Dich morgen abend 7 Uhr am Praterstern zu treffen. I.*«

Livingston lachte bitter auf. »Ich erinnere mich noch recht genau an dieses ›Treffen‹«, sagte er. »Einer dieser kalten Wiener Herbstabende

mit hochgeklappten Mantelkrägen im fahlen Schein einer Gaslaterne, dazu die kitschige Musik eines Leierkastenmannes, die aus einer Seitenstraße herüberklingt. Sie erklärte hoch und heilig, von der Rückkehr ihres Mannes nichts gewußt zu haben, und ich schwieg dazu. Was hätte ich auch sagen sollen? Ich glaubte ihr oder versuchte wenigstens, ihr zu glauben. Sie sagte, ihr Mann habe sie einem regelrechten Verhör über ihre Reise unterzogen. Immerhin war der gute Godfrey so taktvoll gewesen, ab einem bestimmten Punkt nicht weiter nachzufragen. Dafür war aber seine Forderung um so entschiedener: Sie könne tun und lassen, was sie wolle, auch was ihre Affären beträfe, aber sie sei seine Frau, und er würde sie niemals freiwillig aufgeben … Schon bei dem Wort ›Affäre‹ zuckte ich zusammen. Es war also tatsächlich nichts anderes gewesen? Ich fragte sie, was sie ihm geantwortet habe, aber schon an der Art, in der sie mir nicht in die Augen sehen konnte, ahnte ich, was kommen würde.
›Ich weiß es nicht mehr‹, sagte sie. ›Aber ich kann ihn nicht verlassen. Er war der erste Mann, den ich geliebt habe.‹
›Und das tust du immer noch?‹
›Ja.‹
›Dürfte ich dann erfahren, was Mylady über die vergangenen acht Wochen zu denken belieben? Werde ich wenigstens einen Cheque erhalten für meine Dienste als Reisebegleiter?‹
›Bitte hör auf damit. Du weißt sehr gut, was mir diese Zeit bedeutet hat.‹
›*Hat?* Dann war es also wirklich nur ein Abenteuer? Eine weitere Trophäe in deiner Sammlung?‹
›Nein, das war es nicht. Es war eine wundervolle Zeit, und die Erinnerung daran wird niemand zerstören, weder du noch Godfrey.‹
›Mein Gott, wie romantisch – eine ganz neue Erfahrung für Mylady, wie? Nach all den Affären nun als Krönung auch noch eine exklusive Erinnerung!‹
Sie machte keinen Versuch, sich zu verteidigen.
›Willst du mir nicht wenigstens antworten?‹ fragte ich.
›Was willst du denn hören?‹
›Vielleicht, daß du mich liebst?‹
›Ich liebe dich.‹
›Und Godfrey?‹

›Ihn liebe ich auch.‹

›So! Und wie stellst du dir die Zukunft vor? Du weißt, daß ich nichts gegen eine *ménage faux* habe, aber für eine *ménage à trois* bin ich wohl kaum die passende Besetzung.‹

›Nein, natürlich nicht. Ich werde vorerst allein in der Wohnung am Schottenring bleiben. Godfrey wohnt jetzt irgendwo im sechsten Bezirk. Er will zwar, daß ich wieder mit ihm zusammenziehe, aber ich bin sicher, daß ich ihm das ausreden kann.‹

›Und wir gehen abwechselnd bei dir ein und aus – wie in … wie in einem …‹

›Damit werden Sie sich abfinden müssen, Monsieur. Wien ist nun einmal nicht Italien.‹

›Nein‹, sagte ich bitter, ›allerdings nicht.‹

Und so begann ein Dreiecksverhältnis, das bis heute andauert. Ich tue so, als wüßte ich nichts von Godfrey, er tut so, als wüßte er nichts von mir, und Irene hofft, daß das alles immer so weitergeht.«

»Und das wird es nicht?« fragte ich.

»Natürlich nicht!« rief er plötzlich erbittert. »Verstehen Sie denn nicht? Ich ertrage es nicht mehr länger, sie irgendwo zusammen zu sehen! Mich nicht mit ihr treffen zu können, weil *er* wieder einmal den Vortritt hat!« Er preßte die Hände gegen die Schläfen. »Es ist ja schon nachgerade pathologisch, wenn ich auf der Straße von weitem einer Frau begegne, die ihr irgendwie ähnlich sieht, einen ähnlichen Hut, eine ähnliche Frisur trägt. Sofort meine ich, auch Godfrey irgendwo zu sehen! Wissen Sie, wie demütigend es ist, eine Frau mit einem anderen teilen zu müssen, und nicht den Mut, den Stolz oder Gott weiß was sonst aufzubringen, um sie aufzugeben? Was wissen Sie von den Beschimpfungen, mit denen ich sie übergieße, weil ich mir ihre Liebe nur noch dadurch beweisen kann, indem ich ausprobiere, wie weit ich mit meinen Beleidigungen gehen kann! Wieviel davon sie aus Schuldgefühlen zu ertragen bereit ist! Sie sitzen hier in Ihrem bequemen Sessel und hören sich wahrscheinlich tagtäglich irgendwelche hysterischen Ausbrüche an; aber waren Sie schon einmal selbst von etwas so besessen, daß Sie alles dafür opfern wollten, Ihre Erziehung, Ihre Selbstachtung, einfach alles?«

»Warum haben Sie Ihren Mann nicht aufgefordert, sie freizugeben?«

Livingston begann mit abstoßend verzerrtem Gesicht zu lachen.

»Fliegt ein Stein zum Himmel, nur weil ich ihn dazu auffordere?« rief er grimmig. »Wenn es eine Sache auf der Welt gibt, derer sich Godfrey Norton absolut sicher sein kann, dann ist es Irenes ewige, unverbrüchliche Treue zu ihm. Sie kann ihn betrügen, ja sie könnte sich vielleicht sogar in einen anderen verlieben. Aber sie wird immer wieder zu ihm zurückkommen. Sie *gehört* ihm.«

Er stand plötzlich auf. »Ich weiß eigentlich nicht, was ich mir von Ihnen erwarte, Doktor«, sagte er heiser. »Sehen Sie einen Weg, mich von meiner Besessenheit zu befreien?«

»Meinen Sie das Kokain oder Ihr Dreiecksverhältnis?«

»Beides.«

»Das kann ich Ihnen nicht versprechen.«

»Aber Sie nehmen mich als Patienten auf?«

»Ja. Allerdings möchte ich mir zunächst einmal Gedanken über Ihren Fall machen. Wir könnten uns dann übermorgen wiedersehen, sagen wir um die gleiche Zeit.«

»Einverstanden«, sagte Livingston ausdruckslos. »Ich danke Ihnen.«

Ich erhob mich, um ihn zur Tür zu bringen. Als er bereits die Hand auf die Klinke gelegt hatte, drehte er sich noch einmal um und sagte: »Wissen Sie, warum ich im Griensteidl nicht auf das Telegramm reagiert habe?«

»Ich nehme an, weil Sie sich in diesem Augenblick nicht mit Ihrem Pseudonym identifizierten?«

Livingston schüttelte den Kopf. »Ich hatte ein ganz anderes Telegramm erwartet. Irene adressiert Nachrichten an mich zur Vorsicht grundsätzlich auf den Namen Sigerson.«

»Dann war es also nicht von ihr?«

»Nein, es war von Dr. Kirchner. Er ist ihr Hausarzt. Wir hatten vor einigen Tagen wieder eine dieser endlosen Auseinandersetzungen. Ich erfuhr erst später, daß sie danach einen Nervenzusammenbruch bekam. In dem Telegramm teilte mir Kirchner mit, daß er seiner Patientin einstweilen jeden Kontakt mit mir verboten habe und mich dringend ersuche, dies zu respektieren.«

»Sind Sie dazu in der Lage?«

»Ich will es versuchen«, antwortete er düster.

Ich reichte ihm die Hand. »Mein Mädchen wird Sie hinausbegleiten. Auf Wiedersehen, *Mr. Livingston*.«

Er nickte stumm, öffnete leise die Tür und verließ mit ausdruckslosem Gesicht das Sprechzimmer.

VII.

So hatte sich also das Rätsel aus der Casa Petrucci gelöst. Alles, was vom Viscount und der Viscountess Landisworth übrigblieb, war eine ehemalige Primadonna, ein rauschgiftsüchtiger Schriftsteller, der sich hinter diversen Pseudonymen versteckte, und eine unglückliche Liebe.

Livingston wurde ein schwieriger Patient – sofern man in seinem Fall überhaupt von einem Patienten sprechen konnte. Während ich anfangs noch hoffte, mir in unseren Sitzungen ein deutlicheres Bild von seiner Persönlichkeit machen zu können, erkannte ich schon bald, wie aussichtslos dies war. Zwar gelang es ihm mit Hilfe von Kirchners homöopathischen Medikamenten tatsächlich, seine Drogensucht einigermaßen unter Kontrolle zu halten. Dennoch mußte er manche Termine kurzfristig absagen, weil ihn seine Entzugsqualen daran hinderten, die Wohnung in der Taborstraße zu verlassen. An anderen Tagen kam er dann zwar, stand aber in solchem Ausmaß unter dem euphorischen Einfluß der Droge, daß ein ernsthaftes Gespräch mit ihm unmöglich war.

Es war daher eigentlich auch nur eine Handvoll Besuche, die einen einigermaßen befriedigenden Verlauf nahmen, und selbst in ihnen erfuhr ich nur Bruchstücke aus seiner Vergangenheit. Seine Eifersuchtsanfälle, seine Halluzinationen (er gab an, oft von der Vorstellung heimgesucht zu werden, in einer riesigen Masse feuchter Austern zu ertrinken), seine Alpträume und vor allem die krankhaft übersteigerte Angst um sein Inkognito – all das deutete auf ein derart komplexes Krankheitsbild hin, daß es schwerfiel, darin den Kern seiner Persönlichkeit auszumachen. Besonders reserviert erwies er sich gegenüber meinen Bemühungen, etwas über seine Herkunft, seine Kindheit und Jugend, seine verstorbene Schwester oder seine Studienzeit zu erfahren. Entweder tat er entsprechende Fragen einfach mit der barschen Bemerkung ab, das gehöre nicht zur Sache, oder er wurde ausfallend, indem er beleidigende Bemerkungen über Freud machte und sich zu der Vorstellung verstieg, alle Psychiater

Wiens steckten unter einer Decke, ein »widerwärtiges Gesindel«, das nur auf der Suche nach »schmutzigen Geschichten« sei. Als sich einmal das Netz meiner Fragen immer dichter um ihn schloß, verstrickte er sich in eine Kette endloser Widersprüche, die von einem Aufwachsen in einem Waisenhaus über eine Kindheit auf einem Landsitz in Sussex bis hin zu der Behauptung reichten, er sei der uneheliche Sohn des Herzogs von Holdernesse, eines englischen Adligen und hochrangigen Politikers.

Der Schlüssel zu all dem mußte in jenem Alptraum liegen, der ihn seit seiner Halluzination am Rande des Schweizer Wasserfalls verfolgte. Die Tatsache, daß er sich darin als eine orientalische Königsgestalt sah, sowie seine Abneigung gegenüber Frauen – die durch seine Liebesaffäre eher bestätigt als widerlegt wurde, bedachte man das zweifellos außergewöhliche Format der Persönlichkeit Irene Adler-Nortons –, diese beiden Indizien also ließen auf irgendein traumatisches Erlebnis schließen, das er entweder selbst erlebt hatte oder bei jemand anderem hatte mit ansehen müssen. Ich dachte an seine verräterische Bemerkung, daß er bereits auf der Universität einem Dreiecksverhältnis ausgewichen war, indem er erfolgreich seine Neigung bekämpft hatte, sich in die Freundin eines Kommilitonen zu verlieben. Auch die Symbolik der Pyramiden im Traum fiel mir ein. Eine Zeitlang glaubte ich, daß er unter der Verdrängung homoerotischer Neigungen litte und die Pyramiden eine phallische Bedeutung hätten; schließlich hatte er ja in London längere Zeit seine Wohnung mit einem Mann geteilt. Gegen diese Theorie sprach allerdings die ungewohnte Offenheit, mit der er Fragen in dieser Richtung beantwortete, indem er seinen ehemaligen Kameraden als biederen Armeearzt darstellte, und natürlich seine Affäre mit der Adler-Norton.

Ich war deshalb bald davon überzeugt, daß sowohl der Traum als auch das Halluzinationserlebnis anders zu deuten waren. Aber wie? Wofür stand der Wunsch, einen Mann in die Tiefe zu stoßen, wofür das Herrschergewand und die Krone, die er im Traum trug? Waren es verdrängte Machtphantasien gegen einen früheren Nebenbuhler oder gegen seinen Vater? Oder war der Traum die Verlagerung eines Geschehens, das mit ihm selbst nur indirekt zu tun gehabt hatte, sich also auf seine Eltern oder seine verstorbene Schwester bezog?

Natürlich wäre es für mich möglich gewesen, die Unterlagen und Auf-

zeichnungen Freuds einzusehen. Genau dies aber hatte mir Livingston in scharfer Form verboten, ebenso wie er sich von Freud schriftlich hatte bestätigen lassen, keinerlei Berichte an Dritte weiterzugeben. Wenn mein Kollege an seine Erkenntnisse allerdings nur mit dem Mittel der Hypnose gekommen war, dann waren sie für meine Behandlung ohnehin nutzlos. Denn soviel war klar: Ein Patient wie Livingston würde niemals Aussagen, die er unter Hypnose gemacht hatte, als seine eigenen, geschweige denn als die Wahrheit akzeptieren. Ich nahm an, daß er sich zu der seinerzeitigen Hypnosesitzung bei Freud – in der er sicher keineswegs nur eine Menge »verdammten Unsinns« offenbart hatte, wie er behauptete – auch nur deswegen hatte überreden lassen, weil es so aussah, als habe ihn Freud von seiner Kokainabhängigkeit geheilt. Im Vertrauen auf die Fähigkeiten und die Integrität Freuds war er das Risiko eingegangen, etwas über sein Inneres preiszugeben, das er sich im Wachbewußtsein nicht oder wenigstens nicht in dieser Deutlichkeit eingestanden hätte.
Je länger ich daher über Livingstons Fall nachdachte, desto stärker drängte sich mir der Verdacht auf, daß er sich eigentlich gar nicht helfen lassen *wollte*. Es bestand kein Zweifel daran, daß ihn im Grunde nur die Anwesenheit der Adler-Norton an Wien band. Ebenso klar war, daß er außer ihr sowie Freud, Schönberg und einigen Geigenschülern niemanden in dieser Stadt kannte. Ich hütete mich, meinen Verdacht ihm gegenüber zu äußern, aber manchmal befürchtete ich doch, daß ich lediglich eine Art Ersatz für jenen englischen Arzt war, mit dem er zusammen in London seine Junggesellenwohnung geteilt hatte. Dieser Mann schien auch der einzige wirkliche Freund zu sein, den er in England besaß. Bezeichnenderweise unterhielt er aber nur noch mit seinem Bruder Briefverkehr, und auch das nur unter Beschwörung strengster Geheimhaltung. Den Freund hingegen, mit dem er schließlich mehrere Jahre zusammengewohnt hatte, ließ er in dem Glauben, er sei bei seiner Bergwanderung in der Schweiz ums Leben gekommen. Jede Frage nach dem Grund für dieses seltsame Verhalten beantwortete er stets nur mit dem knappen Hinweis, er wolle nicht mehr an sein altes Leben in England erinnert werden …

Was mir im weiteren Verlauf unserer Unterredungen aber am meisten Kopfzerbrechen bereitete, waren die Andeutungen über seine

berufliche Vergangenheit in London. In manchen Gesprächen bezeichnete er sich vage als Kriminalschriftsteller, ein andermal zusätzlich als eine Art beratender Privatdetektiv für besonders verwickelte Fälle. Ich machte mir nichts aus Trivialromanen, ebensowenig wie ich mich je für das Gebiet der Verbrechenspsychologie hatte begeistern können. Insofern war ich also nicht berufen, Livingstons Angaben zu beurteilen. Allerdings erschienen mir die meisten der Affären, in denen er tätig gewesen sein wollte, ebenso phantastisch wie die Namen der darin verwickelten Persönlichkeiten aus der Welt des englischen Hochadels, der Politik oder des Militärs. Andererseits gab er wieder offen zu, auch für Stenotypistinnen, Kindererzieherinnen und gewöhnliche Pfandleiher gearbeitet zu haben. So wußte ich manchmal kaum noch, was ich von seinem Gerede halten sollte. Waren es einfach nur Erfindungen eines rauschgiftsüchtigen Schriftstellers? War es der Ausdruck eines neurotisch übersteigerten Geltungsbedürfnisses? Oder beruhten seine Angaben, wenigstens teilweise, auf wahren Begebenheiten?
Es schien unmöglich, auf diese Fragen eine Antwort zu finden, zumal ich zugeben muß, daß es Livingston immer wieder gelang, mich durch seine enorme Beobachtungsgabe zu verblüffen. So fragte er mich einmal beiläufig, ob ich meine Verlobung aufgelöst hätte oder ob meine Auserwählte lediglich verreist sei. Ich war überrascht, konnte ich mich doch nicht erinnern, ihm gegenüber jemals etwas von Lena erzählt zu haben. Er zuckte jedoch nur die Schultern und erklärte, mich dabei beobachtet zu haben, wie ich während seiner Erzählung über das Wiedersehen mit Irene Adler-Norton in Mailand unwillkürlich einen Ring aus der Tasche gezogen, ihn einige Minuten hin- und hergedreht, an einen Finger der linken Hand gesteckt und dann mit melancholischem Lächeln wieder eingesteckt habe. Daraus und aus der Tatsache, daß seitdem die Gründlichkeit meiner Rasur nachgelassen habe und auch meine Krawatte nicht mehr mit der früheren Eleganz gebunden sei, habe er geschlossen, daß ich zwar verlobt, meine Verlobung aber entweder wieder gelöst oder meine zukünftige Frau verreist sei. Er neige eher zu letzterem, da auf meinem Schreibtisch ein Briefumschlag mit einer Frauenhandschrift und einer Briefmarke liege, wie sie erst seit kurzer Zeit in Deutschland verwendet würde, sowie das europäische Kursbuch, aufgeschlagen bei der Über-

sicht der Schnellzugverbindungen Wien-Hamburg … Überrumpelt von dieser scheinbar so simplen Beweisführung blieb mir nichts anderes übrig, als ihm seine Schlußfolgerungen zu bestätigen, wobei ich ihm auch freimütig den Grund für Lenas Reise in den Norden schilderte.

Infolge solcher und anderer Taschenspielertricks – man denke nur an die Sache mit der imaginären Violine im Griensteidl – neigte ich schließlich immer mehr dazu, ihm die Angaben über seine berufliche Vergangenheit abzunehmen. Denn selbst die absonderlichsten Fälle, die er schilderte, erschienen im Lichte seiner Analyse plötzlich als ganz gewöhnliche Abfolge von logischen Zusammenhängen, gepaart allerdings mit einem Talent zur exakten Beobachtung, welches über das eines kleinen Gelegenheitsdetektivs weit hinausging. Ich fragte mich nur, ob er dieses Beobachtungstalent nicht vielleicht im gleichen Maß entwickelt hatte, wie er gegenüber seiner eigenen Vergangenheit blind geworden war, ja mehr noch – ob diese Blindheit nicht seine seltsame Begabung *erst möglich* gemacht hatte …

*

Unterbrochen wurde meine Beschäftigung mit dem Fall Livingston eines Morgens durch ein dringendes Telegramm aus Weidlingau, jenem Wiener Vorort im Vierzehnten Bezirk, wo bis zu ihrer Abreise nach Amerika Gertrud und Rudolf Janowsky wohnen wollten. Es lautete:

> *»Verehrter Dr. Heydinger,*
> *bitte kommen Sie wenn möglich sofort zu uns. Getrud hat versucht, sich etwas anzutun.*
> *Unser Kutscher wird Sie am Bahnhof abholen.*
>
> *Rudolf Janowsky«*

Kurzentschlossen gab ich meinem Mädchen Anweisung, alle weiteren Termine für diesen Vormittag abzusagen, und machte mich unverzüglich auf den Weg zum Wiener Südbahnhof, um den nächsten Zug nach Purkersdorf zu erreichen. Die Zeit war knapp, und so

winkte ich eine Droschke herbei. Als ich einsteigen wollte, starrte mich der Kutscher einen Moment lang mit einem seltsamen Blick an. Vermutlich, so dachte ich, stand mir die Aufregung über Rudolfs Telegramm noch ins Gesicht geschrieben. Ich achtete jedoch nicht weiter darauf, zumal sich der Mann augenblicklich seine Schiebermütze tiefer ins Gesicht zog. Ich trieb ihn zur Eile an mit der Bemerkung, meinen Zug noch erreichen zu wollen, worauf er bereitwillig mit der Zunge schnalzte und losfuhr.
Als ich nach einer knappen halben Stunde Zugfahrt am Bahnhof Hütteldorf ankam, wurde ich dort bereits von einem Mann mit wettergegerbtem Gesicht und Schnauzbart erwartet, der sich als Kutscher der Ambachers, Gertruds Eltern, vorstellte. Ohne weitere Umstände bat er mich, ihm zu seinem Einspänner zu folgen, der vor dem Bahnhof auf der Straße wartete.
Es war noch einmal eine Viertelstunde Fahrt bis zum Ambacherhof, die quer durch die reizlose Landschaft des Vierzehnten Wiener Gemeindebezirks führte, unterbrochen lediglich von einigen abgelegenen, stillen Weilern, in denen dann und wann ein Hund anschlug. Der Kutscher war nicht sehr gesprächig, und bis auf eine allgemeine Andeutung über die Sorgen, die mit der Tochter seiner Herrin ins Haus gekommen waren, konnte ich nichts weiter aus ihm herausbekommen.

Das Trostlose der Szenerie erfuhr seine Fortsetzung in der drückenden Stimmung, die über dem Anwesen lag, vor dem wir nun vorfuhren. Es handelte sich um ein ehemals herrschaftliches Gutshaus, das im Lauf der Zeit jedoch immer mehr verfallen war und nun wie ein abschreckendes Beispiel für die Folgen der Industrialisierung aus den Feldern hervorragte. Seinen Bewohnern stand der Schrecken über das Vorgefallene noch deutlich ins Gesicht geschrieben, allen voran Rudolf, der blaß und übernächtigt aussah, aber auch Gertruds Mutter, einer einfachen Frau, in deren verhärmten Zügen sich die ganze Fassungslosigkeit über das Verhalten ihrer Tochter widerspiegelte.
Wie mir Rudolf erklärte, war es Gertruds ausdrücklicher Wunsch gewesen, mich kommen zu lassen. Bevor ich mich in ihr Zimmer führen ließ, fragte ich den Pianisten, was genau geschehen sei. Rudolf berichtete stockend, daß seine Frau in einem Anfall von Verfolgungs-

wahn zuerst ihn mit einem Revolver bedroht habe, um danach die Waffe gegen sich selbst zu richten. Erst im letzten Moment sei es ihm gelungen, ihr die Pistole zu entwinden.

Ich fragte, ob er eine Erklärung für den Anfall seiner Frau habe, was er verneinte.

»War es Gertruds eigene Waffe?« fragte ich.

»Nein, es war ein altes Ding, das ihr Vater in einem Wandschrank zur Verteidigung gegen Landstreicher aufbewahrte.«

»Wie lange dauerte der Anfall?«

»Nur wenige Minuten.«

»Hat sie so etwas schon einmal versucht?«

Er schüttelte den Kopf, und es sah nicht so aus, als ob er log. Aber heute wollte ich endlich die Wahrheit wissen.

»Rudolf, es *muß* eine Erklärung dafür geben. Gertrud hat mir bei ihrem letzten Besuch erzählt, daß Sie nach Amerika gehen wollen. Hängt es vielleicht damit zusammen?«

Der Pianist zuckte nervös die Schultern. »Vielleicht. Ich habe im letzten Moment die Schiffskarten wieder zurückgegeben und mich für eine spätere Passage vormerken lassen. Es war wohl die Angst vor der eigenen Courage.«

Ich schüttelte unbefriedigt den Kopf. »Warum wollen Sie überhaupt nach Amerika gehen? Sie haben Erfolg, Sie erhalten überall Auftritte, Ihre Kritiken sind gut, sogar in den antisemitischen Blättern ...«

Der junge Pianist wich meinem Blick aus

»Sind es finanzielle Gründe?« fragte ich.

Keine Antwort.

»Haben Sie vielleicht Schulden?«

»Ja«, räumte er ein, fügte aber sogleich hinzu: »Spielschulden.«

»Welcher Art? Karten?«

»Ja. Poker.«

»Ach, das habe ich nicht gewußt. Tut mir leid.« Und wie zum Trost fügte ich hinzu: »Ich habe als Student oft selbst gespielt, wissen Sie. Einmal hatte ich einen Flush und setzte alles, was ich noch besaß. Leider hatte mein Gegner einen Straight.«

Rudolf zuckte unbehaglich die Achseln. »Das ist Pech.«

Ich lächelte traurig. »Nein, Rudolf. Der Flush steht im Rang über dem Straight. *Ich* war es, der damals gewonnen hat. Ich wollte Sie nur

auf die Probe stellen. Sie haben noch nie in Ihrem Leben Poker gespielt.«
Der Pianist biß sich auf die Lippen, machte jedoch keinen Versuch, sich zu verteidigen.
»Warum wollen Sie aus Wien weggehen?« versuchte ich es erneut. »Es hat etwas mit diesen Erpressungen zu tun, nicht wahr? Kommen Sie, Rudolf, ich weiß mehr, als Sie glauben. Ich weiß, daß es sich nicht nur um Ihren Fall allein handelt, sondern um eine ganze Reihe, bei denen immer nur jüdische Künstler betroffen sind.«
»*Woher* wissen Sie das?« fragte Rudolf ängstlich
»Von einigen jüdischen Bekannten.«
»Also nicht von Gertrud?«
»Nein, sie hat nichts davon erwähnt. In Ihrem Fall war es nur eine Vermutung von mir.«
Rudolf schwieg beklommen. Eine gespannte Stille trat ein.
»Es stimmt also?« fragte ich.
Der Pianist wandte sich ab und ging zum Fenster. Mit zitternden Fingern zündete er sich eine Zigarette an und rauchte eine Weile schweigend.
»Ja«, gab er endlich mit resigniertem Schulterzucken zu. »Ja, es stimmt.«
Er zog einen Briefumschlag aus seiner Jackentasche. »Das hier kam heute mit der Nachmittagspost.«
Er reichte mir das Kuvert. Es war an »Eheleute Janowsky« adressiert und enthielt nichts außer einem Bogen weißen Kanzleipapiers mit dem Abdruck eines schwarzen Wappens im Stil der Hochgotik. Der Schild war dreigeteilt; das große mittlere Feld wurde ausgefüllt von einer rechten Hand, deren Innenseite dem Betrachter wie in einer Aufforderung zum Zurückweichen zugekehrt war. Auf den benachbarten Feldern befanden sich drei Lilien und ein Passionskreuz. Als ich das Blatt gegen das Licht hielt, erkannte ich ein Wasserzeichen mit den lateinischen Buchstaben M. N.
»Es war Gertrud, die die Post entgegennahm«, erklärte Rudolf. »Sie fing sofort an zu schreien, bis sie plötzlich mit dem Revolver auf mich losging.«
Ich gab ihm den Umschlag zurück. »Warum, glauben Sie, hat man Ihnen das geschickt?«

»Nun, die Organisation ist stets hervorragend unterrichtet. Sie wird irgendwie erfahren haben, daß ich meine Abreise verschoben habe.«
»Sie meinen, daß man es gezielt darauf anlegt, Sie aus Wien und aus Österreich zu verjagen?«
»Offensichtlich.«
»Und Sie haben natürlich nichts unternommen, aus Angst, daß Ihnen die Wiener Behörden nicht glauben würden, nicht wahr? Mein Gott noch mal, Rudolf!« rief ich. »Wir leben in Österreich, in einem europäischen Rechtsstaat mit Gerichten und Staatsanwälten, Strafgesetzen und einer freien Presse, und nicht in irgendeiner Sklavendiktatur!«
»So«, erwiderte Rudolf bitter. »Und was ist mit den ständigen antisemitischen Kritiken in den Zeitungen? Mit den bestochenen Claqueuren, den Knebelverträgen der Konzertagenturen? Ich habe zweimal versucht, mich zu weigern. Nachdem ich beide Male so gut wie keine Auftritte mehr bekam, habe ich nachgegeben und keine Fragen mehr gestellt. Nur noch gezahlt.«
»An wen?«
Rudolfs Züge verhärteten sich. »Bitte, Dr. Heydinger. Sie haben den Brief gesehen, und Sie wissen, wie Gertrud darauf reagiert hat. Das muß Ihnen doch Beweis genug sein.«
Er schwieg, und mir blieb nichts weiter übrig, als mich in das Zimmer im Obergeschoß des Hauses führen zu lassen. Gertrud, noch völlig angekleidet und mit einem nassen Handtuch auf der Stirn, lag auf ihrem Bett. Mit mühsamer Konzentration dankte sie mir für mein Kommen. Ich erinnerte Sie daran, ihr versprochen zu haben, jederzeit zu Ihrer Verfügung zu stehen, und erklärte ihr ohne Umschweife, daß mir ihr Mann alles erzählt habe. Sie sah ausdruckslos vor sich hin und schwieg eine Weile.
Schließlich sagte sie mit schwerer Zunge: »Seit ich die Wahrheit von Rudolf erfahren habe, hatte ich keine ruhige Minute mehr … Erst als wir uns entschieden hatten, nach Amerika zu gehen, faßte ich neuen Mut. Und als ich das letzte Mal in Ihrer Sprechstunde war, hätte ich Ihnen beinahe alles gesagt. Aber ich konnte meine Angst nicht überwinden, ich konnte einfach nicht sprechen … Ich war wie gelähmt …«
In Rudolfs Augen standen plötzlich Tränen.
»Ich weiß, daß ich einen Fehler gemacht habe«, sagte er, »aber ich

werde es wiedergutmachen. Wir werden so schnell wie möglich abreisen, ich verspreche es dir.«
Gertrud lächelte müde und sank auf ihr Kissen zurück. Ich erkannte, daß ich im Augenblick nichts weiter tun konnte, gab ihr noch eine Beruhigungsspritze und verabschiedete mich, indem ich ihr aufmunternd die Hand drückte.
Dann gingen wir wieder nach unten, wo ich Rudolf bat, nach dem Kutscher zu läuten.
»Wenn es nicht um Gertrud ginge«, sagte ich, als ich den Kutschbock erklomm, »würde ich sie fast bitten, hierzubleiben, um diesem Spuk ein Ende zu machen. Ich hätte jedenfalls gute Lust, einmal zur Wiener Polizei zu gehen. Vielleicht schenkt man mir ja eher Gehör als Ihnen.«
»Tun Sie das nicht, ich bitte Sie«, sagte Rudolf beschwörend. »Abgesehen von den Schwierigkeiten, in die Sie sich und andere bringen könnten: Was wollen Sie gegen eine Organisation ausrichten, von der man so gut wie nichts weiß, deren Tarnung so perfekt ist, daß die meisten glauben, es gäbe sie überhaupt nicht? Ich weiß, daß es nicht sehr ehrenvoll ist, einfach kampflos die Segel zu streichen, aber ich bin nun einmal kein Held. Und Gertrud erst recht nicht.«
»Sie sind fest entschlossen, nach Amerika zu gehen?«
Er nickte.
»Na schön«, sagte ich. »Vielleicht ist es wirklich das Beste für Sie.«
Ich gab ihm die Hand. »Auf Wiedersehen. Machen Sie Ihr Glück in der Neuen Welt.«
Der Kutscher trieb seine Pferde an, und wir fuhren ab.

*

Diesmal hielt Rudolf Wort. Eine Woche nach meinem Besuch in Weidlingau erhielt ich eine Postkarte aus Cherbourg, von wo aus sich er und seine Frau nach New York eingeschifft hatten.
Ich war froh über diese Nachricht, denn der Besuch auf dem Hof der Ambachers hatte mich doch sehr nachdenklich gemacht. Immer wieder waren meine Gedanken zu dem Brief mit dem gotischen Wappen zurückgekehrt. Sollte wirklich alles wahr sein, was Freud und Schönberg angedeutet hatten? War es so kümmerlich um die öffentliche Si-

cherheit und Ordnung in Österreich bestellt, daß eine derartige Organisation unbehelligt ihr Unwesen treiben konnte? Wer steckte dahinter? Ein paar verblendete Alldeutsche? Schönerer und seine Anhänger? Oder waren es am Ende die Juden selbst? Eine geschickt inszenierte Kampagne, um einerseits ihren christlichen Gegnern eins auszuwischen und andererseits die Angst für ihre eigenen finanziellen Zwecke auszunutzen? Es gab ja nirgends einen Beweis dafür, daß der Tod von Ludwig Kahn etwas anderes gewesen war als ein Unglück. Und nicht einmal Rudolf Janowsky konnte mir verraten, an wen er seine angeblichen Schutzgelder gezahlt hatte …

Nach einiger Zeit traten aber auch diese Spekulationen wieder in den Hintergrund, und die Erinnerung an die Janowskys begann langsam zu verblassen. Vielleicht hätte ich sie mit der Zeit ganz vergessen, vielleicht hätte ich von der Schwarzen Hand auch weiterhin nur durch verstohlene Kaffeehausgespräche oder versteckte Andeutungen meiner jüdischen Patienten erfahren, wenn nicht bald darauf etwas geschehen wäre, das mich mit Gewalt zwang, an ihre Existenz zu glauben.

Zweiter Teil

Auf den Spuren des Peyotl

VIII.

Alles begann mit der Rückkehr Lenas aus Hamburg. Zwei Wochen lang hatte sie den Betrieb am dortigen Stadttheater kennengelernt und sprach nun von nichts anderem mehr als von den Aussichten, die ihr ein Engagement am Hause Pollini bieten würde. Besonders beeindruckt zeigte sie sich von der Person des Kapellmeisters Gustav Mahler. Der junge Österreicher, der ihrem Bericht zufolge im kühlen Klima der Hansestadt wie ein grotesker Fremdkörper wirkte, war offenbar von dem Ehrgeiz besessen, dem Stadttheater einen Ruf über die Landesgrenzen hinaus zu verschaffen. Tatsächlich überragten allein die beiden Aufführungen von »Fidelio« und »Lohengrin«, die Lena unter seiner Leitung gehört hatte, in ihren Augen alles, was die Wiener Hofoper in den vergangenen drei Jahren insgesamt geboten hatte. Von seiner Sprechweise einmal abgesehen, die sich zuweilen eines breiten Wiener Vorstadtdialekts bediente, erinnerte nichts an Mahler an die bequeme Wurstelprater-Gemütlichkeit seiner Heimat. Er galt als schwierig und wurde in Gesellschaftskreisen wegen seiner Talente zwar respektiert, aber nicht sonderlich geschätzt (angeblich sollte er auf Empfängen wiederholt Gäste, die ihm in ihrer Geschwätzigkeit auf die Nerven gegangen waren, dadurch zum Verstummen gebracht haben, daß er sich beim Essen aus der herumgereichten Schale mit Kompott bediente, danach genüßlich den Löffel ableckte und anschließend vor aller Augen wieder in die Nachspeise zurücksteckte).

Lena räumte ein, keineswegs die Gefahren zu unterschätzen, die ihr in der Person eines derart exzentrischen Musikers erwachsen konnten. Aber nach den Jahren des Schlendrians in Wien sah sie in dem kleinen Juden aus Böhmen fast so etwas wie eine musikalische Offenbarung. Und da auch das Probesingen zur Zufriedenheit des strengen Kapellmeisters ausgefallen war, galt es nur noch, Lena auch bei der Intendanz durchzusetzen, die sich allerdings von ihrem Gesangsstil weniger begeistert gezeigt hatte. Pollini, laut Lena ein »vierschrötiger Geschäftemacher«, war wohl eher an traditionell schönen Stimmen interessiert, da er wußte, daß das Publikum nicht wegen der Musik, sondern in erster Linie wegen seiner Bühnenlieblinge in die Oper ging. Dennoch schien auch Mahler großen Einfluß bei der Ver-

pflichtung auswärtiger Sänger zu haben, und er hatte Lena beim Abschied versprochen, alles zu tun, um sich bei der Theaterleitung für sie einzusetzen.
Während Lena also täglich auf eine Nachricht aus Hamburg wartete, stand ich ihrer Begeisterung mit neuerwachter Unruhe gegenüber. Zwar hatte ich meinen Vorsatz nicht vergessen, ihr keine Steine in den Weg zu legen, aber nun, wo eine Verpflichtung nach Hamburg in greifbare Nähe gerückt war, sah plötzlich alles ganz anders aus. Unsere Konversation wurde um so einsilbiger, je mehr wir versuchten, das Thema zu umschiffen, und wenn es uns trotzdem einmal nicht gelang, spielte ich den Gleichgültigen, während Lena so tat, als bemerke sie es nicht.
Eines späten Abends war es dann soweit. Mit einem verlegenen Lächeln wurde ich in Döbling empfangen.
»Tja, mein Lieber«, sagte sie, »ich habe zwei Neuigkeiten für dich.«
Ich versuchte, ein Höflichkeitslächeln zustande zu bringen. »Die erste kann ich mir denken. Du bist engagiert worden!«
Sie nickte nur.
»Dann meine herzlichsten Glückwünsche«, antwortete ich steif. »Und die zweite?«
»Ich möchte, daß wir vorher heiraten.«
»*Was?*« Ungläubig starrte ich sie an.
»Ich möchte, daß wir heiraten«, wiederholte sie nervös lächelnd. »Bevor ich nach Hamburg gehe.«
Sie schien ihren Vorschlag offenbar für das Selbstverständlichste von der Welt zu halten. Ich wollte wissen, was ihr Vater von dieser Idee hielt, und bekam zur Antwort, daß eigentlich er es gewesen war, der sie zuerst ausgesprochen hatte.
»Also eine Brief- und Reise*ehe* statt einer Brief- und Reise*verlobung?*« fragte ich.
»Und warum nicht?« erwiderte sie. »Andere vor uns haben das erfolgreich praktiziert, warum sollte es uns nicht auch gelingen?«
»So, wie du von ›praktizieren‹ sprichst, hört es sich wie die Eröffnung einer Arztpraxis an.«
Sie lächelte nachsichtig, aber in ihrer Stimme lag ein Anflug von Gereiztheit, als sie antwortete: »Mein lieber Leonhard, ich halte um deine Hand an, was eigentlich deine Aufgabe wäre, und du kommst

mir mit sophistischen Spielereien. Meinst du nicht auch, daß eine Heirat die beste Lösung wäre?«

»Das weiß ich nicht«, erwiderte ich kühl. »Was, wenn wir uns in dieser Zeit auseinanderleben? Du bleibst vielleicht Jahre in Hamburg ... Und was versprichst du dir von einer Ehe, die gar nicht oder nur an ein paar Tagen geführt wird?«

Um Lenas Mundwinkel spielte ein bitterer Zug. »Dein Vertrauen in unsere Zukunft ist nicht gerade überwältigend«, sagte sie.

»Du verstehst mich falsch«, gab ich zurück. »Ich frage mich nur, ob es nicht ein etwas sehr großes Risiko ist.«

»Liebe ist immer ein Risiko.«

»Das ist wohl nicht ganz dasselbe.«

Sie sah mich plötzlich voller Verachtung an. »Ich hätte nicht gedacht, daß du ein solcher Feigling bist, Leonhard.«

»Also bitte«, fuhr ich auf, indem ich ärgerlich meine Zigarette ausdrückte, »du hast wirklich kein Recht, so zu sprechen. *Du* bist doch diejenige, die hier partout ihren Kopf durchsetzen will. Du möchtest gern abgesichert sein, aber dabei nur deine eigenen Vorstellungen verwirklichen. Wenn ich ein Feigling bin, dann bist du ein Egoist!«

Lena erhob sich. Ihr Züge waren wie eingefroren.

»Ich denke nicht«, sagte sie zitternd, »daß es sinnvoll ist, diese Unterhaltung noch weiterzuführen. Ich schlage vor, daß du jetzt gehst. Gute Nacht.«

Ohne daß ich noch Zeit für eine Erwiderung gehabt hätte, ging sie aus dem Zimmer und warf die Tür hinter sich zu.

Für einen Moment stand ich da wie ein abgekanzelter Schuljunge. Dann packte ich wütend Mantel, Hut und Arzttasche und verließ ebenfalls den Salon. Zu stolz, um noch nach dem Kutscher zu fragen, marschierte ich grußlos an einem erstaunten Diener vorbei, riß die Haustür auf, eilte die Vorgangstreppe hinunter und schlug den Weg durch den nächtlichen Heiligenstädter Park zum Bahnhof Nußdorf ein. Vielleicht, so hoffte ich, würde ich dort einen Fiaker finden oder wenigstens noch einen Zug zurück nach Wien erreichen. Das Blut pochte mir in den Schläfen. Ich konnte mich nicht erinnern, jemals mit Lena in dieser Weise gestritten zu haben. Warum mußte sie aber auch so ungeschickt mit ihrem Vorschlag herauskommen, dachte ich, während ich aufgebracht durch die dunklen Gassen lief. Sie hätte sich

meine Reaktion doch ausmalen können! Sie hätte sich doch denken müssen, daß ich mir nicht in dieser Weise die Pistole auf die Brust setzen ließ …
Zu spät merkte ich, daß ich wohl eine Straße zu spät abgebogen war. Ich kannte den Weg zum Bahnhof nur ungefähr, da ich noch nie mit dem Zug von Döbling aus in die Stadt zurückgefahren war. Unsicher ging ich weiter, kam an einen kleinen Platz, lief von dort eine schmale Seitengasse entlang und erreichte endlich das Bahnhofsgebäude. Enttäuscht sah ich mich um. Kein Fiaker zu sehen. Ich ging durch den Eingang, stieg zu den Bahnsteigen hinab und wollte gerade auf einem Fahrplan nachsehen, als ich das entfernte Signal einer Lokomotive hörte. Am Horizont erkannte ich eine schmale Säule weißen Dampfes und die hellen Punkte von Scheinwerfern, die schnell größer wurden. Der Zug fuhr ein. Geistesabwesend kletterte ich auf die Plattform, öffnete die Tür eines Durchgangswagens, setzte mich auf einen Platz am Fenster und starrte in die Dunkelheit. Meine Gedanken kreisten um Lena und Hamburg, ich dachte an die Vorstellung, die ich als Ehemann abgeben würde, an Livingston und die Adler-Norton und an diverse meiner Kaffeehausbekannten, die schon lange verheiratet waren. Auch Freud kam mir in den Sinn, seine Frau und seine vielen Kinder. Daß ausgerechnet *er* ein solch harmonisches Familienleben zu führen schien … Jedesmal, wenn ich ihn besuchte, waren die Kinder um ihn herum, und sei es nur, um ihm lärmend »Gute Nacht« zu sagen. Ich dachte daran, daß er in dem Haus in der Berggasse, in dem er jetzt wohnte, eine zweite Wohnung im Erdgeschoß angemietet hatte, die ganz seiner Arbeit vorbehalten war, eine eindeutige Grenze zwischen Sprechzimmer und Wohnräumen, die wohl dafür sorgte, daß sich die Psychosen seiner Patienten nicht in sein Privatleben hineindrängten … Ja, durchfuhr es mich plötzlich, das mußte es sein … Diese Trennung wollte *mir* einfach nicht gelingen, weder in meiner Arztpraxis in der Salesianergasse noch in meiner Lebensführung überhaupt. Alles sah ich nur aus dem Blickwinkel des Psychologen, oder ich sah es gar nicht. Es war wie eine Flucht vor dem Leben, hinein in seine ungefährliche Beobachtung. Kein Wunder, daß mich Lena für einen Feigling hielt! Ich kam mir plötzlich ja fast selbst vor wie Livingston, damals, als er von der Adler-Norton in Mailand buchstäblich an die Wand gestellt worden war …

Ich zog meine Uhr aus der Tasche. Seltsam, dachte ich, eigentlich müßten doch schon längst die ersten Ausläufer der Brigittenau draußen zu sehen sein. Statt dessen vermeinte ich plötzlich, die Abhänge des nördlichen Wienerwalds zu erkennen. Ein Gefühl der Beunruhigung stieg in mir auf, als der Zug nun auch noch begann, seine Geschwindigkeit zu verlangsamen. Angestrengt versuchte ich, das Ortsschild des Bahnhofs zu erkennen, in den wir einfuhren.
»Klosterneuburg«, las ich.
Und da erst begriff ich. Ich war in die falsche Bahn eingestiegen. Diese Linie fuhr gar nicht in die Stadt zurück, sondern in die entgegengesetzte Richtung nach Tulln!
Meine Unaufmerksamkeit verfluchend griff ich nach meiner Tasche und sprang, kaum daß der Wagen zum Stehen gekommen war, aus dem Zug, der gleich danach wieder anfuhr. Ich sah ihm noch nach, bis die roten Rücklichter in der Nacht verschwunden waren.
Auf dem unbeleuchteten Perron war es so dunkel, daß ich noch nicht einmal die Schrift auf dem Fahrplan erkennen konnte. Ich zündete ein Streichholz an und fuhr mit dem Finger die Spalte der Abfahrtszeiten entlang. Als ich endlich die vergilbten Zahlen entziffert hatte und auf meine Uhr sah, brach mir trotz der Nachtkälte der Schweiß aus. Der letzte Zug zurück war vor gut zwanzig Minuten abgegangen …
Ich blickte mich auf dem Bahnsteig um. Niemand zu sehen. Natürlich, dachte ich, warum auch? Ich sah zu dem kleinen Büro des Stationsvorstehers hinüber. Kein Licht. Feierabend. Und auch im Bahnwärterhäuschen war alles dunkel. Ich zwang mich, ruhig zu bleiben. Welche Möglichkeiten blieben mir? Zurück nach Döbling zu gehen, um dort nach zwei Stunden mitten in der Winternacht wieder an die Tür zu klopfen, kam nicht in Frage. Aber was sonst? Die Landstraße nach Wien entlangzumarschieren, in der vagen Hoffnung, unterwegs einer Droschke mit Heurigen-Heimkehrern zu begegnen? Die ganze Strecke zurück in die Stadt – immerhin mehr als zwanzig Kilometer – in vielleicht fünf Stunden zu Fuß laufen?
Nach einigem Hin und Her beschloß ich, mich auf die Suche nach jenem Gasthof zu machen, der sich unterhalb des Klosters befand und in dem ich vor Jahren einmal nach einer Wanderpartie im Wienerwald eingekehrt war. Es war zwar schon fast halb zwölf, aber vielleicht hatte ich Glück, und es gab dort einen Nachtportier.

Mit festen Schritten ging ich los und hatte bald die wenigen Häuser rund um den Bahnhof hinter mir gelassen. Doch schon bei der ersten Abzweigung am Waldrand wurde ich unsicher. Sollte ich bereits hier die Straße verlassen oder erst etwas weiter? Kurzerhand folgte ich der Hauptstraße, die nun mitten durch den Wald führte. Nach einigen Minuten bog der nächste Weg nach rechts ab, während ich fast sicher war, daß ich mich nach links wenden mußte. Ernüchtert erkannte ich, daß ich in der Dunkelheit überhaupt kein Gespür für Entfernungen und Himmelsrichtungen hatte. Ich ging also nach rechts. Als nach einer Viertelstunde ein Weg nach links abbog, schlug ich diesen mehr aufs Geratewohl als aus bewußter Erinnerung heraus ein, stand aber kurz darauf wieder vor einer Gabelung, bei der jede Richtung tiefer in den Wald führte. Ich ging zurück und bemerkte, daß ich vorhin eine Abzweigung im Dunkeln übersehen hatte …

Auf diese Weise hatte ich mich bald hoffnungslos verirrt. Einmal erkannte ich von weitem ein Haus am Waldrand, war aber sicher, daß es sich nicht um den Gasthof handeln konnte, da es dafür viel zu klein war. Natürlich hätte ich hier um ein Quartier für die Nacht fragen können. Aber bei der Vorstellung, zuerst vom Wachhund angefallen und danach vom Hausherrn mit einigen Schrotsalven in die Flucht geschlagen zu werden, vergaß ich meine Müdigkeit und beschloß, weiter zu suchen. Wenigstens hatten sich meine Augen mittlerweile so an die Dunkelheit gewöhnt, daß ich die Umrisse von Lichtungen und Wegkreuzungen schon von weitem ausmachen konnte.

Nach einer weiteren halben Stunde nahm ich hinter einer Anhöhe einen schwachen Lichtschein wahr. Ich beschleunigte meine Schritte, doch als ich näher herangekommen war, erkannte ich, daß das, was ich für eine Anhöhe gehalten hatte, in Wirklichkeit ein Erdwall war, an den sich die Mauerreste eines abgebrannten Forsthauses anschlossen. Die Ruine mußte sich schon länger hier befinden, denn die Mauern waren mit einem dichten Gestrüpp von Sträuchern überwachsen. Der Lichtschein dahinter flackerte wie von einem offenen Feuer. Ich stutzte plötzlich. Wer unterhielt an diesem abgelegenen Ort und noch dazu mitten in der Nacht ein Lagerfeuer?

Langsam ging ich auf die Ruine zu. Leider waren keine Öffnungen an dieser Seite der Mauer. Um die Quelle des Lichts aufzuspüren, mußte ich also wohl oder übel hinaufklettern. So leise wie nur möglich verbarg ich meine Arzttasche hinter einem Gebüsch und begann, mich an dem Mauergestrüpp emporzuziehen, während ich gleichzeitig versuchte, mit den Füßen einen Halt in den Ritzen zwischen den moosigen Steinen zu finden.

Auf diese Weise hatte ich fast die Hälfte der Entfernung bis zur Spitze der Mauer überwunden, als ich plötzlich eine Stimme hörte, die aus dem Inneren der Ruine zu kommen schien. Regungslos verharrte ich in meiner Stellung. Erst nach einer Weile begriff ich, daß diese Stimme nichts mit mir zu tun haben konnte. Es klang wie eine Art Ansprache, ohne daß ich in der Lage gewesen wäre, einzelne Worte zu verstehen – die hohe Mauer wirkte wie eine schallschluckende Wand. Ich zögerte. Noch hätte ich einfach wieder leise hinabklettern und weiter nach dem Gasthof suchen können. Aber meine Neugier war stärker. Mit erneuter Anstrengung hangelte ich mich weiter nach oben, bis ich glaubte, es endlich geschafft zu haben. Ich erkannte eine kleine Nische, von der aus ich über die Mauer würde sehen können.

In diesem Moment glitt mein Fuß ab. Ich rutschte gut zwei Meter in die Tiefe und schürfte mir bei dem Versuch, mich an dem Gestrüpp festzuhalten, die Hände auf, bevor meine Füße wieder Halt fanden. Mit blutenden Fingern krallte ich mich an den Ästen und Blättern fest und lauschte atemlos. Die Stimme hinter der Mauer hatte keinen Augenblick aufgehört, weiterzusprechen. Man hatte also meinen Absturz nicht bemerkt.

Mein Herzschlag verdoppelte sich plötzlich vor Erregung. Ich vergaß die Schmerzen in meinen Händen und machte mich erneut an den Aufstieg. Dieses Mal hatte ich mehr Glück. Ohne Zwischenfall erreichte ich die Mauernische. Ich bog die Krempe meines Hutes herunter und lugte mit äußerster Anspannung über die verwitterten Steine …

Was ich sah, wirkte vollkommen unwirklich; es mußte eine Halluzination meiner überreizten Nerven sein. Ich starrte auf eine Handvoll Männer in dunklen Wintermänteln, die sich in einer Reihe vor zwei brennenden Holzfackeln aufgestellt hatten. Jeder von ihnen hatte ein großkalibriges Jagdgewehr im Arm, ihre Gesichter waren von breitkrempigen Hüten verdeckt. Einer aus ihren Reihen las von einem Papier etwas ab, das an die Adresse eines Mannes gerichtet war, der an Händen und Füßen gefesselt etwa zehn Meter enfernt an einer der alten Brandmauern stand. Er war lediglich mit einer dunklen Hose und einem weißen Hemd bekleidet; Mund und Augen waren mit einem Tuch verbunden. Die Stimme des Vorlesers war kühl und leidenschaftslos wie die eines Militärrichters:

»... *entsprechend den Standesregeln, denen er sich bei seinem Eintritt unterworfen hat. Es wurde geprüft, ob die Art und Weise, in der er die Liquidierung Ludwig Kahns vorbereitete, strafmildernd zu bewerten war. Dies wurde mit vier zu drei Stimmen verworfen.*
Gemäß Paragraph 8 des Statuts war Franz Kandlitz daher zum Tode zu verurteilen. Im Namen der Schwarzen Hand wird dieses Urteil heute, am 19. Dezember 1892, um 1 Uhr morgens vollstreckt.«

Der Sprecher verstummte, trat einige Schritte zur Seite und gab den Männern ein Zeichen, worauf diese auf den Gefesselten anlegten. Ein Kommando ertönte, und unmittelbar darauf ließen mehrere Salven die Stille der Nacht erzittern. Der Exekutierte sank lautlos in sich zusammen, die Wunden an Kopf und Oberkörper boten im flackernden Schein der Fackeln einen gespenstischen Anblick. Ich konnte gerade noch erkennen, wie sich zwei Männer mit einer Art Bahre zu ihrem Opfer begaben und die anderen zu einigen Schaufeln griffen, als ich ein leises Geräusch unter mir hörte und den Schatten eines Arms erkannte, der im Begriff stand, sich nach mir auszustrecken. In einer Reflexbewegung holte ich mit einem Bein aus und trat dem Mann mit solcher Wucht vor die Brust, daß er abstürzte und benommen in den Sträuchern liegen blieb. Sofort ließ ich mich an der Mauer hinab, und rannte, kaum daß ich den Boden erreicht hatte, in Richtung des Waldes, aus dem ich gekommen war. Jede Sekunde erwartete ich die Schreie des Hinrichtungskommandos, das sich an meine Verfolgung machten würde. Wie in Trance bahnte ich mir einen Weg durch die Föhren, in der Hoffnung, mich irgendwo im Wald verstecken zu können. Zu spät erkannte ich eine steile Böschung, stürzte, wollte mich noch irgendwo festhalten, griff ins Leere und prallte mit dem Kopf gegen einen Baum. Das letzte, an das ich mich erinnerte, war die hysterische Verwunderung darüber, wo denn nur meine Verfolger blieben. Dann verlor ich das Bewußtsein.

IX.

Ich muß den Rest der Nacht dort im Wald gelegen haben, denn als ich wieder zu mir kam und mich aus meiner Erstarrung zu lösen versuchte, zog bereits die Morgendämmerung herauf. Mit größter Mühe gelang es mir, mich aufzusetzen und meine Uhr aus der Tasche zu ziehen. Es war kurz vor acht Uhr morgens. Noch immer wie betäubt, machte ich mich vorsichtig daran, aufzustehen. Meine Beine reagierten zuerst nicht, so daß ich wieder in die Hocke gehen und mich mit den Händen am Boden abstützen mußte, um nicht zur Seite zu fallen. In dieser Stellung verharrte ich einige Augenblicke, dann versuchte ich es erneut. Mit einer entschlossenen Kraftanstrengung stieß ich mich vom Waldboden ab und drückte die Knie durch. Mir wurde schwarz vor Augen, doch diesmal stand ich aufrecht, schwankend zwar und so unsicher, daß ich gleich darauf einige Schritte nach vorne machen mußte, um nicht erneut das Gleichgewicht zu verlieren, aber ich stand. Erst jetzt spürte ich den Druck auf meinem Hinterkopf. Als ich mit der Hand durch die Haare fuhr, fühlte ich eine dicke Kruste geronnenen Blutes. An mir herunterschauend und meinen ruinierten Rock sowie meine zerschundenen Hände betrachtend, wurde mir schlagartig klar, daß ich mein Leben nur der Tatsache verdankte, daß die Nacht ohne Frost vorübergegangen war. Angesichts der langen Dauer meiner Bewußtlosigkeit wäre ich ansonsten wohl unweigerlich erfroren. Aber auch so zitterte ich am ganzen Körper. Ich spürte das Fieber, das sich durch die völlig durchfeuchtete Kleidung in meine Glieder gefressen hatte. In meinem Kopf hämmerte und dröhnte es. Ich versuchte zu gehen, aber jeder Schritt wurde zu einem qualvollen Kampf gegen den Schmerz. Unsicher irrte ich im Unterholz herum, vor Unterkühlung schlotternd, bis ich endlich auf einen kleinen Waldweg stieß. Aufs Geratewohl schlug ich irgendeine Richtung ein. Zu allem Überfluß begann es nun auch noch zu regnen, leicht zunächst, dann jedoch immer stärker. Ich fühlte mich so zerschlagen, daß ich nicht einmal mehr aufatmen konnte, als ich plötzlich eine Lichtung erkannte und dahinter freies Feld. Mit letzter Kraft, inzwischen schon bis auf die Haut durchnäßt, schleppte ich mich weiter, bis ich in die Nähe eines kleinen Weinbauerngutes kam, wo ich einen Knecht den Stall ausmisten sah. Ich konnte dem Burschen, der mich mißtrauisch musterte, gerade noch die Adresse der Rother'schen Villa in Döbling nennen, bevor ich erneut zusammenbrach.

Als ich diesmal wieder aufwachte, wußte ich zuerst gar nicht, wo ich mich befand. Erst nach einer Weile erkannte ich die vertrauten Möbel und Tapeten des Döblinger Gästezimmers, in dem ich immer übernachtete, wenn es dort sehr spät geworden war. Ich erfuhr, daß mich der Knecht des Weinguts ins Haus seines Herrn gebracht hatte, wo ich zunächst mit Decken warm eingepackt worden war. Sodann hatte der Gutsbesitzer einen Arzt aus dem nächsten Dorf holen lassen und seinen Burschen mit einer Nachricht zu den Rothers geschickt. Der Mediziner war zuerst gekommen und hatte mir eine starke Dosis Chinin verabreicht. Bald darauf erschien von Rother mit seiner Hausdroschke. Man verfrachtete mich, so gut es ging, in den Wagen, und fuhr mich auf die Hohe Warte.
Vier Tage verbrachte ich dort bei hohem Fieber und bizarren Alpträumen; erst am zweiten Weihnachtsfeiertag begann meine Temperatur langsam zu sinken, und ganz allmählich kehrte auch meine Erinnerung wieder zurück: der unglückliche Streit mit Lena, der falsche Zug, mein zielloses Wandern durch den nächtlichen Wald, der flackernde Lichtschein. Aber erst als Lena mir über meine Fieberphantasien berichtete, in denen ich etwas von einem gewissen Franz Kandlitz und irgendeinem »Statut« geflüstert hatte, sah ich auch wieder den Mann im weißen Hemd vor mir, der blutüberströmt im Schein der Fackeln in sich zusammensank. Ich wollte es nicht wahrhaben. Warum hatte ich entkommen können, wenn sich alles wirklich so abgespielt hatte? Warum hatte niemand meine Flucht bemerkt? Hatte sich das Femegericht an diesem Ort und um diese Zeit vollkommen sicher gefühlt? Nein, es war unmöglich, es *mußte* einfach ein Alptraum im Fieberwahn gewesen sein … Das ganze Gerede von Freud und Schönberg, der Brief an die Janowskys, der Streit mit Lena, das alles hatte meine Nerven einfach zu sehr angegriffen …
Ich versuchte mich durch Lesen abzulenken, aber jedes Buch, das ich

zur Hand nahm, mußte ich schon nach kurzer Zeit wieder weglegen. Immer wieder sah ich den Erschossenen im weißen Hemd vor mir, ständig hatte ich das hohle Krachen der Gewehrsalven in den Ohren. Schließlich hielt ich es nicht mehr länger aus. Ich rief nach Lena und ihrem Vaters und begann, ihnen alles zu erzählen, was ich wußte, egal, was sie davon halten mochten. Ich schilderte ihnen rückhaltlos meine Gespräche mit Freud und Schönberg, den Vorfall bei den Janowskys, ja sogar das seltsame Verhalten jenes jüdischen Geigers namens Renz damals in der Casa Petrucci. Wie erwartet, setzten die Rothers unverhohlen mitleidige Mienen auf, als ich mit meinem Bericht zu Ende war, besonders Lenas Vater. Sie redeten mir begütigend zu, klopften mir auf die Schulter wie einem kleinen Kind, versprachen aber wenigstens, gemeinsam mit mir einen Lokaltermin am Ort des Geschehens abzuhalten, wenn ich wieder einigermaßen hergestellt sein würde.

Ich machte keine Anstalten, ihnen etwas beweisen zu wollen. Das einzige, an das ich mich klammerte, war die Vision des Mannes in dem weißen, blutgetränkten Hemd. Wenn er wirklich ermordet worden war, würde es auch Spuren geben. Und sie allein würden entscheiden, ob ich einem Fieberwahn zum Opfer gefallen war oder nicht.

*

Am Vormittag des Neujahrstags, kurz nach einem späten Frühstück, brachen wir nach Klosterneuburg auf. Ich war niedergedrückt und voller dunkler Vorahnungen. Der Himmel war grau und wolkenverhangen; seit Tagen hatte es ununterbrochen in Strömen geregnet. Wenn die Fememörder überhaupt irgendwelche Spuren hinterlassen hatten, so würden diese im aufgeweichten Waldboden sicher kaum noch erkennbar sein.

Meine Befürchtungen sollten sich bestätigen. Tiefe Nebelschwaden trieben über die ersten Ausläufer des Wienerwalds, und je weiter wir in den Wald von Klosterneuburg hineinkamen, um so schlechter wurden die Wege. Manche Stellen waren kaum noch passierbar, und mehr als einmal blieben wir fast im Schlamm stecken.

Als wir die Forsthausruine nach einigen vergeblichen Versuchen endlich gefunden hatten, erkannte ich sofort, daß unser Besuch erfolglos sein würde. Unweit der Ruine lagen am Wegrand einige Baumstämme aufeinandergeschichtet; offenbar waren hier erst kürzlich Forstarbeiten durchgeführt worden, was die Spurensuche natürlich zusätzlich erschwerte. Innerhalb der ehemaligen Gebäudemauern bestand der Untergrund aus morastigem Nadelboden und einigen Sträuchern zwischen kleinen, kaum mannshohen Föhren. Doch so sehr wir uns auch anstrengten, wir entdeckten weder Stiefelabdrücke noch Blutflecke. Es schien, als habe der Regen buchstäblich jede Schuld von diesem Ort abgewaschen. Die rückwärtige Mauer, vor welcher Kandlitz nach meiner Erinnerung hingerichtet worden war, bestand aus einem lediglich kniehohen Sockel, so daß auch unsere Suche nach etwaigen Einschußlöchern fehlgegangener Gewehrkugeln erfolglos blieb. Wir bogen die Zweige der Bäume zurück und suchten den Boden nach Hülsen ab, alles ohne Erfolg.

Andererseits meinte ich mich zu erinnern, daß die Mörder nach der Exekution sofort zu ihren Schaufeln gegriffen hatten. Das ließ den Schluß zu, daß Kandlitz irgendwo in der Umgebung verscharrt worden war. Wir trennten uns daher, um jeder für sich einen Teil des Waldes abzusuchen. Aber nach fast zwei Stunden stellte sich heraus, daß auch diese Mühe umsonst gewesen war. Zwar gab es längs des Weges zur Ruine einige mit Regenwasser ausgefüllte Stiefelabdrücke und auch Furchen eines Pferdefuhrwerks, das die Mörder benutzt haben konnten. Viel wahrscheinlicher aber war, daß diese Spuren von den Waldarbeitern stammten, die hier ihre Bäume gefällt hatten. Nirgendwo fand sich jedenfalls auch nur das geringste Anzeichen für ein Grab.

»Wir hätten natürlich viel früher hierherfahren müssen«, stellte Lena zum Schluß achselzuckend fest. »Bei diesen Bodenverhältnissen ist es nicht weiter verwunderlich, daß wir nichts mehr finden.«

Ihr Vater nickte und sah mich skeptisch an. »Nehmen Sie es mir nicht übel, Leonhard, aber ich glaube wirklich, daß Sie sich geirrt haben. Es war sicher nur ein Alptraum als Folge eines Unfalls. Sie werden einfach vom Weg abgekommen und gestürzt sein. Vielleicht ist es das beste, Sie versuchen die ganze Geschichte zu vergessen.«

Resigniert zuckte ich die Schultern, und wir gingen schweigend zu unserer Droschke zurück. Nach einigen Schritten blieb Lena jedoch plötzlich stehen.

»Einen Moment noch«, sagte sie stirnrunzelnd. »Haben wir nicht etwas vergessen?«
»Was meinst du?« fragte ich.
Sie drehte sich um, wies mit der Hand auf die Sträucher vor der Mauer, an der ich meinte, hinaufgeklettert zu sein. »Wir haben uns so sehr auf Spuren der Ermordung konzentriert«, sagte sie, »daß wir gar nicht daran gedacht haben, nach etwas anderem zu suchen.«
»Worauf willst du hinaus?« erwiderte ich, und auch Rother machte ein ratloses Gesicht.
»Aber überleg doch«, sagte sie. »Womit bist du damals von Döbling aus weggefahren? Was hattest du in der Hand?«
Verständnislos starrte ich sie an. Erst nach einer ganzen Weile begriff ich plötzlich, was sie meinte.
»Meine Arzttasche.«
»Natürlich«, nickte sie. »Wenn es ein Unfall war, dann müßte ja wenigstens deine Tasche noch hier sein.«
Wir stapften also wieder durch den Schlamm, forschten hinter jeden Mauervorsprung, bogen Strauch für Strauch um, aber von meiner Tasche war nirgendwo die geringste Spur zu sehen. Während ich langsam am Ende meiner Kraft war, versuchten Lena und ihr Vater es noch in den Ausläufern des angrenzenden Wienerwalds. Doch nach einer weiteren halben Stunde mußten auch sie aufgeben, da inzwischen die Abenddämmerung hereingebrochen war und man kaum noch die Hand vor Augen sah.
»Und Sie sind ganz sicher, daß Sie die Tasche dabei hatten?« fragte Rother.
»Ich denke schon«, erwiderte ich. »Aber wir brauchen ja nur den Diener zu fragen, der mich als letzter gesehen hat, bevor ich damals das Haus verließ.«

Zurück in Döbling, ließen wir sofort das Hauspersonal kommen. Der betreffende Bedienstete bestätigte ohne zu zögern, daß ich an besagtem Abend mit meiner Arzttasche das Haus verlassen hatte; er sei sich ganz sicher.
Als letzte Möglichkeit blieb daher nichts anderes übrig, als bis zum nächsten Tag abzuwarten und im Fundbüro der Wiener Eisenbahn nachzufragen. Zwar hatte ich in meinem ganzen Leben bisher noch

nicht einmal einen Schirm, geschweige denn meine Tasche auf der Bahn vergessen. Ich war allerdings auch noch nie in einen falschen Zug eingestiegen, wie ich auf eine vielsagende Bemerkung Lenas hin zugeben mußte.

Letztlich hatte unsere Fahrt in den Klosterneuburger Wald also zu nichts geführt, außer dazu, daß mir die Erlebnisse jenes unheimlichen Abends nun schärfer vor Augen standen als je zuvor. Es war kein Traum gewesen, dessen war ich sicher. Wenn aber alles wahr gewesen war, wenn ich also meine Tasche *nicht* im Zug vergessen hatte, dann bedeutete das, daß sie sich inzwischen mitsamt all jener Utensilien, aus denen meine Identität zweifelsfrei hervorging, im Besitz der Schwarzen Hand befand …

*

In den frühen Morgenstunden des ersten Tages nach Neujahr herrschte wenig Betrieb am Wiener Franz-Josefs-Bahnhof. Auch der korpulente Beamte im Fundbüro der Österreichisch-Ungarischen Staatseisenbahn-Gesellschaft machte einen verschlafenen Eindruck. Ich erklärte ihm den Grund meines Besuches in kurzen Worten, die er sich mit gelangweilter Miene anhörte. Am Schluß griff er in das Fach eines Aktenschranks und zog ein Formular hervor, das er mir zusammen mit einem alten, abgekauten Federhalter über den Schalter schob.

»Sein S' so gut und fülln S' das aus«, brummte er mürrisch.

»Aber ich habe Ihnen doch gerade alles genau erklärt?«

»Vorschrift«, lautete die lakonische Antwort.

»Aber Sie brauchen doch nur kurz nachzuschauen, ob –«

»Gnädiger Herr«, unterbrach er mich und breitete die Arme aus, »Sie wollen doch nicht etwa, daß ich Ihnen die Vorschrift vorlese, nicht wahr?«

»Nein, natürlich nicht«, rief ich, »alles, was ich will, ist –«

»No sehn S'«, fiel er mir erneut ins Wort, rückte das Formular näher zu mir heran und fügte gemütlich hinzu: »Also bittschön.«

»Enthalten Ihre Vorschriften vielleicht auch einen Absatz über Schikane?«

»Sie, Herr, werden S' nicht impertinent«, wies er mich plötzlich barsch und mit erhobenem Zeigefinger zurecht. »Entweder fülln S' das jetzt aus oder nicht. Wenn S' es nicht ausfüllen, bin ich nach den Vorschriften gehalten, Sie zum Verlassen dieses Büros aufzufordern.«
Die Art, wie er das Wort »Vorschriften« bösartig auf der Zunge zergehen ließ, machte mir endgültig klar, daß jeder Kampf gegen diesen Mann aussichtslos sein mußte. Schicksalsergeben ergriff ich den Federhalter und füllte das Formular mit solchem Schwung aus, daß ich an einer Stelle beinahe ein Loch durch das Papier stanzte. Sodann reichte ich ihm das Blatt zurück.
Der Beamte warf einen flüchtigen Blick darauf. »Bittschön noch unterschreiben.«
Stoisch unterzeichnete ich.
Der Mann nahm mein Werk entgegen und hielt es sich mit spitzen Fingern prüfend vor die Nase. Nach einer Weile schüttelte er den Kopf. »Wissen S', mein Herr, in der Volkschule von Langenzersdorf, auf die ich gegangen bin, da hätt' man zu dieser Schrift gesagt, es ist a Sauklau'n, verstehen S'?«
»Was wollen Sie damit sagen?« fragte ich, nun schon fast zitternd vor Zorn.
»Oh, nichts, nichts«, zuckte er gleichmütig die Achseln. »Aber nach der ›Allgemeinen Verwaltungsvorschrift über die Auskunftserteilung in Fundbüros der k.u.k. Staatseisenbahn-Gesellschaft‹ bin ich berechtigt, unleserliche Anträge wie diesen zurückzuweisen und –«
»Wollen Sie mich eigentlich zum Narren halten?«
»– und den Antragsteller zu ersuchen, eine Schreibmaschinenausfertigung beizubringen.«
»Ich möchte auf der Stelle Ihren Vorgesetzten sprechen!«
»Bedaure, der Herr Obersekretär ist noch im Weihnachtsurlaub.«
»Dann den nächsthöheren Vorgesetzten!«
»Der Herr Bahninspektor ist krank.«
»Den Stationsvorsteher!« schrie ich.
»Der Herr Vorsteher ist nur für den Bahnbetrieb zuständig, nicht für das Fundbüro.«
Sprachlos starrte ich in die kleinen Schweinsäuglein. Und erst in diesem Moment begriff ich. Ich zog meine Brieftasche hervor, entnahm ihr eine Zwanzig-Kronen-Note und schob sie rasch über den Schalter.

Nie hätte ich die katzenhaft geschmeidige Bewegung für möglich gehalten, mit welcher die Hand des Trägen plötzlich hervorschnellte, um das Geld einzustecken. »Dunkelbraunes Rindsleder mit Doppelschlössern aus Messing, sagten S'?«
Ich nickte nur, und er verschwand durch eine rückwärtige Tür, die wohl zur Asservatenkammer führte.
Es dauerte keine fünf Minuten, bevor er mit einer Handvoll Taschen wiederkam.
»Das ist alles, was wir zur Zeit dahaben«, sagte er.
Enttäuscht starrte ich auf die Exemplare. Keines von ihnen war meine Arzttasche. Der Beamte beteuerte, alles durchgesehen zu haben. Und nach so langer Zeit glaube er auch nicht, daß ich in den nächsten Tagen mehr Erfolg haben würde. Am besten solle ich mir lieber gleich etwas fesches Neues kaufen.

Tief in Gedanken verließ ich den Bahnhof. Was nun? Ich konnte versuchen, eine Zeitungsanzeige unter der Rubrik »Verloren« aufzugeben oder mich in ein paar Tagen doch noch einmal an das Fundbüro wenden. Als letzter Ausweg blieb der Gang zur Polizei …
Unschlüssig die Porzellangasse in Richtung Liechtensteinstraße hinabschleichend, kam mir plötzlich noch ein anderer Gedanke. Zielstrebig bog ich zur Währingerstraße ab, hielt zuerst auf die Votivkirche und von da aus auf das Neue Rathaus zu, wo ich mir vom Pförtner den Weg zum Einwohnermeldeamt zeigen ließ. Ich durchquerte vier der sieben pompösen Innenhöfe, bevor ich eine Hinweistafel entdeckte, nach der sich das Amt im ersten Stockwerk befand. Ich stieg die Treppe hinauf und blickte in einen langen Flur mit mehreren Kanzleizimmern. Vor einer Tür mit dem Schild »Allgemeine Auskünfte« blieb ich stehen und klopfte. Hinter der Tür erklang ein jugendliches »Herein«. Nach dem Vormittag im Fundbüro auf das Schlimmste gefaßt, betrat ich das Zimmer und erklärte kurzentschlossen, eine Vermißtenanzeige bei der Polizei aufgeben zu wollen. Leider sei es nur eine Kaffeehausbekanntschaft gewesen, so daß mir die Adresse des betreffenden Herrn unbekannt geblieben war. Ob ich sie vielleicht auf diesem Wege erfahren könne?
Der Beamte, ein junger Mensch mit sorglosen Gesichtszügen und langem dunklen Haar, nickte. »Der Familienname des Betreffenden?«.

»Kandlitz.«
»Vorname?«
»Franz.«
»Wissen Sie ungefähr, in welchem Bezirk er gewohnt hat?«
»Leider nein.«
»Und im offiziellen Adreßbuch der Stadt Wien steht er nicht?«
»Daran habe ich noch gar nicht gedacht«, gestand ich betreten. Der junge Mann reichte mir aus einem Aktenfach einen dicken Band. Nervös begann ich zu blättern und stieß nach einer Weile tatsächlich auf einen Franz Kandlitz in der Währingerstraße, war aber sicher daß es sich dabei nicht um den Gesuchten handeln konnte. Hinter dem Namen stand der Zusatz »Doktor der Mathematik, Emeritierter Professor an der Universität zu Wien«. Die Ermordung eines solchen Mannes wäre wohl kaum unbemerkt geblieben.
Ich wandte mich also wieder an den jungen Beamten und bedauerte, nicht weitergekommen zu sein.
»Gut, ich werde im Register nachsehen«, sagte er. »Warten Sie einen Moment.«
Er ging in einen Nebenraum, wo er mehrere Schubladen aufzog. Schließlich erschien er mit zwei Karteikarten. »Wir haben in den Inneren Bezirken zweimal einen Franz Kandlitz«, sagte er und reichte mir die Karten herüber.
Die eine war die des besagten Professors aus der Währingerstraße. Ein Blick auf das Geburtsdatum bestätigte mir nochmals, daß er nicht der Richtige sein konnte – der Mann mußte mittlerweile weit über achtzig Jahre alt sein.
Die andere Karte enthielt außer dem Namen nichts weiter als den mit blauer Tinte geschriebenen Zusatz »E«.
»Das ist eine Ersatzkarte«, erklärte der Jüngling eifrig. »Das Original befindet sich in diesem Fall bei der Hauptakte. Das bedeutet, daß hier vor kurzem eine Änderung vorgenommen wurde oder noch vorgenommen wird.«
»Eine Änderung welcher Art?«
»Oh, da gibt es mehrere Möglichkeiten. Abmeldung, Ummeldung, Tod, irgend etwas in dieser Richtung.«
»Und diese Hauptakte? Enthält sie vielleicht die letzte Anschrift?«
»Gewiß.«

»Könnte man nicht einmal darin nachsehen?«
Der andere lächelte und betrachtete seine gut gepflegten Fingernägel. »Man könnte schon …«
Schicksalsergeben nickte ich, und zum zweiten Mal an diesem Vormittag wechselte eine Zwanzig-Kronen-Note ihren Besitzer.
Es stellte sich jedoch heraus, daß die betreffende Akte nicht an ihrem Platz war.
»Seltsam«, zeigte sich der junge Beamte verwundert. »Vielleicht hat sie sich der Herr Regierungsrat vorlegen lassen. Leider ist er heute nicht da, aber wenn es dringend für Sie ist, dann könnte ich einmal in seinem Büro nachsehen …«
Ich opferte eine weitere Banknote, und der Hilfsbereite entfernte sich. Als er mit einer grauen Kanzleimappe wiederkam, machte er ein ängstliches Gesicht. »Eine Chefsache«, sagte er und blätterte hastig in den Papieren. »Scheint wohl etwas Wichtiges zu sein. – Oh«, rief er plötzlich verdutzt, »ich fürchte, Ihre Vermißtenanzeige können Sie sich sparen.« Er hielt sich die Akte dicht vor die Augen und las vor: »›*Franz Kandlitz. Ohne festen Wohnsitz seit dem 1. August 1891. Vermißt seit dem 19. Dezember 1892. – Für tot erklärt heute, am 2. Januar 1893.*‹ Diese letzte Eintragung muß vom Chef selbst stammen.«
»Für tot erklärt?« fragte ich mit unwillkürlicher Schärfe.
»Ja, aufgrund dieses Berichts hier« – er zog einen Kanzleibogen aus der Akte – »von der Ortspolizei in Tulln.« Er überflog hastig das Papier. »Sie hat, wie es scheint, am dortigen Donauufer einen Rock mit Papieren von diesem Kandlitz gefunden. Man geht davon aus, daß er sich in der Donau ertränkt hat.«
»Wann war das?« fragte ich, bemüht, mir meine Erregung nicht anmerken zu lassen.
Der junge Beamte spielte nervös an seiner Uhrenkette. »Der Polizeibericht hier wurde an Neujahr, also gestern, geschrieben und unterzeichnet.«
»Aber die Leiche hat man nicht gefunden?«
»Nein«, antwortete der andere widerwillig, »es heißt hier nur, daß ein Rundtelegramm an mehrere Wasser- und Schiffahrtsdirektionen ergebnislos geblieben ist. Aber bitte, mehr kann ich Ihnen wirklich nicht sagen.«
Er klappte die Akte zu. »Nur gut, daß der Herr Regierungsrat heute

nicht da ist. Der sieht es nämlich gar nicht gern, wenn man allzu bereitwillig Auskunft gibt«

Wie betäubt verließ ich das Rathaus und machte mich auf den Weg in meine Praxis. Ständig sah ich das weiße Hemd vor mir, das Franz Kandlitz trug, als er erschossen wurde. Die Mörder mußten ihm also vorher den Rock ausgezogen haben, um diesen später, nachdem sie ihr Opfer irgendwo verscharrt hatten, am Ufer der Donau zurückzulassen. Niemand würde jemals an der Version des Selbstmords zweifeln, genausowenig, wie jemals eine Leiche aus den Fluten der Donau auftauchen würde ...

Resigniert lief ich die Ringstaße hinunter und nahm mir vor, noch am selben Abend nach Döbling zu fahren und mich mit den Rothers zu besprechen. Aber so sehr ich auch dagegen ankämpfte, ich mußte unentwegt an Kandlitz und an meine verschwundene Tasche denken. Was in Gottes Namen sollte ich nur tun? Zur Polizei gehen? Welche Beweise hatte ich denn? Und welche Zeugen? Würden Freud oder Schönberg oder Rudolf Janowsky – dessen Adresse in Amerika ich noch nicht einmal besaß –, würden sie also jemals für eine offizielle Aussage zur Verfügung stehen? Wo war der Zusammenhang zwischen den Erpressungen einer Handvoll jüdischer Musiker und der blutigen Verschwörung einer Geheimgesellschaft, die nicht einmal vor einem nächtlichen Fememord zurückschreckte?

Nein, dachte ich, niemand würde mir glauben, niemand meine Geschichte ernst nehmen. Es war, als sei ich buchstäblich über Nacht in einen Mahlstrom geraten, aus dem es aus eigener Kraft kein Entrinnen gab. Schaudernd passierte ich das monumentale Gebäude der Hofoper, dessen meterhohe Arkaden und Bogenöffnungen mich plötzlich wie dunkle Grabmäler anstarrten, und fragte mich, ob die obskuren Theorien eines Richard Wagner oder eines Houston Stewart Chamberlain längst nicht auch diesen Tempel der Künste zu einer Brutstätte des Antisemitismus gemacht hatten ...

In meiner Praxis angekommen versuchte ich zunächst zerstreut, mir einen Überblick über die eingegangene Post zu verschaffen. Ich fand allein drei Telegramme von Livingston vor, der mich dringend hatte sprechen wollen. Nach Angaben meines Dienstmädchens war er sogar persönlich erschienen, um sich nach mir zu erkundigen.

Plötzlich kam mir eine allerletzte Idee. Kokain hin oder her, der Mann war immerhin kein Dummkopf, selbst wenn es sich bei seinen dubiosen Detektivgeschichten nur um literarische Erfindungen handelte … Außerdem war er Ausländer; vielleicht stand er der Sache schon deshalb unbefangener gegenüber.
Ich instruierte kurzerhand mein Mädchen, daß die Sprechstunde heute ausfalle. Dann verließ ich meine Praxis, winkte am Schwarzenbergplatz einen Fiaker herbei und wies den Kutscher an, auf direktem Wege nach der Leopoldstadt zu fahren.

X.

Ich hatte Glück. Nachdem ich die mir ja bereits bekannte Treppe hinaufgestiegen war und einige Male geläutet hatte, wurde die Wohnungstür aufgerissen und die hagere Gestalt Livingstons erschien im Rahmen.
»Schön, daß Sie kommen, Doktor«, begrüßte er mich. »Ich war schon fast wieder auf dem Weg zu Ihnen.«
Er wirkte aufgeräumt und schien in erstaunlich guter Verfassung zu sein, vielleicht in besserer, als ich überhaupt jemals erlebt hatte. Er trug einen weiten, langen Hausmantel aus schwerer Seide mit Brokatkragen und kunstvoll verschlungenen Blumenstickereien, darunter einen englischen Gehrock mit Hemd und Binder. Sorgfältig rasiert und mit geröteten Wangen, glich er fast wieder ein wenig dem eleganten Viscount auf Elba vor anderthalb Jahren. Mit einer schnellen Handbewegung bat er mich herein und schloß die Tür.
»Man sagte mir, daß Sie krank waren. Geht es Ihnen wieder besser?«
»Ja und nein«, antwortete ich ausweichend. »Jedenfalls schlechter als Ihnen, wenn ich Sie mir so anschaue.«
Livingston lächelte nur und wies auf zwei alte verschlissene Sessel, die um einen kleinen Kaffeehaustisch aus Mahagoni gruppiert waren. Ich nahm Platz und sah mich um. Die Einrichtung des Zimmers war von wahlloser Exzentrik. In einer Ecke stand ein bordeauxroter Samtdiwan, daneben ein Stuhl im Louis-Seize-Stil. Es folgte ein alter Sekretär aus Kirschbaumholz und ein dreiflügeliger Schrank, an dessen mittlerer Tür eine große Zielscheibe aus Kork angebracht war, in der ein paar Wurfpfeile steckten. Die gegenüberliegende Wand zierte ein

Sideboard, auf dem ein chemisches Miniatur-Laboratorium mit mehreren Reagenzgläsern stand, daneben ein vollgestopftes Bücherregal und ein Pianoforte. Der Deckel des Instruments war aufgeklappt, auf dem Notenhalter lagen handgeschriebene Noten sowie einige Orchesterpartituren. Überall im Zimmer stapelten sich Berge von Büchern und Zeitungen in verschiedenen Sprachen. Ich erkannte flüchtig Renans »Vie de Jésus«, Baudelaires »Fleurs du mal« und Schopenhauers »Welt als Wille und Vorstellung«, außerdem eine englische Zeitschrift mit dem Titel »The Strand Magazine«. Vor dem Fenster stand ein Notenständer aus Messing, daneben lag auf einem Hocker eine kostbare Violine, vermutlich eine Stradivari. Die Wände waren kahl bis auf ein großformatiges Gemälde über dem Sideboard, offenbar ein Stich nach Turners »Brand des Parlaments«. Zusammen mit dem altersschwach vor sich hin fauchenden kleinen Kohleofen hatte man das Gefühl, sich im Domizil eines notorischen Bohemiens zu befinden.

Livingston war meinen Blicken gefolgt. »Hübsch hier, nicht wahr?« fragte er und schickte sich an, etwas Ordnung zu machen, indem er das englische Magazin unter einem Stapel Tageszeitungen verschwinden ließ.

»Sehr«, erwiderte ich. »Als hätte Oscar Wilde das Bühnenbild zu einer italienischen Oper entworfen, die auf Montmartre spielt.«

Der Engländer lachte. »Sehr treffend. Sie hätten Romancier werden sollen, Doktor.«

Ich schwieg einen Moment, während ich meinen Blick gedankenversunken auf den Fußboden geheftet hielt. Schließlich sagte ich vorsichtig: »Ich fürchte, daß heute einmal ich derjenige bin, der einen Rat braucht.«

»Ja, das kann ich mir denken.«

Überrascht sah ich auf. »Wieso können Sie sich das denken?«

Der Engländer lächelte sphinxartig. »Nun, wenn ich mich an Ihrer Stelle befinden würde, wäre ich sicher auch nervös. Hat man Ihnen nicht gesagt, daß ich in Ihrer Praxis war und nach Ihnen gefragt habe?«

»Doch, das hat man. Leider gaben Sie nicht an, warum.«

»Und das mit gutem Grund.« Er stand auf, ging zu seinem Schrank, öffnete eine Tür und zerrte etwas daraus hervor. »Ich nehme doch an«, sagte er, »daß dies hier Ihnen gehört, oder?«

Er stellte auf den Tisch ein kleines Paket, von dem ich in der gedämpften Zimmerbeleuchtung zunächst nur die Umrisse wahrnahm. Erst als ich genauer hinsah, erkannte ich über dem Rand des Packpapiers eine fleckige Ledertasche. Ungläubig starrte ich abwechselnd den Engländer, dann die Tasche an. Schließlich erhob ich mich und ging langsam hinüber. Zitternd vor Erregung sank ich auf die Knie, streifte das Papier ab und fuhr mit den Händen über das Leder. Dann öffnete ich die Schlösser. Es fehlte nichts. Alles war unberührt.
»Das ist meine Tasche«, murmelte ich wie in Trance.
Livingston kam mit einem spöttischen Lächeln auf mich zu. »Natürlich ist das Ihre Tasche, der Name steht ja auf dem Innenfutter. Nehmen Sie sich zusammen, Doktor. Stehen Sie auf und setzen Sie sich wieder hin.«
Gehorsam tat ich, was er sagte, meine Tasche mit beiden Händen umklammernd wie ein Schiffbrüchiger den Rettungsring. »Wie kommen *Sie* an meine Tasche?« stammelte ich.
»Das ist eine längere Geschichte«, erwiderte der Engländer, nahm ebenfalls wieder in seinem Sessel Platz und zündete sich eine Zigarette an, die er aus dem Bauch eines kleinen indischen Porzellanelefanten fischte. »Aber bevor wir uns darüber unterhalten, möchte ich erst einmal wissen, was Sie, verehrter Doktor, mit der Schwarzen Hand zu schaffen haben, daß Sie plötzlich mitten in der Nacht im Wald von Klosterneuburg auftauchen und Zeuge der Ermordung von Franz Kandlitz werden …«
»Der Ermordung von –«
Ich sprang plötzlich in panischem Schrecken auf. »Aber was reden Sie denn da, Mann … Und wer sind Sie überhaupt? Sind Sie etwa auch einer von diesen Leuten?«
»Würde ich dann wohl seelenruhig hier mit Ihnen plaudern?«
»Ich glaube Ihnen kein Wort! Ich werde sofort die Polizei holen!«
»Sie werden nichts dergleichen tun«, erwiderte der Engländer hart. »Hören Sie auf, sich wie ein Kind zu benehmen, Doktor, und bleiben Sie endlich einmal ruhig sitzen. Glauben Sie im Ernst, ich würde Ihnen Ihre Tasche zurückgeben, wenn ich Mitglied eines Geheimbundes wäre?«
»Und woher wissen Sie dann von Kandlitz' Ermordung?«
»Ganz einfach. Ich habe sie mit angesehen.«

»Was? *Sie?* Aber wo wollen Sie denn gewesen sein?« rief ich. »Außer Kandlitz, seinen Mördern und einem Wachposten, der mich beinahe noch erwischt hätte, war doch niemand dort?!«
»Ach was, Wachposten.« Livingston lachte spöttisch, legte die Zigarette weg und begann, sein Hemd aufzuknöpfen. »Hier, sehen Sie einmal her, was Sie mit Ihrem Fußtritt angerichtet haben.«
Mit diesen Worten wies er auf die Spuren eines großen Blutergusses auf seiner Brust, der sich fast bis zum Schlüsselbein hinzog. »Sie können von Glück sagen, mein Lieber, daß Sie mir nicht sämtliche Rippen gebrochen haben.«
Mir blieb fast die Luft weg. Entgeistert starrte ich abwechselnd auf die Verletzung, dann auf das Gesicht des Engländers.
»*Das waren Sie?*« stieß ich atemlos hervor.
»Allerdings«, meinte Livingston achselzuckend. »Und machen Sie nicht so ein Gesicht, ich trage es Ihnen ja nicht nach. An Ihrer Stelle hätte ich genauso gehandelt.«
Er schloß seinen Hemdkragen, steckte sich wieder die Zigarette zwischen die Lippen und goß mir aus einer Flasche auf dem Tisch ein Glas ein.
»Brandy, Doktor. Nehmen Sie, soviel Sie wollen. Und dann seien Sie bitte so freundlich und erzählen mir endlich, wie ein harmloser Wiener Internist mitten in der Nacht an einen solch finsteren Ort gerät.«
Mechanisch griff ich nach dem Glas, unfähig einen klaren Gedanken zu fassen. Ich fühlte, wie der Alkohol meine Kehle hinabrieselte, und trank gierig ein Glas nach dem anderen, bis die Flasche halb leer war. Livingston rauchte schweigend und ließ mich gewähren. Nach einer Weile ließ der Druck in meinem Kopf nach; meine Glieder wurden angenehm träge, und ich begann plötzlich wie von selbst, meine Geschichte zu erzählen, angefangen von der Irrfahrt im falschen Zug bis hin zu der bewußtlos im Wald verbrachten Nacht.
Als ich geendet hatte, war es an Livingston, verblüfft den Kopf zu schütteln.
»Sie wollen damit sagen«, meinte er, »daß Sie rein zufällig dort waren?«
»Aber ja!«
»Und Sie wußten vorher nichts über die Schwarze Hand?«
»Doch«, erwiderte ich und skizzierte kurz die Gespräche mit Freud

und dem jungen Schönberg sowie den Vorfall mit den Janowskys in Weidlingau. »Aber ich habe nie wirklich an ihre Existenz geglaubt«, fügte ich betreten hinzu.

Livingston dachte eine Weile nach. Dann zuckte er die Achseln. »Nun«, meinte er, »es gibt wohl keinen Grund, warum Sie mir nicht die Wahrheit sagen sollten. Ich brauche wohl nicht zu betonen, daß wir beide unglaubliches Glück hatten. Wenn die Mörder nicht genau im Augenblick unserer Auseinandersetzung zu ihren Schaufeln gegriffen und unsere Geräusche dadurch übertönt hätten, säßen wir heute nicht hier. Dabei wollte ich Sie zu Ihrem eigenen Besten von dieser Mauer herunterziehen. Es war blanker Wahnsinn, was Sie da gemacht haben, Doktor. Sie wissen ja nicht, mit wem wir es zu tun hatten.«

»Aber Sie wissen es?«

»Ich vermute es.«

»Wieso konnten Sie das Ganze dann nicht verhindern?«

»Nun«, antwortete Livingston finster, »das ist eben die längere Geschichte, von der ich vorhin sprach. Und da Sie nun selbst in die Sache hineingeraten sind, werde ich Ihnen wohl einiges darüber erzählen müssen, nicht wahr?«

Er zündete sich eine neue Zigarette an. »Also schön, Doktor, hören Sie zu. Die Schwarze Hand ist kein Phantom. Alles, was Sie von Freud und Herrn Schönberg wissen, beruht auf Tatsachen. Neben Irene Adler ist dieser Verein übrigens der einzige Grund, warum ich überhaupt noch in Wien bin. Madame waren es auch, die mich zum ersten Mal auf die ganze Sache aufmerksam machten. Wir unterhielten uns einmal beiläufig über Gustav Lewy, den Wiener Konzert- und Theateragenten, der seit einiger Zeit in erheblichen finanziellen Schwierigkeiten steckt, obwohl er doch als einer der führenden Männer in seinem Geschäft gilt. Im Laufe des Gesprächs meinte Irene beiläufig, daß sicher auch hier die Schwarze Hand mit im Spiele sei. Auf diese Weise erfuhr ich, was Sie, Doktor, ebenfalls wissen: daß angeblich eine Geheimgesellschaft in Wien existiert, die jüdische Geschäftsleute zu ruinieren versucht und jüdische Künstler, besonders Musiker, erpreßt.«

Livingston zog tief an seiner Zigarette, die fast ganz abgebrannt war, und zündete sich an dem glimmenden Stummel eine neue an.

»Niemand konnte mir einen Hinweis geben, wer oder was dahintersteckt. Ich versuchte also, so gut es für mich als Ausländer eben ging, an weitere Informationen zu gelangen, stieß aber überall auf eine Mauer des Mißtrauens, der Verleugnung und des Schweigens. Lediglich Herr Schönberg war bereit, etwas von dem, was er wußte, preiszugeben. Erst durch ihn erfuhr ich auch etwas von den merkwürdigen Umständen des Todes von Ludwig Kahn. Schönberg deutete an, daß der Bankier ermordet wurde, weil er wegen der Erpressungen um eine Audienz bei Kaiser Franz Joseph persönlich gebeten hatte. Ich nehme an, daß Sie über den Unfall Kahns im Bilde sind?«
»Einigermaßen.«
»Gut«, sagte Livingston, einen Rauchring in die Luft blasend. »Was Sie aber wahrscheinlich nicht wissen, ist, daß die Unfallstelle an der Dornbacher Straße einige Besonderheiten aufweist. Es handelt sich um das Ende einer langgezogenen Kurve, an deren linker Seite die Böschung mehrere Meter tief hinunterführt. Dieser Kurve geht eine gut anderthalb Kilometer lange Gerade voraus, auf der deutlich die Hufabdrücke der Pferde, die hier in vollem Galopp gelaufen sein müssen, zu verfolgen waren. Kahns Kutscher, der sich später bekanntlich an nichts mehr erinnerte, hatte anfangs ausgesagt, daß es stets der besondere Wunsch seines Herrn gewesen sei, diese Gerade voll auszunutzen. Es stellte sich also die Frage, was den Mann veranlaßt haben konnte, auf dieser Strecke, die er doch wie seine Westentasche kannte, einen Fehler zu machen.«
»Wenn es überhaupt ein Fehler war«, unterbrach ich. »Angeblich soll er doch irgend etwas von einem Hund erwähnt haben?«
»Sehr schön, Doktor«, nickte Livingston und stieß erneut eine große Qualmwolke aus. »Um genau zu sein, hatte der Mann anfangs zu Protokoll gegeben, er habe gehört, wie Kahn im Moment des Herabschleuderns der Kutsche den Namen irgendeiner großen Hunderasse rief. Später konnte er sich jedoch, wie gesagt, an nichts mehr erinnern. Und da an der Unfallstelle keinerlei Spuren eines Hundes zu finden waren, maß man der Sache weiter keine Bedeutung bei. Auch ich muß zugeben, daß mir bis heute nicht klar ist, was es damit auf sich hat. Dafür entdeckte ich aber etwas anderes. Glücklicherweise hatte man nämlich die Trümmer der Droschke noch nicht weggeschafft, weil man noch mit der Rekonstruktion des Unfallhergangs be-

schäftigt war. Ich wartete also, bis die Experten der Polizei eine Pause machten, und gab mich dem zurückbleibenden Wachtmeister gegenüber als englischer Tourist aus, der gerade von dem Unglück gelesen hatte. Nach einigem Zureden gelang es mir, ihn dazu zu bringen, mich einen Blick auf das Wrack werfen zu lassen. Ich erkannte sofort, daß die Hinterachse keinen gravierenden Mangel aufwies. Sie war zwar stark verbogen, aber keineswegs gebrochen. Dafür stach mir etwas anderes um so mehr ins Auge. Einige Speichen des linken Vorderrades waren nämlich nicht glatt an der Nabe gebrochen, sondern erst eine Handbreit von dieser entfernt. Die Art des Bruchs deutete unzweifelhaft darauf hin, daß die Speichen angesägt worden waren.«

»Aber davon wurde in der Presse nie etwas erwähnt!«

»Natürlich nicht«, entgegnete Livingston achselzuckend. »Im Verlauf meiner Nachforschungen erkannte ich schnell, daß weder die offiziellen Stellen noch die Familie Kahn daran interessiert waren, etwas darüber an die Öffentlichkeit gelangen zu lassen. Ich konzentrierte daher alle meine Bemühungen auf Kahns Kutscher, einen biederen Mann namens Menkel, der sich jedoch systematisch verborgen hielt – oder verborgen gehalten wurde. Mehrmals versuchte ich, mit ihm in Kontakt zu treten, aber jedesmal vergeblich: eine Verkleidung als Pferdeknecht blieb ebenso erfolglos wie das Unterfangen, als Versicherungsagent im Hause Kahn vorstellig zu werden. Das einzige, was ich entdeckte, waren einige auffällige Fußspuren rund um den Kahn'schen Droschkenschuppen, die nicht von Menkel stammen konnten. Der ist nämlich von großer Statur und wiegt um die zweihundert Pfund, während die Stiefelabdrücke angesichts ihrer geringen Profiltiefe auf einen leichteren Mann hindeuteten und ungewöhnlich klein waren.«

»Vielleicht ein Stalljunge?«

»Ja, daran dachte ich auch zunächst, fand aber zu meiner Enttäuschung heraus, daß es einen solchen im Hause Kahn nicht gibt: Menkel ist Kutscher und Knecht in einem. Es blieb mir also nur noch übrig, mein Glück im Kutscher-Eck zu versuchen, einer einschlägigen Bierstehhalle am Franz-Josefs-Bahnhof, auf die mich ein Fiaker aufmerksam machte. Ich begann, dort fast jeden Nachmittag als Droschkenfahrer ausstaffiert zu verkehren, um mich zunächst an die verschiedenen Wiener Dialekte zu gewöhnen.«

»Und niemand durchschaute Ihre Verkleidung?« fragte ich verblüfft. Der Engländer lachte und deutete mit der Zigarette auf mich. »Nein, ebensowenig wie Sie, verehrter Doktor, als ich Sie einmal von der Salesianergasse zum Südbahnhof fuhr, wenn Sie sich noch daran erinnern. Sie waren damals ziemlich aufgeregt und hielten mich zur Eile an, da Sie den nächsten Zug nach Purkersdorf noch erreichen wollten. Ich hatte mich ganz offiziell von einem Fiaker-Unternehmer anstellen lassen, da es natürlich reichlich unglaubwürdig gewirkt hätte, im Kutscher-Eck stets nur zu Fuß aufzukreuzen.«
»Aber die Wiener Fuhrunternehmer stellen doch nie Ausländer ein?« fragte ich fassungslos.
Livingston drückte den winzigen Rest seiner Zigarette aus. »Es sei denn, man appelliert an ihr Mitleid. Nachdem ich nämlich ein paar Tage im Kutscher-Eck herumgelungert hatte, gab ich mich bei den Fuhrleuten als Amerikaner aus, der in Wien um das Erbe seines Onkels geprellt worden war und sich nun das Geld für die Rückreise als Fiaker verdienen muß. Kaum hatte ich meine Geschichte erzählt, gab mir auch schon einer ein Bier aus, ein strammer Kerl mit rotem Vollbart. Er nannte mich einen armen Teufel und wollte wissen, was ich denn drüben in den Staaten so getrieben habe. Ich erzählte ihm, daß ich Pferdeknecht bei einer angesehenen jüdischen Familie in Chicago gewesen sei, die sogar Verwandte hier in Wien habe. Ihr Name sei Kahn.
›Kahn?‹ meinte der Rote. ›Na, *die* Verwandtschaft ist um ein Mitglied ärmer.‹ Daraufhin erzählte er mir lang und breit die Geschichte von Ludwig Kahns Tod, wobei er sich gegen Ende in immer schwammigeren Andeutungen über den Unfall verlor. Ich verstand von vielem, was er in seinen Bart nuschelte, nur die Hälfte, wurde aber hellhörig, als er auf Kahns Kutscher zu sprechen kam.
›Ich hab' den Menkel ganz gut gekannt‹, sagte er. ›War ein guter Kerl, hat nie jemand was getan. Aber sein Chef, der Herr Bankier, der muß ein ausgemachtes Ekel gewesen sein. Soll immer gemeckert haben, über alles und jeden, besonders wegen der Fahrerei. Mal ging's ihm zu langsam mit der Kutsche, mal zu schnell. Aber der Menkel hat alles über sich ergehen lassen, wie einen Wolkenbruch über seinen alten Kleppermantel.‹
›War er denn lange dort in Diensten?‹

›Ja, sogar am längsten von allen. Fast zwei Jahre. Er war doch der Nachfolger vom Messer-Franz.‹

›Vom Messer-Franz?‹

›Ach so, den kannst du ja nicht kennen, den Franzl. Wir haben ihn immer so genannt, weil er so ein Strizzi war, mit Worten grad so schnell wie mit der Klinge. Der hat sich vom alten Kahn nix gefallen lassen. Und was ist passiert? Schon nach vier Monaten ist er im hohen Bogen rausgeflogen.‹

In diesem Augenblick kam noch ein anderer Kutscher hinzu. ›Redet's ihr vom Kandlitz Franz?‹ fragte er ausspuckend. ›Das war einmal ein Kerl, was? Ich hab' ihn grad neulich gesehen. Jessas, ist der heruntergekommen. Logiert jetzt im Männerwohnheim in der Spielmanngasse – na, ihr wißt schon. Und saufen tut er wie ein Loch.‹

Damit hatte ich endlich einen Anhaltspunkt. Ich ging noch am selben Abend zu der angegebenen Adresse und erkundigte mich nach Kandlitz. Der Hausverwalter führte mich in einen Schlafsaal und deutete auf ein Bett, auf dem der ehemalige Kutscher gerade seinen Rausch ausschlief. Ein kurzer Blick auf seine Figur und auf seine Stiefel bestätigte meinen Verdacht: Kandlitz war ein magerer kleiner Bursche mit auffällig kleinen Füßen. Die Spuren auf dem Kahn'schen Anwesen konnten also sehr gut von ihm stammen.

Von da ab beschattete ich Kandlitz nahezu jeden Tag. Leider führte jedoch sein Weg nie sehr weit von seiner Herberge weg, meistens nur bis zur nächsten Kneipe und zurück. Und dort saß er stets völlig allein, bis er so betrunken war, daß ihn der Wirt hinauswarf. Ein paarmal sprach ich ihn an, aber viel war nicht aus ihm herauszubekommen. Nur einmal erwähnte er irgend etwas von einem ›Judenforst‹, in den man ihn eines Tages bringen werde, um ihn umzubringen. ›Im Judenforst werden sie mich erledigen‹, lallte er, ohne zu erklären, was er damit meinte und vor wem er eigentlich solche Angst hatte. Erst Herr Schönberg erklärte mir, daß es sich bei dem Judenforst um das Waldgebiet rings um die Forsthausruine von Klosterneuburg handele, wo vor einigen Jahren die Leichen von zwei erschlagenen jüdischen Landstreichern gefunden wurden. Ich fuhr also in die fragliche Gegend, konnte jedoch an der Ruine nichts Besonderes entdecken, außer vielleicht, daß es sich bei Nacht um einen verdächtig abgelegenen Ort handeln mußte.

Eines späten Abends dann – es war der 18. Dezember des letzten Jahres – überschlugen sich die Ereignisse. Kandlitz hatte gerade seine Unterkunft verlassen und wollte sich wieder zu seinem Lokal begeben, als ein Fiaker neben ihm auf der Straße anhielt. Ein Mann stieg aus, von dem ich im schwachen Schein der Gaslaterne nicht viel erkennen konnte. Den Kragen seines Mantels hatte er hochgeschlagen und den Hut tief in die Stirn gezogen, so daß ich von seinem Gesicht nicht viel mehr sah als ein Paar im Gaslicht funkelnde Brillengläser. Er sprach kurz mit Kandlitz, der nach einer Weile ein Papier aus der Tasche zog und es dem Bebrillten hinhielt. Dieser – offenbar stark kurzsichtig – beugte sich tief über das Blatt, las es und steckte es dann ein, wobei er heftig auf sein Gegenüber einredete. Kandlitz zuckte jedoch nur die Achseln. Daraufhin schüttelte der Unbekannte resigniert den Kopf, stieg wieder in die Droschke und fuhr ab.
Kandlitz setzte seinen gewohnten Weg fort, und ich folgte ihm, bis er in seiner Stammkneipe verschwand. Nachdem vielleicht eine halbe Stunde vergangen war, fuhr erneut ein Wagen vor, diesmal ein großer geschlossener Landauer, ein luxuriöses, tiefes Gefährt mit einem Kofferschloß in Form einer schmiedeeisernen Lilie. Ein Mann in einem Wintermantel und mit einem breitkrempigen Filzhut sprang heraus, betrat das Lokal und kam nach wenigen Minuten mit Kandlitz wieder heraus. Als dieser die Kutsche sah, wollte er sich losreißen, wurde jedoch plötzlich von zwei weiteren Männern, die ebenfalls ausgestiegen waren, in den Wagen gezerrt. Man warf den Schlag zu, und der Wagen fuhr ab. Wohin die Reise ging, konnte ich mir denken. Aber alles war so schnell gegangen, daß ich keine Zeit mehr hatte, die Polizei zu alarmieren. Ich winkte einen Wagen herbei, versprach dem Kutscher eine Stange Geld dafür, daß er keine dummen Fragen stellte, und ließ mich bis in die Nähe der Forsthausruine von Klosterneuburg fahren. Den letzten Rest des Weges legte ich im Schatten der Bäume zu Fuß zurück. Als ich mein Ziel erreicht hatte, kam ich gerade noch zur rechten Zeit. Im fahlen Licht des Halbmonds sah ich die Männer aus der Kutsche aussteigen und zusammen mit Kandlitz, den man gefesselt und geknebelt hatte, durch den Wald gehen. Ich folgte ihnen in sicherem Abstand, bis sie schließlich in der Ruine verschwanden. Eine Anklageschrift wurde verlesen, in der man Kandlitz unter anderem zur Last legte, er habe sich geweigert, einen

Auftrag in Deutschland, genauer gesagt in Hamburg, auszuführen. Unmittelbar vor der Vollstreckung des Todesurteils entdeckte ich dann plötzlich den Schatten eines Unbekannten oben an der Mauer. Ich kroch darauf zu und machte versehentlich ein Geräusch, wodurch es zu den Ereignissen kam, die um ein Haar auch uns beiden Kopf und Kragen gekostet hätten. Ich wiederhole es, Doktor: Wir können nur von Glück sagen, daß man uns nicht bemerkt hat, weil die Mörder gerade mit ihren Schaufeln beschäftigt waren. Ansonsten wäre unser Leben keinen roten Heller mehr wert gewesen.«

»Dann wurde Kandlitz also regelrecht angeworben, um Kahn zu ermorden?« fragte ich entgeistert.

Livingston griff in den indischen Elefanten und steckte abermals eine Zigarette in Brand. »Ich nehme es an«, meinte er. »Kandlitz wird wohl keine große Wahl gehabt haben, arbeitslos und ohne festen Wohnsitz wie er war. Natürlich weiß ich nicht, ob der Mord von Anfang an in dieser Form geplant war. Aber für einen Mann wie Kandlitz, der ja die Gepflogenheiten seines früheren Arbeitgebers ebensogut kannte wie die allmorgendliche Strecke nach Wien, – für einen solchen Mann also mußte es natürlich ein Leichtes gewesen sein, die Droschke so zu manipulieren, daß sie an der besagten Kurve unweigerlich die Böschung hinabstürzte.«

»Und was wäre gewesen, wenn Kahn überlebt hätte?«

Livingston zuckte die Achseln. »Nach allem, was Sie inzwischen über die Schwarze Hand wissen, können Sie sich das doch selbst beantworten. Bei den Verbindungen, die dieser noble Club offenbar hat, und angesichts der Angst, die er bei seinen Opfern zu erzeugen imstande ist, wäre in diesem Fall wohl erst recht nichts an die Öffentlichkeit gelangt.«

»Und meine Tasche?

Mein Gegenüber blies beiläufig einige elipsenförmige Rauchringe in die Luft. »Ah ja, Ihre Tasche. Die fand ich am Tag nach der Hinrichtung im Gebüsch an der besagten Mauer. Ich war noch einmal nach Klosterneuburg gefahren, um Spuren oder Hinweise auf die Identität der Mörder zu finden. Sie können sich mein Gesicht denken, als ich das Ding öffnete und auf dem Innenfutter in schönster Seidenstickerei Ihren Namen las.«

Ich nickte gedankenvoll. »Ja, ich war später auch noch einmal dort,

um nach ihr zu suchen. Aber alles, was ich fand, waren ein paar Fußabdrücke, die sehr gut auch von den Waldarbeitern stammen konnten. Ich nehme an, daß Sie mehr Erfolg hatten?«
»Leider nicht. Einige Blutspuren, die der Regen schon fast vollständig weggewaschen hatte, und eine Handvoll Stiefelabdrücke, die mit Sicherheit nicht von den Waldarbeitern stammten, darunter ein recht prägnanter: mindestens Größe zehn, teure italienische Marke, abgebrochene Ecke am linken Absatz. Das war alles. Und natürlich die Radfurchen der Droschke. Aber auch diese Spur verlief im Sande, oder besser gesagt, auf dem Kopfsteinpflaster von Wien. Nicht einmal die Männer im Kutscher-Eck konnten mir etwas über einen großen Landauer mit einem Kofferschloß in Form einer schmiedeeisernen Lilie sagen.«
»Aber Sie haben doch auch die Schaufeln gesehen, die die Mörder dabei hatten. Irgendwo muß die Leiche doch verscharrt worden sein?«
»Irgendwo, Sie sagen es«, seufzte Livingston. »Ich habe noch nicht erwähnt, daß auch ich infolge Ihres Fußtritts fast zwei Stunden außer Gefecht gesetzt war. Das ist eine lange Zeit, um eine Leiche verschwinden zu lassen. Eine Handvoll kräftiger Männer ist in der Lage, ein Grab in einer Viertelstunde auszuheben und wieder zuzuschütten. Damit verbliebe eine Zeitspanne von mindestens anderthalb Stunden für den Hin- und Rückweg. Das wiederum bedeutet einen Radius von fast zwei Kilometern, innerhalb dessen Kandlitz hätte verscharrt werden können. Und in der ganzen Gegend dort gibt es stellenweise dichten Nadelwald, der wie kein anderer das Verfolgen von Spuren erschwert. Bei entsprechender Sorgfalt ist es möglich, ein Grab so mit Waldboden und Nadeln zu bedecken, daß es durch bloßen Augenschein wohl nie zu entdecken sein wird.«
»Und wenn man es mit einem Spürhund versuchte?«
Livingston lachte sarkastisch. »Halten Sie mich für einen solchen Anfänger, daß ich das nicht versucht hätte? Aber selbst der beste Spürhund – und ich hatte einen ziemlich guten – hat Schwierigkeiten, wenn er ohne ein persönliches Besitzstück des Vemißten auf die Suche gehen muß. Nach drei Tagen ohne irgendeine Spur gab ich auf. Mittlerweile glaube ich fast, daß Kandlitz gar nicht dort begraben wurde. Vielleicht hatten die Mörder das nur vorgehabt, sich aber dann doch eines anderen besonnen. Sie werden die Leiche einfach in

die Kutsche gepackt und irgendwo mit einem Stein um den Hals in die Donau geworfen haben.«

»Aber Kandlitz muß doch irgenwelche persönlichen Habseligkeiten in seiner Herberge aufbewahrt haben. Vielleicht hätte sich darin ein Hinweis auf seine Mörder finden lassen?«

»Ein ausgezeichneter Gedanke«, lächelte Livingston spöttisch. »Leider setzt er voraus, daß diese Habseligkeiten nicht inzwischen von einem Unbekannten gestohlen worden waren, wie man mir auf Anfrage im Männerwohnhein erklärte.«

Erregt sprang ich auf. »Sie meinen also, daß es nicht den geringsten Zweck hätte, zur Polizei zu gehen und dort alles zu erzählen?«

Livingston warf seinen Zigarettenstummel mit einem gezielten Schwung in die silberne Muschel, die ihm als Aschenbecher diente. »Aber ich bitte Sie, Doktor«, sagte er mit mildem Tadel. »Ist Ihnen denn immer noch nicht klar, mit wem wir es hier zu tun haben? Wo sind unsere Beweise? Erwarten Sie ernstlich, daß man uns glauben würde? Sie waren doch schließlich heute selbst beim Wiener Einwohnermeldeamt und haben die Akte von Franz Kandlitz eingesehen.«

»Sie haben mich wohl regelrecht beschattet, wie?« sagte ich, unangenehm berührt von seiner Selbstgefälligkeit.

»Keineswegs«, erwiderte der Engländer gelassen. »Es war reiner Zufall. Ich hatte vor, einige Zeit vergehen zu lassen, bevor ich mich bei den offiziellen Stellen nach dem Schicksal von Franz Kandlitz erkundigen wollte. Und als ich heute mittag im Rathaus vorsprach, wunderte sich der Beamte, daß ich schon der zweite an diesem Tage war, der sich für Kandlitz interessierte. Ich dachte natürlich sofort an Sie, faselte geistesgegenwärtig irgend etwas von einem Freund, der den Kandlitz auch gekannt habe, und beschrieb Sie als groß, dunkelhaarig, bartlos und gut gekleidet, worauf der Bursche hinter dem Schalter nickte und etwas weniger mißtrauisch dreinsah. Trotzdem kostete es mich insgesamt sechzig Kronen, bevor ich einen Blick in die Akte werfen durfte. Vermutlich war es bei Ihnen noch billiger gewesen.«

»Nun gut, aber dann wissen Sie ja auch, daß die Polizei irrtümlich von einem Selbstmord ausgeht. Und die Leiche wurde schließlich nicht gefunden.«

Auch Livingston war nun aufgestanden. »Natürlich nicht«, meinte er stoisch. »Und man wird sie auch nicht finden.«

»Und warum nicht?«
»Ganz einfach: Weil niemand nach ihr suchen wird. Es dürfte Ihnen nämlich entgangen sein, daß jener Eintrag in der Karteikarte, der Kandlitz für tot erklärte, eine eigentümliche Besonderheit aufwies. Die Tinte war bereits so stark verblaßt, daß seit dem Eintrag mindestens eine Woche vergangen sein muß. Damals war der Polizeivermerk über Kandlitz' Selbstmord aber noch gar nicht in der Welt. Sie begreifen? Der Arm der Schwarzen Hand reicht so weit, daß sie sogar Personen für tot erklären lassen kann, über deren Selbstmord noch gar nichts offiziell bekannt ist …«
Sprachlos fixierte ich den Engländer eine Weile, bevor mir klar wurde, was seine Beobachtung bedeutete.
Doch Livingston dachte bereits an etwas anderes. »Immerhin, Doktor, *etwas* haben wir in Klosterneuburg ja doch erfahren. Wenn sich Kandlitz tatsächlich geweigert hat, einen Auftrag in Hamburg auszuführen, dann kann das doch nur bedeuten, daß sich die Schwarze Hand auch in Deutschland ausbreitet. Und neben der Sache mit Ihrer Tasche war das der zweite Punkt, wegen dem ich Sie sprechen wollte. Hatten Sie nicht einmal erwähnt, daß Ihre Verlobte eine Offerte für eine Stelle in Hamburg erhalten hat?«
»Ja, vom dortigen Stadttheater.«
»Was wurde daraus?«
»Sie ist inzwischen engagiert worden.«
»Dann ist sie doch bestimmt zum Probesingen einmal dort gewesen, nicht wahr? Können Sie sich erinnern, ob sie vielleicht einige prominente jüdische Hamburger Musiker erwähnt hat?«
Ich zuckte die Schultern. »Der einzige Jude, von dem ich weiß, ist der Erste Kapellmeister am Stadttheater, aber der ist Österreicher. Sein Name ist Mahler.«
»Mahler? Der Name kommt mir bekannt vor.«
»Er war bis vor zwei Jahren Direktor der Königlich-Ungarischen Oper in Budapest.«
»Budapest. Hm …« Er sah sich unschlüssig im Zimmer um und wollte schon einen dicken Lexikonband aus einem Regal nehmen, als er plötzlich mit den Fingern schnippte. »Richtig, Budapest. Irene erwähnte den Namen, als sie sagte, sie hätte in den letzten Jahren kein interessantes zeitgenössisches Konzert mehr gehört seit der Ersten

Symphonie Mahlers vor drei Jahren in Budapest … Und dieser Mann ist nun Kapellmeister in Hamburg? Das ist wirklich einmal interessant.« Er ging einen Schritt auf mich zu. »Sagen Sie, Doktor, wäre es nicht möglich, daß mich Ihre Verlobte mit Mahler bekannt macht, wenn ich einmal in Hamburg bin?«
»Das kann ich Ihnen nicht versprechen. Der Mann gilt als sehr schwierig. Außerdem: Als wen soll ich Sie ausgeben?«
»Was für eine Frage – als John Livingston natürlich«, antwortete der Engländer prompt. »Erzählen Sie ruhig wieder die alte Geschichte vom Musikwissenschaftler und Privatgelehrten, der wegen eines Buches über Wagner nach Wien gekommen ist. Sagen Sie meinetwegen, Herr Schönberg habe mich zuerst auf die Schwarze Hand aufmerksam gemacht.«
»Wie Sie wollen.«
»Kann ich mich auf die Diskretion der Rothers verlassen?« fragte Livingston, während er seine goldene Uhr aus der Tasche zog.
»Vollkommen.«
»Wann tritt Ihre Verlobte ihr neues Engagement an?«
»Am ersten Februar. Ich habe vor, sie kurz darauf zu besuchen.«
»Ausgezeichnet. Vielleicht können wir dann sogar gemeinsam nach Hamburg fahren. – Und nun muß ich Sie leider hinauswerfen, Doktor, ich bin verabredet.«
»Mit *ihr?*«
»Ganz recht.«
Ich zuckte die Schultern und griff nach meiner Tasche.
»Wäre es Ihnen trotzdem möglich, übermorgen wieder in meine Praxis zu kommen?« fragte ich zum Schluß.
»Wozu?« fragte Livingston überrascht.
»Nun, zu einer weiteren Ordination natürlich.«
»Ach was, Ordination«, erwiderte er. »Meine Recherchen sind die beste Therapie gegen meine Beschwerden. Und was Ihre Behandlung betrifft: Bis jetzt sind wir doch über einige tiefsinnige Plaudereien nicht hinausgekommen.«
»Ich bedaure, daß Sie eine solch geringe Meinung von meiner Arbeit haben«, sagte ich frostig. »*Ich* glaube jedenfalls nicht, daß die Schwarze Hand all Ihre Probleme aus der Welt schafft. Oder ist Godfrey Norton etwa auch Jude?« setzte ich spitz hinzu.

Livingston stutzte einen Moment, bevor er die Anspielung begriff und in sarkastisches Gelächter ausbrach. »Hervorragend pariert, Doktor, mein Kompliment. Nichts für ungut – ich werde morgen bei Ihnen sein.«

Wir verabschiedeten uns, und Livingston öffnete mir die Tür.

Ich war schon im Hinausgehen, als er in harmlosem Ton sagte: »Übrigens, was ich Sie schon immer einmal fragen wollte: Hat Ihnen damals eigentlich meine Chaconne gefallen?«

Wie angewurzelt blieb ich auf der Schwelle stehen. »Sie haben mich also doch gesehen?«

»Gewiß«, lächelte er. »Besonders geschickt war Ihre Verfolgung nicht gerade. Schade nur, daß Sie mir am Schluß den Auftritt verpatzten und schon verschwunden waren, als ich die Wohnungstür aufriß. Aber ich erkannte Sie auf dem Hof, als Sie zu meinem Fenster heraufsahen.«

»Obwohl Sie in eine ganz andere Richtung blickten?«

»Ich sah Sie als *Spiegelbild* – in der Fensterscheibe.«

Verärgert über seine Arroganz schüttelte ich den Kopf und verabschiedete mich ohne ein weiteres Wort, während sein heiseres Lachen noch eine ganze Weile durch das Treppenhaus dröhnte, bevor er die Tür schloß.

XI.

Am folgenden Morgen erschien mir mein Besuch in der Leopoldstadt beinahe ebenso unwirklich wie der Mord von Klosterneuburg. Ich wußte nicht, worüber ich verblüffter sein sollte: über Livingstons Enthüllungen oder über den Engländer selbst, der plötzlich so gar nichts mehr an sich gehabt hatte von jenem zerrissenen Rauschgiftsüchtigen, als der er erst vor wenigen Wochen in meine Praxis gekommen war. Wer war er wirklich? Wer steckte hinter all den Pseudonymen, den Livingstons und Sigersons, wer verbarg sich hinter dem Monogramm W.S.H. auf seinem Taschentuch? Er konnte bei seiner enormen Begabung doch unmöglich nur ein kleiner Gelegenheitsdetektiv sein? War er ein getarnter Agent von Scotland Yard? Oder gar ein Mann von Pinkerton, jener berühmten amerikanischen Detektei, die angeblich einige der brillantesten Köpfe der Welt in ihren Reihen hatte?

Lena und ihr Vater glaubten ebenfalls ihren Ohren nicht zu trauen, als ich ihnen von meinem Besuch erzählte. Livingston hatte verlangt, daß ich ihn als zufällige Kaffeehausbekanntschaft ausgab; außerdem mußte ich einige Einzelheiten seines Berichts entweder ganz weglassen oder zumindest weniger dramatisch darstellen, um keinen Verdacht hinsichtlich seines Inkognitos aufkommen zu lassen. Aber auch so konnten es die Rothers nicht fassen, daß meine Tasche wieder aufgetaucht und ich tatsächlich Zeuge eines Fememords geworden war. Lena brannte daher darauf, den Engländer möglichst bald kennenzulernen, und bat mich, ihn doch einfach zu ihrem Abschiedsabend nach Döbling einzuladen. Die Rauschgiftsucht meines Patienten und seine Abneigung gegenüber gesellschaftlichen Verflichtungen vor Augen, riet ich ihr, sich nicht allzu große Hoffnungen zu machen, und sann bereits darüber nach, wie ich ein zwangloseres Zusammentreffen herbeiführen konnte.
Doch seit meinem Besuch war der Engländer wie ausgewechselt. Keine Rede war mehr von Alpträumen, Wahnvorstellungen oder dem Kokain. Ja, er zeigte sich sogar regelrecht begeistert von der Einladung und erklärte sofort, im Dienste der Sache eine Ausnahme zu machen und kommen zu wollen. Es war, als habe er nur darauf gewartet, seine Geisteskräfte endlich an einer Affäre dieser Art erproben zu können. Ich wurde in der folgenden Zeit allmählich häufiger sein Gast in der Leopoldstadt als er der meine in der Salesianergasse, und bei jedem meiner Besuche hatte ich immer weniger das Gefühl, als Arzt gekommen zu sein denn vielmehr als Zuhörer und Diskussionspartner für seine Theorien über die Schwarze Hand. Sogar seine Liebesaffäre schien sich entspannt zu haben, wie ich einer versteckten Andeutung entnahm, wonach Godfrey Norton für einige Zeit nach England gefahren sei. Ich bezweifelte zwar, ob damit eine grundsätzliche Wende im Dreiecksverhältnis der Beteiligten eingetreten war, zumal sich der Engländer auch nicht näher über das Thema ausließ. In jedem Fall aber schienen Livingston und die Adler ihr Verhältnis in der Öffentlichkeit Wiens nicht mehr länger geheimhalten zu können, vielleicht auch gar nicht mehr zu wollen, wie ich mit eigenen Augen miterleben konnte, als ich eine Woche vor Lenas Abreise eine Vorstellung von Massenets »Manon« in der Hofoper besuchte.

Es war eine müde, glanzlos heruntergespielte Aufführung, der nicht einmal die Renard in der Titelrolle zu etwas mehr Schwung verhelfen konnte. Wilhelm Jahn dirigierte persönlich, und am Ende hatte man den Eindruck, daß es langsam wirklich Zeit für ihn wurde, abzutreten. Manche Tempi wurden derart verschleppt, daß die Renard an einer Stelle, an der sie nur noch mit Mühe ihren Einsatz fand, wütend und für das gesamte Auditorium deutlich hörbar mit dem Fuß auf den Bühnenboden stampfte … Insgesamt also ein Opernabend, den man schnell wieder vergaß und der auch für mich keiner Erinnerung wert gewesen wäre, wenn ich nicht bei der Rückkehr aus der Pause vor dem letzten Akt plötzlich Livingston und die Adler-Norton zusammen im Publikum entdeckt hätte. Die ehemalige Primadonna war gerade dabei, dem Engländer mit einigen ausdrucksvollen Gesten etwas zu erklären, das in irgendeiner Weise mit der Oper zu tun haben mußte. Sie wies auf die Bühne, ahmte für einen kurzen Augenblick die charakteristische Haltung der Renard bei Liebesduetten nach – Kinn nach vorne, Rücken durchgedrückt, Hände gespreizt und in Brusthöhe nach oben gestreckt – und spielte dazu mit ihren Fingern eine aufwärtsführende Tonleiter auf einem imaginären Klavier. Livingston, im Frack und mit übergeschlagenen Beinen in seinem Sessel mehr liegend als sitzend, schüttelte sich vor Lachen, so daß die in der Reihe vor ihm sitzenden Honoratioren bereits anfingen, sich naserümpfend nach ihm umzudrehen. Die Adler, ganz spöttische Diva, zog jedoch nur die Brauen hoch angesichts der sauertöpfischen Mienen der Damen, deren Kavaliere so blasiert zur Seite blickten, daß man das Gefühl hatte, sie wüßten nicht, worüber sie sich mehr mokieren sollten: über das Gelächter hinter oder über die vermeintlich vornehme Empörtheit ihrer Frauen neben sich.
Als ich den Engländer und seine mondäne Geliebte so einträchtig dort sitzen sah, konnte ich im stillen nicht umhin zuzugeben, daß sie wirklich ein überaus reizvolles Paar abgaben. Livingston wirkte unbefangen und entspannter, als ich ihn je erlebt hatte, und auch die Adler schien sich ausgezeichnet zu unterhalten, was, wie gesagt, kaum an der Qualität der Aufführung liegen konnte.
Und dennoch war ich überzeugt, daß dieser Schein trog. Zum einen mochte der Opernbesuch einer ihrer wenigen glücklichen Momente sein (denn wer stritt sich schon gern in der Öffentlichkeit?). Zum an-

deren war Livingston viel zu sehr der klassische Fall des manisch-depressiven Typus, als daß seine neue Ausgeglichenheit von Dauer sein konnte. Die Betriebsamkeit jedenfalls, die er neuerdings bei seinen Nachforschungen an den Tag legte, hatte etwas genauso Übersteigertes wie seine unvermittelten Depressionsanfälle und der Kampf gegen das Kokain. Immer wieder glaubte er, eine neue Spur entdeckt zu haben, die sich dann aber als Irrtum erwies oder buchstäblich in Luft auflöste, wie im Falle eines Drohbriefs, den ihm ein Erpressungsopfer zu zeigen versprach und dann aus Angst doch noch kurz vorher verbrannte. Nach einem solchen Fehlschlag konnte er dann rastlos in seinem Zimmer auf und ab laufen und toben, daß nicht einmal der Ku-Klux-Klan imstande gewesen sei, eine solch perfekte und unsichtbare Organisation aufzubauen. Er verwünschte die Borniertheit der Wiener Behörden ebenso wie die Ignoranz der jüdischen Presse, die selbst die allergröbsten antisemitischen Zwischenfälle herunterzuspielen versuche, und redete sich immer mehr in Rage, bis er schließlich erschöpft in seinen Sessel sank, schlagartig verstummte und für den Rest des Abends nicht mehr ansprechbar war.

So überspannt das jedoch auch alles sein mochte – seine Erbitterung kam nicht von ungefähr. Bislang fand sich nämlich nirgends auch nur der kleinste Beweis dafür, daß hinter all den antisemitischen Wiener Theaterdirektoren, Konzertagenten und Zeitungskritikern tatsächlich eine kriminelle Geheimgesellschaft steckte. Zwar war es für jedermann offenkundig, daß sich das politische Klima Wiens verschärft hatte. Immer mehr antisemitische Blätter meldeten sich mittlerweile zu Wort, die sich gegenseitig mit giftigen Geißelungen des jüdischen Einflusses auf das öffentliche Leben zu übertreffen suchten. Vor allem die großdeutsch orientierte »Deutsche Zeitung« sorgte für Aufsehen, als sie Statistiken der Wiener Rechtsanwaltskammer und der Universität veröffentlichte, denen zufolge unter den Wiener Anwälten fast zwei Drittel Juden waren und der Anteil der jüdischen Studenten an der medizinischen Fakultät bei siebenundsechzig Prozent lag. »*Wiener*«, so rief das Blatt demagogisch aus, »*wollt Ihr Euch in Zukunft nur noch von Juden vor Gericht vertreten und im Krankenhaus operieren lassen?*«

Die großen liberalen Wiener Tageszeitungen wie die »Neue Freie Presse« jedoch pflegten derartige Attacken neuerdings mit Schweigen zu übergehen. In ihren Redaktionsstuben und Herausgeberbüros saßen zumeist assimilierte Juden, die schon lange zum christlichen Glauben übergetreten waren und sich wohlweislich davor hüteten, die brisante Stimmung durch flammende Leitartikel noch weiter anzufachen. Die Zeiten, in denen ein Unfall wie jener Ludwig Kahns tagelang für Schlagzeilen gesorgt hatte, waren jedenfalls endgültig vorbei. Der Wiener Antisemitismus war zu einer alltäglichen Erfahrung geworden, und zwar nicht nur auf dem Papier, sondern auch auf der Straße, wie ich eines späten Nachmittags, wenige Tage vor Lenas Abreise, am eigenen Leib erfahren mußte.

Ich war gerade auf dem Weg zu Livingston, um mich nach dem neuesten Stand seiner Recherchen zu erkundigen. Es dämmerte bereits, und in der Taborstraße wurden die Gaslaternen angezündet (die elektrische Beleuchtung sollte erst Ende des Jahres in Wien eingeführt werden). Nur wenige Meter von Livingstons Wohnung entfernt sah ich plötzlich einen Pulk von Menschen, der aufgeregt gestikulierend vor einem jüdischen Obstgeschäft stand. Um ihn zu passieren, mußte ich entweder auf die Straße ausweichen, wo gerade mehrere Fuhrwerke vorbeifuhren, oder mitten durch die aufgebrachte Menge. Ich entschied mich für letzteres, und als ich mich ein paar Meter vorangekämpft hatte, begriff ich, warum es fast nur jüdische Stimmen waren, die hier schimpften und pfiffen. Vor dem Laden standen zwei junge Männer mit Studentenmützen und Schildern, auf denen »Wiener, kauft nicht bei Juden« und »Kauft nur bei Christen« zu lesen war. Sie machten gelangweilte Gesichter, wodurch der Zorn der Umstehenden nur noch größer wurde. Man rief »Christenhunde« und »Judenjäger« und rückte immer näher an die Provokateure heran. Womöglich hätte es noch eine tätliche Auseinandersetzung gegeben, wenn nicht plötzlich ein Pferdewagen der Gendarmerie gekommen wäre, um die Menge auseinanderzudrängen.

Nachdem sich der letzte Protestierende zurückgezogen hatte, würde die Polizei nun auch die Männer mit ihren Schildern fortschicken, dachte ich. Aber nichts geschah. Im Gegenteil, die Beamten fuhren einfach weiter und hielten demonstrativ an der nächsten Häuserecke, um jederzeit wiederkommen zu können, falls erneut Menschenansammlungen entstünden. Für einen Moment war ich nahe daran, auf die Männer mit den Schildern zuzugehen und ihnen auf den Kopf zu-

zusagen, was ich von ihren Parolen hielt. Ich trat entschlossen einen Schritt vor – und merkte, daß ich nicht den Mut dazu besaß … Beschämt wollte ich weitergehen, als einer der Männer, ein rotbackiger hagerer Kerl mit stutzerhaftem Schnauzbart und Nickelbrille, plötzlich sein Schild abstellte, seinem Kumpan zur Rechten etwas zuflüsterte und dabei auf mich zeigte. Der andere nickte, worauf der Hagere sich eilends entfernte. Es lag etwas dermaßen Verschwörerisches in der ganzen Szene, daß ich mit einemmal meine Angst vergaß und energisch auf den Zurückgebliebenen zuging.
»Was soll das heißen?« fragte ich aufgebracht. »Warum wird hier mit dem Finger auf mich gedeutet?«
Das Gesicht des Mannes – unauffällige Allerweltszüge, aus denen eine blaugeäderte Knollennase hervorstach – blieb vollkommen ausdruckslos.
»Geht Sie gar nichts an«, stieß er heiser hervor.
»So? Na, das werden wir ja sehen.«
Ich rief nach der Polizei. Der Pferdewagen setzte sich gemächlich in Bewegung, geradezu aufreizend langsam, wie ich fand. Es dauerte eine ganze Weile, bis er schließlich neben dem Trottoir hielt und der Wachtmeister ausstieg. In wenigen Sätzen schilderte ich das Vorgefallene, wobei mich der Uniformierte gelangweilt ansah.
»Seit wann ist es verboten, über jemanden zu tuscheln und mit dem Finger auf ihn zu zeigen?« fragte er.
»Aber ich werde mich doch nicht von jedem x-beliebigen Antisemiten belästigen lassen!«
»Wieso belästigen? Sie sind doch gar kein Jude. Zumindest schaun S' nicht so aus.«
»Na, da hört sich ja wohl alles auf! Ich werde –«
»Gar nix werden S'«, fiel mir der Beamte barsch ins Wort. »Vor allem werden S' hier keinen Radau veranstalten. *Das* ist nämlich verboten.«
»So! Und was ist mit dem da und seinem Schild?«
Der Polizist zuckte die Schultern. »Was soll mit ihm schon sein? Solange er weiter keinen Aufruhr verursacht, kann er meinetwegen bis zum Sankt-Nimmerleins-Tag da stehen bleiben. Habe die Ehre, meine Herren.« Er tippte sich an seine Mütze und stieg seelenruhig wieder auf den Wagen, der gleich darauf abfuhr.
Den Knollennasigen keines Blickes würdigend, machte ich wütend

auf dem Absatz kehrt und setzte meinen ursprünglichen Weg fort. Es war einfach unglaublich, was sich diese Leute heute alles herausnehmen durften! Und wenn inzwischen nicht einmal mehr die Wiener Polizei gegen derartige Umtriebe einschritt …

An Livingstons Hausnummer angekommen, läutete ich an der Eingangstür, doch nichts rührte sich. Ich bückte mich, um im Licht der schwachen Beleuchtung zu erkennen, ob ich vielleicht den falschen Knopf erwischt hatte.

In diesem Moment hörte ich Schritte hinter mir, drehte mich um und erblickte zu meinem Schrecken den hageren Schildträger mit Studentenmütze und Nickelbrille, der sich vorhin so schnell davongemacht hatte. Bevor ich etwas sagen konnte, lüftete er mit einer Hand die Mütze, wodurch sich das blonde Haar von seinem Kopf löste, nahm zugleich mit der anderen seine Brille ab, strich sich etwas falsches Rouge von den Wangen und sagte: »Na, da haben Sie mir ja einen schönen Schrecken eingejagt, Doktor.«

Entsetzt prallte ich zurück. »Livingston! Um Gottes willen, *Sie* waren das?«

»Bitte nicht so laut", ermahnte mich der Engländer, während er sich nun auch noch den falschen Schnurrbart abnahm. »Ich habe mir mit diesem Mummenschanz ja einige Mühe gegeben, aber als Sie vorhin so entschlossen auf uns zukamen, bekam ich es doch mit der Angst zu tun.«

»Aber ich verstehe nicht – diese Schilder? Was soll das alles bedeuten?«

Anstelle einer Antwort lächelte er sphinxartig, trat in den Hauseingang und deklamierte ironisch:

»Life's but a walking shadow, a poor player
That struts and frets his hour upon the stage
And then is heard no more. It is a tale
told by an idiot, full of sound and fury,
Signifying nothing.«

»›Macbeth‹?«

»Ganz recht. Ich war während meines Studiums ein passionierter Skakespeare-Schauspieler.«

»Aber was hat das mit den Schildern zu tun?«
»Das würde ich Ihnen lieber bei einem heißen Grog erklären. Kommen Sie, ich habe lange genug dort in der Kälte gestanden.«
Wir stiegen in seine kleine Wohnung hinauf, wo Livingston den Ofen anzündete, auf einem Gaskocher heißes Wasser aufsetzte und sich eine seiner exotischen Zigaretten ansteckte. Nachdem wir es uns bequem gemacht hatten und dichte Rauchschwaden das Zimmer auszufüllen begannen, erklärte er, schon vor zwei Monaten unter falschem Namen der »Alldeutschen Partei« beigetreten zu sein, einer politischen Vereinigung, die Georg von Schönerer seinerzeit mitgegründet hatte, um seine Vorstellungen eines großdeutschen Reiches, dem Österreich angehört, auf breiter Front zu verwirklichen. Er habe sich als englischer Student in die Mitgliederliste eingeschrieben und als überzeugter Antisemit ausgegeben, der »an jedem Ort Europas gegen die Verjudung der Wissenschaft« kämpfen wollte. Mit solchen Tiraden war es ihm innerhalb kurzer Zeit gelungen, als Sekretär in eine Unterabteilung der Partei, den »Deutschen Volksverein«, aufgenommen zu werden, der für die Planung und Durchführung antisemitischer Propaganda zuständig war. Und in dieser Eigenschaft hatte er auch die Aktion vor dem jüdischen Laden organisiert.
Leider waren dem Verein jedoch bisher keinerlei kriminelle Machenschaften nachzuweisen. Livingston hatte im Gegenteil festgestellt, daß der Einfluß Schönerers und seiner großdeutschen Bewegung allmählich an Einfluß auf das politische Leben Wiens verlor. Immer mehr Handwerker, Kleinbürger und Arbeiter, die bei kargen Löhnen in den überteuerten Mietskasernen der Wiener Außenbezirke ihr trostloses Dasein fristeten, wandten sich mittlerweile der neuen Christlichsozialen Partei und ihrem Führer Dr. Karl Lueger zu, der mit vollmundigen Ankündigungen sozialer Reformen und einer Änderung des Wahlrechts alles daran setzte, Bürgermeister der Stadt zu werden. Im Gegensatz zu Schönerers rassistischer Demagogie vertrat »der schöne Karl« dabei die konfessionelle und wirtschaftliche Spielart des Antisemitismus. Seiner Ansicht nach waren die Juden und das von ihnen beherrschte internationale Großkapital für die »Ausbeutung und Verelendung der christlichen Mehrheit« verantwortlich – eine absurde Theorie, die ihm seine verblendeten Anhänger aber tatsächlich glaubten. Immerhin jedoch war Lueger klug genug zu wissen, daß er auf

die Unterstützung der jüdischen Bankiers und Industriellen angewiesen war, wenn er sich im Falle eines Wahlsiegs vom Kaiser als Bürgermeister bestätigen lassen wollte. Und da er bekanntermaßen über viele jüdische Freunde verfügte, hatte er kurzerhand die Parole »*Wer a Jud' is', bestimm' i*« ausgegeben, was ihm statt des Vorwurfs gewissenloser Kungelei und arroganter Selbstherrlichkeit nur noch größere Popularität bei den Wienern einbrachte.

»Dann sieht es also nicht danach aus, als ob es sich bei der Schwarzen Hand um den Ableger einer politischen Partei handelt?« fragte ich enttäuscht.

»Nein«, erwiderte Livingston. »Und wenn ich innerhalb der nächsten zwei Wochen nichts herausfinde, werde ich meine Mitgliedschaft bei den Deutschnationalen wohl wieder aufgeben müssen. Als letzte Spur bleibt uns dann nur noch jener ominöse Hinweis auf den verweigerten Auftrag von Franz Kandlitz in Deutschland – und eine Reise nach Hamburg.«

XII.

Nur zwei Tage später jedoch sollte Livingstons Verdacht schlagartig in eine ganz andere Richtung weisen. Lena hatte in Döbling zum Abschied von Wien geladen, der, wie sich nun herausstellte, ein Abschied für Tochter *und* Vater war. Alexander von Rother hatte anscheinend zu keiner Zeit ernstlich daran gedacht, seine Tochter allein nach Deutschland gehen zu lassen, und sofort, nachdem Lenas Engagement feststand, ein Maklerbüro in Wien mit dem Verkauf seines Hauses beauftragt. In Hamburg wollte man zuerst in ein Hotel ziehen und sich von dort aus in aller Ruhe nach einem neuen Domizil in der Hansestadt umsehen.

Dem Anlaß entsprechend groß war die Zahl der Gäste, die nach Döbling gekommen waren, obwohl sich weniger Musiker als sonst darunter befanden. Am Abend zuvor hatte Lena nämlich zum letzten Mal – etwas unglücklich besetzt als Pamina – auf der Bühne der Hofoper gestanden und sich nach der Vorstellung in einem Grinzinger Weinlokal bereits von den meisten ihrer Kollegen verabschiedet. So kam es, daß die Hofoper diesmal lediglich durch Marie Renard, den Tenor Hans Stade und den Kanzleidirektor in der Generalintendanz,

Hofrat Dr. Eduard Wlassack, vertreten war. Letzterer wiederum erschien in Begeleitung von Rosa Papier, der früheren ersten Hofopernaltistin und nunmehrigen Gesangslehrerin am Wiener Konservatorium, laut Lena eine »intrigante Klatschbase«, deren einziges Ziel es sei, »weitreichende Verbindungen« zu unterhalten, so zum Beispiel auch jene zu Wlassack, der in der Generalintendanz für sämtliche Fragen der Personalpolitik verantwortlich zeichnete. Ohne den Einfluß der Papier, so Lena, könne inzwischen niemand mehr an der Hofoper etwas werden (obwohl Gerüchte besagten, daß es niemand anders als eben die Papier gewesen war, die Lena seinerzeit bei der Intendanz als Ersatz für die erkrankte Materna vorgeschlagen hatte. Unklar war nur, ob sie dies wegen Lenas Talent getan oder weil sie im Gegenteil gehofft hatte, die junge Deutsche werde einen vernichtenden Durchfall erleben)...

Livingston und ich waren kurz vor Wlassack und der Papier eingetroffen. Der Engländer erschien im Smoking, in dem er außerordentlich distinguiert aussah. Wenn ich an die Zeit zurückdachte, in der ich ihn zum ersten Mal im Griensteidl wiedergetroffen hatte, konnte ich kaum glauben, den gleichen Mann vor mir zu haben.

Lena zog denn auch überrascht die Augenbrauen hoch, als ich ihr »Mr. John Livingston, Musikwissenschaftler aus London« vorstellte und der Engländer ihr mit ausgesuchter Höflichkeit die Hand küßte.

»Verzeihen Sie mir die abgedroschene Formulierung, Mr. Livingston«, sagte sie in ihrer direkten Art, »aber nach dem, was mir Leonhard erzählt hat, hatte ich Sie mir ganz anders vorgestellt.«

»Oh, Sie müssen sich nicht entschuldigen«, antwortete Livingston souverän lächelnd. »Auch der Doktor, der mich ja schon viel länger kennt, musterte mich soeben mit einem Ausdruck, als sähe er mich heute zum ersten Mal.«

»Ja, tatsächlich«, meinte Lena amüsiert. »Sehen Sie nur, er macht ja auch jetzt noch große Augen.«

Typisch Lena, dachte ich, verärgert darüber, auf diese Weise bloßgestellt zu werden. Wenigstens war sie taktvoll genug, die Situation zu retten, indem sie Livingston gleich darauf ihrem Vater vorstellte, der den Gast mit der melancholischen Bemerkung begrüßte, wer so viele Jahre in England verbracht habe wie er, der freue sich immer, ein britisches Gesicht zu sehen.

Nach dem Austausch einiger Floskeln über die geschmackvolle Einrichtung des Salons – in deren Verlauf Livingston zur allgemeinen Verblüffung eine chinesische Vase ohne zu zögern als »Anfang K'ang-Hi-Periode, letztes Viertel 17. Jahrhundert« klassifizierte – sagte Lena plötzlich: »Seltsam, Mr. Livingston, ich habe das Gefühl, Sie schon einmal irgendwo gesehen zu haben. Kann es nicht sein, daß Ihr Porträt einmal in einer englischen Zeitung abgebildet war?«
Livingston lächelte verbindlich. »Sicher nicht.«
»Vielleicht in einem Wochenmagazin?«
Sein Lächeln wurde eine Spur dünner. »Wohl kaum. Ich bin nur ein kleiner Privatgelehrter. Meine Studien sind für die breite Öffentlichkeit nicht sehr interessant.«
Lena zuckte die Achseln. »Na, vielleicht habe ich mich geirrt. Vielleicht war es jemand, dem Sie ähnlich sahen.«
In diesem Moment konnte von Rother seine Neugier nicht mehr länger zügeln. Mit verschwörerischem Blick beugte er sich vor, dämpfte seine Stimme und fragte: »Und wie sind Sie in diese unglaubliche Geschichte hineingeraten? Ich meine, Sie wissen schon, diese Sache mit der …«
»Ich würde es vorziehen, das Thema nicht in aller Öffentlichkeit zu erörtern«, erwiderte Livingston kühl.
»Natürlich, natürlich«, murmelte Rother sofort. »Ich wollte ja auch nur wissen, ob …«
Zum Glück jedoch legte ihm seine Tochter einen Finger auf die Lippen, schüttelte den Kopf und ging mit dem Engländer schnell zu einigen anderen Gästen weiter. Da ich kurz darauf von dem unvermeidlichen Ferdinand Schering angesprochen wurde, der mich in eine Diskussion über seine neueste Theorie verstrickte, nach der sein Held Nietzsche gar nicht geisteskrank, sondern in Wahrheit von der rachsüchtigen Cosima Wagner vergiftet worden war, verlor ich sie aus den Augen. Erst zur rituellen Eröffnung des kalten Buffets traf ich sie wieder, wo beide angeregt mit Graf Rheinsperg, Hofrat Wlassack und der Papier plauderten.
»Stell dir vor«, wandte sich Lena an mich. »Madame Papier hat mir gerade erzählt, daß auch sie Herrn Mahler kennt. Er war zweiter Kapellmeister in Kassel, als sie dort im Paulus-Oratorium von Mendelssohn sang.«

»Und war er damals auch schon so exzentrisch?« fragte ich.
Die Papier, eine stattliche Matrone, der man immer noch ansah, zu welch imposanter Darstellung großer Wagner'scher Mezzo- und Altpartien wie der Ortrud oder der Erda sie fähig gewesen war, wiegte den Kopf hin und her.
»Ich würde nicht von Exzentrik sprechen«, antwortete sie mit theatralischer Stimme. »Als Dirigent war er sicher der beste, den ich je erlebt habe, trotz seiner Jugend. Als Mensch, nun ja, ich würde sagen: ein reizbarer und übernervöser Eigenbrötler, bei dem man nie genau weiß, was er als nächstes sagen oder tun wird. *Ich* mochte ihn.«
»Der beste Dirigent?« fragte Rheinsperg im näselnden Tonfall der höheren Wiener Ministerialbürokratie und strich sich dabei mit dem Finger über den tadellos gestutzten dünnen Schnurrbart. »Doch wohl nicht besser als Richter?«
»Ja, wissen Sie«, erwiderte die Papier, »für jemanden, der Mahler nie dirigieren gesehen hat, ist das schwer zu erklären – Fräulein von Rother wird mir da sicher beipflichten.«
Lena nickte zustimmend, worauf die Papier fortfuhr: »Es ist so, als ob man einen treuen Ehemann mit einem jugendlichen Liebhaber vergleicht. Beide werben um die Gunst der Frauen, aber wo der eine gelernt hat, auf Verständnis und Ausgleich zu setzen, ist der andere wild und leidenschaftlich, selbst auf die Gefahr, damit mehr zu verderben als zu erreichen.«
»Nun«, sagte Wlassack mit einem schelmischen Ausdruck in seinen dunklen Augen, »nach den bisherigen Stationen der Karriere Herrn Mahlers zu urteilen scheint er wohl *sehr* leidenschaftlich zu sein …«
»Sie meinen«, fragte Rheinsperg amüsiert, »weil er schon an so vielen Theatern war und die Musiker immer gegen ihn rebelliert haben?«
»Ganz recht«, gab Wlassack zurück. »Unter uns gesagt: Es gab bereits Bestrebungen, Mahler für die Nachfolge Richters als Kapellmeister an der Hofoper ins Auge zu fassen. Aber ob ein Mann, der nirgendwo lange gelitten ist, für diese Position der richtige ist …«
Die Papier machte eine wegwerfende Handbewegung. »Ach was, gelitten«, brummte sie. »Sie wissen doch, wie dumm und bequem Musiker sind. Und Richter, na, wissen Sie. Als ich einmal eine Stelle in ›Lohengrin‹, bei der für das Orchester piano vorgeschrieben ist, nicht

hinbekam, weil alles ständig mezzoforte spielte, was rief da Richter zur Bühne herauf? ›Ja, schaun S', gnädige Frau, hier im Orchestergraben hat's ja auch viel mehr Stimmen. Singen S' dort oben halt einfach a bisserl lauter.‹«

Wlassack, Livingston und ich mußten lachen, während Rheinsperg – der wenig für die Papier übrig hatte, dafür aber als großer Verehrer Richters galt – keine Miene verzog.

»Ja, Wlassack, Sie lachen«, fuhr die Papier ungerührt fort. »Aber das eine will ich Ihnen sagen: Unter Mahler hätte es so etwas nicht gegeben. Der hätte die ganze *bagage*, und sei es tausendmal das berühmte Hofopernorchester, notfalls mit Gewalt gezwungen, das zu spielen, was in den Noten steht.«

Der Kanzleidirektor, immer noch schmunzelnd, legte der Sängerin begütigend eine Hand auf den Arm. »Na, ob Sie da nicht etwas übertreiben, meine Liebe?« meinte er. »Ich habe mir gerade dieser Tage einmal den Lebenslauf Mahlers angesehen. Wußten Sie, daß er der Sohn eines kleinen Schnapsbrenners aus Böhmen ist? Daß er noch vor zehn Jahren an drittklassigen Provinztheatern wie Laibach und Olmütz dirigierte und sich erst allmählich über Stationen wie Leipzig und Budapest hochgearbeitet hat?«

»Nun ja«, bemerkte Rheinsperg mokant, »manche Talente haben es in Österreich nun einmal schwerer als andere …«

Eine etwas peinliche Gesprächspause entstand nach dieser Anspielung auf Mahlers Judentum, bevor Wlassack leichthin sagte: »Na kommen Sie, Rheinsperg, wir wollen doch Fräulein von Rothers Abschiedsabend nicht mit Politik verderben, oder?«

Er zwinkerte den Damen zu, nahm den Grafen am Arm und ging mit ihm in das Musikzimmer hinüber, worauf sich Lena und die Papier zum kalten Buffet begaben.

Livingston und ich blieben allein zurück. Der Engländer wollte mir gerade schildern, wie angenehm er sich zuvor mit der Papier und Graf Rheinsperg über mittelalterliche Motetten von Orlando di Lasso unterhalten habe, als plötzlich erneut Alexander von Rother neben uns stand.

»Vielleicht, Mr. Livingston«, sagte er, indem er sein Monokel aus dem Auge nahm, »interessiert es Sie, einen kleinen Einblick in die hiesige Politik zu erhalten? Wir haben nämlich heute einen seltenen Gast,

Herrn Frühwald, den Parlamentskandidaten von der Christlichsozialen Partei. Ich halte ihn für einen der ärgsten Wiener Antisemiten überhaupt. Kommen Sie, ich werde Sie vorstellen.«
Gemeinsam begaben wir uns in den Rauchsalon, wo eine illustre kleine Runde in eine heftige Debatte verstrickt war. Den Vorsitz führte der besagte Frühwald, ein schwitzender kleiner Mann mit derbem Bauerngesicht, der gerade dabei war, in kräftigem Kärntner Dialekt auf Eduard von Békessy einzureden. Neben dem Fabrikanten standen zwei Gäste, die für Frühwalds Tiraden nur ein Lächeln übrig hatten: Nikola Markovic, der löwenmähnige serbische Attaché, sowie Generalmajor a. D. Gyula von Dósza, ein gebürtiger Ungar und ehemaliger Angehöriger des k. u. k. Generalstabs, der seinerzeit aus Protest gegen die Besetzung Bosniens und der Herzegowina den Dienst quittiert hatte. Ergänzt wurde der Kreis durch Julius Baron von Seydtlitz, den parteilosen Reichsratsabgeordneten und ehemaligen Sicherheitsberater im Kabinett Graf Taaffes: groß, kahlgeschoren und sonnverbrannt, eine aristokratische Erscheinung mit Falkennase und schnarrender Stimme, aus dessen politischen Vorstellungen allerdings niemand – am wenigsten wohl der Ministerpräsident selbst – je so recht klug geworden war.
»Sie kommen genau im richtigen Augenblick, von Rother«, wandte sich Frühwald in jovialem Tonfall an den Hausherrn, nachdem man sich bekannt gemacht hatte. »Seit einer halben Stunde versuche ich Herrn von Békessy zu bewegen, die Kandidatur Luegers zu unterstützen. Aber er will sich einfach nicht überzeugen lassen. Wollen Sie mir nicht sekundieren?«
»Da schätzen Sie mich aber falsch ein, mein lieber Frühwald«, wehrte Rother ab. »Als ich kürzlich sagte, daß man heutzutage in Wien wohl Lueger in Kauf nehmen müsse, um die Deutschnationalen nicht zum Zuge kommen zu lassen, war damit keinerlei Bekenntnis zu Ihrer Partei verbunden.«
»Was haben Sie denn gegen die Deutschnationalen?« fragte von Seydtlitz mit Inquisitorenmiene.
»Aber ich bitte Sie«, erwiderte der Hausherr. »Die Vorstellung, daß ausgerechnet die Deutschen die Herren der Welt sein sollen, ist doch einfach grotesk.«
Von Seydtlitz lächelte ironisch. »Sie sind eben ein politischer Deser-

teur, von Rother«, schnarrte er. »Heutzutage muß man doch wissen, was man Stand und Blut schuldig ist, oder etwa nicht?«
»Keineswegs«, schaltete sich der cholerische von Dósza ein. »Es gibt auch so etwas wie eine höhere Pflicht zur Fahnenflucht.«
»Ja, wir bewundern alle Ihr Rückgrat, von Dósza«, spottete Frühwald. »Wenn es nach Ihnen gegangen wäre, säße uns heute längst der ganze Balkan im Genick. Das hätte Ihnen natürlich gefallen, was? Das wäre endlich einmal ein richtiger Krieg geworden, wie?«
Der pensionierte Soldat maß ihn mit einem jener verächtlichen Blicke, wie sie nur hohe Offiziere im Ruhestand einem Zivilisten zuwerfen können, während von Seydtlitz abermals ironisch lächelte.
»Was für ein Glück, daß Sie nicht im Reichsrat sind, Frühwald«, surrte der Baron. »Ihre Ansichten zur südslawischen Frage würden dort sicher starkes Gehör finden. Was meinen Sie, Markovic?«
Der serbische Attaché – angenehm unfähig zu Ironie oder Doppeldeutigkeiten wie fast alle Slawen – zuckte die Achseln. »Sie kennen meine Ansicht«, antwortete er müde und fuhr sich mit der Hand durch die graumelierte Mähne. »Ich glaube, daß Österreich nur stabil bleiben kann, wenn es wegen der Besetzung Bosniens und der Herzegowina zu einem Ausgleich mit Serbien kommt.«
»Und wie stellen Sie sich den vor?«
»*Ich* stelle mir gar nichts vor«, erwiderte der Serbe. »Aber meine Regierung wird sich früher oder später dem Druck der öffentlichen Meinung beugen müssen, und die fordert nun einmal einen Ausgleich – zum Beispiel in Form eines direkten Zugangs zur Adria.«
»Und wenn dieser Ausgleich nicht gelingt?« fragte Frühwald spitz.
Markovic lächelte, aber um seine schmalen Lippen spielte ein harter Zug, als er antwortete: »Dann wird man eben einen anderen Weg suchen müssen.«
Ein etwas unbehagliches Schweigen entstand, denn jeder wußte, was Markovic meinte: Serbien würde die Allianz mit Rußland suchen, um seine von den Habsburgern vorerst zunichte gemachten Großmachtträume zu verwirklichen.
»Ach was, Markovic«, lachte Frühwald breit, »solange Ihr verehrter Herr König keine Dummheiten macht, wird schon nichts passieren.«
»Sie sind ein politischer Amateur, Frühwald«, erwiderte von Dósza verächtlich und knetete seinen grauen Backenbart. »So einfach, wie

Sie sich das vorstellen, liegt die serbische Frage weiß Gott nicht. Es kommt ja gar nicht darauf an, ob König Alexander Dummheiten macht oder nicht – das Volk, das gedemütigte serbische Volk ist es, das danach dürstet, wieder in seine ihm angestammten Rechte eingesetzt zu werden. Monsieur Markovic hat vollkommen recht, wenn er andeutet, daß sich Österreich mit der Besetzung Bosniens selbst das Grab geschaufelt hat. Glauben Sie vielleicht, daß man in Sarajewo jemals vergessen wird, wie wir dort gegen sechstausend Mann angerannt sind, um auch noch den letzten Widerstand zu brechen? Glauben Sie, daß die politischen Attentate, von denen man jetzt aus Travnik und Banja Luka hört, nur die Taten einiger weniger Verzweifelter sind? Nein, meine Herren, ich bleibe bei dem, was ich schon vor fünfzehn Jahren beim ersten Schuß auf Sarajewo gesagt habe: Falls es der Hofburg und dem Generalstab nicht gelingt, einen Ausweg aus diesem Fiasko zu finden, wird das Pulverfaß auf dem Balkan eines Tages explodieren und Österreich mitsamt seinen Verbündeten in den Abgrund stürzen.«

»Dann sind Sie am Ende wohl auch für eine Loslösung von Ungarn, was?« platzte von Seydtlitz heraus.

»Unter Umständen auch das«, erwiderte von Dósza. »Mein Heimatland dürfte es ohne die Ideen aus Wien manchmal sicher leichter haben.«

»Ebenso wie die Hofburg ohne die Ideen aus Budapest«, bemerkte der Baron spitz.

»Ach was, das ist doch alles Unsinn, meine Herren!« ging Frühwald heftig dazwischen. »Erst einmal muß Österreich mit den Feinden in den *eigenen* Reihen fertig werden!«

Von Seydtlitz setzte eine blasierte Miene auf. »Ich weiß nicht, was Sie meinen.«

»Jaja, der wahre Adel«, seufzte Frühwald bissig. »Und der Geldadel« – er warf einen Seitenblick auf Békessy – »ist sich auch zu fein, das Gesindel zum Teufel zu jagen, wie?«

»Das Gesindel?« fragte der Fabrikant stirnrunzelnd, worauf Frühwald zu lachen begann.

»Aber lieber Békessy«, sagte er, »nun tun Sie doch nicht so, als ob Sie nicht wüßten, was ich meine. Als deutschnationaler Couleurstudent waren Sie doch auch nicht so empfindlich. Da haben Sie doch so manchem Judenbengel einen ordentlichen Streich verpaßt, nicht wahr?

Wenn ich mich recht erinnere, nannte man sie in der Albia doch den Bluthund, oder?«

Das spitze Jagdhundgesicht des Fabrikanten lief dunkelrot an. Er griff sich verlegen an das Kinn mit dem Schmiß, zog es aber vor zu schweigen.

»Lassen wir doch das«, sagte von Rother stirnrunzelnd. »Unser Gast aus England wird ja sonst noch glauben, daß Österreich nur aus Antisemiten besteht.«

»Haben Sie denn einen Grund, den Antisemitismus zu fürchten, Mr. Livingston?« fragte Frühwald in herablassendem Tonfall.

»Ich hoffe nicht«, erwiderte Livingston ungerührt.

»Natürlich nicht«, meinte Frühwald sarkastisch. »Wie könnten Sie auch, da Sie doch aus einem Land kommen, in dem die Krankheit so allgemein geworden ist, daß man sie von der Gesundheit nicht mehr unterscheiden kann. Bis vor wenigen Jahren war ja selbst der erste Mann im Staat davon befallen.«

Sowohl Rother als auch ich zuckten zusammen bei diesem Affront, während von Seydtlitz, Markovic, Békessy und von Dósza gespannt warteten, wie sich der Engländer aus der Affäre ziehen würde.

Doch Livingston lächelte nur und sagte: »Verzeihen Sie, aber da Sie mir nicht als *Doktor* Frühwald vorgestellt wurden, will ich mir über Ihre medizinischen Fachkenntnisse kein Urteil erlauben, wenngleich ich fürchte, daß sie nicht ganz ausreichen, um im Judentum als solchem eine Krankheit zu diagnostizieren. Aber was Ihre Anspielung auf Mr. Disraeli anbelangt, so bitte ich Sie zu bedenken, daß er immerhin von einer Königin zum Premierminister ernannt wurde – ein Vorgang, der Herrn Lueger bei Ihrer Majestät dem Kaiser sicherlich noch manche Schwierigkeiten bereiten wird ...«

Alles hielt den Atem an. Jedermann in Wien wußte, daß Franz Joseph aus seiner Abneigung gegen Antisemiten vom Schlage Schönerers und Luegers kein Hehl machte und angekündigt hatte, alles zu tun, um einen Erfolg Luegers bei den nächsten Gemeinderatswahlen zu verhindern.

Einen Augenblick lang war denn auch alles Gemütliche aus dem Gesicht Frühwalds verschwunden. Fast sah es aus, als wolle er vor Wut mit dem Fuß aufstampfen und den Engländer mit einem derben Kärntner Landfluch belegen.

Doch bevor er antworten konnte, kam ihm von Seydtlitz zuvor. »Sie scheinen ja sehr gut in der Wiener Politik Bescheid zu wissen, Herr Livingston«, sagte er und musterte den Engländer interessiert.
»Keineswegs«, erwiderte Livingston. »Aber meine Deutschkenntnisse reichen aus, um aufmerksam die Wiener Zeitungen zu lesen.«
»So«, meinte Frühwald verächtlich. »Na, aber Sie werden doch wohl auch in England nicht alles glauben, was in der Presse steht, oder? – Ah, guten Abend, Immenhofer, habe die Ehre. Ich wußte gar nicht, daß Sie heute auch hier sind.« Er nickte einem Gast zu, der unbemerkt an unseren Kreis herangetreten war, und fuhr in spöttischem Ton fort: »Hören Sie, Immenhofer, vielleicht erklären Sie unserem Gast aus England doch einmal, daß in der Wiener Presse gelogen wird wie gedruckt, wenigstens wenn es die jüdische ist, nicht wahr?« Er lachte glucksend. »Darf ich vorstellen: Dr. August Immenhofer, Verlagsbesitzer und ehemaliger Redakteur der ›Wiener Morgenpost‹ – Herr Livingston, Philosemit und Musikforscher aus London.«
Der Verleger, ein hängeschultriger Mittvierziger mit pomadig glänzendem Haar und dickem Siegelring am kleinen Finger, nickte Livingston affektiert zu. Ich kannte ihn noch aus meiner Universitätszeit, wo wir gemeinsam Vorlesungen über Kinderheilkunde gehört hatten. Stets nach der neuesten Mode gekleidet und von Hause aus vermögend (sein Vater war Leibarzt der Fürstin Rettersbach gewesen), hatte seine Erscheinung schon damals etwas Salbungsvolles besessen, eine Mischung aus zweckgerichteter Liebenswürdigkeit und gönnerhafter Herablassung, die auch bei Frauen ihre Wirkung nicht verfehlte. Er galt als ausgesprochener Lebemann, der sich mehr für Dienstmädchen und Blumenverkäuferinnen interessierte als für sein Studium und deshalb bis zu seinem Examen auch fast doppelt soviel Zeit benötigte wie seine Kommilitonen. Politisch war er, von einigen sporadischen antisemitischen Äußerungen abgesehen, nicht weiter aufgefallen, höchstens vielleicht durch die Tatsache, daß er keiner Korporation angehörte. Um so größer war daher das Erstaunen, als er, kaum daß er seinen Doktortitel in der Tasche hatte, anfing, politische Kolumnen in der »Morgenpost« zu veröffentlichen, die ein Loblied auf die Gebildeten sangen und dafür plädierten, die Monarchie schrittweise durch einen akademischen Eliterat zu ersetzen. Mit solchen Ideen, die er – schon um einer Anklage wegen »staatszerset-

zender Tendenzen« zu entgehen – äußerst diskret zu formulieren verstand, war es ihm vor einigen Jahren sogar gelungen, in den damals noch liberalen Wiener Gemeinderat einzuziehen. Als sich die Verhältnisse dort jedoch zu ändern begannen, gab er seine journalistische Tätigkeit wieder auf, schloß sich in einer völligen Kehrtwende den Christlichsozialen an und gründete einen Verlag, der mittlerweile drei kleinere Tageszeitungen herausgab und zur führenden Stütze der Kandidatur Luegers geworden war.

»Sie übertreiben, mein Bester«, wandte er sich nun zynisch an Frühwald. »Die Aufgabe der Presse ist es nun einmal, das Volk mit den Nachrichten und Meinungen zu versorgen, die es hören will. Natürlich ist es unvermeidlich, daß dabei auch einmal die eine oder andere Wahrheit ans Licht kommt. Aber ich gebe zu, daß der umgekehrte Fall der häufigere ist.«

»Haha, gut gesagt!« prustete Frühwald. »Deshalb schreiben Sie wohl auch nicht mehr für die ›Morgenpost‹, was? Zuwenig Nachfrage nach Wahrheit, wie?«

»Sie sagen es«, seufzte Immenhofer geziert. »Meine Ideen könnten die Massen ja doch nicht mehr erreichen. Heute entscheidet die Arbeiterklasse über Politik. Und den Männern aus der Brigittenau können Sie mit einer Eliteherrschaft nun einmal nicht kommen. Gefragt ist dort ein Volkstribun, der für *panem et circenses* sorgt.«

»Ja«, pflichtete ihm von Seydtlitz angewidert bei und fuhr sich mit der flachen Hand über die sonnverbrannte kahle Sirn. »Warten Sie ab, meine Herren, in weniger als zehn Jahren werden wir in Wien das Allgemeine Wahlrecht haben.«

Just in diesem Moment kam Graf Rheinsperg am Arm der Renard vorüber; offenbar hatte er die letzte Bemerkung aufgeschnappt, denn er blieb stehen und spottete näselnd: »Ich fürchte, Sie irren, verehrter Baron. In zehn Jahren werden wir überhaupt kein Wahlrecht mehr haben, weil Lueger alle anderen Parteien zum Teufel gejagt hat. Und den Kaiser wahrscheinlich dazu.«

Frühwald machte ein finsteres Gesicht. »Ihnen wird der Spott schon noch vergehen, Rheinsperg«, knurrte er.

»*Graf* Rheinsperg für Sie, wenn ich bitten darf.«

»Schön, dann also Graf. Den liberalen Adel wird es ohnehin als erstes erwischen, wenn wir erst an der Macht sind.«

»Als erstes?« fragte Rheinsperg ironisch. »Noch *vor* den Juden?« Der Politiker schnaubte. »Ich habe noch nie verstanden, warum ein Mann wie Sie das Pack auch noch in Schutz nimmt«, zischte er. »Nach den neuesten Gerüchten werden Sie ja wohl bald zum Vorbeten in der Synagoge zugelassen …«
»Sehr geistreich«, erwiderte Rheinsperg kühl, während die Renard mit gelangweilter Miene an seinem Arm zog. »Aber wenn Sie auf *bestimmte* Gerüchte anspielen, dann lassen Sie sich gesagt sein, daß die Hofburg für die Richtigkeit von Berichten in der Presse keinerlei Verantwortung übernimmt.«
»Um welche Gerüchte handelt es sich denn?« fragte von Rother.
»Das wissen Sie nicht?« kam plötzlich Immenhofer einer Antwort des Grafen zuvor. »Unser verehrter Graf soll doch gegenüber der Wiener Justiz darauf gedrungen haben, daß der Fall Ludwig Kahn neu aufgerollt wird. Angeblich sind irgendwelche Hinweise aufgetaucht, nach denen Kahn kurz vor seinem Tod um eine Audienz beim Kaiser ersucht hat.«
»Du lieber Gott«, entfuhr es Békessy ungläubig. »Ist das wirklich wahr?«
Rheinsperg bemühte sich, ein Gesicht zu machen, als ob er der Sache keine besondere Bedeutung beimäße. »Ich begreife zwar nicht«, meinte er, »wie es möglich ist, daß man in einer Wiener Behörde nur etwas morgens zur geheimen Verschlußsache machen muß, damit es nachmittags schon die ganze Stadt weiß – aber im großen und ganzen ist es so, wie Immenhofer es dargestellt hat.«
»Und ich«, meinte der Verleger mit öligem Lächeln, »habe es auch nur so wiedergegeben, wie es in den heutigen Abendzeitungen steht. – Ja, schauen Sie doch nicht so verdattert, Békessy, hier, warten Sie, ich habe sogar noch ein Exemplar in der Tasche.«
Er zog eine zusammengefaltete Zeitung hervor und drückte sie dem Fabrikanten in die Hand, der mit zusammengekniffenen Augen einen flüchtigen Blick darauf warf, etwas wie »Allerhand« murmelte und das Blatt dann Rheinsperg anbot.
Doch der hob abwehrend die Hände. »Ich habe es schon gelesen«, sagte er säuerlich und ganz ohne seine sonstige dekadent-ironische Attitüde. »Aber geben Sie es doch unserem englischen Gast, er starrt ja schon ganz gebannt darauf.«

Livingston schien in der Tat überaus interessiert zu sein. Békessy reichte ihm die Zeitung, worauf der Engländer sie auseinanderfaltete, schnell den Artikel überflog und das Blatt dann an Rother und mich weiterreichte.

»Na sehen Sie, Herr Livingston«, meinte Frühwald, »so schlimm kann es mit den Antisemiten in Wien nicht sein, wenn sich sogar ein adeliger Hofrat der Ehrenrettung eines toten jüdischen Bankiers annimmt.«

Ein betretenes Schweigen folgte. Rheinsperg verzog das Gesicht, wurde aber vor einer weiteren Erörterung der Angelegenheit durch die Renard bewahrt, der es endlich gelang, den Grafen mit ihrem berühmten Augenaufschlag loszueisen. Da sich Békessy, von Seydtlitz, Markovic und von Dósza kurz darauf entschuldigten und Frühwald und Immenhofer dazu übergingen, sich in Parteiinterna zu vertiefen, zogen Livingston, Rother und ich uns ebenfalls zurück.

»Donnerwetter!« sagte der Hausherr, als wir mit einem Glas Sherry in einer abgeschiedenen Ecke des Salons zusammenstanden. »Was mag Rheinsperg nur dazu bewogen haben, sich noch einmal mit dem Fall Kahn abzugeben?«

Die Frage war wohl an Livingston gerichtet, der jedoch nur geistesabwesend den goldfarbenen Likör in seinem Glas kreisen ließ.

»Vielleicht hat Kahns Kutscher sein Schweigen gebrochen und doch noch eine verspätete Aussage gemacht«, spekulierte ich daher an seiner Stelle.

»Oder das Ganze hängt mit Frühwald und Immenhofer zusammen«, meinte Rother. »Politik und Presse, das war immer schon eine gefährliche Verbindung in Wien …« Er warf einen forschenden Blick auf den Engländer, der jedoch weiterhin schwieg. »Also, Herr Livingston, was halten Sie von Frühwald? Ein Antisemit, wie er im Buche steht, nicht wahr? »

»Schwer zu sagen«, erwiderte Livingston ausweichend. »Sagt man nicht bei Ihnen, ›Hunde, die bellen, beißen nicht‹? Nun, ich finde, Frühwald bellt zwar laut und schnappt wohl auch schon einmal, aber ob er wirklich zu beißen vermag …«

»Und Immenhofer?«

Der Engländer zuckte die Achseln. »Bei ihm ist die Sache schon schwieriger. Ein Mann mit Einfluß und scharfem Verstand. Aber

warum fragen Sie mich nicht nach dem Mann, der nun wirklich der verdächtigste von allen ist?«
Der Hausherr und ich starrten ihn überrascht an.
»Wen meinen Sie?« fragte ich. »Von Seydtlitz? Oder vielleicht von Dósza?«
Livingston schüttelte den Kopf. »Nein. Den adeligen Fabrikanten mit dem Hundegesicht.«
»Békessy?«
»Ganz recht.«
»Warum? Nur weil er einen Schmiß hat und sein Fechtboden-Spitzname ›Bluthund‹ gewesen war?«
Livingston zuckte die Schultern. »Zugegeben, das allein besagt natürlich noch nichts. Aber finden Sie nicht, daß dieser Spitzname in einem ganz anderen Licht erscheint, wenn man ihn einmal mit dem Tod Ludwig Kahns in Verbindung bringt? Ich glaube nämlich, daß Békessy den Bankier recht gut gekannt haben muß.«
»Sicher«, warf von Rother ein. »Kahn war schließlich ein bekannter Geschäftsmann.«
»So meinte ich es nicht«, erwiderte Livingston. »Erinnern Sie sich nicht, daß Frühwald den Namen der Burschenschaft erwähnte, der Békessy früher angehörte?«
»Die Albia?«
»Ganz recht, die Albia.«
»Was soll eine deutschnationale Burschenschaft mit einem jüdischen Bankier zu tun haben?«
»Sehr viel«, sagte Livingston. »Ich habe mir nach dem Tod Kahns einmal die Mühe gemacht, sämtliche Zeitungsartikel mit Nachrufen auf ihn zu sammeln. Dabei fiel mir auf, daß Kahn früher auch in antisemitischen Kreisen hoch angesehen und während seiner Studentenzeit sogar Mitglied einer deutschnationalen Burschenschaft war. Diese schloß zwar im Lauf der Zeit fast alle Juden aus, aber Kahn wurde nicht nur weiterhin geduldet, sondern erhielt später, als man sich wieder liberaler gab, sogar ihr Ehrenband.«
»Wollen Sie damit etwa sagen, daß Ludwig Kahn –«
»– Ehrenmitglied der Albia war, ganz recht«, ergänzte der Engländer mit Nachdruck. »Ein seltsamer Zufall, nicht wahr? Ist Ihnen aufgefallen, wie unangenehm Békessy die Erwähnung seiner Vergangen-

heit zu sein schien? Kaum daß Frühwald seinen Spitznamen erwähnte, griff er sich an seine Mensurnarbe, als wolle er sie verbergen. Aber vor allem: Menkel, Kahns Kutscher, hatte doch anfangs ausgesagt, sein Herr hätte den Namen irgendeiner Hunderasse gebrüllt, bevor er mit der Kutsche die Böschung hinabstürzte. Was, wenn Kahn einfach im Angesicht des Todes den Spitznamen seines einstigen Fechtbodengegners Békessy, nämlich ›Bluthund‹, gerufen hat?«
Rother und ich starrten ihn entgeistert an.
»Das kann ich nicht glauben«, flüsterte der Preuße schockiert.
»So?« Livingstons Stimme wurde erregter. »Und wenn ich Ihnen nun sage, daß ich fast sicher bin, in Békessy den Mann aus dem Fiaker wiederzuerkennen, der sich mit Franz Kandlitz auf der Straße unterhalten hat, bevor er ermordet wurde?«
»Wie können Sie sich dessen sicher sein?« fragte ich nervös. »Die Figur mag ja noch hinkommen, aber außer einem Paar funkelnder Augengläser konnten Sie doch damals weiter nichts erkennen. Und Sie sehen doch, daß Békessy keine Brille trägt.«
»Sie enttäuschen mich, Doktor«, erwiderte Livingston. »Natürlich trägt er *heute* keine Brille. Aber Sie müssen doch bemerkt haben, wie extrem kurzsichtig er ist.«
»Mir fiel lediglich auf, daß er ein wenig die Augen zusammenkniff, als er den Artikel über Rheinsperg las.«
»Hat er ihn denn überhaupt gelesen?«
»Zumindest blickte er doch eine Weile auf die Zeitung, bevor er so etwas wie ›Allerhand‹ murmelte, oder nicht?«
Livingston lächelte triumphierend. »Ja, nur leider auf die falsche Seite! Die Zeitung war so zusammengefaltet, daß der besagte Artikel auf der *Unterseite* stand. Um ihn lesen zu können, hätte er das Blatt erst auseinanderklappen müssen, so wie ich es dann tat.«
»Sie haben recht«, sagte plötzlich Rother. »Ich habe Békessy auch schon einmal mit einem Zwicker gesehen.«
Betroffen schauten wir in Richtung des Industriellen, der sich etwas abseits am anderen Ende des Salons unbefangen mit Wlassack unterhielt.
»Sie glauben also«, wandte sich Rother flüsternd an Livingston, »daß Békessy ein Mitglied –«
»Ich glaube gar nichts«, unterbrach ihn der Engländer scharf. »Was

wir brauchen, sind Beweise. Und nun gehen wir wohl besser wieder zu den anderen Gästen zurück, bevor wir noch unsererseits als Verschwörer auffallen.«

XIII.

Die Rothers hätten sich kein schöneres Wetter aussuchen können für ihre Abreise aus Wien. Eisblau spannte sich der Himmel über der Stadt, die Luft war durchtränkt vom strahlenden Licht der Wintersonne. Lenas aufbruchstrunkene Augen leuchteten, kaum daß wir den Perron des Franz-Josefs-Bahnhofs betreten hatten. Der Zug stand bereit, und sie schien entschlossen, es um keinen Preis zu irgendwelchen sentimentalen Abschiedsszenen kommen zu lassen. Geschickt richtete sie es so ein, daß ständig ihr Vater um sie herum war, der sich in belanglosen Floskeln über das Wetter oder die gerade in Berlin stattfindende Europameisterschaft im Eiskunstlauf erging.

Erst fünf Minuten vor der Abfahrt zog er sich mit einem schlaffen Händedruck in sein Abteil zurück, so daß wir plötzlich allein am Bahnsteig standen. Der gefürchtete Moment war gekommen. Keiner von uns wollte der erste sein, der etwas sagte. Ich dachte an die wenigen, unpersönlichen Worte, mit denen wir bei unserem letzten Frühstück in Döbling versucht hatten, uns über eine gemeinsame Zukunft auszusprechen. Lena hatte keinen Zweifel daran gelassen, daß sie sich durchaus vorstellen könnte, auch für länger in Hamburg zu bleiben, wenn ihr die Umstände dort zusagen sollten. Andernfalls würde sie sich vielleicht nach einem Engagement in England oder sogar Amerika umsehen. Auf jeden Fall sei sie froh, Wien und der Hofoper endlich den Rücken kehren zu können …

Abwechselnd sahen wir nach der Bahnhofsuhr, dem Schaffner oder starrten befangen auf den Boden vor uns.

Schließlich war es Lena, die das Schweigen brach. »Es tut mir leid, Leonhard«, erklärte sie mit fester Stimme. »Ich habe mir manchmal überlegt, was gewesen wäre, wenn du damals auf meinen Vorschlag anders reagiert hättest.«

»Für solche Spekulationen dürfte es jetzt wohl zu spät sein«, fiel ich ihr ins Wort. »Du weißt, daß ich deinen ›Vorschlag‹ als reine Überrumpelung empfand.«

Lena schwieg; und auch mir erschien es, kaum daß ich die Worte ausgesprochen hatte, vollkommen lächerlich, die Vergangenheit auf diese Weise noch einmal aufrühren zu wollen.
Erneut standen wir eine Weile unschlüssig da. Dann streckte sie mir plötzlich ihre weiß behandschuhte Rechte hin. Ich sah überrascht auf und zögerte einen Augenblick, bevor ich sie ergriff. Ihr Druck war kurz und unverbindlich.
»Machen wir's kurz. Auf Wiedersehen, Leonhard. Ich werde dir schreiben.«
Die Stimme des Schaffners forderte zum Einsteigen auf. Sie beugte sich vor, gab mir einen flüchtigen Kuß auf die Wange und wandte sich ab. Ich sah ihr nach, wie sie auf den Wagen zuging.
In der Tür drehte sie sich noch einmal um. »Bitte geh jetzt«, sagte sie mit zitternder Stimme. »Ich werde nicht aus dem Fenster schauen; du weißt, wie ich das hasse.«
Der Schaffner schloß die Tür. Durch das Fenster erkannte ich gerade noch, wie sie in ihrem Abteil auf der anderen Seite des Zuges verschwand, bevor vom Kopfende des Perrons her schrill und ungewöhnlich lange der Pfiff zur Abfahrt durch die Halle gellte. Die riesige schwarze Maffei-Lok stieß einige Wolken grau-weißen Dampfes aus, erbebte unter der anlaufenden Maschine, stand noch eine Weile still, erhielt dann das Signal zur freien Fahrt und zog schließlich den Zug stampfend und ächzend aus dem Bahnhof hinaus in die Ferne.

In düsterer Stimmung verließ ich das Bahnhofsgebäude, innerlich meinen Stolz verfluchend. Warum hatte ich nicht eingelenkt, warum sie nicht im letzten Moment doch noch in die Arme genommen …
Alles war genauso abgelaufen, wie ich es befürchtet hatte, mit Ausnahme vielleicht der Tatsache, daß mir jetzt noch elender zumute war als am Morgen in Döbling. Wie zum Hohn leuchtete die Mittagssonne vom klaren Januarhimmel herab.
Ich rief einen Wagen herbei.
»Wohin soll's gehen, der Herr?« fragte der Kutscher.
Ja, wohin eigentlich? Es war Mittwoch, meine Sprechstunde begann erst wieder morgen früh. Auch Hausbesuche gab es nicht zu besorgen … »Fahren Sie mich in die Taborstraße.«
»Einmal in die Leopoldstadt. Sehr wohl, der Herr.«

Der Livrierte ließ die Peitsche knallen, und wir fuhren ab. Zwar hatte Livingston versprochen, sich von selbst zu melden, wenn er mit seinen Ermittlungen weitergekommen war. Dennoch erschien mir seine Gesellschaft im Augenblick die einzige, die ich ertragen konnte.

Am Ziel angekommen, hatte ich gerade den Kutscher ausbezahlt und die Straße überquert, als ich auf dem Trottoir einen langen Kerl in der Kleidung eines Pferdeknechts erkannte, der in den Hofeingang von Livingstons Mietshaus einbog. Mit dem festen Vorsatz, mich nicht noch ein zweites Mal täuschen zu lassen, folgte ich dem Mann und war bald nur noch wenige Meter hinter ihm.

»Wünsche einen guten Morgen, Mr. Livingston«, sagte ich forsch.

Der Mann drehte sich brüsk um. »Meinen S' etwa mich?« knurrte er.

Erschrocken wich ich zurück. Aus einem Boxergesicht mit einer mindestens zweimal gebrochenen Nase starrte mich ein funkelndes Glasauge an, unter der Mütze quoll ein dichtes Büschel semmelblonder Haare hervor, und die hochgezogenen Lippen entblößten einige bräunlich-gelbe Zahnstummel.

Während ich noch darüber nachdachte, ob Livingston die Kunst der Bühnenmaske tatsächlich in diesem Ausmaß beherrschte, tippte mir plötzlich jemand von hinten auf die Schulter. »Guten Tag, Doktor«, ertönte die sonore Stimme des Engländers. »Die Herren kennen sich?«

Verlegen stammelte ich eine Entschuldigung und gestand meinen Irrtum, was der Engländer mit einem amüsierten Lächeln quittierte.

»Danke für das Kompliment. Das hier« – er deutete auf das Boxergesicht – »das ist Karl, einer der besten Kutscher Wiens. Nicht wahr, Karl?«

Der Mann grinste. »Jawohl, Herr John.«

»Karl – Herr Dr. Heydinger.«

»Angenehm«, murmelte ich lahm, während sich der Glasäugige lässig mit einem Finger an die Mütze tippte.

»Und wie steht es, Karl?« fragte Livingston. »Neuigkeiten?«

Der Kutscher schüttelte den Kopf.

»Schade«, seufzte Livingston und drückte ihm eine Münze in die Hand. »Gut, ich werde mich wieder melden.«

Karl salutierte, indem er sich erneut mit dem Zeigefinger an den Schirm seiner Mütze tippte, und schlenderte davon.

Livingston wies auf die Haustür. »Kommen Sie, Doktor. Ich habe Ihnen einiges zu erzählen.«
Oben in seiner Wohnung bot er mir zunächst einen Brandy an, bevor er sich mit seinen langen schmalen Fingern eine türkische Zigarette anzündete.
»Was halten Sie von meinem Freund?« fragte er. »Nicht gerade eine griechische Schönheit, nicht wahr? Aber der zuverlässigste Informant in Dienstboten-, Kutscher- und Handwerkerkreisen, den man sich nur vorstellen kann.«
»Wo haben Sie ihn denn aufgetrieben? Im Kutscher-Eck?«
»Ganz recht«, antwortete Livingston. »Es wurde mir nämlich langsam zu gefährlich dort. Manche Fragen läßt man lieber einen Burschen wie Karl stellen.«
»Welche Fragen meinen Sie?«
»Na, zum Beispiel die, wo Franz Kandlitz nach seinem Hinauswurf bei Kahn als Kutscher in Stellung war.«
»Was soll an dieser Frage so gefährlich sein?«
»Oh, nichts, nichts«, erwiderte Livingston spöttisch und blies einige makellos runde Rauchringe in die Luft. »Außer vielleicht, daß der Name des neuen Arbeitgebers Eduard von Békessy war …«
»Aber das ist doch nicht möglich!«
»Ein seltsamer Zufall, nicht wahr? Ja, Kandlitz stand nach seinem Rauswurf bei Kahn sogar ein halbes Jahr in Békessys Diensten, bevor er endgültig zum Vagabunden wurde. Aber das ist noch nicht alles. Ich komme gerade von einem Besuch beim Wiener Gewerberegister. Wußten Sie, daß Békessy stiller Teilhaber an zwei Wiener Konzertagenturen ist, die auch eine Anzahl jüdischer Musiker unter Vertrag haben?«
Ich konnte nur sprachlos den Kopf schütteln.
Livingston lachte rauh. »Seit Tagen lasse ich den Mann nun schon durch Karl und einige seiner Kumpane beschatten – leider bisher ohne Ergebnis. Békessy fährt Tag für Tag morgens in das Büro seiner Fabrik in der Brigittenau und kommt abends in sein Haus nach Währing zurück. Ab und an geht er mit seiner Frau in die Hofoper oder allein zu einem Treffen der Gesellschaft der Musikfreunde. Davon abgesehen führt er das Leben eines Biedermanns.«
»Könnte man ihn nicht auch in der Oper beschatten?«

Livingston schüttelte den Kopf. »Zu auffällig. Was wir brauchen, ist jemand, der ihm privat ein paar Fragen stellen kann, ohne daß es gleich nach einem Verhör ausssieht. Am besten jemand, der ihn aus der Gesellschaft der Musikfreunde kennt.«

»Von Rother? Da haben Sie Pech. Der ist heute morgen nach Hamburg abgereist.«

»Ich dachte eher an jemand anderen.«

»Nämlich?«

»Graf Rheinsperg.«

»Aber ich bitte Sie. Warum sollte uns ausgerechnet ein adliger Hofrat helfen wollen? Nur weil Gerüchte besagen, daß er den Fall Kahn wieder aufrollen will?«

»Vielleicht auch deswegen. Aber noch mehr wegen dieses Briefes hier.«

Er reichte mir ein amtlich wirkendes graues Kuvert. Ich entnahm dem Umschlag einen teuren Kanzleibogen und pfiff durch die Zähne, als ich den Briefkopf des k.k. Innenministeriums erkannte und darunter den Zusatz »Abteilung Innere Sicherheit«. Der Text lautete:

BUREAU DES SEKTIONSLEITERS
ERSTER ABTEILUNGSDIREKTOR, HOF- UND
WIRKLICHER GEHEIMRAT
CARL ANDREAS GRAF VON RHEINSPERG

Wien, am 27. Jaunaur 1893

Verehrter Herr Livingston!
Die Interventionen gewisser Wiener Kreise veranlassen mich, Sie zu einer offiziellen Besprechung am 12. März d. J. um 17 Uhr in meinem Hause unter Vorlage dieses Briefes einzuladen. Falls Sie zu diesem Termin verhindert sein sollten, wollen Sie sich bitte frühzeitig mit dem Unterzeichner in Verbindung setzen.

Mir vorzüglicher Hochachtung
Im Auftrage

Rheinsperg

»Wie haben Sie denn das geschafft?« fragte ich ungläubig.
»Nun«, erwiderte Livingston geheimnisvoll, nahm mir den Brief aus der Hand und legte ihn vorsichtig wieder in eine Mappe zurück, »es gibt einige einflußreiche Leute in Wien, denen meine Recherchen wohl einen tüchtigen Schreck eingejagt haben. Und aufgrund deren Vermittlung werden wir beide morgen nachmittag die besondere Ehre haben, mit der Wiener Ministerialbürokratie Bekanntschaft zu machen.«

*

Das kaiserlich-königliche Ministerium des Innern residierte im Gebäude der Böhmischen Hofkanzlei an der Wipplingerstraße, einem prunkvollen Torbau mit Pilastern und schmiedeisernem Balkon. Nachdem wir uns bei einem uniformierten Pförtner angemeldet hatten, der uns hoheitsvoll die Zimmernummer nannte und den Weg durch das Gebäude erklärte, erstiegen wir eine breite Marmortreppe, die zum zweiten Stock hinaufführte. Dort angekommen, ging es zuerst durch einen langen, frisch gebohnerten Flur, bis wir in eine Art Foyer gelangten und schließlich vor der Tür zum Vorzimmer des Grafen standen. Ein junger, stark parfümierter Mensch mit steifem Kragen und blondem Spitzbart, offenbar der persönliche Sekretär, erwartete uns. Livingston übergab ihm den Einladungsbrief, den der Parfümierte sorgfältig in einer Aktenmappe verstaute. Ich reichte ihm meine Karte, die er ebenso akkurat dazulegte. Erst danach öffnete er die mit dickem braunen Leder gepolsterte Doppeltür und führte uns in das Büro seines Vorgesetzten.
Ich hatte erwartet, Rheinsperg allein anzutreffen. Statt dessen stand er ins Gespräch vertieft inmitten einer Gruppe von drei anderen Männern, alle gekleidet in dunkle Gehröcke, deren exklusives Tuch auf irgendeine höhere Stellung in der Ministeriumshierarchie schließen ließ. Kaum hatte Rheinsperg uns jedoch gesehen, als er auch schon lächelnd auf uns zukam und uns in seiner typisch spöttelnden Art begrüßte.
»Ja, Heydinger, wie geht's denn nur immer?« fragte er, indem er sein Monokel abnahm. »Und Herr Livingston, nicht wahr – na, wir kennen uns ja schon von den Rothers. Habe die Ehre, meine Herren.«

Er wies auf die Männer in den Gehröcken. »Darf ich bekannt machen: Sektionsrat Döberitz, Ministerialrat von Bölcke und Hofrat Dr. Holubek – Herr Dr. Heydinger, Herr Livingston.«
Ich nickte eingeschüchtert, während Livingston erst einmal aufmerksam von einem zum anderen sah und sich höflich für die kleine Verspätung entschuldigte.
Rheinsperg machte nur eine elegant-wegwischende Handbewegung. »Aber bitte, bitte, meine Herren, keine Sorge. Unsere Zeit steht Ihnen voll und ganz zur Verfügung«, erklärte er näselnd. »Schließlich, was tun Männer in unserer Stellung um diese Tageszeit schon, außer auf die Abendzeitungen zu warten, nicht wahr?«
Die anderen lächelten. Obwohl im politischen Rang sicherlich unter Döberitz stehend, einem massigen, schwer atmenden Mann mit rotem Gesicht und goldenem Kneifer, war unübersehbar, daß es Rheinsperg war, der hier das Sagen hatte und auch unser Gespräch leiten würde. Man setzte sich, wobei Döberitz zur Rechten Rheinspergs, die beiden Ministerialbeamten zu seiner Linken Platz nahmen. Von Bölcke schien gelangweilt; er war klein und schweigsam, hatte eine gelbliche Gesichtshaut und einen reptilienartig lauernden Blick. Holubek dagegen musterte uns träumerisch aus dunklen böhmischen Augen. Sein grauer Knebelbart war bereits schütter, und seine Hände hielt er im Schoß gefaltet wie ein Priester, der sich anschickt, die Beichte abzunehmen.
»Nun, meine Herren«, begann Rheinsperg und klemmte sich sein Monokel ins Auge, »lassen Sie mich zunächst sagen, daß mir der Anlaß für Ihre heutige Anwesenheit in unserem Hause ungemein phantastisch erscheint. Wir haben lange überlegt, ob wir uns überhaupt dazu entschließen sollten.« Er zog aus einer vor ihm liegenden dunkelroten Akte einen Brief hervor. »Auf der anderen Seite liegen uns hier Interventionen von einer Art vor, die wir wohl nicht länger ignorieren können. Sie scheinen, wenn ich das einmal sagen darf, sehr prominente Verbindungen in Wien zu haben, Mr. Livingston.«
Der Engländer lächelte verbindlich. »Es ist oft hilfreich, die richtigen Leute zu kennen«, erwiderte er diplomatisch.
»Ganz recht«, erwiderte Rheinsperg belustigt. »Das dürfte in Wien nicht anders sein als in London, wie? Obwohl Ihre Recherchen anfangs doch rein privater Art waren, nicht wahr?«

»So ist es.«
»Und wie kam es, daß unser braver Doktor mit in die Sache hineingezogen wurde?«
Ich zögerte. Rheinsperg verbreitete eine solche Aura lässig-überlegener Autorität, daß es mir schwerfiel, einen Anfang zu finden. Livingston dagegen, als Engländer offenbar von einem Phänomen wie der k.u.k. Verwaltungsbürokratie Österreich-Ungarns weniger leicht zu beeindrucken, sah sich zunächst einmal im Zimmer um. »Entschuldigen Sie meine Vorsicht, Graf Rheinsperg«, meinte er dann, »aber es wäre uns angenehm, wenn dieses Gespräch unter uns bliebe.«
Der Hofrat zog die Brauen in die Höhe. »Es gibt außer den hier Anwesenden nur noch eine Person, die von dieser Einladung weiß: der Minister selbst.«
Livingston verbeugte sich respektvoll. »Und wir können auch nicht belauscht werden?« fragte er.
Rheinsperg überlegte einen Moment. Dann strich er sich lächelnd über seinen tadellos gestutzten dünnen Schnurrbart, beugte sich vor und rief plötzlich scharf und durchdringend: »Brandtner!«
Nichts rührte sich.
»*Brandtner!*« wiederholte er noch lauter. Aber auch jetzt blieb alles still.
Schließlich sagte er wieder im normalen Konversationston: »Brandtner ist der Sekretär, der Sie hereinführte. Wie Sie gemerkt haben, kann er uns durch die Polstertür nicht hören. Die einzige Verbindung zu ihm ist diese Klingel hier.« Er deutete auf einen Messingknopf neben seiner ledernen Schreibunterlage. »In diesem Büro«, fügte er nonchalant hinzu, »wurden schon Gespräche mit den engsten Vertrauten des Kaisers selbst geführt. Sie können also ganz unbesorgt sein.«
Livingston nickte zufrieden und begann alsdann seinen Bericht, wie immer sorgsam bemüht, sein Inkognito zu wahren und sich nicht in allzu genauen Beschreibungen seiner Ermittlungen zu verlieren. Auf den Gesichtern Bölckes und Holubeks zeichnete sich keine Regung ab, während Döberitz das Ganze für einen Scherz zu halten schien. Lediglich Rheinsperg verfolgte Livingstons Bericht mit gespannter Aufmerksamkeit, wobei mir plötzlich klar wurde, daß ich den Grafen wohl völlig falsch eingeschätzt hatte. Anfangs noch distinguiert

lächelnd wie stets, verschwand diese Maske schon bald und verwandelte sich in einen Ausdruck professioneller Konzentration. Seine Züge wurden immer ernster, und bei der Beschreibung der Ermordung von Franz Kandlitz zuckte er sogar regelrecht zusammen.

»Gestatten Sie mir eine Frage, Herr Livingston«, sagte er nachdenklich, als der Engländer geendet hatte. »Der Brief, der uns übersandt wurde, enthält fast keinerlei persönliche Angaben über Sie, obwohl Sie, wie gesagt, über beträchtliche Verbindungen verfügen. Sind Sie vielleicht Angestellter einer ausländischen Detektei?«

Livingston lächelte. »Nein, ich arbeite auf eigene Rechnung.«

»Und in wessen Auftrag?«

»Bedaure, das kann ich nicht sagen. Mein Klient besteht auf Geheimhaltung.«

»Es ist also nicht die Baronesse von Wertheimstein – die Verfasserin dieses Briefes?«

»Nein.«

»Aha. Bis in diese Kreise reichen Ihre Verbindungen dann wohl doch nicht, wie?« meinte Rheinsperg mokant.

Livingston lächelte gelassen. »Nein, sie reichen in der Tat um einiges darüber hinaus.«

Überrascht warf ich einen Seitenblick auf Livingston, der jedoch keine Miene verzog.

Rheinsperg, ebenfalls erstaunt, nahm sein Monokel ab, erhob sich und begann langsam, die Hände im Rücken verschränkt, hinter seinem Schreibtisch auf und ab zu gehen. »Nun, Herr Livingston«, sagte er, diesmal ganz ohne seinen üblichen spöttischen Tonfall, »wenn ich es nicht besser wüßte, so würde ich sagen, daß Sie einfach eine zu lebhafte Phantasie besitzen. Leider aber fürchte ich, daß Sie in vielem nur allzu recht haben, besonders, was den Unfall Ludwig Kahns anbelangt. Andererseits muß ich gestehen, daß sich die Sache mit diesem Kandlitz einfach unglaublich anhört. Ein Fememord, der bis auf einen italienischen Stiefelabdruck keine Spuren hinterläßt?« Er schüttelte den Kopf. »Aber« – und hier blieb er ruckartig hinter seinem Schreibtisch stehen – »gestatten Sie mir die Frage: Was hätten Sie getan, wenn wir nicht auf den Brief Ihrer Wiener Gönner reagiert hätten?«

»Dann wäre ich früher oder später trotzdem an Sie herangetreten«, erwiderte Livingston.

»Warum das?« fragte der Hofrat überrascht.
Livingston lächelte. »Weil Sie, Graf Rheinsperg, die Schwarze Hand doch schon viel länger im Visier haben als wir. Verzeihen Sie mir meine Offenheit, aber mir ist bekannt, daß Ihr Haus mindestens zwei jüdische Musiker längere Zeit mit Geld unterstützt hat, als diese in unerwartete Schulden gerieten. Unter anderen auch Rudolf Janowsky.«
Zum ersten Mal verlor der Graf beinahe die Fassung, und auch von Bölcke, Holubek und Döberitz wurden blaß.
»Wie kommen Sie denn auf diese Idee?« fragte Rheinsperg stirnrunzelnd.
»Sagen wir, ich weiß es.«
»Von wem?«
»Von einer gemeinsamen Bekannten.«
»Dürfte ich den Namen erfahren?«
»Ungern. Es handelt sich um eine verheiratete Dame.«
»Was tut das zur Sache? Den Namen bitte.«
»Es war Madame Irene Adler-Norton.«
»So«, meinte Rheinsperg langsam. »Irene Adler-Norton.« Er zuckte melancholisch die Achseln: »Nun ja, ich habe niemals von ihr verlangt, es geheimzuhalten …«
»Es stimmt also?« fragte Döberitz plötzlich sichtlich verärgert.
»Ja«, antwortete von Bölcke anstelle des Grafen mit einiger Verlegenheit, während es auf seinen gelblichen Wangen nervös zuckte. »Es waren Gelder aus einem Sonderfonds des Kaisers. Wir wollten damit versuchen, an die Hintermänner der Erpresser zu kommen. Leider ohne Erfolg.«
»Ohne Erfolg?« schrie der Sektionsrat mit hochrotem Kopf, während seine Lippen vor Zorn zitterten.
Holubek beugte sich besänftigend vor und erklärte mit melodiösem tschechischen Akzent: »Es war nicht unsere Schuld, Herr Sektionsrat. Die Methode der Geldübergabe war einfach nicht zu ermitteln. Genaugenommen gab es überhaupt keine Methode. Die Opfer wurden aufgefordert, die Erpressungssumme ab einem bestimmten Tag in der rechten Rocktasche mit sich zu führen. Wie aus dem Nichts tauchte eines Tages ein Passant auf, meist mitten im dicksten Verkehrsgetümmel, griff in die Tasche und verschwand. Wir hatten ein-

fach nicht genug Leute, um die Betroffenen wochenlang rund um die Uhr zu beschatten.«
»Dann existiert diese Gesellschaft also tatsächlich?« wandte sich Döberitz fassungslos an Rheinsperg.
»Es sieht ganz danach aus«, nickte der Graf, der inzwischen wieder hinter seinem Schreibtisch Platz genommen hatte. »Ich habe selbst einen dieser Erpressungsbriefe gesehen.«
»Warum haben Sie dann nicht die Polizei eingeschaltet, statt sich einfach heimlich aus dem Sonderfonds zu bedienen?« fragte von Döberitz noch immer entgeistert.
Rheinsperg zuckte die Schultern. »Graf Taaffe persönlich wollte die Sache soweit wie möglich unter seiner eigenen Kontrolle haben. Er fürchtete einen Skandal, wenn die Polizei angefangen hätte, in großem Stil Zeugen zu vernehmen.«
Döberitz griff sich an den Kopf. »Und ich wußte wieder einmal von rein gar nichts«, stöhnte er. »Herrgottnochmal, Rheinsperg, wer steckt denn hinter dieser Geschichte? Von Schönerer und seine Leute?«
»Das wissen wir auch nicht«, erwiderte der Graf. »Aber es gibt einen Hinweis, der den speziellen Verdacht Herrn Livingstons durchaus bestätigt.«
Livingston beugte sich gespannt in seinem Sessel vor. »Sie meinen in bezug auf Békessy?« fragte er.
»Ja«, nickte Rheinsperg. »Es handelt sich um einen Aktenvermerk der Wiener Staatsanwaltschaft, der uns vor einiger Zeit in die Hände fiel. Er trug den Vermerk ›Streng vertraulich‹ und betraf die Einleitung eines Ermittlungsverfahrens gegen Békessy wegen … nun, wegen Bestechung von Amtspersonen. Angeblich soll er versucht haben, zwei Beamte in der Hofburg, die für die Postvorlagen an den Kaiser zuständig sind, mit Geldversprechungen dazu zu bewegen, ihm Einblick in die Liste aller jüdischen Audienzersuchen zu gewähren. Wundern Sie sich nicht über meine Offenheit« – er lächelte säuerlich –, »denn weder haben wir jemals den besagten Vermerk wiedergesehen, noch hätte uns das etwas genützt. Das Verfahren gegen Békessy wurde aus Mangel an Beweisen nie eröffnet.«
»Einen Augenblick«, unterbrach Livingston. »Können Sie sich noch daran erinnern, wann diese Bestechung stattgefunden haben soll?«

»Nicht exakt«, erwiderte der Graf. »Es muß Ende September letzten Jahres gewesen sein.«
»Und Ludwig Kahn verunglückte am 3. Oktober«, sagte Livingston triumphierend.
Rheinsperg musterte ihn aufmerksam. »Ich verstehe, worauf Sie hinauswollen«, sagte er. »Békessy ließ Kahn ermorden, weil er erfahren hatte, daß der Bankier auf der jüdischen Audienzliste stand und sich wegen der Erpressungen an den Kaiser wenden wollte. Das meinen Sie doch, nicht wahr? Nur« – er breitete resigniert die Arme aus – »wie wollen Sie das beweisen, wo es nicht einmal unseren Staatsanwälten gelungen ist, ein armseliges kleines Ermittlungsverfahren zu eröffnen?«
»Deswegen sind wir ja hier«, meinte Livingston erregt. »Sie, meine Herren, sind doch bislang die ersten Männer von wirklichem Einfluß in Wien, die dieser Geschichte nicht rundheraus ablehnend gegenüberstehen.«
»Ich glaube, ich kann Ihnen nicht ganz folgen«, meinte Rheinsperg plötzlich merklich weniger verbindlich. »Erwarten Sie etwa, daß ich Békessy zu einem Privatverhör zu mir nach Hause bestelle?«
»Selbstverständlich nicht«, gab Livingston zurück. »Ich dachte eher an eine zwanglose Unterhaltung mit ihm oder der Familie Kahn an einem neutralen Ort, vielleicht sogar hier in Ihrem Büro.«
»Hier? Ausgeschlossen«, erwiderte Rheinsperg brüsk, und auch Döberitz schüttelte erschrocken den Kopf. »Da verlangen Sie wirklich etwas ganz Unmögliches von uns.«
»Aber warum?« fragte Livingston ungeduldig. »Es könnte alles völlig diskret ablaufen. Ein kurzer Besuch, ein paar allgemeine Fragen, nichts weiter.«
Rheinsperg lachte ironisch. »Mein lieber Mr. Livingston, ich fürchte, Sie sind noch nicht lange genug in Wien, um zu wissen, daß hier niemals etwas diskret abläuft …«
»Auch nicht bei Ihren Beziehungen?«
»Gerade deswegen nicht.«
Livingston erhob sich. »Ich verstehe«, sagte er kalt. »Es tut mir leid, Ihre Zeit verschwendet zu haben, meine Herren. Ich rechnete mit der Courage von Ehrenmännern. Offenbar habe ich mich geirrt. Ich wünsche Ihnen einen guten Tag. Kommen Sie, Doktor.«

Ohne auch nur eine Antwort abzuwarten, wandte er sich um und ging zur Tür.
»Einen Augenblick!« rief Rheinsperg. »Ich habe gesagt, daß Sie von *uns* Unmögliches verlangen. Das bedeutet aber nicht, daß es nicht vielleicht jemand anders gäbe, der Ihnen weiterhelfen könnte.«
Livingston hatte sich wieder umgedreht. »Und wen?«
»Sie haben doch bei den Rothers neulich Baron von Seydtlitz kennengelernt, nicht wahr?«
»Ja, warum?«
»Was wissen Sie über ihn?«
»Fast nichts. Ein parteiloser Abgeordneter im Reichsrat und ehemaliger Mitarbeiter im Kabinett Taaffes.«
»Sie wissen also nicht, daß er Sektionschef für Sonderaufgaben bei der Geheimpolizei ist?«
»Nein«, erwiderte Livingston überrascht.
Der Graf überreichte ihm eine Karte. »Hier ist seine Adresse.«
»Warum haben Sie ihn nicht längst selbst beauftragt?« fragte Livingston mißtrauisch.
»Mein lieber Mr. Livingston«, erwiderte der Graf herablassend, »im Gegensatz zu Ihnen haben ich und meine Leute eine Stellung und einen Namen zu verlieren. Wir haben es uns schon einmal geleistet, auf eigene Faust zweifelhafte Ermittlungen anzustellen, ohne irgend etwas zu erreichen. Im übrigen war bislang der Ministerpräsident stets dagegen. Er ist kein allzu großer Bewunderer des Barons.«
»Ihre Namen werden bei unseren Untersuchungen niemals fallen«, gab Livingston zurück. »Sie haben mein Wort.«
»Sehr schön«, meinte Rheinsperg spöttisch, »aber eines solchen Versprechens bedarf es gar nicht. Sie und Dr. Heydinger handeln ganz auf eigene Verantwortung. Offiziell hat es unser heutiges Gespräch nie gegeben. Den Einladungsbrief hat Brandtner gemäß unserer Order sofort nach Ihrer Ankunft vernichtet. Im Zweifelsfall wird man Sie und von Seydtlitz zur Rechenschaft ziehen, nicht uns.«
»Warum wollen Sie uns dann überhaupt helfen?« fragte ich überrascht.
»Das will ich Ihnen sagen«, erwiderte Rheinsperg zum Schluß. »Wenn es stimmt, was wir glauben – bitte, Herr Sektionsrat, es ist eine reine Vermutung, die durch gar nichts bewiesen ist –, aber wenn

es stimmt, dann unterhält die Schwarze Hand Verbindungen bis in antisemitische Kreise hinein, die für die Sicherheit Österreichs eine schwere Bedrohung darstellen können. Noch sind es vielleicht nur einige verblendete Deutschnationale, aber was kommt als nächstes? Sollte es uns nicht zu denken geben, daß ein Mann wie Lueger sich anschickt, Bürgermeister von Wien zu werden? Aber wie schon gesagt: Wir als Ministerialbeamte können uns nicht ein zweites Mal an einer solchen Sache die Finger verbrennen. Nur wenn es *Ihnen*, meine Herren, mit Seydtlitz' Hilfe gelingt, Beweise dafür zu finden, wer oder was hinter der ganzen Sache steckt, dann – aber auch nur dann – werden wir versuchen, uns an höchster Stelle für eine offizielle Untersuchung einzusetzen. Und damit Sie mich nicht falsch verstehen: Wir sind keineswegs Idealisten, aber wir haben uns nun einmal durch unser Amt verpflichtet, Schaden von der inneren Sicherheit Österreichs abzuwenden. Und Österreich ist für uns in erster Linie der Mann, dem wir unsere Stellung überhaupt verdanken: Seine Majestät der Kaiser.«
Er verbeugte sich: »Habe die Ehre, meine Herren.«

»Livingston, was soll das alles?« fragte ich, als wir das Ministerium verlassen hatten. »Wollen Sie nicht wenigstens *mir* sagen, wer Sie beauftragt hat?«
Mein Begleiter lächelte rätselhaft. »Nichts für ungut, Doktor, aber dafür ist es bei weitem noch zu früh. Vertrauen Sie mir. Zu gegebener Zeit werden Sie schon alles erfahren.«
»Dann verraten Sie mir zumindest, welche Rolle die Adler-Norton in der ganzen Geschichte spielt. Ist sie am Ende Ihre Klientin?«
»Nein.«
»Aber Rheinsperg hatte ein Verhältnis mit ihr?«
Livingston zuckte die Achseln. »Ich kenne niemanden in Wien, mit dem sie *kein* Verhältnis hatte.«

XIV.

Die Geheimpolizei war eine Institution, um die sich viele Legenden rankten, über die aber fast nichts an Tatsachen bekannt war. Nicht einmal die Frage, wo in Wien sie ihren Sitz hatte, konnte man ver-

läßlich beantworten. Ich war daher auch einigermaßen überrascht, als uns von Seydtlitz auf unsere Anfrage hin für den nächsten Vormittag direkt in den Leopoldischen Trakt der Hofburg bestellte, wo er offiziell den Posten eines k. k. Sektionschefs, zuständig für den »Besonderen Wirkungskreis«, bekleidete.
Der kahlgeschorene Baron mit dem dunklen Teint empfing uns in einem karg möblierten Büro, das von hohen Aktenstapeln schier überwuchert war. Ja, er habe von Graf Rheinsperg bereits erfahren, worum es ging, meinte er kühl. Es sei ja leider immer wieder dasselbe mit Bölcke, Holubek, Rheinsperg und Konsorten. Erst wenn man im Ministerium eine Weile eigenmächtig vor sich hin gewurstelt habe, käme man zu ihm, damit er den Karren wieder aus dem Dreck ziehe. Unseren Einwand, daß Rheinsperg seinerzeit schließlich höchste Order hatte, niemand anderen in die Angelegenheit mit hineinzuziehen, wischte er mit der Bemerkung weg, dies sei ja eben die Krankheit, an der Österreich noch einmal zugrunde gehen werde. Jeder glaube, er könne im Geheimen bleiben, jeder habe Angst, etwas zuviel zu sagen oder den Kaiser zu verärgern, mit der Folge, daß am Schluß ein ganzes Dutzend verschiedener Dienststellen mit ein- und derselben Sache befaßt seien und sich gegenseitig Knüppel zwischen die Beine würfen …
Nach dieser wenig hoffnungsvollen Eröffnung warf er einen Blick auf seine Taschenuhr und drückte auf den Klingelknopf seines Schreibtischs. Ich glaubte, er werde nun endlich zur Sache kommen; statt dessen zündete er sich eine Zigarette an und begann, in irgendeiner schmalen Akte zu lesen, wobei er nervös mit der freien Hand auf die Platte seines Schreibtisches trommelte, ohne weiter Notiz von uns zu nehmen.
Nach einigen Minuten klopfte es. Von Seydtlitz rief herrisch »Herein«, und ein unauffällig wirkender Beamter in einem nachlässig geknöpften Kanzleirock und mit einer dicken Aktentasche unter dem Arm trat ein.
Der Baron stellte uns schnarrend vor: »Herr Livingston, Herr Dr. Heydinger – Oberstaatsanwalt von Kessler.«
Ich zuckte ungläubig zusammen bei diesen Worten. Eckhardt von Kessler, der Chefankläger für sämtliche Hochverratsermittlungen der Wiener Justiz, ein Mann, dessen Namen kaum jemand in Österreich

kannte, obwohl er einige spektakuläre Prozesse maßgeblich hinter den Kulissen vorbereitet hatte, nickte uns mit milder Höflichkeit zu. Er wirkte weniger wie ein Jurist, eher wie ein schüchterner Konventszögling aus besserem Hause. Er war mittelgroß, sehr dünn und trug eine französische Krawatte, grünlich schillernd und mit rotkariertem Bienenwabenmuster; sein langes, weiches Haar fiel ihm in dichten Wellen in die Stirn, wodurch das schmale Gesicht mit den blutleeren Lippen um so stärker hervortrat. Er setzte sich und wandte sich in ausgeprägtem Berliner Dialekt an uns, indem er einige Floskeln über das Wetter hersagte. Er habe vier Semester in der deutschen Hauptstadt studiert, erklärte er beiläufig, als er Livingstons erstauntes Gesicht sah, eine wunderschöne Stadt, viel zu schön eigentlich, um nur als Student dort zu leben …
Er lächelte melancholisch, faltete wie im Gedenken an seine verlorene Jugend die Hände und begann wie nebenher ein Gespräch über die englische Kolonialpolitik, von dem aus er höflich auf die Psychologie zu sprechen kam und sich bei mir nach den neuesten Forschungen von Charcot und Krafft-Ebing erkundigte. Seine Sprache war flüssig, gelegentlich fast schon poetisch, auf jeden Fall ganz ohne den üblichen Juristenjargon; der ganze Mann wirkte dermaßen gebildet und redegewandt, daß ich erst nach eine Weile merkte, wie fast alle seine Fragen einen tieferen politischen Hintersinn hatten, ja geradezu auf ein politisches Aushorchen hinausliefen. Der perfekte Großinquisitor, schoß es mir plötzlich durch den Kopf, so perfekt, daß seine Opfer nicht einmal merkten, wie ihnen die rhetorischen Daumenschrauben angelegt wurden. Es bedurfte wahrscheinlich einer enormen Intelligenz, einem solchen Mann gegenüber im Gerichtssaal bestehen zu können, und ich konnte mir lebhaft vorstellen, wie einige der Opfer, die er angeklagt hatte, mit fliegenden Fahnen untergegangen waren. Auch seine harmlos wirkende Erscheinung veränderte sich, wenn man ihm länger gegenübersaß; sie war dann plötzlich geprägt von seinen hellgrünen, eigentümlich glanzlosen Augen sowie einer scharfen roten Mensurnarbe, die in gerader Linie von der Höhe des Ohrs bis zum Unterkiefer hinablief, zum Glück aber nur im Profil zu erkennen war.
Kaum daß er die ersten Anzeichen für unsere plötzliche Kühle bemerkt hatte, kam er mit einem gewinnenden Lächeln wieder auf das

Wetter zurück, zog eine kleine Holzkiste aus der Tasche und bot uns höflich Zigarren an, die wir dankend ablehnten.
Während er sich eine dickbauchige Havanna mit rotgoldener Banderole anzündete, drückte von Seydtlitz ungeduldig seine Zigarette aus und knurrte: »Lassen Sie uns endlich zur Sache kommen, von Kessler.«
Livingston zog einen Umschlag aus seiner Tasche. Um nicht erneut alles wiederholen zu müssen, hatten wir einen schriftlichen Bericht angefertigt, den wir nun kurzerhand von Seydtlitz überreichten. Sowohl der Baron als auch der Staatsanwalt lasen ihn nacheinander durch, ohne dabei größere Anzeichen von Erstaunen oder Überraschung zu zeigen.
Lediglich von Seydtlitz pfiff am Schluß ein paarmal leise durch die Zähne. »Ja, die werten Kollegen vom Innenministerium sind schon Dilettanten«, meinte er spöttisch, als er uns die Blätter zurückgab. »Und das Beste ist noch, daß sie glauben, wir wüßten von nichts. Dabei waren es *unsere* Leute, die versucht haben, Békessy vor Gericht zu bringen, als er darauf drang, diese jüdischen Audienzlisten beim Kaiser einzusehen.«
»Und warum ist es Ihnen nicht gelungen?« fragte Livingston.
Von Seydtlitz' ohnehin schon dunkles Gesicht verzog sich zu einer finsteren Grimasse. »Druck von oben.«
»Taaffe?«
»Nein. Der Kaiser.« Békessy habe offenbar gute Kontakte zu einigen Mitgliedern im engsten Hofstab, erklärte der Baron. Das sei im übrigen auch der Grund, warum man sich bisher nicht weiter an ihn herangetraut habe. Abgesehen davon war Seine Majestät an Gerüchten über antisemitische Geheimbünde nicht interessiert; Leute wie Lueger und Schönerer seien ihm schon Ärgernis genug. Aber nach allem, was wir inzwischen herausgefunden hätten, müsse jetzt natürlich etwas unternommen werden.
An dieser Stelle beugte sich von Kessler vor. »Sie werden verstehen, Herr Livingston«, meinte er mit verbindlichem Lächeln und zog ein kleines Blatt aus der Tasche, »daß wir einige Erkundigungen über Sie eingezogen haben. Viel ist es leider nicht, das muß ich schon sagen, aber vielleicht können Sie uns ja weiterhelfen. Soweit uns bekannt ist, sind Sie ein Londoner Schriftsteller?«

Livingston nickte mit einer leichten Verbeugung.
»Dürfen wir dann annehmen«, fuhr der Staatsanwalt höflich fort, »daß dieses Werk hier aus Ihrer Feder stammt?«
Er zog aus seiner Aktentasche ein dunkelbraunes Buch hervor. Im trüben Schein der Bürolampe konnte ich nur den Titel »The Sign of Four« erkennen, der in großen viktorianischen Lettern auf dem Einband prangte. Der Name des Autors war leider durch von Kesslers Finger verdeckt.
Der Engländer lächelte verbindlich. »Sehr aufmerksam von Ihnen«, sagte er trocken. »Ich wußte gar nicht, daß es noch in Wien erhältlich ist.«
»Sie sind also der Verfasser?«
»Keineswegs.«
»Aber Sie sind mit ihm befreundet?«
»So würde ich es nicht ausdrücken.«
»Wollen Sie mir etwa weismachen, daß der Held dieses Buches tatsächlich existiert? Daß am Ende gar *Sie* dieser Held sind?«
Livingston lächelte spöttisch und erhob sich. »Wenn ich gewußt hätte, daß ich hier unter Hochverratsanklage stehe, hätte ich doch lieber einen Anwalt hinzugezogen.«
Der Staatsanwalt verzog das Gesicht, sagte aber nichts weiter, während von Seydtlitz ein Grinsen nicht unterdrücken konnte. »Bleiben Sie sitzen«, meinte er schnarrend. »Sie müssen unser Mißtrauen schon entschuldigen. Immerhin sind wir hier nicht bei Amateuren wie Rheinsperg und Co.«
Livingston unterließ es, darauf hinzuweisen, daß der Graf ihm ja nicht minder gründlich auf den Zahn zu fühlen versucht hatte. Er schwieg, während von Seydtlitz eine Weile unschlüssig mit den Fingerspitzen auf seine lederne Schreibtischunterlage trommelte.
»Na schön«, meinte der Baron schließlich. »Wir werden das Risiko wohl auf uns nehmen müssen.« Er zuckte die Achseln und versuchte sich mit einem Seitenblick der Zustimmung von Kesslers zu versichern, der jedoch nur gelangweilt aus dem Fenster sah. »Ich schlagen Ihnen also folgendes vor. Wenn Sie einverstanden sind, werde ich Sie beide an einen unserer Leute im Polizeipräsidium verweisen. Ich werde den Mann ermächtigen, zusammen mit Ihnen einige inoffizielle Gespräche mit der Familie Kahns und mit der Gattin Békessys

zu führen, natürlich ohne unsere Namen zu nennen, Sie verstehen. Es darf in keinem Fall so aussehen, als ob wir in irgendeiner Weise heimlich am Hof vorbeiarbeiten würden. Wenn Sie sich in dieser Hinsicht irgendwie verplappern sollten, wird unser Mann sofort alle Recherchen abbrechen.«

Von Seydtlitz reichte uns eine Karte. »Der Name ist Zillmaier. Offiziell ist er ein Kriminalinspektor im Wiener Polizeipräsidium und untersteht der Dienstaufsicht Herrn von Kesslers. Wenn Sie sich morgen bei ihm melden, werden wir ihn über alles ins Bild gesetzt haben.«

Er stand auf.

»Und noch etwas«, sagte er zum Schluß. »Sie dürfen uns hier nicht besuchen. Es darf keinerlei Verdacht hinsichtlich einer Zusammenarbeit zwischen uns und Ihnen bestehen. Zillmaier allein wird uns über alles berichten. Schicken Sie auch keine Depeschen oder Telegramme. In dringenden Fällen benutzen Sie ein Telephon.«

*

Am nächsten Tag fuhren Livingston und ich gegen zehn Uhr morgens an der Polizeidirektion vor und ließen uns zum Büro Zillmaiers führen. Der Beamte entpuppte sich als ein drahtiger Mann in den Vierzigern, glattrasiert und mit einem tonsurartigen Kranz rotblonder Haare auf dem Kopf. Er sprach in leichtem Vorarlberger Dialekt und kam zur Freude von Livingston sofort zur Sache. Durch von Seydtlitz bereits gut unterrichtet, beschränkten sich seine Nachfragen auf einige wenige Einzelheiten. Während Livingston und ich ihm bereitwillig antworteten, notierte er sich ab und zu etwas in einem kleinen grünen Oktavheft. Wir kamen überein, unser Glück zunächst im Hause Kahn zu versuchen, und machten uns sogleich auf den Weg.

Das Anwesen des verstorbenen Bankiers, am Ende einer kleinen Seitenstraße von Dornbach nahe zum Wienerwald gelegen, vermittelte einen recht unzugänglichen Eindruck. Umschlossen von einer hohen Mauer, gab lediglich ein schmiedeeisernes Tor den Blick auf eine stattliche, rasenumsäumte weiße Villa im Renaissancestil frei. Nachdem wir geläutet hatten, erschien ein Hausdiener, dem Zillmaier seine Karte reichte und fragte, ob die Witwe des Bankiers oder ein anderes Familienmitglied zu sprechen sei. Der Bedienstete bedauerte: Die gnädige Frau sei schon seit zwei Wochen verreist und werde nicht vor Ablauf des nächsten Monats zurückerwartet. Lediglich Herr Kahn junior, der bis auf weiteres auch die Bankgeschäfte führe, sei zu Hause. Wenn wir mit ihm vorliebnehmen wollten, werde er sehen, ob der junge Herr bereit sei, uns zu empfangen.

Zillmaier versicherte sich mit einem kurzen Seitenblick unserer Zustimmung und nickte.

Der Diener verschwand und kam kurz darauf wieder. »Herr Moritz Kahn läßt bitten«, verkündete er. »Bitte mir zu folgen.«

Wir betraten ein großzügiges, mit englischen Stilmöbeln und persischen Teppichen eingerichtetes Arbeitszimmer, in dem uns ein junger Mann hinter einem Chippendale-Schreibtisch argwöhnisch begrüßte. Die jüdische Abstammung war ihm kaum anzusehen; er war bartlos, hatte volles braunes Haar und gutgeschnittene, fast schon ebenmäßige Gesichtszüge. Lediglich seine Bewegungen waren zerstreut und fahrig, ein Eindruck, der durch die Angewohnheit, ständig die Finger der rechten Hand abwechselnd zu spreizen und sie dann sofort wieder zur Faust zu ballen, noch verstärkt wurde.

Nachdem Zillmaier uns kurz vorgestellt hatte – wobei er geschickt den Eindruck erweckte, daß wir ebenfalls zur Polizei gehörten –, bat uns Kahn, Platz zu nehmen.»Was kann ich für Sie tun?« sagte er mißtrauisch. »Ich hoffe, Sie kommen nicht noch einmal wegen meines Vaters. Der Fall ist doch erledigt, oder?«

»Offiziell schon.«

»Und inoffiziell?«

Zillmaier hüstelte. »Nun, es geht um die Aussage, die Ihre Familie seinerzeit zum Tode Ihres Vaters gemacht hat. Wenn Sie gestatten, würde ich gern gleich zum Kern der Sache kommen.«

Kahn nagte achselzuckend an seiner Unterlippe, worauf Zillmaier seine Unterlagen aus der Tasche zog.

»Im wesentlichen handelt es sich um folgendes. Nach unseren Aufzeichnungen haben Sie damals zunächst zu Protokoll gegeben, daß Ihnen der Unfall Ihres Vaters völlig unerklärlich sei. Sie seien selbst mehrmals mit ihm in die Stadt gefahren und hätten dabei nie das Gefühl gehabt, daß der Kutscher zu schnell fuhr. Später korrigierten Sie diese Darstellung und erklärten, daß vielleicht doch die hohe Geschwindigkeit, die Ihr Vater auf dem betreffenden Straßenabschnitt von seinem Kutscher zu fordern pflegte, die Ursache für das Unglück war.«

»Nun und?« fragte Kahn, umständlich bemüht, die Hand mit dem Tick unter dem Schreibtisch zu verstecken.

Zillmaier hüstelte erneut. »Verstehen Sie mich nicht falsch, aber könnte es nicht sein, daß Sie Ihre Aussage vielleicht auf Anraten eines Dritten, möglicherweise Ihrer Familie, änderten?«

Kahn antwortete nicht sofort. Statt dessen nagte er wieder an seiner Unterlippe, nahm einen goldenen Briefbeschwerer und drehte ihn, wohl um den Tick seiner Hand zu überdecken, eine Zeitlang nervös in seinen Händen hin und her, bevor er ihn plötzlich mit einer heftigen Bewegung wieder auf dem Tisch abstellte. »Also schön«, meinte er dann, wiederum unstet von einem zum anderen blickend. »Ich kann mir zwar nicht erklären, warum die ganze Sache jetzt noch einmal aufgerollt wird, aber ich muß zugeben, daß ich das Getue meiner Familie schon damals nicht verstanden habe. Ja, Sie haben recht mit Ihrer Vermutung. Es war vornehmlich meine Mutter, die mich zur Änderung meiner Aussage gedrängt hat.«

Livingston, der bis dahin gedankenversunken und mit gefalteten Händen zugehört hatte, beugte sich vor. »Hat sie Ihnen eine Erklärung dafür gegeben?« fragte er.

»Nein«, erwiderte Kahn, unablässig die rechte Hand zur Faust ballend und wieder öffnend. »Sie wollte wohl alles schnell hinter sich bringen und machte nur allgemeine Andeutungen über Feinde der Familie, über die Unannehmlichkeiten einer gerichtlichen Untersuchung und so weiter. Anscheinend glaubte Sie, daß mein Vater in einige unsaubere Finanzgeschäfte verwickelt gewesen war und der gute Ruf unseres Hauses durch entsprechende Nachforschungen Schaden nehmen würde; man weiß ja, was die Leute alles so reden. Es waren Unterstellungen, nichts weiter, irgendwelches Gerede von gefälschten Wechseln und ähnliches. Ich konnte selbst bei gründlichster Prüfung aller Bilanzen nicht den geringsten Hinweis auf solche Geschäfte finden. Auch die Unterstützung, die mein Vater jüdischen Künstlern zukommen ließ, stammte ausnahmslos aus seinem Privatvermögen.«

»Sie glauben also nicht, daß Ihr Vater Feinde hatte?« fragte Livingston.

Kahn sah an ihm vorbei, während er die rechte Hand unter dem Tisch versteckte. »Jeder Geschäftsmann muß mit Konkurrenten rechnen. Aber von ausgesprochenen Feinden würde ich nicht sprechen.«

»Können Sie sich erinnern«, fragte Zillmaier, »ob Ihr Vater in der Zeit vor seinem Unfall geschäftlich mit Eduard von Békessy zu tun hatte?«

Der junge Bankier machte ein erstauntes Gesicht. »Sicher, Békessy, war sogar mehrmals privat hier. Wegen eines Kredits zur Erweiterung seiner Fabrik in der Brigittenau, soviel ich weiß.«

»Kannte Ihr Vater ihn schon lange?« fragte Livingston.

»Natürlich. Sie waren ja zusammen auf der Universität.«

»Aber er war nicht näher mit ihm befreundet?«

»Nein, das wohl nicht«, erwiderte Kahn, sichtlich froh darüber, daß wir vom Finanzgebaren seines Vaters abgekommen waren. »Offen gesagt, ich glaube, er mochte ihn persönlich nicht besonders. Er nannte ihn immer den Bluthund, wahrscheinlich irgendein Spitzname aus alten Korpsstudentenzeiten.«

Ich zuckte zusammen, und auf Livingstons Wangen zeigten sich rotglühende Flecken.

Seine Stimme war heiser, als er fragte: »Können Sie sich erinnern, wann Békessy zum letzten Mal bei Ihrem Vater zu Gast war?«

»Nicht mehr genau. Zwei, vielleicht auch drei Tage vor seinem Unfall.«

»Waren Sie bei dem Zusammentreffen zugegen?«

»Nein, ich weiß nur noch, daß es eine schwierige Unterhaltung gewesen sein muß. Einmal hörte ich zufällig meinen Vater hinter der Tür etwas rufen wie ›Sie sind ja verrückt‹ und ›Dann werde ich eben zum Kaiser persönlich gehen‹. Aber ich maß dem weiter keine Bedeutung bei. Mein Vater war immer leicht erregbar gewesen.«

Livingston hatte sich bei den letzten Sätzen mit einem solchen Ruck in seinem Sessel aufgerichtet, daß ich glaubte, er würde jeden Augenblick vor Nervosität aufspringen. Er hielt sich jedoch zurück und wandte sich mit mühsam beherrschter Stimme an Zillmaier: »Ich denke, das genügt einstweilen.«

Kahn war wieder in sein früheres Mißtrauen zurückgefallen.

»Was sollen all diese Fragen?« wollte er wissen. »Glauben Sie etwa, daß Békessy etwas mit dem Unfall meines Vaters zu tun hat? Ich meine, letztendlich *war* es doch ein Unfall, oder nicht?«

Zillmaier zuckte die Schultern. »Es ist noch zu früh, darüber etwas zu sagen. Deshalb muß ich Sie auch bitten, über unsere Unterhaltung Stillschweigen zu bewahren. Besonders gegenüber Ihrer Familie.«
Kahn nickte nervös, ohne jedoch etwas zu erwidern. Wir erhoben uns und wünschten dem jungen Bankier einen guten Tag, bevor uns ein Diener hinausbegleitete.

»Das Netz scheint sich um Békessy zusammenzuziehen«, meinte Zillmaier, als wir wieder auf der Straße vor unserer Droschke standen.
»Ja«, sagte Livingston unruhig. »Das einzige, was uns noch fehlt, ist ein Beweis. Wie ist es, Zillmaier, haben Sie noch Zeit, um einen kleinen Abstecher zur Villa Békessy nach Währing zu machen?«
»Zwei Stunden, mehr kann ich nicht erübrigen.«
»Dann wollen wir keine Minute verlieren«, sagte Livingston eilig, drängte uns förmlich in den Wagen und rief dem Kutscher die Adresse zu.
Nach einer guten halben Stunde Fahrt durch den dichten Wiener Mittagsverkehr hielten wir vor dem Haus des Fabrikanten. Das Glück schien uns günstig, denn wir wurden, kaum daß Zillmaier sich vorgestellt hatte, sofort bei Békessys Gattin vorgelassen. Die Hausherrin, eine kleine Person mit gebleichtem Haar und verhärmten Zügen, empfing uns in ihrem Salon, wo sie verloren auf einem pompösen, mit grün-goldenem Chintz bezogenen Sofa saß. Ihre Augen waren verweint, und um ihre Mundwinkel spielte ein bitterer Zug. Sehr glücklich schien die Ehe der Békessys nicht zu sein.
»Gnädige Frau, wir sind hier, um den Hintergründen des Selbstmordes eines Ihrer ehemaligen Bediensteten nachzugehen«, begann Zillmaier diesmal ohne Umschweife. »Ihr Mann ist wohl nicht zu Hause?«
»Nein. Er ist noch in der Fabrik. Und er wird auch vor drei Stunden nicht zurück sein.«
»Dann möchte ich gern Ihnen einige Fragen stellen. Es geht um Ihren früheren Kutscher, Franz Kandlitz. Es ist Ihnen wahrscheinlich bekannt, daß er sich in der Donau ertränkt hat?«
»Ja«, antwortete die Hausherrin tonlos und strich ihren Rock glatt, wobei ihre Hände zitterten. »Ich las es in der Zeitung.«
»Hatten Sie oder Ihr Mann in der letzten Zeit Kontakt mit ihm?«
»Nein.«

»Sind Sie sich dessen ganz sicher? Es ist nämlich so, Madame: Wir glauben, daß Kandlitz keineswegs selbst den Tod gesucht hat. Wir haben im Gegenteil Grund zu der Annahme, daß er ermordet wurde.«
Sie starrte uns plötzlich aus weitaufgerissenen Augen an. »Ermordet? Von wem?«
»Genau das versuchen wir herauszufinden.«
»Und wieso soll ich Ihnen darüber etwas sagen können?« fragte sie heiser.
Zillmaier räusperte sich. »Nun, dieser Herr hier« – er wies mit der Hand auf Livingston – »hat Kandlitz als letzter vor seinem Tod gesehen. Um genau zu sein, hat er beobachtet, wie sich Kandlitz nachts mit einem Unbekannten auf der Straße unterhielt. Er ist sicher, daß es sich bei diesem Fremden um Ihren Mann handelte.«
Die Békessy erbleichte, sagte aber nichts.
»Können Sie uns vielleicht sagen«, fuhr Zillmaier fort, »wo er – Ihr Mann, meine ich – am Abend des 18. Dezember letzten Jahres gewesen ist?«
»Ich ... nein ... ich weiß es nicht.«
»Bitte denken Sie genau nach.«
Ihe Züge verhärteten sich. »Ich kann mich nicht erinnern.«
Plötzlich beugte sich Livingston vor und fragte in teilnahmsvollem Ton: »Gnädige Frau, warum sagen Sie uns nicht lieber die Wahrheit?«
Erschrocken fuhr sie zusammen. »Was ... was meinen Sie damit?«
»Sie sind noch nicht lange mit Ihrem Mann verheiratet, nicht wahr?«
»Warum? Wie kommen Sie darauf?«
»Auf dem Hochzeitsphoto dort neben dem Kamin ist ein Automobil zu sehen, das es erst seit zwei Jahren zu kaufen gibt.«
»Ich ... ja, Sie haben recht ... Ich habe ihn erst vor drei Jahren kennengelernt.«
»Waren Sie vorher schon einmal verheiratet gewesen?«
Sie schüttelte den Kopf, woraufhin Livingston plötzlich traurig lächelte. »Dann war Franz Kandlitz also Ihr *unehelicher* Sohn, nicht wahr?«
Mit einem kurzen, spitzen Schrei sprang sie auf. »Woher wollen Sie das wissen?!« rief sie hysterisch und krallte ihre Hände in die gepolsterte Lehne des Sofas. »Niemand weiß das, niemand! Sie sind ja verrückt! Vollkommen verrückt!«

»Aber Madame«, antwortete Livingston gleichmütig. »Ich hatte ausführlich Gelegenheit, die Züge von Kandlitz zu studieren – die kurze, nach unten spitz zulaufende Nase, das charakteristisch runde Kinn, vor allem aber seine überaus auffällig geformten Ohren. Ich müßte ja blind sein, wenn mir nicht die völlige Übereinstimmung zwischen Ihrer und seiner Physiognomie aufgefallen wäre.«
Verblüfft starrten Zillmaier und ich auf die seltsamen Ohren der Fabrikantengattin. Sie waren in der Tat unterdurchschnittlich klein und lagen extrem dicht am Hinterkopf an, mit winzigen, eigentlich gar nicht vorhandenen Ohrläppchen und einer im Gegensatz zur üblichen ovalen Form fast kreisrunden Muschel.
Überrumpelt ließ sich unsere Gastgeberin zurück auf das Sofa sinken.
»Ja«, flüsterte sie. »Ja, bei Gott, Sie haben recht. Kandlitz war mein Mädchenname. Franz ist – Franz *war* mein Sohn …« Für einen Moment schien es, als würde sie anfangen zu schluchzen.
»Warum hat sich Ihr Mann mit ihm am Abend seines Todes getroffen?« fragte Livingston behutsam.
»Ich weiß es nicht«, antwortete sie tonlos. »Ich wußte bis vorhin ja noch nicht einmal, daß er sich überhaupt mit ihm getroffen hat. Er hat Franz nie sonderlich gemocht, obwohl er ihn immer korrekt behandelt hat in der Zeit, in der er für uns arbeitete. Er hätte ihn vielleicht sogar mir zuliebe wieder als Kutscher angestellt, wenn Franz es gewollt hätte. Aber es wurde nichts daraus, Franz hat nie auf seinen Brief geantwortet.«
»Seinen Brief?« fragte Livingston sofort.
Die Békessy nickte traurig. »Es war reiner Zufall, daß ich davon erfuhr. Eigentlich sollte unser Mädchen die Briefe zur Post bringen, aber sie war an dem Tag krank. Also brachte ich die Briefe selbst weg und entdeckte darunter einen, der an Franz im Männerwohnheim in der Spielmanngasse adressiert war.«
»Wissen Sie vielleicht noch, wann das war?« fragte Livingston erregt.
»Am ersten Oktober letzten Jahres. Meine Mutter hatte am Tag vorher Geburtstag.«
Livingston sah uns mit einem vielsagenden Blick an und machte uns ein Zeichen mit zwei Fingern seiner Hand. Aber auch ohne diesen Wink war uns klar, daß dieser Brief nur zwei Tage vor Ludwig Kahns Unfall geschrieben worden sein mußte …

»Sie wissen natürlich nicht, was genau in diesem Brief stand?« fragte er.
»Nein, ich habe ihn nicht geöffnet.« Sie sah uns plötzlich entsetzt an. »Glauben Sie, daß mein Mann etwas mit Franz' Tod zu tun hat?«
»Um das herauszufinden, sind wir ja hergekommen«, sagte Zillmaier. »Herr Livingston hat an dem besagten Abend beobachtet, wie Ihr Sohn Ihrem Mann ein Papier übergab. Es wäre möglich, daß es sich um diesen Brief handelte. Falls das so gewesen sein sollte, stellt sich natürlich die Frage, wo er jetzt ist. Wären Sie bereit, Madame, uns bei der Suche behilflich zu sein?«
Sie nickte nur stumm.
»Gut«, sagte Zillmaier. »Ich brauche Ihnen wohl nicht zu sagen, daß Sie dabei äußerst vorsichtig zu Werke gehen müssen. Ihr Mann darf nicht den geringsten Verdacht schöpfen.«
»Wenn der Brief hier im Haus ist, werde ich ihn finden.«
»Ausgezeichnet«, sagte Zillmaier und erhob sich. »Ich schlage vor, daß Sie sofort telegraphieren, sobald Sie etwas erreicht haben. Hier ist meine Karte.«
Sie nickte nochmals, worauf wir uns erhoben. Im Hinausgehen wandte sich Livingston plötzlich noch einmal um. »Sie besitzen doch sicher eine Privatdroschke, oder?« fragte er.
»Natürlich«, nickte die Békessy.
»Einen Landauer?«
»Nein, einen gewöhnlichen Zweispänner.«
»Schade«, seufzte Livingston. »Eine andere Frage: Können Sie sich vielleicht an einen Freund oder Bekannten Ihres Sohnes erinnern, der recht große italienische Stiefel trug?«
»Nein. Franz hat sich mit seinen sogenannten Freunden immer nur in irgendwelchen Bierlokalen getroffen, niemals hier. Mein Mann hat es ihm verboten. Und auch mir war es lieber, nicht zu wissen, was das für Leute waren.«
»Ich verstehe«, nickte Livingston enttäuscht.
Wir verabschiedeten uns und wurden von einem Dienstmädchen aus dem Haus geführt.

Auf der Rückfahrt zur Polizeidirektion wandte sich Zillmaier mit einem anerkennenden Lächeln an den Engländer. »Ich muß schon sagen, Herr Livingston, ein tolles Stück, wie Sie darauf gekommen sind, daß Kandlitz ihr unehelicher Sohn war. Einfach aus einem Ohr ein Verwandtschaftsverhältnis abzuleiten …«

Livingston zuckte gedankenverloren die Schultern. »Warum? Sie brauchen doch nur irgendein Anatomiebuch aufzuschlagen, um zu sehen, daß es kein Körperglied gibt, das derart eindeutige Rückschlüsse auf eine Blutsverwandtschaft ermöglicht wie das menschliche Ohr. Und die Ohren von Kandlitz und seiner Mutter waren nun wirklich außergewöhnlich, selbst für einen Laien. Wenn Sie das Thema interessiert: Ich habe einmal in London –«

In diesem Moment waren wir an der Polizeidirektion angelangt, und Zillmaier reichte Livingston mit einer Geste des Bedauerns die Hand. »Schade, ich hätte wirklich gern mehr darüber gehört, aber ich muß zurück zum Dienst. Auf Wiedersehen. Sie hören von mir.«

Er stieg aus, und wir fuhren weiter in Richtung Salesianergasse. Livingston fluchte leise vor sich hin. »Meine Eitelkeit wird mich noch einmal Kopf und Kragen kosten«, murmelte er. »Um ein Haar hätte ich ihm von einem Fall erzählt, über den ich einmal eine Abhandlung im Londoner ›Anthropologischen Journal‹ veröffentlicht habe …«

Ich konnte nur verwundert den Kopf schütteln, während Livingston sofort wieder dermaßen tief in Gedanken versank, daß er noch nicht einmal aufblickte, als wir vor meiner Praxis hielten. Erst nachdem ich ausgestiegen war und mehrmals laut mit meinem Stock an die Wagentür geklopft hatte, erwachte er aus seiner Teilnahmslosigkeit.

»Entschuldigen Sie bitte, Doktor«, murmelte er zerstreut. »Mir gehen so viele Dinge durch den Kopf, daß ich einfach keinen roten Faden finden kann.«

»Nun, vorerst dürfte uns doch nichts weiter übrigbleiben als abzuwarten, oder?«

»Ja, gewiß, sicher«, meinte er. »Aber dennoch, irgendwas stimmt einfach nicht. Ich weiß wirklich kaum noch, wer die Marionetten und wer die Drahtzieher in dieser ganzen Inszenierung sind …«

»Welche Inszenierung?« fragte ich, doch er schien die Frage gar nicht zu hören. Geistesabwesend gab er dem Kutscher ein Zeichen, und der Wagen fuhr ab.

XV.

Der nächste Tag war ein Sonntag. Ich hatte mich seit dem Vormittag in das Studium von besonders schwierigen Patientenakten vertieft, allein schon um meine Erinnerungen an Lena zu betäuben. Gegen Abend ging ich kurz ins Griensteidl, traf dort aber nur den Kreis der Jung-Wien-Literaten an, deren blasierte Selbstgefälligkeit mich diesmal derart abstieß, daß ich große Lust verspürte, ihnen einmal etwas über die Hintergründe des Unfalls von Ludwig Kahn zu erzählen. Ich hatte jedoch kaum den Namen des toten Bankiers erwähnt, als mich auch schon der junge Schnitzler gelangweilt unterbrach. Ob ich denn immer noch an das Märchen eines antisemitischen Anschlags glaube, meinte er, wo doch selbst die »Neue Freie« nichts mehr darüber bringe, ebensowenig wie die deutschnationalen und klerikalen Blätter über Kahns angeblich unsaubere Finanzmachenschaften? Daraufhin lächelte der giftige kleine Kraus und bemerkte zynisch, die Klerikalen hätten es ja auch nicht mehr nötig, die Presse als Plattform für den Antisemitismus zu benutzen, seitdem man in der Währinger Weinhauserkirche den Rassenhaß sogar direkt von der Kanzel herab zu predigen pflege – Pfarrer Deckert habe doch neulich angekündigt, eine Sonderkollekte für die Gründung eines Judenstaats in Zentralsibirien einzuführen, damit man das »Geschmeiß« nur endlich los sei … Schnitzler, der seit einiger Zeit mit dem Gedanken spielte, zum Katholizismus überzutreten, verzog finster das Gesicht bei dieser Attacke, während der ätherische von Hofmannsthal nur kühl erklärte, das seien bedauerliche Ausnahmen, keinesfalls würde *er* sich davon angesprochen fühlen; er sei ja eigentlich auch gar kein Jude, schließlich sei bereits sein Großvater zum Christentum konvertiert und habe in eine alte Mailänder Adelsfamilie eingeheiratet.

»Und seine Mutter stammt sogar aus einer niederösterreichischen Bauernfamilie«, fügte Felix Salten hinzu, dem sein Judentum plötzlich ebenfalls peinlich zu sein schien.

»Mit einem Gut zu Füßen von Schloß Rosenau vermutlich«, höhnte der kleine Kraus in Anspielung auf den gleichnamigen Landsitz Georg von Schönerers, wurde jedoch durch eine patriarchalische Gebärde Hermann Bahrs zum Schweigen gebracht.

»Meine Herren«, rief Bahr in breitem Linzer Dialekt und mit em-

phatisch emporgerecktem Prophetenvollbart, »die Abscheulichkeiten der Masse haben den hohen Auftrag des Dichters nicht zu kümmern«, womit man sich wieder über eine in Saffianleder gebundene Ausgabe der späten Sonette Petrarcas beugte, die seit einiger Zeit von den Jung-Wienern wie eine Bibel verehrt wurde (und den eigenen Schaffenstrieb dadurch vollends hatte erlahmen lassen).
Angewidert von soviel Ignoranz verabschiedete ich mich und kehrte gegen acht Uhr wieder in meine Wohnung zurück. Ich wollte gerade den Kamin neu entfachen und meine Violine zur Hand nehmen, als plötzlich heftig an der Wohnungstür geläutet wurde. Da mein Mädchen frei hatte, ging ich selbst öffnen.
Ich hatte kaum die Klinke heruntergedrückt, als auch schon Livingston in den Flur stürzte und wild gestikulierend auf mich einzureden begann: »Kommen Sie, Doktor, ziehen Sie Ihren Rock an. Wir haben keine Zeit zu verlieren!«
»Was ist denn passiert?«
»Erkläre ich Ihnen, wenn wir im Wagen sitzen. Beeilen Sie sich!«
In weniger als fünf Minuten war ich bereit. Wir hasteten die Treppe hinab und sprangen in einen Wagen, in dem uns Zillmaier bereits erwartete. Livingston gab dem Fahrer ein Zeichen, worauf dieser auf die Pferde einschlug und losfuhr.
Zillmaier zog ein Telegramm aus der Tasche, hielt es mir hin und sagte: »Hier, lesen Sie selbst. Ich habe es gerade vor einer halben Stunde erhalten.«
Die Nachricht war von der Gattin Békessys aufgegeben worden und lautete:

> *»Mein Mann hat mich bei der Suche nach dem Brief überrascht und gezwungen, ihm alles zu erzählen. Danach ist er mit seinem Armeerevolver weggefahren. Habe noch gesehen, wie er die Schlüssel zur Fabrik einsteckte. Was soll ich tun?«*

»Was haben Sie ihr geantwortet?« fragte ich.
»Daß wir sofort in die Brigittenau fahren würden, um dort nach dem Rechten zu sehen. Sie solle einstweilen zu Hause bleiben und mit niemandem über den Vorfall sprechen.«
»Was kann Békessy denn nur vorhaben?«

»Das weiß der Himmel«, sagte Livingston, der voller Unruhe aus dem Fenster schaute. »Vielleicht sieht er sich so in die Enge getrieben, daß er Hals über Kopf fliehen will und einige Unterlagen dazu benötigt. Ich bin inzwischen übrigens fast sicher, daß er den besagten Brief gar nicht zu Hause, sondern in der Fabrik aufbewahrt.«

Die Kutsche raste durch die nächtlichen Straßen und hatte bald den Donaukanal erreicht. Nach zehn Minuten bogen wir in eine Seitengasse im Herzen der Brigittenau ein, an deren Ende sich die Fabrik Békessys befand. Ich erkannte die drei gewaltigen Schornsteine, deren Umrisse sich dunkel und drohend vor dem bewölkten Nachthimmel abzeichneten. Soviel mir bekannt war, stellte der Industrielle hier Transmissionsriemen her. An Werktagen mußte deshalb wohl überall ein scheußlicher Gestank von der Kautschukverarbeitung in der Luft liegen. Heute abend dagegen wirkte das gesamte Gelände wie ausgestorben.

Wir stiegen aus und überquerten einen gepflasterten Anlieferungshof, bis wir vor dem Verwaltungsgebäude standen. Zillmaier zog einen Dietrich aus der Rocktasche und wollte sich schon am Schloß des doppelflügeligen Eingangsportals zu schaffen machen, als er plötzlich bemerkte, daß die Tür gar nicht abgeschlossen war, sondern sich mühelos aufdrücken ließ. Erstaunt sahen wir uns an. Fühlte sich Békessy derart sicher, daß er es nicht einmal für nötig hielt, die Tür hinter sich abzusperren?

Zögernd betraten wir die marmorgeflieste Vorhalle und gelangten über eine breite Treppe in einen Flur, von dem mehrere Büros abgingen. Überall brannte das Gaslicht, obwohl kein Laut zu hören war. Vor der Tür von Békessys Büro angekommen, blieben wir stehen. Zillmaier machte mit fragendem Gesicht eine Handbewegung, so als ob er an die Tür klopfen wolle, aber Livingston schüttelte nur stumm den Kopf. Der Beamte nickte, zog mit der einen Hand seinen Dienstrevolver hervor und legte die andere Hand langsam auf die Klinke. Wir lauschten atemlos. Alles war totenstill. Schließlich stieß der Polizist mit einer entschlossenen Bewegung die Tür auf und brachte die Pistole in Anschlag …

Unsere Vorsicht wäre nicht nötig gewesen, denn der Anblick, der sich uns bot, ließ uns erstarren. Der grünlich-diffuse Schein einer abge-

blendeten Bürolampe fiel auf den reglosen Körper Eduard von Békessys, der zusammengesunken, mit dem Kinn auf der Hemdbrust, hinter seinem Schreibtisch saß. Die meisten Möbel des Zimmers waren demoliert, die Schreibtischschubladen und Aktenschränke aufgebrochen und durchwühlt, das Fenster stand weit offen. Wie gelähmt blieben wir auf der Schwelle stehen.
Erst nachdem wir uns vom ersten Schreck erholt hatten, traten wir näher heran. Ich beugte mich über den starren Körper des Fabrikanten, ergriff vorsichtig eine Hand und schüttelte sofort den Kopf. »Nichts zu machen«, sagte ich. »Tot, mindestens schon seit einer halben Stunde.«
Livingston stieß einen Fluch aus, während er mit nervösen Fingern die Krawatte des Toten löste und das Hemd aufknöpfte, das unmittelbar über der Brust tiefrot verfärbt war. Unter dem größtenteils schon geronnenen Blut war deutlich zu erkennen, daß Békessy mit mehreren Pistolenkugeln aus nächster Nähe erschossen worden sein mußte.
Zillmaier war blaß geworden. »Diese Sache wird mir allmählich zu heikel«, sagte er heiser. »Ich werde im Vorzimmer nachsehen, ob es dort einen Telephonanschluß gibt, um von Kessler zu verständigen.«
Er verschwand, und nach einer Weile hörten wir ihn im Nebenraum anläuten und gedämpft in den Apparat sprechen.
Livingston dagegen hatte seine Nerven inzwischen wieder soweit unter Kontrolle, daß er vorsichtig die Kleidung des Toten abtastete.
»Ein Selbstmord kommt wohl nicht in Frage?« fragte ich verwirrt.
Statt einer Antwort nahm der Engländer sein Westentaschentuch und zog damit einen Revolver aus Békessys Rocktasche. »Das wäre das erste Mal«, erklärte er düster, »daß sich ein Selbstmörder in die Brust schießt und danach noch imstande ist, seelenruhig die Waffe in die Tasche zu stecken.«
Er besah sich den Revolver aufmerksam, untersuchte die Trommel, legte ihn dann auf den Tisch und ging zum Fenster, das er ebenso wie den Fenstersims flüchtig betrachtete. Schließlich lehnte er sich hinaus. »Erdgeschoß«, murmelte er, »keine besondere Tiefe.«
Er kam zurück, musterte unschlüssig die Hände des toten Fabrikanten, schob plötzlich Daumen und Zeigefinger der linken Hand zur Seite und pfiff erstaunt durch die Zähne. »Kommen Sie, Doktor, sehen Sie sich das an«, sagte er, zog eine kleine Pinzette aus der Tasche

und pickte damit einen kleinen Papierschnipsel auf, der zwischen den Fingern Békessys gesteckt hatte. Es handelte sich um das abgerissene Stück einer Buchseite mit folgendem Text:

»... *wo war die Stille? Wo waren die Ohren, sie wahrzunehmen? Nein, da waren weder Stille noch Laut, nichts als unaufhörlicher, ewiger Atem, der sich selbst nicht kennt.*«

»Békessy muß wohl Interesse für Okkultismus gehabt haben«, sagte Livingston. »Wissen Sie, woraus dieses Fragment stammt?«
»Aus einem Werk über den Buddhismus, vermute ich.«
»Ganz recht. Es handelt sich um einen Teil der zweiten Stanze aus dem ›Buch des Dzyan‹ – und zwar in der Übersetzung einer der großen Okkultistinnen unserer Zeit. Haben Sie schon einmal etwas von ›Isis entschleiert‹ oder der ›Geheimlehre‹ gehört?«
»Sind das nicht zwei Bücher der Madame Blavatsky?«
»Ganz recht«, nickte Livingston. »Das hier« – er hielt das Papierstück mit der Pinzette hoch – »stammt, soweit ich mich an die englische Originalausgabe erinnern kann, aus dem ersten Teil der ›Geheimlehre‹. Die Blavatsky zitiert darin insgesamt sieben dieser Stanzen unter der Überschrift ›Kosmische Evolution‹.«
»Schön und gut, aber was haben buddhistische Stanzen mit Békessy zu tun?«
Livingston zuckte die Schultern. »Möglich, daß die Schwarze Hand neben antisemitischen auch okkulte Absichten hat. Auf jeden Fall muß der Mörder ihm das Buch mit Gewalt aus der Hand gerissen haben, um kein verdächtiges Beweisstück zu hinterlassen.«
Er legte seinen Fund wieder auf den Schreibtisch zurück und setzte seine Untersuchung des Zimmers fort, indem er sich vor dem großen Stahltresor an der Stirnwand niederließ. Die Tür stand offen, der Schlüsselbund steckte im Schloß. Der Inhalt bestand lediglich aus einigen Münzschatullen, offenbar die Lohngelder für die Fabrikarbeiter. Soweit ich erkennen konnte, fehlte keine einzige der Münzen, die in halbrunden Einlegeschalen aufgereiht waren. Livingston wandte sich daher auch bald wieder von dem Tresor ab und begann, den Besuchersessel zu untersuchen, der seitlich vor dem Schreibtisch auf einem Orientteppich stand. Auch der Teppich selbst schien seine Auf-

merksamkeit zu fesseln, denn er kniete darauf nieder und starrte einige Augenblicke auf eine bestimmte Stelle. Bevor ich aber näher hinzutreten konnte, war er schon wieder aufgestanden. Einen Augenblick lang sah er sich unschlüssig im Zimmer um, dann ging er zu den aufgebrochenen Aktenschränken hinüber. Ungefähr drei Schritte von diesen entfernt blieb er erneut stehen und bückte sich, als sei er über irgend etwas auf dem Fußboden gestolpert. Er pfiff kurz durch die Zähne, ging weiter und untersuchte aufmerksam die Zimmerwände, besonders ein Gemälde, das nicht weit entfernt von der Stelle hing, an der er soeben gestolpert war. Es handelte sich um einen ganz gewöhnlichen Stich von Rembrandts »Nachtwache«, so daß ich mich fragte, was daran so interessant sein konnte.
Zum Schluß wandte er sich zur gegenüberliegenden Seite des Zimmers, wo er den Kamin in Augenschein nahm. Nachdem er einige Stellen der gemauerten Einfassung abgetastet hatte, nahm er einen gußeisernen Schürhaken und fing an, in den frischen Holzscheiten herumzustochern. Offenbar fand er aber nicht, was er suchte, denn plötzlich kniete er sich auf den Boden, den hier ein dicker Perserteppich bedeckte. Ich konnte nicht erkennen, wonach er eigentlich Ausschau hielt, da er bald hinter einem Sessel verschwunden war. Außerdem kam in diesem Moment Zillmaier zurück.
»Von Kessler wird in Kürze hier sein«, erklärte der Polizist. »Haben Sie inzwischen etwas Besonderes entdeckt?«
Ich wies auf den Papierschnipsel auf dem Schreibtisch und erklärte ihm, was es damit auf sich hatte.
»Merkwürdig«, meinte er stirnrunzelnd. »Nur gut, daß sich Herr Livingston mit Okkultismus beschäftigt. Ich wäre wohl nie auf die Blavatsky gekommen.« Er sah sich nervös im Zimmer um. »Wo ist er übrigens?«
»Hier«, erklang die Stimme des Engländers ruhig hinter dem Sessel.
Zillmaier trat einen Schritt vor. »Und was machen Sie da?«
»Ich suche etwas.«
»Ja, was denn, um Himmels willen?«
»Das da«, sagte Livingston und deutete mit seiner Hand auf eine Stelle auf dem Teppich.
Wir traten hinzu und bückten uns. Auf dem dichten Flor, gut zwei Meter seitlich vor dem Kamin, lagen drei Pistolenkugeln.

»Wo kommen die denn her?« fragte Zillmaier verdutzt, bevor er plötzlich den Revolver auf dem Schreibtisch bemerkte. »Ist das Békessys Waffe?«
»Ja, sie steckte in seiner Rocktasche.«
»Stammen die Kugeln vielleicht daraus?«
»Mit Sicherheit nicht«, widersprach Livingston. »Das hier« – er deutete auf den Teppich – »sind Kugeln aus einer deutschen Waffe, vermutlich einem Prototyp der sogenannten C 93-Pistole, während Békessys Revolver ein ganz gewöhnlicher Smith & Wesson ist.«
»C 93? Nie gehört.«
»Nein, natürlich nicht. Es ist ein ganz neues Fabrikat, konstruiert von Hugo Borchardt, einem deutschen Waffentechniker. Aber wenn Sie mir nicht glauben, dann schauen Sie doch selbst nach, ob in Békessys Revolver eine Kugel fehlt.«
Zillmaier tat es. »Sie haben recht«, sagte er, »die Trommel ist noch voll geladen. Also müssen die Dinger auf dem Teppich aus der Waffe stammen, mit der auch Békessy erschossen wurde.«
»Sehr richtig«, stimmte Livingston zu. »Bleibt allerdings die Frage, *warum* diese drei Kugeln hier vor dem Kamin auf dem Boden liegen.«
»Ja, das ist allerdings wahr.«
Zillmaier trat zwei Schritte vor und sah sich den Kamin an. Er schien nichts Auffälliges zu bemerken und wollte sich schon wieder abwenden, als ihn eine Bemerkung Livingstons zurückhielt: »Kalt.«
»Wie meinen Sie?« fragte Zillmaier.
»Die Richtung Ihrer Suche.«
Zillmaier deutete mit einer fragenden Handbewegung auf den Kamin. Livingston nickte. »Warm.«
Der Polizist fuhr ebenso wie vorhin Livingston mit der Hand über die steinerne Einfassung.
»Wärmer«, meinte Livingston.
Zillmaier untersuchte die Innenseite des Kamins.
»Sehr warm, fast schon heiß.«
Der Polizist hielt plötzlich inne. »Tatsächlich«, murmelte er. »Drei kleine Löcher im Mauerwerk. Ziemlich flach.«
»Das heißt?«
»Die Kugeln müssen hier abgeprallt sein, bevor sie auf den Boden fielen.«

»Brillant«, meinte Livingston spöttisch. »Aber warum sollte jemand auf einen Kamin schießen?«
»Könnte es nicht sein, daß der Mörder Békessy zunächst verfehlt hat?« schlug ich vor.
Livingston schüttelte den Kopf. »In diesem Fall müßten die Kugeln irgendwo hinter dem Schreibtisch, also im Fensterrahmen oder in der Holzverkleidung an der Wand steckengeblieben sein. Die Stelle vor dem Kamin, wo die Kugeln lagen, ist dem Schreibtisch aber genau entgegengesetzt.«
»Und wenn er durch das geöffnete Fenster erschossen wurde?«
Livingston lachte sarkastisch auf. »Aber Doktor. Sie meinen, Békessy öffnet zufällig das Fenster, man schießt in diesem Moment von einer gegenüberliegenden Hofmauer auf ihn, einige Kugeln streifen den Kamin, während andere zufällig tödlich treffen, dann steigt der Mörder durchs Fenster herein, setzt den Toten in seinen Stuhl, damit es so aussieht, als sei er von vorn erschossen worden, und verschwindet wieder durch das Fenster?«
»Es wäre immerhin möglich«, sagte ich lahm.
Livingston wies mit einer lässigen Handbewegung zum Fenster. »Aber nur, wenn es eine gegenüberliegende Hofmauer tatsächlich gäbe«, sagte er.
Ich trat zum Fenster und sah hinaus. Auf der anderen Seite, keine fünf Schritte entfernt, befand sich in der Tat nichts weiter als eine kahle, fensterlose, sicher vier Stockwerke hohe Ziegelwand, offenbar die Rückseite einer Fabrikhalle.
Livingston lachte düster. »Kein Wort gegen Ihr physikalisches Vorstellungsvermögen, Doktor, aber selbst wenn der Mörder auf dem Dach gelegen hätte, wäre der Winkel um ein Vielfaches zu steil gewesen, nicht wahr?«
Zillmaier trat plötzlich ungeduldig einen Schritt vor. »Verdammt, Livingston, Sie machen mir den Eindruck, als wüßten Sie ganz genau, was es mit diesen verflixten Kugeln auf sich hat!«
»Sagen wir, ich habe eine Theorie«, gab der Engländer zurück und begann plötzlich in aller Ruhe mit dem Knöchel seines Zeigefingers den Schreibtisch Békessys abzuklopfen. »In Deutschland«, sagte er dabei, »genauer gesagt in Bayern, gibt es ein hübsches kleines Städtchen namens Landshut. Waren Sie jemals dort?«

Zillmaier und ich starrten ihn entgeistert an.
»Fühlen Sie sich nicht gut?« fragte der Beamte.
»Doch, durchaus, vielen Dank. Sie waren also noch nie in Landshut?«
»Nein, zum Kuckuck!«
»Wie schade«, meinte Livingston, ohne dabei in seiner Klopferei innezuhalten, »dann ist ihnen nämlich auch die Gelegenheit entgangen, einmal das dortige Feuerwaffenmuseum zu besuchen. Es ist eines der größten in Deutschland.«
Zillmaier war nahe daran, sich die wenigen Haare zu raufen, die er noch hatte. »Was zum Teufel hat ein Museum mit unserem Fall hier zu tun?!« rief er verzweifelt.
»Sehr viel.« Livingston unterbrach sein Gehämmer. »Dort können Sie nämlich anhand eines Prototyps der Borchardt'schen C 93 sehen, daß es sich bei diesen Waffen um völlig neuartige Modelle mit Nachlademagazinen und automatischem Hülsenauswurf handelt.«
Der Polizist starrte ihn plötzlich scharf an. »Mit *automatischem* … Sie meinen, hier müssen noch irgendwo die Hülsen herumliegen, die –«
»– bei jedem einzelnen Schuß aus dem Magazin einer C 93 springen, ganz recht.«
»Aber warum suchen Sie nach diesen Hülsen, indem sie den Schreibtisch abklopfen?«
»Ich suche sie ja gar nicht.«
»Herrgottnochmal!« schrie der Beamte »Warum denn nicht?!«
»Weil ich sie schon gefunden habe«, antwortete Livingston lakonisch. »Die beiden Hülsen der Kugeln, mit denen Békessy getötet wurde, liegen auf dem Teppich neben dem Schreibtisch, wenn Sie sich einmal dorthin bemühen wollen. Die drei anderen finden Sie auf dem Boden vor dem Rembrandt.«
Sprachlos vor Staunen ließen sich Zillmaier und ich an den angegebenen Stellen auf dem Boden nieder. Nach kurzer Suche hatten wir die Hülsen tatsächlich gefunden.
»Damit ist die Sache klar, nicht wahr?« meinte Livingston, der mittlerweile den rechten seitlichen Fuß des Schreibtischs abklopfte.
»Überhaupt nicht«, erwiderte ich. »Wir wissen jetzt, von wo aus der Mörder diese Kugeln auf den Kamin geschossen hat, aber noch lange nicht, warum er das tat.«
»Hat er denn überhaupt auf den Kamin geschossen?« gab Livingston

zurück und begann, auf die linke Unterseite des Schreibtischs einzuhämmern.
»Was soll die Frage, Livingston?« fragte ich ärgerlich. »Die Spuren an der Einfassung sind doch völlig eindeutig!«
»Finden Sie? Und wenn er nun gar nicht *direkt* auf den Kamin gezielt hätte?«
»Sie meinen, es waren Querschläger? Aber dann müßten ja wohl irgendwo die ursprünglichen Aufprallspuren vorhanden sein.«
»Sehr richtig. Betrachten Sie doch einmal den Rembrandt. Fällt Ihnen an dem Bild nichts auf?«
Zillmaier und ich gingen zur Wand und musterten das Gemälde, indem wir mit dem Finger über die Leinwand strichen.
»Nein«, sagte der Polizist.
»Aber vielleicht an der Tapete darunter?«
»Sie ist unter den Rändern des Rahmens etwas abgeschabt«, meinte ich.
»Ausgezeichnet«, spottete Livingston. »Fast so, als ob das Bild häufig ab und wieder aufgehängt wird, nicht wahr? Nur zu, meine Herren, hängen Sie es ruhig auch einmal ab.«
Stirnrunzelnd folgten wir der Aufforderung, nahmen das Bild vom Nagel – und starrten plötzlich auf einen kleinen, stählernen Wandtresor dahinter. Um das Schloß herum waren deutlich drei Dellen im Stahl zu erkennen; offenbar hatte der Mörder vergeblich versucht, das Schloß aufzuschießen.
»Das ist ja unglaublich!« entfuhr es Zillmaier.
»Keineswegs«, meinte Livingston gleichmütig. »Eine Frage der Deduktion, nichts weiter. Sie haben doch sicher auch den außerordentlich stumpfen Winkel bemerkt, in dem die Kugeln vor dem Kamin lagen, nach dem sie dort abgeprallt waren, nicht wahr? Nun also: Der Schütze hätte schon *sehr* nah vor dem Kamin stehen müssen, damit sie diesen Winkel bilden konnten. Wie der Fundort der Hülsen vor dem Rembrandt beweist, stand er aber alles andere als nah, sondern im Gegenteil mehrere Meter entfernt – eine Schlußfolgerung, die noch dadurch unterstrichen wird, daß die Löcher im Kamin viel tiefer sein müßten, wenn die Kugeln dort direkt aufgeprallt wären; schließlich besteht die Einfassung aus weichem Sandstein. Also mußten die Kugeln, bevor sie auf den Kamin trafen, zwangsläufig *schon*

einmal irgendwo abgeprallt sein. Bilden Sie auf der Grundlage dieser Hypothese erneut einen Winkel zwischen dem Fundort der Kugeln einerseits und der Hülsen andererseits, dann gelangen Sie unvermeidlich zu einer Stelle ungefähr in Höhe des Rembrandt. Und da die Kugeln kaum von Leinwand und Firniß abgeprallt sein konnten, schloß ich natürlich auf etwas wie einen kleinen stählernen Wandtresor dahinter.«

Zillmaier sah den Engländer fassungslos an. »Unglaublich!« rief er. »Sie hätten zu Scotland Yard gehen sollen, Mr. Livingston.«

»Lieber nicht«, erwiderte Livingston ironisch. »Mit den dortigen Talenten dürfte ich wohl kaum auf einer Stufe stehen.«

»Aber eines verstehe ich trotzdem nicht«, sagte ich. »Warum hat sich der Mörder die Mühe gemacht, das Bild wieder aufzuhängen?«

»Eine berechtigte Frage, Doktor«, nickte Livingston, »die allerdings eher in Ihr Fachgebiet schlägt, wenn Sie so wollen. Ich gehe davon aus, daß der Mörder in einer Art unbewußter Reflexhandlung vertuschen wollte, daß ihm die Existenz des Wandtresors von vornherein bekannt war.«

Überrascht starrte ich den Engländer an, der jedoch nicht weiter darauf achtete, sondern nun begann, die Schubladen aus dem Schreibtisch heranzuziehen und dessen Innenwände abzuklopfen. Er tat dies nach wie vor ohne Erklärung, so daß Zillmeier plötzlich erneut die Nerven verlor.

»Herrgott, Mann, was bezwecken Sie eigentlich mit dieser verdammten Klopferei?!« rief er hysterisch, doch genau in diesem Augenblick hörten wir aus der Tiefe des Schreibtischs ein knarrendes Geräusch, ähnlich dem aufspringenden Türchen einer Kuckucksuhr.

»Jawohl, da haben wir ihn«, rief Livingston triumphierend und hielt einen kleinen Schlüssel in die Höhe. »Jede Wette, daß dies hier der Wandtresorschlüssel ist!«

Ich zuckte zusammen, während sich Zillmaier entgeistert mit der Hand über das stoppelige Kinn fuhr. »Ich habe ja schon viel erlebt –«, stammelte er.

»Aber wieso?« unterbrach ihn Livingston ungerührt. »Irgendwo mußte er doch schließlich sein.«

»Und warum gerade in dem Schreibtisch? Haben Sie das etwa auch *deduziert?*«

»Nein. Aber wenn wir davon ausgehen, daß der Mörder tatsächlich von dem Wandtresor wußte, mußte sich für ihn doch alles auf die Suche nach dem passenden Schlüssel konzentrieren. Er hat ihn aber nirgends gefunden, sonst wäre er ja nicht gezwungen gewesen zu versuchen, den Wandtresor aufzuschießen. Also kam eigentlich nur ein Geheimfach in Frage, entweder hier in diesem Schreibtisch oder irgendwo in den Aktenschränken, vielleicht auch am Kamin, wobei ich allerdings dem Schreibtisch den Vorzug gab. Zu Recht, wie Sie sehen.«
Bei seinen letzten Worten war er bereits zu dem Wandtresor gegangen. Er steckte den Schlüssel in das Schloß, drehte zweimal um und öffnete mit einem kräftigen Ruck die Tür. Der Inhalt bestand aus Geschäftsdokumenten, mehreren Gebäudeschlüsseln, einem Umschlag mit Aktien und einigen Briefen. Livingston nahm sie heraus und blätterte sie erwartungsvoll durch. Bereits nach wenigen Sekunden pfiff er zufrieden durch die Zähne und hielt uns den Brief an Kandlitz hin, adressiert an das Männerwohnheim in der Spielmanngasse. Mit geschickten Fingern zog er den Bogen aus dem Umschlag, warf einen kurzen Blick darauf – und zog plötzlich enttäuscht die Brauen hoch.
»Und?« fragte Zillmaier ungeduldig. »Was steht denn drin?«
Wortlos reichte uns Livingston das Blatt, das über und über mit Zahlenkombinationen beschrieben war, immer nach dem gleichen Schema. Auf eine Zahl folgte ein Komma, dann wieder eine Zahl, und zum Schluß ein Semikolon: 276, 15; 34, 6; usw. Unterbrochen wurde die Reihe lediglich hin und wieder durch die alleinstehenden Ziffern Eins, Zwei und Drei. An einer Stelle, ungefähr im letzten Drittel, befand sich ein dickes Ausrufezeichen.
Zillmaier kratzte sich am Kopf. »Welch ein Unsinn«, brummte er.
Livingston nahm ihm den Brief wieder ab. »Immer mit der Ruhe. Natürlich ist das eine codierte Nachricht. Wir müssen sie nur entschlüsseln.«
Er begann, mit dem Papier in der Hand nervös im Zimmer auf und abzugehen.
»Versetzen wir uns in die Lage des Empfängers, Franz Kandlitz, eines eher ungebildeten Mannes. Der Code kann also nicht allzu schwierig sein. Die jeweils erste Zahl bedeutet wahrscheinlich die Seite eines Buches, während die zweite für den Anfangsbuchstaben einer Zeile dieser Seite steht.«

»Und die ständig wiederholten Einser, Zweier und Dreier?« fragte Zillmaier.
»Da gibt es mehrere Möglichkeiten. Wahrscheinlich ergibt sich der Sinn erst aus dem Zusammenhang.« Er blieb stehen. »Bleibt die Frage, welches allgemein bekannte und leicht zugängliche Buch Kandlitz ohne größere Schwierigkeiten jederzeit zur Hand nehmen konnte.«
»Die Bibel vielleicht?« schlug Zillmaier vor.
Livingston verzog das Gesicht. »Glauben Sie wirklich, daß ein Mann, der mit tödlicher Wirkung Speichen ansägt, jeden Abend einen frommen Vers aus der Heiligen Schrift liest? Außerdem gibt es derart viele verschiedene Bibelausgaben, daß Békessy unmöglich davon ausgehen konnte, Kandlitz werde das gleiche Exemplar besitzen wie er selbst. Nein, ich denke an etwas anderes.«
Er sah sich kurz im Zimmer um, schien aber nicht zu finden, was er suchte. »Nebenan war doch das Vorzimmerbüro, nicht wahr?« fragte er.
Zillmaier nickte, und wir gingen gemeinsam hinüber. Livingston zog verschiedene Schubladen auf, bis er plötzlich das Adreßbuch der Stadt Wien in der Hand hielt.
»Das meinte ich«, erklärte er. »In jedem größeren Postamt ohne Schwierigkeiten einzusehen. Also los, versuchen wir unser Glück. Nehmen Sie sich Papier und Bleistift, Doktor, ich werde blättern, und Sie werden jeweils den Anfangsbuchstaben der Namen aufschreiben, die ich ihnen sage. Die ständigen Einser, Zweier und Dreier werde ich an den entsprechenden Stellen mitdiktieren.«
Er nahm Békessys Brief und begann: »Also, Seite 276, der fünfzehnte Eintrag heißt Rupp; dann kommt eine Zwei. Seite 234, sechster Eintrag: Triebel, gefolgt von einer Eins …«
Auf diese Weise entstand nach und nach folgende Kette von Buchstaben und Zahlen:

»R2T1VF23TSN32D
N2B2GUZ1K3R2M1HC1NTHCULF2N32RÜFDL2GR3D
T32R2B2RÄWHC3
N2TL1HCSSU1NN1WDN2GR3HC3DHCU1N2DR2W23S
!THC3NHSR2D2BU1LG
TSLLOSN2R23D3UQ3LKUDSS1DN2RH1FR22B1H.«

Zillmaier setzte eine herablassende Miene auf, als er sich über das Ergebnis beugte. »Vielleicht hätten wir es doch besser mit der Bibel versuchen sollen«, meinte er sarkastisch, doch Livingston schien seine Bemerkung gar nicht gehört zu haben, so angestrengt starrte er auf das Blatt.

Plötzlich ließ er den Brief sinken und schüttelte enttäuscht den Kopf. »Damit dürfte wohl endgültig feststehen, daß wir eine falsche Fährte verfolgt haben«, sagte er in bitterem Ton.

»Aber wieso?« fragte Zillmaier verständnislos. »Was bedeutet denn dieses Kauderwelsch?«

»Ja, sind Sie denn blind?« rief Livingston. »Sie brauchen das Ganze doch nur von hinten nach vorn zu lesen und einige Leerstellen einzufügen. Hier bitte, ich werde es Ihnen aufschreiben.«

Ungeduldig nahm er den Bleistift und schrieb:

»H1B2 2RF1HR2N D1SS DU K L3QU3D32R2N SOLLST
GL1UB2 D2R SH N3CHT!
S32 W2RD2N 1UCH D3CH 3RG2NDW1NN
1USSCH1LT2N 3CH WÄR2 B2R23T D3R G2LD FÜR
23N2 FLUCHT N1CH 1M2R3K1 ZU G2B2N
D23N ST32FV1T2R.«

»Begreifen Sie? Die Einser, Zweier und Dreier stehen natürlich für die Vokale a, e und i, so daß sich am Ende folgender Text ergibt.«

Er nahm noch einmal den Stift und ergänzte:

»HABE ERFAHREN DASS DU K LIQUIDIEREN SOLLST
GLAUBE DER SH NICHT!
SIE WERDEN AUCH DICH IRGENDWANN
AUSSCHALTEN
ICH WÄRE BEREIT DIR GELD FÜR EINE FLUCHT
NACH AMERIKA ZU GEBEN
DEIN STIEFVATER.«

Zillmaier schlug sich mit der Hand vor den Kopf. »Mein Gott«, stöhnte er, »ja, so ist es natürlich sonnenklar. Das K wird für Kahn stehen und SH für die Schwarze Hand, nicht wahr?«

Fassungslos musterte er den Engländer, der allerdings keine Notiz davon nahm, sondern noch immer wie in Trance auf den Brief starrte.
»Das heißt also«, sagte ich, »daß Békessy seinen Stiefsohn lediglich warnen wollte?«
»Nicht nur das«, erwiderte Livingston resigniert. »Wenn man sich im Licht dieses Briefes noch einmal Ludwig Kahns Ausruf ›Bluthund‹ vor Augen führt, spricht vieles dafür, daß Békessy auch den Bankier vor einem Attentat gewarnt hat. Denken Sie auch an die Bemerkung Kahns, er wolle zum Kaiser selbst gehen, die sein Sohn zufällig mit anhörte. Möglicherweise war auch sie nur eine Reaktion auf Békessys Enthüllungen. Ja, selbst die Geschichte mit den jüdischen Audienzgesuchen bekommt damit eine völlig andere Bedeutung. – Sie sehen«, fügte er bitter hinzu, »wie gefährlich es ist, sich in Ermangelung handfester Beweise eine Theorie zurechtzuzimmern.«
»Aber ich begreife nicht«, bemerkte Zillmaier, »warum Békessy den Brief nicht einfach vernichtete, nachdem er ihn von Kandlitz zurückerhalten hatte?«
»Ich vermute«, erwiderte Livingston müde, »er behielt ihn für den Fall, daß seine Warnung doch irgendwann ans Licht kommen sollte. Dann hätte er gegenüber der Schwarzen Hand jederzeit beweisen können, daß er zumindest keine Namen genannt hat. Wenn er überhaupt welche kannte.«
»Sie meinen, er war gar kein Mitglied?« fragte ich.
Livingston zuckte die Achseln und deutete mit düsterer Miene auf das Direktionszimmer nebenan.
»Das werden wir wohl nie erfahren«, sagte er.
Er verstummte, und auch Zillmaier und ich schwiegen.
Schließlich sagte Livingston: »Lassen Sie uns nach draußen gehen und den Boden unter dem offenen Fenster untersuchen. Das ist alles, was wir noch tun können.«
Wir verließen das Verwaltungsgebäude und begaben uns zu der fraglichen Stelle im Hof gegenüber der hohen Fabrikmauer.
Unglücklicherweise bestand der Boden hier nur aus Pflastersteinen, so daß es unmöglich war, Fußabdrücke oder ähnliches zu entdecken. Dafür stieß Livingston auf etwas anderes: eine dicke, seltsam helle, etwa zu drei Vierteln abgebrannte Zigarre, die er sich kurz unter die Nase hielt.

»Meine Güte, Livingston«, sagte ich. »Nachdem Sie vorhin meine Theorie wegen des offenen Fensters so elegant über den Haufen geworfen haben, werden Sie doch wohl jetzt nicht ernsthaft glauben, daß unser Mörder sein Opfer mit mehreren Schüssen niederstreckt, ihm das Buch der Blavatsky entreißt, vergeblich den Tresor aufzuschießen versucht und Hals über Kopf aus dem Fenster flüchtet, nur um dann hier noch gemütlich eine Zigarre zu schmauchen?«

»Nein«, erwiderte Livingston ausdruckslos, »das glaube ich allerdings nicht. Daß der Mörder hier nicht geraucht hat, ist klar, schließlich sind nirgends Aschereste zu entdecken. Wahrscheinlich ist ihm der Zigarrenstummel bei seinem Sprung aus dem Fenster aus der Tasche gefallen.«

»Wer sollte eine fast zu Ende gerauchte Zigarre mit sich herumtragen?«

»Nun, ein geiziger Raucher etwa oder auch ein sehr genußsüchtiger. Der Raucher dieser Zigarre beispielsweise muß in besonders hohem Maße genußsüchtig sein.«

»Wieso?«

Livingston zuckte die Schultern. »Sie kennen doch mein Faible für exotische Rauchwaren, Doktor. Diese Zigarre hier ist eine Suchum, aus der gleichnamigen südrussischen Hafenstadt am Schwarzen Meer. Sie gehört zu den seltensten und teuersten Zigarren der Welt und wird lediglich in Stückzahlen von drei- bis viertausend pro Jahr in Handarbeit hergestellt. Ich habe in England erst eine Handvoll Menschen getroffen, die sich diesen Luxus geleistet haben. Aber selbst diese durchaus Begüterten hätten den Teufel getan, auch nur ein *Viertel* dieser Zigarre wegzuwerfen.«

Zillmaier warf dem Engländer einen respektvollen Blick zu. »Damit hätten wir wenigstens noch einen Hinweis«, sagte er. »Der Mörder interessiert sich also für die Bücher der Madame Blavatsky, benutzte eine deutsche Borchardt-C-93-Pistole und raucht Zigarren der Marke Suchum, was darauf schließen läßt, daß er genußsüchtig und verhältnismäßig wohlhabend ist.«

»Außerdem dürfte er Békessy recht gut gekannt haben«, fügte Livingston hinzu.

»Wieso das?« fragte Zillmaier überrascht.

Der Engländer wies auf das Verwaltungsgebäude. »Als wir kamen,

war die Eingangstür unverschlossen, so als ob Békessy jemanden erwartet hätte. Außerdem scheint er, so wie wir ihn vorfanden, nicht den geringsten Versuch gemacht zu haben, sich zu wehren, was ebenfalls dafür spricht, daß er in seinem abendlichen Besucher eher einen Freund als einen Feind sah. Aber vor allem der Wandtresor: Nur Békessys engste Freunde, Vertraute oder Mitarbeiter können doch von ihm gewußt haben.«
Zillmaier nickte nachdenklich. »Ja, das klingt plausibel.« Er straffte sich. »Nun, Herr Livingston, ich glaube, es wird das beste sein, wenn Sie und Heydinger in die Stadt zurückfahren. Ich werde hier warten, bis von Kessler kommt, und ihm erklären, was wir inzwischen herausgefunden haben. Natürlich kann ich Ihnen nicht versprechen, daß es eine großangelegte offizielle Untersuchung gibt. Das müssen von Kessler oder noch höhere Herren entscheiden.«
»Ich verstehe«, sagte Livingston. »Hoffentlich können Sie Ihre Vorgesetzten überzeugen.«
»Ich werde mein möglichstes tun.«
Damit ging der Polizist zum Gebäude zurück, während Livingston und ich uns auf den Weg zur Jägerstraße machten, um zu versuchen, dort einen Fiaker in die Stadt zu finden.

XVI.

Eduard von Békessy war nicht irgendwer gewesen. Einer der wohlhabendsten Männer Wiens, hatte er viele Verbindungen bis hinauf zum kaiserlichen Hof unterhalten und zeitweise sogar als enger Vertrauter des Kronprinzen gegolten. Um so erstaunlicher war es, wie wenig man nun auf seiten der Wiener Polizei unternahm, um seinen Tod aufzuklären. Natürlich wußten Livingston und ich am besten, wie dürftig die Indizien waren, die wir am Ort der Tat gefunden hatten. Aber schon nach wenigen Tagen hatten wir allen Grund zu der Annahme, daß man höheren Ortes bemüht war, den Fall wenn nicht zu verschleppen, so doch wenigstens zu bagatellisieren. Zillmaier berichtete, daß von Kessler als Staatsanwalt darauf gedrungen hatte, eine eigene Mordkommission ins Leben zu rufen, diesen Vorschlag jedoch auf Druck des Polizeipräsidiums wieder zurückziehen mußte. Noch am Abend des Mordes hatte der stellvertretende Wiener Polizeipräsident persönlich verfügt, keinerlei Informationen an die Presse zu geben und den Stand der Ermittlungen bis auf weiteres geheimzuhalten, mit dem Resultat, daß es am nächsten Tag in den Wiener Tageszeitungen lediglich hieß, Békessy sei einem mißglückten Raubversuch zum Opfer gefallen.

So war es nicht verwunderlich, daß auch Zillmaier bei seiner Untersuchung nur schleppend vorankam. Weder waren in Wien Verbrechen mit deutschen Borchardt-Pistolen registriert, noch ergaben sich irgendwelche Hinweise auf den rätselhaften Papierfetzen aus der »Geheimlehre« der Madame Blavatsky. Nicht einmal die Bezugsquelle der Suchum-Zigarre konnte ermittelt werden. Keine der lokalen Tabakhandlungen führte diese Marke, so daß man annahm, der Mörder habe sie entweder von einem ausländischen Importeur oder direkt vom Hersteller in Rußland bezogen.

Lediglich eines fand Zillmaier heraus: daß nämlich Békessy nicht mit seinem eigenen Kutscher zu seiner letzten Fahrt in die Brigittenau aufgebrochen war. Mit Nachdruck wurde deshalb nach dem Fahrer der Mietdroschke gefahndet, die Békessy benutzt haben mußte – zunächst allerdings ohne Erfolg.

Nicht besser stand es um die Suche nach dem Täter selbst. Wenn Livingstons Hypothese zutraf, daß der Fabrikant seinen Mörder gekannt, ja ihn sogar erwartet haben mußte, dann stellte sich natürlich die Frage, wer im Bekanntenkreis Békessys von der Existenz des besagten Briefes gewußt oder möglicherweise erst durch unsere Nachforschungen davon erfahren hatte. Zillmaier konzentrierte sich zunächst auf die Gattin des Ermordeten, die indessen beteuerte, niemandem von dem Brief erzählt zu haben. Auch konnte sie sich an keinen Bekannten Ihres Mannes erinnern, der eine Vorliebe für theosophische Literatur gehabt oder exotische Zigarren geraucht habe. Und warum ihr Mann vor seinem Tod in der »Geheimlehre« gelesen haben sollte, war ihr erst recht ein Rätsel. Ein Mitglied der Theosophischen Gesellschaft sei Békessy jedenfalls nicht gewesen, wenigstens nicht während der Zeit ihrer Ehe. Im übrigen hatte die Witwe ein ebenso makelloses Alibi wie der junge Kahn, den Zillmaier vorsichtshalber ebenfalls vernahm, da schließlich auch er über einen Teil unserer Ermittlungen im Bilde gewesen war. Während die Fabrikantengattin wegen ihrer Aufregung darüber, bei der Suche nach dem

Brief von ihrem Mann überrascht worden zu sein, ihren Hausarzt hatte rufen lassen und von diesem nachweislich zur Tatzeit behandelt worden war, hatte der Bankierssohn am selben Abend ausgiebig mit Geschäftsfreunden im Hotel Imperial soupiert. Zillmaier dehnte daher seine Ermittlungen auf die Dienstboten im Hause Békessy sowie die Büroangestellten in der Fabrik aus, aber auch sie konnten keine weiterführenden Angaben machen, ebensowenig wie Békessys Mitstreiter in der Gesellschaft der Musikfreunde. Niemand wollte etwas von einem Hang des Toten zum Okkultismus gewußt haben, niemand konnte sich vorstellen, daß er Feinde hatte, und über den Geheimtresor hinter dem Rembrandt war angeblich nicht einmal sein eigener Bürovorsteher im Bilde gewesen.
»Bleibt nur noch einer, der uns vielleicht etwas über Békessys Vorleben hätte erzählen können, und der ist ebenso für immer verstummt wie der Fabrikant selbst«, resümierte Livingston düster, als ich mit ihm zusammen in der Taborstraße die letzten Nachrichten Zillmaiers besprach.
»Franz Kandlitz«, sagte ich.
Der Engländer nickte nur, äußerlich gelassen, in Wahrheit aber zutiefst entmutigt über diese Entwicklung der Dinge. Es war, als ob sich ein undurchdringliches Netz aus stummen Geheimnissen über die Vergangenheit Eduard von Békessys gesenkt hätte, ein schwarzer Schleier, der ihn zu hilfloser Untätigkeit verdammte. Anfangs versuchte er noch, seine Nerven ohne Kokain unter Kontrolle zu bringen und sich abzulenken, indem er lustlos auf seiner Violine herumkratzte, über seinen Kompositionen brütete oder ein paar Bücher zur Hand nahm, darunter in einer deutschen Übersetzung »Schuld und Sühne« von dem gerade in Mode gekommenen Russen Dostojewski. Doch der Erfolg dieser Bemühungen war dürftig. Das Instrument legte er ebenso bald wieder zur Seite wie den Roman, und seine eigene Musik tat er mit der übertriebenen Selbstkritik des begabten Dilettanten als »alberne Pfuscherei« ab. Glücklicherweise ging er nicht soweit, seine Skizzen einfach ins Feuer zu werfen, denn das Orchesterstück, an dem er gelegentlich arbeitete, machte auf mich einen höchst originellen Eindruck. Weit über Wagner und Bruckner hinausgehend, mit großen harmonischen Kühnheiten und einer Vielzahl von Themen und Motiven, ging von den Noten der Klang einer dun-

kel dahinfließenden Rhapsodie aus, die manchmal kaum noch von den tradionellen Ufern der Tonalität begrenzt war.
Am Ende ließ er sich ziellos von seinen Stimmungen dahintreiben, bis er nur noch zwischen Anfällen tiefer Apathie und absurden Theorien über die Hintergründe des Fabrikantenmordes hin- und herschwankte. Er wurde übellaunig und reizbar, verfluchte wahllos Freud, Zillmaier und von Seydtlitz, rannte wie ein eingesperrter Tiger im Zimmer auf und ab und nahm kaum noch einen Bissen zu sich. Als Zillmaier eines Abends wieder in der Taborstraße erschien, aber immer noch keine Fortschritte vermelden konnte, verlor er vollends die Beherrschung. Er ergriff vor Wut einen gläsernen Aschenbecher und schleuderte ihn mit solcher Wucht gegen den eisernen Kohleofen, daß die Trümmer durch das ganze Zimmer flogen. Hätte Zillmaier nicht rechtzeitig einen Satz zur Seite gemacht, wäre er noch von einem Splitter getroffen worden. Zwar entschuldigte er sich sofort darauf mit aufrichtiger Zerknirschung, konnte aber auch dadurch nicht mehr den Eindruck vertuschen, daß er mit seinen Nerven am Ende war. Offenbar wollte er mit aller Gewalt versuchen, das Kokain aus eigener Kraft zu überwinden und sämtliche Entzugserscheinungen in Kauf zu nehmen. Und erst viel später sollte ich auch erfahren, wer hinter diesem Versuch stand – niemand anders als Irene Adler-Norton nämlich, die ihrem unglücklichen Freund wohl mehrfach scharf ins Gewissen geredet hatte. Unter anderem sollte sie damit gedroht haben, die gemeinsame Liaison endgültig zu beenden, wenn es ihm nicht gelänge, sich aus seiner Abhängigkeit zu befreien …

Livingstons Stimmung hellte sich etwas auf, als sich herausstellte, daß man einen Hinweis auf den Mietkutscher Békessys erhalten hatte. Ein Zeuge hatte sich gemeldet, der sich an die Nummer einer Droschke erinnerte, die an dem fraglichen Tag vor dem Währinger Haus des Industriellen gehalten hatte. Jetzt, so versicherte Zillmaier, könne es sicher nur noch eine Frage von wenigen Tagen sein, bis man den Mann gefunden haben würde.
Um Livingstons Lippen zuckte es bei dieser Nachricht, und für einige Stunden erschien noch einmal ein hoffnungsvoller Ausdruck auf seinem hageren Gesicht. Doch schon am nächsten Morgen wurde endgültig klar, daß er seine Kräfte überschätzt hatte. In einem Blitztele-

gramm bat er mich, sofort zu ihm zu kommen. Als ich bei ihm eintraf, lag er auf seinem Bett und wand sich in Krämpfen, die seinen mageren Körper wie eine Marionette schüttelten. Seine Lippen waren bläulich angelaufen, seine Stirn weiß wie Papier. Die einzige Möglichkeit, ihm etwas Erleichterung zu verschaffen, bestand in der Verabreichung seiner homöopathischen Medikamente und einer starken Dosis Morphium.

Im Verlauf des Nachmittags wurden die Anfälle so heftig, daß ich nahe daran war, Freud herbeizutelegraphieren und eine Einweisung in das Allgemeine Krankenhaus zu veranlassen. Erst gegen Abend beruhigte er sich ein wenig, begann dafür aber plötzlich, wie im Fieberwahn vor sich hinzuphantasieren. Er erzählte wieder weitschweifig von dem Unbekannten, den er in jenen Schweizer Wasserfall hinabgestoßen habe, beschrieb erneut den Traum mit den Pyramiden, in dem er sich als eine orientalische Königsgestalt sah, und halluzinierte über die geheimnisvolle Austernplage in London und anderen europäischen Hauptstädten, die sich, von den unterirdischen Kanalisationsbauwerken ausgehend, immer weiter verbreitet und schon die Kellerfundamente vieler Häuser durchdrungen habe. Auch hier in Wien sei es schon soweit.

Als ich ihn näher dazu befragen wollte, sah er mich nur mit einem eigentümlich verzerrten Lächeln an. »Sie glauben mir wohl nicht, wie?« fragte er.

»Nein, das tue ich allerdings nicht«, erwiderte ich mit Bestimmtheit. »Ihre Nerven –«

»Nerven! Was wissen Sie von meinen Nerven?« schrie er hysterisch. »Und überhaupt, wie können Sie es wagen, mit mir wie mit einem schwachsinnigen Kind zu reden!«

Er sprang auf und eilte zur Tür, wo er sich zu mir umdrehte. Sein Blick war mit einem Mal von unterwürfiger, fast kriecherischer Höflichkeit. Eifrig winkte er mir mehrmals mit der Hand. »Kommen Sie, Doktor«, flüsterte er verschlagen lächelnd. »Kommen Sie mit, dann werden Sie es ja selbst sehen.«

Ich erhob mich achselzuckend und folgte ihm die Treppe hinab. Als wir das Kellergeschoß erreicht hatten und es ihm nach mehreren vergeblichen Versuchen endlich gelungen war, das Vorhängeschloß eines kleinen Holzverschlages zu öffnen, riß er ein Streichholz an. Im

Schein der kleinen Flamme konnte ich sehen, wie er mit unstetem Blick den Raum musterte, in dem sich lediglich ein paar Kohlen und ein Regal mit Einmachgläsern befanden. Er deutete auf die Gläser und hielt die Flamme daran. Eines enthielt irgendeine Marmelade – möglicherweise Quitten –, der Rest nichts außer geviertelten Birnen im eigenen Saft.

»Sehen Sie?« fragte er triumphierend.

»Nichts außer Eingemachtem.«

»Aber sehen Sie denn nicht die Austern?!«

»Nein. Es gibt hier keine Austern. Sie sind krank, Livingston.«

Der Engländer starrte wie gebannt auf die Gläser. Seine Stirn begann sich mit kleinen Schweißtropfen zu bedecken, sein ganzer Körper zitterte wie bei einem Fieberkranken. Einen Moment stand er unschlüssig da, wie ein Kind, dem man sein Spielzeug weggenommen hat. Dann drehte er sich plötzlich wortlos um, verließ das Gewölbe ohne die Tür abzuschließen und stieg schweigend vor mir die Treppe hinauf.

Ich verriegelte schnell die Tür und folgte ihm.

Oben in der Wohnung kam ich gerade noch rechtzeitig, um zu sehen, wie er, einem Schlafwandler gleich, langsam aber zielstrebig auf sein Ankleidezimmer zuging.

»Es ist also soweit?« fragte ich scharf, als er die Tür schon fast erreicht hatte.

Für einen Moment zögerte er.

»Ja«, murmelte er dann. »Ja … es ist soweit …«

Er wollte gerade die Klinke herunterdrücken, als ich plötzlich mit einem Satz bei ihm war und mich zwischen ihn und die Tür drängte.

»Herrgott, Livingston«, fuhr ich ihn an. »Bedenken Sie doch, wie lange Sie es dieses Mal ausgehalten haben! Wollen Sie das alles in einer Minute wieder zunichte machen?«

»Lassen Sie mich!«

Seine Augen fixierten starr die Klinke. Um seinen Mund zuckte es; die Stirn war inzwischen mit unzähligen dicken Schweißtropfen bedeckt.

»So hören Sie mich doch wenigstens an«, rief ich. »Ich könnte Sie hypnotisieren oder Ihnen –«

»Sie sollen mich in Ruhe lassen!« schrie er und wollte mich zur Seite

drängen. Ich versuchte, seinen Arm zu fassen, doch er war wie von Sinnen.
»Ich warne Sie, Doktor! Zum letzten Mal: Geben Sie die Tür frei!« brüllte er, packte plötzlich meine Schulter und schleuderte mich mit einem gewaltigen Ruck gegen die Wand. Dann drückte er die Klinke herunter, stürzte in den Raum, schlug die Tür hinter sich zu und verriegelte sie von innen.
Mir war klar, daß es keinen Zweck gehabt hätte, an die Tür zu hämmern und ihn mit beschwörenden Worten von seinem Vorhaben abbringen zu wollen. Also postierte ich mich in der Nähe der Wohnungstür und wartete.
Nach etwa zehn Minuten kam er wieder heraus. Er nahm mit einem Seitenblick zur Kenntnis, daß ich noch da war, ging zum Fenster, starrte hinaus und zündete sich mit zitternden Händen eine Zigarette an, während ich an meinem Platz stehen blieb. Wir schwiegen eine Weile.
Schließlich sagte er tonlos: »Tut mir leid, Doktor.«
»Ihre Attacke oder Ihr Rückfall?«
»Beides.«
»Warum haben Sie es dann getan?«
»Was hätte ich sonst tun können? Sie haben mir bewiesen, daß es keine Austern gibt. Als nächstes werden Sie mir vermutlich beweisen, daß es auch die Schwarze Hand nicht gibt. Und wer weiß, vielleicht gibt es ja auch mich nicht …«
Er starrte leer vor sich hin, während ich plötzlich das Einmalige der Gelegenheit erkannte. Es war das Stadium, bevor das Kokain seine Wirkung zu entfalten begann und er entspannt genug war, um mit einigen gezielten Fragen aus seiner Verschlossenheit gelockt zu werden. Ich mußte nur versuchen, ihn zu überraschen.
»Natürlich gibt es Sie nicht«, sagte ich also betont gelassen.
Der Engländer blinzelte. »Was? Wie meinen Sie das?«
»Wie ich es sage«, erwiderte ich. »Sie existieren nicht. Sie haben keine Identität. Sie sind gewissermaßen eine künstliche Schöpfung.«
Sein Blick war plötzlich lauernd wie der eines Reptils. »So?« fragte er. »Und wer ist mein Schöpfer?«
»Warum fragen Sie, obwohl Sie die Antwort kennen?«
»Ich möchte es gerne von Ihnen hören. Bitte sagen Sie es mir …«

Ich trat einen Schritt auf ihn zu. Es war nur ein Versuch, aber ich mußte es wagen. »Sie sind es selbst«, sagte ich. »Sie haben sich selbst erschaffen, weil Sie den Gedanken an Ihr früheres Leben nicht mehr ertragen konnten. Ihr *alter ego* ertrank in der Schweiz, in den Reichenbachfällen. Sie haben es ermordet, um sich von Ihrer Vergangenheit zu befreien.«

Der Engländer starrte mich völlig verblüfft an. »Ja …«, murmelte er dann seltsam lächelnd. »Ja, Sie könnten fast recht haben …«

Ich wollte gerade zu einer weiteren Frage ansetzen, als es plötzlich läutete. Ausgerechnet jetzt, dachte ich, insgeheim die Störung verfluchend. Aber da ich nun einmal genau vor der Tür stand und wir schließlich nur Zillmaier erwarteten, blieb mir nichts anderes übrig, als zu öffnen.

Es war tatsächlich der Polizist, der übernächtigt und niedergeschlagen aussah.

Als er Livingstons Gesicht sah, zögerte er. »Pardon«, meinte er, »wenn ich stören sollte, komme ich vielleicht besser morgen wieder …«

»Sie stören keineswegs«, erwiderte Livingston mit unerwarteter Bestimmtheit. Das Kokain begann offenbar bereits zu wirken. Der apathische Ausdruck in seinem Gesicht ließ nach, und in die Muskeln um Kinn und Mund trat wieder etwas Spannung. Resigniert ließ ich mich in einen Sessel fallen. Die Gelegenheit, etwas über seine Vergangenheit zu erfahren, war vorbei.

»Bringen Sie Neuigkeiten?« fragte Livingston.

»Ja«, antwortete der Polizist. »Allerdings keine guten.« Er knetete eine Weile verlegen seinen Hut in den Händen. Dann gab er sich einen Ruck. »Herr Livingston, Herr Dr. Heydinger«, sagte er in einer Mischung aus Amtsjargon und persönlicher Erklärung, »es tut mir leid, Ihnen das sagen zu müssen, aber Herrn von Kessler und mir wurde heute morgen offiziell die Leitung des Falles Békessy entzogen.«

Livingston drückte hart den Rest seiner Zigarette aus. »Das habe ich erwartet«, sagte er. »Wie lautet die Begründung?«

»Eine offizielle Erklärung gibt es nicht«, antwortete Zillmaier. »Man munkelt, daß unsere Nachfolger für eine Beförderung anstehen und bereit sind, den Fall als unaufklärbar abzuschließen, wie das höheren

Orts gewünscht wird. Ich selbst bin allerdings überzeugt, daß das Ganze etwas mit der Aussage dieses Mietkutschers zu tun hat.«
»Des Kutschers? Er wurde also gefunden?«
»Ja, heute morgen. Er gab an, daß Békessy nicht direkt in die Brigittenau gefahren sei, sondern unterwegs an einem Mietshaus in der Nähe des Kärntnerrings halten ließ. Békessy sei ausgestiegen, in das Haus gegangen und erst nach einer Viertelstunde zurückgekommen. Erst danach fuhr man weiter zur Fabrik.«
»Konnte der Mann sagen, zu wem Békessy in diesem Haus wollte?«
»Nein.«
»Aber die Hausbewohner wurden doch wohl vernommen?«
»Gewiß«, antwortete Zillmaier zögernd. »Aber niemand will Békessy an dem besagten Abend gesehen haben.«
Livingston unterdrückte einen Fluch. »Und wer wohnt alles in diesem ominösen Haus?« fragte er scharf.
Der Beamte wand sich vor Verlegenheit. »Nehmen Sie es mir nicht übel, Herr Livingston, aber ich weiß wirklich nicht, ob ich … ich meine, in meiner jetzigen Lage …«
»Jaja, ich verstehe schon«, unterbrach ihn Livingston und strich sich in einer Geste der Verzweiflung mit beiden Händen die dünnen Haare zurück. »Sie *dürfen* nichts sagen, nicht wahr?«
Zillmaier nickte nur. Ein gespanntes Schweigen entstand.
»Nun«, meinte Livingston schließlich in gespielter Gelassenheit, »wir wollen Sie natürlich nicht in Schwierigkeiten bringen.«
Er streckte dem Beamten die Hand hin. »Vielen Dank für Ihre Hilfe«, sagte er. »Ich weiß, daß Sie Ihr Bestes versucht haben.«
Der Polizist verließ uns. Livingston schloß die Tür hinter ihm und ließ sich in einen Sessel fallen. Sein Gesicht verriet keine Regung. Offenbar hatte das Kokain inzwischen seine volle Wirkung entfaltet.
»Und nun?« fragte ich, doch er antwortete nicht.
Erst nachdem er eine Weile gedankenverloren dagesessen hatte, stand er plötzlich mit einer entschlossenen Bewegung wieder auf und zog seine goldene Uhr aus der Tasche. »*Touché*, Doktor. Wer immer unsere Gegner auch sind, sie haben uns ohne Zweifel einen Hieb verpaßt.«
»Aber was sollen wir jetzt anfangen?«
Livingston lächelte spöttisch. »Nichts. Oder besser gesagt, *fast* nichts,

denn wenn wir uns beeilen, kommen wir vielleicht noch rechtzeitig zu einem Rendezvous mit einer schönen Frau. Oh, nicht was Sie denken, Doktor, Madame weilen zur Zeit in Paris. Ich dachte an eine andere Dame. Wären Sie bereit, mich in die Hofoper zu ›Carmen‹ zu begleiten?«

»Sie wollen sich also tatsächlich geschlagen geben?«

»Nein. Aber im Moment können wir ja doch nichts tun. Das Spiel ist uns über den Kopf gewachsen.«

Wir nahmen Hut und Mantel und stiegen gemeinsam die Treppe hinab.

»Hatten Sie nicht vor, demnächst nach Hamburg zu fahren?« fragte Livingston, als wir vor der Haustür angekommen waren.

»Ja. In zwei Wochen.«

»Dann werde ich mich Ihnen anschließen, wenn Sie nichts dagegen haben.«

»Durchaus nicht.«

Er nickte, zog die Haustür auf – und fuhr plötzlich erschrocken zusammen. Eine große Männergestalt stand vor ihm, offenbar gerade im Begriff zu läuten und mindestens ebenso überrascht wie der Engländer selbst. Der Fremde trug einen langen dunklen Mantel und einen Zylinder, den er tief ins Gesicht geschoben hatte. Erst als er den Hut ein wenig lüftete und das Treppenhauslicht auf sein schmales Gesicht und die glanzlosen hellgrünen Augen schien, erkannten wir, um wen es sich handelte.

»Von Kessler«, rief Livingston überrascht.

Der Staatsanwalt hielt die Schultern hochgezogen, als fühle er sich verfolgt, und blickte nervös in den Hausflur, bevor er sich in gedämpftem Ton an den Engländer wandte. »Zillmaier war so freundlich, mir Ihre Adresse zu geben«, sagte er. »Leider scheinen Sie kein Türschild zu besitzen – oder wohnen Sie hier etwa als Sigerson? Ah, guten Abend, Dr. Heydinger«, setzte er hinzu, als er mich in der Tür erkannte, »schön, daß Sie hier sind. Eigentlich wollte ich nämlich zu Ihnen.«

»Zu mir?« fragte ich erstaunt. »Warum?«

»Das möchte ich Ihnen lieber nicht im Hausflur erklären.«

Livingston zog seine Uhr hervor, überlegte einen Moment und sagte: »Gut. Gehen wir also wieder hinauf.«

In der Wohnung ließ sich der Jurist, ohne erst seinen Mantel auszu-

ziehen, steif in einem Sessel nieder. Er schien verärgert zu sein; seine rechte Hand war zur Faust geballt, die lange scharfe Mensurnarbe trat stärker hervor als gewöhnlich.
»Ich komme gerade aus dem Polizeipräsidium«, begann er. »War Zillmaier schon bei Ihnen?«
»Ja, er hat uns alles erzählt.«
Von Kessler nickte. Seine ohnehin schmalen Lippen wurden zu einer dünnen Linie. »Diese Amtsenthebung ist ein Affront«, sagte er hart, »ein eindeutiger Affront. Noch nie dagewesen, in vierzehn Dienstjahren noch nicht.«
»Was, glauben Sie, steckt dahinter?« fragte Livingston.
»Zwei Gründe«, antwortete von Kessler knapp. »Zum einen die üblichen Intrigen zwischen der Hofburg und der Geheimpolizei. Man hatte es wohl schon lange einmal auf von Seydtlitz abgesehen, und die Gelegenheit war noch nie so günstig wie jetzt. Der Fall Békessy wird ihn wohl sein Amt kosten.«
»Und der zweite Grund?«
»Deswegen bin ich eigentlich hier«, erwiderte von Kessler. »Zillmaier hat Ihnen sicher erzählt, daß man diesen Mietkutscher gefunden hat, nicht wahr? Hat er auch dessen Aussage erwähnt?«
»Nur in Andeutungen.«
»Ja, das kann ich mir vorstellen«, nickte von Kessler grimmig. »Der Polizeipräsident persönlich hat Zillmaier mächtig eingeschüchtert bei der Bekanntgabe unserer Amtsenthebung. Er wurde sogar verpflichtet, keine Nachrichten an die Presse darüber zu geben, vor welchem Haus Békessy auf seiner letzten Fahrt in die Brigittenau anhalten ließ.«
»Was ist an dem Haus so Besonderes?« fragte ich.
»An dem Haus selbst überhaupt nichts«, erwiderte der Staatsanwalt, »aber an seinen Bewohnern, genauer, an einer ganz bestimmten Bewohnerin. Jeder, der wie ich von Amts wegen mit derlei Dingen zu tun hat, weiß, daß dort eine einschlägig bekannte Dame der Wiener Halbwelt logiert, Jana Matuschek mit Namen. Aber nur wenige – und nicht einmal Zillmaier – wissen, daß die Matuschek die Geliebte eines Mannes ist, der früher einmal sehr eng mit Békessy befreundet gewesen sein muß. Es handelt sich um einen ehemaligen Kollegen von Ihnen, Dr. Heydinger, ein Mann, über den Baron von Seydtlitz schon seit Jahren eine kleine Akte führt.«

»Es dürfte einige Mediziner in Wien geben, für deren politische Umtriebe sich die Geheimpolizei interessiert«, erwiderte ich vorsichtig. Ein gefährliches Lächeln erschien auf dem blassen Antlitz des Oberstaatsanwalts. »Aber nur einen«, erwiderte er, »der wegen seiner subversiven Artikel in der ›Morgenpost‹ fast vor Gericht gestanden hätte, bevor er sich schließlich zu den Christlichsozialen gerettet hat.«
»Immenhofer?« fragte Livingston. »Der pomadige Verleger aus dem Kreis um Frühwald?«
»Eben der«, bestätigte von Kessler. »Sie kennen ihn?«
»Ich traf ihn bei einem Empfang der von Rothers in Döbling.«
Der Staatsanwalt nickte: »Es heißt, daß Immenhofer für gewöhnlich jeden Sonntag mit der Matuschek verbringt. Wenn Békessy also an dem Tag seines Todes zu ihm wollte, mußte er ihn zwangsläufig in jenem Haus antreffen.«
»Aber warum? Was kann er von ihm gewollt haben?« fragte ich.
»Genau das wollte ich eigentlich von *Ihnen* wissen, Doktor«, sagte von Kessler. »Sie haben Immenhofer doch in ihrer Studienzeit gekannt. Ist er damals vielleicht durch antisemitische Äußerungen aufgefallen?«
»Nicht mehr als viele andere auch.«
»War er Mitglied in einem politischen Studentenbund?«
»Das weiß ich nicht. Über sein Privatleben hat er sich immer sehr bedeckt gehalten.«
»Dann hat er also auch nie erwähnt, daß er und Békessy Mitglieder der gleichen Wiener Freimaurerloge waren?«
»Welcher Loge?« fragte Livingston scharf, und auch ich mußte sofort an den Papierfetzen aus der »Geheimlehre« denken.
»Nun, sie nennt sich ›Goldene Morgenröte‹«, antwortete von Kessler achselzuckend. »Nach unseren bisherigen Erkenntnissen im Justizpalast ein eher harmloser Männerbund –«
»*Was?*« unterbrach ihn Livingston. »Die Goldene Morgenröte? Ein harmloser Männerbund? Ja, sind Sie denn von allen guten Geistern verlassen?«
»Wieso?« fragte von Kessler erstaunt, doch der Engländer achtete gar nicht auf ihn, sondern lief zu einem seiner vielen Bücherstapel hinüber und durchstöberte ihn, indem er ungeduldig Band für Band auf den Boden warf.
»Das müßte es sein«, verkündete er nach einer Weile und kam mit ei-

nem verstaubten Folianten zurück. »›Secret Orders in England and Europe‹ von F. S. Lewitt, Professor an der Universität von Edinburgh. Der Band enthält alle Geheimorden Europas nebst Ablegern und Beschreibung ihrer Praktiken. Lassen Sie mich sehen …«
Er blätterte mit nervösen Fingern und murmelte dabei halblaut vor sich hin, bis er gefunden hatte, was er suchte.
»Jawohl, das ist es«, sagte er. »Mir würden Sie ja wahrscheinlich doch nicht glauben, also hören Sie zu, was Lewitt schreibt, ich werde es Ihnen übersetzen: ›The Golden Dawn – zu deutsch Goldene Morgenröte –, englischer Geheimorden, ursprünglich 1865 von Robert Wentworth Little mit dem Ziel gegründet, vergessene Rosenkreuzertraditionen mit zeitgenössischem Gedankengut der europäischen Freimaurerei zu verbinden. Logen in London und Paris. – Seit 1885 mehrere Abspaltungen, die sich immer weiter vom ursprünglichen Ziel abwandten und zum Teil schwarzmagische Rituale wie Tieropfer, Exorzismus und sexuelle Perversionen praktizieren. Sitz dieser Abspaltungen in vielen europäischen Hauptstädten. Als Erkennungszeichen wird den Mitgliedern ein Kreuz mit dem Kopf nach unten in die linke Schulter eingebrannt, verbunden mit dem Anfangsbuchstaben der jeweiligen Stadt des Logensitzes.‹« Livingston klappte das Buch mit einem lauten Knall zu. »Harmloser Männerbund, was? Daß ich nicht lache.«
»Offen gestanden«, sagte von Kessler kühl, »ich gebe nicht viel auf diesen ganzen modernen Rummel um Freimaurerlogen und Ordensritter. Strafrechtlich verfolgenswerte Hinweise haben sich jedenfalls bei der Goldenen Morgenröte bisher nicht ergeben.«
»So wenig wie bei der Schwarzen Hand, nicht wahr?« fragte Livingston herausfordernd.
»Was wollen Sie damit sagen?« fragte von Kessler rauh.
»Oh, nichts, gar nichts«, meinte Livingston finster. »Außer, daß es nicht besonders schwierig ist, dem Gesetz zu entgehen, wenn selbst führende englische Politiker der Golden Dawn angehören.«
»Woher wollen Sie das wissen?«
»Ich weiß es. Genügt Ihnen mein Wort, oder brauchen Sie einen anderen Beweis?«
»Nun, ich halte Sie natürlich für einen Ehrenmann, aber –«
»Also bitte«, unterbrach ihn Livingston, löste mit einigen Handgrif-

fen seinen Binder, nahm den Kragen ab, knöpfte sich Rock und Hemdbrust auf, streifte letztere zur Seite und entblößte seinen linken Oberarm.

Bestürzt zuckte ich zusammen, als ich auf seiner Schulter ein etwa daumengroßes, auf dem Kopf stehendes Kreuz mit dem Buchstaben L erkannte …

Von Kessler dagegen verzog keine Miene. »Zillmaier hatte schon angedeutet, daß Sie einen Hang zu theatralischen Effekten haben«, bemerkte er lakonisch.

»Soll das heißen, daß Sie ebenfalls ein Mitglied der Golden Dawn sind?« fragte ich.

»War, Doktor, war«, antwortete Livingston beschwichtigend und kleidete sich langsam wieder an. »Ich gehörte dem Orden knapp zwei Jahre unter einem falschen Namen an.«

»Warum?« fragte von Kessler mit einem aufmerksamen Blick aus seinen glanzlosen grünen Augen.

»Ein Auftrag«, erwiderte Livingston vage.

»Von wem?«

»Von einem Klienten, der einen hohen Preis für Diskretion bezahlt.«

Von Kessler gab nach. »Können Sie dann wenigstens die Angaben dieses Lewitt bestätigen?« fragte er.

»Nur teilweise«, meinte Livingston. »Man muß leider sehr lange dabei bleiben, um in die Inneren Zirkel eines solchen Ordens vorgelassen zu werden. Ich erhielt nach einem Jahr den Rang eines Adepten und war als solcher ein paarmal Zeuge eines schwarzmagischen Rituals, bei dem man zu den beschwörenden Klängen eines tibetanischen Trommlers einer lebenden Ziege die Halsschlagader aufschlitzte. Mit dem hervorquellenden Blut, das man in einer Art Opferschale auffing, wurden dann einem Anwärter der niederen Grade Stirn, Kehlkopf, Brust und Becken bestrichen, angeblich, um seine Chakren zu stimulieren und ihm dadurch okkulte mediumistische Fähigkeiten zu verleihen. Zu weitergehenden Sitzungen wurde ich damals jedoch noch nicht zugelassen.«

»*Chakren?*« fragte von Kessler.

»In den alten indischen Religionen die nichtkörperlichen Zentren der menschlichen Energie.«

»Hm. Und Sie hatten keine Angst, daß man Sie entlarven könnte?«

»Doch, natürlich«, gab Livingston zurück. »Ich versuchte, der Gefahr zu entgehen, indem ich zu den Sitzungen stets nur mit einem maskenbildnerisch völlig veränderten Gesicht erschien. Als ich bemerkte, daß man trotzdem langsam Verdacht schöpfte, erklärte ich schleunigst meinen Austritt.«

Von Kessler schüttelte stirnrunzelnd den Kopf. »Ich kann mir nicht vorstellen, daß man aus solch einem Verein so einfach wieder austreten kann!«

»Nein«, gab Livingston ausdruckslos zurück, »das kann man in der Tat nicht, selbst wenn man nur derart wenig hinter die Kulissen schauen konnte wie ich. Als es Zeit für mich war, die Loge zu verlassen, war ich leider zu einer etwas pietätlosen Aktion gezwungen. Ich möchte nicht viel mehr darüber sagen, als daß ich einen Londoner Unfallarzt zu meinen Bekannten zähle, dem es gelang, einem Hafenarbeiter, dessen Gesicht vom Ausleger eines Ladekrans zermalmt worden war, meine Kleider samt gefälschten Papieren anzuziehen ...«

Für eine Weile herrschte ein unbehagliches Schweigen nach dieser Erklärung.

»Sie glauben also«, sagte von Kessler dann, »daß es einen Zusammenhang zwischen der Schwarzen Hand und der Goldenen Morgenröte gibt?«

Livingston zuckte die Achseln. »Wenn Békessy und Immenhofer Mitglieder des Ordens waren, warum nicht?«

»Békessy ist schon vor vielen Jahren ausgetreten. Soweit ich weiß, weil er nie über die elementaren Grade hinausgekommen ist. Ob Immenhofer noch dazugehört, entzieht sich meiner Kenntnis.«

Livingston überlegte einen Moment. »Alle Bewohner des Hauses am Kärntnerring und damit auch diese Geliebte Immenhofers wurden doch verhört, oder?« fragte er dann.

»Natürlich«, antwortete von Kessler. »Aber die Matuschek will Békessy an diesem Sonntag nicht gesehen haben. Sie gab an, um die betreffende Zeit nicht zu Hause gewesen zu sein. Eine klare Lüge in meinen Augen.«

»Konnte sie einen Zeugen benennen?«

»Sie sagte aus, um die fragliche Zeit bei dem jungen Kahn in Dornbach gewesen zu sein, der bald darauf ins Hotel Imperial zum Abendessen aufbrach. Kahn hat ihre Aussage bereits bestätigt.«

»Na wunderbar«, meinte Livingston sarkastisch. »Das paßt ja alles hübsch zusammen. Und Immenhofer? Der war wohl zufällig gerade bei einer Audienz beim Kaiser persönlich, wie?«
»Nein«, entgegnete von Kessler ernst und erhob sich. »Immenhofer wurde noch gar nicht vernommen. Ich erfuhr ja erst nach meiner und Zillmaiers Ablösung davon, daß Békessy vor dem Haus der Matuschek halten ließ. Man sagte mir zwar zu, den Hinweis prüfen zu wollen, aber wenn Immenhofer wirklich etwas mit der ganzen Sache zu tun hat, wird er das bei seinen Beziehungen sicher zu verhindern wissen. Er ist schließlich nicht umsonst Zeitungsbesitzer.«
Auch Livingston war inzwischen aufgestanden. »Sie benachrichtigen uns trotzdem, sobald Sie etwas Neues hören?«
»Sofern es keine förmliche Anordnung zur Geheimhaltung geben wird, natürlich«, antwortete von Kessler und nahm seinen Zylinder. Livingston begleitete ihn zur Tür, wo sich der Jurist mit einer knappen Verbeugung verabschiedete.
»Nun, was halten Sie davon, Doktor?« fragte Livingston, als er wieder zurückkam.
»Ich dachte, es sei gefährlich, sich ohne ausreichende Fakten eine Theorie zu zimmern?«
Livingston lächelte. »Ein Punkt für Sie. Aber was *vermuten* Sie?«
»Nun, wenn ich an die Sache mit dem abgerissenen Papierstück aus der ›Geheimlehre‹ der Blavatsky denke – läßt das nicht tatsächlich auf einen Zusammenhang mit der Goldenen Morgenröte schließen? Und damit auch zwischen Békessy und Immenhofer?«
»Ja«, nickte Livingston. »Es könnte tatsächlich Immenhofer gewesen sein, den Békessy in der Fabrik erwartet hatte. Wahrscheinlich war die Matuschek – Alibi hin oder her – an diesem Abend doch mit ihm zusammen, und Békessy hatte vor dem Haus anhalten lassen, um sich mit ihm für den Abend in der Brigittenau zu verabreden. Der Teufel mag wissen, warum.«
»Aber warum lügt dann der junge Kahn, um das Alibi der Matuschek auch noch zu bestätigen?«
Livingston drückte seine Zigarette aus und lachte düster. »Tja, es scheint fast, als ob alle irgendwie unter einer Decke steckten, nicht wahr? Aber es hat keinen Zweck, sich heute abend noch weiter Gedanken zu machen. Kommen Sie, Doktor. Wir müssen uns beeilen,

wenn wir es noch bis zum zweiten Akt schaffen wollen«, sagte er und fügte, während wir zum zweitenmal an diesem Abend die Treppe hinabgingen, leise hinzu: »So eine Geschichte hätte sich wohl nicht einmal Doyle ausdenken können …«
»Doyle?«
»Hm? Ach, nichts weiter«, meinte er zerstreut. »Eine gebräuchliche Redewendung aus Londoner Polizeikreisen. Vergessen Sie's.«

XVII.

Von Kesslers Vorahnungen sollten sich bewahrheiten. Die Wiener Polizei lehnte es ab, Dr. August Immenhofer auch nur zu einer Vernehmung vorzuladen. Mit steilen Furchen auf der kahlen dunklen Stirn und ganz ohne seine sonstige Herrenreiterattitüde berichtete Baron von Seydtlitz – der uns überraschend in sein Büro in die Hofburg zitiert hatte – vom Ende der offiziellen Untersuchung im Mordfall Békessy. Es hätten sich keine hinreichenden Verdachtsmomente ergeben, die ein Verhör Immenhofers rechtfertigten, so hatte er zu hören bekommen, als er sich bei einem Sprecher des Polizeipräsidiums nach dem Stand der Dinge erkundigte. Seydtlitz war darüber ebenso verärgert wie von Kessler und spielte schon mit dem Gedanken, seinen Stolz zu vergessen und über Graf Rheinsberg Einfluß auf den Ministerpräsidenten auszuüben. Aber ob es nun an der Angst lag, dort wieder nur auf Unglauben zu stoßen und sich lächerlich zu machen, oder an der Sorge um seine Karriere – im letzten Moment nahm er doch wieder Abstand von dieser Idee. Wer, so meinte er, konnte schließlich wissen, wie weit der Arm der Schwarzen Hand reiche? Was, wenn er sich bis in die höchsten Kreise der Hofburg selbst erstrecke? Denn wenn schon der Polizeipräsident mit Zillmaier und von Kessler zwei seiner besten Leute einfach opfere …
»Nein, meine Herren«, befand er zum Schluß, »ich fürchte, wir müssen uns eine andere Strategie ausdenken.«
»*Wir?*« fragte Livingston überrascht.
»Ja, wir – Sie, von Kessler und ich«, rief von Seydtlitz nervös, »wer denn sonst? Glauben Sie, ich kann beim derzeitigen Stand der Dinge noch so tun, als wüßte ich von nichts? Was soll ich in der Hofkanzlei erzählen, wenn sich heraussstellt, daß Immenhofer tatsächlich etwas

mit dem Mord an Békessy zu tun hat? Wenn plötzlich mein Name fällt und es heißt: ›Aber lieber Baron, warum haben Sie nicht auf eigene Verantwortung etwas unternommen?‹«
»Und was ist mit Rheinsperg und seinen Leuten?« fragte ich. »Müssen Sie ihn nicht auch ins Bild setzen?«
Seydtlitz zuckte abfällig die Achseln. »Auf Rheinsperg können wir nicht rechnen. Er ist einfach zu vorsichtig. Außerdem hat er noch von seinem letzten Fehlschlag genug.«
»Was schlagen Sie also vor?«
»Ich weiß es nicht«, murmelte er. »Das ist es ja eben. Tue ich nichts, mache ich mich möglicherweise mitschuldig, unternehme ich dagegen auf eigene Faust etwas, komme ich vielleicht erst recht in Teufels Küche …«
Livingston machte mehrere Vorschläge, von einem inoffiziellen Verhör der Matuschek über eine erneute Befragung Moritz Kahns bis hin zu einer Observierung der Witwe Békessys, von der er hoffte, Immenhofer werde vielleicht mit ihr Kontakt aufnehmen. Am Schluß war es jedoch von Kessler, der dem Baron klar machte, daß es das klügste wäre, Immenhofer persönlich einen Besuch abzustatten. Er gestattete uns sogar, Einblick in seine Geheimakten über die Goldene Morgenröte zu nehmen. In den spärlichen, durchwegs recht kurz gehaltenen Vermerken war allerdings nichts Verdächtiges zu finden, wenn man einmal davon absah, daß sich, wenigstens den Namen nach, keine Juden unter den Mitgliedern der Loge befanden. Nach den Bestimmungen ihrer Satzung war es die erklärte Absicht der Goldenen Morgenröte, für eine Verbreitung und Erläuterung der Schriften von H. P. Blavatsky zu sorgen, mit dem Ziel, auf dieser Grundlage einen Weg zur »Erkenntnis höheren geistigen Lebens« für jedermann zu eröffnen. Damit erinnerte dieses Programm fast an »Lux Europae«, jene Freimaurerloge also, der sich ehedem auch Alexander von Rother angeschlossen hatte. Während aber dem »Licht Europas« neben Rother zahlreiche weitere seriöse und über jeden Verdacht erhabene Personen des öffentlichen Lebens Wiens angehörten, wußte man über die Mitglieder der Goldenen Morgenröte kaum etwas. Ihre Zahl sollte zwischen zwanzig und dreißig Personen schwanken, die sich regelmäßig in einem frei zugänglichen Logensaal in der Mariahilferstraße versammelten.

Livingston stieß ein sarkastisches Lachen aus, als er die Dokumente überflogen hatte. »Frei zugänglich, natürlich«, höhnte er. »Immer wieder die gleiche Geschichte, genau wie in London. Auf der einen Seite die Fassade mit öffentlichem Logensaal, pseudo-theosophischem Gefasel, den Büchern der Blavatsky – und auf der anderen Seite irgendein abgelegenes Haus im Londoner Eastend, wo sich die Spitzen aus Politik und Hochfinanz zu ihren okkulten Sitzungen versammeln.«

»Was genau hat es eigentlich mit dieser Blavatsky auf sich?« fragte von Seydtlitz, der okkultistischen Dingen offensichtlich ebensowenig Bedeutung beimaß wie von Kessler.

»Was soll ich Ihnen dazu sagen?« erwiderte Livingston. »Sie war die Tochter eines baltendeutschen Obersten und einer Prinzessin aus einem russischen Fürstenhaus – der Dolgoroukis, wenn ich mich recht entsinne. Mit siebzehn kam sie auf die Idee, einen sechzigjährigen russischen General zu heiraten. Natürlich erwies sich die Ehe als Fehlgriff, so daß sie nur wenige Wochen nach der Hochzeit sowohl ihren Mann als auch Rußland verließ und fortan ein Wanderleben in allen möglichen Erdteilen führte. Sie reiste nach Amerika und als erste Europäerin nach Tibet, wo sie mehrere Jahre in abgeschiedenen Klöstern bei diversen heiligen Meistern, sogenannten *Lamas*, verbrachte. Aus dieser Zeit muß wohl auch ihr enormes Wissen über die alten indischen Religionen stammen, über Yoga, den Buddhismus sowie über die Möglichkeiten, wie der Mensch mit übersinnlichen Kräften in Berührung kommen kann. All das legte sie dann später in Büchern wie »Isis entschleiert« und eben der »Geheimlehre« nieder, wodurch sie auch außerhalb okkulter Kreise zu einiger Berühmtheit kam. Am Ende ihrer Reisen gründete sie in New York die Theosophische Gesellschaft mit dem Ziel, den Kern einer allgemeinen, die ganze Menschheit geistig umfassenden Bruderschaft zu bilden, ohne Unterschied in bezug auf Rasse, Nationalität, Glaubensbekenntnis, Stand und Geschlecht. Aufgabe der Gesellschaft sollte es sein, das Studium von Religionen, Philosophien und Wissenschaften zu fördern sowie die unerklärten Naturgesetze und die verborgenen Kräfte des Menschen zu erforschen.«

»Sie scheinen sich ja eingehend mit der Dame beschäftigt zu haben«, meinte Seydtlitz spöttisch.

Livingston zuckte die Achseln. »Offen gesagt – das meiste erfuhr ich von ihr selbst.«
»Sie haben sie gekannt?« fragte ich überrascht.
»Sagen wir lieber, ich habe sie einmal kurz kennengelernt.«
»Wo?«
»In Indien, vor acht Jahren. Ich wurde von einem Mitglied der Theosophischen Gesellschaft in London gebeten, ein Gutachten über die Anschuldigungen zu verfassen, die gegen sie als Leiterin der Gesellschaft in Adyar erhoben wurden. Man warf ihr vor, daß ihre medialen Fähigkeiten auf Schwindel und Betrug beruhen würden.«
»Und war das tatsächlich der Fall?« fragte von Seydtlitz.
»Nein. Das Ganze war ein gut inszeniertes Komplott. Ich fand schnell heraus, daß ein Dienerehepaar der Blavatsky namens Coulomb die Vorwürfe frei erfunden hatte. Nachdem die beiden keine Zeugen für ihre Geschichte fanden, spielten sie sie kurzerhand der örtlichen Christlichen Missionszeitung zu, die sie natürlich prompt veröffentlichte. Daraufhin entsandte die Londoner *Society for Psychical Research* einen einfältigen jungen Rechtsanwalt nach Adyar, der in einem dilettantisch recherchierten Bericht die Vorwürfe auch noch bestätigte. Ich schrieb damals einen Brief an den englischen Gouverneur in Madras, um ihn auf die Unhaltbarkeit dieses Berichts hinzuweisen. Aber leider stieß ich auf taube Ohren. Vermutlich kam den Engländern in Indien die Sache gerade recht, um die Aktivitäten der Theosophischen Gesellschaft etwas einzudämmen. Die hatte nämlich durchaus mit Erfolg versucht, das religiöse Selbstbewußtsein der Bevölkerung zu stärken, indem sie für eine bessere Schulbildung und Berufsförderung eintrat und private Sanskrit-Schulen eröffnete. Wie auch immer – als Folge des Skandals sah sich die Blavatsky gezwungen, Indien für immer zu verlassen.«
»Hm.« Von Seydtlitz zuckte die Schultern, strich sich über seinen kahlen braunen Schädel und überlegte eine Weile. »Nun«, meinte er dann, »ein wenig paßt das alles schon zu Immenhofer. Er hatte immer etwas für Spiritismus übrig.«
»Wieso?« fragte ich. »Haben Sie ihn einmal Tische rücken gesehen?«
»Nein, das nicht gerade. Aber er sprach manchmal von der Möglichkeit, Botschaften aus dem Jenseits zu erhalten oder in Kontakt mit Verstorbenen zu treten. Ich hielt das natürlich alles für baren Unsinn.«

»Genauso wie anfänglich die Schwarze Hand, nicht wahr?« fragte Livingston spitz.
Von Seydtlitz richtete sich in seinem Sessel auf und wollte schon zu einer scharfen Erwiderung ansetzen, besann sich dann aber doch anders und sagte lediglich: »Haben Sie sich schon überlegt, mit welcher Begründung ich unseren Besuch bei Immenhofer ankündigen soll?«
»Das ist doch keine Frage«, meinte Livingston. »Bitten Sie ihn einfach um eine Unterhaltung mit einem ehemaligen Mitglied der Theosophischen Gesellschaft aus England, das in Wien zu Gast ist und sich für die Goldene Morgenröte interessiert.«
»Und als wen soll ich Dr. Heydinger ausgeben?«
»Stellen Sie ihn meinetwegen als meinen Dolmetscher vor.«
»Lächerlich«, erwiderte von Seydtlitz unwirsch. »Glauben Sie im Ernst, daß Immenhofer darauf hereinfällt?«
Livingston lächelte. »Selbstverständlich nicht. Aber wenn er sich nicht noch verdächtiger machen will, als er ohnehin schon ist, wird er es kaum wagen abzulehnen.«
Von Seydtlitz überlegte eine Weile. »Also schön, versuchen wir es«, sagte er dann. »Ich werde ihn bitten, uns gleich heute abend zu empfangen. Wir treffen uns dann nach Dienstschluß hier am Ballhausplatz, um gemeinsam zu ihm zu fahren.«

»Und nun?« fragte ich, als wir die Hofburg verlassen hatten, in die milde Märzsonne hinausgetreten waren und unschlüssig den Kohlmarkt entlangschlenderten.
»Haben Sie einen Vorschlag?« fragte Livingston.
»Wie wäre es mit einem Ortstermin in der Mariahilferstraße. Dem Sitz der Goldenen Morgenröte.«
Livingston verzog das Gesicht. »Ich sagte Ihnen doch, daß das offizielle Gebaren dieser Art von Orden niemals auf die wahren Machenschaften schließen läßt. Das Logenhaus wird vollkommen harmlos aussehen.«Sein Tonfall war derart sarkastisch, daß ich keinen Versuch machte, auf meinem Vorschlag zu insistieren.
Nach einigen Minuten dumpfen Brütens lachte er jedoch plötzlich leise auf: »Na, vielleicht haben Sie recht, ein Blick wird uns nichts schaden. Und was sollen wir bis heute abend auch schon sonst anfangen?«

Wir schlugen also den Weg zurück durch die Hofburg ein, um am Maria Theresienplatz die nächste Pferdetramway nach Schönbrunn zu nehmen. Die Fahrt war kurz, aber unbequem. Es war bereits später Nachmittag, und bei jedem Halt stiegen neue Fahrgäste in den ohnehin schon stark besetzten Wagen hinzu. Es waren zumeist Handwerker und Arbeiter, deren Atem in der kalten Märzluft dampfte und nach Fusel roch, aber auch kleine Angestellte in abgetragenen, schlechtgeschnittenen Anzügen aus Kammgarn sowie verhärmte Hausfrauen mit einem Bündel rachitischer Kinder am Arm. Ich hatte Livingston, der ja sonst auch noch für die kleinsten Fahrten einen Fiaker bevorzugte, erst überreden müssen, die Tramway zu nehmen. Er mied, wie er in echter Boheme-Manier erklärte, die Ausdünstungen der Masse, solange ihr Studium für die Bewältigung eines Auftrages nicht zwingend erforderlich war.

Das Versammlungsgebäude lag weit außerhalb der Inneren Stadt in der Nähe des Westbahnhofs, in einem sehr belebten Teil der Mariahilferstraße am Anfang des Fünfzehnten Bezirks, der hier geprägt war von alten Waren- und Handelshäusern zwischen schmucklosen Mietskasernen. Kurz vor der Ecke zur Rudolfsheimer Clementinengasse stiegen wir aus und gingen zu Fuß weiter. Als wir nach einigen Schritten die Nummer 268 erreicht hatten, standen wir vor einem unauffälligen grauen Wohnhaus, an dem ein kleines Messingschild mit der Inschrift »Goldene Morgenröte, Sektion Wien« hing. Darunter zeigte ein schmaler Pfeil auf die seitliche Hofeinfahrt.

Ich wollte bereits in die angegebene Richtung gehen, als ich plötzlich Livingstons Griff an meinem Arm fühlte. »Achtung, Doktor, es folgt uns jemand. Drehen Sie sich nicht um. Gehen Sie einfach weiter.«

Er ließ meinen Arm los, und wir gingen gemächlich auf die Hofeinfahrt zu. Kaum hatten wir jedoch den Hof betreten, als er sich blitzschnell umwandte und wieder auf das Straßentrottoir hinaussprang. Ich hastete hinterher und erkannte gerade noch, wie ein mächtiger Mann in einem schweren Wintermantel am Ende der Straße schwerfällig auf die Pferdetramway aufsprang. Er war recht gut getarnt gewesen, mit Vollbart, Zylinder, hochgeschlagenem Mantelkragen und einer Aktentasche unter dem Arm.

»Unmöglich.« Livingston sah dem sich rasch entfernenden Wagen entgeistert nach. »Das muß eine Halluzination gewesen sein.«

»Aber wieso? Es sah doch wirklich so aus, als wollte er sich schnell aus dem Staub machen.«
»Das meinte ich nicht«, erwiderte der Engländer zerstreut. »Sein Gang, seine Statur, seine gesamten Körperbewegungen erinnern mich an jemanden, der zur Zeit unmöglich in Wien sein kann. Ich weiß aus zuverlässiger Quelle, daß er sich zur Zeit in London befindet.«
»Ich nehme an, daß es sich bei der Quelle um ihren Bruder in England handelt?«
»Ganz recht.«
»Und an wen erinnert Sie unser Verfolger?«
»An eben diese Quelle. An meinen Bruder.«
»Warum sollte er Sie hier beschatten wollen?« fragte ich überrascht
»Ich habe keine Ahnung«, erwiderte Livingston finster.
»Und Sie sind ganz sicher, daß er sich in London befindet?«
»Ich habe heute ein Expreßtelegramm von ihm erhalten. Es wurde vorgestern im Zentralpostamt von Soho aufgegeben.«
»Könnte es nicht jemand anders an seiner Stelle aufgegeben haben?«
»Ausgeschlossen«, erwiderte Livingston kategorisch. »Mein Bruder würde niemals mein Inkognito einem Dritten gegenüber preisgeben, ganz abgesehen davon, daß er noch weniger vertrauenswürdige Freunde besitzt als ich selbst.«
»Und wenn er nun auf den Kontinent gereist wäre, nachdem er das Telegramm abgesandt hatte?«
Livingston schüttelte den Kopf. »Die schnellste Zugverbindung London-Wien dauert fast zwei Tage. Wenn er das Telegramm vorgestern aufgegeben hat, könnte er frühestens heute nacht mit dem Ostende-Wien-Expreß hier eintreffen.«
Es blieb uns also nichts weiter übrig, als den seltsamen Vorfall einstweilen auf sich beruhen zu lassen. Wir wandten uns wieder der Einfahrt zu und betraten erneut den Hinterhof, eines jener trostlosen gepflasterten Exemplare, wie sie für die neuen Wiener Außenbezirke typisch waren. Er war eingesäumt von einem Hinterhaus auf der linken und einer hohen Brandwand aus Ziegelsteinen auf der rechten Seite, in deren Schatten die Äste eines alten Baumes verzweifelt um Licht rangen. Eine mitleidige Seele hatte vor längerer Zeit vergeblich versucht, ein kleines Blumenbeet anzulegen; die Pflanzen waren jedoch mangels Licht verkümmert, und nur ein unansehnlicher, mit ei-

nem Spaten flachgeklopfter Erdstreifen entlang der Brandwand war übriggeblieben.
Nach hinten blickte man auf die Rückseite einer Zeile von Mietskasernen, ein trübes Mosaik von Fenstern mit vergilbten Rahmen und verschossenen Gardinen. Vor jedem Fenster waren ausklappbare Holzgestelle mit Wäscheleinen befestigt, deren Last wie eine öffentliche Anklage von dem gewaltigen Arbeitspensum einer Wiener Hausfrau der unteren Klassen kündete: Laken, Bettdecken, Kissenbezüge, Kinderwäsche, Männerwäsche, Damenwäsche, Handtücher, Hemden, Blusen, Arbeitskittel – ein Meer von wogender Baumwolle und sich bauschendem Leinen.
Während wir unsere Blicke über diese ernüchternde Szenerie schweifen ließen, öffnete sich ein Küchenfenster in einem der oberen Stockwerke. Eine Frau mittleren Alters, ein grün-braun gestreiftes Tuch um den Kopf, beugte sich heraus und rief argwöhnisch zu uns herunter: »Was sucht's ihr denn da?«
»Den Freimaurersaal, gnädige Frau«, rief Livingston geistesgegenwärtig hinauf.
»Aber ihr steht's ja grad' davor«, erscholl es mißtrauisch aus der Höhe, wo die Frau mit ihrem Daumen auf das Hinterhaus zu unserer Linken deutete.
»Ah, so. Besten Dank auch, Gnädigste«, verbeugte sich Livingston höflich und ging langsam ein paar Schritte auf das Gebäude zu. Es handelte sich um einen vielleicht sechs oder sieben Meter langen eingeschossigen Anbau mit Flachdach, der bei näherem Hinsehen einen auffällig gepflegten Eindruck machte. Die drei großen Fenster und der Eingang waren offenbar erst vor kurzem erneuert worden; ein frischer sandfarbener Anstrich machte das Haus zum einzigen Lichtblick in der grauen Tristesse dieses Hinterhofes. An der Tür prangte erneut ein Messingschild: »LOGENSAAL DER GOLDENEN MORGENRÖTE, SEKTION WIEN« war darauf in klassisch geschwungenen Lettern eingraviert. Darunter hing ein Papierzettel mit dem Zusatz: »Auskunftsersuchen bitte an den Logenmeister Hermann Nölle, Wien I, Dorotheergasse 23.«
Ich wollte gerade näher an eines der Fenster herantreten, um einen Blick in das Saalinnere zu werfen, wurde aber durch eine leichte Berührung Livingstons zurückgehalten. Mit einer unmerklichen

Kopfbewegung deutete er auf die Fensterfront in unserem Rücken, wo sich die Frau mit dem Kopftuch nicht von der Stelle gerührt hatte.
»Wann ist denn immer Versammlung?« rief Livingston betont beiläufig zu ihr hinauf.
»Ich bin kein Auskunftsbüro«, bellte die Frau.
Livingston zog seinen Hut und verbeugte sich galant. »Pardon, Gnädigste, wir wollten Sie natürlich nicht stören, Sie haben sicher viel zu tun. Entschuldigen Sie bitte vielmals.«
»Ach was, stören«, kam es gleich viel weniger giftig von oben. »Hier passiert ja doch nie etwas. Ist ja jeden Tag das gleiche: plärrende Kinder, nörgelnde Männer, krepierende Alte. Und diese Brüder da unten, na, die sind ja noch braver als die Leut' in der Kirche, ich weiß wirklich nicht, was da so Geheimnisvolles dran sein soll. Ich schau' jeden Sonntagvormittag, ob nicht einmal ein Okkulter dabei ist, verstehn S', irgend so ein Kerl, wie man sich's halt vorstellt, mit schwarzem Bart und einer goldenen Kette, vielleicht ein Russe mit schlitzigen Augen, so wie ein Mongole, ja, das wär' mal was. Aber es sind ja alles immer nur ganz biedere Bürgersleut' ...«
Es schien, als wolle sie noch etwas hinzufügen, als hinter ihr das schrille Kreischen eines Säuglings erscholl. Ohne ein weiteres Wort zog sie sich zurück und verrammelte das Fenster.
Livingston nickte mir kurz zu. Wir eilten zu dem Anbau hinüber und spähten durch die weißen Tüllvorhänge. Was wir im fahlen Licht der winterlichen Nachmittagssonne, deren Strahlen kaum noch ihren Weg in den Hof fanden, erkennen konnten, war nicht eben viel: ein großzügiger Versammlungsraum, der das gesamte Gebäude ausfüllte, mit mehreren Reihen einfacher Holzstühle und einem Vortragspult neben einer kleinen Buddhastatue aus Marmor. Die Wände waren kahl und bilderlos, Möbel mit Ausnahme eines schmalen Bücherschranks nicht vorhanden.
»Na bitte«, meinte Livingston. »Nichts Besonderes, wie ich es mir gedacht habe.« Mit einer ausladenden Handbewegung deutete er auf den kleinbürgerlichen Hinterhof. »Außerdem würde hier kein Geheimnis lange unentdeckt bleiben. Sie haben es ja eben selbst erlebt: Zeugen, so weit das Auge reicht. Nein, Doktor, das wahre Hauptquartier der Goldenen Morgenröte befindet sich mit Sicherheit woanders.«

Wir wandten uns zum Gehen und waren schon fast wieder auf der Straße, als Livingston plötzlich stutzte. Er starrte angestrengt auf den Boden, ging in die Hocke und zog ein kleines Lederetui aus der Tasche, dem er eine Art Spatel aus dünnem Metall entnahm. Damit kratzte er etwas vom Boden auf, hielt sich die Probe unter die Nase, schnüffelte daran und pfiff dann leise durch die Zähne.
»Ganz umsonst war unser Besuch also doch nicht«, sagte er, als er sich wieder erhob. »Wissen Sie, was das hier ist, Doktor?«
Er hielt mir den Spatel hin, auf dem sich nichts weiter befand als ein kleines Häufchen weißlich-grauer Flocken.
»Blütenstaub?« schlug ich vor und deutete auf den Baum in der Ecke des Hofes.
»Nein, Doktor. Das hier ist Zigarrenasche – die Asche einer Suchum, um genau zu sein.«
»Wie können Sie da so sicher sein?«
»Ganz einfach. Nur eine Suchum brennt auf diese Weise ab. Beachten Sie die Farbe. Es ist der besondere südrussische Tabak, der beim Verbrennungsprozeß eher weiß als grau wird. Natürlich gibt es noch zwei oder drei weitere exotische Zigarrenmarken, deren Asche eine ähnliche Farbe aufweist. Aber deren Konsistenz ist anders: eine Birdseye ist etwas mehr, eine Jaribar dagegen deutlich weniger flockig, und eine Honduras zerfällt zu einem feinen Pulver. Wenn es Sie interessiert: Ich habe in London einmal eine größere Monographie über dieses Thema veröffentlicht.«
»Gibt es denn genug Tabaksorten, um darüber eine ganze Monographie zu schreiben?« fragte ich verdutzt.
Livingston musterte mich herablassend. »Meine behandelte immerhin einhundertvierzig Stück.«
»*Einhundertvierzig!*«
»Du liebe Zeit, Doktor, nun schauen Sie doch nicht gleich wieder so zweifelnd drein«, lachte Livingston. »Der Fehler bei euch Psychologen ist, daß ihr alles viel zu ernst nehmt und am Ende nicht mehr zwischen Theorie und Praxis unterscheiden könnt. Im gewöhnlichen Alltag spielen von diesen hundertvierzig verschiedenen Sorten natürlich höchstens fünfzig eine praktische Rolle, je nach Land und lokalen Rauchgewohnheiten …« Er wandte sich wieder seinem Fund zu. »Nach dem Zerfallstadium zu urteilen, wurde diese Zigarre

vor mindestens drei, eher noch vier Tagen geraucht. Lassen Sie uns sehen … Welchen Tag haben wir heute? Donnerstag, nicht wahr? Also könnte das Ding gut und gern am letzten Sonntag hier geraucht worden sein … Nun, Doktor, vielleicht sollten wir doch einmal einer öffentlichen Sitzung der Goldenen Morgenröte beiwohnen, was meinen Sie?«

»Und wie sollen wir das anstellen? Wir können uns schließlich nicht am Sonntagmorgen hier vor die Tür stellen und warten, bis man uns freundlicherweise hereinbittet.«

»Nein, natürlich nicht«, antwortete Livingston und deutete auf den Zusatz unter dem Messingschild des Logensaals. »Wir werden ganz einfach den ehrenwerten Herrn Nölle telegraphisch um eine offizielle Teilnahmeerlaubnis ersuchen.«

Er zog eine kleine Streichholzschachtel hervor, füllte die Zigarrenasche hinein und verstaute alles zusammen wieder in seiner Rocktasche. Dann sah er auf die Uhr. »Höchste Zeit«, murmelte er. »Lassen Sie uns gehen.«

Wir verließen die Mariahilferstraße Nr. 268 und traten die Rückfahrt in die Stadt an. Schon aus Zeitgründen bestand Livingston diesmal allerdings darauf, eine Droschke zu nehmen. Unterwegs machten wir kurz an einem Postamt Station, wo der Engländer das Telegramm an den Logenmeister aufgab.

Als wir nach längerer Fahrt durch den dichten Berufsverkehr der Wiener Innenstadt endlich vor der Hofburg ankamen, erwartete uns von Seydtlitz bereits in einer Droschke am Ballhausplatz. »Kommen Sie, meine Herren, steigen Sie ein, wir haben wenig Zeit. Immenhofer erwartet uns Punkt sechs Uhr.«

»Wie hat er auf Ihre Anfrage reagiert?« fragte Livingston, indem wir dem Baron gegenüber Platz nahmen.

»Kurz und knapp«, erwiderte von Seydtlitz und hielt uns ein Telegramm hin. Es enthielt nur eine Zeile:

»Erwarte Sie heute pünktlich um 18 Uhr. Immenhofer.«

»Aalglatter Bursche, was?« meinte der Baron finster.

Livingston zuckte nur die Schultern. »Auch der glatteste Aal hat schuppige Stellen.«

Der Verleger wohnte direkt im Herzen der Inneren Stadt, in der Herrengasse, nicht weit entfernt vom Café Griensteidl, in einem imposanten fünfgeschossigen Patrizierhaus mit Stuckfassade und einem steinernen Löwenwappen über dem Eingangsportal. Von Seydtlitz läutete im Erdgeschoß. Ein schüchternes Dienstmädchen in schwarzweißer Schürze öffnete, nahm ehrfurchtsvoll die Karte des Barons entgegen und führte uns in den Salon, wo Immenhofer, die Hände in den Hosentaschen und lässig gegen den Kamin gelehnt, uns bereits erwartete. Die Luft war erfüllt von einem überaus schweren, süßlichen Rasierwasserduft, der seltsamerweise nicht nur von Immenhofer und seinem pomadisierten Haar ausging, sondern aus allen Ecken des Raumes auf uns einzuströmen schien.

»Habe die Ehre, meine Herren«, begrüßte uns der Verleger mit öligem Lächeln und salbungsvollem Tonfall. »Ich muß schon sagen, daß ich einigermaßen verwundert bin. Bitte nehmen Sie Platz. Was darf ich Ihnen anbieten? Sherry? Brandy?«

»Ich würde eine Zigarre bevorzugen«, antwortete Livingston beiläufig. Immenhofer lächelte verbindlich. »Bedaure«, meinte er. »Das Zigarrerauchen habe ich mir leider schon vor Jahren abgewöhnen müssen. Mein Asthma, wissen Sie. Ich vertrage nicht einmal mehr Zigaretten mit Spitze.«

»Natürlich, ich verstehe«, erwiderte Livingston, ohne eine Miene zu verziehen. »Dann einen Sherry, bitte.«

Wir ließen uns in bequemen ledernen Clubsesseln nieder, und Immenhofer klingelte nach seinem Mädchen, das kurz darauf die Getränke servierte. Er selbst trank nichts, was auf mich einen merkwürdigen Eindruck machte. Vielleicht wollte er, eitel wie er war, ein paar ungepflegte Fingernägel verbergen, denn er behielt auch im Sitzen stets die Hände in den Hosentaschen.

»Meine Zeit ist leider sehr begrenzt«, sagte Immenhofer. »Womit kann ich Ihnen dienen, Herr Livingston? Baron von Seydtlitz schrieb in seiner Nachricht, daß Sie ein Mitglied der Theosophischen Gesellschaft in London gewesen sind und sich hier für die Goldene Morgenröte interessieren.«

»Ganz recht. Ich hatte schon in London das Gefühl, daß diese Loge die Schriften Madame Blavatskys besser begreift als die Theosophen selbst.«

Der Verleger hob die Brauen. »Ich fürchte, ich verstehe nicht ganz«, meinte er. »Wollen Sie damit sagen, daß Sie bereits ein Mitglied der Golden Dawn in London waren?«

»Nein«, log Livingston glatt, »mein Eindruck beruht lediglich auf einigen öffentlichen Sitzungen.«

»Und warum glauben Sie, daß ich Ihnen weiterhelfen könnte?«

»Nun«, antwortete der Engländer und nippte an seinem Glas, »Baron von Seydtlitz deutete an, daß Sie ein hohes Mitglied der hiesigen Loge sind.«

»So, tat er das.«

Immenhofer lehnte sich in seinem Sessel zurück. Sein vor Pomade starrendes schwarzes Haar glänzte im Schein des Kaminfeuers, und er warf von Seydtlitz einen scharfen Blick zu. »Nun, Herr Livingston«, sagte er dann, »ich muß Sie leider enttäuschen. Die Kenntnisse des Barons sind wohl nicht mehr ganz auf dem neuesten Stand. Ich bin schon vor über einem Jahr aus der Goldenen Morgenröte ausgetreten.«

»Ach, wie schade«, meinte Livingston. »Dürfte ich Sie nach den Gründen fragen?«

»Das ist weiter kein Geheimnis. Man verweigerte mir die Aufnahme in die höheren Grade, weil ich Zweifel an der Authentizität der Texte Frau Blavatskys zu äußern wagte.«

»Zweifel?« fragte Livingston. »Doch nicht etwa wegen der Ereignisse in Indien vor einigen Jahren? Wegen dieser Betrugsvorwürfe, meine ich.«

»Auch deshalb«, antwortete Immenhofer kurz angebunden.

»Können Sie mir wenigstens etwas über die niederen Grade sagen?«

»Nicht viel mehr, als Sie wahrscheinlich aus den offiziellen Besuchen in London wissen. Langweilige Sitzungen mit endlosen Vorträgen aus der ›Geheimlehre‹, orientalisch angehauchte Meditationen, zweifelhafte Séancen und ähnliches mehr. – Nein, Herr Livingston, ich fürchte, es besteht kein großer Unterschied zwischen der Goldenen Morgenröte und der Theosophischen Gesellschaft.«

»Sagen Sie, Immenhofer«, warf plötzlich von Seydtlitz ein, »in Justizkreisen wird gemunkelt, daß auch Eduard von Békessy einmal Mitglied der Goldenen Morgenröte gewesen ist. Ist an diesen Gerüchten etwas dran? Sie kannten ihn doch ganz gut, nicht wahr?«

»Das wäre übertrieben«, entgegnete Immenhofer. »Aber es ist richtig, Békessy war für einige Zeit ebenfalls Mitglied. Er verließ die Loge allerdings zwei Jahre früher als ich.«
»Aus den gleichen Gründen?« fragte Livingston.
»Das weiß ich nicht, er hat nie darüber gesprochen, jedenfalls nicht mit mir. Sein Interesse für den Okkultismus schien mir ohnehin ziemlich oberflächlich zu sein. Von den Werken der Blavatsky verstand er, glaube ich, kein Wort.«
»Wie erklären Sie sich dann«, fragte von Seydtlitz, »daß man am Abend seines Todes auf seinem Schreibtisch ein herausgerissenes Stück aus der ›Geheimlehre‹ gefunden hat?«
Der Verleger lächelte ölig. »Ein Buch nicht zu verstehen bedeutet ja nicht, es nicht dennoch zu besitzen.«
»Und daß er unmittelbar vor seinem Tod darin gelesen haben muß, erscheint Ihnen nicht seltsam?« insistierte von Seydtlitz.
Immenhofers Züge strafften sich. »Diese Frage müßte wohl eher die Wiener Polizei beantworten«, erwiderte er kühl.
»Aber das ist es ja gerade«, sagte von Seydtlitz gereizt. »Sie kann oder will sie nicht beantworten, obwohl es noch eine ganze Reihe anderer Fragen gibt, die gleichfalls damit zusammenhängen.«
»Nämlich?«
»Nun, die Frage der Tatverdächtigen zum Beispiel«, platzte von Seydtlitz heraus. »Ganz offen gesagt, Immenhofer, auch Sie standen bis vor kurzem auf der entsprechenden Liste.«
Ich sah zu Livingston herüber, der verzweifelt den Kopf schüttelte angesichts dieses Fauxpas.
Immenhofer dagegen war plötzlich sichtlich amüsiert. »Ach wirklich?« meinte er breit lächelnd. »Und warum?«
»Weil« – von Seydtlitz suchte nervös nach den passenden Worten –, »weil doch jeder weiß, daß die Matuschek Ihre Geliebte ist …«
Die Augen des Verlegers blitzten höhnisch. »Es fällt mir schwer, einen juristischen Zusammenhang in Ihren Ausführungen zu erkennen, von Seydtlitz.«
»Der Baron ging lediglich von einer rein privaten Hypothese aus«, beeilte sich Livingston zu versichern. »Offenbar fuhr Békessy unmittelbar vor seinem Tod zu jenem Haus, in dem Madame Matuschek wohnt und in welchem sie auch Sie für gewöhnlich … nun –«

»– zu empfangen pflegt, meinen Sie?« führte Immenhofer mit anzüglichem Grinsen den Satz zu Ende. »Ich muß schon sagen, Mr. Livingston, es erstaunt mich, wie genau Sie über meine Angelegenheiten Bescheid wissen.«
»Ja, wenn Sie es so ausdrücken wollen«, sagte Livingston kurz. »Aber ich bin trotzdem ganz sicher, daß Sie für die fragliche Zeit ein einwandfreies Alibi vorbringen können, nicht wahr?«
Der Verleger zeigte zum ersten Mal so etwas wie Ungnade. »Das hatte ich nicht nötig«, entgegnete er scharf. »Jeder weiß, daß ich an diesem Abend gerade von einer Geschäftsreise aus München zurückkam.«
»Darf ich fragen, mit welchem Zug?«
»Mit dem Alpen-Expreß, über Innsbruck. Ich war, wie Ihnen mein Dienstmädchen jederzeit bestätigen kann, um Viertel nach sieben wieder zu Hause.«
»Könnte auch Ihr Kutscher diese Angaben bestätigen?«
»Ich besitze keine Privatdroschke.«
»Und wie kamen Sie dann vom Bahnhof nach Hause zurück?«
Immenhofer sah den Engländer kalt an. »Ganz einfach: Ich ging zu Fuß. – Meine Herren, was soll das eigentlich alles? Wenn Sie in irgendeiner offiziellen Absicht hier sind, muß ich Sie schon bitten, das klar und deutlich zu sagen. Andernfalls glaube ich, Ihnen mit meinen Auskünften hinreichend behilflich gewesen zu sein.«
Er wollte zum Zeichen, daß das Gespräch für ihn beendet war, aufstehen. Doch genau in diesem Moment stieß Livingston in einer plötzlichen Ungeschicklichkeit sein noch fast volles Glas um, so daß sich der Inhalt direkt über Immenhofers Hosenbeine ergoß.
»Herrgott«, fluchte der Verleger und zog in einer reflexartigen Bewegung seine rechte Hand aus der Hosentasche, um mit einem Taschentuch die Flecken zu trocknen, während Livingston sich über Immenhofers Knie beugte und Anstalten machte, ihm mit einer Tischserviette behilflich zu sein.
»Schon gut, lassen Sie nur«, sagte Immenhofer hastig und stand auf. »Meine Herren«, erklärte er unmißverständlich, »wie ich schon sagte, meine Zeit ist begrenzt. Wenn Sie keine weiteren Fragen mehr haben, wird mein Mädchen Sie hinausführen. Guten Abend.«
Er wartete unsere Antwort gar nicht erst ab, sondern klingelte sofort,

worauf uns nichts anderes übrigblieb, als uns zu verabschieden und den Salon zu verlassen. Mein letzter Eindruck war der einer unerklärlichen Veränderung des Aromas im Raum, so als ob sich der Duft des Rasierwassers verflüchtigt hätte und ein seltsam dumpfer Geruch an seine Stelle getreten wäre.

»Sehr ungeschickt von Ihnen, so mit der Tür ins Haus zu fallen«, rügte Livingston den Baron, als wir uns wieder auf der Straße befanden. »Einer unserer größten Vorteile ist nun dahin. Immenhofer weiß jetzt alles, was wir auch wissen.«
»Aber Sie haben doch selbst gesehen, daß diesem Kerl nicht anders beizukommen war«, erwiderte von Seydtlitz verärgert. »Ihr ganzes Gerede über Logen und das Geschreibsel der Blavatsky und dann der läppische Versuch, ihn um eine Zigarre zu bitten – für wie dumm halten Sie Immenhofer? Haben Sie im Ernst geglaubt, er würde Ihnen wie ein kleiner Wiener Gassenganove eine Suchum anbieten? Wenn er wirklich etwas mit der ganzen Sache zu tun hat, dann weiß er doch ohnehin alles! Dann ist *er* es doch, der über genügend Einfluß verfügt, damit die offizielle Polizei ihn nicht einmal verhört!«
»Ich bedaure«, sagte Livingston kühl, »daß Sie mein Vorgehen als läppisch empfanden. Es scheint Ihnen wohl entgangen zu sein, daß sich Immenhofer mit seinen Lügengeschichten ganz hübsch selbst ein Bein gestellt hat.«
»Welchen Lügengeschichten?«
»Na, zum Beispiel der von seinem angeblichen Alibi. Es ist eine alte Gewohnheit von mir, mich in allen Städten mit den wichtigsten ausländischen Zugverbindungen vertraut zu machen. Der Alpen-Expreß zum Beispiel kommt fahrplanmäßig um sieben Uhr am Wiener Westbahnhof an. Immenhofer will aber schon um Viertel nach sieben zu Fuß nach Hause gekommen sein, für eine Strecke von rund drei Kilometern also nur eine Viertelstunde gebraucht haben. Halten Sie das für wahrscheinlich?«
Von Seydtlitz zuckte die Achseln. »Wenn er stramm gelaufen ist, warum nicht?«
»Und Sie Doktor?« wandte sich Livingston an mich. »Wenn ich mich richtig entsinne, sind Sie doch von Hause aus Internist? Halten Sie es für möglich, daß ein Asthmatiker, der angeblich nicht einmal mehr

Zigaretten mit Spitze verträgt, drei Kilometer in fünfzehn Minuten bewältigt?«
»Nein«, räumte ich ein. »Das dürfte völlig ausgeschlossen sein.«
Livingston lächelte. »Mit anderen Worten: Entweder ist die Geschichte von Immenhofers Asthma erlogen – oder er hat in Wahrheit gar kein Alibi.«
»An das Asthma hatte ich gar nicht mehr gedacht«, gab nun auch von Seydtlitz zu.
»Dann sind Ihnen wohl auch nicht Immenhofers kotige Stiefelabsätze aufgefallen, wie?« fragte der Engländer spöttisch.
»Also das war es!« rief ich. »Der muffige Geruch, den er mit seinem scheußlichen Rasierwasser zu überdecken suchte. Er kam also von den Stiefeln!«
»Allerdings«, sagte Livingston. »Ich habe es auch erst entdeckt, als ich mein Glas umwarf, um mich etwas tiefer über seine Hosenbeine beugen zu können.«
»Ich dachte mir schon, daß das kein Versehen war«, nickte ich. »Aber was ist so verdächtig an schlammigen Stiefeln?« fragte ich.
»Nun«, dozierte Livingston gelassen, »zum Beispiel die Frage nach der Stelle, wo er sie sich derartig hat besudeln können, wo es doch seit mehr als einer Woche in Wien nicht mehr geregnet hat.«
»Könnte es dafür nicht eine harmlose Erklärung geben? Vielleicht hat er einen Landsitz, wo er gerade einen Garten umgegraben hat«, schlug ich vor. »Das würde auch erklären, warum er ständig die Hände in den Hosentaschen behielt: nämlich um seine schmutzigen Finger zu verbergen.«
»Nein, Doktor. Schmutzige Finger hat Immenhofer zwar in der Tat, wenn auch aus anderen Gründen, als Sie glauben. Aber um Ihnen das zu erklären, müssen wir erst noch ein wenig mehr über die Goldene Morgenröte erfahren.«

XVIII.

Hermann Nölle, Logenmeister der Wiener Sektion der Goldenen Morgenröte, hauste in einer kleinen Wohnung in der Dorotheergasse, direkt an der Ecke zur Augustinerstraße. Er empfing uns mit einer demütigen Verbeugung, die etwas von jenem falschen Gleichmut hatte, den deutsche Okkultisten gern zur Schau tragen, wenn sie nicht aus besseren Kreisen stammen. Mit seiner asketisch schmalen Gestalt, um die eine verschossene Jacke aus grobem Leinen schlotterte, und dem dichten, fast bis zur Brust reichenden dunklen Vollbart wirkte er weniger wie ein Orientalist als wie ein biblischer Prophet – ein Eindruck, der allerdings durch seine gepflegten Hände, die eher denen eines Büroangestellten glichen, wieder verwischt wurde. Auch seine auf Hochglanz polierten teuren Stiefel paßten nicht ganz zum Rest seiner Erscheinung.

Er hatte uns auf Livingstons Telegramm hin für den nächsten Tag zu sich bestellt und musterte uns nun mit zum Himmel gereckter Nase und zusammengekniffenen Augen, so als ob sich ihm unser wahres Wesen nur in einer Vision erschließen könne, die es nötig machte, gut eine halbe Elle über unsere Köpfe hinweg zu starren. Erst nach einer guten Minute ließ er sein struppiges Kinn wieder sinken und sprach uns mit knarrender Stimme, deren Sprachmelodie eher preußisch als österreichisch klang, feierlich an.

»Meine Herren! Die Goldene Morgenröte ist erfreut über jeden, der sich den Quellen der Mysterien in Demut und Wahrhaftigkeit nähern will«, ließ er uns wissen und wies mit gebieterischer Gebärde auf zwei Plätze auf einer alten verschlissenen Chaiselongue. Es war bezeichnend, daß er ein solches Möbel ohne Rückenlehne zu seinem Inventar zählte. Ein Sofa hätte dazu eingeladen, es sich bequem zu machen; so aber waren wir gezwungen, aufrecht zu sitzen, wie gelehrige Schüler, die andächtig den Worten des Meisters lauschen sollten. Nölle selbst nahm mit vor der Brust gekreuzten Armen auf einem schlichten Holzstuhl Platz, ebenfalls in betont aufrechter Haltung, die wohl den buddhistischen Lotussitz imitieren sollte, den ganzen Mann aber eher wie einen steifnackigen deutschen Hauptmann der Reserve aussehen ließ.

»Ihrer Aussprache entnehme ich, daß Sie aus dem Geburtsland unseres Ordens stammen«, wandte er sich nun an Livingston. »Kennen Sie die Goldene Morgenröte aus England?«

»Nur oberflächlich«, log Livingston ohne Zögern und erzählte dem Logenmeister in wenigen Worten das, was er auch schon Immenhofer erklärt hatte.

»Sie wollen also tieferes Verständnis für das Werk Madame Blavatskys

erwerben und deswegen einer unserer Sitzungen beiwohnen?« fragte Nölle mit wohlwollendem Lächeln.
»Das ist der eine Grund.«
Nölles Lächeln wurde eine Spur kühler. »Und welcher ist der andere?« fragte er.
»Nun«, antwortete Livingston zu meiner Überraschung, »ich will ganz offen sein: Der andere hängt mit einem ehemaligen gemeinsamen Bekannten von mir und Dr. Heydinger zusammen. Es handelt sich um Eduard von Békessy, den Fabrikanten, der vor kurzem ermordet wurde. Sie haben sicher davon gehört.«
Mit einem Mal war jede Verbindlichkeit aus den Zügen des Logenmeisters gewichen. Ausdruckslos sah er den Engländer an, der jedoch nicht weiter darauf achtete, sondern ungerührt fortfuhr: »Wir wissen nämlich, daß Békessy früher einmal ein Mitglied Ihrer Loge war, und fragen uns, ob sein Tod etwas mit seinem Interesse für den Okkultismus zu tun haben könnte.«
»Wie kommen Sie denn darauf?« fragte Nölle mißtrauisch und kraulte sich seinen dichten Vollbart.
»Ganz einfach. Wie Sie vielleicht wissen, hat man in Békessys Hand ein herausgerissenes Stück Papier mit einer Textstelle Madame Blavatskys gefunden.«
Nölle entspannte sich plötzlich wieder, und um seine Lippen begann ein kleines Lächeln zu spielen. »Aber meine Herren«, schnurrte er. »Die ›Geheimlehre‹ ist ein weitverbreitetes Werk. Wenn Sie danach gehen, müßten Sie auch die Theosophen selbst verdächtigen.«
»Pardon, Sie mißverstehen mich«, sagte Livingston höflich, »wir verdächtigen selbstverständlich niemand. Wir wollten lediglich wissen, ob Sie uns irgend etwas über Békessy und seine Zeit in der Goldenen Morgenröte erzählen können, das möglicherweise ein neues Licht auf das Verbrechen wirft.«
Mit dem verdrossenen Gesicht eines Menschen, der etwas gesagt hat, was er eigentlich nicht hatte sagen wollen, erwiderte der Logenmeister kurz angebunden: »Békessy war ein völlig unauffälliges Mitglied. Ich bin überzeugt, daß es keinerlei Verbindung zwischen seinem Tod und der Mitgliedschaft in unserem Orden gibt. Aber Sie können sich ja am kommenden Sonntag selbst ein Bild von unserer Arbeit machen. Wenn Sie sich um zehn Uhr in der Mariahilferstraße einfinden,

werden Sie sehen, daß wir nichts zu verbergen haben. Ich erteile Ihnen hiermit eine offizielle Teilnahmeerlaubnis.«
Er stand auf, verbeugte sich in der gleichen gekünstelten Weise wie bei unserem Empfang und deutete auf die Tür. Unsere Audienz bei Hermann Nölle, Logenmeister der Goldenen Morgenröte, Sektion Wien, war beendet.

»Ich begreife Sie wirklich nicht, Livingston«, sagte ich, als wir Nölles Haus verlassen hatten und in einer Droschke nach der Taborstraße saßen. »Erst gestern rüffeln Sie Seydtlitz für seine Offenheit, und heute machen Sie es genauso wie er.«
»Unterschiedliche Gegner erfordern nun einmal unterschiedliche Taktiken«, erwiderte der Engländer lächelnd. »Und wer könnte verschiedener sein als Immenhofer und Nölle?«
»So? Na, viel haben wir bei ihm jedenfalls nicht herausgefunden.«
»Im Gegenteil. Wir haben sogar mehr erfahren, als wir jemals hoffen konnten.«
»Aber wieso? Nur weil dieser Logenmeister so unecht wie ein Schmierenschauspieler wirkt?«
»Auch deshalb«, sagte Livingston. »Aber vor allem wegen der kapitalen Blöße, die er sich gegeben hat. Erinnern Sie sich, wie ich ihn auf die Textstelle der Blavatsky ansprach und er sofort von der ›Geheimlehre‹ anfing?«
»Nun und?«
»Obwohl keine einzige Wiener Tageszeitung jemals erwähnte, aus *welchem* Werk der Blavatsky der Papierfetzen stammte!«
Ich pfiff durch die Zähne. »Das hatte ich ganz vergessen« , gab ich zu. »Sie meinen also –«
»Allerdings meine ich«, sagte Livingston. »Jede Wette, daß neben Immenhofer auch Nölle bis zum Hals in der Sache drinsteckt.«
»Aber wird er dann nicht in Zukunft doppelt vorsichtig sein? Glauben Sie nicht, daß unser Besuch am Sonntag damit überflüssig ist?«
»Ganz und gar nicht. Nölle gehört eindeutig zu der Sorte Menschen, die dann die meisten Fehler machen, wenn sie unter Druck stehen.«
Mit diesen Worten waren wir vor Livingstons Wohnung angekommen. Als er seine Tür aufschloß, entdeckte er ein Telegramm, das unter dem Spalt hindurchgeschoben worden war. Er hob es auf, öffnete es

und nickte befriedigt. »Sehr schön«, sagte er. »Von Seydtlitz mag ein Tolpatsch sein, aber er ist immerhin verläßlich, wenn es um Dinge geht, die in seiner Macht stehen.«
Er reichte mir das Telegramm, das folgendermaßen lautete:

> *»Nölle ist Deutscher. Geboren in Berlin. Ehemaliger Soldat in Brandenburg, 5. Infanterieregiment, später Ordonnanzoffizier im preußischen Generalstab. Wegen Unterschlagung 1886 unehrenhaft entlassen. Seit fünf Jahren in Wien. Logenmeister der Goldenen Morgenröte seit drei Jahren. Seither nicht weiter aufgefallen.«*

»Ich hatte den Baron gebeten, mir einige Informationen zu beschaffen«, erklärte Livingston, als ich ihm das Schreiben zurückgab. »Den preußischen Tonfall in Nölles Stimme werden Sie ja selbst bemerkt haben. Aber daß er Soldat und sogar Ordonnanzoffizier in Brandenburg war, ist natürlich mehr als bemerkenswert.«
»Warum?«
»Weil diese Offiziere in der Regel eine besondere Schießausbildung absolvieren. Sie dienen den höheren Generalstabsoffizieren als Adjutanten und müssen daher im Gegensatz zum gemeinen Soldaten besondere Fähigkeiten in der Beherrschung von Faustfeuerwaffen nachweisen. Und nach meiner Kenntnis ist ein Teil der Offiziere des preußischen Generalstabs mit *Borchardt-Pistolen* ausgerüstet ... Fiel Ihnen übrigens nicht noch etwas an Nölle auf?«
»Nun, er war reichlich lächerlich gekleidet und benahm sich wie ein Bühnenokkultist. Aber daraus kann man wohl keine großen Schlüsse ziehen.«
»Wirklich nicht?« Livingston lächelte geheimnisvoll. »Nun ja, vielleicht irre ich mich. Aber lassen Sie es mich dennoch aussprechen: Ich glaube, daß wir uns fest auf den Boden der Tatsachen konzentrieren müssen. Nur dort kann die Lösung liegen.«
Er kam nicht dazu, diese kryptische Erklärung näher zu erläutern, da plötzlich laut und energisch an der Tür geklopft wurde. Es war Karl, Livingstons Faktotum. Er tippte sich wie üblich zur Begrüßung an seine Schirmmütze und überreichte Livingston einen Zettel. »Das müßte der geeignete Mann sein«, erklärte er kurz.

Livingston hielt das Papier hoch und las laut vor: »*Antiquariat Ernst Pretzsche, Wien IX., Peregringasse 3.*«
Ein befriedigtes Lächeln erschien auf seinem Gesicht. »Sehr gut, Karl. Sonst noch etwas Neues?«
»Nein, bisher ist alles normal.«
Livingston zuckte gelassen die Achseln. »Schön, warten wir ab.«
Das Boxergesicht erhielt die obligatorische Zehn-Kronen-Münze und empfahl sich.
»Peregringasse«, meinte Livingston. »Wissen Sie, wo das ist, Doktor?«
»Nicht genau. Muß wohl ein kleines Seitengäßchen am Rand der Altstadt sein.«
Der Engländer ging zu seinem Sideboard, zog unter einem Stapel Zeitungen einen Stadtplan heraus und beugte sich darüber.
»Ja, hier ist es«, sagte er nach wenigen Augenblicken. »In der Nähe des Schottenrings. Wie ist es, haben Sie noch etwas Zeit? Sehr schön. Dann lassen Sie uns keinen Augenblick verlieren.«

Wir gingen in der Abenddämmerung zu Fuß durch die kleinen Gassen der westlichen Leopoldstadt, bis wir die Obere Donaustraße erreicht hatten. Von dort schlenderten wir zur Augartenbrücke hinunter, überquerten den Donaukanal und bogen auf der anderen Uferseite in die Maria Theresienstraße ein. Livingston schwieg behaarlich. Auch auf meine Frage, wer dieser Pretzsche sei, gab er keine Antwort.
Kurz vor der Augartenbrücke hatte ich plötzlich einen monokelgroßen Spiegel bemerkt, den er unauffällig in die Wölbung seiner Handinnenfläche eingesetzt hatte.
»Gottlob ist es heute bewölkt«, erklärte er. »Sobald die Sonne scheint und die Strahlen durch das Glas reflektiert werden, ist es natürlich vorbei mit dieser Methode, mögliche Verfolger zu beobachten.«
»Ist uns schon wieder jemand auf den Fersen?«
»Bisher noch nicht. Aber wir sind ja auch noch nicht am Ziel.«
Die Peregringasse war die nördliche Fortsetzung der Wipplingerstraße, ein winziges heruntergekommenes Gäßchen mit einem Obstladen, einer Schneiderei und zwei kleinen Buchhandlungen. Über einer von ihnen hing ein einfaches Holzschild mit der schlichten Aufschrift: »ERNST PRETZSCHE. ANTIQUARIAT.«

Während ich die Auslagen des Buchhändlers betrachtete, hielt sich Livingston noch einmal die Hand mit dem Spiegel vor die Augen. »Gut«, stellte er fest. »Niemand zu sehen.«
Wir betraten den Laden, der nur aus einem einzigen, abstoßend schmutzigen Raum bestand. Überall lag fingerdicker Staub. Zum Teil waren die Bücher in alten Waschkörben aufgestapelt, wenn sie nicht wie kleine Erdhügel auf dem Boden herumlagen. An den Wänden hingen pornographische und antisemitische Zeichnungen im Stil der Zeit sowie Karten mit astrologischen und okkulten Symbolen. Außerdem waren mehrere grellfarbige Gemälde vorhanden, die irgendeine exotische Landschaft zeigten, mit hohen, schneebedeckten Bergen und indianerartigen Bewohnern in runenverzierter Landestracht. Livingston betrachtete die Bilder eingehend, indem er sie ein wenig zur Seite schob. Doch es war nichts weiter darunter als die schmutziggelbe Tapete, die auch sonst überall zwischen den Regalen hervorschimmerte. Ein abgestandener Geruch nach saurem Schweiß erfüllte den ganzen Raum, der kaum größer sein mochte als das Wohnzimmer in einer der Zinskasernen der Wiener Arbeitersiedlungen. Der Inhaber des Ladens war offenbar nicht anwesend. Wir lugten kurz in einen winzigen Verschlag, der als Büro diente, aber auch er war leer. Also stöberten wir erst einmal in den alten Büchern. Schon in den Auslagen vor dem Geschäft war mir die Vielzahl von Werken über Astrologie, Kabbalismus und Spiritismus aufgefallen. Im Innern jedoch wimmelte es nur so von okkulter Literatur aller Art: Schriften von selbsternannten Eingeweihten; Bücher über Geheimorden, Logen, Freimaurer; über alle möglichen Sorten von Alchimie; über die Gralssucher des Mittelalters, den pangermanischen Mystizismus und dergleichen mehr. Auch ein abgegriffenes Exemplar der englischen Originalausgabe der »Geheimlehre« war vorhanden, in dem Livingston sofort interessiert blätterte.
Plötzlich ertönte hinter uns eine hohe, süßlich-meckernde Männerstimme: »Eine große Frau! Und eine große Eingeweihte!«
Livingston drehte sich langsam um. »Wen meinen Sie?« fragte er gelassen. »Madame Blavatsky?«
»Natürlich, natürlich«, antwortete der Mann mit der Fistelstimme, »wen denn sonst? Sie halten schließlich eines der wichtigsten Bücher dieses Jahrhunderts in Händen. Aber ich habe mich noch gar nicht

vorgestellt – wie unhöflich von mir. Erlauben Sie: Ernst Pretzsche, Buchhändler und Antiquar.«

Der Mann deutete eine leichte Verbeugung an, die sein wenig einnehmendes Äußeres in grotesker Weise hervortreten ließ. Er hatte eine ungesunde gelbe Gesichtsfarbe und war bis auf einen kleinen Ziegenbart am Kinn glattrasiert. Um seine Lippen spielte ein verschlagenes Lächeln, das durch das listige Funkeln seiner kleinen dunklen Knopfaugen noch verstärkt wurde. Seine Gestalt war gnomenhaft; er war kaum größer als ein zwölfjähriges Kind, obwohl dieser Eindruck täuschen mochte, da sein gekrümmter Rücken einen Ansatz zum Buckel verriet. Insgesamt bot er das Bild eines krötenartigen kleinen Krämers, der um jeden Preis ein Geschäft machen will.

»Suchen Sie etwas Bestimmtes in dieser Richtung?« fragte er sofort kriecherisch, als Livingston die »Geheimlehre« wieder an ihren Platz zurückgelegt hatte.

»Nein«, erwiderte der Engländer. »Ich komme wegen einer Auskunft.«

Sofort war das unterwürfige Gebaren in Pretzsches Haltung verschwunden und machte einem störrischen Gesichtsausdruck Platz. »Eine Auskunft welcher Art?«

»Keine, für die ich Sie bezahlen werde«, erwiderte Livingston kühl. »Es geht um einen Geheimorden, in dessen Auftrag ich in Wien bin. Dieser Herr hier« – er deutete auf mich – »ist mein Sekretär.«

Pretzsche schien durch diese Erklärung ein wenig eingeschüchtert zu sein. »Sie sind Engländer, Ihrer Aussprache nach zu urteilen, oder?« fragte er vorsichtig.

»Allerdings.« Livingston sah sich kurz nach allen Seiten im Laden um und fügte dann mit dramatisch gedämpfter Stimme hinzu: »Ich komme im Geheimauftrag der Golden Dawn aus London.«

Pretzsche lächelte schmierig. »Eine höchst ehrenwerte Loge.«

»Ist das alles, was Sie dazu sagen?« fuhr ihn Livingston scharf an.

»Was wollen Sie denn hören?« fragte der Antiquar sichtlich erschrocken, worauf Livingston plötzlich höhnisch lachte und sagte: »Ah, kommen Sie, Pretzsche, machen Sie keine Geschichten. Wir wissen alles über Sie.«

»So?« meinte der Buchhändler ängstlich. »Was denn?«

»Nun, zum Beispiel, daß Sie lange in Mexiko gelebt haben, daß Ihr

Vater dort Apotheker war und daß Sie erst seit kurzem in Wien sind. Vor allem aber, daß Sie als Experte für den Gebrauch und die Wirkungen des *Peyotl* gelten.«

Pretzsches gelbliche Gesichtshaut war leichenblaß geworden, und seine Hände begannen zu zittern. »Wer sind Sie?« stammelte er. »Was wollen Sie von mir?

Zu meiner Überraschung wandte sich Livingston statt einer Antwort an mich: »Bitte, Doktor, gehen Sie zur Tür und passen Sie auf, daß niemand hereinkommt.«

Erstaunt tat ich, was er sagte, ging zur Ladentür und beobachtete aus den Augenwinkeln, was nun folgte.

»Nun, Pretzsche«, sagte Livingston drohend, »es wird Ihnen sicherlich bekannt sein, daß es zwei Varianten der Golden Dawn gibt – eine offizielle und eine inoffizielle. Ich gehöre der letzteren an. Sehen Sie her!«

Er begann, sich soweit Rock und Hemd aufzuknöpfen, daß er dem erstarrten Buchhändler seine linke Schulter zeigen konnte.

Als Pretzsche das Brandmal mit dem auf dem Kopf stehenden Kreuz und dem Buchstaben L sah, fuhr er entsetzt zurück. »Um Gottes willen!« rief er aus. »Sind Sie einer von Woodcrafts Leuten?«

»Aha«, sagte Livingston befriedigt, indem er sich schnell wieder ankleidete und mir mit einem Kopfnicken zu verstehen gab, daß ich meinen Beobachtungsposten verlassen könne. »Ich sehe, Sie kennen sich aus. Jawohl, ich bin hier im Auftrag von Thomas E. Woodcraft, Logenmeister der Golden Dawn in England!«

Pretzsche war nur noch ein einziges Nervenbündel. »Was tun Sie in Wien?« fragte er mit schlotternden Knien.

»Das braucht Sie weiter nicht zu kümmern«, antwortete Livingston barsch. »Alles, was ich von Ihnen wissen will, ist, wo sich der geheime Versammlungsort der hiesigen Sektion befindet.«

»Das weiß ich nicht, wirklich nicht«, wimmerte der Buchhändler. »Ich war nie ein Mitglied der Goldenen Morgenröte, das schwöre ich!«

In panischer Angst riß er sein fleckiges Hemd auf, streifte es ebenso wie zuvor Livingston von den Oberarmen herab und zeigte uns seine Schultern. »Hier bitte«, rief er.

Tatsächlich waren seine Arme und Schultern zwar unansehnlich knöchern, aber abgesehen von einer auffallend dunklen Farbe zeigte

seine Haut keine Besonderheiten. Ein Brandzeichen hatte Ernst Pretzsche jedenfalls nie getragen.
»Wenn Sie nie ein Mitglied waren, woher kennen Sie dann unser Erkennungszeichen?« fragte Livingston drohend. »Und woher den Namen Woodcraft?«
»Mein Vater war Mitglied der Goldenen Morgenröte in Berlin, bevor er nach Mexiko ging«, antwortete Pretzsche eilfertig. »Von ihm habe ich auch zum erstenmal den Namen Woodcraft gehört. Aber ich selbst habe nie etwas mit der Goldenen Morgenröte zu tun gehabt.«
»Trotz Ihrer Kenntnisse über das *Peyotl*?«
»Ich gebe nur hin und wieder diesbezügliche Auskünfte.«
»Wem?«
»Namen sind mir nicht bekannt«, versicherte Pretzsche zitternd. »Es sind immer wieder verschiedene Interessenten.«
»So.« Livingston betrachtete ihn kalt. »Nun, Pretzsche, ich denke, daß es sich herausstellen wird, ob Sie uns die Wahrheit gesagt haben.« Er wandte sich zum Gehen. Zum Abschied meinte er gefährlich lächelnd: »Wenn Sie von Ihrem Vater wissen, wofür der Name Woodcraft steht, wissen Sie ja auch, was mit Ihnen passiert, wenn Sie jemandem ein Wort über unseren Besuch verraten. Betrachten Sie das als gutgemeinte Warnung.«
»Ich werde schweigen wie ein Grab«, beteuerte Pretzsche händeringend, bevor wir die Tür öffneten und den Laden verließen.

»Das war ein hoher Einsatz«, seufzte Livingston, als wir wieder auf der Maria Theresienstraße waren und im Licht der Gaslaternen zurück in Richtung Augartenbrücke gingen. »Besonders wenn man bedenkt, daß ich nur geblufft habe. Wenn Pretzsche tatsächlich ein Mitglied der Morgenröte gewesen wäre, hätten wir einpacken können.«
»Jetzt verstehe ich überhaupt nichts mehr. Woher zum Teufel kannten Sie diese Kröte?«
»Kennen? Ich habe ihn heute zum ersten Mal in meinem Leben gesehen.«
»Sie scherzen!«
»Aber nein, es ist mein voller Ernst. Sie waren doch vorhin selbst dabei, als mir Karl seine Adresse gegeben hat. Es war reiner Zufall, voll

ins Schwarze getroffen zu haben. Eigentlich hatte ich Karl nur beauftragt, einen Buchhändler mit okkultistischer Literatur ausfindig zu machen, bei dem ich etwas über alle einschlägigen Wiener Geheimlogen erfahren könnte.«

»Aber Ihr Wissen über seine Vergangenheit?!«

Livingston lachte. »Mein Gott, Doktor, Sie sehen ja fast genauso drein wie dieser Wicht Pretzsche, der wahrscheinlich gedacht hat, ich könne wirklich hellsehen. Also schön, fangen wir bei seinem Laden an. Die Bilder an den Wänden waren offensichtlich keine Kunstwerke, eher Erinnerungsstücke an eine Reise oder einen Auslandsaufenthalt, vermutlich sogar selbstgemalt. Welches Land sie darstellen, ist klar, wenn Sie sich die Runen auf den Gewändern der Einheimischen gut angesehen haben und sich ein wenig mit Vulkanen auskennen.«

»*Vulkanen?*«

»Aber ja. Haben Sie nicht erkannt, daß eines der Bilder den Ixtaccihuatl darstellte? Er ist einer der größten Vulkane der Welt, südöstlich von Mexiko gelegen, fast 5300 Meter hoch. Es sprach demnach alles dafür, daß Pretzsche eine besondere Beziehung zu Mexiko gehabt haben muß. Berücksichtigt man dann noch seine charkteristische Gesichtsfarbe, die auf einen längeren Aufenthalt in einem sonnigen Land schließen läßt, war die Sache klar.«

»Und daß sein Vater Apotheker war?«

»Auch weiter kein Geheimnis. In dem kleinen Verschlag, der Pretzsche als Büro dient, hing eine Photographie, die unseren Buchhändler neben einem alten Mann zeigt, der ihm wie aus dem Gesicht geschnitten ist. Der Alte steht in einem weißen Kittel vor einem vergammelten Laden mit der Aufschrift *Farmacia*, dem spanisch-mexikanischen Wort für Apotheke.«

»Und daß er erst seit kurzem in Wien lebt?«

»Mein lieber Doktor, Sie müssen sich angewöhnen, etwas mehr hinter die Kulissen zu schauen. Sie erinnern sich, daß ich die mexikanischen Bilder etwas zu Seite schob –«

»– daß diesmal aber nichts dahinter war.«

»Ganz recht«, entgegnete Livingston geduldig, »es war nichts dahinter, obwohl etwas dahinter hätte sein *müssen*, ein Rand oder eine helle Stelle zum Beispiel. Die Bilder hängen dort also noch nicht allzu lange. Und wenn Sie bedenken, wie wenig Pretzsches dunkle Gesichtsfarbe bisher verblaßt ist, dann können Sie aus alldem nur schließen, daß er erst seit kurzer Zeit wieder aus Mexiko zurückgekehrt ist.«

»Mein Gott, Livingston«, rief ich verärgert aus. »Wenn man Ihnen zuhört, hat man immer das Gefühl, noch in der Taferlklasse zu sitzen! Und was zum Kuckuck ist *Peyotl?* Auch etwas, was eigentlich jeder Idiot wissen müßte?«

»Nein«, antwortete Livingston ernst, indem er wieder seinen kleinen Handspiegel aus der Tasche zog und hinter sich spähte. »Aber um Ihnen das zu erklären, muß ich sie tiefer in die dunklen Geheimnisse der Golden Dawn einweihen. Als *Peyotl* bezeichnet man nämlich die getrockneten Spitzen eines mexikanischen Wüstenkaktus, der –«

In diesem Moment erkannte ich im schwachen Lichtkegel einer Laterne ein Paar, das uns in zehn oder fünfzehn Meter Entfernung entgegengeschlendert kam. Während ich noch halb unbewußt den eleganten Gang der Frau registrierte, hob diese plötzlich den Kopf, so daß ich ihr direkt ins Gesicht sehen konnte.

Erschrocken stieß ich meinen Begleiter an. »Tut mir leid, Livingston, aber vielleicht sollten Sie statt nach hinten jetzt lieber einmal nach vorne schauen!«

Aber meine Warnung kam zu spät. Das Paar hatte uns bereits erreicht, und Livingstons erschrockene Augen bohrten sich in das schöne Gesicht Irene Adler-Nortons, die zusammen mit ihrem Mann vor uns stand.

»Guten Abend«, sagte sie schnell, während Norton ostentativ seine Hand auf den Arm seiner Frau legte und Livingston knapp zunickte. Dieser schien seine Nerven heute abend erstaunlich gut im Griff zu haben, denn er war immerhin imstande, der Sängerin schwach zuzulächeln. Nur ein leichtes Zittern seiner Hand, die immer noch den kleinen Spiegel umklammert hielt, verriet seine Erregung, als er sagte: »Nun ja, selbst in einer Metropole wie Wien kann man sich nicht immer aus dem Weg gehen, nicht wahr?«

Ein betretenes Schweigen auf allen Seiten folgte dieser ungeschickten Bemerkung.

Norton, der mich offenbar nicht wiedererkannte, versuchte die Spannung zu mildern, indem er sagte: »Wollen Sie uns nicht wenigstens bekannt machen, Livingston?«

Der Angesprochene sah zuerst von einem zum anderen, so als hätte er nicht ganz verstanden. Dann riß er sich zusammen und stellte uns mit leiernder Stimme vor.
»Sehr erfreut«, meinte die Adler und gab mir nervös die Hand. »Wir trafen uns, glaube ich, einmal bei den Rothers in Döbling, nicht wahr? Man sagte mir damals, daß Sie mit Dr. Freud bekannt sind?«
»So ist es.«
»Darf ich Sie fragen, was Sie von seiner jüngsten Veröffentlichung halten?«
»Sie meinen seine ›Vorläufige Mitteilung über Hysterie‹? Nun, ich glaube –«
»Sie entschuldigen, Doktor«, unterbrach mich Livingston mit schneidender Stimme. »Ich denke nicht, das dies hier der Ort für eine seichte Abendkonversation ist. Wenn Sie also nichts dagegen haben, wollen wir weitergehen, wir haben schließlich noch zu tun. Guten Abend zusammen.«
Er verbeugte sich steif vor der Adler, würdigte ihren Mann jedoch keines Blickes und zog mich wie einen Schuljungen so schnell am Arm mit sich fort, daß es mir gerade noch gelang, einen Abschiedsgruß zu stammeln, der betreten von den Nortons erwidert wurde.

Sobald wir außer Hörweite waren, machte ich meinem Ärger Luft. »Livingston, das war unmöglich! Wie können Sie mich derart lächerlich machen?!«
Der Engländer marschierte wie ein Soldat vorwärts. »In dieser Sache«, sagte er heiser, »gibt es nur einen, der sich lächerlich macht, und der geht gerade neben Ihnen.«
»Herrgottnochmal! Können Sie denn nicht akzeptieren, daß sie verheiratet ist? Muß Sie denn unbedingt nur für Sie *allein* da sein?«
Livingston war abrupt stehengeblieben und zitterte nun seinerseits vor Wut. »Ich verbitte mir Ihre klugen Ratschläge«, würgte er mit mühsam beherrschter Stimme hervor. »Kümmern Sie sich lieber um ihr eigenes verkorkstes Liebesleben!«
Für einen Augenblick war ich versucht, ihm für diese Beleidigung eine Ohrfeige zu versetzen. Dann dachte ich daran, daß er ja trotz allem immer noch mein Pateint war, und sagte kühl: »Ich denke, daß ich heute abend auf Ihre Gesellschaft verzichten werde.«

»Machen Sie von mir aus, was Sie wollen«, rief Livingston und wandte sich zur Straße. »Hallo, Droschke!«
Ein Wagen hielt, und der Engländer sprang ohne ein weiteres Wort hinein. Ich hörte noch, wie er dem Kutscher seine Adresse zurief. Dann trabten die Pferde an, und der Wagen rollte davon.

XIX.

Wenn ich gehofft hatte, Livingston werde sich für seine Entgleisung entschuldigen, so sah ich mich schon bald eines Besseren belehrt. Bis zum späten Samstagnachmittag hörte ich überhaupt nichts von ihm. Erst kurz bevor ich abends in die Hofoper aufbrechen wollte, erhielt ich ein lapidares Telegramm:

> »*Erwarte Sie morgen früh um Viertel nach neun in der Mariahilferstraße. Bringen Sie mindestens eine, besser noch zwei große mit Wasser gefüllte Gießkannen mit. Livingston.*«

Meine erster Gedanke war, daß es sich bei dieser Nachricht um eine Ausgeburt seiner Rauschgiftsucht handeln mußte. Wahrscheinlich, so dachte ich, war er nach der unverhofften Begegnung mit der Adler-Norton einfach wieder rückfällig geworden.
Ich hatte den Bogen daher auch schon fast zerknüllt, als ich noch einmal innehielt. Eigentlich hatte ich bisher nicht den Eindruck gehabt, daß das Kokain seinen Verstand in bezug auf seine Arbeit beeinträchtigt hätte. Im Gegenteil, oft waren seine Wahrnehmungen im Rausch ja sogar noch präziser als in nüchternem Zustand. So seltsam der Text dieses Telegramms also auch anmutete, eine innere Stimme hielt mich davon ab, es lediglich für eine Laune seiner überreizten Nerven zu halten und ernsthaft zu glauben, er wolle vielleicht mit einigen Wassergüssen eine imaginäre Austernplage von der Türschwelle der Goldenen Morgenröte hinwegschwemmen …
Ich stand schon im Begriff, zum Hausmeister im Erdgeschoß hinunterzugehen, um nach einer Gießkanne zu fragen, als mir plötzlich bewußt wurde, welchen beherrschenden Einfluß der Engländer inzwischen auf mich ausübte. Seine beleidigende Anspielung auf mein Verhältnis zu Lena war noch keine vierundzwanzig Stunden alt, und schon

war ich wieder bereit, ihm als ergebener Gefolgsmann zu dienen. Verärgert nahm ich noch einmal das Telegramm zur Hand und strich es auf dem Schreibtisch glatt:

»*Erwarte Sie* ...«

Waren das die Worte eines Mannes, der einen anderen um Hilfe bat? War es nicht eher der Befehlston eines Vorgesetzten, der den Gehorsam seines Untergebenen als selbstverständlich voraussetzt?
Eine Welle von Widerwillen stieg in mir auf. Ich mußte mir eingestehen, daß ich begonnen hatte, in Livingston mehr zu sehen als nur den schwierigen Patienten oder den exzentrisch begabten Amateurdetektiv. So peinlich es mir nun erschien, aber ich hatte wohl ernsthaft geglaubt, ihm eine Art Freund geworden zu sein, ein Kamerad, auf dessen Beziehungen und Ortskenntnisse er angewiesen war und auf dessen Integrität er sich jederzeit verlassen konnte. Je länger ich darüber nachdachte, desto törichter erschien mir jetzt diese Vorstellung. Zu einer wirklichen Freundschaft war Livingston vermutlich gar nicht fähig. Ich brauchte ja nur an seinen angeblichen Freund in England denken, den er nach wie vor in dem Glauben ließ, er sei tot. Nein, dachte ich verbittert – ausgewogene, halbwegs gesunde Empfindungen schien es bei Livingston überhaupt nicht zu geben. Entweder er bediente sich Menschen, wie er sich meiner oder Schönbergs oder wessen auch immer bediente, oder er verlor sich selbst in seinen übersteigerten, über die Jahre hinweg aufgestauten und durch das Kokain noch zusätzlich angeheizten Leidenschaften und Machtphantasien. Denn um nichts anderes als eine Frage von Macht und Leidenschaft handelte es sich doch auch bei seiner – ich scheue mich geradezu, dafür das Wort »Liebe« zu verwenden – bei seiner Passion also, bei seiner krankhaft flagellantischen Passion für Irene Adler-Norton. Kein Wunder, daß er von sich selbst abzulenken versuchte, indem er jene beleidigte, deren er am meisten bedurfte ...
Und doch konnte ich nicht leugnen, wieviel Wahrheit in seiner unverschämten Anspielung gelegen hatte. Seit Lenas Abreise aus Wien hatten wir uns zwar regelmäßig geschrieben; aber es waren doch meist recht kühle und sehr sachliche Briefe gewesen. Sie skizzierte ein sehr zurückhaltendes Bild ihres Engagements in Hamburg, das

geprägt war von Differenzen mit dem Theaterdirektor Pollini und den spröden Reaktionen des Hamburger Publikums. Wo die Wiener auch noch die stümperhafteste Darbietung umjubelt hatten, wenn sie sich dabei nur gut unterhielten, war den Hamburgern anscheinend nichts recht zu machen. Legte man eine Leonore als unerschrockene Freiheitsheldin an, sprach man von »teutonischem Pathos«, wollte man dagegen einer Elsa etwas von ihrer deutschtümelnden Schwere nehmen, wurde das als »frankophile Frivolität« gebrandmarkt. Pollini wiederum verweigerte ihr die Hauptrolle im »Tristan«, was zu wiederholten Auseinandersetzungen zwischen dem Direktor und seinem Ersten Kapellmeister geführt hatte. Mahler, nach wie vor loyal zu seiner Neuerwerbung stehend, mußte sogar mit Demission drohen, um Pollini zum Einlenken zu zwingen. Zähneknirschend hatte der Direktor daraufhin eine Sondervorstellung mit Lena in der Titelrolle angesetzt, die prompt zum eklatanten Mißerfolg wurde. Die Hamburger, die nur ihren Star Katharina Klafsky sehen wollten, standen Lena von Beginn an ablehnend gegenüber und pfiffen sie und ihren modernen Gesangsstil am Schluß rundweg aus. Auch die enthusiastischen »Bravos« einer kleinen Schar begeisterter Anhänger konnten sie nicht über den völligen Durchfall hinwegtrösten.

Bei all diesen Querelen, die Lena trotz aller Enttäuschung mit viel ironischem Humor schilderte, blieb kein Raum für persönliche Bekenntnisse. Wohl fügte sie hin und wieder als Postskriptum die Aufforderung hinzu, doch einmal auf einen Besuch an die Alster zu kommen, aber das war auch alles. Kein Kommentar zum Stand unseres Verhältnisses, kein Hinweis auf ihre Gefühle, weder in noch zwischen den Zeilen.

Es konnten daher eigentlich nur Andeutungen über diese Briefe gewesen sein, die ich beiläufig einmal gegenüber Livingston gemacht hatte. Aber sie hatten offenbar ausgereicht, um den Engländer sofort durchschauen zu lassen, wie es um mich und Lena stand – oder besser gesagt, *nicht* stand. Es schüttelte mich jetzt bei der Vorstellung, ihm auch nur das Geringste aus meinem Privatleben anvertraut zu haben. Auf seine Art war er ja ein viel besserer, weil unbarmherziger Psychologe als ich. Die Verdrängung seiner Vergangenheit mochte ihn sich selbst gegenüber blind gemacht haben – bei den Menschen seiner Umgebung dagegen war er oft geradezu hellsichtig. Und wer weiß, vielleicht betrachtete er mich ja sogar mit ganz besonderem Argwohn. Denn wenn es wirklich einen blinden Fleck in seiner Vergangenheit gab – und nach seinem immer wiederkehrenden Wasserfall-Traum hatte ich daran keinen Zweifel –, sprach dann nicht vieles dafür, daß er die Entschleierung dieses Geheimnisses sowohl herbeisehnte als auch fürchtete? Wahrscheinlich gab es in Wien neben mir und der Adler-Norton überhaupt nur noch einen Menschen, der mehr über ihn wußte, Freud nämlich, dessen Schicksal mir eigentlich als Warnung hätte dienen müssen. Würde es mir eines Tages ebenso ergehen wie meinem jüdischen Kollegen? Würde sich Livingston auch von mir abwenden, weil ich mehr über ihn wußte, als ihm lieb sein konnte?

Wieder einmal war ich mehr denn je davon überzeugt, daß er sich gar nicht helfen lassen *wollte*. Es mußte eine Ausnahmesituation gewesen sein, in der er damals in meine Sprechstunde gekommen war, ein Tiefpunkt in seiner Affäre mit der Adler-Norton, der ihn gezwungen hatte, sich ein einziges Mal freiwillig mit seiner Vergangenheit auseinanderzusetzen. Nur so konnte ich mir seine damalige Beichte erklären. Ich dachte an Freuds Idee der »Freien Assoziation« beim Aufspüren von verdrängten Kindheitserlebnissen und begriff plötzlich, warum diese Technik bei einem Mann wie Livingston keinen Erfolg haben konnte. Erstens beruhte sie auf der aktiven Mitarbeit des Patienten – die Livingston ja bewußt verweigerte –, und zweitens setzte sie voraus, daß es sich bei dem Patienten nicht um einen gleichfalls psychologisch Begabten handelte, der die Technik seines Gegenübers sofort durchschaute. Wenn ich also jemals erfahren wollte, was es mit Livingstons Vergangenheit auf sich hatte, blieb eigentlich nur noch eine gezielte Hypnosebehandlung übrig. Und der Engländer, der ja ahnte, daß er Freud in dessen Sitzungen ungewollt etwas Bedeutsames offenbart hatte, würde sich wohl für alle Zeiten weigern, ein solches Experiment zu wiederholen. Lieber sponn er sich tiefer in den Kokon seines Schweigens ein, lieber schleppte er die Last der Vergangenheit weiter mit sich herum als zu versuchen, der Wahrheit endlich ins Auge zu sehen. Es war, als habe er eine unüberwindliche Mauer rund um sich aufgerichtet, wie ein Künstler, der aus einem tiefen seelischen Trauma heraus seine Werke schafft und trotz all seiner Unruhe nur eine Angst hat: daß mit der Aufdeckung dieses Traumas zugleich auch seine Begabung versiegen könnte …

In düsterer Stimmung machte ich mich auf den Weg zur Hofoper. Ich versuchte, an die bevorstehende Aufführung zu denken – es war ausgerechnet Verdis »Maskenball« –, konnte mich aber nicht von meinen Gedanken an Livingston losreißen. Ständig hatte ich die Züge des Engländers vor Augen, die sich mit denen Freuds, Lenas und dem öligen Lächeln August Immenhofers zu einem diffusen Trugbild verwoben …

Ich war derart in Gedanken, daß ich erschrocken zusammenfuhr, als mich kurz vor dem Kärntnerring eine bekannte Stimme ansprach: »Guten Abend, Doktor Heydinger, auch auf dem Weg in die Hofoper?«

Geistesabwesend wandte ich mich zur Seite und blickte in ein junges, eifrig-verkniffenes Mondgesicht.

»Ah, Herr Schönberg«, sagte ich langsam. »Ja, ich wollte wieder einmal die Materna hören.«

»Da werden Sie aber Pech haben«, entgegnete Schönberg, der seine Schritte meinem Tempo angepaßt hatte und ein wenig kurzatmig neben mir herlief. »Ich habe gehört, daß sie heute morgen ihre Indisposition bekanntgegeben hat. Angeblich aus Solidarität.«

»Solidarität mit wem?«

»Na, mit Pöschnak natürlich«, antwortete Schönberg. »Sie wissen doch, daß ihm gestern gekündigt wurde, oder nicht?«

»Doch, ich las es in der ›Abendpost‹«, gab ich zurück. »Aber ich verstehe totzdem nicht ganz. Seit wann interessiert sich eine Materna für die Belange eines kleinen Gelegenheitstenors?«

»Pöschnak ein Gelegenheitstenor?« fragte Schönberg erstaunt. »Da irren Sie sich aber gewaltig. Nach meiner Meinung war er eines der größten Talente der Hofoper überhaupt.«

»Na, ich habe ihn jedenfalls nie in einer größeren Rolle gehört. Und ich gehe nun wirklich oft in die Oper.«

»Aber das ist es ja gerade!« wollte Schönberg aufbrausen, nahm sich aber gleich wieder zusammen und fuhr halblaut fort: »Er hat doch nie eine richtige Chance bekommen, wurde immer von oben kleingehalten und gegängelt. Und alles nur, weil er nie geschwiegen hat, wenn wieder einmal ein Nichtjude im Orchester an eines der ersten Pulte befördert wurde, obwohl der mosaische Kollege schon viel früher an der Reihe gewesen wäre.«

»Aber Pöschnak ist doch gar kein Jude?«
»Na eben! Deshalb hat man ihm seine Courage ja auch ganz besonders übelgenommen.«
»Und woher wissen Sie das alles so genau? Kennen Sie Pöschnak persönlich?«
»Ich habe mich hin und wieder im Kaffeehaus mit ihm unterhalten, wenn er gerade zusammen mit Herrn Livingston dort war.«
»Mit Herrn Livingston?« fragte ich erstaunt.
»Ja, ich glaube, die beiden sind gut befreundet. Pöschnak war auch öfters in der Taborstraße zu Besuch.«
»Was Sie nicht sagen«, meinte ich. »Unser Freund kennt wohl einige prominente Musiker in Wien, wie?«
»Oh, ich denke schon«, nickte Schönberg eifrig. »Neulich wurde bei uns sogar ein Telegramm von der Renard für ihn abgegeben.«
»Von der Renard!«
Mir verschlug es die Sprache. Welch eine Art von Komödie spielte der Engländer eigentlich hier in Wien? Bis vor wenigen Augenblicken hatte ich noch geglaubt, ich hätte darin die Hauptrolle inne. Jetzt schien es ja fast, als ob auch ich nur ein kleiner Komparse unter vielen anderen war! Und zu denken, daß ich ernsthaft angenommen hatte, er kenne außer mir, Freud und der Adler niemand sonst in dieser Stadt …
Vor dem Eingang zum Foyer verabschiedete ich mich von Schönberg, der sich dem Aufgang zu den verbilligten Stehplätzen zuwandte, und nahm in einer der reservierten Logen im zweiten Rang Platz. Die Oper begann, ohne daß ich einen besonderen Genuß bei der Musik oder den Sängern verspürt hätte. Bei jedem neuen Auftritt unten auf der Bühne fragte ich mich, ob Livingston wohl auch diesen Tenor oder jene Mezzosopranistin für sich arbeiten ließ …
Schon nach dem ersten Akt hatte ich genug. Mit einer flüchtigen Bemerkung über die nur durchschnittliche Leistung Louise Ehrensteins, die tatsächlich kurzfristig die Rolle der Amelia übernommen hatte, ließ ich Schönberg im Foyer stehen, stürzte aus der Oper und winkte einen Fiaker nach der Leopoldstadt herbei, fest entschlossen, Livingston für sein falsches Spiel zur Rede zu stellen.

In der Taborstraße erwartete mich jedoch eine Enttäuschung. Der

Engländer war nicht zu Hause. Auf mein Klopfen hin rührte sich jedenfalls nichts. Dafür stach mir vor seiner Tür ein seltsamer Geruch in die Nase, der ohne Zweifel aus seiner Wohnung kommen mußte: unangenehm süßlich, wie von zu lange gekochtem Gemüse, zugleich aber auch beißend-pulverig, als hätte man einige Gewehrsalven abgeschossen.

Ich läutete an der benachbarten Wohnungstür der Familie Schönberg. Eine kleine, abgearbeitete ältere Frau in einer fleckigen Küchenschürze und mit einem Fleischermesser in der Hand öffnete.

»Sie wünschen?«

»Frau Schönberg?«

Sie nickte, worauf ich mich als Freund Livingstons vorstellte, mit dem ich mich verabredet habe, der jedoch auf mein Klopfen nicht öffne.

»Herr Livingston ist ausgegangen«, beschied mich die Frau achselzuckend. »Nachdem er beinahe das ganze Haus in die Luft gesprengt hätte. Riechen S' nichts? Eine richtige Explosion hat's gegeben, einen Rums hat's getan, daß mir fast die Nippsachen vom Regal gefallen sind …« Sie kam einen Schritt auf mich zu. »Wissen S', ich weiß ja nicht, was er da drin« – sie deutete mit dem Fleischermesser auf Livingstons Wohnungstür – »eigentlich alles anstellt, aber in letzter Zeit ist es wirklich zu arg geworden. Als er hier eingezogen ist, da hat er manchmal nachts fürchterlich im Schlaf geschrien, naja, das kommt ja vor bei manchen Leuten, nicht wahr, da sagt man ja nichts, obwohl es sich oft wirklich gar zu schrecklich angehört hat, das muß ich schon sagen, als wenn er absterben tät … Und dann die ewige Fiedelei zu allen Tages- und Nachtzeiten … Ich versteh' ja nix davon, unser Arnold sagt zwar immer, es tät was taugen, aber ich weiß nicht, es hört sich alles so schwer an, gar nicht a bisserl melodisch … Ja, und dann die vielen fremden Leute, die oft bei ihm zu Besuch sind – ich mein' natürlich nicht Sie –, Künstlervolk wissen S', Sängerinnen und so was. Aber am schlimmsten sind die scheußlichen Experimente! Arnold sagt, er tät' sich für Chemie interessieren – also ich bitt' Sie, *Chemie*, in so einer kleinen Wohnung, das geht doch nicht, ständig der Gestank, und jetzt auch noch diese Explosionen … Wenn das so weitergeht, werden wir noch die Polizei holen müssen, damit da endlich ein Riegel vorgeschoben wird –«

Sie unterbrach ihren Redestrom, um kurz Atem zu holen. Bevor sie jedoch fortfahren konnte, bedankte ich mich schnell, murmelte eine flüchtige Entschuldigung und eilte die Treppe hinab. Das letzte was ich hörte war, wie sie – offenbar erbost darüber, in ihrem Mitteilungsdrang auf so jähe Weise gehemmt worden zu sein – schollernd die Tür zuwarf.

XX.

»Zum Zentralfriedhof?« begrüßte mich am nächsten Morgen ein verschlafener Kutscher, als ich mit zwei vollen Gießkannen seinen klapprigen Fiaker bestieg.

»Nein. In die Mariahilferstraße. Hausnummer 268. Und zwar schnell, bitte.«

Der Mann auf dem Bock zog vielsagend die Brauen hoch, sagte aber glücklicherweise nichts weiter, sondern beschränkte sich darauf, mit den Achseln zu zucken und schnalzend sein Pferd anzutreiben. Seinen breiten Rücken mit dem derben Stiernacken vor Augen, bereute ich es schon fast wieder, im letzten Moment doch noch umgefallen und Livingstons obskurer Aufforderung gefolgt zu sein. Aber da war nun nichts mehr zu machen. In schneller Fahrt ging es durch die sonntäglich leeren Straßen, auf denen lediglich einige Kirchgänger mit steifen dunklen Hüten unterwegs waren. Schon bald hatten wir die Innere Stadt hinter uns gelassen, passierten die prunkvollen Fabrikantenvillen des Siebten Bezirks – im Volksmund auch »Brillantengrund« genannt – und erreichten bereits nach einer Viertelstunde die ersten Ausläufer von Mariahilf.

Meine Uhr zeigte Punkt Viertel nach neun, als wir vor dem Logensitz der Goldenen Morgenröte hielten. Ich bezahlte den Kutscher, der mich zum Abschied nochmals mit einem spöttischen Grinsen bedachte, und betrat mit meinen Gießkannen den Hof. Von Livingston war noch nichts zu sehen. Ich wollte gerade wieder auf die Straße hinausgehen, um mich umzusehen, als ich ein Rattern auf dem Pflaster hörte. Ein geschlossener Landauer fuhr vor, mit Livingstons Faktotum Karl auf dem Kutschbock. Der Wagen hielt, Karl sprang herab und öffnete den Schlag. Livingston stieg mit zwei Gießkannen heraus, bedeutete Karl mit einem Kopfnicken, hier mit der Kutsche zu warten, und eilte auf mich zu.

»Ah, schön, daß Sie da sind, Doktor«, sagte er beiläufig. »Und auch an die Gießkannen haben Sie gedacht. Ausgezeichnet.«
Na bitte, dachte ich verdrossen, genau wie ich es erwartet hatte. Kein Ton des Bedauerns, keine Geste der Entschuldigung, auch nicht das kleinste Anzeichen von Schuldbewußtsein.
»Es wäre natürlich alles viel einfacher«, fuhr Livingston fort, »wenn es gestern nacht geregnet hätte. Aber auf die Natur können wir uns nun einmal nicht verlassen. Kommen Sie, nehmen Sie Ihre Kannen.«
Er war inzwischen zu dem verkümmerten ehemaligen Blumenbeet hinübergegangen und begann, seine Gießkannen darüber auszuleeren.
»Sie übernehmen den Teil links vom Baum«, wies er mich an. »Und achten Sie bitte darauf, daß der Randbereich zum Hof hin feuchter wird als der Rest des Beets.«
»Sind wir hergekommen, um verkümmerte Blumenbeete wieder zum Wachsen zu bringen?« fragte ich ungläubig.
»Nein«, erwiderte er ausdruckslos und ohne aufzusehen. Ich tat also zunächst, was er sagte. Nach wenigen Minuten waren unsere Kannen leer, und Livingston rieb sich die Hände.
»Sehr gut, das dürfte reichen«, murmelte er befriedigt, ergriff die leeren Kannen und bedeutete mir, es ihm gleichzutun. Gemeinsam traten wir wieder auf die Straße. Karl, der als Wache auf dem Kutschbock gewartet hatte, half uns, die Kannen in der Kutsche zu verstauen. Danach tippte er sich zum Gruß an die Schiebermütze, nickte Livingston kurz zu, schwang sich auf den Bock und fuhr davon.
Er war kaum um die Ecke gebogen, als auch schon eine billige Mietkutsche vor dem Haus vorfuhr. Der Schlag wurde geöffnet, und im Türrahmen erschien das rauschebärtige Prophetenantlitz Hermann Nölles.
»So früh schon auf den Beinen? Gut, gut, meine Herren«, begrüßte uns der Logenmeister würdevoll, nachdem er ausgestiegen war. »Die Goldene Morgenröte weiß Ihr Interesse zu schätzen. Bitte mir zu folgen.«
In hohepriesterlicher Haltung schritt er steif voran, in einem seltsam schleppenden Gang, bei dem er kaum richtig die Füße vom Boden hob. Vor dem Eingang zum Logensaal zog er einen kleinen Schlüs-

selbund aus der Rocktasche, öffnete die Tür und bedeutete uns mit einer demütigen Geste seiner gepflegten Hände einzutreten.
Wir standen inmitten des Raumes, den wir bereits bei unserem letzten Besuch durch die Fenster inspiziert hatten. Alles war genauso, wie es von draußen ausgesehen hatte: die kahlen weißen Wände, die Reihen mit den Holzbänken, das Podium, die Buddhastatue. Nachdem wir unsere Mäntel abgelegt hatten, wies uns Nölle zwei Plätze in der zweiten Reihe an, wobei er mit vielsagendem Lächeln anmerkte, die erste sei für die höheren Grade reserviert. Sodann begab er sich auf das Podium, zog einige Papiere und zwei Bücher aus der Tasche, die er sich auf dem Pult zurechtlegte, und ließ sich auf einem Holzschemel seitlich neben dem Buddha nieder.
Von diesem Platz aus begrüßte er mit einem huldvollen Lächeln die Logenbrüder, die nun nach und nach eintrafen. Es waren in der Tat alles völlig unauffällige Bürger, ungefähr zwanzig, von denen ich niemanden kannte.
Um Punkt zehn Uhr erhob sich Nölle, schloß die Tür, sammelte sich kurz und trat dann entschlossen an das Pult.
»Hochverehrte Gäste, liebe Mitbrüder!« rief er mit feierlich erhobener Stimme und vor der Brust gefalteten Händen. »Mit innigem Dank begrüßen wir einander zu dieser Stunde, in der wir uns dem hohen geistigen Ziel der Goldenen Morgenröte weihen wollen. Möge es uns vergönnt sein, die Quellen der Weisheit für uns alle zu einem heiligen Tranke werden zu lassen.«
Nach dieser reichlich operettenhaften Einleitung begann die Sitzung mit einem kurzen Auszug aus der »Bhagavad-Gita«, in dem von der brahmanischen Welt- und Lebensverneinung die Rede war. Darauf folgte eine kurze Pause, in der die Versammelten zur stummen Meditation über das Vorgelesene aufgefordert wurden. Sodann trug Nölle mit anfangs noch pathetischer, im weiteren Verlauf aber immer monotoner werdender Stimme das gut halbstündige Kernstück der ganzen Sitzung vor: einen längeren Abschnitt aus der »Geheimlehre« von Helena Petrowna Blavatsky.
Ich muß zugeben, daß ich nur während der ersten zehn Minuten imstande war, den Ausführungen der Russin zu folgen, die sich mit den Auswirkungen der sogenannten Mysterienplaneten auf das Schicksal der Menschheit beschäftigten. Aber immerhin: selbst in der Wieder-

gabe durch die ermüdende, stets in der gleichen Tonlage verharrende Stimme Hermann Nölles war etwas von der seltsamen Kraft zu erahnen, die in dem Werk steckte. An manchen Stellen hatte man den Eindruck, daß Jahrzehnte, wenn nicht gar Jahrhunderte eines entsagungsvollen Reise- und Studienlebens nötig waren, um zu einer solchen Kenntnis der östlichen Religionen und ihrer Ursprünge zu gelangen. Besonders beeindruckend waren die mystischen Passagen, die sich stellenweise wie farbenprächtige Visionen des Übernatürlichen ausnahmen: erschreckend in der Schilderung der Mächte der Finsternis, majestätisch in der Darstellung des immerwährenden göttlichen Lichtes.

Die Mehrzahl der Logenbrüder lauschte angestrengt den Worten des Meisters; nur in den hinteren Reihen wurde mit mehr oder minder großem Erfolg gegen den Schlaf angekämpft. Am Ende seines Textes angekommen, forderte Nölle nochmals zu einer stillen Meditation auf, bevor er die Versammelten schließlich bat, sich von ihren Plätzen zu erheben. Eine rituelle Schlußbeschwörung, ähnlich jener zu Beginn, folgte, die in einem schwülstigen Aufruf zu weiterem Streben nach Weisheit und Erkenntnis gipfelte. Damit war die Sitzung beendet. Reihe für Reihe verließen die Mitglieder schweigend den Saal, um draußen im Hof noch ein wenig in kleinen Gruppen beisammenzustehen. Als letzter erschien Nölle, der die Tür des Versammlungssaals wieder abschloß. Livingston hatte sich zusammen mit mir etwas abseits gehalten und wartete, bis der Logenmeister auf uns zukam.

»Nun, meine Herren?« sagte er. »Darf ich der Hoffnung Ausdruck geben, daß Ihnen Ziel und Zweck unseres Ordens ein wenig deutlicher geworden sind?«

»Durchaus«, erwiderte Livingston höflich. »Wenn ich länger in Wien bliebe, würde ich sicherlich öfters kommen. Bestehen für eine offizielle Mitgliedschaft bestimmte Voraussetzungen?«

»Was meinen Sie?«

»Nun, wenn ich allein an die vielen hinduistischen Reinheitsgebote denke, dann könnte ich mir vorstellen, daß auch von einem angehenden Mitglied der Goldenen Morgenröte der Verzicht auf Alkohol, Tabak und dergleichen verlangt wird.«

»So ist es in der Tat«, erklärte Nölle.

»Hm.« Livingston dachte eine Weile nach, bevor er sich mit gedämpfter Stimme an den Logenmeister wandte: »Sagen Sie, könnten wir uns vielleicht einen Moment etwas abseits von den anderen Herren unterhalten?«
Wir traten einige Schritte zur Seite.
»Ich weiß, es ist eine etwas indiskrete Frage«, sagte der Engländer leise, »aber hatten Sie am letzten Sonntag auch Gäste?«
»Nein.«
»Sie meinen, es waren am letzten Sonntag nur Ihre Mitbrüder anwesend?«
Der Logenmeister nickte ungeduldig.
»Und Sie sind ganz sicher«, fragte Livingston, »daß alle nach den erwähnten Enthaltsamkeitsregeln leben? Kein Alkohol, kein Tabak und so weiter?«
»Natürlich.«
Livingston lächelte verbindlich. »Wie erklären Sie sich dann, daß nach Ihrer Versammlung am letzten Sonntag hier die Asche einer Zigarre gefunden wurde?«
Nölle sah ihn aus zusammengekniffenen Augen an. »Woher soll ich das wissen?« fragte er. »Das ist schließlich ein frei zugänglicher Hinterhof. Jeder x-beliebige könnte hier eine Zigarre rauchen.«
»Es war aber nicht eine x-beliebige Zigarre«, erwiderte Livingston. »Es war im Gegenteil eine außerordentlich exotische Marke aus Rußland. Es dürfte in Wien nur sehr wenige Menschen geben, die sich diese Sorte Zigarre leisten können.«
»Was geht das mich an?« fragte Nölle brüsk.
»Oh, vielleicht gar nichts. Seltsam ist nur, daß es sich um die gleiche seltene Marke handelte, die auch unter dem Bürofenster des ermordeten Eduard von Békessy gefunden wurde.«
Die Züge des Logenmeisters wurden plötzlich aschfahl. »Ich verbitte mir Ihre impertinenten Anspielungen«, rief er mit zitternder Stimme. »Ich habe Ihnen bereits gesagt, daß ich nichts von dem Mord an Békessy weiß! Wenn Sie meiner Loge etwas vorzuwerfen haben, dann gehen Sie doch zur Polizei! Dort werden Sie sehen, daß noch niemals auch nur das Geringste gegen uns vorgelegen hat. Ich muß Sie also höflich bitten, uns mit Ihren absurden Verdächtigungen und Unterstellungen zu verschonen! Guten Tag.«

Damit wandte er sich abrupt um, ging in seiner schlurfenden Art auf das letzte noch verbliebene Grüppchen Logenbrüder zu und verließ mit ihnen zusammen kurzerhand das Grundstück.

»So«, sagte ich sarkastisch, als Nölle und die Seinen verschwunden waren, »das war also einer von den Menschen, die dann die meisten Fehler machen, wenn sie unter Druck stehen. Das waren doch Ihre Worte, nicht wahr? Na, mein Lieber, daß es ein Mitglied der Goldenen Morgenröte war, das hier am letzten Sonntag eine Suchum geraucht hat – *das* konnten Sie ihm jedenfalls nicht entlocken, wie? Diesmal hat er sich nicht verplappert, was?«
»Nein, zugegeben, das hat er nicht«, gab Livingston ruhig zurück. »Aber in die Falle gegangen ist er trotzdem. Passen Sie auf.«
Er führte mich zu dem Blumenbeet, das wir vorhin bewässert hatten, und zog plötzlich ein Papier aus der Tasche, daß er der Länge nach auseinanderfaltete.
»Sie erinnern sich vielleicht«, sagte er, »daß ich Ihnen von einer Spur erzählte, die ich am Tag nach Franz Kandlitz' Ermordung im Wald von Klosterneuburg fand. Es war ein bestimmter Stiefelabdruck, auffallend genug, daß ich mir davon einen Gipsabdruck gemacht habe. Hier ist er, mit Tusche auf Papier übertragen.«
Er hielt mir den Bogen hin, auf dem die Umrisse einer großen linken Sohle, mindestens Schuhgröße zehn, zu erkennen waren. Der Bereich des kleinen Zehs war stark ausgebeult, vom Absatz fehlte ein Stück, so als ob dort eine Ecke herausgebrochen war. In der Mitte der Sohle war deutlich der Schriftzug von Rosetti, einer exklusiven italienischen Marke, zu erkennen.
»Wenn Sie sich jetzt bitte einmal mit mir bücken würden«, sagte Livingston, als wir beide am Rand des Blumenbeets standen. Wir gingen in die Hocke, und Livingston wies auf die Stelle, wo wir soeben mit Nölle gestanden hatten. Auf der feuchten Erde zeichneten sich deutlich die Fußspuren des Logenmeisters ab. Wortlos nahm Livingston den Papierabdruck und hielt ihn neben den linken Stiefelabdruck Nölles. Ich fuhr erschrocken zusammen, denn es gab nicht den geringsten Zweifel. Die beiden Abdrücke waren vollkommen identisch!
»Das ist ja schon halber Okkultismus«, murmelte ich fassungslos.

»Keineswegs«, erklärte Livingston. »Ich sagte Ihnen doch, daß wir uns fest auf den Boden der Tatsachen konzentrieren müßten, was in diesem Fall durchaus wörtlich gemeint war. Es war keine Kunst für mich, während unseres Besuchs bei Nölle festzustellen, daß er teure Stiefel italienischer Herkunft trug. Auch die Schuhgröße entsprach dem Augenschein nach ungefähr der Spur von Klosterneuburg. Aber das allein konnte auch ein Zufall sein. Nur der Boden, oder besser die *Sohle*, würde einen eindeutigen Beweis darstellen.«
»Dann gehörte Nölle also mit zum Exekutionskommando der Schwarzen Hand?« stieß ich heiser hervor. »Und ich war mir fast sicher, daß er nur irgendein harmloser okkulter Phantast ist.«
»Das ist er auch«, erwiderte Livingston zu meiner Überraschung.
»Aber wieso? Die Abdrücke sind doch der beste Beweis?!«
Livingston schüttelte grimmig den Kopf. »Nein, Doktor. Ich fürchte, daß wir uns mitten in einer einzigen großen Schmierenkomödie befinden. Und Nölle spielt darin nur eine ganz kleine Nebenrolle.«

Von Seydtlitz und von Kessler, die Livingston noch am selben Abend zu einem Bericht über die jüngsten Ereignisse in die Taborstraße geladen hatte, waren ebenso erstaunt wie ich.
»Eine Schmierenkomödie? Aber wieso? Die Sache mit dem Stiefelabdruck ist doch ein eindeutiges Indiz!« schüttelte besonders der Baron stirnrunzelnd den Kopf.
»Ein Indiz ja, aber noch kein Beweis«, beharrte Livingston. »Jedenfalls reicht die Übereinstimmung der Abdrücke bei weitem nicht für einen Haftbefehl gegen Nölle aus. Oder sind Sie anderer Meinung, Herr von Kessler?«
Der Oberstaatsanwalt musterte den Engländer aufmerksam und überlegte kurz. »Nein, ich fürchte, Sie haben recht«, antwortete er dann und fügte unter Anspielung auf die Hinrichtung von Franz Kandlitz hinzu: »Man kann Nölle schlecht für einen Mord verhaften, bei dem es bis heute keine Leiche gibt.«
»Und dennoch bin fest davon überzeugt, daß es einen Zusammenhang zwischen der Goldenen Morgenröte und dem Mord an Békessy gibt«, beharrte von Seydtlitz. »Könnte die Verbindung nicht dieses seltsame – wie nannten Sie es doch gleich – *Peyotl* sein? Was hat es damit eigentlich auf sich?«

Livingston beugte sich in seinem Sessel vor. »Das *Peyotl*«, erklärte er, »ist eine Droge, die aus dem gleichnamigen mexikanischen Wüstenkaktus gewonnen wird. Es ist eine magische Essenz, die bei den Azteken wie eine Gottheit verehrt wird, und erzeugt eine Art von transzendentalem Bewußsein, ähnlich den Visionen der großen religiösen Mystiker. Man sieht plötzlich ungeheure Farben und nie gekannte Landschaften; es treten Halluzinationen von riesigen, majestätischen Fabelwesen aus der Astralsphäre auf, allerdings auch Gebilde, die an die feurigen Schlünde der Hölle gemahnen und deren Anblick unerträgliche Qualen bereitet. Es ist, als ob man einen direkten Blick in das Übersinnliche tun würde.«

»Ähnlich dem Kokain?« fragte ich skeptisch, doch Livingston schüttelte energisch den Kopf.

»Nein. Kokain ist letztlich ein reines Nervengift; das *Peyotl* dagegen ist eine Erkenntnisdroge, ein Art verbotener Ersatz für den langen Weg jener Mystik, wie sie in den Klöstern der östlichen Religionen gelehrt wird. In den falschen Händen wird es zu einer der gefährlichsten Substanzen, die es auf der Welt gibt. Eine falsch berechnete Dosis hat entweder den sofortigen Tod oder ein lebenslanges Siechtum in einer Irrenanstalt zur Folge.«

»Haben Sie es selbst einmal probiert?« fragte von Seydtlitz.

»Ja. Einmal«, antwortete Livingston knapp.

»Aber welche Verbindung besteht nun zwischen dieser Droge und der Goldenen Morgenröte?« fragte von Kessler.

»Das will ich Ihnen erklären«, sagte Livingston. »Das Ziel der innersten Zirkel der Golden Dawn in England war es, mit Hilfe satanischer Rituale und künstlicher Hilfsmittel – und besonders mit Drogen wie dem *Peyotl* – Visionen herbeizuführen, mit denen man den Verlauf der Geschichte in okkulter Weise beeinflussen zu können glaubte. Alles, was man dazu nötig hatte, war ein Medium, irgendein armer ungebildeter Teufel, den man in den Slums auflas oder entführte. Man brachte ihn in das Hauptquartier des Ordens und setzte ihm dort mit Gewalt so lange zu, bis er endlich das *Peyotl* schluckte und in Trance geriet. Dann stellte man ihm gezielte Fragen, zu den Aussichten eines Krieges etwa oder zu den Auswirkungen eines politischen Attentats. Mit den gewonnenen Informationen ging man dann bei den Kriegsministerien Europas hausieren oder reichte sie an andere Geheimlogen weiter. Sie werden es als reine Phantasterei abtun, aber in den Katakomben von Scotland Yard gibt es ein ganzes Archiv über politische Verbrechen, die auf das Konto der Golden Dawn gehen. Angeblich soll sie sogar hinter der Ermordung von Zar Alexander II. gestanden haben.«

»Das mag ja alles sein«, erwiderte von Kessler kühl, »aber woher wußten Sie, daß auch dieser Pretzsche etwas mit dem *Peyotl* zu tun hatte?«

»Ganz einfach«, erwiderte Livingston. »Ich habe es ihm angesehen.«

»Kann man es denn jemandem vom Gesicht ablesen, ob er *Peyotl* nimmt?«

»Vom Gesicht nicht, aber von einem anderen Körperteil. Von dem gleichen, von dem ich es auch bei Immenhofer abgelesen habe.«

»*Immenhofer?*« riefen von Seydtlitz und ich fast wie aus einem Munde.

»Natürlich«, erwiderte Livingston kühl. »Sie wissen ja, daß es kein Versehen, war, als ich mein Glas mit Sherry umwarf, während wir bei ihm zu Besuch waren. Er war dadurch plötzlich gezwungen, die Hand aus der Hosentasche zu ziehen, so daß ich endlich sah, was ich sehen wollte: die schwachen blauschwarzen Verfärbungen an Daumen und Zeigefinger nämlich, die ich bei einigen Mitgliedern der Golden Dawn in England bemerkt habe und die auch Pretzsches Spinnenfinger zieren. Sie rühren vom Schälen der *Peyotl*-Pflanze her, die erst entsprechend vorbereitet werden muß, um aus ihr den Absud herzustellen, mit dem man die Droge einnehmen kann. Ich habe selbst vor wenigen Tagen ein Stück *Peyotl* analysiert, um die Farbe eindeutig bestimmen zu können.«

»Ach, das war also der süßlich-pulverige Geruch, den ich gestern abend hinter Ihrer Wohnungstür gerochen habe«, murmelte ich.

»Ganz recht«, nickte Livingston. »Ich war leider etwas ungeschickt, so daß es am Schluß zu einem kleinen Unfall kam.«

Der Baron starrte ihn ungläubig an. »Mit anderen Worten: Immenhofer –«

» – dürfte zum harten Kern der Goldenen Morgenröte in Wien gehören«, ergänzte Livingston achselzuckend, »wenn er nicht sogar ihr heimlicher Kopf ist. *Nölles* Finger sind nämlich weiß.«

XXI.

Während der nächsten Tage setzte von Seydtlitz alles daran, die Wohnungen von Immenhofer und Nölle diskret, aber beharrlich überwachen zu lassen. Ein kleines Heer von ständig wechselnden Pferdefuhrwerken, Zeitungsjungen, Bettlern, Obsthändlern, Drehorgelmännern und scheinbar unbeteiligten Passanten war rund um die Uhr im Einsatz, um dem dunklen Geheimnis der Goldenen Morgenröte endlich auf die Schliche zu kommen. Auch Karl, Livingstons Faktotum gehörte dazu, was mich nicht weiter verwunderte. Ich war längst sicher, daß der Engländer im Auftrag reicher jüdischer Wiener Geschäftsleute arbeitete, die auch seinen Helfer bezahlten. Vielleicht war es sogar Baron Rothschild persönlich gewesen, der sich seinerzeit auf Livingstons Drängen hin an Graf Rheinsperg gewandt hatte.

Das Ergebnis dieser Beschattung war ausgesprochen überraschend. Während Immenhofer nach getaner Arbeit im Verlagshaus so gut wie nie das Haus verließ – gut zu erkennen an seiner hängeschultrigen Silhouette, die sich deutlich gegen das Licht am Fenster seines Wohnzimmers abzeichnete –, wiederholte sich bei Nölle an jedem Dienstag und Donnerstag der gleiche seltsame Vorgang. Kurz vor zehn Uhr abends fuhr ein großer, tiefer Landauer mit dunklen Vorhängen bei ihm in der Dorotheergasse vor. Karls Beschattung hatte ergeben, daß zu diesem Zeitpunkt bereits drei Männer in dem Wagen saßen, die vorher am Schwarzenbergplatz, in der Himmelpfortgasse und beim Heumarkt zugestiegen waren. Der Logenmeister kletterte nun ebenfalls in die Kutsche, die dann eine Weile auf der Straße wartete, bis es von der gegenüberliegenden Augustinerkirche zehn Uhr schlug. Kaum war der letzte Glockenschlag verklungen, fuhr der Wagen los, in sicherem Abstand von Karl verfolgt. Der Landauer unternahm in gemächlichem Tempo eine gut zweistündige Spazierfahrt rund um das nächtliche Wien, ohne auch nur ein einziges Mal anzuhalten. Um Mitternacht kam man wieder in der Dorotheergasse an, wo Nölle als erster wieder ausstieg. Auch die anderen Insassen wurden zu ihren Wohnungen zurückgebracht, bis schließlich am Schwarzenbergplatz der letzte den Wagen verließ.

»Soll das heißen, daß sich das Hauptquartier der Goldenen Morgen-

röte auf vier Rädern befindet?« fragte ich, nachdem Karl seinen merkwürdigen Bericht erstattet hatte.
»Das wäre wirklich einmal etwas Neues«, meinte Livingston ratlos zwischen zwei Zügen an seiner Zigarette, fügte aber gleich hinzu: »Nein. Unmöglich. Ein solches Risiko würde niemand eingehen.«
»Aber wieso dann diese nächtliche Spazierfahrt in einer kalten Kutsche mit schwarzen Vorhängen an den Fenstern?« meinte ich. »Zu einem harmlosen Plausch nach Feierabend könnte man sich schließlich auch sonstwo treffen.«
»Ich gebe zu, daß es sich seltsam anhört«, pflichtete Livingston bei. »Wenn man wenigstens auch noch Immenhofer abgeholt hätte ...« Er wandte sich an Karl. »Er wird doch zur gleichen Zeit überwacht, nicht wahr? Ist er während der gesamten Zeit zu Hause?«
»Jawohl«, nickte das Faktotum.
»Allein?«
Karl nickte.
»Es ist niemand gekommen oder weggegangen?«
»Nein.«
Livingston dachte eine ganze Weile nach.
»Also schön«, verkündete er nach einer weiteren Zigarette. »An der nächsten Verfolgung dieses Landauers werden wir dann wohl einmal selbst teilnehmen müssen.«

Gesagt, getan. Am folgenden Abend saßen wir, eingehüllt in wattierte Mäntel und mit tief ins Gesicht gezogenen Pelzmützen, neben Karl auf dem Kutschbock und warteten in sicherer Entfernung am Schwarzenbergplatz. Es war eine sternenklare, kalte Märznacht. Die Straßen waren leer, nur einige Fiaker fuhren ratternd an uns vorbei. Kurz nach halb zehn erschien tatsächlich der Landauer mit den Vorhängen. Es war einer jener neuen komfortablen Stadtwagen mit Dupont-Doppelfederung, dessen Fahrgestell zur Vermeidung starker Schwingungen so tief unter dem Schwerpunkt der Räder lag, daß es fast das Pflaster berührte.
Livingston hatte plötzlich einen kleinen Feldstecher vor den Augen, mit dem er die Kutsche aufmerksam fixierte. Seine Hände zitterten unmerklich, als er mir das Glas reichte. »Schauen Sie hindurch, Doktor, und konzentrieren Sie sich auf die Gepäckablage. Was sehen Sie?«

Ich starrte durch das Glas. »Nichts Besonderes. Eine breite Ladefläche mit einer hochgeklappten Metallstange. Zur Sicherung schwerer Koffer, nehme ich an.«
»Gut«, meinte Livingston. »Und nun richten Sie Ihre Augen auf das Schloß, mit dem die Stange verschlossen werden kann.«
Ich tat es und pfiff durch die Zähne vor Überraschung. »Es sieht so aus, als habe es die Form einer Blume.«
»Sehr richtig«, bestätigte Livingston, »und zwar die Form einer Lilie, nicht wahr? Ja, kein Zweifel, er ist es, Doktor: der gleiche Landauer wie damals auf der Fahrt zum Judenforst von Klosterneuburg ...«
In diesem Moment kam der erste Fahrgast aus seinem Haus. Er wirkte harmlos, eigentlich sogar eher vornehm, trug einen weißen Seidenschal um den Hals und einen eleganten Gehstock mit Silberknauf in der Hand. Mit schnellen Schritten ging er auf den Wagen zu. Der Kutscher öffnete den Schlag, und der Mann stieg ein. Unmittelbar darauf fuhr man ab.
Was folgte, entsprach exakt dem Bericht Karls. Der Landauer rollte zunächst in die Himmelpfortgasse, wo ein schmächtig wirkender Mann zustieg, und dann weiter zu einer Trafik am Heumarkt, an der bereits ein Hüne mit einer speckig glänzenden Melone auf der Straße wartete. Wir hielten ziemlich weit entfernt, um nicht bemerkt zu werden, und Livingston starrte angestrengt durch das Glas.
»Zu weit weg«, schimpfte er schließlich. »Dabei könnte ich schwören, daß ich auch diesen Kerl am Sonntag in der Mariahilferstraße gesehen habe.«
Für weitere Erörterungen blieb jedoch keine Zeit, da der Landauer bereits wieder angefahren war. Nach kurzer Fahrt hielt er in der Dorotheergasse, seltsamerweise gut vier Meter vom Trottoir entfernt, fast an der Straßenecke zur Augustinerkirche. Der Grund lag wohl darin, daß sich an dieser Ecke keine Laterne befand und man sich so etwas mehr im Verborgenen halten konnte. Auch wir hielten, in noch größerem Abstand als zuvor, da wir in der engen Straße sonst unweigerlich aufgefallen wären. Es war inzwischen fünf Minuten vor zehn. Nur ganz wenige Passanten waren auf der Straße unterwegs. Oper und Theater waren noch nicht aus, während die Feierabend-Zecher bereits lange in ihren Stammkneipen und Kaffeehäusern saßen.

Ich wollte gerade wieder auf die Uhr sehen, als plötzlich Nölle aus seiner Haustür trat. Er sah sich kurz nach allen Seiten um, ging dann entschlossen die Straße hinunter und bestieg ebenfalls den Landauer. Mit dumpf dröhnenden Schlägen, von denen jeder einzelne lange nachhallte, begann es, zehn Uhr von der Augustinerkirche zu schlagen. Nachdem der letzte Glockenschlag verklungen war, fuhr der schwarze Wagen in gemessenem Tempo die hell erleuchtete Ringstraße entlang, wandte sich kurz vor dem Schottenring in Richtung des Neunten Bezirks, fuhr in die Währingerstraße und am Allgemeinen Krankenhaus vorbei, bog dann in die Gentzgasse ab, von wo aus er in einem weiten Bogen über die Bezirke Hernals, Ottakring, Penzing, Meidling und Favoriten wieder in Richtung Wieden und schließlich nach fast zwei Stunden Fahrt in die Innere Stadt zurückkehrte. Weder stoppte er unterwegs, noch war sonst etwas Verdächtiges an dieser Spazierfahrt zu entdecken.
Kurz vor Mitternacht hielt man wieder an der Augustinerkirche und wartete, bis es zwölf schlug. Nach dem letzten Schlag öffnete sich die Tür, und Nölle stieg aus. Sodann fuhr der Landauer weiter und lieferte alle Insassen wieder an ihren Stationen ab, zuletzt den Mann im Seidenschal am Schwarzenbergplatz.
»Absurd«, murmelte Livingston. »Die halten uns ja schön zum Narren.«
»Wahrscheinlich haben sie uns längst bemerkt«, sagte ich.
»Natürlich haben Sie uns bemerkt«, erwiderte Livingston mürrisch. »Es ist schließlich unmöglich, jemanden so lange zu verfolgen, ohne dabei aufzufallen. Aber wieso führen sie dann diese Komödie trotzdem immer wieder auf?« Er wandte sich an Karl. »Und das geht jeden Dienstag und Donnerstag so?«
»Grad' so wie heut' abend.«
Livingston schüttelte den Kopf. »Seltsam. Irgend etwas stimmt doch mit dieser Kutsche nicht«, murmelte er und trommelte mit seinen langen schmalen Fingern auf seinen Feldstecher. »Irgend etwas an ihr ist nicht so, wie es sein sollte … Aber was nur?«
Er versank in Gedanken.
Erst nach einer Weile hob er wieder den Kopf. »Was schlagen Sie vor, Doktor?«
Ich zuckte ratos die Achseln. »Zur Zeit der Französischen Revolution

hätte man die Kutsche vielleicht während der Fahrt aufbringen können, um sie zu entern wie die Piraten.«

»Sehr gut«, knurrte Livingston finster. »Und dann? Glauben Sie im Ernst, Nölle und seine Kameraden zelebrieren darin ein paar schwarzmagische Rituale, während man gemütlich über die Ringstraße rattert?

»Was sollen wir sonst machen?«

Livingston starrte eine Weile in den sternenklaren Nachthimmel, bevor er antwortete: »Nachdenken.«

Tief in Gedanken saßen wir in dieser Nacht in der Taborstraße zusammen. Livingston hatte sich in seinem Ohrensessel vergraben und rauchte ohne Unterlaß. Auf seinen anämischen Zügen erschien ein Ausdruck derart verbissener Konzentration, daß ich ihn nach einigen Versuchen – die er nur mit einem unwilligen Knurren, am Schluß sogar nur noch mit einer ärgerlichen Handbewegung quittierte – nicht mehr anzusprechen wagte. Ich wurde müde und döste in meinem Sessel ein …

Als ich wieder erwachte, war ich dem Ersticken nahe. Das ganze Zimmer war so voller Rauch, daß mir die Augen tränten. Ich sah zu Livingston hinüber, der in einen Nebel undurchdringlichen Tabakqualms eingehüllt war. Schlaftrunken und mit schmerzendem Kreuz zog ich meine Uhr aus der Tasche. Erst nach einer Weile konnte ich durch den Rauch hindurch das Zifferblatt erkennen. Es war halb vier Uhr morgens.

»Himmel noch mal, Livingston! Wollen Sie uns vielleicht umbringen? So öffnen Sie doch wenigstens ein Fenster!«

Livingstons Züge leuchteten bleich aus dem Qualm heraus. »Das habe ich bereits getan, Doktor«, sagte er. »Ich habe das Fenster zur Goldenen Morgenröte geöffnet …«

»Wie bitte?«

»Ich habe das Rätsel gelöst«, wiederholte er heiser. »Die Komödie geht ihrem Höhepunkt entgegen.«

»Aber ich verstehe nicht … Was soll das heißen?«

»Das verrate ich Ihnen, wenn ich ganz sicher bin. Warten Sie bis morgen« – er sah auf seine Uhr – »oder besser gesagt, bis *heute* abend.«

XXII.

Noch müde von der vorausgegangenen Nacht saß ich am Morgen in meiner Sprechstunde, als ich gegen elf Uhr ein Telegramm von Livingston erhielt. Er bat mich, um fünf Uhr nachmittags vor dem Haus Immenhofers auf ihn zu warten.

»Wenn Sie wüßten«, seufzte er, als er dort zur vereinbarten Zeit mit einer großen unförmigen Aktentasche unter dem Arm erschien, »mit welchen Engelszungen ich reden mußte, um noch einmal eine Audienz bei unserem okkulten Verleger zu erwirken ...«

Wir läuteten und wurden in den Salon geführt. Der Verleger, pomadig und salbungsvoll wie stets – wenn auch deutlich weniger zuvorkommend als bei unserem ersten Besuch – betete die übliche Einleitung von seiner kostbaren Zeit und der Notwendigkeit, sich kurz zu fassen, herunter, bevor er uns bat, Platz zu nehmen.

Doch Livingston lehnte lächelnd ab. »Das wird nicht nötig sein«, meinte er verbindlich und kramte eine verblichene Photographie aus seiner Rocktasche hervor. »Wir wollten Sie lediglich fragen, ob Sie den Mann auf diesem Bild hier kennen?«

Er reichte es dem Verleger, der einen flüchtigen Blick darauf warf.

»Nein, tut mir leid«, antwortete er.

»Sind Sie ganz sicher? Es ist leider schon eine sehr alte Aufnahme. Wären Sie vielleicht so freundlich, sie sich noch einmal beim Tageslicht hier am Fenster anzusehen?«

Wir traten zum Fenster, wobei es mir gelang, einen Blick auf die Photographie zu werfen. Das Gesicht war mir indessen vollkommen unbekannt.

»Nein«, wiederholte Immenhofer, »bedaure. Ich habe diesen Mann noch nie vorher gesehen.«

»Schade«, bedauerte Livingston. »Es ist nämlich ein englischer Freund von mir, der in Wien studiert hat. Ich dachte, er wäre früher vielleicht auch bei der Goldenen Morgenröte gewesen. Wahrscheinlich habe ich mich geirrt. Vielen Dank trotzdem.«

Er wollte die Aufnahme wieder einstecken, verfehlte jedoch den Schlitz seiner Rocktasche, wodurch ihm die dicke Aktentasche, die er unter dem Arm geklemmt hielt, entglitt. Ich fragte mich, was er eigentlich in sie hineingestopft hatte. Um Akten oder Dokumente konnte es sich jedenfalls nicht handeln, denn es gab einen schweren, dumpf dröhnenden Schlag, als sie auf dem dünnen persischen Seidenläufer landete.

»Sie scheinen selbst für einen Engländer ungewöhnlich stark zur Ungeschicklichkeit zu neigen, Mr. Livingston«, war alles, was Immenhofer mit eisiger Miene hervorbrachte.

Livingston murmelte eine umständliche Entschuldigung, hob mit betretener Miene die Tasche wieder auf und erklärte, keine weiteren Fragen mehr zu haben.

»Hätten Sie vielleicht die Güte, mir zu erklären, was das alles soll?« fragte ich, als wir wieder draußen auf der Straße waren, wo Livingston mit befriedigter Miene so zielstrebig dahermarschierte, daß ich Mühe hatte, mit ihm Schritt zu halten. »Was sollte denn die Geschichte mit der Photographie?«

»Oh, das war nur eine Finte. Der Mann auf dem Bild war in Wahrheit irgendein Verflossener von Irene, der noch nie in Wien gewesen ist. Es war das einzige Bild, das ich in der Eile auftreiben konnte.«

»Eine Finte wofür?«

»Das werden Sie bald erfahren.«

Wir bogen in die Bräunerstraße ein, wo ich Karls Zweispänner am Straßenrand erkannte. Livingston ging rasch darauf zu und lud seine Aktentasche ab. Er wechselte einige Worte mit Karl, als plötzlich ein Botenjunge um die Ecke kam, der dem Engländer im Vorbeigehen kurz zunickte und halblaut sagte: »Er ist weg.«

Livingston zog überrascht die Brauen hoch. »So schnell? Na gut, um so besser. Kommen Sie, Doktor, wir haben keine Zeit zu verlieren.«

Wir wandten uns wieder der Stallburggasse in Richtung Michaelerplatz zu.

»Wohin gehen wir?« fragte ich. »Zurück zu Immenhofer?«

»Ja«, nickte Livingston. »Der Junge eben war einer von Karls Leuten. Die Luft ist rein. Immenhofer ist ausgegangen.«

»Sie wollen doch nicht etwa bei ihm einbrechen?«

»Nein«, erwiderte der Engländer mit undurchdringlichem Lächeln, »ich glaube, das wird nicht nötig sein.«

Am Ziel angekommen, läutete Livingston erneut, diesmal jedoch an

der Tür zur rechten Erdgeschoßwohnung. Dem Namensschild nach logierte hier ein Johann Gulbricht. Zuerst tat sich gar nichts. Erst nach wiederholtem Läuten öffnete sich die Tür. Ein schmächtiger Mann mittleren Alters mit fettigem Haar und offenem Hemdkragen erschien mißtrauisch im Türspalt.
»Herr Gulbricht?« fragte Livingston höflich.
»Was wollen Sie?«
Livingston setzte sein verbindlichstes Lächeln auf. »Wir kommen von der Agentur Podlaha und Söhne, die dieses Haus hier verwaltet«, erklärte er freundlich. »Können Sie uns sagen, wo wir läuten müssen, um den Hausmeister zu sprechen?«
»Dritte Klingel rechts, bei Leschner«, erwiderte der Wirrhaarige kurz angebunden und schlug die Tür wieder zu.
»Kein besonders gesprächiger Zeitgenosse«, meinte Livingston zufrieden lächelnd. »Aber egal, was ich über ihn wissen wollte, habe ich auch so erfahren. Und nun zu diesem Leschner.«
Der Hausmeister war ein kränklich aussehender älterer Herr mit runzligen Falten im Gesicht und einigen wenigen grauen Haarsträhnen. Er empfing uns in einem verschossenen Handwerkerkittel.
Livingston stellte uns erneut als Vertreter von Podlaha und Söhne vor und sagte dann: »Uns sind einige Klagen über dieses Haus zu Ohren gekommen, Herr Leschner. Oh, keine Angst, nichts, was Ihre Arbeit betrifft, im Gegenteil, da sind wir sehr zufrieden mit Ihnen. Es geht nur um einige Fragen im Zusammenhang mit der Wohnung von Dr. Immenhofer im Parterre.«
»Was für Fragen?«
»Nun«, meinte Livingston beruhigend und ließ nachlässig eine Zehn-Kronen-Münze in seiner Hand spielen, »wenn Sie nichts darüber wissen, ist es ja gut. Man sollte nie viel auf das Gerede anderer Mietparteien geben, nicht wahr?«
Leschner warf einen verlangenden Blick auf das Geldstück und fragte mit hohler Stimme: »Ist es wegen dem Geheul?«
»Dem Geheul?« fragte Livingston sichtlich verblüfft.
»Ja, wie von einem kranken Hund oder so was. Es ist nur ganz leise und auch nur sehr selten.«
»Wie oft kommt es denn vor?«
»Vielleicht zwei- oder dreimal im Monat.«

»Hält Immenhofer einen Hund?«
»Ich glaube nicht«, meinte Leschner.
»Aber es kommt aus seiner Wohnung?«
»Dafür ist es eigentlich zu leise.«
»Dann also aus dem Keller?«
»Nee, den Keller kenn' ich, da hab' ich selber oft zu tun, von wegen der Kohlen und so. Wenn da was wär', das wüßt' ich. Ich glaube, es kommt aus dem Kamin. Wird wohl der Wind sein.«
»Aha«, machte Livingston und steckte dem Hausmeister die Münze in die Kitteltasche. »Nun, also, dann erst einmal vielen Dank. Und vorerst bitte kein Wort zu Dr. Immenhofer. Er ist schließlich einer unserer besten Kunden, und solange Sie nichts weiter hören, wollen wir ja nicht aus einer Mücke einen Elefanten machen, nicht wahr? Am Ende ärgert sich der Herr Doktor noch über Sie ...«
Damit verließen wir Leschner, der bei den letzten Sätzen Livingstons nur eingeschüchtert genickt hatte.

»Agentur Podlaha und Söhne«, sagte ich kopfschüttelnd, als wir wieder auf der Straße waren. »Manchmal frage ich mich, in was für Lügengeschichten Sie uns noch verwickeln wollen. »
»Wieso Lügengeschichten?« erwiderte Livingston. »Ich war heute vormittag tatsächlich bei Podlaha. Was sagen Sie dazu, daß Immenhofer auch die Wohnung angemietet hat, in der dieser Gulbricht wohnt? Und was hielten Sie von dem Mann selbst?«
»Keine Ahnung«, sagte ich. »Aber ich verstehe ohnehin nichts mehr. Wie kamen Sie denn auf die Geschichte mit dem Hund?«
Livingston lachte grimmig. »Reiner Zufall. Eigentlich wollte ich von Leschner nur etwas über den Geruch in Immenhofers Wohnung erfahren. Aber ein Hund paßt natürlich noch besser ins Bild.«
»Aber wir wissen doch, woher der Geruch kam?«
»Keineswegs«, erwiderte Livingston. »Die dreckigen Stiefel waren das Symptom, nicht die Ursache. Warten Sie ab bis heute abend. Jetzt muß ich Sie nämlich alleinlassen, ich habe noch einen Termin beim Städtischen Katasteramt. Und da aller guten Dinge drei sind, werden wir uns heute abend noch einmal in der Herrengasse treffen, um das Haus von Immenhofer zu beobachten. Ich erwarte Sie um acht Uhr vor dem Griensteidl.«

Am Abend stand ich bereits eine gute Weile vor der vereinbarten Zeit am Kaffeehaus. Livingston dagegen erschien etwas verspätet. Um seine Mundwinkel spielte ein triumphierendes Lächeln.
»Alles in Ordung. Das Schauspiel kann beginnen.« Er hakte mich unter und zog mich zum dritten Mal an diesem Tag in Richtung des Patrizierhauses, in dem der Verleger wohnte.
»Immenhofer ist ein schlauer Bursche«, erklärte er leise, als wir an dessen erleuchtetem Salonfenster vorbeikamen. »Aber vielleicht doch nicht schlau genug. Sehen Sie?«
Er wies im Vorübergehen auf das Fenster, wo sich gerade für einen Moment die hängeschultrige Silhouette des Verlegers zeigte.
»Nun und?« fragte ich gereizt. »Immenhofer ist zu Hause, wie immer. Das wissen wir doch längst. Oder ist das dort etwa sein Geist, der mit Hilfe des *Peyotl* aus seinem Körper ausgetreten ist?« fügte ich sarkastisch hinzu
Livingston lächelte sein Sphinx-Lächeln. »Warten wir ab«, sagte er. »Wir wollen hier in diesem Hauseingang warten.«
Er hatte mich kaum in den Eingang gezogen, als ein Straßenjunge auf dem gegenüberliegenden Trottoir entlanggeschlendert kam, ein kleiner Bursche in kurzen Hosen und mit einer Schiebermütze auf dem Kopf. Auf der Höhe von Immenhofers Wohnung zog er plötzlich einen dicken Stein aus der Hosentasche und schleuderte ihn mit voller Wucht in das Wohnzimmerfenster des Verlegers. Alles ging so schnell, daß ich nur noch das Bersten und Klirren der Scheibe registrierte und den Jungen, der wie der Blitz davonrannte. Sofort entstand ein kleiner Menschenauflauf vor dem Fenster, an dem mit erschrockenem Gesicht das Dienstmädchen Immenhofers erschienen war.
Livingston hatte mich inzwischen unauffällig weitergedrängt.
»Der Kleine war wohl von Ihnen engagiert?« fragte ich, während wir hastig die Herrengasse hinabgingen.
»Allerdings«, erwiderte Livingston zufrieden. »Und es hat sich gelohnt, nicht wahr?«
»Wieso?«
Mein Begleiter blieb plötzlich stehen und starrte mich stirnrunzelnd an. »Ja, haben Sie es etwa gar nicht bemerkt?«
»Was bemerkt?«

»Na, daß er sich nicht einmal umgedreht hat!«
»Wer *er?*« fragte ich verdattert. »Immenhofer? Offen gestanden, ich habe gar nicht auf ihn geachtet. Ich hatte im Moment nur Augen und Ohren für den Jungen ...«
Livingston verdrehte die Augen zum Himmel. »Mein Gott, Doktor, Sie sind aber auch wirklich zu nichts zu gebrauchen. Sie haben also wirklich nicht gesehen, daß sich Immenhofer nicht einmal die Mühe macht, sich umzudrehen, wenn man ihm seine Scheibe einwirft, und statt dessen nur sein Dienstmädchen am Fenster erscheint?«
»Worauf wollen Sie hinaus?«
»Aber das dürfte doch nun glockenklar sein! Glauben Sie immer noch, daß der Mann hinter dem Fenster Immenhofer war? Ist Ihnen nicht aufgefallen, daß man ihn nie im Profil gesehen hat, sondern immer nur von hinten? Was glauben Sie wohl, warum Immenhofer auch die Nachbarwohnung angemietet hat? Haben Sie nicht sofort gesehen, daß dieser Gulbricht fast genau Immenhofers Statur hat? Haben Sie in seinem Haar nicht die Reste jener Pomade bemerkt, mit der er Immenhofer möglichst ähnlich sehen sollte, wenn er Abend für Abend hinter dem Fenster seine Rolle spielt? Er hat gut reagiert heute abend, das muß man ihm lassen. Ein weniger talentierter Charge hätte sich sicherlich verraten und wäre instinktiv zum Fenster gesprungen.«
»Aber wozu sollte Immenhofer eine solche Maskerade inszenieren, wenn er ja doch niemals ausgeht? Oder gibt es in dem Haus einen Hinterausgang?«
»Nein, das habe ich bereits untersucht. Es gibt dort nicht einmal einen Lichthof. Aber denken Sie doch noch einmal an das, was uns dieser Leschner heute erzählt hat: an das gedämpfte, wie aus weiter Ferne kommende Heulen eines Hundes. Weckt das nicht einen bestimmten Verdacht in Ihnen?«
»Sie meinen, es existieren irgendwelche Geheimgänge unter dem Hauskeller?«
»Sehr gut, Doktor, endlich sind Sie auf der richtigen Spur«, erwiderte Livingston. »Aber Immenhofer ist unendlich viel raffinierter, als daß er sich ein Versteck unter den Kellern seines Hauses anlegen würde, wo er ja leicht überrascht werden könnte. Man stelle sich nur einmal vor, daß ein Hausbewohner plötzlich Lust auf eingelegte Gurken be-

kommt, nachts in den Keller hinuntersteigt und dann das Heulen dieses seltsamen Hundes hört ... Nein, Doktor«, fügte er hinzu, und sein Gesicht leuchtete plötzlich vor Erregung, »nein, ich bin überzeugt, daß die Lösung ganz anders aussieht. Und ich bin ganz sicher, daß wir morgen nacht das Geheimnis der Goldenen Morgenröte lüften werden. Wir werden nur warten müssen, bis der geheimnisvolle Landauer erneut seine Spazierfahrt angetreten hat. Es wird ein schmutziges Experiment werden, Doktor, und hoffentlich das Ende einer Schmierenkomödie, die diese Bezeichnung wahrlich verdient hat. Am besten ziehen Sie sich ein paar hohe Gummistiefel an.«

Das uns nun schon bekannte Ritual begann am nächsten Abend wie immer um halb zehn Uhr am Schwarzenbergplatz. Der Landauer erschien, der Mann im Seidenschal stieg ein. Alles spielte sich exakt so ab wie am Dienstag. Kaum daß jedoch um zehn Uhr Hermann Nölle an der Ecke zur Augustinerkirche eingestiegen und der Landauer wie gewöhnlich weitergefahren war, stutzte Livingston plötzlich.
»Verdammt!« rief er. »Sie müssen etwas gemerkt haben! Umdrehen, Karl, schnell! Sofort zu Immenhofer!«
Karl wendete und schlug auf seine beiden Braunen ein, was das Zeug hielt.
In weniger als einer halben Minute waren wir am Michaelerplatz und hielten in der Herrengasse. Livingston sprang vom Kutschbock, rannte zum Eingang von Immenhofers Haus und läutete an der Klingel. Gleich darauf wurde geöffnet. Zu meiner Überraschung stand jedoch nicht der Verleger, sondern der Hausmeister vor uns.
»Sehr gut, Leschner, Sie haben mein Telegramm also bekommen«, rief Livingston. »Ich wußte, daß ich mich auf Sie verlassen kann. Es wird Ihr Schaden nicht sein. Los, kommen Sie!«
Gemeinsam stürmten wir die wenigen Stufen zu Immenhofers Wohnungstür hinauf und klopften. Nichts rührte sich. Livingston klopfte erneut. Auf seine Wangen traten kreisrunde rote Flecken vor Erregung. Aber alles blieb still.
»Also, gut, Leschner. Schließen Sie auf.«
Der Hausmeister spielte unschlüssig mit einem großen Schlüsselbund, den er unter seiner Hausjoppe am Gürtel trug. »Aber ich weiß wirklich nicht –«

»Nun machen Sie keine Geschichten, Mann!« schrie Livingston. »Öffnen Sie die Tür, und zwar schnell. Ich übernehme die volle Verantwortung.«
Leschner sah nervös von einem zum anderen, schickte sich dann jedoch mit kummervollem Gesicht an, zu öffnen.
Das Schloß war kaum entriegelt, da drückte Livingston die Tür weit auf und sprang in die Wohnung. Nach kurzer Orientierung im Dunkeln erspähte er den Schalter für das Gas und ließ das Licht aufflammen. Wir stürzten zuerst in das Schlafzimmer, dann in den Salon Immenhofers. Aber die Wohnung war leer.
»Hören Sie?« flüsterte er.
Ich lauschte angestrengt. Tatsächlich erklang in der Stille der Nacht wie von weither das Winseln eines Tieres, ein Geräusch, das allerdings nie und nimmer von einem Hund, geschweige denn von einem anderen mir bekannten Haustier stammen konnte. Es war ein tiefer, jaulender Gesang, der immer wieder auf- und abschwoll, wie von einer unheimlichen Kreatur aus der Unterwelt.
Livingston war inzwischen zum Fenster geeilt, hatte sich gebückt und den kleinen persischen Seidenläufer weggezogen, der dort das Parkett bedeckte. Vor Verblüffung pfiff ich durch die Zähne. Da, wo der Läufer gelegen hatte, befand sich eine Holzklappe im Boden, mit einem versenkbaren Griff aus Messing am Rand!
»Ja, da staunen Sie, was, Doktor?« rief Livingston. »Der älteste Trick der Welt.«
»Die Bodentür?«
»Die auch. Aber ich meinte die mit Bleiplatten gefüllte Aktentasche von gestern. Der Lage der Wohnung nach konnte sich diese Geheimtür eigentlich nur hier vor dem Fenster befinden. Und der hohle Klang, den meine Tasche beim Herabfallen produzierte, war die letzte Bestätigung.«
»Woher wußten Sie denn, daß es überhaupt eine Geheimtür gibt?« fragte ich fassungslos, während Livingston schon dabei war, die Luke zu öffnen.
Der Engländer lachte grimmig. »Das war nicht weiter schwierig. In den Plänen des Wiener Katasteramts ist der tote Arm der Kanalisation, der hier unten verläuft, bestens eingezeichnet. Dieser Eingang hier ist ein direkter Zugang ins öffentliche Kanalnetz, den

sich Immenhofer irgenwann einmal angelegt hat. Riechen Sie es nicht?«

Livingston hatte inzwischen die Klappe umgelegt. Aus der dunklen Öffnung schlug uns in der Tat der faulige Gestank von Abwasser und Fäkalien entgegen, zusammen mit dem gespenstisch stöhnenden Tiergesang.

»Ich will verdammt sein, wenn ich weiß, was das für ein Biest ist«, flüsterte Livingston. »Los, nehmen Sie sich eine Lampe. Wir müssen hinunter.«

Nacheinander stiegen wir in den dunklen Untergrund. In das Gestein des Hausfundaments waren mehrere schmiedeeiserne Griffe eingeschlagen, die gleichzeitig als Trittstufen dienten. Nachdem wir ungefähr fünf bis sechs Meter hinabgeklettert waren, standen wir auf dem Boden eines kleinen Vorhaltebeckens. Der Boden war schlüpfrig und glitschig, der Gestank wurde immer schlimmer. Auch das Tiergeheul schwoll weiter an. Livingston leuchtete die Wände ringsum ab, bis wir an der rechten Seite eine kaum anderthalb Meter hohe Eisentür entdeckten. Entschlosssen drückte er auf die Klinke. Die Tür spang auf und gab den Blick frei auf den großen Haupttunnel der Kanalisation, der hier wohl den Michaelerplatz in Richtung des Kärntnerrings unterquerte. In das Rauschen der trüben, stinkenden Brühe mischte sich nun deutlich vernehmbar der unheimliche tierische Singsang.

Zögernd arbeiteten wir uns weiter, schwer atmend in der entsetzlich stinkenden Luft. Wir waren etwa vier Meter auf der seitlichen Tunneleinfassung entlanggegangen, als das Winseln plötzlich erstarb. Der Gedanke durchzuckte mich, daß das Tier uns gewittert haben mußte. Ich bemerkte, wie Livingston seinen Kopf zur Seite drehte und mir ein Zeichen gab. Als ich genauer in seine Richtung sah, erkannte ich einen kurzen, gebogenen Seitenkanal, der hier vom Hauptkanal abzweigte. Mir fiel ein, daß es wohl mehrere solcher Abzweigungen geben mußte, die man bei der großen Erweiterung der Kanalisation anläßlich des Ringstraßenbaus nicht verschlossen hatte. Das Niveau dieses Seitenarms lag ein wenig höher als der Hauptstrang, und an seinem Ende erkannte ich erneut eine Eisentür, ähnlich jener an dem Vorhaltebecken von vorhin, nur daß diesmal unter dem Spalt ein schwacher rötlicher Lichtschein hervorgekrochen kam …

Livingston winkte mit seiner Lampe zum Zeichen, ihm zu folgen. Dann bewegte er sich langsam und vorsichtig auf die Tür zu.
Wir waren ungefähr noch drei Meter entfernt, als plötzlich das gräßliche dumpfe, auf- und abschwellende Tierheulen wieder einsetzte, verbunden mit einem wütenden, metallischen Rattern. Ich sah, wie der Engländer einen Revolver aus der Rocktasche zog. Dann waren wir vor der Tür angekommen. Livingston legt seine Hand auf die Klinke. Nach einem kurzen Augenblick des Zögerns drückte er sie nieder und stieß die Tür auf …

Wir starrten in ein kleines steinernes Gewölbe, möglicherweise ein Überrest eines anderen toten Abwasserarms. An den Wänden hingen zwei Fackeln, die ein fahles Licht auf einen Gitterkäfig warfen, in dem ein rothaariges, affenähnliches Tier kauerte. Kaum erblickte es uns, begann sein Heulen in ein bestialisches Knurren und Fauchen umzuschlagen, so als ob unser Anblick es zu wilder Wut aufstachelte. Es rüttelte mit erschreckender Gewalt an der Käfigtür, deren gußeisernes Schloß jedoch zum Glück jeden Ausbruchsversuch verhinderte.
»*Ein Pavian!*« stöhnte Livingston, die Pistole immer noch im Anschlag, während ich starr vor Schrecken in der Tür stehenblieb.
»Verdammt, Livingston!« rief ich. »Wo sind wir hier?«
»Im Innersten der Goldenen Morgenröte, nehme ich an.«
Vorsichtig sahen wir uns um, während das Knurren des Pavians ein wenig nachließ. Das Gewölbe enthielt einen großen runden Tisch, um den herum mehrere Stühle gruppiert waren. Auf dem Tisch erkannte ich ein leeres Porzellangefäß mit blau-schwarzen Flecken. Neben der Tür war eine kleine Feuerstelle angebracht; darüber hing eine Tonschale voller Duftkräuter. Offenbar hatte man auf diese Weise versucht, den Abwassergestank etwas zu lindern, wenn man hier zu den okkulten Sitzungen der Loge zusammenkam.
Plötzlich sah ich, wie sich Livingston bückte und einen Zigarrenstummel an die Nase hielt.
»Eine Suchum?« flüsterte ich.
Er nickte nur, legte den Stummel auf den Tisch und wandte sich der dem Käfig gegenüberliegenden Wand zu. Dort befand sich so etwas wie eine Nähmaschine, die mit einer groben Wolldecke be-

deckt war. Livingston zog sie herunter, und eine kleine Druckerpresse kam zum Vorschein. In einem Ablagefach an der Seite lag ein Bogen weißes Papier. Wir hielten ihn gegen das Licht der Fackeln und erkannten das Wasserzeichen mit den lateinischen Buchstaben M.N. – das gleiche, das ich auch auf dem Brief an die Janowskys gesehen hatte!

»Mein Gott, Livingston«, rief ich erregt in das Grunzen des Pavians hinein, »wir haben sie!«

»Ja«, gab der Engländer bitter zurück. »Wir haben sie, und es nützt uns nichts.«

»Aber sehen Sie doch!« erwiderte ich und wies auf die Druckerpresse und auf den Zigarrenstummel auf dem Tisch.

»Ja, ich sehe«, unterbrach mich der Engländer. »Ich sehe eine Druckerpresse, einen Bogen mit einem lateinischen Wasserzeichen und eine Schale zur Zubereitung des *Peyotl*. Aber wo sind die Männer, die mit der Droge experimentieren? Wo sind die Männer, die diese Presse bedienen? Wo sind Immenhofer, Nölle, der Mann im Seidenschal und die beiden anderen? Wo ist das gefesselte Medium, das man mit verbundenen Augen vor den Käfig dieser Bestie führt, bis es schließlich vor Angst halb wahnsinnig ist und endlich das *Peyotl* schluckt?«

»Sie hatten also vor, die ganze Bande heute nacht hier zu stellen?«

Livingstons Mund war eine einzige schmale Linie. »Natürlich«, erwiderte er düster. »Von dem Augenblick an, in dem mir das Geheimnis des Landauers klar wurde.«

»Das Geheimnis des Landauers?«

»Die *Federung*, Doktor«, antwortete Livingston. »Ich sagte Ihnen doch gleich, daß irgend etwas mit dieser Droschke nicht stimmen könne. Nachdem Nölle als letzter an der Augustinerkirche zugestiegen war, fuhr der Landauer weiter ohne die geringste Schaukelbewegung – obwohl sogar ein so gut gefederter Stadtwagen schaukeln *muß*, wenn er mit vier Personen besetzt ist. Also blieb nur ein logischer Schluß übrig: der Wagen war leer. Wenn er aber leer war, wohin waren seine Insassen dann verschwunden? Ein Besuch am nächsten Morgen an der Stelle, wo Nölle eingestiegen war, brachte mir Gewißheit. Der Landauer hatte deshalb mitten auf der Straße gehalten, weil er dadurch genau über einem Kanaldeckel zu stehen kam.

Es bedurfte keiner tiefschürfenden Untersuchung, um zu erkennen, daß der Rand des Deckels Kratzspuren eines Hebehakens aufwies. Und die besonders tiefe Bauart des Landauers haben Sie ja selbst bemerkt. Ein nächtlicher Besuch bei den Unterständen am Schwarzenbergplatz bestätigte meinen Verdacht: Der Landauer hatte eine Bodenklappe. Es war alles wunderbar exakt geplant. Der Wagen fährt vor, Nölle steigt ein. Mit den ersten Glockenschägen der Augustinerkirche, die alle Geräusche überdecken, wird der Kanaldeckel ausgehebelt. Man steigt in den Untergrund, und mit den letzten Glockenschlägen zieht man den Kanaldeckel über sich wieder zu – voilà. Und nach dem Ende der scheinbaren Spazierfahrt wiederholt sich das Ganze um Mitternacht in genau umgekehrter Reihenfolge. Ein Meisterstück.«

»Und wie kamen Sie darauf, daß auch Immenhofer einen geheimen Zugang haben mußte?« fragte ich entgeistert.

Der Engländer zuckte die Schultern. »Sollte es etwa ein Zufall sein, daß der Einstiegskanaldeckel vor der Augustinerkirche und der tote Arm unter Immenhofers Haus in einer geraden Linie verlaufen, wie ich im Katasteramt habe feststellen können? Ja, er war wirklich ein schlauer Hund – und als Krönung hat er mir wohl nun auch noch Post dagelassen …«

Mit diesen Worten ließ er sich vor dem Käfig nieder, in dem der Pavian wieder angefangen hatte, sein monotones Heulen anzustimmen. Erst jetzt erkannte ich das Briefkuvert, das dicht vor den Gitterstäben auf dem Boden lag. Livingston richtete zur Vorsicht seine Waffe auf das Tier und versuchte mit der anderen Hand, sich an den Brief heranzutasten. Als er nur noch eine Handbreit entfernt war, schoß der Affe plötzlich dicht an das Gitter heran und hackte mit seiner Klaue auf die Hand ein; es gelang Livingston gerade noch, seine Finger in Sicherheit zu bringen. Sofort gab er zwei Warnschüsse ab, deren Kugeln dem ausgehungerten Tier dicht um die Ohren pfiffen. Es wich zurück, und Livingston brachte mit einem schnellen Griff den Brief an sich. Es war ein versiegelter Umschlag, adressiert an *»John S. Livingston, Esq., der ihn sich persönlich abholen wird«*.

Der Engländer erbrach verblüfft das Siegel. Sein Gesicht wurde förmlich zu Stein, während er las, bis er am Schluß in einen wütenden englischen Fluch ausbrach. Ohne ein weiteres Wort reichte er mir den Bogen, der mit einer deutlichen, fast zierlichen Männerhandschrift beschrieben war:

»Verehrter Mr. Livingston,

ich erlaube mir, Sie auf diese Weise anzureden, da Sie mir nicht unter Ihrem wirklichen Namen vorgestellt wurden, der mir nichtsdestoweniger gut bekannt ist. Seien Sie versichert, daß ich ein großer Bewunderer Ihrer Künste bin und es oft bedauert habe, daß Sie nicht für unsere Sache arbeiten. Gerade deshalb betrübt es mich ja auch so sehr, daß Sie in mir nicht einen gleichberechtigten Gegner zu sehen geneigt waren. Zugegeben, meine Abneigung gegen das Rauchen mit Asthma zu begründen war nicht gerade ein Glanzstück. Und auch bei Ihrem Mißgeschick mit dem Glas Sherry schöpfte ich noch keinen Verdacht. Aber haben Sie wirklich geglaubt, der plumpe Versuch mit Ihrer backsteingefüllten Aktentasche (oder was immer darin war) sei mir entgangen? Oder der Trick mit der eingeworfenen Scheibe, von dem mir Gulbricht später berichtete? Bester Mr. Livingston, für wie dumm halten Sie mich?

Natürlich wird jetzt für mich eine etwas unbehagliche Zeit anbrechen, irgendwo im Ausland, mit falschen Papieren und all diesen Dingen. Aber es bleibt mir wenigstens die Genugtuung, Ihnen Ihren Auftritt gründlich verdorben zu haben.

Mit den besten Empfehlungen,
auch für meinen Kollegen Dr. Heydinger,
verbleibe ich stets

Ihr
Dr. med. August Immenhofer

P.S.
Vergessen Sie nicht, bei Ihrem nächsten Besuch etwas Futter für mein Haustier mitzubringen. Es bevorzugt rohen Schinken.«

XXIII.

Noch in der Nacht verständigten wir von Kessler, der sofort mit mehreren Polizeibeamten das Kellergewölbe untersuchte. Die Druckerpresse und auch die sonstige Einrichtung wurde sichergestellt, der Pavian in ein Tierheim gebracht, eine gerichtliche Untersuchung angeordnet. Wie Livingston jedoch befürchtet hatte, fiel sie ergebnislos aus. Weder war das Experimentieren mit *Peyotl* eine strafbare Handlung, noch wurde irgendein Hinweis auf ein Gewaltverbrechen, begangen durch Mitglieder der Goldenen Morgenröte, in dem Verlies gefunden. Daß mit der beschlagnahmten Druckerpresse Erpresserbriefe verfertigt worden waren, konnte ebensowenig bewiesen werden; schließlich lagen keinerlei Anzeigen der Opfer vor, anhand derer man die genaue Beschaffenheit des Wappens der Schwarzen Hand hätte überprüfen können. Livingstons und auch meine Angaben zur Sache, besonders zum Mord von Klosterneuburg, wurden zwar offiziell protokolliert; eine Vernehmung von Zeugen aus dem Kreis jüdischer Musiker oder Geschäftsleute wollte man jedoch angesichts des öffentlichen Skandals vorerst vermeiden. Lediglich eine Suchaktion nach der Leiche von Franz Kandlitz wurde durchgeführt, die man aber nach drei Tagen ohne Ergebnis abbrach.
So blieb allein der Tatbestand *»der Zweckentfremdung und unbefugten Inbesitznahme dem öffentlichen Gebrauche dienender unterirdischer Kanalisationsbauwerke der Stadt Wien«* übrig, wie es in schönstem Amtsdeutsch in der Ermittlungsakte der Wiener Staatsanwaltschaft hieß. Und diese »Inbesitznahme« war natürlich niemandem der Beschuldigten nachzuweisen, weder Nölle noch dem Mann im Seidenschal noch den beiden anderen mutmaßlichen Teilnehmern an den geheimen Sitzungen der Goldenen Morgenröte. Das Verfahren wurde daher wegen geringer Schuld und fehlender Zeugen eingestellt, das Geheimgewölbe und der Zugang zur Kanalisation in der Wohnung des Verlegers zugemauert. Damit war der offizielle Teil der Angelegenheit vorerst erledigt.

Wie in seinem Brief angekündigt, tauchte Immenhofer spurlos unter. Er hatte, wie sich nun herausstellte, vor seiner Flucht sein gesamtes Vermögen auf Nummernkonten in der Schweiz eingezahlt und einen

Privatsekretär mit der Weiterführung seines Verlags betraut. Nach einigen Wochen, in denen die Behörden vergeblich versuchten, seinen neuen Aufenthalt im Ausland zu ermitteln, wurde er offiziell als »unbekannt verzogen« im Melderegister der Stadt Wien geführt.

Eine unvorhergesehene Wendung nahm dagegen das Schicksal der Goldenen Morgenröte und ihres Logenmeisters Hermann Nölle. Während in der »Neuen Freien Presse« vom 24. April 1893, also ungefähr eine Woche nach Abschluß der offiziellen Untersuchung über den Fall Immenhofer, zu lesen war, daß die Sektion Wien des Geheimordens mit Wirkung zum 30. April aufgelöst worden war, erschien nur drei Tage später folgender kurzer Bericht in der gleichen Zeitung:

»Tragischer Unglücksfall in Währing

Wie bereits in einem Teil der Morgenausgabe berichtet, ereignete sich gestern abend gegen neun Uhr ein tragischer Unfall in Währing. Beim Überqueren der Kreuzung Türkenschanzstraße/Ecke Hasenauerstraße wurde ein Mann von einem Pferdefuhrwerk erfaßt und so schwer am Kopf verletzt, daß er noch auf dem Weg ins Allgemeine Krankenhaus verstarb. Sowohl der Fahrer des Fuhrwerks als auch ein Zeuge versicherten, der Fußgänger sei ganz plötzlich auf die Straße getaumelt; ein Ausweichen sei vollkommen unmöglich gewesen.
Bei dem Toten handelt es sich um den dreiundvierzig Jahre alten Hermann Nölle, Dorotheergasse 23, Wien I., ehemals Berufssoldat in Brandenburg. Er war Erster Vorsitzender und Logenmeister des Freimaurerordens »Zur Goldenen Morgenröte«, welcher erst vor wenigen Wochen im Blickpunkt des öffentlichen Interesses im Zusammenhang mit der sogenannten »Immenhofer-Affäre« stand. Eine Verbindung mit den seinerzeitigen Ereignissen wird von der Polizei aber ausgeschlossen.«

Nach einigen bürokratischen Hürden gelang es uns, eine Erlaubnis zur Inaugenscheinnahme der Leiche Nölles im Wiener Leichenschauhaus zu erhalten. Doch so sehr ich mich auch anstrengte, ich konnte keine Anzeichen dafür erkennen, daß die schweren Kopfverletzungen des Logenmeisters auf etwas anderes als einen Unfall zurückzuführen waren. Zwar war es nicht völlig ausgeschlossen, daß Nölle bereits vorher am Kopf verletzt worden war, wie dies Livingston vermutete; aber einen Beweis dafür gab es nicht. Nach Auskunft des Gerichtsmediziners hatte Nölle zum Unfallzeitpunkt nicht unter dem Einfluß irgendwelcher bewußtseinsverändernder Drogen gestanden, und auch das Brandzeichen der Golden Dawn war nicht auf seinem Oberarm zu entdecken.

Als wir uns jedoch die persönliche Habe des Logenmeisters – Kleidung, Brieftasche, Taschentuch und vor allem die italienischen Stiefel – ansehen wollten, hielt uns der Gerichtsmediziner plötzlich zurück.

»Bitte, Sie dürfen nichts anfassen«, warnte er uns. »Wenn Sie etwas genauer ansehen wollen, werde ich es Ihnen zeigen.«

»Aber die Sachen sind doch längst auf Spuren untersucht worden, oder?« fragte Livingston.

»Natürlich. Es ist auch nur eine reine Vorsichtsmaßnahme. Gestern morgen wurde nämlich versucht, hier einzubrechen. Ein junger Mann wurde vom Wachpersonal dabei überrascht, wie er gerade mit Nölles Sachen türmen wollte. Irgendein betrunkener ausländischer Student, glaube ich. Er wurde in Untersuchungshaft genommen.«

»War der Dieb an etwas Speziellem interessiert?« fragte Livingston sofort.

»Schwer zu sagen«, meinte der Mediziner. »Er hatte, als er ertappt wurde, Nölles Uhr, seine Stiefel und diesen Notizzettel hier in der Hand.«

Er hielt uns ein Stück Papier hin, auf dem nur drei flüchtig hingeschmierte Wörter standen: »Hamburg«, »Mahler« und »Schelling«, letzteres versehen mit zwei dicken Ausrufungszeichen.

»Glauben Sie, daß der Einbruch im Zusammenhang mit Nölles Tod steht?« fragte Livingston.

»Nein. Nach der Obduktion bestehen keinerlei Zweifel an einem Unfall. Das einzige, was ein wenig seltsam ist, sind Nölles Füße.«

Livingston lächelte plötzlich. »Sie sind viel zu klein für seine Stiefel, nicht wahr?« fragte er.

Der Mediziner starrte ihn erstaunt an. »Woher wissen Sie das?«

»Ich dachte es mir, als ich Nölle einmal darin habe gehen sehen. Er

ging so, wie jemand, dessen Stiefel viel zu groß für ihn sind. Außerdem war er kaum fünf Fuß groß; da wäre es schon fast ein anatomisches Wunder gewesen, wenn er Schuhgröße zehn gehabt hätte.«
»Ja, Sie haben völlig recht.« Der Mediziner schlug das Leinentuch über der Leiche zurück. »Sehen Sie? Seine Füße sind für seine Körpergröße sogar ungewöhnlich klein, mit sehr regelmäßig gebildeten Zehen. Die Stiefel waren wohl mindestens drei Nummern zu groß für ihn; er trug vier Einlagen übereinander darin, damit sie überhaupt einigermaßen paßten. Und woher die vordere seitliche Ausbuchtung im Bereich des kleinen Zehs kommen mag, das weiß der Teufel. Von Nölles Fuß jedenfalls nicht.«

»Warum sollte ein Mann wie Nölle, der sich ersichtlich nicht viel aus Kleidung machte, gebrauchte teure italienische Stiefel kaufen, die ihm noch dazu gar nicht passen?« fragte ich konsterniert, als wir die Gerichtsmedizin verlassen hatten und in einer Droschke nach der Taborstraße saßen.
»In der Tat, warum sollte er?« antworte Livingston müde.
»Vielleicht hatte er sie nur geliehen, weil seine alten in der Reparatur waren?« schlug ich vor.
Der Engänder machte ein finsteres Gesicht. »Ein Schuster würde wohl kaum einen Einbruch in die Wiener Gerichtsmedizin riskieren, um sie zurückzubekommen.«
»Was also dann? Glauben Sie etwa, daß Nölle uns absichtlich auf seine Fährte führen wollte?«
»Er nicht, aber jemand anders.«
»Aber wer? Dieser mysteriöse Schuhdieb?«
Livingston schüttelte den Kopf »Nein. Der war mit Sicherheit nur ein gedungener Strohmann, der vor Gericht irgendeine lächerliche Geschichte präsentieren wird. Er wird ein paar Monate wegen versuchten Diebstahls bekommen, und damit hat es sich.«
»Wer also dann?«
»Wenn Sie es nicht selbst ahnen, Doktor, dann kann ich Ihnen auch nicht helfen«, antwortete Livingston resigniert. »Aber einen Hinweis will ich Ihnen noch geben: Lösen Sie sich von der Vorstellung, daß Nölle oder Immenhofer oder die Goldene Morgenröte jemals etwas mit der Schwarzen Hand zu tun hatten. Es ist ein ganz anderer Mann,

den wir jagen, ein ungleich gefährlicherer Mann. Nur, wie die Dinge jetzt liegen, haben wir das Rennen erst einmal verloren. Denn was hilft uns schon dieser Zettel mit den Namen eines jüdischen Kapellmeisters in Hamburg und einem deutschen Philosophen?«

*

Livingston behielt recht. Der Einbrecher stellte sich als ein junger serbischer Student aus Belgrad namens Mihailovic heraus, der in Wien Medizin studierte und vor Gericht behauptete, das Ganze sei eine dumme Trinkwette unter Kommilitonen gewesen. Weder habe er Nölle gekannt, noch wisse er, woher dessen Stiefel stammen. Er sei allein durch Zeitungsmeldungen über die Immenhofer-Affäre zu seiner Mutprobe verleitet worden. Das Gericht verurteilte ihn deshalb lediglich wegen versuchten Einbruchdiebstahls in einem minder schweren Fall zu zwei Monaten Gefängnis auf Bewährung.

Für von Seydtlitz und seine Geheimpolizei war der Fall damit zunächst einmal abgeschlossen, und auch von Kessler schickte sich zähneknirschend in das Unvermeidliche. Livingston dagegen trug schwer an seiner Niederlage. Er vergrub sich völlig in seine Wohnung in der Leopoldstadt und brach nach und nach jeden Kontakt zu mir ab. Anfangs versuchte ich noch, ihm einige Überraschungsbesuche abzustatten. Diese verliefen jedoch derart deprimierend, daß ich allmählich davon Abstand nahm. Er saß meist nur stumm in seinem Sessel und rauchte schweigend vor sich hin, jeden Versuch eines vernünftigen Gesprächs ebenso ignorierend wie den Vorschlag, sich wegen seiner Rauschgiftsucht in ein Sanatorium zu begeben. In seinem Zimmer war es auch tagsüber stockdunkel. Die schweren Samtportieren vor dem Fenster waren zugezogen, die einzige Beleuchtung stellte eine abgeblendete Nachttischlampe dar, die einen gelblich-trüben Schein auf sein weißes, ausdrucksloses Gesicht warf. Selten traf ich ihn in einem Zustand der Drogeneuphorie an, weitaus öfter dagegen in einem Anfall tiefer Depression und Apathie. Mit halb geschlossenen Augen lag er dann auf seinem Diwan, faselte etwas von seinem Bruder, der ihn verraten habe, und halluzinierte wieder über Austern, Pyramiden und den Unbekannten, den er in den Schweizer

Wasserfall hatte stürzen sehen. Eine Weile spielte ich mit dem Gedanken, mich an die Adler-Norton um Hilfe zu wenden, kam aber davon ab, als Livingston eine dunkle Andeutung machte, wonach die Sängerin Hals über Kopf nach Paris gefahren sei und das Ende der unglückseligen Dreiecksbeziehung unmittelbar bevorstehe.
Erst als ich ihm bei einem meiner letzten Besuch ankündigte, daß ich in der kommenden Woche nun doch für einen längeren Besuch nach Hamburg fahren wolle, blitzte für einen kurzen Moment etwas wie Anteilnahme in seinen müden Augen auf. Doch da er weiter nicht auf das Thema einging, war auch ich am Ende gezwungen, ihn seinen trostlosen Drogenphantasien zu überlassen. Bis zuletzt hoffte ich noch, er werde vielleicht am Franz-Josefs-Bahnhof auftauchen, um gemeinsam mit mir den Nachtzug nach Deutschland zu nehmen; aber das war nicht der Fall. Und als ich einige Tage darauf am Fenster meines Schlafwagenabteils den Turm des Stephansdomes in der Abenddämmerung verschwinden sah, bereitete ich mich innerlich darauf vor, Livingston nicht mehr in Wien anzutreffen, wenn ich aus Hamburg zurückgekehrt sein würde.

Dritter Teil

Das Geheimnis der Pyramiden

XXIV.

Junge Kavaliere mit Strohhüten auf dem Kopf schlenderten lässig zwischen steifen Marinekadetten über die Uferpromenade, an ihrer Seite kühl lächelnde blonde Mädchen in leichten Sommerkleidern und mit Bändern im Haar. Auf der Binnenalster leuchteten die Segel der mit bunten Wimpeln geschmückten Ausflugsboote, und die Mittagssonne schien flimmernd vom wolkenlosen Himmel herab. Kein Zweifel: An diesem Maisonntag hatte in Hamburg endgültig der Frühling Einzug gehalten. Vom Hafen her tönten die triumphalen Hornsignale eines Überseedampfers, und auf den Gesichtern vieler Spaziergänger lag ein Ausdruck von Erleichterung und Hoffnung, so als ob sie die Schiffsrufe nicht nur wie ein Fanal zum Wechsel der Jahreszeit, sondern auch zur Überwindung eines Alptraums begrüßen würden.

Denn Hamburg, die alte deutsche See- und Handelsmetropole, hatte eine schwere Zeit hinter sich. Im Spätsommer des vorangegangenen Jahres war die Cholera in den Elendsquartieren rund um den Hafen ausgebrochen und hatte sich innerhalb weniger Wochen in eine schaurige, viele Tausende Opfer fordernde Epidemie verwandelt. Halb Europa hatte voller Angst auf die deutsche Hafenstadt geblickt. Warenlieferungen wurden storniert, der Fernzugverkehr beschränkt, Konzertgastspiele abgesagt, Verwandtenbesuche verschoben. Während des Herbstes sah es zwar so aus, als würden die Behörden die Seuche allmählich unter Kontrolle bekommen, aber der Schrecken war selbst den wetterfestesten Hanseaten gehörig in die Glieder gefahren. Den ganzen Winter über lauerte man auf ein erneutes Wiederaufflammen der Krankheit, zumal die hygienischen Verhältnisse nur zögerlich verbessert wurden. Erst im März des neuen Jahres, nachdem die völlig veraltete Trinkwasserversorgung aus der vergifteten Elbe auf ein modernes Sandfiltersystem umgestellt worden war, begannen die Schatten der Vergangenheit langsam kürzer zu werden. Man ging wieder ins Theater und in die Oper, die Parks wurden geöffnet, und als die ersten Osterglocken in den breiten Alleen an der Esplanade aufblühten, erschien dies sogar jenen Hamburgern, die schon lange jeden religiösen Glauben aufgegeben hatten, wie ein Symbol der Auferstehung.

Aber nicht der überwundenen Cholera galten die nachdenklichen Blicke, die Lena, mit der ich an diesem Mainachmittag vom Sandtorkai aus zum Diner in Streit's Hotel am Jungfernstieg bummelte, auf die schmutzigen Fluten des in der Sonne glitzernden Elbestromes warf.
»Welch eine Stadt«, murmelte sie, sich über ein Eisengeländer am Ufer beugend. »Handel, Kontore, Ozeandampfer – das ist alles, was sie zum Leben braucht. Ich dachte immer, Berlin sei die kühlste Stadt Europas. Aber Hamburg ist eindeutig kälter. Selbst im Sommer«, fügte sie mit einer flüchtigen Handbewegung in Richtung des blauen Himmels über uns hinzu.
»In Wien war es wärmer«, versuchte ich zu scherzen, doch Lena ging nicht darauf ein. Schweigend beobachtete sie einen Lastkahn, der sich träge stampfend von der Flußmitte zum Hafen vorarbeitete.
»Und wie läuft es am Theater?« fragte ich schließlich. »Deine letzten Briefe klangen nicht sehr optimistisch ...«
»Nein«, lächelte Lena gequält. »Dabei habe ich dir immer nur über die Spitze jenes Eisbergs mit dem Namen ›Hamburger Stadttheater‹ geschrieben. Wenn ich nur an die letzten beiden Wochen denke ... Es ist wirklich schlimmer, als es in Wien je war ...«

Mit einer solchen Bemerkung hatte ich gerechnet, seit ich am Abend zuvor in der Hansestadt eingetroffen war und Lena zum ersten Mal seit einem Vierteljahr wiedergesehen hatte. Sie logierte noch immer mit ihrem Vater im Hotel Belvedere am Alsterdamm, in dem auch ich während meines Aufenthalts Quartier bezog. Es war von Rother bisher nicht gelungen, ein Haus oder auch nur eine angemessene Wohnung zu finden, und vieles deutete darauf hin, daß er es inzwischen auch gar nicht mehr versuchte. Zunächst war ich noch einigermaßen verwundert über seine dunkle Bemerkung, er sei froh, die Döblinger Villa noch nicht verkauft zu haben. Aber als ich dann Lena gegenüberstand, wurde mir sofort der Sinn klar. Ihr Gesicht zeigte einen verlorenen Ausdruck; sie war blaß, die Wangenknochen traten hervor, und um ihren Mund spannten sich kleine scharfe Falten. Ihr blondes Haar trug sie kürzer als in Wien, und sie verzichtete auch auf die englischen Schleifen, die es vordem im Nacken zusammengehalten hatten, so als ob sie dieser Betonung ihrer angelsächsischen Her-

kunft im ohnehin kühlen Hamburg nicht mehr bedürfe. Im Beisein ihres Vaters hatten wir uns ziemlich verlegen die Hände gereicht und gemeinsam im Salon zum Kaffee Platz genommen. Schon bald jedoch brach sie die belanglose Konversation ab und zog sich mit der Bemerkung, sie fühle sich nicht wohl, auf ihr Zimmer zurück.
Eine Weile saßen Rother und ich in gespanntem Schweigen zusammen, bevor der frühere Diplomat plötzlich sein Monokel abnahm, sich mit einem bitteren Zug um den Mund vorbeugte und stockend erklärte: »Nun, Leonhard, ich wollte Ihnen sagen ... Sie verstehen mich richtig, wenn ich ... Das heißt, wenn Sie ... Kurzum, ich möchte Sie um etwas bitten. Springen Sie über Ihren Schatten. Vergessen Sie, was in Wien gewesen ist, versuchen Sie es wenigstens. Lena ist zu stolz. Sie wird es nicht über sich bringen, es Ihnen zu sagen. Selbst mir sagt sie es ja nicht, obwohl ich doch ihr Vater bin.«
»*Was* sagt sie Ihnen nicht?«
»Ja, haben Sie es ihr denn nicht angesehen? Sie müssen doch bemerkt haben, wie es um sie steht. Sie ist krank von dieser verfluchten Stadt, von Pollini, diesem Affen von einem Theaterdirektor, von diesem grauenhaft blasierten Hamburger Publikum. Und was Sie betrifft, Leonhard, nun, ich habe damals in Wien ja nie etwas zu Ihnen gesagt – mein diplomatisches Naturell, Sie wisssen schon –, aber seien Sie versichert, die Idee zu dieser Blitzheirat stammte keineswegs von mir, wie Lena Ihnen wohl erzählt hat. Ich war im Gegenteil dafür, in Wien zu bleiben und das Hamburger Engagement abzulehnen. Aber da sie nun einmal darauf bestand, gab ich lediglich zu bedenken, daß es im Falle eines Mißerfolgs leichter wäre, wieder nach Wien zurückzukehren, wenn sie beide verheiratet wären.«
»Sieht es denn nach einem Mißerfolg aus? Sie schrieb mir bisher nur über den Durchfall im ›Tristan‹.«
Rothers Lippen wurden schmal. »Ich habe noch nicht mit Lena darüber gesprochen«, antwortete er rauh, »aber ich weiß aus sicherer Quelle, daß ihr Vertrag nach dieser Spielzeit nicht verlängert wird.«
»Trotz Ihres Einflusses? Ich meine, Sie sind hier schließlich in Deutschland, in Ihrer Heimat. Sie werden doch sicher auch in Hamburg Verbindungen haben?«
»Hoffnungslos«, winkte Rother bitter ab. »Was habe ich nicht schon alles versucht. Aber nicht einmal von Bülow konnte oder wollte mir

helfen. Der einzige wirklich loyale Mann in dieser Stadt ist wohl Mahler, und der ist erstens Österreicher, zweitens Jude und drittens vielleicht ebenfalls die längste Zeit hier gewesen. – Sie sprechen von Heimat, Leonhard, aber ich bin mir manchmal gar nicht mehr sicher, ob dieses Deutschland noch meine Heimat ist. Dieser Hang zum Militarismus, zum Obrigkeitsstaat, nicht nur in Berlin, sondern auch hier im Norden … Österreich-Ungarn mag viele politische Schwächen haben und Wien den Antisemitismus, die Intrigen der Hofoper oder sonst etwas. Aber *ich* würde lieber heute als morgen wieder dorthin zurückkehren.«

»Und Lena?«

»Ich weiß es nicht«, antwortete er achselzuckend. »Aber eines weiß ich dafür um so besser: daß sie Sie auf ihre Art immer noch liebt.«

»Dein Vater hat angedeutet, daß es vielleicht Schwierigkeiten mit der Verlängerung deines Vertrages geben könnte«, sagte ich vorsichtig, als wir uns nun vom Elbeufer ab- und dem Alsterfleet in Richtung Jungfernstieg zuwandten.

»Ja«, nickte Lena. »Der Arme. Er denkt, ich wüßte von nichts, und tut so, als würde alles bald besser werden.« Sie lachte bitter auf. »Dabei weiß ich doch schon lange, daß mich Pollini absägen will. Wenn Mahler nicht wäre, hätte er mir sicher längst vorzeitig gekündigt.«

»Hat Mahler denn soviel Einfluß? Ich meine, nach allem, was man sich so über ihn und seine Schrullen erzählt …«

»Ach was, Schrullen«, winkte sie melancholisch ab. »Das ist doch alles nur Gerede von Leuten, die seine Auffassung von Musik nicht ausstehen können. Er ist eben ein Besessener. Bei ihm gibt es nur alles oder nichts. Deswegen sitzen seine ärgsten Gegner ja auch im Orchester. Wer sich ihm nicht bedingungslos unterwirft, den macht er vor versammelter Mannschaft herunter. Frei nach der Bibel: ›Die Lauen werden ausgespien.‹«

Wir schlenderten weiter, vorbei an roten Ziegelsteingebäuden mit hohen, strengen Giebeln, in deren Schatten ein kühler Alsterkanal schimmerte.

»Du müßtest einmal bei einer seiner Proben dabeisein«, fuhr sie fort. »Stell dir vor: allein für die Wiederaufnahme der ›Walküre‹ in dieser Saison neunundzwanzig Orchesterproben, von den Einzelrepetitionen mit den Sängern gar nicht zu reden. Und selbst die übernimmt er oft noch selbst. Er will einfach alles unter Kontrolle haben. Neulich hat er sogar die Inszenierung des Regisseurs über den Haufen gefegt und durch eigene Bühnenanweisungen ersetzt. Eigentlich ist *Mahler* der heimliche Direktor am Hamburger Stadttheater. Er arbeitet Tag und Nacht, und an manchen Tagen kommt er buchstäblich nicht aus dem Theater hinaus.«

»Und wofür das alles?«

»Wofür? Na, für die unglaublichen Vorstellungen, die er jeden Abend zustande bringt. Ich habe noch keinen Dirigenten erlebt, der in einer Partitur so gut Bescheid weiß wie er. Die Musiker müßten eigentlich froh über ihn sein. Sein Taktschlag ist absolut exakt, seine Einsatzzeichen sitzen wie Fechthiebe. Du wirst es ja bald selbst erleben. Selbst die ärgsten Philister werden nervös, wenn Mahler ans Pult huscht. Er braucht nur kurz die Fäuste in die Hüften zu stemmen, und prompt erstirbt jedes Geflüster und Gehüstel. Ein scharfer Blick durch seine Brillengläser, und die Musiker, die ihn noch tags zuvor bei der Generalprobe am liebsten umgebracht hätten, folgen ihm plötzlich auf jeden Wink. Es gibt Stellen in manchen Opern, die ich noch nirgendwo so gehört habe, wie sie unter Mahler klingen. Besonders Wagner, da hört man endlich einmal die Dinge, die man schon aufgegeben hatte, jemals anders als nur in der Partitur zu sehen. Er holt Klänge aus den Noten heraus, von denen wohl nicht einmal der Komponist eine Ahnung hatte.«

»Du scheinst ihn ja sehr zu mögen«, lächelte ich.

»Ja, das tue ich auch«, erwiderte sie mit Nachdruck. »Natürlich, als Mensch ist er unmöglich: übernervös, schnell gereizt, noch schneller beleidigt und völlig unfähig, aus Höflichkeit zu lügen. Aber als Künstler muß ich ihn einfach bewundern. Es gibt mir immer wieder einen Stich, wenn ich sehe, was er und die Handvoll Getreuen in seinem Ensemble jeden Abend leisten, und wenn ich dann in diese blasierten Hamburger Bürgergesichter im Publikum starre, die nur gekommen sind, um ihre Perlen vorzuführen und an den falschen Stellen ihre altbewährten Lieblinge zu beklatschen … Sie kommen doch weder wegen Wagner noch wegen Mahler – sie kommen allein, um *sich selbst* allabendlich darzustellen.«

»Aber war das in Wien jemals anders?«

Sie zuckte resigniert die Schultern. »Nein. Aber dort hat man wenigstens ab und zu dabei gelächelt.«

Wir waren am Jungfernstieg angekommen. Im Speisesaal von Streit's Hotel saßen erst wenige Gäste zum Diner, so daß wir zu einem freien Tisch am Fenster mit Blick auf die Uferpromenade geführt wurden. Das Restaurant und seine Küche hatten in der Stadt einen sehr guten Ruf; außerdem war Lena wohl daran gelegen, nicht dauernd im Belvedere zu soupieren, wo sie die Speisekarte inzwischen auswendig kannte. Dennoch weckte der eigenartige Name des Hotels ungute Vorahnungen in mir, die sich nun zu bestätigen schienen. Nach dem engagierten Plädoyer für ihren Kapellmeister war Lena wieder in Schweigen verfallen; sie sah nervös und gereizt aus. So entstand, kaum daß wir Platz genommen und unsere Bestellung aufgegeben hatten, eine unbehagliche Atmosphäre. Da ich nicht wieder der erste sein wollte, der die Konversation auf persönliches Terrain führte, begann ich nach einer Weile, ihr die jüngsten Einzelheiten über Immenhofer, Nölle und die Goldene Morgenröte aus Wien zu erzählen. Auf Anraten Livingstons hatte ich in meinen Briefen die Ereignisse in Wien immer nur in Andeutungen skizziert, so daß Lena anfangs nur mäßg interessiert schien. Erst gegen Ende meines Berichts stutzte sie plötzlich.
»Schelling?« fragte sie aufhorchend.
»Ja, so lautete der Name auf Nölles Zettel. Eigenartig, nicht wahr? Was soll Mahler mit einem deutschen Philosophen zu tun haben?«
»Ach was, Philosoph«, erwiderte sie. »Schelling ist ein Hamburger Theateragent von Lewy aus Wien. Ich kenne ihn flüchtig; er war am Zustandekommen meines Vertrages hier beteiligt.«
Erstaunt sah ich sie an. »Ist Mahler nicht auch bei Lewy unter Vertrag?« fragte ich.
»Doch, ich glaube schon.«
»Kannst du dich nicht erinnern, ob Mahler jemals den Namen Nölle erwähnt hat? Oder den von Immenhofer?«
»Nein«, erwiderte Lena. »Aber das will nichts heißen. Man trifft Mahler außerhalb des Theaters ziemlich selten. Und über Privates spricht er sowieso nie.«
»Und dieser Schelling – was ist das für ein Mann?«

»Was soll ich dir da sagen? Mittelgroß, Bürstenhaarschnitt, recht gutaussehend, meist ziemlich kurz angebunden.«
»Dir ist also nie etwas Besonderes an ihm aufgefallen?«
»Doch, jetzt wo du es sagst, fällt mir etwas ein. Es ist schon ein paar Wochen her; ich hatte damals eine Einzelrepetition für ›Fidelio‹ und wollte gerade an die Tür zum Kapellmeisterzimmer klopfen, als ich Mahlers Stimme dahinter hörte – die Tür war wohl nur angelehnt. Er sagte in verärgertem Ton etwas wie ›Ich kann es Ihnen aber nicht in bar geben‹, worauf eine andere, leisere Stimme antwortete: ›Dann stellen Sie mir eben einen Wechsel aus.‹ Ich ging den Flur zurück, weil ich nicht beim Lauschen ertappt werden wollte. Aber ich sah noch aus dem Augenwinkel, wie kurz darauf Schelling aus der besagten Tür kam.«
»Was ist daran so ungewöhnlich?« fragte ich. »Er wird eben als Agent den regelmäßigen Tantiemenanteil von Mahlers Gage abkassiert haben.«
Lena schüttelte den Kopf. »Schelling hat überhaupt keine Inkassovollmacht«, erwiderte sie. »Lewy rechnet grundsätzlich nur über quittierte Bareinzahlungen bei einer kleinen Hamburger Privatbank ab.«
»Du meinst also, es ging um eine private Angelegenheit?«
»Ich denke ja. Mahlers Stimme war jedenfalls ungewöhnlich erregt. So spricht er eigentlich nur, wenn er wütend ist, aber nicht schreien will. Außerdem war er bei der anschließenden Probe ziemlich fahrig, kam öfters aus dem Takt und gab mir einmal sogar einen völlig falschen Einsatz. Nach zehn Minuten machte er schon Schluß, obwohl seine Einzelrepetitonen sonst selten unter einer Stunde abgehen.«
Ich beugte mich vor und fragte leise: »Hast du jemals etwas darüber gehört, daß es die Schwarze Hand auch in Deutschland gibt?«
»Nein«, antwortete Lena achselzuckend. »Aber was Mahler betrifft: Das mit diesem Zettel ist ja nicht der erste Hinweis auf Hamburg, nicht wahr?«
Ich dachte an Franz Kandlitz und seinen verweigerten Auftrag und nickte anerkennend, indem ich sagte: »Du hattest schon immer ein gutes Gedächtnis.«
Zu spät wurde mir klar, wie doppeldeutig diese Bemerkung war. Glücklicherweise wurde kurz darauf das Essen serviert, so daß Lena

keine Gelegenheit mehr hatte, eine spitze Bemerkung über unsere unglückliche Verlobung zu machen. Man trug die Vorsuppe auf, und ich nahm mir im stillen vor, bei nächster Gelegenheit an Livingston zu telegraphieren. Vielleicht würde der unerwartete Hinweis auf Schelling ihn ja doch noch einmal aus seiner Kokainlethargie reißen …

Während des Diners wurde unsere Konversation wieder einsilbig. Lena stocherte lustlos in ihrer Forelle blau herum, während ich mich mit einer chinesischen Frühlingsrolle abmühte. An einem Nachbartisch saß eine französische Familie mit mehreren Kindern, die sich lautstark über irgendwelche Erlebnisse im Hamburger Hafen unterhielt. Ich ertappte mich dabei, wie ich angestrengt den begeisterten Beschreibungen dieses *bateau* und jenes *capitaine* lauschte, dankbar dafür, nicht nur vom gedämpften Konversationston einiger Hamburger Honoratioren umgeben zu sein.

Als die Franzosen bald nach dem Dessert aufstanden und gingen, fürchtete ich schon das Schlimmste, zumal gleich darauf schwere Walzerklänge aus dem angrenzenden Musiksalon zu uns herüberdrangen. Es mußte wohl die Hotelkapelle sein, die dort zum Tanz aufspielte. Lena jedoch hob plötzlich mit einem schiefen Lächeln den Kopf und deutete mit einer flüchtigen Geste in Richtung der Musik. »›Wiener Blut‹«, stellte sie fest, als sie die ersten Takte erkannt hatte. »Was will uns das sagen?«

Achselzuckend zündete ich mir eine Zigarrre an. »Ich weiß es nicht«, sagte ich.

»Du glaubst nicht an Zufälle?« fragte Lena.

»Ich glaube an gar nichts.«

»Immerhin ist es Musik aus deinem geliebten Wien.«

»Es ist Musik, die auf der ganzen Welt gespielt wird«, erwiderte ich unter Ausstoß einer dichten blauen Qualmwolke.

»Ja, weil es ein Walzer ist.«

»Nun und? Willst du etwa tanzen?«

»Und warum nicht?« fragte sie und warf den Kopf in den Nacken. »Ja«, sagte sie plötzlich und erhob sich. »Ja, ich möchte gerne tanzen.«

Ungläubig starrte ich sie an. Ich hatte nicht damit gerechnet, daß sie meine Frage ernst nehmen würde. Aber da war nun nichts mehr zu machen. Nervös drückte ich meine Zigarre aus und stand auf. Mit unbewegtem Gesicht ließ sie mich ihre Hand nehmen, befangen wie ein

Primaner vor der ersten Tanzstunde. Eine verdrängte Erinnerung flammte in mir auf, als sich unsere Finger berührten, ein Reflex jenes lange zurückliegenden Abends, als ich zum ersten Mal in Döbling mit ihr getanzt hatte. Ich war fast wieder so aufgeregt wie damals. Mit unsicheren Schritten begleitete ich sie zur Tanzfläche, wo sich bereits eine Handvoll Paare zum Rhythmus der Musik drehte. Die Situation schien mir einfach lächerlich: ein ehemaliges Liebespaar, das ohne ein Wort der Zuneigung auseinandergegangen war, das sich fast drei Monate nicht gesehen und in seinen Briefen alles Persönliche ausgeklammert hatte, um wenigstens schriftlich nicht auf allzu glattem Parkett auszugleiten – nun plötzlich tanzend vereint in einem Hamburger Hotelsaal. Ich wußte ja aus eigener Erfahrung, wie schwer es war, einen Strauß-Walzer zu tanzen, ohne dabei etwas über sich selbst preiszugeben. Jeder falsche Schritt, jede noch so flüchtige Berührung konnte eine Botschaft enthalten, die nicht einmal dem Absender bewußt war, dafür aber vom Adressaten auf die abenteuerlichste Weise gedeutet wurde. Und nicht einmal das drittklassige Hotelorchester mit seinen zu lauten Klarinetten und den verschleppten Tempi würde schlecht genug sein, um das Gift dieser Musik wirkungslos zu machen.
»Schrecklich, nicht wahr?« meinte daher auch Lena mit einer leichten Drehung ihres Kopfes, als wir das Podium mit den Musikern passiert hatten.
»Was meinst du? Die Musik oder die Kapelle?«
»Die Kapelle.«
»Allerdings. Wie der alte Jahn ohne Brille, nicht wahr?«
Sie mußte lachen, das erste Mal, seit ich sie wiedergesehen hatte, nicht lange oder herzlich, aber sie lachte.
Ich war plötzlich versucht, sie enger an mich zu ziehen. »Das ist der Moment, wo der Wiener leicht etwas Sentimentales sagt«, meinte ich vorsichtig.
»Und wenn schon«, erwiderte sie. »Daran muß man sich eben gewöhnen, wenn man wieder dorthin zurück will …«
»Ist das dein Ernst?« fragte ich verblüfft, während wir nur knapp einer Kollision mit einem anderen Paar entgingen.
Doch Lena achtete gar nicht darauf, küßte mich nur leicht auf den Mund und sagte leise: »Was für eine Frage.«

Später am Abend, in der Bar des Hotels, gestand sie nach mehreren Gläsern eines schweren andalusischen Rotweins, daß sie insgeheim längst beschlossen hatte, die vorzeitige Auflösung ihres Vertrages zu akzeptieren. Erst vor wenigen Tagen habe sie ein Gespräch mit Mahler geführt, der sie zwar nochmals seiner Loyalität versichert, ihr gleichzeitig aber auch in aller Deutlichkeit die Gefahren einer ständigen Kraftprobe mit Pollini ausgemalt hatte. So, wie die Dinge nun einmal stünden, würde ihr Engagement eine ewige Quelle des Streites zwischen ihm und dem Direktor bedeuten, bei der Lena letztlich den kürzeren ziehen müßte. Außerdem, so Mahler, wolle sie doch bitte zwei Dinge bedenken. Erstens sei sie noch nicht zu lange aus Wien fort, um nicht in irgendeiner Form wieder Anschluß an das dortige Musikleben zu erhalten. Und zweitens rechne er, Mahler, selbst nur noch mit ein oder höchstens zwei Jahren, die er es in Hamburg aushalten würde. Dann wäre auch für ihn die Zeit gekommen, sich nach einer neuen Wirkungsstätte umzusehen. Und ohne überheblich sein zu wollen: Er glaube nicht, daß Lena ohne seine Protektion gegen den intriganten Pollini würde bestehen können … »Und Vater hat dir ja erzählt, daß er die Villa in Döbling noch nicht verkauft hat«, schloß sie mit Nachdruck. »Wir werden also einfach nach den Sommerferien wieder dort einziehen.«
»Und wir fangen noch einmal da an, wo wir vor unseren Heiratsplänen aufgehört haben?«
Ihr Mund wurde plötzlich schmal. »Ich weiß nicht, ob das so leicht sein wird«, meinte sie.
»Warum nicht?«
»Ganz einfach: Weil inzwischen eine Menge Zeit vergangen ist. Und die läßt sich nicht mit ein paar Takten Walzermusik wegwischen.«
»Willst du denn noch immer unbedingt heiraten?«
»Nein.«
»Aber dann ist doch alles in Ordnung?«
»Nein, ist es eben nicht«, erwiderte sie müde. »Verstehst du nicht? Ich will kein gewöhnliches bürgerliches Liebesverhältnis, das irgendwann ausglüht wie eine heruntergebrannte Kerze. Es muß mehr sein als das, es müßte sein wie eine Ehe, aber doch wieder irgendwie anders … Ach was, ich weiß auch nicht, wie ich es sagen soll. Aber auf jeden Fall möchte ich wieder zurück nach Wien.«

»Aber doch nicht wieder an die Hofoper, oder?«
Sie schüttelte den Kopf. »Nein, ich habe erst einmal die Nase voll von der Bühne. Ich glaube, ich werde in Zukunft mehr in Konzerten singen und mich vielleicht mit Mahlers Hilfe am Wiener Konservatorium als Lehrerin bewerben. Er scheint übrigens beste Kontakte zu haben, sogar bis hinauf in die Generalintendanz. Vor allem steht er auf mehr als nur gutem Fuß mit seiner alten einflußreichen Freundin aus Kasseler Zeiten.«
»Der Papier?«
Sie nickte vielsagend. »Man munkelt, daß sie und ihre Verehrer Mahler in Wien noch einmal ganz groß herausbringen werden ...«

*

In den folgenden Tagen kehrte wieder etwas von jener englischen Frische in Lenas Gesicht zurück, die nach ihrem Wiener Erfolg im »Tristan« und den anschließenden Grabenkämpfen in der Hofoper daraus verschwunden war. Unser Verhältnis verlor immer mehr seinen gespannten Charakter, bis wir nach einer Woche sogar die ersten Scherze über unser »Heiratstrauma« machen konnten. Und nun, wo feststand, daß sie Hamburg den Rücken kehren würde, nahm Lena auch die Intrigen am Hamburger Stadttheater gleichmütig hin, was sich ganz besonders auf ihre Stimme auswirkte, wie ich selbst feststellen konnte, als ich wenige Tage später Zeuge eines wahrhaft außerordentlichen Opernabends wurde.
Auf dem Programm stand »Rheingold«, und zwar in einer glanzvollen Besetzung mit Max Alvary als Loge, Karl Grengg als Wotan, der Schumann-Heink als Erda und dem zweiten großen Star des Hamburger Ensembles, Katharina Klafsky, als Freia. Lena sang die Woglinde, also die Anführerin der drei Rheintöchter; den Part der zweiten Nixe Wellgunde hatte die junge Berta Foerster übernommen. Ich saß bereits eine gute Viertelstunde vor Beginn der Vorstellung mit von Rother und Josef Foerster – dem Mann der Sopranistin, einem jungen tschechischen Komponisten – in einer reservierten Balkonloge und betrachtete mir das Hamburger Theater und sein Publikum. Der große Opernsaal des im schlichten Biedermeierstil erbauten und vor einigen Jahren erweiterten Gebäudes verfügte bereits über eine elek-

trische Beleuchtung in Form von Kristallüstern im Empirestil, in deren gleißendem Licht sich die von Lena beschriebenen Honoratioren in voller Pracht zur Schau stellen konnten. Überall funkelte es von Juwelen und Smaragden, ob im Parkett, im Rang oder in den einzelnen Privatlogen. In jener neben uns zum Beispiel saß ein würdiger Herr, den mir Rother flüsternd als Senator Schemman vorstellte; ihm zur Seite eine sicherlich zweihundert Pfund schwere, kunstvoll aufondulierte und rubinbehangene Matrone, die sich in markantem Baß über die Unanständigkeit irgendeines jungen Leutnants vernehmen ließ, der es unterlassen hatte, ihr im Foyer einen Handkuß zu geben. Ein Seitenblick auf ihre fleischigen, unförmigen Finger, in die sich mehrere goldene Ringe einkerbten wie der Strang in den Hals des Gehenkten, ließ mir den Affront des unbekannten Offiziers fast als einen Akt vorweggenommener Notwehr erscheinen. Peinlich berührt versuchte ich wegzuhören, als die Dame nun auch noch glaubte, ihre Ansichten über Wagner öffentlich kundtun zu müssen. Sie sprach geräuschvoll schnaufend von »langweiliger Ritter-Trompeterei« und davon, daß sie noch nie habe begreifen können, warum über den Ring des Nibelungen und den »albernen Alberich« ein solches Gewese gemacht würde; Wagner sei ja doch nur ein Dilettant gewesen, der nicht einmal eine anständige Arie hätte schreiben können, und das Schlimmste am »Rheingold«: zweieinhalb Stunden ohne Pause – wie solle ein vernünftiger Mensch das bei dieser entsetzlichen Lautstärke nur aushalten?
Angewidert wandte ich mich ab, nachdem ich mit einem Seitenblick auf das herabgesunkene Kinn des Senators erkannte, daß dieser bereits eingenickt war, obwohl die Vorstellung noch gar nicht begonnen hatte. Rother meinte später, Schemman würde in allen Konzerten, die er besuche, ein Schläfchen halten. Ja, es ging das Gerücht, daß er sogar in den Senatssitzungen regelmäßig einzunicken pflege, so daß nach dem Vorschlag einiger Freunde auf seinem Grab einmal die Inschrift prangen würde: »Unter diesem Stein schläft Senator Schemman weiter …«
Die Matrone jedoch verstummte, und selbst der Senator erwachte für einige Zeit aus seinem Schlummer, als plötzlich die Beleuchtung im Saal erlosch und sich erwartungsvolle Stille über das Publikum legte. Lediglich einige kleine elektrische Lampen markierten den Weg vom

seitlichen Bühneneingang zum Orchestergraben, in dessen Mitte das erhöhte Dirigentenpult aufragte.
Diesen Weg entlang kam plötzlich ein kleiner dunkelhaariger Mann geschossen, energisch an den ersten Geigen vorbeieilend, den Taktstock nervös in der Rechten schwenkend. Das war er also, der Vielgerühmte. Auf den ersten Blick wirkte er schmächtig und zierlich, eher wie ein verlorener jüdischer Dichter denn wie ein Musiker, mit seiner hohen Stirn und dem empfindlichen Mund. Dieser Eindruck änderte sich aber sofort, als er auf das Dirigierpodest sprang, sich knapp verbeugte und dann das Publikum aus zusammengekniffenen Augen hinter funkelnden Brillengläsern musterte. Das Kinn war vorgereckt, die steil aufragende bleiche Stirn wie zum Kampf gerunzelt. Eine fast körperlich spürbare Willenskraft ging von ihm aus, so als sei er von elektrischer Energie durchdrungen, die nur darauf wartete, sich endlich in Musik entladen zu können. Mit einem Ruck drehte er sich zur Bühne um. Im Saal herrschte Totenstille, alles wartete. Doch nichts geschah. Mahler stand starr am Pult, den Kopf gesenkt, die Hände mit dem Taktstock im Schoß übereinandergelegt, wie ein im Gebet versunkener Mönch.
Schließlich hob er langsam den Stab und wies mit der ausgestreckten linken Hand auf die Seite des Orchesters, wo die Kontrabässe saßen. Im Dunkel des Orchestergrabens setzten die Musiker ihre Bögen an. Leise, schwer und volltönend hub ein tiefes oktaviertes Es an, jener Ton, dessen Unteroktave den gewöhnlichen Tonumfang jedes Orchesters sprengt und die Gruppe der zweiten Bässe gemäß Wagners Partituranweisung nötigt, ihre tiefste Seite um einen Halbton herunterzustimmen. Ein Klang bildete sich, der nach einer Weile wie der Urgrund aller Klänge im Raume stand: fließend, ruhig, zeitlos. Das Vorspiel zu »Rheingold«, Richard Wagners mystische Beschwörung eines Flusses, hatte begonnen …
Das Publikum war wie in Trance. Erstarrt lauschte man dem tiefen Grundton-Summen der Kontrabässe, zu dem nach vier lang ausgehaltenen Takten die Fagotte mit dem Quintklang hinzutraten, stark abgedämpft, so daß sie die Bässe nicht übertönten, sondern gleichmäßig mit ihnen zu einer vollkommenen Einheit verschmolzen. Die Musik floß tief, dunkel und hypnotisch dahin, alle Zuhörer wie in einen Mahlstrom hineinziehend, und bald überkam einen tatsächlich

das Gefühl, sich »Auf dem Grunde des Rheins« zu befinden, wie Wagner das Vorspiel in seiner Partitur überschrieben hatte. Mahler vollführte an seinem Pult fast keinerlei Bewegung, den Taktschlag markierte er nur durch ein leichtes Auf- und Abwippen der Spitze seines Stabes. Oktavierte Kontrabässe und Fagotte in reinem, unverändertem Quintklang – die beiden Urharmonien der Musik schienen die Zeit stillstehen zu lassen …

Plötzlich, auf ein unmerkliches Zeichen Mahlers hin begann wie von Ferne das erste der acht Hörner mit dem gebrochenen Dreiklangsthema. Der Strom des Flusses geriet langsam in Bewegung. Nacheinander traten die anderen sieben Hörner hinzu, die Dynamik blieb unverändert, alles spielte ruhig und gleichmäßig piano, und doch entstand nach und nach der Eindruck eines immer stärker werdenden Flutens und Werdens, angereichert durch Klangschattierungen von Kontrabaß-Tuba, Baßklarinette und Tenorbaßposaune. Sanft setzten die auf- und absteigenden Figuren der Celli im Sechs-Achtel-Takt ein; die Bratschen erklangen; dann die zweiten und am Ende schließlich die ersten Violinen. Ein fließendes Geflecht von Stimmen stieg an, ebbte wieder ab und erhob sich erneut, alles auf dem stets gleichbleibenden, unbeirrbaren Fundament der tiefen Kontrabässe. Zuletzt fügten sich auch noch die restlichen Holz- und Blechbläser ein; aus den Achteln der Streicher wurden Sechzehntel, die Musik geriet immer mehr in Bewegung, das Rauschen der Flußtiefe nahm stetig zu. Mahler schien jedem einzelnen Orchestermusiker persönlich den Einsatz zu entlocken, während sein Taktstock analog zum stets voller werdenden Brausen immer heftiger schlug. Eine unbegreifliche Autorität ging von diesem kleinen jüdischen Kapellmeister aus, so daß die Musiker und mit ihnen das Publikum von der Wagner'schen Wassermusik schier hinweggespült wurden …

Auf dem Höhepunkt des Vorspiels schließlich, beim »vollen Wogen der Wassertiefe«, wurde der Vorhang zur ersten Szene aufgezogen. Die Harmonie wandte sich nach As-Dur, und der hymnische Sopran Lenas eröffnete die Oper. Mochten Sparsamkeit oder gezielte regietechnische Überlegungen der Grund gewesen sein, jedenfalls hatte man die berüchtigten Schwimmwagen weggelassen, mit denen man in Bayreuth oder anderen Bühnen versuchte, die Illusion der in »anmutig schwimmender Bewegung« kreisenden Rheintöchter zu erzeugen. Das Bühnenbild bestand statt dessen aus hauchdünnen Gaze-Schleiern und abgestuften Klippen, hinter denen die drei Rheintöchter mit angedeuteten Schwimmbewegungen auf- und abtanzten, jedes Riff hoch genug, daß man bequem das Nichtvorhandensein ihrer Fischschwänze kaschieren konnte und nur ihre mit halb durchsichtigen Gewändern bedeckten nackten Oberkörper dahinter sah.

Soviel zur Bühnendekoration; doch wer wollte allzuviel auf sie geben angesichts der Perfektion, mit der im folgenden Musik, Gesang und Handlung zu einer Einheit sondergleichen verschmolzen (außer vielleicht einigen Damen der höheren Gesellschaft oben im Rang, die über die halbnackten Rheintöchter pikiert die Nase rümpften und dennoch keine Sekunde den Blick von ihrer ätherischen Schönheit lassen konnten). Unter ausladenden, teils wild durch die Luft stechenden, dann wieder eindringlich beschwörenden Handbewegungen Mahlers – ein absolutes Novum übrigens im Vergleich zu Dirigenten etwa vom Schlage eines Hans Richter, die ihrem Ensemble lediglich im Sitzen einige dezente Winke zu geben pflegten –, unter diesen leidenschaftlichen Gesten also erstand plötzlich ein Gesamtkunstwerk, das den Vorstellungen Wagners alle Ehre machte. Schon die ersten Wechselgesänge Woglindes und Wellgundes waren exakt aufeinander abgestimmt und steigerten sich bei den Zeilen »*Laß sehen, wie du wachst*« und Lenas fliehendem »*Sicher vor dir*« zu einem berauschend sinnlichen Akkord aus Sopran, Violinen, erstem und zweitem Horn sowie Fagotten und Flöten, in den auf dem Höhepunkt noch die Klarinetten und die restlichen beiden Hörner mit dem Rheinthema in kraftvollem Mezzoforte einfielen. Die oft bemängelten Stabreimverse Wagners – ich entsann mich des giftigen Polemisierens von Livingston seinerzeit im Griensteidl – erklangen unter Mahler plötzlich weich und leicht wie in einem barocken italienischen Lustspiel; die übermütigen Sopranstimmen Lenas und der jungen Berta Foerster inspirierten sich gegenseitig zu immer neuen Höhepunkten, während sie zugleich elegant zwischen den Felsenriffen dahintanzten.

Plötzlich der Auftritt Alberichs: jäh abbrechende Violinen, unvermutet sich über das Orchester legende Klangschwere mit düsteren Klarinettenakkorden, abgehackten Bogenstrichen der Bratschen und dunklen Kontrabässen im *pizzicato*. Mahler mußte wohl lange mit seinem Orchester geprobt haben, um diese Stelle derart unheilvoll erklingen zu lassen. Das grausame Spiel der Nixen begann, und während der ungestalte Schwarzalbe immer verzweifelter eine von ihnen zu erhaschen suchte, verlor auch die Musik allmählich ihren spielerischen Glanz zugunsten einer mehr dramatischen Tongebung. Ich hätte nicht zu sagen vermocht, wie Mahler es anstellte, welche Instrumentengruppe er hervortreten ließ und welche er zurückdrängte, aber bei Wellgundes hinreißend verlogener Aufforderung an Alberich »*Ich rate dir wohl: zu mir wende dich, Woglinde meide!*« ließ er plötzlich den Dur-Akkord unter der lockenden Melodie fahl und hohl klingen. Die Wirkung war entsprechend: allgemeines Kopfschütteln im Publikum, das einzig und allein auf den Belcanto-Aspekt dieser Stelle erpicht gewesen war. Nur hie und da sah man einen Kenner, der genußvoll lächelte und dem Dirigenten einen anerkennenden Blick zuwarf. Denn der Kniff Mahlers ließ Alberich nun natürlich in ganz neuem Licht erscheinen. Er war nicht mehr länger nur der zum Goldräuber vorherbestimmte Zwerg, sondern ein verspotteter Außenseiter, hineingelockt in eine Welt, zu der er wegen seiner minderwertigen Geburt keinen Zutritt hatte, deren falsches Spiel er aber gerade wegen dieses Makels längst hätte durchschauen müssen. Besonders galt dies für die infame Lockung Floßhildes

»Wie deine Anmut mein Aug' erfreut,
deines Lächelns Milde den Mut mir labt«,

die Mahler in so absichtlich übertrieben-sehnsuchtsvoller, an den Schmelz der »Tristan«-Harmonik gemahnender Süße vortrug, daß man den aufgehetzten Gnom am liebsten mit einem verzweifelten Zuruf vor seiner vergeblichen Hingabe bewahrt hätte. Aber es half alles nichts, Alberich mußte seinen Becher bis zur Neige leeren, und folgerichtig klang auch seine Klage nach der letzten Enttäuschung durch Floßhilde nicht so sehr »kreischend«, wie Wagner es in seiner Partitur gefordert hatte, sondern mitleiderregend gebrochen, im Orchester plastisch untermalt durch ein melancholisches Englischhorn über zögernden Fagotten und Violinen …
Aber alle Ränke und aller Betrug waren mit einem Schlag wegge-

wischt, als ein Lichtstrahl auf den Grund des Flusses drang und den mystischen Goldschatz erstrahlen ließ, beleuchtungstechnisch gut gelöst durch mehrere elektrische Lampen, deren Licht auf eine goldlackierte Fläche über einem der Riffe projiziert wurde. Ein Schauer der Ergriffenheit überlief mich bei den hymnisch im Forte gesungenen »Rheingold«-Rufen der drei Rheintöchter, dominiert von Lenas hohem Sopran über gewaltigen Tutti-Akkorden des Orchesters.
Nicht minder bewegend kurz darauf Wellgundes verhängnisvolle Preisgabe des Rheingold-Geheimnisses:

»Der Welt Erbe gewänne zu eigen,
wer aus dem Rheingold schüfe den Ring,
der maßlose Macht ihm verlieh'«

und zwei weitere Stellen, die selbst die berühmte Raub- und Fluchszene Alberichs in den Schatten stellten. Einmal Woglindes dunkle Erklärung

»Nur wer der Minne Macht versagt,
nur wer der Liebe Lust verjagt,
nur der erzielt sich den Zauber,
zum Reif zu zwingen das Gold«,

bei welcher sich der einsame Sopran Lenas mit den tiefen Tuben und der Kontrabaß-Posaune zu einem gespenstisch lastenden Klang vermischte; sodann die düster abgewandelte Wiederkehr des gleichen Klanges wenig später zusammen mit Woglindes Melodie in den Celli, nachdem Alberich seinen Liebesverzicht herausgeschleudert hatte:

»Erzwäng' ich nicht Liebe,
doch listig erzwäng' ich mir Lust?«

Danach war es dann auch zu Ende mit dem triumphierenden Tonfall des »*Heia! Heia!*« der Rheintöchter. Gejagt und schließlich besiegt von Alberich, fuhren sie nach allen Seiten durch die Felsenriffe auseinander, immer noch nicht begreifend, daß es keineswegs mehr nur die »Minne« war, die ihn verrückt machte. Ihres Schatzes beraubt, wehklagten sie zum Schluß in einem gleißend zerrissenen Akkord über ihre eigene Schuld, während zur allmählich sich auflösenden Musik Alberichs gellendes Hohngelächter erdröhnte und dunkle Stoffschleier vom Schnürboden herniedersanken, die den ehemals majestätischen Fluß in einen schwarzen, entweihten Strom verwandelten …

Die folgenden Szenen der Oper waren zwar ebenfalls von hohem künstlerischen Niveau, besonders die Überlistung Alberichs in Nibelheim durch Wotan und Loge und natürlich der Auftritt der Schumann-Heink, die als Erda in düsterem Alt vor dem Fluch des Rings warnte. Dennoch konnten auch Alvary und die Klafsky, die beiden Stars des Theaters, nicht die fließende Dramatik und den Klangreichtum der Eröffnungsszene auf dem Grunde des Rheins überbieten, die ich in dieser perfekten Form weder in Wien noch in Bayreuth jemals gesehen oder gehört hatte.
Die Mehrzahl der Hamburger Theaterbesucher indes hinderte dies nicht daran, schon bald nach Opernbeginn, spätestens aber, nachdem man sich an den halbnackten Rheintöchtern und der kruden Häßlichkeit Alberichs müde gesehen hatte, mit gelangweilten Mienen auf die Aufritte ihrer Lieblinge zu warten, die dann demonstrativ beklatscht wurden, bevor sie auch nur zum ersten Mal den Mund aufgemacht hatten. Es war schmerzlich zu sehen, wie die allürenhaft agierende Klafsky mit ihrem gepreßten, ständig tremolierenden, alles und alle rücksichtslos übertönenden Sopran stürmisch umjubelt wurde, während junge, moderne und klare Stimmen wie jene Lenas oder Berta Foersters nur einen dünnen Höflichkeitsapplaus erhielten, bei dem man überdies noch nicht einmal sicher sein konnte, ob er nicht – besonders seitens diverser älterer Herren in den oberen Logen – eher ihren körperlichen Reizen galt (die in den durchsichtigen Nixengewändern zugegebenermaßen recht plastisch zutage traten).
Am Schluß der Vorstellung war es aber auch Mahler deutlich anzusehen, was er von den jeweiligen Darbietungen seiner Schützlinge hielt. In spöttischer Ironie verbeugte er sich vor der Klafsky und der Schumann-Heink, während er mit schüchternem Lächeln Lena und der Foerster seinen Taktstock überließ, so als wollte er damit zeigen,

wer vom künstlerischen Standpunkt aus an diesem Abend in Wahrheit über die Kunst geherrscht hatte. Wie mir Lena später erzählte, sollte die harmlose Geste ungeahnte Folgen haben. In einem Wutanfall titulierte die Klafsky hinterher den Kapellmeister als »despotischen jüdischen Tyrannen«, worauf dieser sich mit der Bezeichnung »Krawallschachtel« revanchierte und dafür prompt eine förmliche Abmahnung durch Pollini kassierte. Mahler nahm es Lena zufolge gelassen, indem er unter Anspielung auf die beherrschende Stellung seines Intendanten im Hamburger Musikleben bemerkte, einem »Monopollini« stehe nun einmal das Recht zu, immer das letzte Wort zu haben.

XXV.

Bei allen Wogen der Begeisterung – man verzeihe mir die wagnerianische Diktion –, die der Opernbesuch in mir auslöste, hatte ich jedoch nicht vergessen, Livingston zu telegraphieren, um ihn über jenen Konzertagenten namens Schelling ins Bild zu setzen Und tatsächlich: Am Beginn der zweiten Woche meines Aufenthalts in Hamburg erhielt ich an der Rezeption des Belvedere folgendes Telegramm aus Wien:

> *»Besten Dank für Nachricht. Werde versuchen, Hinweis an Ort und Stelle zu prüfen. Komme am 17. d. M. in Hamburg mit dem Frühzug an. Livingston*
>
> *PS: In Sachen SH hier völlig neue Entwicklung. Näheres in Hamburg.«*

Ich muß zugeben, daß ich erleichtert über diese Zeilen war. Mochte unser Verhältnis auch nicht dem entsprechen, was man gemeinhin unter Freundschaft verstand; mochte Livingston mich auch noch so oft vor den Kopf gestoßen und zu einem bloßen Werkzeug degradiert haben – nach allem, was ich mit ihm erlebt hatte, empfand ich seine Abwesenheit inzwischen doch als geradezu schmerzlichen Mangel. Natürlich wußte ich nur zu genau, wie tief ihn seine Niederlage gegen Immenhofer getroffen hatte. Dennoch hatte ich insgeheim nie die Hoffnung aufgegeben, er würde sich eines Tages doch wieder auf-

raffen und noch einmal der ganzen Affäre annehmen. Um so gespannter war ich daher auch auf die Neuigkeiten, die er in seinem Telegramm ankündigte.
Etwas anderes, das mich inzwischen sogar mit einer gewissen Sympathie an ihn denken ließ, kam hinzu. Eigentlich, so sagte ich mir, hatte ich es doch nur Livingston zu verdanken, daß ich in Wien nicht ständig gezwungen gewesen war, über mein Zerwürfnis mit Lena nachzugrübeln. Vielleicht hatten wir auf diese Weise endlich einmal den nötigen Abstand gewonnen, um zu erkennen, daß ein Zusammenleben in einer bürgerlichen Ehe für uns einfach nicht in Frage kam. Sicher, auch unter unseren Wiener Bekannten gab es solche, die durchaus in der Lage zu sein schienen, die Verpflichtungen einer Ehegemeinschaft mit einer künstlerischen Existenz zu vereinbaren. Aber was wußte man schon darüber, wie es in ihren Schlafzimmern zuging, wenn sie nicht irgendwann einmal wegen gewisser Störungen in meiner Sprechstunde saßen? Wer von ihnen war so ehrlich, über die Kämpfe und Streitereien in seiner häuslichen Gemeinschaft zu berichten, wenn die Zeit der ersten Verliebtheit vorbei war und die Interessenskonflikte plötzlich mit voller Wucht ausbrachen? Man mußte ja nicht erst Strindbergs »Plädoyer eines Irren« über seine Ehe mit Siri von Essen gelesen haben, um zu wissen, daß auch in den Zirkeln der Boheme die besten Absichten wie getrennte Zimmer, Essen aus dem Café um die Ecke, gleichberechtigte Berufsausübung und so weiter in einer Katastrophe enden konnten …
Erst in Hamburg ging mir übrigens auch auf, daß das traurige Beispiel Strindbergs einige deutliche Parallelen zum nicht minder hoffnungslosen Fall Livingstons aufwies. Auch der Engländer ahnte wahrscheinlich längst, daß er viel zu sehr seiner eigenen Exzentrik verfallen war, um dauerhafte Befriedigung in einem Liebesverhältnis finden zu können. Tragisch war nur, daß er sich – genau wie Strindberg – mit dieser Konsequenz nicht wirklich abfinden konnte und sich deshalb in eine ähnlich selbstquälerische Eifersuchtspsychose verstrickt hatte, wie sie auch dem schwedischen Dichter das Leben zur Hölle gemacht hatte. In unbewußter Vorwegnahme der Ereignisse schien auch Livingston unablässig darauf hinzuarbeiten, ein gewaltsames Ende seiner Affäre mit der Adler-Norton herbeizuführen, anstatt zu versuchen, in etwas weniger dramatischer Form mit ihr be-

freundet zu sein. Denn daß die Sängerin ihm jemals *von sich aus* ihre Zuneigung und Achtung entziehen würde, konnte ich mir beim besten Willen nicht vorstellen. Ich gedachte ihrer gemeinsamen und selbst im liberalen Wien reichlich gewagten Auftritte in der Öffentlichkeit und war mir sicher, daß nicht einmal eine Abenteurerin wie die Adler-Norton einer oberflächlichen Tändelei wegen so viel aufs Spiel setzen würde. Die Frage war nur, wie lange dieses gefährliche Dreiecksverhältnis gutgehen konnte. Vielleicht, so dachte ich, würde es Livingston ja auch aus diesem Grunde einmal ganz guttun, eine gewisse Zeitlang den Verhältnissen in Wien zu entkommen und die Donau mit der Alster zu vertauschen …

So stand ich also zwei Tage später frühmorgens im Bahnhof Hamburg-Lohseplatz, um auf die Ankunft des Schnellzuges aus Wien zu warten. Der mit roter Kreide beschriebenen Tafel an den Ferngleisen entnahm ich, daß der Zug ungefähr eine Viertelstunde Verspätung haben würde. Ich ging also den Bahnsteig ein wenig auf und ab, gedankenverloren einen Blick auf die wenigen Reisenden werfend, die zeitunglesend oder rauchend auf alten Holzbänken saßen. Eine Handvoll livrierter Gepäckträger erschien mit zwei großen Handwagen, deren hohe Ladegitter auf die beachtliche Menge an Koffern schließen ließ, die der Schnellzug mit sich führte. Mit dem üblichen Sentiment pfiffen die Männer irgendeinen Gassenhauer vor sich hin, während sie sich mit ihren Wagen seitlich neben einer der Wartebänke aufstellten.

Ich wandte mich der Bahnhofsuhr zu und verglich die Zeit mit meiner Taschenuhr. Der Zug mußte eigentlich jeden Augenblick ankommen. Ungeduldig blickte ich auf das Schienengewirr, das sich am Horizont hinter der Bahnhofshalle in alle möglichen Richtungen verzweigte, als plötzlich ein lautes metallisches Geräusch in meinem Rücken erdröhnte. Erschrocken fuhr ich herum und erkannte, daß einem der Livrierten versehentlich die eisenbeschlagene Deichsel seines Wagens aus der Hand geglitten und auf dem Steinboden des Perrons aufgeschlagen war.

Wie in einer Wahrnehmung meines Unterbewußtseins fiel mir aber zugleich noch etwas anderes auf. Einer der Reisenden, der in einem gelben Paletot auf den Holzbänken saß, mußte mich die ganze Zeit über verstohlen hinter meinem Rücken beobachtet haben, denn kaum daß ich mich umgedreht hatte, schlug er sich – eine Zehntelsekunde zu spät – in einer hastigen Bewegung wieder seine Zeitung vor die Nase. Von seinem Kopf oder seinem Gesicht hatte ich nicht viel erkennen können: ein noch junger Mann, bartlos, Zigarette im Mundwinkel, auf dem Kopf ein tief in die Stirn geschobenes, altmodisches braunes Samtbarett.

Gern hätte ich mir den Mann, bei dem ich soviel Interesse weckte, einmal aus der Nähe angesehen, als vom Ende der Halle her ein langer Pfiff die Einfahrt des Zuges ankündigte. Ich zwang mich, den Neugierigen im Paletot zu vergessen, und begab mich eilig zum Anfang des Bahnsteigs, von wo aus ich alle Ankommenden bequem im Blick haben konnte.

Obwohl es der Nachtzug aus Wien war und die Urlaubsvorsaison noch nicht eingesetzt hatte, war es eine recht stattliche Anzahl Reisender, die dem Zug entstieg. Angestrengt musterte ich den Strom der anonymen Menge, bis ich endlich die hochaufgeschossene Gestalt Livingstons erkannte. Er trug einen weit geschnittenen, gürtellosen Reisemantel aus teurem Tweed und eine karierte Sportmütze; im Mundwinkel steckte eine lange weiße Zigarette. Beim Näherkommen gewahrte ich, daß er noch schlechter aussah, als ich es in Erinnerung hatte. Seine Augen glänzten fiebrig, die Furchen um seine bläulichen Lippen traten scharf hervor, und seine Wangen waren eingefallen wie bei einem chronisch Magenkranken.

Er war ungefähr noch zehn, fünfzehn Meter von mir entfernt, als ich plötzlich zu meiner maßlosen Verwunderung eine Frau in enger Husarentaille aus bordeauxrotem Samt an seiner Seite bemerkte. Ich war mir zuerst nicht sicher, aber als sie mitten im Gehen ein wenig den Kopf unter dem breiten dunklen Spitzenhut drehte, gab es keinen Zweifel mehr: Livingston war zusammen mit Irene Adler-Norton nach Hamburg gekommen!

Verwirrt ging ich den beiden entgegen. Auch der Engländer sah befangen drein und zupfte sich in einer nervösen Handbewegung am Ohr, als er mich erkannte, während die Adler eine betont forsche Miene aufsetzte. Das Kinn keck nach oben gereckt und das typisch spöttisch-überlegene Lächeln auf den tiefroten Lippen, schien sie wohl ihrem Ruf als Femme fatale alle Ehre machen zu wollen. Nur

der Klang ihrer Stimme wollte nicht ganz zu diesem Habitus passen: viel weniger deutlich artikuliert und viel zu hastig im Vergleich zu früheren Gelegenheiten kamen die Worte mit einem rauhen, fast heiseren Unterton hervorgesprudelt, als sie mir in gespielter Ungezwungenheit die Hand reichte.
»*Und der flüchtigen Begegnung Hauch erschloß sich mir zu höh'rem Flug*«, deklamierte sie ironisch, und ihre dunklen Augen funkelten rätselhaft, während sie mit einem Seitenblick auf Livingston hinzufügte: »Hieß es nicht so bei Goethe?«
Der Engländer blickte jedoch nur kopfschüttelnd zu Boden, so daß sie fortfuhr: »Na, tut ja auch nichts zur Sache. Wie gefällt es Ihnen in Hamburg, Doktor Heydinger? Der geistvollste Ort der Welt ist es ja nicht gerade, nicht wahr? Aber dafür wollen wir ja auch nur ein wenig Ferien machen, etwas Hafenluft schnuppern und den neuesten Stern am europäischen Dirigentenhimmel einmal aus nächster Nähe betrachten …«
»Es hat sich alles ganz kurzfristig so ergeben«, beeilte sich Livingston fast entschuldigend zu erklären, während wir gemeinsam zum Ausgang gingen. »Madame ist nämlich mit einer führenden Dame der Hamburger Gesellschaft bekannt, die ihr von den Wundertaten Herrn Mahlers berichtet hat.«
»– und sich außerdem sehr lobend über das Talent Fräulein von Rothers äußerte«, setzte die Adler hinzu.
Überrascht erkundigte ich mich nach dem Namen.
»Ist Ihnen die Bezeichnung ›Der Dreimaster‹ ein Begriff?« fragte die Adler.
Ich war schon versucht, an irgendeinen Segler im Hamburger Hafen zu denken oder an ein zweifelhaftes Etablissement in St. Pauli, als mir plötzlich eine flüchtige Bemerkung Lenas in den Sinn kam. »Ist das nicht der Spitzname für den Salon der Schwestern Schiff?« fragte ich deshalb.
»Ganz recht«, nickte die Sängerin. »Die Dame, mit der ich in Korrespondenz stehe, ist Frau Dr. Henriette Lazarus, geborene Schiff, die älteste der drei Schiff-Schwestern. Ich werde demnächst bei ihnen zu Gast sein. Und ich hoffe sehr, auch Herrn Mahler dort kennenzulernen.«
Inzwischen waren wir am Ausgang angekommen. Livingston ent-

schuldigte sich und ließ uns für einen Moment allein, um das Gepäck am Schalter auszulösen. Mir war klar, daß die Adler nicht der Typus Frau war, der peinliche Gesprächspausen aufkommen lassen würde; aber was sie nun sagte, brachte mich doch aus der Fassung.
»Wahrscheinlich wird es Sie überraschen«, begann sie leise und mit einem Ernst, der ihr schönes Gesicht mehr denn je wie ein Frauenporträt von Delacroix aussehen ließ, »aber da Sie nun einmal der Mann sind, auf dessen Meinung er« – sie deutete in Richtung der Gepäckschalter – »am meisten Wert legt –«
Ich wollte sie mit einer sarkastischen Bemerkung unterbrechen, aber sie hob sofort abwehrend die Hände: »Ja, ich weiß, Sie denken an seine Exzentrik, nicht wahr, an seinen Zynismus, an seine Unfähigkeit, Gefühle oder Dankbarkeit zu zeigen. Aber Sie wissen doch selbst, was es damit auf sich hat, daß das alles nur eine Art verzweifelter Selbstschutz ist. Glauben Sie mir, er weiß ganz genau, daß Sie ihm helfen könnten, von seiner Vergangenheit loszukommen. Und genau davor hat er Angst, unermeßliche Angst sogar.«
Sie musterte mich einen Augenblick, bevor sie unvermittelt hinzufügte: »Verurteilen Sie mich?«
»Wofür?« fragte ich verblüfft.
»Bitte seien Sie aufrichtig«, erwiderte sie ungeduldig und strich sich eine der mahagoniroten Haarsträhnen, die sich aus dem Knoten unter ihrem Hut gelöst hatten, aus der Stirn. »Ich weiß, daß er Ihnen alles über uns erzählt hat.«
»Wollen Sie etwa ein moralisches Werturteil von mir hören?«
Die Antwort kam postwendend. »Ja, das will ich.«
»Aber warum? Sie kennen mich doch überhaupt nicht.«
»Was ich über Sie weiß, genügt mir.«
Ich zuckte die Achseln und dachte einen Augenblick nach. »Na schön«, erwiderte ich dann. »Wenn Sie also partout meine Meinung hören wollen, so glaube ich nicht, daß es sehr klug war, zusammen hierher zu kommen.«
»Und warum nicht?«
Ich zuckte die Achseln. »Wissen Sie das nicht besser als ich? Glauben Sie im Ernst, Sie könnten hier alles für ein paar Tage vergessen, nur weil Wien tausend Meilen weit weg ist? Oder wollen Sie alles nur noch schlimmer machen, ausgerechnet hier in Hamburg? Sie haben

doch vorhin selbst die Geistlosigkeit des Nordens erwähnt. Und auch ich bezweifle doch sehr, ob die Hamburger Salons Ihrem – verzeihen Sie mir den Ausdruck – doppelten Spiel mit der gleichen liberalen Nonchalance begegnen werden wie die Wiener.«

Sie hatte mir ohne jede äußere Regung zugehört. Dafür zitterte ihre Stimme um so mehr, als sie nun mit zusammengezogenen Augenbrauen antwortete: »Es gibt kein Spiel mehr. Das Spiel ist aus. Godfrey und ich werden uns scheiden lassen.«

Sie hatte die Worte schnell hervorgestoßen, da Livingston inzwischen die Schalterformalitäten erledigt hatte und just in diesem Moment wieder zu uns zurückkam. »Unsere Koffer werden direkt ins Hotel gebracht«, erklärte er kurz und sah seine Begleiterin dabei eigentümlich an. »Ich denke, wir werden schon einmal mit einer Droschke vorausfahren.«

Die Adler, die sich wieder vollkommen in der Gewalt hatte, nickte zustimmend, worauf sich der Engländer an mich wandte: »Wie ist es, Doktor, würde es Ihnen heute zum Fünf-Uhr-Tee im Salon des Belvedere passen? Dann könnten wir uns über unser weiteres Vorgehen unterhalten. Und bringen Sie doch, wenn möglich, bitte auch Fräulein von Rother und ihren Vater mit.«

Ich nickte, und wir traten auf den Vorplatz hinaus. Zwei Droschken wurden herbeigewunken, und wir fuhren – ich allein vorneweg – in die Stadt. Beim Einsteigen hatte ich das Gefühl, aus dem Augenwinkel wieder den jungen Mann in dem gelben Paletot und dem Samtbarett zu bemerken, der zusammen mit anderen Reisenden den Bahnhof verließ. Da aber mittlerweile der morgendliche Berufsverkehr eingesetzt hatte und zugleich eine Menge anderer Leute auf den Vorplatz strömte, konnte ich mich ebensogut auch geirrt haben.

*

Was die Eröffnung Irene Adler-Nortons über ihre angebliche Scheidung betraf, so war ich zu überrascht, um mir auf diese neue Entwicklung einen Reim machen zu können. Allerdings schien es ihr dieses Mal tatsächlich ernst zu sein. Mit der größten Selbstverständlichkeit wurden unter den Namen »Mme. Irene Adler« und »Mr. John S. Livingston« zwei nebeneinanderliegende Zimmer mit separater Ver-

bindungstür im Belvedere angemietet, und auch sonst hatte man keine Hemmungen, hier in Hamburg ganz unverblümt als liiert aufzutreten. Ständig sah man die beiden zusammen, sei es in den Salons des Hotels, sei es beim Einkaufsbummel auf der Straße oder auch nur beim gemeinsamen Verlassen eines ihrer Zimmer.
Dennoch hütete ich mich, diesem Frieden zu trauen. Wenn angeblich alles in bester Ordnung war zwischen ihnen, warum dann dieser gehetzte, verbitterte Zug um Livingstons Mundwinkel? Warum die gelegentlich fast schon an Hysterie grenzende, sich überschlagende Redeweise der Adler, verbunden mit den nervösen Blicken, die sie dem Engländer bisweilen zuwarf?
Meine Zweifel sollten bald neue Nahrung erhalten. Kurz bevor wir uns zu unserer Teeverabredung trafen, sah ich die beiden zufällig hinter der halboffenen, von schweren Samtportieren eingerahmten Glastür stehen, die zum Musikzimmer des Hotels führte. Die Adler hatte beschwörend ihre Hand auf Livingstons Arm gelegt und redete in gedämpftem Tonfall auf ihn ein. Von unbezwingbarer Neugier gepackt blieb ich stehen und lauschte der Antwort, die der Engländer mit heiserer Stimme hervorstieß:
»... nicht einmal, wenn du es mir schriftlich geben würdest! Ich sehe doch den Tag vor mir, an dem ich dir irgendwann einmal auf der Straße begegnen werde und du mich einfach ignorieren wirst wie irgendeinen deiner früheren Betthelden ... Warum gehst du nicht los und suchst dir gleich heute nacht wieder einen? Es soll hier ja viele schöne starke Kerle geben, wie in jeder Hafenstadt ... Vielleicht findest du sogar einen Franzosen ... Du schwörst doch neuerdings auf französische Liebhaber, nicht wahr?«
Erschrocken über die vor Wut und Eifersucht bebende Stimme Livingstons hielt ich den Atem an, ging aber sofort darauf schockiert weiter, als ich statt der erwarteten spöttischen Erwiderung nur ein leises Schluchzen vernahm ... Ich konnte es nicht fassen. War das noch die Irene Adler-Norton, die ich aus Wien kannte? Sollte sie wirklich die Kontrolle über ihr Spiel verloren haben?
Später beim Tee, zu dem sie gemeinsam erschienen, war ihnen von dieser Szene unbegreiflicherweise nichts mehr anzumerken, im Gegenteil. Die Adler, frisch geschminkt und in ein hochmodernes schulterfreies Dinnerkleid aus dunkelblauer Seide und mit perlgrauem

Chiffonüberwurf gewandet, hatte sich bei Livingston untergehakt, der sanft ihren Arm umfaßt hielt. Als sie die Treppe zum Foyer hinabkamen, flüsterte er ihr etwas zu, worauf sie warm lächelte und sich mit der typischen flüchtigen Handbewegung eine der Strähnen zurückstrich, die sich aus ihrem Haarknoten gelöst hatte …
Ich gab es auf. Sollten sie sich doch in Gottes Namen in ihrer gegenseitigen Haßliebe zugrunde richten – ich würde mich einfach nicht mehr darum kümmern …

Wie erwartet, fiel das Wiedersehen Livingstons und seiner Geliebten mit den Rothers zunächst eher kühl aus. Lenas Vorurteile gegen die Adler waren seit jenem Abend in Döbling nicht kleiner geworden, und auch ihr sonst so toleranter Vater schien mittlerweile Anstoß an der allzu offensichtlichen *liaison dangereuse* zu nehmen. Doch gerade in dieser Situation bewies sich wieder einmal das außerordentliche Format der ehemaligen Primadonna. Während sich nämlich Livingston den Anschein gab, als bemerke er die reservierten Mienen um ihn herum gar nicht, schenkte die Adler den beiden Deutschen nicht nur ihr charmantestes Lächeln, sondern gab auch zugleich eine Anekdote über den jungen Brahms zum besten, der in seiner Vaterstadt Hamburg einmal ein Promenadenkonzert in Strümpfen dirigieren mußte, nachdem er beim Überqueren der Straße unangenehme Bekanntschaft mit den Überbleibseln eines Pferdefuhrwerks gemacht hatte. Der dezente Ton, in dem sie ihre Geschichte erzählte, wirkte dermaßen entwaffnend, daß Rother plötzlich lachend den Kopf schütteln mußte und sogar Lena amüsiert die Lippen verzog. Sofort nutzte die Adler die Gelegenheit, um noch eine Pointe daraufzusetzen, indem sie andeutete, daß Brahms just an diesem Tag einen Socken mit einem Loch um den großen Zeh erwischt hatte …
Was für eine Schauspielerin sie doch war! Noch keine halbe Stunde war seit der Szene hinter der Glastür vergangen, und schon spielte sie wieder ganz die virtuose Salonunterhalterin, die selbst ihre sprödesten Gegner um den Finger wickeln konnte. Nicht, daß die Rothers ihre Absicht nicht sofort durchschaut hätten, nicht, daß irgend jemand glaubte, sie führe etwas anderes im Schilde, als von ihrer Affäre mit Livingston abzulenken. Dennoch spielten alle bereitwilligst mit. Schließlich war es allemal angenehmer, sich von Irene Adler-

Norton zum Lachen bringen zu lassen, als in steifer Verkrampfung stumm zusammenzustehen und ängstlich jedem verfänglichen Gesprächsthema aus dem Weg zu gehen.
Der Bann war also gebrochen und der Boden vorbereitet, um uns dem eigentlichen Zweck unseres Zusammentreffens zuzuwenden. Der Concierge des Hotels ließ uns ein kleines, mit Samt ausgekleidetes *Séparée* hinter dem Teesalon des Hotels anweisen, wo wir ungestört die Sprache auf Mahler und den geheimnisvollen Schelling bringen konnten.
»Vielleicht«, begann Livingston, nachdem die Kellner Gedecke mit Tassen und vorgewärmten Silberkannen gebracht und sich diskret zurückgezogen hatten, »vielleicht sollte ich noch einmal kurz den Stand der Dinge bis zu Ihrer Abreise aus Wien zusammenfassen, Doktor, bevor ich Ihnen das Neueste von der Donau berichte. Erst danach sollten wir uns der Frage zuwenden, was wir hier gemeinsam in Hamburg tun können. Ich sage gemeinsam, weil wir besonders auf Ihre Hilfe angewiesen sein werden, Fräulein von Rother.«
Er nickte Lena kurz zu, bevor er sich in seinen Sessel zurücklehnte und fortfuhr: »Ich will also noch einmal methodisch die entscheidenden Fakten darlegen, chronologisch und ohne jede Interpretation, beginnend mit dem Unfall Ludwig Kahns. Wie wir wissen, hatte Kahn sich auf eine Liste bei Hofe setzen lassen, um bei einer Audienz beim Kaiser die zunehmenden Erpressungen jüdischer Geschäftsleute und Musiker zur Sprache zu bringen. In besagte Liste hatte auch der Industrielle Eduard von Békessy Einblick nehmen wollen, so daß wir ihn deshalb irrtümlich der Mitgliedschaft in der sogenannten Schwarzen Hand verdächtigten. Durch die Ereignisse von Klosterneuburg erfuhren wir, daß das gemeinsame Verbindungsglied zwischen Kahn und Békessy deren ehemaliger Kutscher Franz Kandlitz war. Gemäß der Anklage, die bei dem nächtlichen Fememord verlesen wurde, hatte Kandlitz den Anschlag auf Kahn im Auftrag der Schwarzen Hand ausgeführt; er wurde erschossen, weil er aus der Organisation aussteigen wollte und sich zudem geweigert hatte, einen ›Auftrag‹ in Hamburg auszuführen. Békessy wiederum mußte sterben, weil er im Besitz eines Briefes an Kandlitz war, von dem die Schwarze Hand annahm, daß er verräterische Einzelheiten enthielt. Der mutmaßliche Mörder Békessys rauchte Zigarren der exotischen

Marke Suchum und benutzte eine neuartige deutsche Borchardt-Pistole. Durch den Hinweis auf das abgerissene Stück aus der ›Geheimlehre‹ der Madame Blavatsky und die Tatsache, daß Békessy seinen Mörder gekannt haben muß, weiter durch den Umstand, daß Békessy vor dem Haus einer gewissen Madame Matuschek halten ließ, gelangten wir auf die Spur Dr. August Immenhofers und der Goldenen Morgenröte. Wir gingen davon aus, daß der Geheimorden und die Schwarze Hand identisch seien, aber der Versuch, den Inneren Zirkel der Loge zu sprengen, schlug fehl. Immenhofer ist seither untergetaucht, Hermann Nölle, der Logenmeister des Ordens starb durch einen Unfall. Nach seinem Tod stellte sich heraus, daß die Stiefel, die er trug und deren Spuren sich auch im Wald von Klosterneuburg fanden, viel zu groß für ihn waren. Außerdem fand man bei Nölle einen Zettel mit den Worten ›Hamburg-Mahler-Schelling‹. Letzterer ist ein Agent jener Wiener Konzertagentur, die auch Gustav Mahler, den Kapellmeister des hiesigen Stadttheaters, unter Vertrag hat. Sowohl die Stiefel als auch den Zettel hatte ein junger Wiener Student aus Serbien namens Dragan Mihailovic zu stehlen versucht. – Doktor, habe ich etwas Wesentliches ausgelassen?«
»Ich denke nicht.«
»Was ich nicht verstehe«, sagte Lena, »das ist diese Sache mit Nölles Stiefeln. Warum wollte er Sie absichtlich auf seine eigene Spur lenken?«
»Sie sprechen den zentralen Punkt an«, nickte Livingston. »Wer sagt Ihnen, daß Nölle diese Stiefel *freiwillig* trug?«
Lena stutzte. »Sie denken an Erpressung?« fragte sie.
Livingston beugte sich plötzlich erregt vor: »Es *war* Erpressung, meine Liebe! Und nicht nur das – es war aller Wahrscheinlichkeit nach nur der letzte Mosaikstein in einem teuflischen, ebenso raffinierten wie überaus riskanten Ablenkungsmanöver. Ein logisches Gesetz lautet: Eliminiere alle unwahrscheinlichen Erklärungen, und was übrigbleibt, muß die Wahrheit sein. Wenn es nicht Nölles eigene Schuhe waren, wer hatte dann ein Interesse daran, daß er sie trug? Doch nur jemand, der dadurch gezielt den Zusammenhang zwischen der Spur in Klosterneuburg – also der Schwarzen Hand – und der Goldenen Morgenröte herstellen wollte, um uns so auf eine falsche Fährte zu locken. Vor allem aber mußte es jemand sein, der über all

unsere Nachforschungen Bescheid wußte, nicht wahr, Doktor? Ich gebe es Ihnen gegenüber nur ungern zu, aber ich wußte von Anfang an, daß die ganze Geschichte mit der Goldenen Morgenröte nur eine Finte war. Aber endgültig sicher war ich erst nach unserem Besuch in der Gerichtsmedizin. Ich ahnte sofort, daß irgendwas an dieser Einbruchsgeschichte mit dem serbischen Studenten faul war. Unter einem Vorwand brachte ich deshalb ein paar Tage später den Bibliothekar im Medizinischen Seminar der Wiener Universität dazu, mich die Karteikarte des jungen Mannes einsehen zu lassen. Sodann lieh ich mir alle Fachbücher des letzten halben Jahres aus, die Mihailovic benutzt hatte, insgesamt siebenunddreißig Stück. Und siehe da: Nach einer Woche mühevoller Kleinarbeit entdeckte ich eine seltsame Randnotiz in einem Anatomiebuch. Sie lautete: ›*2000 Kronen sind viel Geld. Vertraue dem Dominikaner.*‹ Ich nahm an, daß damit eine Figur aus Kreisen politischer Studentenbünde gemeint war und hörte mich entsprechend um, wobei ich auch Graf Rheinsperg und sein Ministerium einschaltete. Nach und nach erfuhr ich dann endlich die Wahrheit, oder besser gesagt, eine Bestätigung dessen, was ich die ganze Zeit über geahnt hatte. Der ›Dominikaner‹ war nämlich keineswegs ein Idol junger Anarchisten, sondern der in deutschnationalen Studentenkreisen gebräuchliche Spitzname für einen Mann, von dem wir alle schon einmal gehört haben und den Sie, Doktor, und ich sogar persönlich kennen. Es war der Mann, den ich von Anfang an im Verdacht hatte, ein falsches Spiel mit uns zu treiben, der Mann, der uns überhaupt erst auf die Spur Immenhofers und der Goldenen Morgenröte gebracht hatte, der überdies durch seine Beziehung zu Baron von Seydtlitz über alle unsere Nachforschungen im Bilde gewesen war, während *wir* über ihn fast überhaupt nichts wußten. Sie begreifen langsam, wen ich meine, nicht wahr, Doktor? Ja, ich spreche von Zillmaiers unmittelbarem Vorgesetzten, dem ehemaligen geheimen Ankläger der kaiserlich-königlichen Justiz in allen wichtigen Hochverratssachen: Oberstaatsanwalt Eckhard von Kessler!«

Ich zuckte unwillkürlich bei dieser Eröffnung zusammen, obwohl mir in diesem Augenblick noch gar nicht richtig klar war, was die Worte des Engländers eigentlich bedeuteten. Livingston, der sich eine Zigarette angezündet hatte, bemerkte es und nickte grimmig.

»Ja, Doktor, ich kann verstehen, daß Sie blaß werden. Mihailovic wurde aufgrund der Notiz in seinem Buch sofort im Gefängnis vernommen. Nach anfänglichem Leugnen gab er zu, im Auftrag von Kesslers den Diebstahl in der Gerichtsmedizin verübt zu haben, ebenso wie er Nölle erpreßt hatte, die italienischen Stiefel zu tragen. Von Kessler wurde daraufhin durch seine Vorgesetzten im Justizpalast vernommen. Erwartungsgemäß bestritt er zunächst alle Vorwürfe. Nur einen Tag später jedoch quittierte er plötzlich fristlos den Dienst und reiste Hals über Kopf mit unbekanntem Ziel aus Wien ab. Bislang fehlt jede Spur von ihm. Kurz darauf wurde bekannt, daß man in seiner Wohnung die Quittung eines Berliner Tabakimporteurs über eine Kiste Suchum-Zigarren gefunden hatte. Und damit nicht genug, stellte sich außerdem heraus, daß er während seines Studiums in Berlin zu den Gründungsmitgliedern der dortigen Sektion der Goldenen Morgenröte gehörte. Er ist mehrmals im Jahr von Wien aus nach Deutschland gefahren, hatte sich aber im Lauf der Zeit mit dem Berliner Orden überworfen, so daß er auch aus der Wiener Loge ausgestoßen wurde. Im übrigen war es keineswegs so, daß Zillmaier und er von ihren Posten im Mordfall Békessy auf Geheiß ›von oben‹ entbunden wurden. Im Gegenteil, von Kessler selbst war es gewesen, der heimlich um diese Ablösung nachgekommen war. Nachdem er mit seinem Gerede von dem Kutscher, den Békessy angeblich vor dem Haus der Matuschek halten ließ, unseren Verdacht auf Immenhofer und die Goldene Morgenröte gelenkt hatte, mußte ihm natürlich daran gelegen sein, daß Zillmaier nicht weiter ermittelte. Andernfalls hätte ja die Gefahr bestanden, daß im Zuge dieser Ermittlungen auch seine eigene Rolle in der ganzen Affäre ans Tageslicht gekommen wäre.«
»Seine eigene Rolle …«, murmelte ich, immer noch nicht die ganze Tragweite dieser Eröffnungen begreifend.
»Aber verstehen Sie denn nicht?« Livingston stieß eine ungeduldige Rauchwolke aus. »Die Stiefel, Doktor, die Rosetti-Stiefel! Von Kessler muß zu den führenden Köpfen der Schwarzen Hand gehören, wenn er nicht gar ihr Gehirn ist! Er war wahrscheinlich sogar Mitglied des Todeskommandos, daß Franz Kandlitz ermordete; zumindest aber saß er an jener zentralen Stelle in der Organisation, bei der alle Informationen zusammenliefen. Nur so konnte er doch wissen,

welcher der Teilnehmer an dieser Exekution die besagten Stiefel trug! Bis auf die Borchardt-Pistole, mit der Békessy ermordet wurde, war alles, aber auch wirklich alles ein einziges gigantisches Täuschungsmanöver: der Suchum-Stummel vor dem Fenster in der Brigittenau, der Fetzen aus der ›Geheimlehre‹, die auffällig plazierte Asche vor dem Logensaal in der Mariahilfer Straße – alles durch von Kessler und seine Hintermänner inszeniert, um den Verdacht auf die Goldene Morgenröte zu lenken und uns an der Nase herumzuführen.«

»Aber die Druckerpresse in dem Kellergewölbe?« fragte ich verzweifelt.

»Zum Teufel mit der Druckerpresse!« rief Livingston. »Hätte ich mich bloß durch Immenhofers Flucht nicht derart ins Bockshorn jagen lassen und das verfluchte Ding einmal näher untersucht. Es stellte sich nämlich heraus, daß auf dieser Presse noch nie irgend etwas gedruckt worden war, die Original-Druckwalze war frisch und unbenutzt. Auch das gehörte also mit zur perfekten Inszenierung. Vermutlich wurde Immenhofer dazu gezwungen, die Presse bei sich aufzustellen, für den Fall, daß es uns gelingen sollte, das Versteck im toten Arm der Kanalisation zu entdecken.«

»Und der Abschiedsbrief?« wandte ich hilflos ein.

Livingston zuckte die Achseln. »Ich gebe zu, daß ich Immenhofer unterschätzt habe. Ich war davon überzeugt, ihn in jener Nacht mit seinen Gefolgsleuten in seinem Versteck überrumpeln zu können. Nur deswegen habe ich ja die ganze elende Farce überhaupt bis zum Ende mitgespielt. Ich hatte gehofft, daß Immenhofer seinen Ex-Logenbruder von Kessler mit eindeutigen Aussagen ans Messer liefert, wenn ich plötzlich in seinem dunklen Verlies auftauchte; er hätte dann doch sicherlich geglaubt, daß es von Kessler war, der ihn verraten habe. Leider durchschaute er mein Vorhaben und türmte in letzter Minute. Im übrigen nehme ich an, daß Immenhofer ebenso zum Mitspielen erpreßt wurde wie Nölle zum Tragen der Rosetti-Stiefel oder zum Benutzen des schwarzen Landauers mit der Lilie. Als Gegenleistung wird ihm von Kessler wohl Hilfe beim Abtauchen in den Untergrund versprochen haben, damit er sich irgendwo unter falschem Namen weiter seinen okkulten Experimenten widmen kann. In bezug auf Nölles Tod dagegen geht jetzt sogar die Wiener

Polizei davon aus, daß der frühere Logenmeister ermordet wurde – allerdings wohl eher irrtümlich oder zumindest voreilig, denn sonst wäre von Kessler ja nicht gezwungen gewesen, die Schuhe und den Notizzettel beiseite zu schaffen. Und *ohne* dieses Mißgeschick würde man in Wien wohl heute noch glauben, daß die Schwarze Hand mit der Goldenen Morgenröte identisch und Dr. August Immenhofer ihr Chef ist!«
»Dann war Ihnen also auch von Anfang an klar, daß die Goldene Morgenröte in Wien gar nichts mit ihrer berüchtigten großen Schwester in London gemein hat?« fragte ich ernüchtert.
Livingston lächelte entschuldigend. »Natürlich. Ich besitze eine geheime Liste aller Mitglieder der Golden Dawn, die zu den Inneren Zirkeln Europas gehören. Weder Nölle noch Immenhofer sind darin verzeichnet. Aber es war nun einmal unbedingt notwendig, von Kessler im Glauben zu lassen, ich sei auf seine falsche Spur hereingefallen. Deswegen konnte ich Sie ja auch nicht eher einweihen, Doktor. Nicht auszudenken, wenn Sie im Beisein von Kesslers an der falschen Stelle eine verräterische Bemerkung gemacht hätten.«
»Dann hat also von Kessler auch Békessy erschossen?« fragte von Rother fassungslos.
»Davon müssen wir ausgehen«, antwortete der Engländer, der sich eine neue Zigarette zwischen die Lippen gesteckt hatte. »Zumindest dürfte Békessy ihn von einigen offiziellen Zusammenkünften der Goldenen Morgenröte her gekannt haben. Außerdem war von Kessler ja, wie gesagt, über sämtliche Nachforschungen Zillmaiers genauestens im Bilde, denn er wird regelmäßig dessen Polizeiberichte verlangt haben. Dadurch erfuhr er ja wohl auch erst von dem Brief Békessys an Franz Kandlitz, in dem der Fabrikant seinen ehemaligen Kutscher und Stiefsohn vor der Schwarzen Hand warnen wollte.«
Es paßte also tatsächlich alles bis ins kleinste zusammen. Dennoch konnte ich dieses ungeheuerliche Betrugsmanöver noch immer nicht fassen. »Wenn von Kessler direkt mit der Geheimpolizei zusammengearbeitet hat, welche Rolle spielt dann von Seydtlitz in der ganzen Sache?« fragte ich.
»Das weiß niemand so ganz genau«, erwiderte Livingston ausweichend. »Möglich, daß er nur ein unwissendes Opfer in der Hand von Kesslers gewesen war. Vielleicht ist aber auch er ein heimliches Mit-

glied der Schwarzen Hand. Graf Rheinsperg hatte diesen Verdacht übrigens schon länger. Deswegen hat er uns ja überhaupt nur an den Baron verwiesen; in seinem Ministerium hatte man gehofft, dadurch endlich etwas über die antisemitischen Machenschaften der Geheimpolizei herauszufinden.«

»Aber es war doch von Seydtlitz selbst, der uns Zillmaier an die Hand gegeben hat«, wandte ich verzweifelt ein. »Wenn er mit von Kessler im Bunde war, kann er doch kein Interesse daran gehabt haben, daß wir zuerst Kahn und dann auch noch der Gattin Békessys auf den Zahn fühlten?«

»O doch«, erwiderte Livingston bitter. »Angenommen, Békessy war tatsächlich niemals ein Mitglied der Schwarzen Hand, wußte aber über ihre Machenschaften Bescheid. Dann mußte er doch spätestens seit unserem Besuch bei der Geheimpolizei auf der schwarzen Liste der Gesellschaft stehen, denn erst durch diesen Besuch erfuhren Seydtlitz und von Kessler ja davon, daß er sich heimlich mit Kandlitz auf der Straße getroffen hatte. Also kamen den beiden unsere Ermittlungen gerade recht, um noch mehr über Békessy zu erfahren. Überspitzt könnte man sagen, daß Zillmaier – ohne es zu wissen – seine Fragen sowohl für uns als auch für die Schwarze Hand gestellt hat. Ja, schlimmer noch: Indirekt haben *wir* dazu beigetragen, daß Békessy ermordet wurde. Denn wenn von Kessler niemals etwas von Békessys Brief an Kandlitz erfahren hätte, würde der Fabrikant heute vielleicht noch leben.«

»Aber wo in Gottes Namen ist das Motiv?« fragte von Rother. »Was ist das Ziel der Schwarzen Hand? Ein solcher Aufwand an Perfidie nur für ein paar antisemitische Erpressungen?«

Livingston drückte seine Zigarette aus. »Darüber werden wir wohl erst Gewißheit haben, wenn von Kessler gefunden worden ist«, erwiderte er.

»Es wird jetzt also offiziell nach ihm gefahndet?« fragte ich.

»Erst seit letzter Woche«, antwortete Livingston. »Die Wiener Justiz hat leider sehr lange gebraucht, um ein Ermittlungsverfahren gegen ihn einzuleiten. Selbst jetzt liegt noch kein förmlicher Haftbefehl gegen ihn vor. Und warum auch? Es gibt ja nur vage Indizien, aber keinen einzigen echten Beweis – ganz abgesehen davon, daß in Wien niemand ein Interesse daran haben kann, mit einer förmlichen Anklage gegen von Kessler zugleich auch die skandalöse Untätigkeit der Behörden ans Tageslicht zu zerren. Von Kessler galt schließlich als einer der verläßlichsten Justizbeamten überhaupt.«

Eine bedrückende Stille senkte sich über unsere Runde, die erst Irene Adler-Norton nach einer Weile unterbrach. »Immerhin bleibt uns noch der Hinweis auf diesen Schelling«, meinte sie zum Schluß gefaßt.

»Aber wie sollen wir uns auf seine Spur setzen?« fragte ich skeptisch.

»Ganz einfach«, antwortete die ehemalige Sängerin entschlossen. »Ich werde Frau Dr. Lazarus bitten, ihn zu ihrem nächsten Salonabend einzuladen, zusammen mit uns und Herrn Mahler. Bei der Bedeutung, welche die Zirkel im Hause Lazarus für Hamburg haben, wird Schelling schwerlich auf sein Kommen verzichten, ohne Nachteile für seine Agentur befürchten zu müssen.«

Livingston nickte befriedigt und fügte hinzu: »Und den näheren Kontakt zu Herrn Mahler wird uns Fräulein von Rother vermitteln, wenn Sie einverstanden sind?«

Er warf einen fragenden Blick auf Lena, die etwas blaß neben ihrem Vater saß, aber nach einer Weile um so beherzter nickte.

XXVI.

Die herrschaftliche Villa der drei Schwestern Schiff befand sich auf der Esplanade, jener mit doppelten Reihen prachtvoller alter Linden bestandenen Allee, welche den Gorch-Fock-Wall mit der Lombardsbrücke an der Binnenalster verbindet. Es handelte sich um ein Gebäude im Stil des norddeutschen Klassizismus von kreidefarbenem Anstrich, direkt an der Straße gelegen und daher ohne Vorgarten, dafür aber mit einem Balkon aus vergoldetem Schmiedeeisen vor der Beletage. Die Vorderfront war geprägt von hohen Halbsäulen zu beiden Seiten des Eingangs, die den Eindruck vermittelten, man betrete durch sie hindurch weniger ein Wohnhaus als vielmehr ein altes hellenistisches Theater. Unbestrittene Hausherrin war Frau Dr. Henriette Lazarus, die älteste der drei Schiff-Schwestern, eine Schwägerin Julius Rodenbergs, des bekannten deutschen Schriftstellers und Redakteurs. Sie galt als überaus kunstsinnige Dame von echt mäzenatischem Charakter, großzügig genug, um ihren Musiksalon mit dem großen Steinway-Flügel nicht nur den Großen und Erfolgreichen, sondern auch unbekannten Nachwuchstalenten zur Verfügung zu stellen. Komponisten wie Brahms und Tschaikowsky, gefeierte Sängerinnen wie Franziska Ellmenreich oder Max Alvary, der Klaviervirtuose Anton Rubinstein und der Dirigent Arthur Nikisch – sie alle verkehrten hier ebenso wie Dichter vom Range eines Gerhart Hauptmann oder des jungen Thomas Mann, die den Schwestern zu Ehren aus ihren Werken vorlasen, wenn sie in Hamburg Station machten.

An diesem Maiabend war es zwar eine etwas weniger prominente, dafür aber um so sorgfältiger zusammengestellte Gesellschaft, bestehend aus Honoratioren der Hamburger Bürgerschaft sowie einigen Theaterkritikern, Schauspielern und einer Handvoll Musiker, die in kleinen Gruppen über die drei Etagen des Hauses verteilt waren. Man saß in verschwiegenen Sitzecken oder auf bequemen Ottomanen zusammen, lauschte im Musikzimmer Klavierliedern oder delektierte sich im »Literatensalon« an Buttersemmeln, Champagner und Lachsbrötchen. Irene Adler-Norton war das Kunststück gelungen, ihre Freundin nur zwei Tage nach unserer Besprechung im Belvedere zu bewegen, diese Abendgesellschaft zu geben, wobei sie dabei selbstverständlich nichts über den wahren Grund unseres Hamburger Aufenthalts preisgab; der geheimnisvolle Schelling sollte lediglich in seiner Eigenschaft als Theateragent eingeladen werden. Und ob es nun am guten Ruf des »Dreimasters« im allgemeinen oder an den Überredungskünsten von Frau Dr. Lazarus im besonderen lag, das Kalkül der Adler ging jedenfalls voll auf. Gleich bei unserer Ankunft wies Lena auf einen jungen blonden Mann mit Bürstenhaarschnitt, der in seinem zweireihigen blauen Gehrock mit den blinkenden Messingknöpfen eher einem schneidigen hanseatischen Marineoffizier als einem Theateragenten glich. Hans Schelling nahm unsere Begrüßungsformeln denn auch höflich, aber mit unbewegtem Gesicht entgegen. Lediglich sein peinlich sauber rasiertes Kinn schien ein wenig zu zittern, als Lena den Namen Livingston aussprach und den Engländer wie üblich als englischen Musikwissenschaftler vorstellte.

»Sie sind verwandt mit dem Afrikaforscher?« fragte Schelling zögernd.

»Nein, leider nicht«, wehrte der Engländer lächelnd ab. »Ich schreibe mich ohne e.«
»So, hm. Wie schade. Und was führt einen englischen Gelehrten nach Hamburg, Mr. Livingston?«
»Oh, ich bin sozusagen nur privat hier«, erwiderte Livingston glatt. »Ich komme gerade aus Wien und wollte einmal das hiesige Musikleben kennenlernen, über das man neuerdings so viel Gutes hört. Wenn ich nur an Herrn von Bülow und seine Abonnementskonzerte denke oder an den jungen Herrn Mahler, von dem langsam alle Welt spricht ...«
»Ja«, murmelte Schelling ausweichend, »Mahler. Eine große Begabung.«
»Fräulein von Rother erwähnte übrigens, daß Sie Agent für Lewy in Wien sind?«
Schelling nickte. »So ist es.«
»Eine ausgezeichnete Agentur«, bestätigte Livingston. »Ich kenne Herrn Lewy persönlich. Er hat ein enormes Gespür für junge Talente, nicht wahr? Ich hörte, daß auch Herr Mahler bei ihm unter Vertrag sein soll.«
»Ja«, antwortete Schelling knapp, worauf Livingston plötzlich vertraulich lächelte.
»Ah, ich weiß, Sie dürfen über Geschäftsdinge nichts sagen, ist es nicht so? Verzeihen Sie, ich bin eben nur ein Theoretiker, kein Mann der Praxis wie Sie – obwohl ich zugeben muß, daß mich Ihr Beruf schon immer gereizt hat. Die Welt des Theaters, der intime Umgang mit großen Künstlern, das ist doch etwas ganz anderes, als immer nur über alten Papieren zu brüten ... Sind Sie eigentlich schon lange Theateragent?«
»Seit fünf Jahren.«
»Es muß ein lohnendes Geschäft sein, sage ich mir immer.«
Schelling zuckte die breiten Schultern. »Man kann davon leben.«
»Na, jetzt untertreiben Sie aber«, meinte Livingston augenzwinkernd. »Jeder weiß doch, daß der alte Lewy immer nur die ganz großen Stars unter Vertrag hat ...«
»In Wien vielleicht, nicht in Hamburg«, entgegnete Schelling kühl.
»Aber Sie verpflichten doch auch oft auswärtige Sängerinnen, oder? Bitte, ich frage Sie nur deswegen, weil ich mit dem Gedanken spiele,

nach meiner Rückkehr in England selbst eine kleine Agentur zu gründen. Und da interessieren mich natürlich die Konditionen in Deutschland. Ich habe zum Beispiel gehört, daß man hier für eine halbwegs bekannte Stimme fünfzehn Prozent der Gage verlangen kann?«

»Ja … ja, das ist wohl richtig …«

»Und für eine Hauptrolle?«

»Das kommt darauf an«, erwiderte Schelling unwillig.

»Nehmen wir eine *große* Hauptrolle – sagen wir, die Altpartie der Barbarina aus der ›Hochzeit des Figaro‹.«

Schelling verzog sein glattrasiertes Gesicht zu einer ungeduldigen Grimasse. »Bei einer Hauptrolle kann es auch schon einmal etwas mehr sein«, sagte er schnell. »Aber jetzt wollen Sie mich bitte entschuldigen. Ich muß noch andere Klienten unter den heutigen Gästen betreuen.«

Er verbeugte sich steif vor Lena und der Adler-Norton und entschwand rasch in Richtung Bibliothek.

Kaum war er außer Hörweite, als sich Livingston zufrieden lächelnd an uns wandte. »Nun?« fragte er.

»Ja«, meinte Lena, »das haben Sie wirklich ausgezeichnet gemacht«, und auch die Adler nickte nachdenklich, indem sie sagte: »Wenn Schelling tatsächlich ein Theateragent ist, dann dürfte er bald in Konkurs fallen.«

»Wieso?« fragte ich, und auch von Rother blinzelte verständnislos durch sein Monokel von einem zum anderen.

»Aber Doktor«, lächelte die ehemalige Primadonna. »Sie sind wohl kein großer Mozart-Liebhaber, wie? Die Barbarina ist doch nur die allerkleinste Nebenrolle im ›Figaro‹ – und noch dazu eine *Sopran*partie.«

»Außerdem beträgt der Gagenanteil für den Agenten überall in Deutschland und Österreich nur fünf Prozent«, fügte Lena erklärend hinzu. »In ganz wenigen Ausnahmen werden vielleicht zehn gezahlt, aber nirgendwo auf der Welt fünfzehn.«

»Mit anderen Worten: Vor Schelling werden wir auf der Hut sein müssen«, sagte Livingston. »Und nicht nur wir.«

»Sie denken an Mahler?« fragte Lena.

»Ganz recht. Haben Sie ihn eigentlich heute schon hier gesehen?«

»Ja, aber ich weiß nicht, wo er inzwischen hin ist. Vielleicht ins Musikzimmer?«

Dort fanden wir den jungen Kapellmeister zunächst zwar nicht, trafen dafür aber auf eine andere Hamburger Berühmtheit. Umringt von verschämt entzückten jungen Damen und respektvoll dreinblickenden Honoratioren der Hamburger Bürgerschaft saß ein skurril aussehender älterer Herr am Flügel, in dem ich erst auf den zweiten Blick den großen Hans von Bülow erkannte. Mit seiner kahlen Stirn, den vortretenden Augen unter den wild geschwungenen Brauen, dem mächtigen, walroßartig herabhängenden Schnäuzer und dem schütteren Spitzbart am Kinn ähnelte er eher einem preußischen Großwildjäger aus Deutsch-Afrika als einem Dirigenten. Wenn er vom Klavier aufsah und der Blick seiner gelb-grünen Augen seine jugendlichen Zuhörerinnen streifte, schienen diese geradezu in wollüstigem Entsetzen zu erschauern. Es mußte irgendein weniger bekanntes Stück von Haydn sein, das er da am Flügel im Stile einer schrulligen Universitätsvorlesung vortrug. Ständig erging er sich in launigen Zwischenbemerkungen wie »Nun also, eins, zwei drei – tragische Modulation nach h-moll, haha, schön verschleiert durch die Mittelstimmen, was?« oder »Aber jetzt, aber jetzt – die große Steigerung, ram-da-dam-da-dam, hören Sie das b, hören Sie? Nein, natürlich nicht, haha! Ein wenig zu schnell für Sie, Madame, wie?«, die er keineswegs derb lustig, sondern in steifer Würde herausbrachte, ohne dabei auch nur für eine einzige Sekunde aus dem Takt zu kommen. Er endete mit einem für Haydn'sche Verhältnisse ungewöhnlich markanten Schlußakkord, den er nur ganz kurz ausklingen ließ, dann abrupt die Hände von den Tasten riß und triumphierend ausrief: »Also bitte, meine Herrschaften, Sie haben es vernommen! Auch Haydn ist kein Beispiel für die Musik als ›tönend bewegte Form‹. Ich gestatte mir feierlich zu erklären, Herrn Hanslick einmal mehr widerlegt zu haben!«

»Hanslick, der Trottel«, tönte es plötzlich giftig knarrend und in breitestem Wiener Vorstadtdialekt aus einer Ecke hinter uns.

Als ich mich umdrehte, erblickte ich einen kleinen zierlichen Mann im nachlässig geknöpften Abendanzug, der in düsterer Haltung die Arme vor der Brust verschränkt hielt. Obwohl er heute abend die Brille mit einem Zwicker vertauscht hatte, erkannte ich in ihm auf

Anhieb den Dirigenten der »Rheingold«-Aufführung von vor wenigen Tagen wieder.

»Aha«, rief von Bülow vom Klaviersessel aus, »saftig wie immer, der Herr Mahler!«

Der junge Kapellmeister warf von Bülow einen stechenden Blick zu und reckte dabei den ovalen Kopf mit der hohen Stirn und dem breiten Kinn nach vorn. »Mit Verlaub, verehrter von Bülow«, entfuhr es ihm, »aber daß Sie sich noch damit abgeben, einen solchen Trottel wie Hanslick herunterzumachen … Wir sind doch schließlich nicht in Österreich …«

»Ach was!« meinte von Bülow, belustigt auf seinem Klaviersitz hin- und herschaukelnd. »Sie sehen die Sache viel zu verbissen, mein lieber Mahler. Das ist eben der Unterschied zwischen uns beiden. Mir reichen ein paar Takte Liszt, um mich über Hanslick zu echauffieren – bei Ihnen müssen's immer gleich fünfhundert Takte Mahler sein …«

»So, meinen Sie!« sagte Mahler, die schwarzen Brauen drohend zusammengezogen, und trat mit einer seltsam schlingernden, fast stampfenden Bewegung, so als ob er, ohne eigentlich zu hinken, ständig ein Bein etwas nachziehen würde, auf von Bülow zu. Die nervösen jungen Damen und die würdigen Hamburger Bürger rückten unwillkürlich zwei Meter vom Flügel ab.

»Aber natürlich, Herr Kollege!« Von Bülow ließ ein meckerndes Lachen ertönen. »Mit *Worten* muß man ein Wild wie Hanslick oder andere Kritikerpäpste erlegen, nicht mit abendfüllenden Symphonien!«

Alles lachte bei dieser Anspielung auf Mahlers Erste Symphonie, die nach dem Fiasko der Budapester Uraufführung auch in Hamburg durchgefallen war. Lena hatte uns erzählt, daß von Bülow zwar den Dirigenten Mahler über alle Maßen schätzte (und öffentlich in fast schon peinlicher Weise dadurch auszeichnete, daß er sich zu Beginn seiner Konzerte vom Pult aus stets tief vor ihm verbeugte und ihm die Partitur zum Mitlesen in die erste Reihe herunterreichte), daß er aber von Mahler als Komponist gar nichts hielt. Angeblich sollte er, als Mahler ihm den ersten Satz eines neuen Werks mit dem Titel »Totenfeier« am Klavier vorgespielt hatte, in nervöses Entsetzen geraten sein, sich die Ohren zugehalten und erklärt haben, daß der »Tristan« geradezu eine Haydn'sche Symphonie gegen diese Musik sei. Ja, am

Schluß habe er sich sogar wie ein Verrückter gebärdet und ausgerufen, wenn das noch Musik sei, verstünde er nichts mehr von Musik …

Anscheinend war Mahler jedoch nicht nachtragend; vielleicht respektierte er den älteren und für seine Skurrilität bekannten von Bülow auch zu sehr, als daß er jetzt eine künstlerische Meinungsverschiedenheit – die schließlich seine empfindlichsten Seiten berühren mußte – in aller Öffentlichkeit austrug. Auf jeden Fall erschien plötzlich ein kleines, ironisches Lächeln auf seinen asketischen Zügen, das ihn fast jungenhaft aussehen ließ.

»Na, Sie werden schon recht haben, von Bülow«, sagte er. »Ich hab' mir sowieso schon gedacht, daß meine neue Symphonie Worte haben muß, und richtig viele noch dazu, am besten mit einem ganzen Schwarm von Sängern und gemischtem Chor – eine ganz kolossale Angelegenheit!«

Von Bülow verdrehte in gespieltem Entsetzen die Augen, nickte seinem Kollegen augenzwinkernd zu, verbeugte sich und schritt plötzlich mit einem zackigen »Habe die Ehre« elegant an ihm vorbei aus dem Musikzimmer, die verzückten jungen Damen ebenso enttäuscht zurücklassend wie die respektvollen Hamburger Bürger, die wohl auf einen längeren Disput der beiden Sonderlinge spekuliert hatten.

Mahler wiederum war nicht der Mann für seichte Salonkonversationen, und so war es nicht weiter überraschend, daß das Lächeln bald wieder aus seinem Gesicht verschwand und einem Ausdruck von vergrübeltem Mißmut Platz machte. Sofort breitete sich eine Atmosphäre gespannter Unbehaglichkeit aus, welche die Herrschaften im Musikzimmer schnell die Flucht ergreifen ließ. Mahler wandte sich ebenfalls zum Gehen, unentschlossen allerdings, wie ein Fremder, der nicht so recht weiß, wohin. Beinahe wäre er achtlos an uns vorübergegangen, mit diesem seltsam schiebenden und unregelmäßigen Gang, den Kopf gesenkt und heftig an den Lippen kauend.

Kurz vor der Tür jedoch faßte sich Lena ein Herz und sprach ihn an. Mahler hob verwundert den Kopf; in seinen Augen stand ein verlorener Ausdruck, als sei er unvermittelt aus irgendwelchen Traumfernen gerissen worden.

»Ich möchte Ihnen gern einige Gäste aus Wien vorstellen, wenn Sie erlauben, Herr Kapellmeister«, stammelte Lena, der man die Über-

windung ansah, die es sie kostete, sich unbefangen an einen derart unberechenbaren Mann wie Mahler zu wenden.
Überraschenderweise jedoch leuchtete das Gesicht des Musikers, das sich schon zu einer eisigen Grimasse der Abwehr verziehen wollte, bei dem Wort »Wien« freudig auf. Er nickte uns allen mit einer grazilen Verbeugung zu, und als Lena die Adler-Norton vorstellte, zog er sogar respektvoll die Brauen hoch.
»Madame *Irene* Adler-Norton?« fragte er.
Die ehemalige Primadonna lächelte. »Sehr aufmerksam von Ihnen, daß Sie sich erinnern.«
»Aber nein, warum denn«, erwiderte Mahler heftig. »Ich habe Sie einmal als Student in Berlin gehört; sie sangen damals die Maddalena in ›Rigoletto‹. Es war ganz unvergeßlich!«
»Vielen Dank«, gab die Adler zurück, sichtlich beeindruckt von der schroffen Herzlichkeit des jungen Dirigenten. »Das war eine meiner ersten Rollen.«
»Sie singen heute gar nicht mehr?«
»Nein, ich habe mich schon vor geraumer Zeit von der Bühne zurückgezogen. Und ich glaube auch nicht, daß sich hier außer Ihnen sonst noch jemand an mich erinnern kann. Sie wissen ja: Sic transit gloria mundi ...«
»Das sollten Sie nicht sagen, Madame«, erwiderte Mahler streng. »Es gibt doch schließlich auch so etwas wie ein Gedächtnis des Weltgeists, in dem jede große Schöpfung aufgezeichnet bleibt. Und in diesem Sinne leben wir doch alle weiter. Außerdem: Wofür sonst, wenn nicht für die Kunst, lohnt es sich zu leben?«
Aus dem Munde jedes anderen Mannes hätten diese Worte vermutlich lächerlich pathetisch geklungen; Mahler indessen sprach mit soviel glühender, dabei fast kindlicher Überzeugung, daß ich eigentümlich berührt war.
»Aber lohnt sie auch all die Entbehrungen und Enttäuschungen?« gab die Adler-Norton zu bedenken. »Ich habe in Budapest Ihre Erste Symphonie gehört, für meine Begriffe die erste neue Symphonie seit Bruckner, wenn ich das sagen darf. Und ich hatte eigentlich geglaubt, daß auch die anderen Zuhörer das so sehen würden. Aber was statt dessen? Pfiffe, Schlüsselrasseln, Stampfen, Zischen. Ein Sänger wird allein wegen seiner Interpretation ausgepfiffen, so schmerzlich

das auch ist. Aber wie hält ein Komponist es aus, wenn sein ganzes *Werk* heruntergemacht wird?«
»So, wie es jeder aushält, der nur fest an seine Sache glaubt«, erwiderte Mahler gelassen, aber mit einem leidenschaftlichen Zug um die Mundwinkel. »Mit der Trägheit der Masse muß man immer rechnen. Ich bin überzeugt, daß meine Zeit schon noch kommen wird.«
»Immerhin scheint Ihr Name als Dirigent bereits jetzt einen besonderen Klang zu besitzen«, warf Livingston lächelnd ein, »sogar in meiner Heimat. Erlauben Sie mir, Ihnen zu sagen, daß ich viel Bemerkenswertes über Ihr Gastspiel in London im letzten Sommer gehört habe. Leider war ich zu der Zeit in Wien, aber ich habe einen Artikel von einem Zeitgenossen gelesen, der Ihre Aufführung von Wagners ›Ring‹ sehr bewundert hat. Vielleicht kennen Sie ihn, er ist ein recht bekannter Londoner Musik- und Theaterkritiker: George Bernard Shaw.«
»*Yes indeed, I have heard of him*«, entgegnete Mahler zu unserer Verblüffung auf englisch. »Da staunen Sie, was? Ja, ich habe ganz fest Englisch gelernt für dieses Gastspiel; ich glaube, das Musikgeschäft wird in Zukunft immer internationaler werden, und da wäre es ja albern, wenn man nicht in einer Weltsprache miteinander reden könnte, nicht wahr?«
»*Of course*«, lächelte Livingston. »Obwohl Sie Ihr Talent doch sicher auch gern in Ihrer Heimat zur Geltung bringen würden, nicht wahr?«
Mahler hatte plötzlich einen bitteren Zug um den Mund. »Was bedeutet schon der Begriff Heimat für jemanden wie mich? Der Theaterbetrieb macht einen doch auf ewig zum fahrenden Gesellen, ganz abgesehen davon, daß ich ja im Grunde dreifach heimatlos bin: als Böhme unter den Österreichern, als Österreicher unter den Deutschen und als Jude in der ganzen Welt …«
Ein betretenes Schweigen folgte dieser Bemerkung, als plötzlich noch einmal der spitzbärtige Charakterkopf Hans von Bülows im Türrahmen erschien.
»Ah, bevor ich's vergesse, Herr Kollege«, rief er herein. »Herr Behn läßt Ihnen ausrichten, daß er heute abend nicht mehr kommen kann. Sie möchten ihn doch bitte morgen mittag aufsuchen.« Er nickte Mahler kurz zu und verschwand wieder.
Der Kapellmeister starrte plötzlich finster zu Boden. In seinem ma-

nometerhaft empfindlichen Gesicht bebte es vor Enttäuschung; er biß sich krampfhaft auf die Lippen, die von dieser unseligen Angewohnheit schon ganz wund waren.

Erst nach einer geraumen Weile hob er wieder den Kopf. »Ja, Madame«, wandte er sich traurig an die Adler, »Sie haben schon recht, manchmal möcht' man wirklich verzweifeln... Da bin ich nun nur deshalb hergekommen, weil ich Behn treffen wollte, und jetzt ...«

Für einen Moment schien es, als wolle er erneut völlig in seinen Gedanken versinken, dann erklärte er: »Der Mann ist nämlich ein vermögender Rechtsanwalt und nebenbei ein sehr begabter Komponist. Ich wollte ihm den ersten Satz meiner neuen Symphonie im Klavierauszug zeigen; er will einen Privatdruck davon für Klavier zu vier Händen besorgen.«

»Die ›Totenfeier‹?« fragte Livingston.

Ein schwaches Lächeln trat auf Mahlers zersprungene Lippen. »Hat Ihnen Fräulein von Rother davon erzählt?«

»Ganz recht.«

Mahler nickte, überlegte eine Weile und sah den Engländer plötzlich aufmerksam an. »Sagen Sie, Sie verfügen als Musikwissenschaftler doch gewiß über gute Kontakte zu englischen Notenverlagen, oder? Kennen Sie nicht jemanden bei Eulenburg in London?«

»Flüchtig.«

»Und was meinen Sie: Wäre man dort vielleicht an einer neuen Symphonie aus Deutschland interessiert?«

»Das kann ich nicht so ohne weiteres sagen«, erwiderte Livingston.

»Natürlich, ich verstehe«, rief Mahler mit plötzlicher Erregung. »Aber warten Sie –« Er hastete mit seinem stampfenden, unregelmäßigen Gang zum Flügel, wühlte in den Heften auf dem Notenständer und kam mit einem dicken Konvolut handgeschriebener Noten zurück. »Wenn der Prophet im eigenen Lande nichts gilt, fragen wir eben einen Ausländer«, meinte er mit einem rätselhaften Lächeln und hielt Livingston den Packen hin. »Hier, bitte, Herr Livingston. Meine ›Totenfeier‹ im Klavierauszug. Sagen Sie mir völlig offen Ihre Meinung.«

Livingston lächelte überrascht. »Aber Herr Kapellmeister, ich weiß wirklich nicht, ob –«

»Was denn, was denn!« unterbrach ihn Mahler, ärgerlich von einem

Fuß auf den anderen tretend. »Sie können doch einen Klavierauszug lesen, oder etwa nicht?«
»Sicherlich, aber –«
»Nun also!« Er zog einen Sessel herbei. »Hier, setzen Sie sich da her und schauen Sie es sich in Ruhe an.«
Mahlers Ton schien keinen Widerspruch zu dulden. Wir nahmen also alle Platz. Livingston beugte sich ergeben über die Noten, während der Komponist wieder an seiner Unterlippe nagte und den Engländer fixierte wie das Kaninchen die Schlange, völlig unbekümmert um Lena, die Adler-Norton, von Rother und mich, die keine andere Wahl hatten, als still dazusitzen und abzuwarten.
Livingston starrte einige Minuten angestrengt auf die Blätter, dann ließ er die Noten plötzlich sinken. »Es tut mir leid«, sagte er bedauernd. »Ich kann mir von Ihrer Musik keinen akustischen Eindruck machen. Diese Akkorde hier zum Beispiel – so etwas habe ich noch nie gesehen. Selbst Wagner hätte sich das wohl nicht getraut.«
»Ah!« rief Mahler erregt und sprang auf. »Ah! Das gleiche, was auch von Bülow gesagt hat! Sie sind da wirklich in bester Gesellschaft, mein Herr! Also schön, wenn Sie es nicht vom Blatt hören, dann werde ich es Ihnen eben vorspielen!«
Er entriß Livingston die Noten, eilte an den Flügel, legte sich die Blätter zurecht und wollte schon beginnen. Dann stand er plötzlich wieder auf, eilte zur Tür des Musikzimmers und rief nach einem Diener. Ein Livrierter mit einem Tablett erschien.
»Sie sind bitte so gut«, befahl Mahler scharf, »und sorgen dafür, daß wir von niemandem gestört werden!«
Ohne auch nur die Antwort des verdutzten Mannes abzuwarten, schlug er ihm die Tür vor der Nase zu und begab sich wieder zurück zum Klavier, wo er nun ohne weitere Umschweife zu spielen begann. Schon bei den ersten Tönen zuckte ich zusammen. Ein bizarres Stück Musik erklang, immer wieder unterbrochen von knappen Zwischenrufen des Komponisten, mit denen er die jeweiligen Orchesterinstrumente bezeichnete, die in der endgültigen Partitur erscheinen sollten. Frei nach dem Schema einer stark abgewandelten Sonatenform zelebrierte Mahler einen gewaltigen Trauermarsch von gut und gern zwanzigminütiger Dauer, ein wild zerklüftetes, düster-monumentales Allegro maestoso, gegenüber dem sich der »Tristan« in

der Tat wie ein klassisches Divertimento ausnahm. Nach einer schattenhaften, von grimmigen Baßfiguren beherrschten Exposition entwickelte sich das erste Hauptthema in getragenem Tempo, melodisch schwebend und von nostalgisch klagendem Charakter. Aus wilden Steigerungen brachen jedoch bald gleißende Akkordmassen heraus, die nach einer Weile jäh abstürzten und einem idyllischen Seitenthema Platz machten. Dessen Wohlklang war aber ebenfalls nur von kurzer Dauer. Verzerrt setzte der Totenmarsch wieder ein, wanderte über gelegentliche Wagner-Reminiszenzen in eine ausgedehnte Durchführung, deren Ende durch einen scharf auffahrenden Mollakkord akzentuiert wurde. Abgehackte Baß-Motive eröffneten den zweiten Teil, eine einsame Melodie erhob sich – sie sollte nach Mahlers Ausruf vom Englischhorn übernommen werden –, brach wieder ab, verdrängt von kontrapunktischen Linien und einem feierlichen Choral, der an die alte Sequenz des »Dies Irae« erinnerte. Aber auch hier setzte sich der unerbittliche Marschrhythmus wieder durch, verzweigte sich in zerrissene Melodiefragmente, um endlich in einigen brutal dissonanten Akkorden stecken zu bleiben, die Mahler in krachendem Fortissimo ertönen ließ. Dann die Reprise: noch einmal das zarte, an den »Tristan« gemahnende Seitenthema – diesmal gemäß Mahlers Zwischenruf in den Holzbläsern und Streichern – und schließlich eine irrlichternde Coda, die am Schluß mit schlichten Pianissimo-Dreiklängen wie im Nichts verklang …

Das Ganze war völlig ohne Beispiel. Eine ähnliche Musik hatte ich noch nie zuvor gehört. Mahlers Themen waren mal süßlich herb, dann wieder von fratzenhafter Jahrmarktssentimentalität, seine Harmonik melancholisch schweifend, seine Rhythmen bis ins Groteske hinein übersteigert. Nie wurde eine Melodie bis ganz zu Ende ausgekostet, alles klang gebrochen, entfremdet, fragmentarisch. Es schien, als habe hier ein Komponist die Zerrissenheit einer ganzen Epoche zum Programm seiner Musik gemacht.

Alles schwieg. Lena und die Adler blickten ratlos zu Boden, von Rother schien das Ganze für einen Scherz zu halten.

Erst nach einer Weile räusperte sich Livingston. »So würde wahrscheinlich Wagner heute eine Symphonie schreiben, wenn er noch lebte«, murmelte er lächelnd.

»Sie haben es also verstanden!« rief daraufhin Mahler triumphierend

und sprang wie besessen von seinem Sitz am Klavier auf. »Jawohl, Sie haben es begriffen, nicht wahr? Sie haben erkannt, wie es nach dem ›Tristan‹ weitergehen muß! Daß es neue Akkorde, neue Formen des Ausdrucks, eine ganz neue Art der Instrumentation geben muß! Und dabei war das nur der erste Satz! Es muß eine riesige Symphonie werden, größer als alles, was es bisher gegeben hat!«
Er eilte ungestüm auf uns zu. »Wann werden Sie wieder zurück nach England reisen, Herr Livingston? Werden Sie mir versprechen, sich bei Eulenburg für mich zu verwenden?«
Der Engländer zuckte die Schultern. »Ich kann es versuchen.«
»Sie versprechen es also«, insistierte Mahler begeistert. »Wenn es soweit ist, werde ich Ihnen eine Abschrift meiner neuen Symphonie nach London schicken, vielleicht sogar schon nach dem Ende der Sommerpause, wenn Sie einverstanden sind. Ich komponiere immer nur in den Ferien, die Tretmühle des Theaters läßt es ja leider nicht anders zu …«
»Wann erholen Sie sich denn dann von all der Anstrengung?« fragte die Adler mit einem Blick auf Mahlers zuckendes Gesicht, in dem die geröteten, entzündeten Augen deutlich von chronischer Nachtarbeit kündeten.
»Ach was, Erholung. Andere machen in den Ferien eine Reise nach Spitzbergen, ich schreibe halt eine neue Symphonie. Das ist *meine* Erholung.«
»Haben Sie wenigstens einen guten Agenten hier in Hamburg, der Ihnen in geschäftlichen Dingen den Rücken freihält?« fragte Livingston beiläufig.
Mahler zuckte abfällig die Schultern. »Sie wissen doch, wie Agenten sind. Immer nur auf Ihren eigenen Vorteil aus.«
»Ist es wenigstens jemand von Lewy?«
»Ja, ein Deutscher namens Schelling.«
»Schelling?« fragte Livingston in gespielter Überraschung. »*Hans* Schelling?«
Mahler runzelte die Stirn. »Warum fragen Sie?«
»Das wissen Sie nicht?« entgegnete Livingston. »Er steht doch in Wien im Verdacht, daß er sich gewisser – nun, sagen wir, Unregelmäßigkeiten schuldig gemacht hat.«
Mahlers Züge verwandelten sich plötzlich in eine undurchdringliche

Maske. »Ich interessiere mich nicht für Wiener Zeitungsklatsch«, beschied er uns kühl.

»Aber es handelt sich um alles andere als Klatsch«, erwiderte ich. »Ganz im Gegenteil, erst vor kurzem erhielten wir einen Hinweis auf Schellings Aktivitäten hier in Hamburg. Er soll angeblich sogar zu einer Wiener Geheimorganisation gehören …«

Hinter Mahlers Augengläsern funkelte es höhnisch. »Sind Sie etwa von der Wiener Polizei, Dr. Heydinger?«

»Nein, ich … ich bin rein aus Zufall in die Sache hineingeraten«, entgegnete ich lahm.

»So, aus Zufall«, spottete Mahler. »Dann lassen Sie sich sagen, daß ich zufällig gar nichts mit derlei Umtrieben zu schaffen habe. Und von irgendwelchen dunklen Geschäften Herrn Schellings habe ich noch nie etwas gehört. Ich muß Sie also dringend bitten, mich in Zukunft nicht mehr mit solchen Geschichten zu behelligen. Guten Abend.«

Mit umwölkter Stirn klemmte er sich seine Papiere unter den Arm und rauschte an uns vorbei aus dem Musikzimmer.

»Na, das ist ja schön danebengegangen«, stellte Livingston sarkastisch fest und warf mir einen scharfen Blick zu. »Wie konnten Sie auch nur so plump mit der Tür ins Haus fallen, Doktor.«

»Wieso?« erwiderte ich ärgerlich. »Ich bin überzeugt, wir hätten auch auf Umwegen nichts aus ihm herausgebracht. Es war doch deutlich zu sehen, daß er von der ganzen Sache nichts wissen wollte.«

»Eben deswegen hätten wir doppelt schlau sein müssen«, widersprach der Engländer. »Mir wäre sicher noch etwas eingefallen, um ihn aufs Glatteis zu führen.«

Resigniert bot er der Adler seinen Arm. »Aber jetzt ist es ohnehin zu spät. Wir müssen eben wieder bei Schelling ansetzen und versuchen, etwas über seinen wahren Beruf zu erfahren.«

XXVII.

Doch es sollte einige Zeit vergehen, bis wir herausfanden, was es mit dem angeblichen Konzertagenten auf sich hatte. Denn nur zwei Tage später nahmen die Dinge eine unerwartet dramatische Wendung. Ich erinnere mich noch genau an den Tag; es war der 23. Mai 1893. Zu-

sammen mit Alexander von Rother besuchten Livingston, Irene Adler-Norton und ich an diesem Abend die letzte Aufführung der »Walküre« in der zu Ende gehenden Hamburger Theatersaison. Unwillkürlich war ich dabei so sehr auf die Gestalt Hans Schellings fixiert, daß ich im Foyer des Stadttheaters beinahe jenen Unbekannten übersehen hätte, der mir schon bei Livingstons Ankunft am Hamburger Lohseplatz-Bahnhof aufgefallen war. Es war ganz eindeutig der Mann in dem gelben Paletot und dem Samtbarett von damals, nur daß er heute einen unauffälligen billigen Frack trug. Er lungerte in der Nähe der Garderobe herum, entfernte sich aber sofort, als er merkte, daß ich ihn wiedererkannt hatte. Leider ging alles so schnell, daß mir keine Zeit mehr blieb, Livingston auf ihn aufmerksam zu machen. Das einzige, was mir im Gedächtnis blieb, war das dünne, schräg über die niedrige Stirn gekämmte braune Haar, das vordem immer unter dem Barett verborgen gewesen war. Eine Verfolgung im Gewimmel der ausverkauften Oper war natürlich unmöglich, so daß mir vorerst nichts anderes übrigblieb, als meinen Platz in der Rother'schen Loge einzunehmen und abzuwarten, ob ich den Mann vielleicht in der Pause wiedersehen würde.
Die Oper begann. Wie vor wenigen Tagen im »Rheingold« war auch heute das Vorspiel der erste Höhepunkt. Mit höchster Präzision wurde die wetterleuchtende Gewalt dieser Musik ins Werk gesetzt; insbesondere die Blechbläser intonierten ihren Part mit solcher Schärfe, daß man im abgedunkelten Saal förmlich Blitze sprühen sah. Dann hob sich der Vorhang, gab den Blick frei auf Hundings düstere Hütte, und das Drama nahm seinen Lauf. Die umjubelten Helden waren natürlich auch heute wieder Alvary als Siegmund und die Klafsky als Sieglinde, wobei ich zugeben muß, daß insbesondere der Startenor an diesem Abend eine hinreißende Leistung bot. Der ganze erste Aufzug lebte von seinem leidenschaftlichen Gesang, der die schicksalhafte Begegnung mit seiner Zwillingsschwester auf beklemmend moderne, ja geradezu sinnliche Weise illustrierte. Die Götterkinder Wotans wurden plötzlich zu ohnmächtigen Gefangenen ihrer Begierden, gipfelnd in der Schwertszene, die durch die lüsterne Ausstrahlung der Klafsky eine fast schon phallische Bedeutung erhielt. Natürlich fragte ich mich, ob ich das Ganze nicht vielleicht zu stark unter einem psychopathologischen Aspekt sah. Um so erstaunter war

ich jedoch, als sich die Adler-Norton in der Pause ganz ähnlich äußerte und hellsichtig darauf hinwies, daß Wagners Inzestbegriff ja nichts mehr mit jenem Kult zu tun habe, der beispielsweise noch in der Hochkultur der Pharaonen als Fortpflanzung des reinsten Blutserbes gegolten hatte – schließlich erziele Siegfried seine Unverwundbarkeit erst später durch das Bad im Drachenblut.
Doch sie hatte kaum ausgeredet, als ihr plötzlich Livingston, der schon den ganzen ersten Akt mit deutlichem Unbehagen verfolgt hatte, wütend ins Wort fiel. »Ich verstehe wirklich nicht, wie sich ein Mann wie Mahler auf so etwas einlassen kann«, sagte er ungewöhnlich heftig. »Warum muß man eine mythologische Symbolik unbedingt auf diese Weise in den Schmutz ziehen!«
»Ja, wollen Sie denn den erotischen Aspekt einfach ignorieren?« fragte ich aufhorchend.
»Ach was, erotisch«, fauchte der Engländer. »Um mir schwülstige Liebesszenen anzusehen, muß ich nicht in eine Wagneroper gehen. Da tut es auch irgendeine moderne Schundoperette!«
Er war derart außer sich, daß ich mich fragte, ob seine Erregung einfach nur ein Ausdruck viktorianischer Prüderie war oder ob sie nicht aus tief verborgenen persönlichen Motiven herrührte. Ich dachte wieder an seinen Wasserfall-Traum mit den Pyramiden, in dem er sich als eine orientalische Königsgestalt gesehen hatte, und daran, daß er einmal eine verstorbene Schwester erwähnt hatte ... Waren am Ende die Pyramiden gar kein allgemeines Symbol, sondern eine persönliche Erinnerung? Eine Erinnerung, die den Platz eines Geschehens eingenommen hatte, das zu ungeheuerlich war, als daß man sich daran erinnern durfte? Ein vorerst noch sehr vager, dafür aber um so dunklerer Verdacht begann in mir aufzudämmern ...
»Ich empfand es keineswegs als schwülstig«, bemerkte ich daher mit Nachdruck. »Deutlich ja, aber nicht überzogen. Jeder weiß doch, welchen Preis Siegmund und Sieglinde für ihre Verbotsübertretung werden bezahlen müssen.«
»Aber begreifen Sie denn nicht?« rief Livingston. »Dieser ... dieser Inzest ist doch nur ein Theatermittel, ein Trick Wagners, um Siegfried überhaupt erst entstehen lassen zu können, Siegfried, den Prototyp des neuen Menschen! Daneben hat die Sache doch gar keine *reale* Bedeutung!«

Das war natürlich ein durchaus diskutabler Standpunkt, wenngleich Livingston viel zu aufgeregt war, als daß ich seine Äußerung lediglich als nüchterne zeitgenössische Wagnerinterpretation hätte ansehen können. Auch die Adler warf ihm einen scharfen Blick zu, der darauf schließen ließ, daß sie irgend etwas Bedeutsames über ihn wußte, was mir in unseren Ordinationsgesprächen verborgen geblieben war.
Aber inzwischen hatte es bereits zum zweiten Aufzug geläutet, und die Oper ging weiter. Ich warf zwischendurch immer wieder einmal einen Seitenblick auf den Engländer, besonders bei Siegmunds Tod durch Hunding. Doch sei es, daß er sich nun stärker zusammennahm, sei es, daß er einfach dem Zauber der Musik Wagners erlag – sein Gesichtsausdruck jedenfalls verriet durch nichts, ob er noch immer an das Inzestthema des ersten Akts dachte. Außerdem wurde meine Aufmerksamkeit plötzlich erneut durch den Unbekannten mit der niedrigen Stirn abgelenkt, den ich in einer der unteren Logen entdeckt zu haben vermeinte. Nervös bat ich die Adler um ihr Opernglas, aber noch bevor ich es an die Augen gesetzt hatte, war der Mann zum zweiten Mal an diesem Abend verschwunden. Livingston zuckte nur die Schultern und fragte flüsternd, ob inzwischen ich es sei, der überall Gespenster sähe. Und da wir den Mann auch in der folgenden Pause nirgendwo entdecken konnten, mußte ich mich wohl oder übel mit dem Gedanken trösten, einer Verwechslung zum Opfer gefallen zu sein.
Im letzten Akt dann schließlich der Auftritt Lenas in der Rolle der Walküre Helmwige. Schon bei ihrem ersten Einsatz blieb sie seltsam blaß, wie ich mit Enttäuschung feststellen mußte, und auch im weiteren Verlauf erreichte ihr Gesang nur selten die Tragkraft und den freien Ton, der ihre Darstellung der Woglinde im »Rheingold« ausgezeichnet hatte. Ganz anders dagegen Gustav Mahler, der sich an diesem Abend selbst übertraf und mit solcher Vehemenz bei der Sache war, daß man das Gefühl hatte, er dirigiere die »Walküre« heute zum ersten Mal in seinem Leben. Mochte er auch als Komponist einen eher zwiespältigen Eindruck auf mich gemacht haben, seine Dirigierkunst war einfach unvergleichlich. Bei einem dramatischen Einsatz der Hörner im Vorspiel zum dritten Akt stach er mit dem Taktstock fast wie mit einer Lanze in den Orchestergraben, worauf der betreffende Akkord, der unter anderen Dirigenten immer etwas

schwachbrüstig geklungen hatte, plötzlich in dreifachem Forte wie eine grell auflodernde Flamme hervorbrach. Im Akt davor, bei der Todesverkündigung Siegmunds durch Brünnhilde, war es ihm dagegen gelungen, eine fast schon transzendente Stimmung zu erzeugen, indem er die abwärts führende Baßstimme der Akkorde etwas lauter als die Oberstimmen spielen ließ. Das Ergebnis war eine Klangfolge, die zugleich in den Himmel als auch in den Abgrund wies und damit offenließ, welches Schicksal Siegmund – als Strafe für den Inzest? – bevorstehen würde …

Am Ende jedenfalls waren sowohl Livingston als auch die Adler tief beeindruckt von dem jungen Kapellmeister und seiner alles und alle mitreißenden Gestaltungskraft. Ja, sogar das spröde Hamburger Publikum war diesmal nicht zu halten und bereitete Mahler stürmische Ovationen. Der ganze Saal war ein einziges Meer von prasselndem Beifall und endlosen Bravo-Rufen, mit denen der Dirigent und sein Ensemble insgesamt mehr als ein Dutzend Mal auf die Bühne gerufen wurden.

»Phänomenal«, meinte die Adler, als wir das Theater verließen, um in der milden Frühlingsnacht zu Fuß Richtung Binnenalster zu gehen, wo wir uns gemeinsam mit Lena im Salon von Streit's Hotel treffen wollten. »Ich glaube, der Mann ist auf dem besten Wege, der führende Dirigent Deutschlands zu werden – wenn nicht gar ganz Europas.«

»Allerdings«, pflichtete ihr Livingston bei. »Das war ohne Zweifel der überzeugendste Wagner, den ich je gehört habe.«

»Trotz der Inzestszene?« fragte ich.

Der Engländer zuckte nur die Achseln. »Sie achten zuviel auf Details der Inszenierung, Doktor«, sagte er. »Halten Sie sich lieber an die Musik.«

»Ja, Alvary war wirklich in Höchstform«, nickte die Adler. »Aber auch dieser Klangreichtum im Orchester – einfach unglaublich. Mahler peitscht es ja regelrecht aus den Musikern heraus. Und sich vorzustellen, daß der Mann Jude ist … Ich glaube, wenn Wagner Zeuge dieser Aufführung gewesen wäre, hätte er seine Hetzschrift wohl eigenhändig verbrannt.«

»Ja«, meinte auch von Rother. »Nach einem solchen Abend erscheint einem die Geschichte mit der Schwarzen Hand fast wie ein Spuk, nicht wahr? Wahrscheinlich deuten wir auch Mahlers Verhalten neulich abend völlig falsch. Er muß uns ja für die schlimmsten Phantasten gehalten haben.«

»Oder für Zeitgenosssen mit schwachen Nerven, denen seine ›Totenfeier‹ zu Kopfe gestiegen war«, lachte die Adler, die sich bei Livingston untergehakt hatte. »Meine Güte, es war aber auch eine schwierige Musik. Ob er es wohl als Komponist jemals so weit bringen wird wie als Dirigent?«

»Warum nicht?« meinte Livingston. »Noch vor zwanzig Jahren hat man schließlich über Wagner ähnlich gedacht. Ich könnte mir jedenfalls gut vorstellen, daß eines Tages auch Mahler –«

Plötzlich hörte ich nur noch die hysterisch verzerrte Stimme der Adler-Norton, die etwas wie »*William, for God's sake*« schrie und den Engländer in einer Reflexbewegung brutal zu Boden stieß. Im selben Moment krachten auch schon mehrere Pistolenschüsse über uns hinweg. Unwillkürlich duckte ich mich in einen Hauseingang und erkannte erst einige Schocksekunden zu spät die Droschke, aus der die Schüsse abgegeben worden sein mußten und die nun in rasender Geschwindigkeit die Straße hinunterfuhr, um an der nächsten Ecke in der Dunkelheit zu verschwinden. Rother, der ebenfalls in Deckung gegangen war, richtete sich mühsam auf. Ich sah, daß er unverletzt war, und wandte mich deshalb dem am Boden liegenden Livingston zu, neben dem die Adler kauerte, aschfahl im Gesicht und mit zitternden Lippen. Die Hemdbrust des Engländers, dessen Hose und Frack beim Sturz aufgerissen waren, war blutrot verfärbt. Er versuchte, sich aufzusetzen und murmelte zusammenhanglos vor sich hin. Seine Augen blinzelten, sein Atem ging unregelmäßig. Erst auf den zweiten Blick begriff ich, daß das Blut auf seinem Hemd nicht von einer Schußwunde stammte, sondern aus seiner Nase strömte. Ich zog mein Taschentuch hervor und drückte es ihm in die Hand, damit er die Blutung stillte. Dann knöpfte ich sein Hemd auf. Wie ich gehofft hatte, war die Haut unversehrt. Auch seine Kleidung wies, soweit ich das im trüben Schein der Straßenlaterne erkennen konnte, keine Löcher auf. Die Kugeln mußten also über ihn hinweggegangen sein, ohne ihn auch nur zu streifen. Ich fühlte seinen Puls. Er war zwar langsam, aber nicht bedrohlich.

Unterdessen waren einige Passanten, zum Teil ebenfalls Operngäste auf dem Heimweg, auf uns zugelaufen.
»Um Himmels willen, was ist denn passiert?« rief ein junger Mann, und eine vornehm gekleidete Dame sagte ängstlich: »Wir dachten, es sei vielleicht ein Automobil gewesen, das eine Explosion hatte …«
Ein anderer fragte, ob man einen Arzt rufen solle.
»Nein, ich bin selbst Mediziner«, erklärte ich kurz. »Was wir aber brauchen könnten, wäre etwas Brandy.«
Ein älterer Herr mit roten Wangen und grauem Kinnbart trat entschlossen aus dem Kreis der Neugierigen hervor. »Ein Mann ohne Flachmann ist gar kein Mann, sag' ich immer zu meiner Else«, erklärte er und entnahm der Brusttasche seines Gehrocks eine schmale grüne Flasche. Ich gab zuerst Livingston und dann der Adler-Norton, die noch immer zitterte, einen tüchtigen Schluck. Als der Rotwangige gutmütig nickte, reichte ich die Flasche an Rother weiter und trank am Schluß den Rest.
Angelockt durch den Menschenauflauf erschienen nun auch zwei Gendarmen mit Pickelhauben und silbernen Degen. Rother und ich erklärten kurz, was vorgefallen war. Die Beamten notierten alles, baten jedoch um Verständnis, daß die Angelegenheit noch einmal offiziell auf dem nächsten Revier protokolliert werden müsse. Livingston, der lediglich einige leichte Abschürfungen und Prellungen davongetragen hatte, war inzwischen wieder soweit bei Kräften, daß er alleine aufstehen konnte. Und da auch die Adler sich langsam von ihrem Schock erholte, machten wir uns gemeinsam mit einem der Polizisten auf den Weg. Der zweite blieb am Tatort zurück, um auf das Überfallkommando der Kriminalpolizei zu warten, das die Spurensicherung aufnehmen würde.

Auf der Wache wurden zunächst unsere Personalien aufgenommen. Zu meiner Verblüffung konnte Livingston einen gültigen englischen Reisepaß vorlegen, der tatsächlich auf den Namen »John Stuart Livingston« lautete. Er mußte also Verbindungen haben, die es ihm ermöglichten, mit erstklassig gefälschten Papieren zu reisen. Denn hatte nicht die Adler vorhin eindeutig den Vornamen »William« ausgerufen? Und hatte nicht auch das Monogramm damals auf seinem Taschentuch mit einem W begonnen?

Zur Sache konnte die Adler nur angeben, daß sie zufällig gesehen habe, wie die Droscke uns in mäßiger Fahrt überholt habe. Als der Wagen ungefähr auf gleicher Höhe gewesen sei, habe sie im geöffneten Fenster plötzlich einen Arm mit einer Pistole in der Hand entdeckt; der Lauf der Waffe sei eindeutig auf Livingston gerichtet gewesen. Allerdings habe sie weder erkennen können, wie der unbekannte Attentäter ausgesehen noch welche Art von Waffe er benutzt hatte. Auch die Droschke konnte sie, ebenso wie Rother und ich, nur sehr vage beschreiben. Auf die Frage, ob er sich erklären könne, wer ihn habe niederschießen wollen und warum, antwortete Livingston nur mit einem müden Kopfschütteln. Und nach der jüngsten Erfahrung mit Mahler im Salon des »Dreimasters« hielt auch ich es für besser, der Hamburger Polizei vorerst nichts über die Schwarze Hand zu erzählen.

Der diensthabende Polizeikommissar versprach zum Schluß, uns über den Fortgang der Ermittlungen auf dem laufenden zu halten, und telephonierte dann eine Droschke herbei, die uns weit nach Mitternacht zurück ins Belvedere brachte.

*

Der Schrecken der Nacht stand Livingston und seiner Geliebten auch am nächsten Morgen noch deutlich ins Gesicht geschrieben. Während allerdings die Adler – nachlässig frisiert und ungewöhnlich schweigsam – nur nervös eine Zigarette nach der anderen aus einer silbernen Spitze mit Elfenbein-Mundstück rauchte, spiegelte sich in den hageren, bleichen Züge des Engländers ein Ausdruck von verbissenem Trotz. Anscheinend war er auch schon weitaus früher auf den Beinen gewesen als wir, denn als er uns nun zu einem trübseligen Frühstück begrüßte, wartete er bereits auf ein Telegramm.

»Von der Polizeiwache?« fragte ich.

»Ganz recht«, erwiderte er knapp.

»Worauf hoffen Sie? Auf einen Zeugen, der in der Kutsche einen Mann erkannt hat, auf den die Beschreibung Schellings oder dieses Unbekannten im Paletot paßt? Oder am Ende gar die Eckhard von Kesslers?«

»Vielleicht auch das. Aber vor allem interessiert mich das Ergebnis

der Spurensicherung. Ich würde doch zu gern wissen, was für Kugeln das waren, mit denen man mich ins Jenseits befördern wollte.«
»Warum sollten die Hamburger Behörden auskunftsfreudiger sein als die Wiener?«
Livingston zuckte die Schultern. »Die militärische Gründlichkeit der Preußen hat auch ihre Vorzüge.«
Er hatte kaum ausgesprochen, als auch schon ein Botenjunge des Hotels an unserem Tisch stand. »Herr Livingston?« fragte er.
Der Engländer nickte ihm zu, worauf der Kleine ihm ein Kuvert überreichte. Livingston kramte schnell ein Trinkgeld hervor, drückte es dem Jungen in die Hand und ritzte mit seinem noch unbenutzen Frühstücksmesser den Umschlag auf. Den Inhalt rasch überfliegend, stieß er ein düsteres Lachen aus.
»Na, das ist einmal eine Überraschung«, meinte er. »Es ist gar nicht von der Polizei. Es kommt von Herrn Mahler. ›*Habe soeben erfahren, was Ihnen gestern abend widerfahren ist*‹, schreibt er. ›*Die Polizei war bei mir, um Zeugen ausfindig zu machen. Wenn es Ihnen möglich ist, kommen Sie doch bitte heute um fünf Uhr zu mir ins Stadttheater. Ich habe Ihnen etwas mitzuteilen. Ergebenst, Gustav Mahler.*‹« Er lachte sarkastisch auf. »Wer hätte das gedacht? Offenbar muß ich erst tot sein, um etwas über die Schwarze Hand zu erfahren ...«
»Ich kann daran nichts Witziges finden«, ließ sich die Adler plötzlich kühl vernehmen.
»Aber wieso? Eines ist doch jetzt ganz klar: Daß wir nämlich der Bande so dicht auf den Fersen sind wie noch nie. Sonst würden sie doch nicht zu solch verzweifelten Mitteln greifen. Ein versuchtes Attentat auf offener Straße, ohne Hinterhalt, ohne Garantie auf erfolgreiche Flucht, ohne Schutz vor Zeugen – das muß uns doch zu denken geben.«
»Aber das ist es ja gerade«, sagte die Adler scharf. »Wer sagt uns, daß sie es nicht noch einmal versuchen werden?«
»Damit müssen wir eben rechnen«, erwiderte Livingston gleichmütig.
»*Wir* müssen mit überhaupt nichts rechnen«, rief die Adler voller Verärgerung. »*Du* allein bist derjenige, der einfach nicht aufgeben will, obwohl ihm die ganze Sache längst aus den Händen geglitten ist. Die anderen sind ja nur noch dazu da, dir als Sklaven zu dienen!«

»Etwas mehr Courage hätte ich mir schon erwartet«, erwiderte Livingston hart. »Besonders von einer Frau wie dir.«
Ein gespanntes Schweigen folgte. Keiner von uns sagte etwas, obwohl ich eigentlich erwartet hätte, daß sich Livingston für seine Taktlosigkeit entschuldigen würde. Doch nichts geschah. Die Stille wurde nachgerade drückend, bis die Adler plötzlich ihre Zigarette ausdrückte und sich mit mühsam beherrschter Fassung erhob.
»Also schön«, sagte sie mit vor Zorn zitternder Stimme und fegte sich eine Haarsträhne aus der blassen Stirn. »Wenn du hier unbedingt den Hasardeur spielen willst, dann bitte. Aber laß gefälligst mich dabei aus dem Spiel!«
Sie warf ihm einen wütenden Blick zu, packte ihre Handschuhe und verließ ohne ein weiteres Wort unseren Tisch. Ich sah ihr noch nach, wie sie mit hastigen Schritten aus dem Speisesaal stürzte.
»Verdammt, Livingston«, entfuhr es mir verärgert, »sie hat ja ganz recht. Wenn *sie* nicht gewesen wäre, säßen Sie heute gar nicht mehr hier! Bis gestern war es ja vielleicht noch eine Art Sport, aber jetzt? Wer sagt uns denn, daß die Waffe wirklich nur gezielt auf Sie gerichtet war? Was, wenn der Anschlag uns allen galt?«
»Nun und?« knurrte Livingston. »Gesetzt den Fall, es wäre so gewesen. Sollen wir deswegen alles vergessen, was wir erlebt, was wir mit unseren eigenen Augen gesehen haben? Kahn, Kandlitz, Békessy, Nölle – sollen all diese Morde für immer ungeklärt bleiben? Glauben Sie im Ernst, ich werde wegen ein paar Pistolenkugeln kampflos die Segel streichen und den nächsten Dampfer zurück nach England nehmen? Nein und nochmals nein! Ich habe mich schließlich nicht mein halbes Leben lang mit Kokain vergiftet, nur um vor dem Fall meines Lebens einfach zu kneifen wie irgendein räudiger kleiner Straßenköter …«
Unbemerkt war inzwischen erneut ein Botenjunge an unseren Tisch getreten. Der Engländer reagierte zunächst gar nicht, so besessen starrten seine Augen ins Leere. Erst nach einigen Sekunden erkannte er den Jungen, riß ihm die Depesche aus der Hand und bedeutete ihm mit einer barschen Handbewegung, zu verschwinden. Er öffnete den Umschlag, las, ohne eine Miene zu verziehen, und schleuderte mir dann die Nachricht wortlos über den Tisch hinweg zu. Sie trug den Absender des 5. Hamburger Polizeireviers und lautete:

»Bisher nicht gelungen, Zeugen zu ermitteln. Fahndung nach Droschke dauert an. Kugeln gefunden und identifiziert. Tatwaffe demnach Prototyp einer modernen automatischen Taschenpistole, deutsches Fabrikat, vermutlich Krügerhoff oder Borchardt.«

Voller dunkler Vorahnungen ließ ich die Nachricht sinken. Ja, dachte ich, die Adler hatte vollkommen recht. Das Blatt hatte sich gewendet. Anstelle Schellings, von Kesslers oder Gott weiß wem waren inzwischen wir die Gejagten …

XXVIII.

Livingston indessen blieb hart und setzte sich über alle Bedenken und Vorhaltungen starrköpfig hinweg. Wenn wir zu feige seien, ihn zu unterstützen, dann würde er eben allein weitermachen, erklärte er mit heiserer Stimme und starrem Blick. Es schien, als habe er inzwischen jeden Blick für die Wirklichkeit verloren, als sei er der Zwangsvorstellung verfallen, die Schwarze Hand um jeden Preis selbst liquidieren zu müssen. Und als ich am Mittag im Hotel zufällig Irene Adler auf dem Weg zum Lunch traf und dabei sein Verhalten erwähnte, wurde mir durch ihre Antwort auch klar, warum. Seit ihrer gemeinsamen Reise nach Hamburg hatte Livingston kein Gramm Kokain mehr angerührt. Alles deutete also darauf hin, daß er wieder einmal mit Gewalt seine Entzugsschmerzen und Halluzinationen zu überspielen suchte, indem er sich mit manischer Besessenheit auf die Jagd nach von Kessler und seinen Hintermännern machte.

Dennoch hatte ich zuviel mit ihm erlebt, als daß ich es nun hätte über mich bringen können, ihn ganz im Stich zu lassen. Nach einer kurzen Aussprache mit Lena entschloß ich mich daher, ihn zu dem Treffen mit Mahler im Stadttheater zu begleiten.

Als ich ihn auf seinem Zimmer im Belvedere abholen wollte, bemerkte ich, kaum daß ich in den Hotelflur eingebogen war, einen Fremden, der sich gerade an der verschlossenen Tür des Zimmers der Adler zu schaffen machen wollte. Es war ein Riese von einem Mann, sicherlich sechs Fuß hoch, eingehüllt in einen englischen Ulster von

gewaltigen Ausmaßen. Er trug Gamaschen, einen goldgeränderten Kneifer und einen schwarzen Vollbart; auf dem Kopf saß ein dunkler breitkrempiger Hut, den er so tief ins Gesicht gezogen hatte, daß von seinen Zügen fast nichts mehr zu erkennen war. Außerdem hätte ich schwören mögen, daß er einen Nachschlüssel oder einen Dietrich in der Hand gehabt hatte, den er jedoch schnell in seiner Manteltasche verschwinden ließ, nachdem er mich bemerkt hatte. Unmittelbar darauf machte er sich verstohlen davon.
Zuerst dachte ich natürlich an den Unbekannten mit der niedrigen Stirn, bis mir klar wurde, daß er es unmöglich gewesen sein konnte, ebensowenig wie Schelling oder am Ende gar von Kessler persönlich. Sie alle waren zwar auch nicht gerade klein, aber doch bei weitem nicht von solch hünenhafter, dabei zugleich enorm massiger Gestalt wie dieser mutmaßliche Einbrecher. Auch schien er nicht gerade sportlich gewesen zu sein, wirkte sogar auf seltsame Weise eher bedächtig, um nicht zu sagen schwerfällig; ich war sicher, daß es ein Leichtes für mich gewesen wäre, ihn zu verfolgen. Aber nach den Ereignissen der vergangenen Nacht wäre das natürlich blanke Tollheit gewesen. Und seit dem Telegramm vom Vormittag verspürte ich erst recht keine Neigung, erneut mit einem Mitglied der Schwarzen Hand Bekanntschaft zu machen, noch dazu mit einem, das gut zweieinhalb Zentner wiegen mochte und nur gebückt unter jedem Türrahmen hindurchkam. Aus Furcht, vor Livingston als Feigling dazustehen, behielt ich mein Erlebnis diesmal jedoch für mich. Lediglich Irene Adler wollte ich bei nächster Gelegenheit warnen. Schließlich war es ja *ihr* Zimmer gewesen.

Die Uhr der Christuskirche schlug gerade fünf, als Livingston und ich das Foyer des Hamburger Stadttheaters betraten. Von Mahler war nichts zu sehen. Der Hausmeister bedauerte, daß der Herr Kapellmeister noch in einer Orchesterprobe sei, die sich beträchtlich in die Länge gezogen habe, was bei ihm im übrigen des öfteren vorkomme, ja eigentlich die Regel sei. Wenn wir wollten, könnten wir aber solange hinten im Saal Platz nehmen und dem Schluß der Probe beiwohnen, Herr Mahler habe es ausdrücklich erlaubt.
Er wies auf eine kleine Treppe, die zu den Eingängen für die billigen Plätze in den hinteren Parkettreihen führte, warnte uns noch, mög-

lichst leise zu sein – »Herr Mahler liebt es nämlich gar nicht, bei der Arbeit gestört zu werden« –, und empfahl sich.
Wir stiegen also hinauf. Schon vom Korridor her hörten wir wohlbekannte Orchesterklänge. Fahle, stark gedämpfte Paukenwirbel, düster lastende Streicher, tiefe Hörner – Mahler war offenbar dabei, die Trauermusik beim Tod Siegfrieds aus der »Götterdämmerung« zu proben. Vorsichtig öffneten wir eine Saaltür und suchten uns in dem kaum beleuchteten Theater zwei Plätze am Rand der vorletzten Reihe, ängstlich darauf bedacht, die feierliche Musik nicht zu stören.
Doch wir saßen noch gar nicht richtig, da zeigte es sich, daß unsere Bemühungen unnötig gewesen waren, denn gleich nach dem Erklingen des Todesmotivs klopfte der Kapellmeister kopfschüttelnd ab.
»Haben Sie's schon wieder vergessen?« rief er ungeduldig, indem er mit seinem Taktstock auf das Pult hämmerte. »*Forte*, nicht fortissimo! Ja, Sie beide dort, schauen S' nur weg – glotzen S' nur so blöd, als ob Sie's gar nicht gewesen wären!«
Seine Worte galten offenbar dem ersten und dem dritten Hornisten, die gelangweilt in die Luft blickten.
»Aber Herr Kapellmeister«, meinte einer der beiden achselzuckend, »immer dieselbe Stelle. Und dabei haben wir's doch letztes Jahr in England genauso gespielt. Damals haben Sie doch auch nichts gesagt.«
»Aber *heute* sage ich was!« meinte Mahler, plötzlich wütend von einem Bein auf das andere stampfend. »Ja, wollen Sie denn Ihr ganzes Leben lang alles gleich spielen? Wollen Sie überhaupt nichts mehr dazulernen? Meine Herren, wenn das wirklich Ihr Ernst ist, dann sind Sie in irgendeinem verstaubten Beamtenbureau wohl besser am Platze!«
Nun begannen auch die Holzbläser zu murren.
»In der Partitur steht doch auch *fortissimo*«, bemerkte der erste Klarinettist achselzuckend. »Wollen Sie's denn besser wissen als Wagner selbst?«
Obwohl gut dreißig Meter von der Bühne entfernt, zog ich unwillkürlich den Kopf ein in der Erwartung des Mahler'schen Donnerwetters, das auf diese Bemerkung folgen mußte.
Überraschenderweise fiel die Antwort jedoch nicht nur ausgesprochen milde aus, sondern Mahler nickte dem Musiker auch noch an-

erkennend zu. »Daß *Sie*, Herr Paulsen, nicht nur ihre eigene Stimme, sondern die ganze Partitur kennen, brauchen Sie mir nicht zu sagen, das weiß ich ohnehin«, erwiderte er und fügte sarkastisch hinzu: »Fragt sich nur, wie es mit so manch anderem hier im Saal steht, besonders was die eigene Stimme anbelangt. Aber lassen wir das.« Er wies mit dem Taktstock auf die Bühne. »Der springende Punkt ist die *Akustik*, meine Herren. Letztes Jahr hatten wir eben noch nicht die erweiterte Bühne, die den Klang dermaßen stark auffächert. Und die akustischen Bedingungen in London waren sowieso ganz anders. Natürlich weiß ich selbst, daß in der Partitur für die Hörner fortissimo steht. Aber bei dieser Akustik ist das einfach zu laut. Sie fegen ja schon jetzt alles weg, von den Sängern nachher gar nicht zu reden!«
»*Wir* haben nichts davon gehört, daß es zu laut war«, erwiderte einer der Hornisten störrisch.
»Ja, das ist es ja eben!« rief Mahler. »Dort, wo Sie sitzen, können Sie's ja auch gar nicht hören, weil Ihr Klang völlig mit dem Einsatz der Posaunen verschmilzt, egal wie laut Sie sind! Aber hier, wo *ich* stehe und wo später auch das Publikum sitzt, da hört man's! Und nun keine Diskussionen mehr, meine Herren! Noch einmal ab Ziffer zwei!«
Ohne weitere Umstände hob er den Taktstock, wartete kurz, bis die Musiker bereit waren, und gab dann das Zeichen zum Einsatz. Die tiefen Streicher begannen mit den schweren, chromatisch aufsteigenden Unisono-Achteln in sehr breitem Tempo, bei jeder Note an Tonstärke dramatisch zunehmend. Dann kam er, der fragliche Akkord. Die beiden Hörner fügten sich diesmal Mahlers Anweisung und hielten sich etwas zurück. Und tatsächlich – der gesamte Klang begann plötzlich dunkel aufzuleuchten, die Holzbläser wurden nicht mehr erdrückt wie vorher, die Stakkato-Sechzehntel der Posaunen traten markant hervor.
Mahler schien zufrieden, und die Probe ging einige Zeit lang ohne Unterbrechung weiter. Auch beim zweiten Erklingen des Todesmotivs spurten die Hörner. »Sehr gut!« rief Mahler in den Orchesterakkord hinein. Dadurch angefeuert, erklang auch das folgende Wehwalts-Motiv »*Nun weißt du, fragende Frau*« in den Trompeten ungewohnt ausdrucksvoll, ja geradezu glühend, ebenso wie das anschließende Liebesmotiv Sieglindes in Englischhorn und Klarinette.
»Und jetzt ganz allmählich *pianissimo*«, befahl Mahler plötzlich, die

Linke warnend in die Luft reckend. Die Musiker gehorchten, und das Motiv mündete weich in die aufsteigende Harfenfigur, die Mahler Ton für Ton mitsang, wie um dem Spieler die richtige Betonung der einzelnen Noten zu verdeutlichen. Dann verebbte die Musik, schien sich in melancholischen Akkorden verlieren zu wollen, bis pötzlich die tiefen Celli das gewaltige, riesenhaft breit angelegte Crescendo einleiteten, aus dem am Ende Siegfrieds Schwertmotiv strahlend in der Trompete aufklang. Unerhörte Klangmassen türmten sich auf, Mahler trieb durch weit ausholendes Taktschlagen das Orchester zu immer größerer Tonstärke an und dämpfte es nach einer Weile ebenso energisch wieder ab, um das notwendige *piano* für das Siegfriedmotiv zu erreichen. Kaum war es jedoch erklungen, als er zum zweiten Mal energisch die Probe unterbrach.
»Mein Gott, wie deutsch!« spottete er. »Siegfried ist ein tragischer Held, aber deswegen noch lange kein Bauerntrampel, Herr Hornist. Also bitte noch einmal – aber diesmal mit Ausdruck! Und *piano*, wenn ich bitten darf!«
Die Stelle wurde wiederholt, klang aber immer noch plump, zugleich auch ein wenig zu schrill, so daß Mahler erneut abklopfte.
»Das soll *piano* sein?« rief er erbost. »Noch einmal! Und jetzt spielen Sie's gefälligst so, wie es dasteht! Schreiben Sie sich's meinetwegen in die Noten, daß Sie mit dem Achtel nicht so rausplatzen!«
Auf den Gesichtern der Musiker begann sich Unwillen abzuzeichnen. Man versuchte es erneut. Mahler gab den Takt, aber diesmal verpaßte der unglückliche Hornist vollends seinen Einsatz.
»Idiot!« schrie Mahler, außer sich vor Wut. »*Noch einmal!!*«
Plötzlich ließ der Pauker seine Schlägel sinken und rief ärgerlich: »Aber Herr Kapellmeister, es geht schon auf sechs zu. Ich werde noch meinen Zug nach Blankenese verpassen.«
Einige im Orchester begannen zu kichern, was Mahler nur noch mehr reizte. »Wer hier welchen Zug verpaßt, bestimme ich, *ich* allein, haben Sie verstanden? Sie werden spielen, was ich von Ihnen hören will, und wenn wir um neun Uhr noch hier sitzen!«
Der Pauker machte Anstalten, sich trotzig zu erheben.
»Ich warne Sie!« brüllte Mahler. »Wenn Sie sich nicht sofort wieder hinsetzen, lasse ich durch den Hausmeister sämtliche Ausgänge schließen!«

Mit haßerfülltem Blick starrte der Musiker ihn an. Schließlich gab er nach und ließ sich mit verschränkten Armen langsam wieder vor seinen Pauken nieder.
»Na also!« knurrte Mahler und stemmte die Fäuste in die Seiten. »Und damit Sie's nur wissen: Sie brauchen sich hinterher gar nicht bei der Intendanz zu beschweren, da bin ich eh' schon unten durch. Und trotzdem steh' ich immer noch hier!« Er hob den Taktstock. »Noch einmal ab Ziffer vier!«
Die Musiker sahen ein, daß sie gegen ihren tyrannischen Chef nicht ankamen, und fügten sich in das Unvermeidliche. Man begann noch einmal mit Siegfrieds Schwertmotiv. Die Todesakkorde in C-Dur donnerten los und verebbten wieder. Der Einsatz des Hornisten kam heran, der Mann setzte zitternd sein Instrument an und – versagte erneut. Mahler rief vernehmlich »Trottel!«, ließ aber diesmal ohne Unterbrechung weiterspielen.
Wohl weil man endlich die Hürde genommen hatte, nahm die Musik jetzt flüssig ihren Fortgang. Bei Siegfrieds Heldenmotiv hielten sich die vormals zu lauten Hörner von selbst zurück, so daß der Klang sehr gut herauskam. Mahler nickte befriedigt, die Musik beruhigte sich allmählich, fiel zurück in das ursprüngliche Trauermarsch-Tempo. Brünnhildes Motiv schälte sich klagend aus den Holzbläsern, exakt erklang die Harfe, ohne daß Mahler diesmal mitzusingen brauchte. Einen Takt vor der Wiederholung der Brünnhilden-Figur rief Mahler dann plötzlich »Achtung Tenortuben, crescendo vor der Sechzehntel!«, und zum ersten Mal in meinem Leben hörte ich deutlich die tiefe aufsteigende Überleitungsnote, die von allen anderen Dirigenten, sogar von Richter, immer so bitter vernachlässigt wurde. Die gestopften Hörner intonierten zum Schluß fehlerfrei das Wehe-Motiv; eine ferne Erinnerung an den Hochzeitsruf folgte, und über leisen, fahlen Paukenschlägen und schattenhaften Streichern erstarb die Trauermusik in einem hingehauchten, kaum noch vernehmbaren c-moll-Schlußakkord …
Livingston und ich waren so gefangen von Wagners Musik und Mahlers Dirigierkunst, daß uns fast entgangen wäre, wie zwei Männer den Saal durch den seitlichen Eingang zum Parkett betreten und einige Reihen vor uns Platz genommen hatten. Beide trugen schwarze Bowler-Hüte und lange Überzieher, wodurch sie von hinten weder zu un-

terscheiden noch zu identifizieren waren, von der schwachen Theaterbeleuchtung einmal ganz abgesehen. Sobald die Probe vorüber war und Mahler sich von seinen Musikern verabschiedet hatte, standen beide auf und begaben sich zum Pult, wo ihnen der Dirigent beim Verlassen der Bühne geradewegs in die Arme lief. Der größere von ihnen lüftete den Hut und stand dabei so, daß wir sein Gesicht sehen konnten. Es gab keinen Zweifel: Der kantige Kopf und der eisgraue Bürstenhaarschnitt gehörten unverkennbar zu Hans Schelling. Wir konnten nicht genau hören, worüber gesprochen wurde; lediglich von Mahlers Antwort erhaschten wir einige Wortfetzen, denen zufolge er sich dafür entschuldigte, im Moment keine Zeit zu haben, da er bereits einen anderen Besuch erwarte. Doch Schelling und sein Begleiter ließen sich nicht abwimmeln. Beide redeten abwechselnd auf Mahler ein, bis dieser schließlich nachgab. Das Trio begab sich zum Bühnenausgang und verschwand dort.

»Kommen Sie, Doktor«, rief Livingston erregt und sprang von seinem Sitz auf.

»Wohin?«

»Zum Kapellmeisterzimmer natürlich. Hundert zu eins, daß sie dort hingegangen sind.«

»Wissen Sie denn, wo das Zimmer ist?« fragte ich.

»Wir werden schon jemand finden, der es uns zeigt.«

Wir verließen eilig den Saal, um entlang den Seitengängen in den Künstlerbereich des Theaters zu gelangen. Bereits nach wenigen Metern trafen wir auf einen Korridor, in dem uns zwei Geiger mit Ihren Kästen entgegenkamen.

»Das Zimmer des Kapellmeisters?« fragte Livingston.

»Von welchem?« fragte einer der Musiker. »Dem Ersten oder dem Zweiten?«

Wir nannten den Namen Mahlers, worauf der eine Geiger in den Korridor wies: »Immer geradeaus, dann zweimal rechts. Dritte Tür auf der linken Seite.«

Betont gleichmütig gingen wir weiter. Aber selbst wenn wir es gewollt hätten, wäre es unmöglich gewesen, schneller voranzukommen. Immer mehr Orchestermusiker kamen uns nun mit ihren sperrigen Instrumentenkoffern entgegen, allen voran die Kontrabassisten, bei denen wir uns flach an die Wand drücken mußten, um sie mit ihren Un-

getümen überhaupt passieren lassen zu können. Erst als wir wie beschrieben zum erstenmal nach links abbogen, wurde der Strom dünner, bis nur noch einige vereinzelte Holzbläser mit schmalen Etuis daherkamen.
Schließlich hatten wir den Gang mit den Künstlerzimmern für die Dirigenten und anderes höheres Theaterpersonal erreicht. Wir passierten eine Tür, auf der der Name Bittongs, des Oberregisseurs des Theaters, angeschrieben war, und standen schließlich vor derjenigen mit der Aufschrift »Mahler« und dem Zusatz »Erster Kapellmeister«. Auf den Fußspitzen schlichen wir uns näher an die Tür heran. Dahinter waren zwar nur sehr gedämpfte Stimmen zu hören, unter ihnen aber eindeutig die von Schelling sowie Mahlers knarriges, rauhes Wiener Organ.
Plötzlich fühlte ich Livingstons eisernen Griff meinen Arm umklammern. »Riechen Sie es?«
Er deutete auf den Spalt unter der Tür, hinter der die Stimmen jäh verstummt waren. »Zigarrenrauch«, flüsterte er, und auf seinen eingefallenen Wangen glühten kleine, kreisrunde rote Flecken vor Erregung. »Das Aroma einer Suchum.«
Ich wollte gerade einen Schritt auf die Tür zugehen, als plötzlich ein Geräusch wie von einem heruntergefallenen Hammer, dem unmittelbar darauf ein peitschender Pistolenknall folgte, die Stille zerriß. Ohne zu zögern zog Livingston einen Revolver aus der Manteltasche, stieß die Tür auf und stürzte hinein …
Seitlich vor einem kleinen Besuchertisch stand, so daß er uns nicht sehen konnte, der Mann, mit dem Schelling gekommen war, und herrschte den angeblichen Theateragenten an: »Sind Sie wahnsinnig, Mann?«, woraufhin sich Schelling mit zerknirschter Miene auf den Boden knien wollte, auf dem eine kleine, seltsam unförmige Pistole lag. Doch der andere zog ihn unsanft wieder am Arm in die Höhe: »Lassen Sie sie liegen«, rief er, »bevor Sie noch mehr Unsinn damit anstellen!«
Ein wenig blaß und mit starren Augen hinter seiner Brille, ansonsten aber erstaunlich ruhig, ja sogar mit den Händen in den Hosentaschen, stand Mahler auf der anderen Seite des Tisches.
»Du liebe Zeit, Herr Livingston«, meinte er nun überrascht.
»Guten Abend, die Herrschaften«, erwiderte Livingston, die Pistole

im Anschlag, und trat einen Schritt vor. »Nicht nötig, daß Sie uns bekannt machen«, fuhr er zu Mahler gewendet fort, »wir sind Herrn Schelling bereits begegnet. Lediglich seinen Kameraden kennen wir noch nicht.«
»Ich fürchte, Sie kennen weder mich noch Herrn Schelling«, meinte daraufhin der Angesprochene, der sich nun wieder vollkommen in der Gewalt hatte, mit einem seltsamen Lächeln. Er war etwas kleiner als Schelling und von untersetzter Figur, im Gegensatz zu jenem aber ohne Zweifel ein Mann von Stand. Er trug einen gutgeschnittenen Straßenanzug aus grauem Flanell und schwarze schmale Lederhandschuhe. Sein Alter schätzte ich auf Anfang vierzig, sein breites, vornehmes Gesicht verriet Wohlstand und zeigte einen leichten Ansatz zum Doppelkinn. Seine grauen Augen blitzten wach von einem zum anderen, die Flügel seiner dünnen, scharfen Nase vibrierten wie ein Spürhund, wenn er die Luft einzog. Er hielt sich betont, ja fast schon militärisch aufrecht, was ihm zusammen mit dem akkurat in der Mitte gescheitelten Haar und dem wilhelminisch gezwirbelten Schnurrbart etwas vom Gepräge eines hohen deutschen Offiziers in Zivil gab.
»Nun«, erwiderte Livingston kalt und deutete mit der Pistole auf Schelling, »zumindest wissen wir, daß er nicht das ist, was er zu sein vorgibt. Das Spiel ist aus, Schelling.«
Der angebliche Agent wechselte einen hilflosen Blick mit seinem kultivierten Begleiter, worauf dieser gelassen lächelte und sagte: »*Herr* Schelling, wenn Sie so freundlich sein wollen. Die Barbarina und die ›Hochzeit des Figaro‹, nicht wahr? Na, ich hatte ihn ja vor Ihnen gewarnt, aber auf einen dermaßen bewanderten Opernliebhaber zu treffen, darauf war er dann doch nicht vorbereitet.«
»Was soll das heißen?« fragte Livingston scharf. »Wer hat wen gewarnt?«
Der Vornehme bedachte ihn mit einem mitleidigen Blick. »Ich glaube, wir sind Ihnen eine Erklärung schuldig, Mr. Livingston«, sagte er und deutete mit seiner Linken auf Schelling. »Erlauben Sie, daß ich Ihnen zunächst Hans Schelling vorstelle, Kriminalhauptmeister der Hamburger Polizei. Ein sehr vielversprechender Beamter – wenn er sich auch heute abend den ersten Patzer seiner Karriere geleistet hat.«
Für einen Augenblick sah es so aus, als würde Livingston die Fassung verlieren. »Wenn das ein Bluff sein soll, dann –«

»Durchaus nicht. Aber wenn Sie mir nicht glauben, fragen Sie vielleicht Herrn Mahler.«
»Es stimmt, meine Herren«, gab der Kapellmeister mit einiger Verlegenheit zu. »Eigentlich wollte ich Ihnen heute alles erklären. Herr Schelling ist nämlich eigens zu meinem Schutz abgeordnet worden.«
»Zu Ihrem Schutz?« unterbrach ihn der Engländer. »Aber Sie sagten uns doch neulich –«
»Gewiß«, entgegnete an Mahlers Stelle der Vornehme und zwirbelte mit entschuldigendem Lächeln seinen Schnurrbart. »Diskretion ist in solchen Fällen nun einmal alles, wie Sie sicher selbst am besten wissen. Ich meine, wo Sie doch schon so oft für das Foreign Office gearbeitet haben.«
Livingston zuckte plötzlich nervös zusammen. »Für das … Was wollen Sie damit sagen … ?«
Der andere lachte breit. »Ah, kommen Sie, Mr. Livingston – oder welchen Namen Sie auch immer zur Zeit benutzen –, wir wissen alles über Sie! Ganz besonders das, was Sie bislang in Wien geleistet haben und was, wenn Sie mir die Bemerkung gestatten, Ihres Rufes wirklich mehr als würdig ist. Aber glauben Sie mir: Wir sind mindestens schon ebenso lange hinter der Schwarzen Hand her wie Sie und Ihre Auftraggeber. Deswegen sollten Sie übrigens auch langsam Ihren Revolver da wieder einstecken. Heute abend ist schließlich schon einmal ein Schuß aus Versehen losgegangen.«
Livingston war vollkommen konsterniert. »Die Schwarze Hand?« murmelte er. »Aber ich verstehe nicht … Ich dachte –«
»Ja, ich weiß, was Sie dachten. Bitte, ich versichere Sie, wenn es möglich gewesen wäre, hätten wir Ihnen viel früher reinen Wein eingeschenkt. Aber leider mußte es erst zu diesem Attentat nach der Oper kommen, dem ersten wirklich kapitalen Fehler der Organisation, sieht man einmal von der irrtümlichen Ermordung Hermann Nölles ab.«
»Der irrtümlichen Ermordung …«, echote Livingston, der den Arm mit der Pistole hatte sinken lassen, und fragte hohl: »Wer … wer zum Teufel sind Sie?«
»Richtig, dazu kam es ja noch gar nicht, pardon«, entschuldigte sich sein Gegenüber. »Gestatten Sie mir also, noch einmal von vorn anfangen zu dürfen. Mein Name ist von Cronstein –«
»*Friedrich* von Cronstein?«

Der andere verbeugte sich höflich. »Ich dachte mir, daß Sie mich kennen.«
»Ich kenne nur Ihren Namen und Ihren Beruf. Friedrich von Cronstein, Erster Hochkommissar des Auslandsgeheimdienstes der Deutschen Reichsregierung in Berlin.«
»Ganz recht«, lächelte der Deutsche. »Sie sind wirklich ausgezeichnet informiert, Mr. Livingston.«
»Offenbar nicht ausgezeichnet genug«, erwiderte Livingston bitter. »Dürfte ich deshalb nun endlich erfahren, was Sie mit dieser Sache hier zu schaffen haben?«
»Eine berechtigte Frage«, nickte der Deutsche, »wenngleich die Antwort darauf nicht ganz leicht zu formulieren ist, wie Sie sicher verstehen werden. Ich kann Ihnen nur soviel sagen, daß meine Regierung schon seit einiger Zeit über gewisse Umtriebe in Österreich tief beunruhigt ist, besonders was die Lage auf dem Balkan und die Alldeutsche Bewegung eines Georg von Schönerer betrifft. Aber hellhörig geworden sind wir erst, seitdem es Anzeichen dafür gibt, daß diese Umtriebe auch auf Deutschland übergreifen, daß es also auch auf deutschem Boden gezielt antisemitische Erpressungen von Künstlern, Industriellen und Bankiers gibt. Durch Graf Rheinsperg und sein Ministerium waren wir über den Fall Ludwig Kahn und den Mord an Eduard von Békessy genauestens im Bilde. Lassen Sie mich ruhig sagen, daß auch wir eine Zeitlang glaubten, Immenhofer und sein obskurer Orden stecke hinter der Schwarzen Hand. Von Kessler hat uns wirklich alle zum Narren gehalten.«
Livingston war aschgrau im Gesicht, sagte aber nichts. Auch mir schien der Boden unter den Füßen zu schwanken bei diesen Enthüllungen. Der Regierungskommissar hob mit seinen behandschuhten Händen die Pistole vom Boden auf und legte sie auf den Tisch, auf dem ein Aschenbecher mit einer halb angerauchten Zigarre stand. Livingston warf einen flüchtigen Blick sowohl auf die Waffe als auch auf die Zigarre.
Von Cronstein sah es und nickte. »Ja, ich kann Sie gut verstehen, Herr Livingston«, sagte er. »Ein Borchardt-C-93-Prototyp und eine Suchum. Wir fanden beides heute nachmittag auf einem Hausboot im Hamburger Hafen. Auf die Spur dorthin brachte uns ein Zeuge, der nach dem versuchten Anschlag auf Sie die Kutsche des Attentäters

verfolgt hatte. Aber das war nicht der einzige Fund dort. Noch aufschlußreicher war eine Plakette, die wir an der Reling des Bootes fanden. Das Ding trug die Aufschrift »Officieller Angehöriger der k.k. Justizverwaltung, Wien«. Und zu guter Letzt entdeckten wir noch die Durchschrift einer Bestätigung der Cunard-Geschäfsstelle Hamburg, die einem gewissen Kommerzienrat Dr. Eckner aus Wien eine Kabine erster Klasse für die Passage nach New York mit dem Dampfer Caledonia bestätigte. Unsere Ermittlungen im Fahrkartenbüro ergaben, daß es sich bei dem angeblichen Dr. Eckner um einen akademisch wirkenden Mann mit blassen grünen Augen und einem Backenbart handelte. Der Bart konnte nach der Beschreibung des Angestellten nur zum Teil eine starke Mensurnarbe an der linken Wange verdecken.«

»Von Kessler«, murmelte Livingston.

»Ganz recht, Eckhard von Kessler, ehemaliger Geheimankläger der Wiener Justiz. Nach unserer Ansicht ein fanatischer Antisemit aus dem Kreis um von Schönerer und einer der gefährlichsten politischen Verbrecher Europas.«

»Wenn Sie alles über uns wußten, warum sind Sie dann mit diesen Entdeckungen nicht sofort zu uns gekommen?« fragte ich empört.

Von Cronstein zuckte die Achseln. »Wir haben es heute mittag versucht, aber in Ihrem Hotel hieß es, Sie seien ausgegangen. Wir konnten ja nicht ahnen, daß Herr Mahler Sie inzwischen zu sich ins Theater bestellt hatte. Daher kümmerten wir uns natürlich zuerst einmal um seine Aussage.«

»Seine Aussage wozu?« fragte ich.

»Nun, zu der Pistole hier und auch zu der Zigarre«, erwiderte von Cronstein. »Herr Mahler wurde nämlich im letzten Jahr, zum Beginn der neuen Opernspielzeit, von einem Unbekannten besucht, der ihm Hindernisse in seiner Karriere androhte, wenn er nicht zur Zahlung einer bestimmten Summe Geldes bereit wäre. Um seine Entschlossenheit zu demonstrieren, hatte der Mann eine Pistole vor sich auf den Tisch gelegt. Herr Mahler konnte mir vorhin bestätigen, daß es sehr gut ein Modell wie dieser Borchardt-Prototyp hier gewesen sein konnte.«

»Wie sah dieser Mann aus?« wandte ich mich an den Dirigenten.

»Ziemlich gewöhnlich«, antwortete Mahler. »Niedrige Stirn, Samtbarett auf dem Kopf ...«

»Aber den Mann kenne ich!« rief ich aus.« Er hat uns regelrecht verfolgt, seitdem wir in Hamburg sind.«
»Ich weiß, Dr. Heydinger«, meinte von Cronstein gelassen. »Wir kennen ihn auch – ein unbedeutender kleiner Ganove, dem nie etwas anzuhängen ist. Hat stets tausend Alibis und ebenso viele Leute, die bereit sind, seine Angaben zu bezeugen.«
»Und wie haben Sie auf die Erpressung reagiert?« fragte ich Mahler.
Das Gesicht des Kapellmeisters verzog sich zu einer höhnischen Grimasse. »Mir die Albernheiten verbeten und den Mann hinausgeworfen, so hab' ich reagiert.«
»Und dann?«
»Dann kamen irgendwann die ersten antisemitischen Hamburger Zeitungskritiken über meine Wagneraufführungen, gefolgt von ein paar kleinen Intrigen am Stadttheater und dem kompletten Mißerfolg meiner Ersten Symphonie. Schließlich erhielt ich einen anonymen Brief mit der Aufforderung, hin und wieder spät abends in einem bestimmten Hamburger Park spazierenzugehen. Es gab ein ähnliches Treffen wie das erste, diesmal allerdings auf einer dunklen Parkbank und mit einem Unbekannten, der es vermied, mir in die Augen zu sehen. Er ließ sich links von mir nieder, obwohl auf der rechten Seite viel mehr Platz gewesen wäre. Er sprach gebildet hochdeutsch, rauchte eine penetrant stinkende exotische Zigarre und verlangte fünftausend Reichsmark, wenn ich wollte, daß die Intrigen gegen mich aufhörten.«
»Wir vermuten deshalb, daß es diesmal von Kessler selbst war«, ergänzte von Cronstein. »Die Dunkelheit, in der man seine Narbe nicht sah, sowie die Tatsache, daß er – wohl aus dem gleichen Grund – von links kam und sich auch links neben Herrn Mahler setzte, all das scheint den Verdacht zu bestätigen.«
Mahler nickte und deutete auf den Tisch: »Und als Herr von Cronstein vorhin diese Zigarre angezündet hat, war ich mir fast sicher, das dies der strenge Geruch von damals war.«
Ich sah zu Livingston hinüber, der jedoch ganz in sich zusammengesunken war und nur stumm zuhörte.
»Ich ging natürlich sofort zur Polizei«, fuhr Mahler fort, »damit der Geldempfänger bei der Übergabe verhaftet werden sollte. Leider ging die Sache schief. Der Mittelsmann konnte rechtzeitig fliehen, dummerweise *mit* meinem Geld. Von Cronsteins Leute wollten mich

überreden, es noch einmal zu versuchen; ich sollte Schelling einen Scheck ausschreiben. Aber da sagte ich endgültig nein.«

Sprachlos schüttelte ich den Kopf. Das war also die Erklärung für Lenas Erlebnis, bei dem sie zufällig mit angesehen hatte, wie Schelling das Kapellmeisterzimmer verließ.

»Seitdem hielt sich die Organisation auffallend zurück«, erklärte von Cronstein. »Keine Briefe, keinerlei Kontaktversuche, nichts. Erst als Sie in Wien die Goldene Morgenröte hochgehen ließen, kam wieder Bewegung in die Sache. Nach der verpatzten Geschichte mit Nölle und dem Einbruch in die Gerichtsmedizin mußte von Kessler untertauchen, was er sehr bedauert haben wird, da er in seiner ehemaligen Stellung ja sehr gut die Fäden im Hintergrund ziehen konnte. Durch unser Agentennetz bekamen wir dann Wind davon, daß er nach Hamburg wollte. Wir dachten erst, es ginge erneut um Herrn Mahler, bis wir auf die Idee kamen, daß seine Pläne ebensogut der Überwachung Herrn Livingstons dienen konnten. Mit einem Attentat auf offener Straße haben allerdings nicht einmal wir gerechnet. Zumal Sie stets durch einen unserer Leute überwacht wurden.«

»Dann gehört zu ihnen wohl auch ein riesiger Mann mit Kneifer und dunklem Vollbart?« fragte ich, an die mittägliche Szene vor der Hotelzimmertür Irene Adler-Nortons denkend.

Der Hochkommissar runzelte überrascht die Stirn. »Nein, diese Beschreibung paßt auf niemanden meiner Mitarbeiter«, sagte er. »Wann wollen Sie den Mann gesehen haben?«

»Heute mittag, in unserem Hotel.«

»Ausgeschlossen«, erwiderte von Cronstein entschieden. »Mein gesamter Stab war den ganzen Tag rund um den Hafen im Einsatz. Das muß jemand anders gewesen sein.«

Livingston stand plötzlich apathisch auf. »Gestatten Sie mir zum Schluß eine Frage«, sagte er mit der resignierten Stimme eines Mannes, der erkannt hat, daß er nur eine Marionette in einem großen Spiel gewesen war. »Was steckt Ihrer Meinung nach hinter der Schwarzen Hand? Ist es wirklich allein fanatischer Antisemitismus? Und welche Rolle spielt dabei Baron von Seydtlitz?«

»Da tappen wir leider noch genauso im dunkeln wie Sie«, antwortete der Kommissar ernst. »Der Hintergrund muß sicherlich ein antisemitischer sein, denn es gibt noch einen zweiten prominenten Er-

pressungsversuch dieser Art in Deutschland. Betroffen war in diesem Fall Hermann Levi, der Hofkapellmeister in München. Andererseits bezweifeln wir, daß sich irgendeine konkrete politische Absicht hinter den Aktivitäten der Organisation verbirgt. Von Kessler jedenfalls hat nie irgendwelche Ambitionen in dieser Richtung gezeigt. Und über Seydtlitz wissen wir ebensowenig wie Sie.«
»Haben Sie wenigstens die Spur von Kesslers in Hamburg weiterverfolgen können?«
»Nein«, erwiderte von Cronstein, und seine kleinen wachen Augen verengten sich plötzlich zu zwei schmalen Schlitzen. »Wir sind leider zu spät gekommen. Die Caledonia ist gestern morgen aus dem Hamburger Hafen ausgelaufen.«
Livingston starrte den Deutschen wie in Trance an. »Aber das ist doch unmöglich«, murmelte er. »So dicht davor und dann entkommen? Sie haben doch sicher gekabelt, nicht wahr? Haben Sie schon eine Verbindung bekommen?«
»Bislang noch nicht. Aber wir werden Sie selbstverständlich sofort im Belvedere benachrichtigen, wenn es uns gelungen ist.«

Doch der Tag ging zu Ende, ohne daß wir eine entsprechende Nachricht erhielten. In gedrückter Stimmung saßen Livingston, Lena und ich bis weit nach Mitternacht im Rauchsalon des Hotels und warteten. Irene Adler-Norton war nicht dabei; angeblich befand sie sich auf dem Empfang eines alten Freundes, eines polnischen Komponisten, der seit einiger Zeit in Hamburg lebte.
Livingston sah kränker aus denn je. Er war leichenblaß und abgespannt, die scharfen Furchen um seine dünnen Lippen zuckten unaufhörlich, während seine fahrigen Bewegungen von der tiefen Depression zeugten, in die ihn die Enthüllungen im Kapellmeisterzimmer Gustav Mahlers gestürzt hatten. Er rauchte schweigend und mit zitternden Fingern vor sich hin, nur ab und zu etwas in sich hinein murmelnd, so leise und undeutlich, daß wir es meist kaum verstanden. Erst kurz bevor er sich auf sein Zimmer zurückzog, erklärte er, daß, selbst wenn von Kessler sich an Bord der Caledonia befände, damit noch nichts gewonnen wäre. Nach Internationalem Seerecht müßte nämlich bei seiner Ankunft in New York ein internationaler Haftbefehl aus Wien vorliegen, um ihn festsetzen zu können.

Daß ein solcher rechtzeitig ausgestellt werden würde, daran glaubte aber nicht einmal von Cronstein, der einräumen mußte, ebenfalls nicht genau zu wissen, wo und in welchen Positionen der Wiener Justiz vielleicht weitere potentielle Mitglieder der Schwarzen Hand säßen. Dennoch versuchte er alles, um ein entsprechendes Papier auszustellen und nach Amerika zu kabeln, falls von Kessler an Bord des Schiffes wäre. Es gelang ihm sogar, eine Depesche Graf Rheinspergs zu erhalten, den man ebenfalls um Hilfe gebeten hatte, da er wegen seiner guten Kontakte zum Wiener Kaiserhof auch in Berlin einen respektablen Ruf besaß. Rheinsperg versprach, so bald wie möglich mit Staatsrat Döberitz zu sprechen, um die Angelegenheit so auf höchster diplomatischer Ebene zur Sprache zu bringen. Bis dahin aber hieß es sich gedulden.

XXIX.

Als ich am nächsten Morgen aus unruhigen Träumen erwachte, beschlich mich das unbestimmte Gefühl, daß Livingston nicht nur seine Jagd auf die Schwarze Hand, sondern auch sich selbst aufgegeben hatte. Es war wie eine dunkle Ahnung, die sich bald darauf in trauriger Weise bestätigte. Mit undurchdringlicher Miene verkündete Irene Adler im Frühstückssalon des Belvedere, daß ihr Freund mindestens für heute vormittag, vielleicht auch noch für länger unpäßlich sei …

Es bedurfte nicht des schwachen Lächelns, mit dem sie mich bat, mir keine Sorgen zu machen, um zu wissen, was geschehen war. Gleich nach dem Déjeuner begab ich mich deshalb zu Livingstons Zimmer hinauf. Auf mein Klopfen hin rührte sich nichts. Nach zwei weiteren vergeblichen Versuchen drückte ich die Klinke nieder und öffnete die Tür. Das Zimmer war – wie früher das in Wien – vollständig abgedunkelt, die dicken Samtportieren vor den Fenstern waren zugezogen, das schwache Sandelholzaroma des Parfums der Adler lag noch in der Luft. Livingston lag mit geschlossenen Augen in seinem orientalischen Hausmantel reglos auf dem Diwan, vor ihm ein kleiner Beistelltisch, auf dem sich das Kokainbesteck und eine schmale Karaffe mit der Lösung der Droge befanden. In seiner Hand hielt er ein Taschentuch. In blau-goldener Seide war darauf am oberen linken Rand

das Monogramm »I. A. N., Vienna« gestickt, darunter der Zusatz »For W. in love«.
Als ich ihn mehrmals leise anrief, drehte er den Kopf und sah mich aus halbgeöffneten Augen gleichgültig an. Die Pupillen waren, soweit ich das im Dunkeln erkennen konnte, stark erweitert, die Augäpfel gerötet. Ich weiß nicht, ob er mich überhaupt erkannte, jedenfalls schloß er nach wenigen Sekunden wieder die Augen. Ich fühlte zur Sicherheit seinen Puls. Er war langsam, aber nicht besorgniserregend.
Neben der Kokainkaraffe lag ein Brief. Ich konnte mich nicht beherrschen und las:

»Irene,
bitte erfinde morgen früh eine Ausrede, aber mache Dir nicht zuviel Mühe, der Doktor wird ja doch alles sofort wissen.
Was uns betrifft: Sei versichert, daß ich Dir keine Vorwürfe mehr machen werde. Gehe meinetwegen, wohin Du willst – es ist mir gleichgültig. Es war ja doch immer nur ein Traum gewesen, nicht wahr? Aber ich wollte es ja nicht wahrhaben.

Ich hätte es eben besser wissen müssen.
W.«

Betroffen wandte ich mich ab und verließ das Zimmer. Ich ging hinunter zur Rezeption. Von der Caledonia war immer noch keine Nachricht eingetroffen. Ich fragte nach Mrs. Adler-Norton. Man beschied mich, daß Madame ausgegangen sei, zum Lunch aber wieder zurück sein wollte. Ich nahm also im Foyer Platz und wartete.
Kurz vor dem Servieren des Mittagessens kam sie zurück. Elegant wie immer, in dunkelgrünem, bortenverziertem Kostüm mit Pelzbesatz, cremefarbenen Handschuhen und schwarzen Atlasstiefeletten, verriet weder ihr schlendernder Gang noch ihr maskenhaft schönes Gesicht irgendein Zeichen von Unsicherheit. Kaum hatte sie mich jedoch entdeckt, als sie auch schon mit demonstrativ erhobenem Kinn auf mich zukam.
»Sie waren bei ihm?« fragte sie ohne Umschweife in ihrer direkten Art.
»Ja. Ich würde gerne ein paar Worte deshalb mit Ihnen sprechen.«

»Wie Sie wünschen.«
Wir gingen in den Salon und nahmen in einem Séparée Platz.
»Darf ich offen sprechen?« fragte ich.
»Selbstverständlich.«
»Warum ist es passiert?«
»Das wissen Sie besser als ich. Wegen seines Mißerfolgs. Und weil er krank ist.«
»Nicht auch wegen Ihnen?«
»Warum wegen *mir?*«
»Sein Brief an Sie lag offen auf dem Tisch. Ich war so frei, ihn zu lesen.«
»Nun, dann wissen Sie ja auch, daß er mich nicht liebt.«
»Aber Madame. Ist es nicht eher so, daß Sie *ihn* nicht lieben?«
»Würde ich mir dann all seine Beleidigungen und Demütigungen gefallen lassen?«
»Zur Liebe gehört auch Entscheidung.«
»Ich habe Ihnen gesagt, daß Godfrey und ich uns scheiden lassen werden.«
»Haben Sie das auch *ihm* gesagt?«
»Natürlich. Aber er ist nach wie vor besessen vor Eifersucht.«
»Und hat er nicht aus seiner Sicht auch allen Grund dazu?«
»Nein, den hat er nicht«, erwiderte sie mit Schärfe. »Als wir damals hier am Bahnhof ankamen, war ich leider nicht ganz aufrichtig zu Ihnen, Doktor. Ich glaube inzwischen, daß er krank ist, sehr krank sogar. Meiner Ansicht nach gehört er in ein Sanatorium, und zwar nicht nur wegen des Kokains. Dieses ständige emotionale Auf und Ab, diese ganze Lebensunsicherheit … Natürlich, ich bin alles andere als ein Arzt und schon gar kein Psychologe wie Sie, aber ich glaube, daß er unter irgendeiner Art von innerem Schock leidet, unter einer seelischen Deformation, die ihn zu einem völlig unfreien Menschen macht. Ich gebe zu, daß mich diese Abgeschlossenheit und Unerreichbarkeit anfangs angezogen hat. Aber mittlerweile ist sie bei ihm in das Gegenteil umgeschlagen und zu einem absoluten Besitzverlangen geworden. Und das kann und will ich auf die Dauer nicht hinnehmen.«
»Mit anderen Worten: Als er noch nicht ihr Besitz war, zog er sie an. Jetzt, wo Sie seiner völlig sicher sind, wird er Ihnen lästig.«

»Bitte, was ist Besitz?« erwiderte sie kühl. »Sie glauben, er sei nur ein armes, ohnmächtiges Opfer, betrogen und verraten von einer gewissenlosen Verführerin, nicht wahr? Aber das ist zu einfach, Doktor, viel zu einfach. Wenn es wirklich um Besitz geht, so müssen Sie schon beide Parteien sehen. Nur wer einem anderen Besitz zugesteht, kann auch durch ihn beherrscht werden. Wer ihn aber zugesteht, ist kein willenloses Opfer mehr.«

»Ich fürchte, Sie verwechseln da Bewußtes mit Unbewußtem.«

»Mag sein«, antwortete sie. »Aber ich bin nicht auf der Welt, um ihm seine verlorene Kindheit zu ersetzen.«

»Warum sagen Sie das? Hat er Ihnen jemals etwas über diese Kindheit erzählt?«

»Er erinnert sich nicht daran. Es scheint, als habe er sie vollständig vergessen.«

»Hat er nicht vielleicht einmal eine angeblich verstorbene Schwester erwähnt?«

Mein schönes Gegenüber zögerte plötzlich. »Doch«, sagte sie.

»Bei welcher Gelegenheit?«

Sie wurde blaß. »Darüber möchte ich nicht sprechen.«

»Nicht einmal, wenn es ihm helfen könnte, sich von seiner Vergangenheit zu befreien?«

»Nein. Es betrifft seinen privatesten Bereich.«

»Dann geben Sie mir wenigstens einen Hinweis. Es handelt sich um einen Aspekt der Sexualpathologie, nicht wahr?«

Sie zögerte erneut, nickte dann aber stumm.

»Gut«, sagte ich, »ich möchte Sie nicht weiter bedrängen. Lassen Sie mich zum Schluß nur noch einmal meine Frage von vorhin wiederholen. Lieben Sie ihn?«

Sie zuckte die schmalen Schultern. »Ich weiß es nicht. Er ist und bleibt für mich trotz allem einer der außergewöhnlichsten Menschen, denen ich je begegnet bin. Aber ich kann und werde ihn nie so lieben, wie er sich das wünscht. Sie kennen meinen Ruf, Dr. Heydinger, Sie wissen, für wen mich alle Welt hält – die berüchtigte Abenteurerin, die skrupellose Herzensbrecherin, die männerverschlingende Femme fatale und was sonst noch für ein Unsinn. Natürlich habe ich meine Affären gehabt, aber es war bei weitem nicht das, was das Geschwätz der sogenannten besseren Kreise daraus gemacht hat. Ich habe niemals vorgegeben, etwas anderes zu sein, als ich bin, niemals Leidenschaft in Fällen vorgespielt, in denen alles nur ein Spiel war. Ich bin im Grunde *überhaupt* kein leidenschaftlicher Mensch. Leider scheinen jedoch manche Männer das einfach nicht begreifen zu können. Oder nicht zu wollen.«

»So wie er.«

»Nein«, sagte sie entschieden. »Bei ihm war es anders. Ich hatte geglaubt, er sei der erste Mann, der mich verstünde und in seiner Exzentrik unbürgerlich genug wäre, um den Spielregeln der Konvention nicht zu unterliegen. Und bis zu einem gewissen Teil stimmte das ja auch. – Aber wie auch immer: Ich kann ihn nicht mit jener Ausschließlichkeit lieben, die er verlangt.«

»Sie werden sich also von ihm trennen?«

»Das habe ich nicht gesagt«, erwiderte sie ungeduldig. »Alles, was ich will, ist, nicht mehr ständig mit diesen Auseinandersetzungen leben zu müssen, mit den endlosen Vorhaltungen und vor allem nicht mehr mit dieser maßlosen Eifersucht.«

»– die aber nun einmal der Preis ist, der in fast allen Dreiecksverhältnissen gezahlt wird.«

Sie sah mich hochmütig an. »*Ich* bin nicht bereit, ihn zu zahlen.«

»Und Norton?«

Mit einem Ruck stand sie auf. »Doktor, was soll Ihre Fragerei? Ich bin mit Livingston nach Hamburg gefahren, nicht mit meinem Mann. Das ist doch deutlich genug, oder etwa nicht?«

»Werden Sie auch mit ihm zurückfahren?«

»Das weiß ich nicht«, antwortete sie brüsk. »Aber eines weiß ich ganz sicher: Ich werde nicht mein ganzes Leben lang seine psychologische Florence Nightingale sein, eine Art bessere Krankenschwester für die verdrängten Erlebnisse in seiner Vergangenheit, die er sich selbst nicht eingestehen kann oder will. Irgendwann ist auch meine Geduld zu Ende.«

XXX.

Auch am Mittag dieses Tages hörten wir nichts von der Caledonia. Dafür händigte man mir am Nachmittag an der Rezeption des Belvedere ein Telegramm an »Dr. Leonhard Heydinger, privat« aus, das kurz vorher von einem Boten abgegeben wurde. Es trug keinen Absender; der Text war auf gewöhnlichem Hotelbriefpapier geschrieben und bestand lediglich aus einem Satz und einem Postskriptum:

»Sehr geehrter Herr Dr. Heydinger,
bitte kommen Sie heute um 15 Uhr zur Besprechung einer privaten Angelegenheit in den Rauchsalon des »Hamburger Hofs« am Jungfernstieg.

P.S. Sie dürfen auf keinen Fall mit Herrn Livingston kommen und ihm auch nichts von dieser Nachricht erzählen. Wenn es Sie beruhigt, nehmen Sie einen Beamten der Polizei mit.«

Ich spielte mit dem Gedanken, diese seltsame Botschaft trotz der ausgesprochenen Warnung Livingston zu zeigen, aber sein Zustand hatte sich seit dem Vormittag nicht verändert; er stand noch immer vollkommen unter der betäubenden Wirkung des Kokains. Auch sonst war niemand zur Stelle. Irene Adler war ausgegangen, Lena zur Probe im Stadttheater und ihr Vater zu einem naturwissenschaftlichen Seminar nach Altona gefahren. Also versuchte ich, über den Fernsprecher des Hotels von Cronstein zu erreichen, doch auch der war dienstlich abwesend. Sein Büroleiter fragte, worum es ginge. Ich erzählte ihm von dem Telegramm. Der Mann überlegte kurz und empfahl mir dann, den Termin wahrzunehmen; er werde mir zur Sicherheit Schelling schicken, damit dieser mich begleite. Ich hinterließ eine kurze Nachricht für Lena an der Rezeption und machte mich eine halbe Stunde später gemeinsam mit dem jungen Beamten auf den Weg zum Jungfernstieg.

Im Hamburger Hof, dem berühmtesten aller Hamburger Luxushotels, angekommen, steuerten wir sofort auf den Rauchsalon zu. Kaum hatten wir den Raum – gediegen eingerichtet im englischen Clubstil, mit Mahagoni und olivfarbenen Ledersesseln – betreten, als mich auch schon von der Seite eine warme, volltönende tiefe Stimme ansprach: »Ich bin außerordentlich froh, daß Sie gekommen sind, Dr. Heydinger.«
Ich wandte mich um – und zuckte erschrocken zusammen. Die glei-

che massige Korpulenz und Behäbigkeit, der gleiche Zylinder, den er sogar noch hier im Salon auf dem Kopf behielt, der gleiche goldene Kneifer und der dunkle Vollbart: ja, kein Zweifel, der Mann, der hier vor mir stand, war jener Riese, der sich gestern an der Hotelzimmertür Irene Adler-Nortons zu schaffen gemacht hatte!
»Ich bedaure zutiefst«, fuhr er in überaus kultivierter und gedehnter Sprechweise mit starkem englischen Akzent fort, »Sie unter solchen Umständen kennenzulernen, besonders, da Sie mich nach der Szene vor der Tür von Madame Adler für einen gewöhnlichen Einbrecher halten müssen. Ich hoffe aber sehr, Ihnen alles ausreichend erklären zu können.«
Mit schweren Schritten führte er mich zu einer kleinen Clubecke, die vom Rest des Salons durch einen chinesischen Seidenparavent abgetrennt war. Schelling nahm einige Meter entfernt Aufstellung, so daß er uns jederzeit im Auge behalten konnte.
Erst als wir uns in den bequemen Sesseln niedergelassen hatten und uns der Kellner eine Flasche Portwein brachte, fand ich meine Sprache wieder. »Dürfte ich vielleicht erfahren, mit wem ich die Ehre habe?«
Mein Gastgeber schüttelte den Kopf. »Bitte entschuldigen Sie, aber mein Name ist in dieser Sache vollkommen unwichtig«, antwortete er im gleichen vornehmen und gebildeten Tonfall wie zuvor. »Wichtig ist allein das Verhältnis, in dem ich zu Ihrem englischen Freund stehe.«
»Und welches wäre das?«
Der andere lächelte erneut, diesmal allerdings mit einem leicht schmerzlichen Ausdruck, und sagte leise: »Ich bin sein Bruder.«
Er bemerkte offenbar sofort meinen zweifelnden Gesichtsausdruck, denn er fuhr ruhig fort: »Sie glauben mir nicht, und ich kann es Ihnen nicht verdenken. Aber vielleicht gelingt es mir, Sie zu überzeugen. Sehen Sie her.«
Mit diesen Worten sah er sich vorsichtig nach allen Seiten um, bevor er plötzlich Zylinder und Augengläser abnahm und mit ungeschickten Fingern den falschen Vollbart vom Gesicht löste. Ich traute meinen Augen nicht: Bis auf die weniger schmale Nase, die etwas flachere Stirn, die volleren Wangen und das schwere Doppelkinn saß mir plötzlich eine exakte Kopie des Mannes gegenüber, den ich als John Livingston kannte!

»Ich weiß, was Sie jetzt denken«, sagte er entschuldigend, indem er sofort begann, seine Tarnung wieder anzulegen, peinlich darauf bedacht, von niemandem beobachtet zu werden, außer natürlich von Schelling, der ihn bereits argwöhnisch musterte. »Eine Familie von Verrückten, nicht wahr, deren größtes Vergnügen es ist, inkognito und in dubiosen Verkleidungen durch die Welt zu reisen. Bitte, Doktor, seien Sie versichert, daß es, wenigstens so weit es mich betrifft, einen einfachen Grund für diese Vorsicht gibt: Mein Bruder darf auf keinen Fall wissen, daß ich hier bin.«
»Warum nicht?«
»Lassen Sie mich mit einer Gegenfrage antworten. Ich war bislang recht gut über sein … nun, sagen wir, schwieriges Verhältnis zu Madame Adler informiert. Allerdings ist der Kontakt seit seiner Abreise aus Wien plötzlich abgebrochen. Können Sie mir sagen, wie es mittlerweile zwischen den beiden steht?«
»Nicht besonders gut, fürchte ich. Ihr Bruder hatte heute morgen einen schweren Kokainrückfall.«
»Haben Sie schon mit ihr darüber gesprochen?«
»Ja.«
»Und Sie hat dabei nichts über das Verhältnis zu ihrem Mann angedeutet?«
»Doch. Es scheint, als ob sie sich endgültig scheiden lassen will.«
»Hm, das dachte ich mir. In seinem letzten Brief hat mir mein Bruder davon erzählt.« Er seufzte. »Die Wahrheit, verehrter Doktor, sieht leider ganz anders aus. Sie müssen wissen, daß ich Norton recht gut kenne. Ich war kurze Zeit sein Vorgesetzter, als er noch in London gearbeitet hat. Im Herbst des letzten Jahres kam er zum ersten Mal persönlich aus Wien nach England. Er bat mich, nach Österreich zu reisen, um meinem Bruder die Aussichtslosigkeit der Affäre mit seiner Frau klar zu machen und ihn zu bewegen, nach England zurückzukehren. Nach einer langen Unterredung, in deren Verlauf mir erst klar wurde, welch ein gefährliches Spiel die Adler trieb, entschloß ich mich, Nortons Bitte nachzukommen. Ich fuhr nach Wien, um mir zunächst ein Bild der dortigen Situation zu machen.«
»Ja, ich erinnere mich, daß Ihr Bruder einmal glaubte, Sie in Wien gesehen zu haben. Aber er traute sich selbst nicht recht, weil er erst kurz vorher einen Brief aus London von Ihnen bekommen hatte.«

Der Engländer nickte bedächtig. »Ich habe stets befürchtet, daß er mich bemerken würde«, sagte er. »Es ist fast unmöglich, jemanden wie ihn unerkannt zu beschatten, besonders natürlich für einen Mann von meiner Statur. Den besagten Brief hat übrigens Norton für mich in Soho aufgegeben, um keinen Verdacht aufkommen zu lassen. Aber wie auch immer, es gelang mir damals in Wien zunächst nicht, Beweise zu finden, die mich wirklich von Madames falschem Spiel überzeugten. Also kehrte ich wieder nach England zurück. Vor zwei Wochen dann erschien Norton noch einmal. Er zeigte mir einen Brief seiner Frau und eine notarielle Urkunde, nach der beide ein Haus in der Nähe von Paris erworben hatten, das sie in Kürze beziehen wollten. Dies erschien mir nun allerdings deutlich genug. Ich brach noch einmal nach Wien auf, mußte dort jedoch feststellen, daß die Adler bereits mit meinem Bruder nach Hamburg abgereist war. Ich beschloß, ihnen hinterherzufahren und zu versuchen, in Hamburg in den Besitz einiger kompromittierender Briefe zu kommen. Leider war ich dabei gezwungen, alles auf eine Karte zu setzen, so daß es zu jener höchst peinlichen Szene im Belvedere kam, bei der Sie mich gestern überraschten.«

»Dann ist also nichts dran an diesen Scheidungsplänen?«

Mein Gegenüber zuckte die massigen Schultern. »Urteilen Sie selbst. Hier ist ein Brief, den mir Norton zusammen mit der Kaufurkunde überlassen hat.«

Er zog ein schmales Kuvert mit einer schwungvollen Frauenhandschrift aus der Tasche und reichte es mir. Es war an Norton in England adressiert, dem Poststempel zufolge nur zwei Wochen alt, und lautete:

> *»Geliebter Godfrey,*
> *sei beruhigt, es wird nicht mehr lange dauern, ich muß nur noch einen Weg finden, es ihm beizubringen. Vielleicht wäre es wirklich am besten, es noch einmal über seinen Bruder zu versuchen, wie du gesagt hast. Bitte versuche es. Besuche den Mann in London und mache ihm klar, wie sinnlos alles ist.*
> *Mein über alles geliebter Godfrey! Wenn Du wüßtest, wie sehr ich mich nach dir sehne, wie sehr ich mich auf unser neues Leben in Paris freue. Wenn das alles erst einmal vorbei ist, wer-*

den wir zusammen wegfahren, weit weg, und diesen ganzen furchtbaren Spuk für immer vergessen.

In meinem Herzen zutiefst die Deine
Irene«

Mein Herz krampfte sich vor Zorn zusammen, als ich diese Zeilen las. Aber dann stutzte ich plötzlich noch einmal. »Woher wollen Sie wissen, daß er echt ist?«

Mein Gegenüber sah mich traurig an. »Ich habe die Handschrift mit einer Originalprobe verglichen.«

»Wo?«

»In ihrem Wiener Haus, unmittelbar nachdem sie nach Hamburg abgereist war. Ich benutzte einfach einen alten Trick meines Bruders, indem ich mich beim Hausmädchen als Klavierstimmer vorstellte, den Madame angeblich schon vor Wochen bestellt hätte. Das gute Ding überlegte nur kurz und meinte dann, daß ich meine Arbeit sicher auch ohne Anwesenheit ihrer Herrin tun könne. So wurde ich also in das Musikzimmer mit dem Flügel geführt und allein gelassen. Ich verstehe natürlich nichts vom Klavierstimmen, aber es gibt ein hübsches kleines Gerät, eine Art Spieluhr, die man über die Tasten legen kann. Ein Federmechanismus drückt dann in bestimmten Abständen eine Taste nieder, so daß außerhalb des Raumes der Eindruck entsteht, der Stimmer sei am Werk. Auf diese Weise konnte ich in aller Ruhe einen Blick auf die Noten im Bücherregal werfen. Ich wußte von meinem Bruder, daß die Adler früher die Amneris in Verdis ›Aida‹ gesungen hatte. Also nahm ich den entsprechenden Klavierauszug aus dem Regal, der seinem Zustand nach ihre ehemalige Studier-Ausgabe sein mußte. Wie erwartet, war ihre Partie über und über mit persönlichen musikalischen Notizen und Anmerkungen versehen. Ich benötigte keine Minute, um zu erkennen, daß die Handschrift mit jener in dem Brief vollkommen identisch ist.«

Resigniert reichte ich ihm den Bogen zurück: »Die kriminologische Begabung scheint bei Ihnen wohl in der Familie zu liegen, wie?«

»Ja, vielleicht«, meinte er. »Aber nur mein Bruder hat aus diesem Talent etwas Besonderes gemacht. Er ist der Mann, der eine Theorie auch in die Praxis umsetzen kann. Ich bin in dieser Hinsicht leider zu phlegmatisch veranlagt und rühre mich nur, wenn es ganz außerordentliche Umstände erfordern, so wie eben jetzt. Erst wenn er gar nicht mehr weiter weiß – was allerdings sehr selten vorkommt –, wendet er sich an mich.«

Ich blickte ihm scharf in die Augen. »Dann wissen Sie am Ende auch über von Kessler und die Schwarze Hand Bescheid?« fragte ich.

»Gewiß«, gab er müde zurück. »Ich bin sogar über jede Einzelheit Ihrer Ermittlungen im Bilde. Aber ich muß zugeben, daß in dieser Sache auch mein, oder besser gesagt, das Latein des Foreign Office am Ende ist.«

»Des Foreign Office?« fragte ich. »Sie sind also Staatsbeamter?«

»Ja, ich arbeite schon seit vielen Jahren im britischen Außenministerium.«

»Dann beschäftigt sich inzwischen auch schon die englische Regierung mit der Schwarzen Hand?« fragte ich fassungslos.

Er zögerte, bevor er mit gedämpfter Stimme antwortete: »Nicht nur die Regierung. Auch die Krone steht dieser Geschichte mit Argusaugen gegenüber. Ich weiß, es klingt phantastisch, aber wir haben den Verdacht, daß es sich bei der Schwarzen Hand um eine Verschwörergruppe handelt, deren Tätigkeit eines Tages auch die europäischen Interessen Englands beeinflussen könnte. Hat Ihnen mein Bruder niemals etwas darüber erzählt, bei welcher Gelegenheit zum ersten Mal der Name der Schwarzen Hand in Österreich aufgetaucht ist? Nämlich bei der Tragödie von Mayerling?«

Ich starrte den behäbigen Engländer an. »Der Tod des Kronprinzen hat etwas mit dieser Gesellschaft zu tun?«

Er zuckte nur die Schultern. »Wir vermuten es. In den Archiven unseres Geheimdienstes gibt es ein Dokument, wonach Rudolfs persönlichem Leibadjutanten seinerzeit ein Brief der Geliebten des Kronprinzen – also der Baronesse Mary Vetsera – zugespielt wurde, in dem von der Schwarzen Hand die Rede gewesen sein soll. Später zog der Mann diese Erklärung wieder zurück, angeblich um den Kaiser nicht zu beunruhigen. Und mittlerweile ist sie ganz aus den amtlichen Wiener Unterlagen verschwunden. Dennoch hält sich nicht nur in Wien der Verdacht, daß die Schwarze Hand mehr ist als nur ein antisemitischer Geheimbund. Und wenn Sie das Ganze einmal im Zusammenhang mit all den ethnischen Spannungen in Südosteuropa

sehen – denken Sie nur an die Feuer, die auf dem Balkan schwelen –, wer sagt uns dann, daß die Umtriebe einer solchen Organisation nicht eines Tages zu einem Krieg internationalen Ausmaßes führen könnten?«
Mir kam plötzlich ein Verdacht. »Arbeitet Ihr Bruder etwa auch für die englische Regierung?« fragte ich.
Mein Gegenüber zögerte. »Nicht offiziell.«
»Aber im Geheimauftrag?«
Er sah eine Weile zu Boden, bevor er antwortete. »Nun, es dürfte wenig Zweck haben, es jetzt noch zu leugnen. Ja, er untersteht sogar direkt dem englischen Außenminister. Es waren meine Leute vom Foreign Office, die damals den Kontakt zu Rheinsperg und seinem Ministerium eingefädelt haben, um dadurch endlich auf die Spur von Kesslers zu kommen. Was wir allerdings nicht wußten, war, daß inzwischen auch die Deutschen hinter ihm her waren.«
Sprachlos lehnte ich mich zurück. Das also war endlich die Wahrheit! Daher die endlosen Geheimniskrämereien, die Inkognitos, die Verschleierungsmanöver. Ein englischer Regierungsagent! Und ich hatte geglaubt, er arbeite für die Rothschilds …
Mein Gegenüber räusperte sich. »Über die Bedeutung dieser Mitteilungen brauche ich Ihnen wohl nichts zu sagen, Dr. Heydinger. Der Erfolg oder Mißerfolg unserer Arbeit hängt nun auch von Ihrem Schweigen ab.« Ich wollte zu einer pathetischen Erklärung ansetzen, doch er winkte gelassen ab. »Wenn ich an Ihnen zweifeln würde, hätte ich Sie nie hierherbestellt«, sagte er. »Aber wir sind, fürchte ich, etwas vom Thema abgekommen. Rundheraus gefragt: Sehen Sie einen Weg, meinen Bruder dazu zu bewegen, sein Liebesverhältnis aufzugeben?«
»Nein«, erwiderte ich knapp. »Nach meiner Einschätzung wird er sich bei jedem derartigen Vorschlag nur noch fester an seine Illusionen klammern.«
»Und wenn er mit besagtem Brief konfrontiert würde?«
»Das halte ich für sehr gefährlich. Seine Nerven sind mittlerweile in einem Zustand, bei dem ich für nichts mehr garantieren kann.«
»Was schlagen Sie also vor?«
Ich zuckte die Achseln. »So traurig es klingt, aber wir können nur darauf hoffen, daß er irgendwann von selbst die Sinnlosigkeit der Affäre einsieht.«

»Und sich währenddessen durch seine Kokainsucht langsam umbringt.«
»Haben Sie einen anderen Vorschlag?«
Der schwere Mann erhob sich langsam und schüttelte nun seinerseits resigniert den Kopf. »Nein, ich fürchte, Sie haben nur allzu recht, Doktor.«
»Das einzige, was ich versuchen könnte«, sagte ich, indem ich ebenfalls aufstand, »wäre ein nochmaliges Gespräch mit *ihr*.«
Der Engländer sah mich bewegt an. »Würden Sie das wirklich tun?«
»Gewiß«, nickte ich und fügte, als er mir in einer verlegenen Geste die Hand drückte, hinzu: »Wie kann ich Sie erreichen?«
»Ich logiere hier im Hamburger Hof unter dem Namen James Livingston«, antwortete er. »Sprechen Sie mich am besten immer mit dem Vornamen an, das ist weniger auffallend.«
Ich nickte, verabschiedete mich und gab Schelling ein Zeichen, worauf der Polizist und ich gemeinsam das Hotel verließen.

XXXI.

Im Belvedere wurde ich bereits von Lena erwartet.
»Von Cronstein war vor einer Viertelstunde hier«, sagte sie aufgeregt. »Die Caledonia hat endlich geantwortet.«
»Und?«
»Nach der Passagierliste steht fest, daß ein Dr. Eckner in Hamburg an Bord gegangen ist. Aber es fehlt bisher jede Spur von ihm. Es wurde auch noch niemand entdeckt, auf den die Beschreibung passen könnte. Man vermutet bereits, daß er vielleicht bei stürmischem Wetter gestern nacht im Atlantik über Bord gegangen ist.«
»Aber das ist doch lächerlich! Was sagt denn von Cronstein dazu?«
»Er ist fest davon überzeugt, daß von Kessler alias Dr. Eckner noch an Bord ist. Aber letzte Gewißheit werden wir wohl erst bekommen, wenn die Caledonia in New York eingelaufen ist und die Polizei das Schiff durchsucht hat.«
»Weiß Livingston es schon?«
»Nein«, antwortete Lena. »Er hat sich oben in seinem Zimmer eingeschlossen und will niemanden sehen.«
»Ist er allein?«

»Irene wollte zu ihm.« Sie sah mich forschend an. »Nun und? Wer war der Unbekannte im Hamburger Hof?«
»Erzähle ich dir später«, entgegnete ich ausweichend. »Jetzt möchte ich zuerst mit Livingston sprechen.«

Nervös ging ich nach oben. Wenn die Adler noch bei ihm war, um so besser. Aber was sollte ich sagen? Livingston war nicht der Mann, der auf irgendwelche plumpen Vermittlungsversuche eingehen würde, schon gar nicht, wenn sie allzu persönlich wurden. Und auch die Adler würde wohl kaum vor einem Dritten, und sei er hundertmal ein befreundeter Psychologe, über alles sprechen, wenn Livingston dabei war.
Nein, eigentlich war es Wahnsinn. Ich mußte versuchen, mit ihr unter vier Augen zu sprechen. Aber wahrscheinlich würden sie mich ja ohnehin nicht hineinlassen …
Als ich in den Korridor zu den Zimmern einbog, überkam mich plötzlich eine seltsame Ahnung. Kein Laut war zu hören, alles war totenstill. Sicher, die Türen des Hotels waren gut gedämpft, aber dennoch erschien mir diese Ruhe verdächtig.
Vor der Tür zu Livingstons Zimmer zögerte ich noch einmal. Dann klopfte ich vorsichtig. Nichts rührte sich.
Im Bruchteil einer Sekunde gingen mir die abenteuerlichsten Gedanken durch den Kopf. Ich dachte an eine Gewalttat im Affekt oder im Drogenrausch, an einen Unfall infolge einer Überdosis Kokain oder etwas ähnliches …
Ich klopfte noch einmal, diesmal mit mehr Nachdruck.
»Wer ist da?« ertönte plötzlich die heisere Stimme Livingstons hinter der Tür. »Sind Sie es, Doktor?«
Ich bejahte.
»Kommen Sie herein!«
Ich drückte die Klinke nieder und öffnete die Tür.
»Willkommen«, begrüßte mich Livingston mit schneidendem Sarkasmus. »Ich glaube, wir können heute einen Schiedsrichter gut gebrauchen.«
Das Zimmer war noch genauso abgedunkelt wie am Morgen. Lediglich ein kleiner Spalt zwischen den Vorhängen ließ das schwache Licht der Abenddämmerung herein. Der Engländer lag auf seiner Otto-

mane und rauchte; die Karaffe mit dem Kokain stand vor ihm auf dem Tisch, außerdem eine halbvolle Flasche Branntwein. In der anderen Ecke, den Kopf halb zum Fenster geneigt, erkannte ich die Adler-Norton in einem Armlehnstuhl. Ihre Haltung war sonderbar verkrampft, die Beine eng übereinandergeschlagen, der Oberkörper weit vorgebeugt, eine Hand an der Lehne festgekrallt, mit der anderen eine glühende Zigarette haltend. Sie trug ein langes Abendkleid mit Ärmeln aus Spitze; die gelösten Haare hingen ihr in wirren Strähnen ins Gesicht. Soweit ich das im Dämmerlicht sehen konnte, waren ihre Züge ausdruckslos, aber mindestens ebenso bleich wie jene des Engländers. Bei meinem Eintritt hatte sie nur kurz den Kopf gewandt, war aber gleich darauf wieder in ihre stumme Erstarrung zurückgefallen.

Wie festgenagelt stand auch ich plötzlich in diesem Zimmer, absolut unfähig, mich auch nur einen Schritt von der Stelle zu rühren. Etwas Bedrohliches ging von der ganzen Szenerie aus. Keiner der beiden sagte etwas, die Stille wirkte fast wie ein Alpdruck. Ohne mich zu bewegen, nur aus den Augenwinkeln, blinzelte ich abwechselnd einmal zu Livingston, dann wieder zu seiner Geliebten hinüber. Nicht einmal in meiner Praxis hatte ich eine ähnlich drückende, bis zum Zerreißen gespannte Atmosphäre erlebt. Die Luft war stickig und wie vergiftet. Ich konnte kaum atmen, und das nicht nur, weil sich Livingston und die Adler ohne Unterbrechung eine Zigarette nach der anderen anzündeten …

Plötzlich zuckte ich zusammen, als sich aus dem dämmerigen Halbschatten seitlich hinter mir eine Gestalt löste, die ich bei meinem Eintritt übersehen haben mußte, weil sie direkt neben der Garderobe gestanden hatte und von dieser verdeckt gewesen war. Entgeistert fuhr ich zurück, als ich die Umrisse eines Mannes im Smoking erkannte, der mit den Händen in den Hosentaschen dastand.

Vom Sofa her erklang Livingstons gepreßte Stimme: »Sie kennen Mr. Godfrey Norton, nicht wahr, Doktor?«

Ich spürte, wie meine Hände feucht wurden. Wieder sah ich zuerst zu Livingston, dann zu dem Mann im Smoking und schließlich zu Irene Adler hinüber, die jedoch unbeweglich in ihrer abweisenden Haltung verharrte.

»Natürlich«, antwortete ich heiser. »Aber ich verstehe nicht –«

»Wieso er plötzlich hier ist, meinen Sie?« unterbrach mich Livingston.

»Nun, fragen Sie doch einmal seine Frau hier.« Er wies mit der Zigarette zu ihr hinüber. »Nur zu, fragen Sie sie ruhig«, wiederholte er, und seine Stimme vibrierte dabei vor unterdrückter Erregung. »Sie wird es Ihnen schon sagen, nicht wahr? Wo du doch auch sonst so gern bei anderen Männern dein Gewissen zu erleichtern pflegst …«

Die Adler fuhr mit einem Ruck herum; ihr Gesicht leuchtete weiß vor Zorn. »Hör auf damit!« schrie sie. »Hör endlich auf damit!«

Doch Livingston lachte nur dunkel auf und rauchte wortlos weiter. Auch Norton schwieg. Beide Männer verharrten regungslos an ihrem Platz, während sich die Adler mit zusammengepreßten Lippen abwandte.

Erneut begann sich die bleierne Stille wie eine Glasglocke auf uns herabzusenken. Es war wie die Ruhe vor dem Ausbruch lange unterdrückter Leidenschaften. Als sich Livingston plötzlich ein Glas Brandy eingoß, nahm das Geräusch in meinen Ohren unerträgliche Dimensionen an. Er ergriff das Glas, führte es zitternd zum Mund und trank es dann in einem einzigen gierigen Schluck leer. Anscheinend war er dazu übergegangen, den Teufel mit Beelzebub auszutreiben und die Folgen seines Kokainrückfalls mit Alkohol zu betäuben. Vielleicht wollte er sich aber auch nur Mut antrinken, denn kaum, daß er das Glas abgestellt hatte, ließ sich zum ersten Mal Godfrey Norton vernehmen.

»Ich warte, Irene«, war alles, was er sagte.

Seine Stimme klang überraschend selbstsicher in Anbetracht der keineswegs eindeutigen Umstände, so daß Livingston eine kleine elektrische Tischlampe andrehte und mit schwerer Zunge sagte: »Ja, da staunen Sie, was, Doktor? Man kommt extra aus England hierher, um einmal gründlich nach dem Rechten zu sehen. Beeindruckend, finden Sie nicht auch? Aber durchaus verständlich, wenn Mylady schon so freundlich war, dem Herrn Gemahl die Hoteladresse zu hinterlassen …«

»Sie hat sie nicht hinterlassen«, sagte Norton kurz. »Und ich komme auch nicht aus England, sondern aus Wien. Erst dort habe ich von ihrem Hausmädchen alles erfahren.«

»– und sich gleich auf den Weg gemacht«, stieß Livingston mit schwerer Zunge und spöttischem Gesichtsausdruck hervor. »Respekt, ein vollendeter Gentleman. Läßt seine Frau nie wirklich aus den Augen,

egal, wo sie auch ist, wie? Schade nur, daß die Gute es nicht lassen kann, hin und wieder doch zu entschlüpfen, wie? Ja, die Jagdlust ... Jagen Sie eigentlich auch, Norton?«
»Sie sind betrunken«, gab Norton kühl zurück. »Passen Sie auf, was Sie sagen.«
»Oho, er will mir drohen«, rief Livingston höhnisch. »Haben Sie's gehört, Doktor? Was meinen Sie, als Psychiater – ob er vielleicht doch Angst vor mir hat?« Doch noch bevor ich antworten konnte, hatte er sich plötzlich aufgerichtet und schrie voller Wut: »Natürlich hat er Angst! Angst um sein elendes kleines Luder von einer Frau!«
»Livingston, ich warne Sie«, erwiderte Norton in drohendem Ton und ging ein paar Schritte auf das Sofa zu. »Noch ein Wort, und ich –«
»Bitte, Godfrey«, unterbrach ihn seine Frau. »Laß ihn doch in Ruhe. Er weiß ja nicht, was er sagt.«
»So, glaubst du?« sagte Livingston, dessen Stimme schlagartig wieder zu einem unheimlichen Flüstern geworden war. »Du hältst mich für verrückt, nicht wahr, weil ich Menschen wie dich nicht ohne Rauschgift ertragen kann, Menschen, die andere benutzen, betrügen, hintergehen, ohne jedes Gewissen, ohne jede Moral ...«
Er stand torkelnd von seinem Diwan auf und ging langsam auf sie zu. Norton und ich machten uns zum Äußersten bereit.
Gut zwei Meter vor ihr blieb er jedoch stehen, lächelte plötzlich und flüsterte mit weit aufgerissenen Augen, deren Pupillen im Dämmerlicht wie kleine Flammen leuchteten: »Nein, keine Angst, ich werde dir nichts tun, aber ich werde den Herren hier einmal sagen, was du in meinen Augen bist oder besser gesagt warst: eine Frau mit allen Anlagen zu einer großen Künstlerin nämlich, die aber schon lange nur noch an einer Sache auf der Welt interessiert ist: an *Macht*! Nur deshalb hast du dich immer nur in anderen gesucht, ohne dabei jemals die Kontrolle über dich zu verlieren, nur deshalb hast du die Musik verraten und deine Karriere aufgegeben. Nicht, weil du angeblich genug hattest von der Bühne oder der Opernroutine, sondern weil du gemerkt hast, daß du keine Macht mehr hattest, weder über deine Konkurrentinnen noch über deine Geliebten, weder über die vielen Impresarios noch über all die Gönner, Kapellmeister und Direktoren – vor allem aber nicht mehr über dein Publikum, deine Zuhörer! Dein Stern begann zu sinken, weil du ein echtes Gefühl für deine Kunst

hättest entwickeln müssen! Ja, Irene, *das* wäre deine Aufgabe gewesen – du hättest eine wirkliche Künstlerin werden müssen! Aber du hast es ja vorgezogen, einfach abzutreten, mit neunundzwanzig Jahren, in einem Alter, in dem andere erst anfangen, sich einen Ruf zu erarbeiten; abzutreten und sich in ein vollkommen hohles Leben voller Machtgier und Oberflächlichkeit zu stürzen … O ja, meine Liebe, du bist noch immer eine schöne Frau mit einem gewaltigen Maß an Esprit, aber es mangelt dir leider vollkommen an Seele, an Empfindung! Du bist grausam aus Genußsucht, ein gefühlloses Monstrum, das sich einbildet, alle um den Finger wickeln, alle täuschen zu können. Darum paßt du ja auch so gut zu ihm – ein geschäftstüchtiger, skrupelloser Anwalt und eine gewissenlose Un-Künstlerin! Jawohl, das ist es, was du bist, eine *Un-Künstlerin*, die nur noch vom schäbigen Ruhm der Vergangenheit zehrt! Mich kannst du nicht mehr täuschen, verstehst du? Du bist das Abstoßendste, was ich jemals gesehen habe, ich wünschte, ich hätte dich nie gekannt, dich und deinen ekelhaft prostituierten Leib! Von mir aus kannst du mit deinem noblen Anwalt da zur Hölle fahren!«
Bei seinen letzten Worten, die er mit überschlagender Stimme förmlich herausgeschleudert hatte, sank die Adler in sich zusammen und vergrub ihr Gesicht in den Händen. Einen Moment lang glaubte ich, Livingston werde einen Revolver aus der Tasche ziehen; statt dessen hielt er nun regungslos inne. In seinem Gesicht zuckte und bebte es, dann eilte er plötzlich zu ihr hinüber, und fassungslos erkannte ich, daß er sie allen Ernstes in die Arme nehmen wollte, ganz so, als habe er sie nicht soeben mit seinen Worten regelrecht vernichtet.
Doch diesmal hatte er nicht mit Norton gerechnet. »Das reicht jetzt, Livingston«, herrschte ihn der Jurist kalt an und stellte sich mit besitzergreifender Miene vor seine Frau. »Seien Sie froh, daß Sie krank und dazu noch betrunken sind, Mann, sonst hätte ich Ihnen gezeigt, daß es auch für einen Anwalt Mittel und Wege gibt, sich ohne Hilfe eines Richters zu verteidigen.«
Er half seiner Frau auf, die immer noch ihr Gesicht in den Händen verborgen hielt, aber keinen Widerstand leistete.
»Sie werden sie nicht mehr wiedersehen«, fuhr Norton in scharfem Ton fort, »wir werden noch heute abreisen. Machen Sie sich keine Mühe, uns zu folgen. Es ist aus, endgültig aus, verstehen Sie? Irene

gehört zu mir, sie hat sich innerlich längst entschieden. Vergessen Sie endlich, was gewesen ist, vergessen Sie Italien und Wien und alles andere und fahren Sie zurück nach England, am besten noch heute abend.«
Livingston stand da wie hypnotisiert, vollkommen gelähmt gegenüber der Entschlossenheit, mit welcher der Anwalt auftrat. Dieser beachtete ihn jedoch gar nicht weiter, nahm nur still seine Frau in die Arme und führte sie langsam zur Tür.
Livingstons bleiche Züge verzerrten sich plötzlich vor Schmerz. »Irene«, flüsterte er, »ich flehe dich an, bleib hier.«
Die Sängerin zögerte. Aus geröteten Augen sah sie ihn einen Moment lang zitternd an, und in ihrem Blick spiegelte sich noch einmal ihre ganze innere Zerrissenheit. Aber ihre Stimme war fest, als sie schließlich antwortete. »Nein, William«, sagte sie. »Was würde das für einen Zweck haben? Ich kann so nicht mehr weiterleben.«
Sie strich sich müde eine Haarsträhne aus der blassen Stirn, bevor sie fortfuhr: »Und wenn du einmal, nur ein einziges Mal aufrichtig zu dir selbst bist, dann weißt du, daß du es ebensowenig kannst. Du verachtest mich, und das vielleicht mit gutem Grund. Ich hätte es niemals so weit kommen lassen dürfen. – Aber laß uns nicht noch einmal alles wiederholen, was schon tausendmal gesagt worden ist. Ich kann einfach nicht mehr. Du hast zuviel zerstört.« Sie nahm den Arm ihres Mannes. »Ich habe mich entschieden«, sagte sie entschlossen. »Und zwar endgültig, William. Ich gehöre zu Godfrey. Und diesmal werde ich bei ihm bleiben.«
»Und was wird aus mir?« sagte Livingston tonlos und starrte an ihr vorbei ins Leere.
Die Adler preßte die Lippen zusammen. »Ich werde dir immer kameradschaftlich verbunden sein«, antwortete sie, »sofern du das wünschst. Aber es darf nie wieder so sein, wie es einmal war. Nie wieder.«
»Aber ich liebe dich«, flüsterte er verzweifelt.
»Herrgott!« rief sie in leidenschaftlichem Zorn. »Fängst du schon wieder an? Kannst du dich nicht endlich abfinden? Hör auf, dich wie ein Kind an mich zu hängen! Du mußt deine Probleme alleine lösen! *Ich* kann dir dabei nicht helfen.«
Norton nahm ihren Arm und legte die Hand auf die Klinke.

Seine Frau straffte sich und sagte mit tonloser Stimme: »*Farewell*, William.«
Sie warf den Kopf in den Nacken, in ihren Augen standen Tränen. Norton zog die Tür auf, und gemeinsam traten sie auf den Flur hinaus. Dann wurde die Tür von außen wieder geschlossen. Nichts konnte endgültiger sein als das leise Klicken der einrastenden Türklinke, gefolgt von den sich langsam entfernenden Schritten des Paares draußen auf dem Hotelflur.

XXXII.

Ich wußte zuerst nicht, ob Livingston einfach nicht begriffen hatte, was geschehen war. Auf jeden Fall schlich er nun wie in Trance zu seinem Diwan, setzte sich stumm nieder, schloß die Augen und lehnte sich langsam zurück. Seine Züge glichen einer Totenmaske, ja, er wirkte völlig erstarrt, lediglich seine Brust hob und senkte sich schweratmend unter den Revers seines Hausmantels. Seine Hände hatte er im Schoß wie ein meditierender Priester zusammengelegt, so daß sich lediglich die Fingerspitzen berührten. Er mußte meine Anwesenheit vollkommen vergessen haben.
Nach einigen Minuten schien es, als sei seine Versteinerung in Schlaf übergegangen. Sein Kinn sackte leicht nach unten, der Rhythmus der Atmung verlangsamte sich, die Spannung der aufeinanderliegenden Finger ließ nach. Ich erkannte, daß ich im Moment wohl nichts weiter für ihn tun konnte, stand auf und ging leise zur Tür.
»Sie wollen mich schon verlassen, Doktor?« fragte er plötzlich mit einer dunklen und seltsam belegten Stimme.
Erschrocken drehte ich mich um. Seine Haltung war unverändert, die Augen immer noch geschlossen. Nur die Fingerspitzen waren wieder fester gegeneinander gepreßt.
»Ich dachte, Sie seien eingeschlafen«, sagte ich.
Er schlug langsam die Augen auf. »Ich war kurz davor. Aber ich darf nicht einschlafen, Doktor, ich darf mein Bewußtsein nicht verlieren. Ich muß wach bleiben, sonst kommen sie wieder.«
»Wer *sie?* Die Nortons?«
Er schüttelte den Kopf. »Nein. Die Dämonen. Die Majestäten des Lichts.«

»*Die Majestäten des Lichts?*«
»Ja, sie nehmen bizarre Formen an … Gesichter aus der Vergangenheit, verstehen Sie? … Gerüche, Erinnerungen, Träume …«
»Was ist los mit Ihnen, Livingston? Haben Sie etwa eine Dosis von diesem widerlichen *Peyotl* eingenommen?«
Doch er schien mich gar nicht zu hören, sondern murmelte weiter:
»Die alte Erinnerung … die Pyramiden … der Wasserfall …«
»Livingston, wovon sprechen Sie? Von Ihrem Traum aus der Schweiz?«
»Ja … Der König … Der orientalische König vor den Pyramiden …«
Er brach plötzlich zitternd ab und fragte schwerfällig: »Haben Sie etwas Neues von diesem Schiff gehört?«
»Von der Caledonia?
»Ah ja … die Caledonia … Ja, das war es … Also, haben Sie?«
»Ja, von Cronstein hat einen Funkspruch bekommen.«
»Er ist uns entwischt, nicht wahr?« fiel er mir scharf ins Wort.
»Nicht direkt.«
»Verdammt, Mann«, schrie er plötzlich und sprang auf, »nun drucksen Sie nicht so herum! Sagen Sie klar, was los ist!«
»Ja, es sieht so aus, als sei er entkommen. Wenigstens konnte er bislang nirgends gefunden werden, obwohl eine Person mit seinen Papieren beim Einschiffen registriert worden war. Man nimmt an, daß er bei hoher See über Bord gegangen ist. Wenn das Ganze nicht wieder nur ein neuerlicher Trick war, um seine Spur zu verwischen.«
Livingston lachte dröhnend. »Natürlich war es ein Trick«, rief er, den Mund zu einer häßlichen Grimasse verzerrt. »Glauben Sie im Ernst, ein Mann wie Moriarty ließe sich auf einem Schiff fangen wie eine Ratte?«
»*Moriarty?*«
»Ja, Moriarty. Wer denn sonst?« Er kam auf mich zu und starrte mich drohend an. »Begreifen Sie denn noch immer nicht, daß *er* hinter allem steckt?«
»Livingston, was soll das? Wer ist Moriarty? Und was soll er mit von Kessler zu tun haben?«
»Von Kessler, ha!« lachte er plötzlich wie irrsinnig. »Glauben Sie denn immer noch an dieses Märchen, Doktor? Es gibt doch gar keinen von Kessler! Der Mann, der sich so nannte, war in Wirklichkeit Moriarty

… Moriarty, der geheime König aller Verbrechernetze Europas, der Drahtzieher der Camorra, der Beherrscher aller Geheimlogen von Madrid bis Danzig, der heimliche Führer der Schwarzen Hand …« Er trat einen weiteren Schritt auf mich zu. »Unter uns gesagt, Doktor: Ich kenne Moriarty schon seit meiner Jugend. Er war mein Hauslehrer, wissen Sie … Schon damals war er ein Schuft, er roch immerzu nach Austern … jawohl, nach Austern … Aber wer hätte ahnen können, daß er einmal die ganze Welt beherrschen würde …«
»Beruhigen Sie sich, Livingston«, sagte ich, zum Schein auf seine fixe Idee eingehend. »Sie sprechen von jenem Oberstaatsanwalt, der uns damals in Ihrer Wiener Wohnung besucht hat, nicht wahr? Schlanker Körperbau, grüne Augen, Mensurnarbe? Das war also in Wahrheit Moriarty?«
»Na bitte, Sie kennen ihn ja doch.« Er kam noch näher an mich heran und musterte mich mit einem triumphierenden Grinsen, das seine bleichen Züge völlig entstellte. »Er hat uns alle in der Hand, Doktor«, flüsterte er beschwörend, »aber das Allerschlimmste ist, daß er nicht einmal davor zurückschreckt, auch völlig Unschuldige zu bedrohen … Ich habe es Ihnen ja nie erzählt, Doktor, aber er erpreßt sogar meine – meine« – er begann krampfhaft zu stottern – »meine Schwester in der widerwärtigsten Art und Weise …«
Er hielt einen Moment inne, bevor er hysterisch fortfuhr: »Moriarty hat sie in der Hand, obwohl sie nie etwas Böses getan hat. Sie ist unschuldig, vollkommen unschuldig! Verstehen Sie?«
»Ich dachte, Ihre Schwester sei tot?«
»Das habe ich nie gesagt!« stieß er zwischen zusammengebissenen Zähnen hervor und ballte die Fäuste. »Nehmen Sie das sofort zurück!« In seinen Augen funkelte es vor fanatischer Wut.
»Sie sollen das zurücknehmen!« schrie er plötzlich außer sich. »Sie ist unschuldig, haben Sie mich verstanden? Unschuldig, unschuldig, unschuldig!«
Er stampfte mit dem Fuß auf und stürzte wie ein Epileptiker durch das Zimmer, den Kopf nach allen Seiten drehend, als suche er etwas. Bevor ich es verhindern konnte, hatte er seine kostbare Stradivari, die auf dem Sideboard lag, vorn am Griffbrett gepackt.
»Sie hat niemals etwas Böses getan, verstehen Sie, niemals! Nehmen Sie das endlich zur Kenntnis! Sie ist unschuldig!« tobte er, holte mit

der Geige aus und schlug die chinesische Blumenvase von der Porzellansäule neben dem Fenster herunter. Die Vase zerschellte auf dem Parkett, der Korpus des wertvollen Instuments zerbarst in einem scheußlichen Knirschen, die Saiten sprangen aus ihren Halterungen am Steg und hingen wie gerissene Schnürbänder aus dem Wirbelkasten heraus.

»Ich hätte ihn umbringen sollen«, tobte Livingston, nunmehr vollkommen hysterisch, »damals an den Reichenbach-Fällen. Er hätte es verdient gehabt!«

Besessen vor Wut schleuderte er den Geigentorso weg, ergriff mit beiden Händen die Porzellansäule und versuchte, sie gegen den massiven Kleiderschrank aus poliertem Nußbaum zu wuchten.

Das spitze Klirren des in unzählige Scherben zerspringenden Keramiks hörte ich aber schon gar nicht mehr. Ich war hinaus auf den Korridor gestürzt und rannte zum Treppenaufgang, wo bereits ein Hoteldiener erschrocken heraufkam. »Schnell, Mann!« rief ich ihm zu. »Holen Sie ein oder zwei Mann zur Verstärkung! Wir müssen versuchen, ihn zu überwältigen!«

Ich deutete auf das Zimmer am Ende des Gangs, aus dem unablässig die Geräusche von Livingstons Zerstörungswut drangen.

Der Uniformierte begriff und kam nach wenigen Augenblicken mit zwei Kollegen zurück. Gemeinsam betraten wir das Zimmer, wo der Engländer bereits die Hälfte des Mobiliars in Trümmer geschlagen hatte. Die Kokainkaraffe lag ebenso zerbrochen auf dem Boden wie die Flasche mit dem Branntwein. Überall bildeten sich feuchte gelbe Flecken auf den hellen Orientteppichen.

Livingston selbst stand mit dem schmiedeeisernen Schürhaken in der erhobenen Hand vor uns. »Verschwinden Sie!« brüllte er. Aus seiner Nase strömte Blut in dicken Tropfen auf seine Hemdbrust.

»Hören Sie, Livingston«, sagte ich beschwörend, »ich –«

»Sie sollen verschwinden, habe ich gesagt!« wiederholte er gellend und holte mit dem Schürhaken aus. Der Schlag, der nur haarscharf an mir vorbeiging, war von solcher Heftigkeit, daß er die Gewalt über den Haken verlor. Er rutschte ihm aus der Hand und schlug auf der anderen Seite des Zimmers krachend gegen die steinerne Kamineinfassung. Von der Wucht der Bewegung mitgerissen taumelte Livingston nach vorn, geradewegs in die Arme eines der Diener. Dieser, ein

noch junger Mensch und halb verrückt vor Angst, versetzte ihm mit dem Mut der Verzweiflung einen Faustschlag vor das Kinn, so daß er zu Boden stürzte und benommen vor dem Kamin liegen blieb.
»Gut gemacht«, rief ich, lief rasch zu Livingston hinüber und untersuchte ihn kurz. »Alles in Ordnung, er ist ohnmächtig. Kommen Sie, helfen Sie mir.«
Wir schleiften ihn hinüber in das Schlafkabinett und hievten ihn auf das Bett. Dann lief ich zu meinem Zimmer hinauf und holte meinen Arztkoffer. Als ich zurückkam, waren schon weitere Bedienstete des Hotels eingetroffen, die sich daran machten, das Zimmer notdürftig aufzuräumen. Ich untersuchte Livingstons Puls, der stark genug für eine Injektion war, zog eine Beruhigungsspritze auf, rollte seinen Ärmel hoch, tastete nach der Vene und stach die Nadel hinein. Dann erklärte ich den Leuten, daß ich einstweilen zur Beobachtung im Zimmer bleiben wolle; wegen des weiteren Vorgehens möge man mir umgehend den Hoteldirektor heraufschicken. Die Männer nickten, beendeten ihre Arbeit und verließen das Zimmer, während ich mich erschöpft auf einem der beiden noch intakten Sessel niederließ und mir eine Zigarette anzündete.
Nach wenigen Minuten erschien der Chef des Hauses, ein magerer, langer Herr mit graumelierten Schläfen.
»Mein Gott!« entfuhr es ihm, als er das verwüstete Zimmer sah. »Das wird ja Tausende von Mark kosten! Sind Sie ein Angehöriger?«
Ich verneinte und erklärte ihm kurz die Situation. Nach einigem Hin und Her kamen wir überein, eine Krankenschwester für die Nacht anzufordern und uns am nächsten Morgen nach einer Überführung in ein Krankenhaus umzusehen. Einstweilen bestünde keine weitere Gefahr, versicherte ich dem Mann, die Spritze werde für einige Stunden ausreichen, und falls sich Zeichen für die nachlassende Wirkung zeigen sollten, würde die Schwester die Injektion einfach wiederholen.

*

Unglücklicherweise stellte sich jedoch heraus, daß es für das Rufen einer Schwester schon zu spät war. Auch Livingstons Bruder, dem ich ein Eiltelegramm hatte schicken lassen, war nicht in seinem Hotel. So blieb mir nichts anderes übrig, als die Nachtwache selbst zu überneh-

men. Ich schrieb Lena eine kurze Nachricht, ließ mir mehrere Bücher aus der Hotelbibliothek kommen, machte es mir in dem Sessel bequem, so gut es ging, stellte meinen Arztkoffer bereit und lauschte dem mittlerweile wieder regelmäßigen Atem meines unglückseligen Patienten. Zur Sicherheit stellte ich Livingstons Wecker auf die Zeit ein, zu der die Spritze voraussichtlich ihre Wirkung verlieren würde. Dann versuchte ich zu lesen, was mir aber nicht gelang. Immer wieder standen mir die Ereignisse des Tages vor Augen, der Besuch im Hamburger Hof, der Brief, den mir Livingstons Bruder gezeigt hatte, die gespenstische Szene mit Norton und seiner Frau ... Vielleicht, dachte ich müde, würde sich Livingston – sofern sein Tobsuchtsanfall nicht der Beginn einer ernsthaften Nervenerkrankung war – nun endlich einer gezielten Behandlung zugänglich zeigen. Bei vielen Patienten bewirkte ja eine Krisis wie jene, die er heute durchlebt hatte, durchaus eine befreiende Wirkung. Die Wahrheit über seinen Beruf hatte ich heute erfahren; was hätte ich nicht alles dafür gegeben, endlich auch hinter das Geheimnis seiner Vergangenheit zu kommen? Der Wasserfall-Traum, der sich wie ein roter Faden durch seine Neurose zog, die Pyramiden, die orientalische Königsgestalt: Sollte es wirklich keine Möglichkeit geben, dieses Rätsel zu entschleiern?
Aber, so dachte ich plötzlich, würde Livingston überhaupt noch einmal nach Wien fahren, außer vielleicht zur Auflösung seiner Wohnung? Würde er nicht viel eher Nortons Rat befolgen und endgültig nach England zurückkehren?
Es versetzte mir einen Stich, als ich mir klar machte, daß ich hier vielleicht zum letzten Mal an seiner Seite saß, daß alles vielleicht längst der Vergangenheit angehörte, Irene Adler-Norton, Mahler, von Cronstein, die Schwarze Hand, von Kessler ... Ich allein war ja einfach nicht in der Lage, weiterzumachen, ich hatte nicht die Kraft dazu ... Ich war einfach zu müde ... Viel zu müde ...Schon heute abend viel zu müde ...

XXXIII.

Mahler stand mit einem riesigen Taktstock neben dem Flügel.
»Spielen Sie«, befahl er.
»Aber es sind ja keine Noten da«, erwiderte Livingston und deutete auf den Notenständer.

»Sie werden es doch wohl auswendig können?« rief der Dirigent.
Norton, der hinter Livingston stand, lächelte überlegen. Er war im Smoking, trug einen Kneifer und eine goldene Krone auf dem Kopf.
»*Ich* kann es auch ohne Noten«, verkündete er, drängte Livingston lässig zur Seite und nahm an seiner Stelle am Klavier Platz.
»Gut«, sagte Mahler und stieg auf ein hohes Podest. »Ich zähle vor: Eins, zwei, drei vier.«
Norton fing an zu spielen.
»Aber das ist ja gar nicht die ›Totenfeier‹!« rief Mahler nach wenigen Takten ärgerlich. »Das ist ja Wagner, was Sie da spielen!«
»Ich habe es aber genauso von Ihnen gezeigt bekommen«, entgegnete Norton lachend, und seine goldene Krone leuchtete im gleißenden Licht des elektrischen Kristallüsters an der Decke.
»Er hat recht«, nickte nun auch Livingston und nahm ein großes Waldhorn zur Hand, dessen strahlendes Messing Mahler zu blenden schien.
»Legen Sie das Ding weg!« rief der Dirigent und kniff die Augen zusammen.
»Auf keinen Fall«, erwiderte Livingston. »Und an dieser Stelle hier muß es fortissimo heißen, nicht forte«, fügte er hinzu und setzte das Instrument an die Lippen. Ein schneidend dissonanter Ton erklang, und Livingston lachte spöttisch zu Mahler hinauf, der wütend auf seinem Podest von einem Bein auf das andere stampfte.
»Sofort aufhören!« schrie der Dirigent, sprang von seinem Podium herab und hielt sich die Ohren zu, während Livingston und Norton unbeeindruckt ihre mißtönende Vorführung fortsetzten. Sie kümmerten sich gar nicht mehr um Mahler, der in seiner Hilflosigkeit nur noch mit seinem Taktstock auf den geschlossenen Deckel des Flügels klopfen konnte: Tock-tock-tock … Tock-tock-tock …

Mit einem Ruck fuhr ich hoch und starrte in die Finsternis. Jemand klopfte an die Hotelzimmertür. Ich tastete im Dunkel nach dem Wecker und hielt ihn dicht vor die Augen: Es war halb sechs morgens. Ich mußte also tatsächlich eingenickt sein.
Unsicher stand ich auf, um den Schalter für die elektrische Stehlampe zu suchen. Seltsam, dachte ich. Ich hatte das Ding doch zum Lesen eingeschaltet? Sollte ich es versehentlich im Schlaf ausgeknipst haben?

Wieder wurde an die Tür geklopft. Meine Augen hatten sich inzwischen an die Dunkelheit gewöhnt. Im Halbschatten erkannte ich die Umrisse der bleichen Züge Livingstons, der schlafend auf dem Bett lag. Ich gab es auf, nach dem Lampenknopf zu suchen, und tastete mich vorsichtig zur Tür.

»Wer ist da?« flüsterte ich.

»Ich bin es, Lena«, kam es gedämpft von draußen.

Umständlich entriegelte ich die Tür und schaltete den elektrischen Kronleuchter ein.

»Ich konnte nicht schlafen«, erklärte sie. »Darf ich hereinkommen?«

»Natürlich.«

Sie trat ein, eingehüllt in einen türkisfarbenen Morgenrock aus Seide und mit wirrem Haar. »Ich habe deine Nachricht bekommen«, flüsterte sie und deutete auf das Schlafzimmer. »Liegt er da drin?«

»Ja.«

»Wie geht es ihm?«

»Er schläft.«

»Deine Zeilen waren ziemlich allgemein gehalten«, wisperte sie. »Wie ist es denn nur dazu gekommen?«

»Wenn du willst, erzähle ich es dir. Laß mich nur eben seine Tür schließen.«

Ich ging hinüber, warf einen prüfenden Blick auf den Engländer, dessen blasses Gesicht einer wächsernen Totenmaske glich, und wollte schon leise die Tür zuziehen. Doch plötzlich fuhr ich vor Schreck zusammen. Ich stürzte zum Bett und kniete mich vor seinen Nachtspind.

Lena war mir gefolgt. »Was ist denn los?« fragte sie nervös.

Wortlos deutete ich auf das Tischchen, wo eine kleine Phiole aus dunklem Glas stand. Davor lag eine Spritze. Der Kolben war niedergedrückt. Ich entkorkte die Flasche und schnüffelte daran.

»Kokain?« fragte Lena.

»Nein, Morphium.« Verzweifelt schüttelte ich den Kopf. »Wenn ich nur gewußt hätte, daß er auch noch so etwas dabei hat …«

Lena wurde bleich. Ich beugte mich über Livingston, der unregelmäßig atmete, und schlug die Decke zurück. Die Manschette seines Arms war weit zurückgeschoben, der Einstich der Morphiumnadel noch frisch und gut zu erkennen. Ich klopfte ihm zuerst leicht, dann

stärker auf die Wange. Schließlich kniff ich ihn, doch er zeigte keinerlei Reaktion. Als ich seine Augenlider hochzog, sah ich, daß die Pupillen stark erweitert waren. Auch sein Puls war extrem langsam.
»Was können wir denn nur tun?« fragte Lena.
»Nichts, außer ihn ins Krankenhaus zu bringen. Alles hängt davon ab, wie lange die Morphiuminjektion zurückliegt.«
Ich nahm den Wecker zur Hand und schüttelte den Kopf. »Kein Wunder, daß er nicht geläutet hat. Die Glocke ist abgestellt. Und dabei hatte ich ihn zur Vorsicht extra auf zwei Uhr eingestellt, ich kann mich ganz genau erinnern. Er muß die Glocke abgestellt haben. Und auch die Stehlampe.«
»Du meinst, es war gar kein Unfall?«
»Ich fürchte, nein.«
»Konnte nicht jemand hereinkommen, während du schliefst?«
»Nein, die Tür war abgeschlossen, der Schlüssel steckte von innen. Und der Spalt unter ihr ist viel zu schmal, als daß man ihn darunter hätte durchschieben können. Aber das ist jetzt alles Nebensache …«
Ich zog meine Uhr aus der Westentasche und begann zu rechnen. »Begonnen habe ich meine Nachtwache ungefähr um elf. Ich muß vor zwei Uhr eingeschlafen sein, sonst hätte er keine Gelegenheit gehabt, die Glocke abzustellen. Er muß sich das Morphium also vor zwei Uhr gepritzt haben. Das heißt, es sind inzwischen maximal vier Stunden vergangen.« Ich begann wieder etwas Hoffnung zu schöpfen. »Dafür geht es ihm verhältnismäßig gut. Selbst wenn er sich den ganzen Inhalt der Spritze injiziert hat, ist sein Zustand noch immer nicht lebensbedrohend.«
»Und wir können gar nichts tun?«
»Wenn er nicht bewußtlos wäre, könnten wir ihm etwas zu trinken einflößen, um das Morphium damit auszuschwemmen. Aber so hängt alles von seiner Leber ab. Nur gut, daß er dem Kokain und nicht auch noch dem Alkohol verfallen war.«
Es blieb uns für den Augenblick nichts weiter übrig, als die Hoteldirektion zu verständigen. Dann schickten wir Livingstons Bruder zum zweiten Mal innerhalb von zwölf Stunden ein Eiltelegramm in den Hamburger Hof und begannen, die Einlieferung in ein Hamburger Krankenhaus in die Wege zu leiten.
Keine halbe Stunde später klopfte es, und die riesige, massige Gestalt

James Livingstons erschien im Türrahmen. Sein breites Seehundgesicht, diesmal ohne falschen Bart und Kneifer, zeigte einen gehetzten Ausdruck, sein sonorer Baß war heiser vor Nervosität. »Wo ist er?«

Ich führte ihn zu ihm.

»Sagen Sie mir umstandslos die Wahrheit, Doktor. War es ein Unfall?«

»Nein.«

»Ein erneuter Anschlag?«

»Es deutet nichts darauf hin.«

»Also eine Überdosis Kokain?«

»Morphium«, antwortete ich. »Er hatte es in einem doppelten Boden seines Koffers versteckt.«

Der Bruder seufzte gequält. »Schon seit einem halben Jahr habe ich so etwas befürchtet«, sagte er, als er sich vom Bett abwandte und das zerstörte Mobiliar betrachtete. »Er hat manchmal gewisse Andeutungen in seinen Briefen gemacht. Aber ich habe das natürlich nie so ernst genommen. Und wer konnte schon ahnen, daß dieser Dummkopf Norton plötzlich selbst hierherkommen würde?«

*

Livingston wurde ins Hamburger Stadtkrankenhaus eingeliefert, wo er auch die nächsten zwei Tage ohne Bewußtsein verbrachte. Am dritten Tag erschienen von Cronstein und Mahler im Hospital, um sich nach seinem Zustand zu erkundigen. Beide zeigten sich schockiert, der junge Dirigent mehr noch als der Regierungskommissar, der ja durch seine Agenten sowohl über die Liebesaffäre des Engländers als auch über seine Rauschgiftsucht genau im Bilde gewesen war.

»Ich habe durch Herrn von Cronstein ein paar Dinge über Ihren Bruder erfahren«, wandte sich Mahler mit zusammengezogenen Brauen an James. »Sagen Sie mir eins: Wie kann ein Mensch mit seinen Fähigkeiten einem künstlichen Nervenstimulans verfallen?«

»Ich fürchte, daß er ihm gerade *wegen* dieser Fähigkeiten verfiel«, zuckte der englische Staatsbeamte müde die Achseln. »Er wußte Perioden der geistigen Stagnation wohl nicht anders zu ertragen – von seinen Depressionsanfällen und der Beziehung zu Madame Adler einmal ganz abgesehen.«

»Ich hatte gedacht, die beiden wären nur befreundet«, meinte Mahler, nervös an seiner Unterlippe nagend. »Auf mich wirkte sie eigentlich nicht wie eine gewöhnliche Abenteurerin.«
»Das war sie wohl auch nicht«, sagte James. »So schmerzlich es für mich persönlich ist, aber ich glaube, wir sollten in dieser Sache niemanden vorschnell verurteilen. Mein Bruder war schon immer ein schwieriger Mensch. Und er war bereits viele Jahre kokainabhängig, *bevor* er Irene Adler-Norton kennenlernte.«
»Nun, wie auch immer«, sagte von Cronstein ernst, »es ist jedenfalls ein schwerer Schlag für uns. Sie wissen, der Ruf Ihres Bruders ist auch bei uns ein überaus glänzender gewesen. Über kurz oder lang hätten wir ihn sicherlich gebeten, mit uns zusammenzuarbeiten.«
»Ist die Untersuchung des Hotelzimmers abgeschlossen?« fragte ich.
»Ja«, nickte der Deutsche. »Aber wir haben nichts Verdächtiges entdeckt. Die Tür hätte zwar ohne weiteres mit einem Zweitschlüssel geöffnet werden können, und auch die Fingerabdrücke auf der Morphiumspritze allein beweisen natürlich noch nichts. Der Täter hätte seine eigenen ja nur abwischen müssen, bevor er sie dem Bewußtlosen in die Hand drückte. Aber wir haben absolut nichts gefunden, was auf eine Fremdeinwirkung hindeuten würde. Keine Fußspuren auf dem Teppich, keine Fingerabdrücke, nicht einmal ein Fädchen Stoff. Auch das Hotelpersonal und die Gäste haben nichts Verdächtiges bemerkt. Der Nachtportier schwört Stein und Bein, keinen Fremden im Haus gesehen zu haben. Und der zweite Zimmerschlüssel hat die ganze Nacht über an seinem Nagel gehangen.« Er reichte James die Hand. »Ich kann nur hoffen, daß er durchkommen wird. Ohne ihn wird es sicher noch schwerer, von Kessler und seine Hintermänner endlich vor Gericht zu bringen. Wenn es uns überhaupt jemals gelingt.«
»Es gibt also nichts Neues von der Caledonia?« fragte ich.
Von Cronstein schüttelte den Kopf. »Wir haben die Besatzung angewiesen, auf jeden Verdächtigen zu achten, der nachts mit einer Schwimmweste an der Reling angetroffen wird. Wir glauben nämlich, daß von Kessler bei seiner Abreise mit allem gerechnet hat. Er wird bestimmt versuchen, sich heimlich davonzumachen, um von seinen Leuten auf irgendeinem Schiff aufgenommen zu werden, das ihn in amerikanischen Hoheitsgewässern bereits erwartet.«

»Dazu müßte er aber wissen, daß man ihm auf den Fersen ist«, erwiderte ich stirnrunzelnd. »Und wie soll er das, wenn er noch nicht einmal gefunden wurde?«
Von Cronstein warf mir einen sarkastischen Blick zu. »Woher wollen Sie wissen, ob er nicht auch Gesinnungsgenossen auf der Caledonia hat?«

Im Morgengrauen des vierten Tages nach Livingstons Einlieferung erhielt ich einen Telephonanruf aus dem Hamburger Hof. James teilte mir mit, daß ihn der Stationsarzt des Stadtkrankenhauses gebeten habe, sofort zu seinem Bruder zu kommen. Wenn ich wollte, könnte ich ebenfalls direkt ins Krankenhaus fahren; er würde mich dann dort treffen.
»Er ist heute morgen gegen sechs Uhr kurz aus seiner Bewußtlosigkeit erwacht«, eröffnete uns der Mediziner, als wir in dessen Sprechzimmer saßen. »Die Nachtschwester bemerkte es, als sie ihren routinemäßigen Rundgang machte.«
»Hat er etwas gesagt?« fragte James.
»Nein, dafür war er nicht lange genug bei Bewußtsein. Wenn Sie wollen, können Sie in unserem Warteraum Platz nehmen. Wir werden Sie rufen, falls er wieder erwachen sollte.«
Wir nickten, worauf man uns in ein weiß getünchtes, kahles und fensterloses Zimmer führte, in dem ein trübes Gaslicht brannte und in dem es penetrant nach Jodtinktur roch. Einige uralte Korbstühle, ein Tisch mit zerlesenen Journalen und ein Kleiderständer aus Messing bildeten das einzige Inventar. Der Raum war leer; zu der frühen Morgenstunde war noch kein anderer Angehöriger hier.
Befangen nahmen wir Platz. James war in Gedanken versunken; sein müdes Seehundgesicht verriet keine Regung, nur seine vor Schlaflosigkeit geröteten Augen blinzelten ab und zu.
»Wann werden Sie wieder nach Wien zurückkehren, Doktor?« fragte er schließlich nach einer Weile.
»Ich wäre eigentlich schon längst wieder abgereist, wenn diese Sache nicht passiert wäre.«
»Das ist überaus freundlich von Ihnen. Und Ihre Praxis?«
»Die muß eben eine Weile ohne mich auskommen«, erwiderte ich achselzuckend. »Ich kann jetzt einfach nicht abreisen. Ich hätte das

Gefühl, ihn im Stich gelassen zu haben. Obwohl ich ja im Grunde gar nichts tun kann.«

James nickte melancholisch.

»Mein Bruder hat mir über Ihre psychologische Behandlung geschrieben. Ich glaube, er war sehr enttäuscht von Dr. Freud.«

»Ja, ich weiß«, sagte ich. »Freud hat manchmal eine etwas ungeschickte Art, sich auf eine Theorie festzulegen. Dennoch lag er wahrscheinlich gar nicht einmal so falsch mit seiner Vermutung.«

»Sie glauben also auch, daß mein Bruder geisteskrank ist?«

»So würde ich es nicht ausdrücken. Aber daß er unter einer schweren neurotischen Störung leidet, wissen Sie ja selbst.« Ich zögerte eine Weile, bevor ich hinzufügte: »Nehmen Sie nur sein Einzelgängertum und seinen Hang zur Zurückgezogenheit, seine zwanghafte Vorliebe für exakte Beobachtungen und logisches Denken, seine manisch-depressiven Anfälle. Und natürlich seine Rauschgiftsucht.«

»Er hat immer behauptet, daß er das Kokain nur aus Langeweile und in Phasen geistiger Unterforderung nimmt.«

Ich schüttelte den Kopf. »Nein, ich fürchte, das hat er sich und anderen nur eingeredet. Eine solch schwere Sucht verbunden mit seinen übrigen neurotischen Symptomen dürfte in den allerseltensten Fällen eine Folge von Langeweile sein. Ich halte sie eher für die Folge einer traumatischen Jugend.«

»Nun«, sagte James ausweichend, »ganz glücklich war sie wohl nicht, ebensowenig wie die meine. Aber wird ein Mann dadurch gleich drogensüchtig?«

»Diese Frage müßte ich eigentlich Ihnen stellen. Zusammen mit einigen anderen.«

»Nämlich?«

»Zum Beispiel die Frage, wer Moriarty ist. Ihr Bruder erwähnte den Namen unmittelbar vor seinem Tobsuchtsanfall.«

»Ach Gott, Moriarty«, sagte er plötzlich nervös lächelnd. »Moriarty ist eine Art fixe Idee von ihm. Immer, wenn er Halluzinationen hatte, war für ihn Moriarty der Inbegriff des Bösen. Dabei handelt es sich um einen völlig harmlosen Mann.«

»Er war Ihr Hauslehrer?«

James zuckte zusammen. »Haben Sie das auch von meinem Bruder?« fragte er.

»Ja, er bezeichnete Moriarty als den Mann, der seine Schwester bedrohen würde, von der er indessen früher behauptet hatte, sie sei bereits gestorben.«
»Da sehen Sie es«, lächelte James. »Wirres Zeug, wie ich schon sagte. Für alles muß Moriarty herhalten.«
»Er war aber tatsächlich Ihr Lehrer?«
James zögerte. »Ja.«
»Und diese Schwester?«
»Auch sie gab es.«
»*Gab?* Sie ist demnach wirklich gestorben?«
»Ja, vor zwei Jahren.« Er zögerte erneut, bevor er hinzufügte: »Sie war in einer Nervenheilanstalt in der Schweiz.«
»Demnach gab es in Ihrer Familie noch andere Fälle von seelischer Erkrankung?«
»Nein, nur diese Schwester.«
Ich dachte eine Weile nach. »Ihr Bruder hat sich leider über seine Vergangenheit immer sehr ausgeschwiegen«, sagte ich dann vorsichtig. »Wären nicht vielleicht Sie bereit, mir etwas darüber zu erzählen? Bitte glauben Sie mir«, fügte ich hinzu, als ich sein skeptisches Gesicht sah, »daß ich Sie ausschließlich als Arzt und im Interesse Ihres Bruders frage. Ihr Wissen könnte für den Kampf gegen seine Rauschgiftsucht von unschätzbarem Wert sein, falls er am Leben bleibt.«
»Aber wo wollen Sie da anfangen?«
»Nun, zum Beispiel mit seiner Kindheit.«
James schüttelte lächelnd den Kopf. »Ausgeschlossen. Sie werden verstehen, daß ich aus diversen Rücksichten keine Namen nennen kann.«
»Nicht einmal den Vornamen Ihres Bruders?«
Er warf mir einen scharfen Blick zu. »Hat ihn die Adler Ihnen verraten?«
»So würde ich es nicht nennen«, sagte ich und erzählte ihm von ihrem unwillkürlichen Ausruf bei dem Attentatsversuch, von Livingstons Brief, der unterschrieben mit dem Signet »W.« auf seinem Tisch gelegen hatte, sowie von der Abschiedsszene mit Norton und dem seltsamen Monogramm damals auf seinem Taschentuch.
James lächelte gezwungen. »Sie haben manchmal selbst etwas von

einem Detektiv an sich, Doktor. Ja, Sie haben recht, sein Rufname ist tatsächlich William. Aber bitte, mehr kann ich Ihnen wirklich nicht sagen. Und ich muß Sie auch inständig bitten, diesen Namen nie öffentlich zu benutzen. Solange noch irgendeine Aussicht besteht, daß mein Bruder wieder in Europa wird arbeiten können, muß auch sein Rufname völlig geheim bleiben.«

»Aber Sie wären trotzdem bereit, mir etwas über seine Kindheit zu erzählen?«

»Da gibt es nicht viel zu berichten. Unsere Familie stammt aus Sussex in Südengland. Mein Vater war Theologiedozent an der anglikanischen Hochschule in Uckfield; er galt als Koryphäe für die Philosophie der Scholastik. Sowohl mein Bruder als auch ich haben ihn immer sehr bewundert. Ich glaube, daß unser Hang zur Logik und zur exakten Deduktion von ihm stammt. Er war das, was man allgemein einen brillanten Kopf nennt.«

»Und Ihre Mutter?«

»Der vollkommene Gegensatz zu unserem Vater. Er hatte sie auf irgendeinem Jubiläumsfest der Hochschule kennengelernt. Sie war gebürtige Schweizerin, die Tochter eines Gastdozenten aus Genf, eine hübsche Person, die aber in keiner Weise dem Niveau meines Vaters entsprach – ziemlich kapriziös und launisch, immerzu auf Tanzvergnügungen und Einladungen aus. Man erzählte sich später, daß sie ihn nur geheiratet hatte, um nicht mehr in die Schweiz zurück zu müssen, wo ihre Famile wohl in recht sittenstrengen Verhältnissen lebte. Mein Bruder und ich mochten sie nicht besonders, eine Abneigung, die durchaus auf Gegenseitigkeit beruhte. Ihre Zuneigung galt ausschließlich Antonia.«

»Ihrer Schwester?«

»Ganz recht.«

»Was war sie für ein Mensch?«

»Oh, ein eher stilles Mädchen mit flachsblonden Haaren und blauen Augen, sehr verträumt und meist in irgendwelche Gedanken und Phantasien versunken. Sie war das mittlere Kind, drei Jahre jünger als ich, zwei älter als William.«

»Wie stand sie zu Ihrem Bruder?«

»Sie fühlte sich immer zu ihm hingezogen, mehr als zu jedem anderen von uns. Unsere Mutter war manchmal derart eifersüchtig auf

William, daß er und Antonia sich oft nur heimlich treffen durften. Die beiden waren lange Zeit unzertrennlich, bis sich Antonia eines Tages in Moriarty verliebte, unseren Hauslehrer, einen dieser jungen Männer mit Brille, Samtjackett und schwarzem Haar, das er wie ein französischer Modeliterat lang bis auf die Schultern trug. Ich weiß nicht, ob anfänglich überhaupt etwas Ernstes dabei war, ob es sich also nicht lediglich um den Gefühlsüberschwang junger Mädchen für ihren Lehrer handelte. Aber unsere Mutter versuchte alles, um ihr die Sache auszureden. Sie setzte die phantastischsten Gerüchte über Moriarty in die Welt und versuchte sogar unseren Vater zu überreden, ihn zu entlassen, wogegen dieser sich natürlich entschieden verwahrte.«

»Darf ich fragen, wie alt Ihre Schwester damals war?«

»Ungefähr vierzehn oder fünfzehn.«

»Und dieser Moriarty?«

»Er muß so um die fünfundzwanzig gewesen sein.«

»Erwiderte er denn die Zuneigung zu Ihrer Schwester?«

»Ich glaube nicht. Er war immer sehr nett und höflich, machte wohl auch gelegentlich diesen oder jenen Spaziergang mit ihr, behandelte sie aber letztlich doch als Kind, eigentlich nicht anders als William. Außerdem war er frisch verlobt, noch dazu mit einer der hübschesten jungen Damen von Uckfield.«

»Was hielt Ihr Bruder von Antonias Verliebtheit?«

»Ich glaube, er mochte Moriarty nicht besonders.«

»Woher wissen Sie das? Hat er es Ihnen gesagt?«

»Nein, aber einmal kam es zu einer Szene, die mir auch heute noch gut in Erinnerung ist. Es war zu einer Stunde, als fast alle im Haus schon schliefen. Ich wußte, daß Antonia auf Williams Zimmer war, wo sich die beiden oft gegenseitig ganze Nächte lang irgendwelche erfundenen Geschichten erzählten – eine ihrer Gewohnheiten seit frühester Kindheit. Als ich zufällig aus meinem Zimmer kam, sah ich, wie meine Mutter plötzlich zusammen mit Moriarty ohne anzuklopfen in Williams Zimmer stürmte, um Antonia für irgend etwas zur Rede zu stellen. Ich hörte von drinnen ein erschrockenes Durcheinander von Stimmen, aus dem besonders diejenige meines Bruders herausstach. Ich konnte nicht verstehen, was gesprochen wurde, hatte aber den Eindruck, daß William seine Schwester gegen irgendeinen Vorwurf von seiten Moriartys zu verteidigen versuchte. Kurz

darauf kamen die Erwachsenen zusammen mit Antonia wieder heraus. Meine Schwester weinte, Moriarty hatte einen hochroten Kopf, während das Gesicht meiner Mutter weiß vor Wut war. Weder William noch Antonia haben später etwas über diesen Vorfall erzählt, auch Moriarty nicht. Allerdings wirkte mein Bruder am nächsten Morgen recht bedrückt und ging Antonia für den Rest des Sommers spürbar befangen aus dem Weg. Überhaupt ist er seit diesem Vorfall nie mehr ganz der gewesen, der er vorher war.«
»Und Antonia?«
»Auch sie war verändert. Sie zog sich immer mehr in sich zurück und wollte oft tagelang mit niemandem sprechen. Wenn sie auf ihrem Zimmer war, schloß sie stets ihre Tür ab. Ihrer Mutter ging sie aus dem Weg, wo sie nur konnte. Die einzigen, die ab und an Zugang zu ihr hatten, waren Moriarty, nun plötzlich mit Billigung unserer Mutter, und ihr Vater. Aber auch ihnen gelang es nicht, sie aus ihrer Schwermut herauszureißen. Gegen Ende des Sommers wurde sie dann eines Morgens ohnmächtig. Sie war schon vorher oft sehr blaß, fast anämisch gewesen. Man ließ nach dem Arzt schicken. Was genau er damals feststellte, weiß ich nicht. Ihre Mutter fuhr mit ihr sofort in ein Krankenhaus nach London. Dort konnte man aber keine organische Krankheit feststellen. Schließlich wurde sie zur Erholung zu einem Onkel nach Cornwall gebracht. Anscheinend ging es ihr dort, in der neuen Umgebung an der Seeküste, anfangs etwas besser. Eines Nachts jedoch verließ sie schlafwandelnd das Haus. Meine Tante, die etwas bemerkt hatte, folgte ihr und fand sie an einem steilen Felsabhang, von dem aus sie sich hinab in Wasser stürzen wollte. Sie wurde in eine Anstalt gebracht, wo man irgendeine Geisteskrankheit diagnostizierte, zwar erst im Anfangsstadium, dafür aber unheilbar.«
»Wissen Sie die genaue Diagnose?«
»Nein.«
»Wie reagierte Ihre Familie auf diese Entwicklung?«
James zuckte die Schultern. »Unsere Mutter konnte sich mit dem Schlag nicht abfinden. Sie fing an, mehr zu trinken, als ihr gut tat, und erzählte in der Nachbarschaft herum, daß Moriarty ihre Tochter um den Verstand gebracht hätte. Die wildesten Gerüchte begannen zu kursieren, und unter dem Druck der Situation kündigte Moriarty schließlich fristlos. Dann kam es immer häufiger zu Streitereien zwi-

schen unseren Eltern, bis es eines Tages hieß, unsere Mutter sei für einige Wochen in die Schweiz gefahren. Aus den Wochen wurden Monate, aus den Monaten ein Jahr, bis es allmählich auch William und mir dämmerte, daß sie nicht mehr zurückkommen würde. Später hörten wir, daß sie wieder zu ihren Eltern gezogen war. Ich sah sie nur noch einmal, als sie mit einer Pflegerin Antonia aus der englischen Anstalt abholte, um sie in ein Sanatorium in der Schweiz zu bringen.«
»Was wurde aus der Ehe?«
»Nun, unser Vater verweigerte zunächst die Scheidung, zerbrach aber zusehends unter der ganzen Situation. Er verkaufte das Haus in Sussex, wohnte in einem armseligen möblierten Zimmer in Hastings und igelte sich dort regelrecht ein. Er beantwortete keine Briefe mehr und verbat sich auch jedweden Besuch, legte am Schluß sogar seine Professur nieder und bewarb sich auf Stellen im Ausland, in Neuseeland und Südamerika. Irgendwann unternahm er dann einen allerletzten Versuch, eine Einigung mit unserer Mutter herbeizuführen. Er reiste mit William in die Schweiz nach Brienz, wo sie in einem kleinen Chalet wohnte, unweit des Sanatoriums, in dem Antonia untergebracht war. Doch sie wollte von ihrem früheren Leben oder gar einer Rückkehr nach England nichts mehr wissen. Mein Vater gab schließlich nach und willigte in die Scheidung ein. Auf der Rückreise erreichte ihn in Genf die Nachricht, daß seine Bewerbung an der Universität von Buenos Aires angenommen worden war. Er schiffte sich direkt über Paris nach Cherbourg für eine Überseepassage ein, und William kehrte allein nach England zurück. Offenbar muß es in Brienz noch zu einer heftigen Auseinandersetzung zwischen meinen Eltern gekommen sein, in die auch William verwickelt war, denn nach seiner Abreise nach Argentinien hat mein Vater endgültig den Kontakt zu uns abgebrochen. Nicht einmal seine Adresse gab er bekannt. Lediglich seine Geldzahlungen trafen über eine Londoner Bank bei unserem Onkel in Cornwall ein. Vor ein paar Jahren erreichte uns dann ein Brief unserer Mutter, wonach er in einem Krankenhaus in Rosario, der zweitgrößten Stadt Argentiniens, gestorben war.«
Er verstummte, während ich eine Weile nachdenklich zu Boden sah.
»Das ist in der Tat keine sehr schöne Kindheit«, sagte ich dann.
»Nein, weder für William noch für mich. Vielleicht habe ich deswegen später ebensowenig wie mein Bruder den Wunsch gehabt, eine

eigene Familie zu gründen. Aber ich bin deshalb noch lange nicht rauschgiftsüchtig geworden.«
»Nein«, nickte ich. »Aber, verzeihen Sie meine Offenheit, ich habe den Eindruck, daß Sie mir etwas verschwiegen haben.«
Mein Gegenüber sah mich erstaunt an. »Was meinen Sie?«
»Ich meine den Inhalt der Gerüchte nach dem Selbstmordversuch Ihrer Schwester.«
»Ach, ich habe noch nie etwas auf Landklatsch gegeben«, wehrte James heftig ab.
»Wenn es nur Klatsch war, warum verheimlichen Sie es dann?«
»Weil es völlig absurde Unterstellungen waren«, antwortete er mit Nachdruck. »Sie wissen doch, wie die Leute reden, wenn sie ein paar Gläser zuviel getrunken haben. Aber wenn Sie es unbedingt hören wollen: Man verdächtigte Moriarty, daß Antonia von ihm schwanger gewesen sei. Unser Arzt, dieser alte Dummkopf, muß irgendwo einmal derartige Andeutungen gemacht haben. Angeblich sei meine Mutter sogar mit Antonia nach London gefahren, um – um –«
»– um einen Abort herbeizuführen?«
James nickte nur mit angewidertem Gesichtsausdruck.
»Wußte Ihr Bruder von diesen Gerüchten?« fragte ich.
»Natürlich. Wir alle wußten davon.«
Wieder überlegte ich einen Moment.
»Nun«, sagte ich dann, »so unangenehm das alles auch klingt, James, aber selbst wenn etwas an diesen Gerüchten dran gewesen wäre, ist das immer noch keine ganz befriedigende Erklärung für die Entwicklung Ihres Bruders. Ich fürchte, wir müssen noch einen Schritt weitergehen.« Ich zögerte einen Moment, bevor ich fortfuhr: »Ich weiß, es ist viel verlangt, aber denken Sie noch einmal an jene Szene im Zimmer Ihres Bruders, die Sie soben erwähnt haben. Haben Sie sich jemals Gedanken gemacht, was dort passiert sein könnte?«
»Sie meinen, welchen Vorwurf Moriarty gegen Antonia erhoben haben könnte?« fragte James unsicher. »Aber das liegt doch jetzt auf der Hand. Er wird natürlich behauptet haben, sie hätte versucht, ihn auf einem ihrer gemeinsamen Spaziergänge zu verführen.«
»Obwohl sie ein eher verträumtes, stilles Mädchen war, wie sie selbst sagten?«
»Eine andere Erklärung gibt es doch nicht. Moriarty war nun wirklich

nicht der Typus des verruchten Eroberers; dazu war er viel zu sehr auf seine Stellung bedacht. Außerdem hatte er sich ja gerade erst verlobt.«

»Sie haben mich mißverstanden«, unterbrach ich ihn. »Ich wollte in der Tat nicht andeuten, daß Moriarty Antonia verführt haben könnte. Sind Sie ganz sicher, daß seine Vorwürfe *Antonia* galten? Hätten sie sich nicht auch genausogut auf Ihren Bruder beziehen können?«

»Was hätte Moriarty ihm vorwerfen können?«

»Nun, Sie haben vorhin selber gesagt, daß William unmittelbar nach diesem Erlebnis nicht mehr der gleiche war wie vorher; daß sich Antonia vorher zu ihm hingezogen fühlte, er ihr aber fortan aus dem Weg ging. Wie würden Sie denn das Verhältnis zwischen den beiden vor diesem Ereignis beschreiben?«

James machte eine vage Geste. »Sie hingen aneinander, wie das Bruder und Schwester in diesem Alter nun einmal tun.«

»Sie glauben also nicht, daß es vielleicht ein klein wenig darüber hinaus ging? Antonia war schließlich schon in der Pubertät, nicht wahr?«

»Nun und?«

»Wissen Sie, James, Sie beschreiben Ihre Schwester eigentlich völlig neutral, fast schon eigenschaftslos. Wie war Antonia denn wirklich, wie sah sie aus? War sie hübsch, besaß sie irgendeinen besonderen Charme? Oder nehmen Sie ihre Figur: War sie noch ein Mädchen, oder wurde sie bereits zur Frau?«

»Natürlich war sie hübsch, aber sie wirkte nicht – nicht unbedingt aufreizend, wenn Sie das meinen.«

»Und trotzdem soll sie fähig gewesen sein, Moriarty zu verführen?«

»Ich gebe zu, daß es sich unwahrscheinlich anhört.«

»Und Ihr Bruder? Wie war *er* damals?«

»Gott, William war ein kleiner blasser Junge, der viel über Büchern hockte und wenig mit anderen Jungen spielte.«

»War er niemals eifersüchtig auf Moriarty?«

»Nun, er mochte ihn wohl nicht besonders, wie ich schon sagte. Aber er ließ es sich nicht anmerken, weder ihm selbst noch Antonia gegenüber.«

»Auch nicht nach jenem Vorfall auf seinem Zimmer?«

»Doch, danach machte er hin und wieder eine abfällige Bemerkung über ihn.«

»Welcher Art?«

»Das weiß ich heute wirklich nicht mehr«, erwiderte James unwillig. »Irgend etwas in der Art, daß er nicht verstehen könne, warum Antonia sich noch länger mit ihm abgebe, wo er doch klar bewiesen habe, auf welcher Seite er stehe. Aber worauf wollen Sie eigentlich mit all diesen Fragen hinaus?«

»Worauf ich hinaus will, James, ist, ob William seiner Schwester in irgendeiner Weise mehr als nur geschwisterlich verbunden war.«

»Ich weiß nicht, was Sie meinen. Sie waren Kinder.«

Es war offensichtlich, daß er nicht bereit war, meinem Gedankengang zu folgen. Ich entschloß mich also, alles auf eine Karte zu setzen.

»Gut«, sagte ich langsam, »dann lassen Sie es mich von einer anderen Seite her versuchen. Ich hoffe, Sie werden mich dabei nicht mißverstehen, zumal ich ausdrücklich betonen möchte, daß das Ganze nur eine Theorie ist, bei der ich überdies versuchen will, mich so diskret wie möglich auszudrücken. Vergegenwärtigen Sie sich also noch einmal kurz die Skizze der psychotischen Symptome Ihres Bruders, die ich vorhin erwähnt habe, und ergänzen Sie sie um folgende: zunächst sein Junggesellentum und seine grundsätzliche Abneigung gegen Frauen, die er nur aufgab, wenn es sich um tabuisierte Verhältnisse handelte, etwa im Fall der Freundin eines Kommilitonen oder der verheirateten Irene Adler-Norton. Sodann die eindeutig sexuellen Implikationen der Austern, über die er während des Kokainentzugs oft halluzinierte. Schließlich die hysterischen, zwanghaft wiederholten Beteuerungen der Unschuld seiner Schwester während seines Tobsuchtsanfalls. Vor allem aber, James, drei weitere und, wie ich meine, entscheidende Punkte, über die Sie wahrscheinlich gar nichts wissen. Ich meine einmal jenen Alptraum, von dem er oft sprach, nachdem ihn in der Schweiz am Rande eines Wasserfalls die Erinnerung an einen Mann überkommen hatte, den er in einer Halluzination in die Tiefe stürzen sah. In diesem Traum sah er sich als orientalischen Herrscher mit einer Königskrone auf dem Kopf, im Hintergrund waren deutlich Pyramiden zu erkennen. Zweitens gaben er und Irene Adler sich in Italien als Geschwister aus und wurden noch dazu von einem Bekannten als Lord Byron und Augusta bezeichnet, worüber sich Ihr Bruder sehr aufregte, ohne daß er später genau sagen konnte, warum. Drittens seine ungewöhnlich schroffe Reaktion auf die Liebesszene zwischen Siegmund und seiner Zwillingsschwe-

ster Sieglinde im ersten Akt der ›Walküre‹, die wir gemeinsam mit der Adler-Norton hier am Hamburger Stadttheater sahen. Die Bedeutung des seltsamen Traumes mit den Pyramiden wird, so meine ich, durch all diese Mosaiksteine und durch das, was Sie mir soeben erzählt haben, völlig klar. Ihr Bruder wird irgendwo einmal eine Bemerkung darüber gehört oder gelesen haben, daß in der ägyptischen Mythologie der Inzest zwischen königlichen Brüdern und Schwestern nicht nur erlaubt, sondern als Fortpflanzung des Blutserbes sogar die Regel war. Sie verstehen, worauf ich hinauswill? Vielleicht – ich sage absichtlich nur *vielleicht* – hat bei der besagten Szene auf dem Zimmer Ihres Bruders, deren akustischer Zeuge Sie damals wurden, nur seine Phantasie ihre Blüten getrieben, oder aber es war tatsächlich zu einer realen Handlung gekommen, für die dann später Moriarty als Sündenbock herhalten mußte, weil die Wahrheit einfach zu ungeheuerlich gewesen wäre. In jedem Falle aber wäre dies eine vollständige Erklärung für das psychische Trauma Ihres Bruders: *ein besonders schweres Schuldgefühl wegen des versuchten oder tatsächlich vollzogenen Inzests mit seiner Schwester.*«
Bei meinen letzten Worten hatte sich James Livingston plötzlich von seinem Stuhl erhoben und maß mich nun mit einem haßerfüllten Blick.
»Dr. Heydinger«, sagte er kalt, »bisher hatte ich geglaubt, Sie seien nicht nur ein Ehrenmann, sondern auch ein seriöser Arzt und Wissenschaftler. Es tut mir leid, daß ich mich in beidem geirrt habe – daß Sie in Wahrheit nichts weiter als ein widerlicher Schmutzfink sind!«
Getroffen, aber nicht beleidigt, weil ich mit dieser Reaktion gerechnet hatte, wollte ich zu einer Erklärung ansetzen, doch er ließ mich nicht zu Wort kommen.
»Nein, Doktor«, sagte er hart, »jedes weitere Wort wäre hier Verschwendung. Ich werde alles tun, was in meiner Macht steht, damit mein Bruder, sollte er je wieder aufwachen, nicht noch einmal einem solchen Scharlatan in die Hände fällt!«
Nun wurde auch ich ärgerlich. »Bitte, wie Sie wollen«, sagte ich. »Ich habe ausdrücklich betont, daß alles nur eine reine Hypothese ist. Aber Sie wollen ja nicht zuhören. Obwohl andere Ärzte zu ganz ähnlichen Überlegungen gekommen sind.«
»Andere Ärzte!« stieß der Engländer höhnisch aus. »Welche denn?

Freud vielleicht, dieser kleine verrückte Jude, über dessen dilettantische Kokainforschungen heute noch jeder Arzt in Europa die Hände zusammenschlägt?«

»Freuds Religion steht hier nicht zur Debatte. Und wegen des Kokains glaube ich nicht, daß Ihnen darüber ein Urteil zusteht. Auch ein großes Talent kann sich einmal irren.«

»Aber nicht, wenn es um Menschenleben geht, werter Herr, nicht, wenn es darum geht, eine Theorie am lebenden Objekt zu überprüfen!«

»Das hatte ich ja gar nicht vor«, erwiderte ich ungeduldig. »Es ging mir lediglich um den Hintergrund der Neurose Ihres Bruders. Und da er in der Vergangenheit alle meine Versuche blockiert hat, wird es ja ohnehin nie zu einer Offenlegung seines Traumas kommen. Allerdings scheint es mir sehr verdächtig, daß Sie in dieser vollkommen überzogenen Weise reagieren.«

»Ich verbitte mir Ihre Andeutungen«, antwortete er schneidend. »Überzogen sind hier allein Ihre völlig absurden Ansichten! Aber es ist ja bekannt, daß die meisten Psychiater mindestens so verrückt sind wie ihre Patienten, nicht wahr? Und damit Sie es wissen: Es hat schon lange vor Ihnen oder Freud jemanden gegeben, der solche perversen Theorien ausgebrütet hat, nämlich Antonia selbst, die in einem Anfall von geistiger Umnachtung davon phantasiert haben soll, daß sie eine gute Mutter geworden wäre, auch wenn der Vater ihres Kindes von eigenem Fleisch und Blut gewesen sei! Da sehen Sie, woher solche Ekelhaftigkeiten kommen: aus dem Irrenhaus!«

Dieser Dummkopf, dachte ich plötzlich und fragte erregt: »Haben Sie mit Ihrem Bruder jemals *darüber* gesprochen?«

»Selbstverständlich nicht! Glauben Sie vielleicht, ich hätte etwas auf die Ergüsse einer Geisteskranken gegeben? Halten Sie mich für so naiv, daß ich einfach auf dieses widerwärtige Geschwätz hereinfalle? Mein Bruder mag labil und drogensüchtig sein, aber er hat noch nie einer Frau etwas zuleide getan! Er ist ein anständiger Mensch!«

»So? Und was war mit den vergangenen anderthalb Jahren in Wien?«

James schnaubte. »Lassen Sie mich in Frieden mit Irene Adler-Norton! Sie hatte sich ihre Situation schließlich ganz allein selbst zuzuschreiben! – Und nun möchte ich Sie höflich bitten, diesen Raum zu verlassen, Doktor. Ich unterschätze nicht, was Sie bisher alles für mei-

nen Bruder getan haben. Aber nach all dem, was Sie mir eben gesagt haben, habe ich wirklich jedes Vertrauen in Sie verloren.«
In diesem Moment erschien das verwelkte Gesicht einer älteren Krankenschwester im Türrahmen. »Herr Livingston?« fragte sie.
James trat einen Schritt vor. »*Ich* bin Livingston.«
Die Schwester nickte. »Kommen Sie bitte mit. Ihr Bruder ist soeben wieder kurz aus seiner Ohnmacht erwacht.«
Der massige Engländer folgte ihr sofort zur Tür. Ich wollte ebenfalls mitgehen, doch an der Schwelle hielt er mich zurück. »Nein, Doktor, Sie werden nicht zu ihm gehen! Ich verbiete es Ihnen!«
Damit ließ er mich stehen und ging rasch mit der Schwester den Flur hinunter, so daß mir nichts anderes übrigblieb, als im Zimmer zurückzubleiben. Ohne darauf zu achten, daß dies hier ja verboten war, steckte ich mir eine Zigarette an, überwältigt von einer Flut widerstreitender Emotionen. Dieser stumpfsinnige viktorianische Engländer! Da hatte er nun den Schlüssel für die Neurose seines Bruders in die Hand bekommen, und er warf ihn einfach weg! Und das, obwohl ich doch im Grunde auch nichts anderes getan hatte, als die Methoden seines Bruders anzuwenden; obwohl ich doch auch nur aus den Fakten und Beobachtungen in der gleichen deduktiven Weise meine Schlüsse abgeleitet hatte wie früher Livingston. Aber *ich* hatte mit meiner Erklärung natürlich das Gebiet des Sexuellen betreten, hatte darüber hinaus auch noch ein Tabu gebrochen! So etwas durfte man nun einmal nicht sagen, ohne einen Schock sondergleichen auszulösen und zugleich »*am Schlaf der Welt zu rühren*«, wie es Hebbel ausgedrückt hatte. Nur die Geisteskranken durften so etwas aussprechen, sie waren ja wahnsinnig, jeder wußte ja, daß es bei ihnen nur groteske Phantasien waren und niemals die Wahrheit … Dabei hatte James selbst nicht einmal richtig erklären können, unter welcher Störung seine Schwester bei ihrer ersten Anstaltseinlieferung eigentlich litt; lediglich von »irgendeiner Geisteskrankheit« war die Rede gewesen … Was, wenn es nun gar keine Nervenerkrankung gewesen war, sondern nur eine schwere Hysterie als Reaktion auf die Vorfälle in Sussex und die Abtreibung in London? Was, wenn man Antonia absichtlich eingewiesen hatte, um einen Skandal zu vermeiden? *Das* hätte sich ein Mann wie James natürlich niemals eingestehen können. Dagegen mußte er ja einfach rebellieren!

Aber warum ihm einen Vorwurf machen, dachte ich plötzlich resigniert. Daheim in Wien war es ja ganz genauso. Und war ich selbst nicht mehr als skeptisch gewesen, als mir Freud damals im Griensteidl zum ersten Mal von seinem Verdacht erzählt hatte?
Ja, dachte ich, wenn ich es nüchtern bedachte, dann hatte ich mir meinen Mißerfolg selbst zuzuschreiben. Denn was sollte ich nun anfangen? Warten, ob es sich James doch noch einmal anders überlegte und mir den Zutritt zu seinem Bruder gestattete? Das würde er mit Sicherheit nicht tun, dazu war er viel zu aufgebracht gewesen. Außerdem wußte ich ja nicht, wie lange Livingston diesmal bei Bewußtsein bleiben würde …
Es schien mir also nichts anderes übrigzubleiben, als auf den behandelnden Arzt zu hoffen. Dessen Bericht konnte ich aber ebensogut auch anderswo abwarten als ausgerechnet in diesem kahlen Wartezimmer. Ich beschloß deshalb, zurück ins Belvedere zu fahren und mich von dort aus telephonisch nach Livingstons Zustand zu erkundigen.

Und wenn ich mich nun doch geirrt habe, dachte ich, während ich müde die Krankenhaustreppen hinunterstieg. Ich hatte zuletzt in Wien ja nur kurz mit Freud über dessen jüngste Studien gesprochen. Zwar war mir seine Argumentation schlüssiger als je zuvor erschienen, aber letzte Beweise für die Theorie, daß oft sexuelle Traumata bei Kindern und Jugendlichen ursächlich waren für die Entstehung einer Neurose – letzte Beweise dafür gab es selbstverständlich nicht. Und auch Freud war sich des Problems bewußt, daß manche Angaben eines Patienten sehr wohl nur frei erfunden sein konnten …
Aber wo hatte Livingston in seinen ersten Gesprächen mit mir jemals etwas *erfunden?* Beruhten nicht auch seine absonderlichsten Deduktionen stets auf ganz realen Tatsachen? Und war er daneben nicht verschlossen wie ein Grab gewesen, was sein Privatleben anbetraf?
Enttäuscht trat ich aus dem Portal in die warme Vormittagssonne hinaus. Wie sinnlos war doch alles gewesen, dachte ich. Einige offene Worte an einen hochgebildeten, kultivierten englischen Staatsbeamten, von dem man eigentlich ein gewisses Maß an Toleranz hätte erwarten können, und schon brach alles zusammen. Ich hätte Living-

ston niemals als Patienten aufnehmen dürfen, durchfuhr es mich plötzlich bitter. Es war von Anfang an ein hoffnungslos zum Scheitern verurteiltes Unterfangen gewesen …

Ich war bereits gut fünfzig Meter vom Krankenhaus entfernt, als ich hinter mir plötzlich meinen Namen rufen hörte. Erstaunt drehte ich mich um und sah, wie die breite Treppe des Krankenhauseingangs ein Mann herabgerannt kam, in dem ich beim Näherkommen den Pförtner erkannte.

»Sind Sie ein gewisser Dr. Heydinger aus Wien?« stieß er mit stark hanseatischem Tonfall hervor, als er mich erreicht hatte. »Eben hat der Chef bei mir angerufen. Sie möchten bitte zu dem Engländer oben in der Neurologie kommen – dem mit der Morphiumvergiftung.«

Ich machte auf dem Absatz kehrt, lief zurück und hastete die Treppen hinauf, bis ich schließlich im dritten Stock vor Livingstons Zimmer angekommen war. Auf mein Klopfen hin wurde sofort geöffnet. James empfing mich mit steinerner Miene. »Er hat nach Ihnen verlangt«, war alles, was er sagte.

Ich trat an das Bett. Livingstons Züge waren noch genauso starr und ausdruckslos wie an den vorangegangenen Tagen. Aber seine Augen waren offen. Als er mich erkannte, drehte er unmerklich den Kopf. Ich konnte nicht genau verstehen, was er unter mühsamer Anstrengung hervorbrachte; seine Stimme war röchelnd und so undeutlich, daß ich mich dicht über ihn beugen mußte, um überhaupt eine Silbe zu erhaschen.

»Bitte sprechen Sie nicht zuviel mit ihm«, mahnte der Stationsarzt, »wir haben ihm gerade erst einen ganzen Liter Flüssigkeit verabreicht. Sie dürfen ihn auf keinen Fall überanstrengen.«

Ich nickte und wandte mich erneut dem Bett zu. »Livingston, können Sie mich hören?«

Er starrte mich eine Weile ausdruckslos an. Dann klappte er kurz und schwerfällig die Lider auf und zu, wie um zu zeigen, daß er mich verstanden habe.

»Wir werden Sie wieder auf die Beine bringen«, sagte ich, krampfhaft bemüht, mir meine Bewegung nicht anmerken zu lassen.

Der Engländer seinerseits versuchte, seine Lippen zu einem Lächeln zu verziehen, was ihm aber nicht gelang. Kurz darauf wurden seine

Züge wieder zur Maske. Er schloß die Augen, diesmal jedoch wie vor Müdigkeit.

»Kein Grund zur Beunruhigung«, versicherte der Stationsarzt. »Das ist jetzt nur die Erschöpfung. Ich glaube, er ist über den Berg. Sie sollten ihn jetzt ausruhen lassen und frühestens morgen abend wiederkommen.«

Wir nickten und verließen das Zimmer. Draußen auf dem Flur bemühte sich James intensiv, mir nicht in die Augen blicken zu müssen, bevor er schwerfällig und mit vornübergebeugten Schultern den Gang hinunterstampfte, so als ob er durch einen imaginären Morast zu waten gezwungen sei, der ihm seine gewohnten Wege unpassierbar gemacht hätte.

XXXIV.

Der Stationsarzt behielt recht. Die Phasen, in denen Livingston bei Bewußtsein war, wurden bald länger. Am folgenden Tag konnte er bereits einige zusammenhängende Sätze sprechen und eine Handvoll Gespräche führen, in denen er sich allerdings weder an seinen Tobsuchtsanfall noch an die spätere Morphiuminjektion erinnerte. Das Gedächtnis für alles, was auf die Szene mit Irene Adler und Godfrey Norton folgte, war ihm offenbar vollständig abhanden gekommen.

Dafür sprach er plötzlich von seltsamen Bildern, die er während seiner Bewußtlosigkeit vor seinem inneren Auge gesehen haben wollte. Anfangs dachte ich noch, daß es sich dabei um Nachwirkungen der Rauschgiftsucht handeln müsse, bis mir langsam klar wurde, daß Livingston wohl dem Tode viel näher gewesen war, als wir gedacht hatten. Das Morphium in Verbindung mit dem zuvor eingenommenen Alkohol und dem Rest Kokain hatte wohl zu einem Zustand geführt, den man gemeinhin als Todesschau bezeichnet, zu jenem Stadium also, in dem ein Todkranker oder Sterbender die entscheidenden Augenblicke seines Lebens noch einmal wie in einem Zeitbeschleuniger erlebt (heute könnte man an eine cinematographische Vorstellung denken, die der Vorführer in doppelter Geschwindigkeit ablaufen läßt). Das gewöhnliche, verdrängende Bewußtsein fällt dabei ähnlich wie im Traum plötzlich weg, und an seine Stelle tritt eine Art überindividuelles Bewußtsein, in dem alle Erschütterungen der Psyche

wie in einem exakten nautischen Logbuch aufgezeichnet sind. In der Regel nimmt der Sterbende diese Bilder mit hinüber ins Jenseits, so daß die Hinterbliebenen nie etwas davon erfahren. Lediglich der Mediziner wird hie und da Zeuge, wie ein Patient, der in letzter Minute noch einmal dem Tod entkommen ist, davon spricht.
Und genau dies schien nun auch bei Livingston der Fall gewesen zu sein. Er erwähnte etwas von lange verschüttet geglaubten Erinnerungen, die ihm nun wieder klar vor Augen stünden, sprach zusammenhanglos von einem Unrecht, das er seinem Bruder angetan habe, und von der würdevollen Erscheinung seines Vaters, der ihm eine Strafpredigt über die Existenz der Hölle halte. Es war, als befände er sich plötzlich in einem Zustand, in dem der Zugang zu seinem Unterbewußtsein auch ohne Hypnose frei war. Die Frage war nur, wie lange dieser Zustand anhalten würde, wie schnell seine Erinnerungen also wieder verblassen und vom gewöhnlichen Alltagsbewußtsein aufgesogen sein würden. Wenn ich also jemals erfahren wollte, ob ich mit meiner Vermutung über seine traumatische Vergangenheit richtig gelegen hatte, so blieb mir nicht viel Zeit. Ich mußte versuchen, ihn zu Erinnerungen an seine Kindheit zu veranlassen, was um so schwieriger war, als James alles tat, um einen Keil zwischen mich und seinen Bruder zu treiben. Mir gänzlich den Zutritt zu ihm verwehren konnte er zum Glück nicht, da Livingston stets darauf bestand, mich in seiner Nähe zu haben. Also versuchte James, durch versteckte Andeutungen wenigstens meine fachliche Kompetenz als Mediziner in Frage zu stellen. Er erwähnte öfters Freud und dessen Kokainforschungen, sprach von der »Scheinwissenschaft« der Psychologie und nannte mich abschätzig einen »Traum-Bakteriologen«. Ich empfand es als unter meiner Würde, darauf einzugehen, zumal auch Livingston nur müde über die allzu durchsichtigen Bemühungen seines Bruders lächelte. Er wußte ja inzwischen von James alles, was dieser mir erzählt hatte, mit Ausnahme natürlich jenes Punktes, der sich auf Antonias angeblich wahnsinnige Äußerungen über ihr uneheliches Kind bezog. Vorsichtig versuchte ich daher das Gespräch in Richtung seines Wasserfall-Traums zu lenken, erwähnte wohl auch gelegentlich den Namen seiner Schwester und deutete an, daß mir die geheimnisvolle Szene damals auf seinem Zimmer als mindestens ebenso bedeutsam erschien wie das folgende traurige Schicksal Antonias.

Mehrmals war Livingston nahe daran, von selbst die Sprache auf seine Schwester zu bringen; doch James erstickte jeden derartigen Ansatz bereits im Keim, indem er ungeniert weiter nach etwas suchte, mit dem er mich diskreditieren konnte.

Am Tag vor seiner Entlassung fragte ich schließlich Livingston während eines Gesprächs, das bis dahin nur um banale Dinge des Krankenhausalltags gekreist war, ob er vorhabe, noch einmal nach Wien zurückzukehren. Er gab zu, daran noch gar nicht gedacht zu haben, wich jedoch meinem Blick aus und begann plötzlich nervös zu zittern.

»Da sehen Sie, was Sie mit Ihrer Fragerei anrichten«, fuhr James auf. »Wollen Sie denn seine Gesundheit gleich wieder aufs Spiel setzen?«

»Bitte, James«, wies ihn sein Bruder, der sich inzwischen wieder beruhigt hatte, zurecht. »Die Frage hatte lediglich die Erinnerung wieder wachgerufen – das war alles.«

»Ach was, Erinnerung«, erwiderte James scharf. »Er will doch nur seine psychologischen Theorien und Hypothesen an dir ausprobieren, weiter nichts.«

»Wer die Tatsachen nicht kennt, muß nun einmal mit einer Hypothese beginnen«, sagte Livingston achselzuckend.

»Unsinn«, sagte James. »Manche Dinge sollte man lieber auf sich beruhen lassen. Tatsachen, pah! Die gibt es doch in der Psychologie gar nicht! Sind Tatsachen etwa das, was mir irgendein Psychiater über mich einflüstern will?«

»Hypnose hat nichts mit Einflüstern zu tun, wenn Sie das meinen«, erwiderte ich kühl. »Es handelt sich einzig und allein darum, die Wahrheit über sich selbst zu entdecken.«

»Lächerlich«, entgegnete James eisig. »Persönliche Erinnerungen sind immer subjektiv. Wer weiß schon die objektive Wahrheit über sich selbst?«

Wieder trat eine Pause ein, bevor Livingston plötzlich gedankenverloren sagte: »Ich.«

James starrte ihn fragend an. »Wie bitte?«

»Ich«, wiederholte sein Bruder zögernd. »*Ich* weiß die Wahrheit über mich selbst.«

James wollte wieder dazwischengehen, doch Livingston schüttelte den Kopf und hob abwehrend die Hand. »Nein, James«, sagte er langsam, »es hat keinen Zweck, die Dinge ruhen zu lassen. Ich kann nicht mehr so tun, als wüßte ich nicht mehr, was geschehen ist, als hätte ich für immer vergessen.«

Ich beugte mich entschlossen vor. »*Was* wollten Sie vergessen?« fragte ich. »Ihre Vergangenheit?«

»Ja.«

»Warum? Weil die Erinnerung daran zu erdrückend war?«

Livingston nickte.

»Es hatte mit Ihrer Schwester zu tun, nicht wahr?« fragte ich weiter.

»Aber das ist doch alles Unsinn!« fuhr James wütend auf. »Ich bitte dich, William, du solltest dich jetzt schonen, du bist noch lange nicht wieder gesund. Willst du unbedingt einen Rückfall riskieren?«

»Darum geht es nicht, James«, erwiderte Livingston. »Ich habe Bilder gesehen, während ich ohne Bewußtsein war, Bilder, die ich schon lange vergessen hatte. Ich habe sie gesehen, so deutlich wie noch nie zuvor: Antonia, Moriarty, Mutter, den Wasserfall – einfach alles …«

»Ich verstehe dich nicht«, sagte James gepreßt. »Wovon sprichst du nur?«

»Aber das weißt du doch. Du hast es ihm« – er wies mit der Hand auf mich – »doch selbst erzählt.«

Er schloß die Augen, wie um sich zu konzentrieren. Offenbar versuchte er, die Erinnerungen, von denen er sprach, noch einmal vor seinem inneren Auge wachzurufen. Er lag vollkommen ruhig da, seine Gesichtszüge waren entspannt, die Hände flach auf der Bettdecke ausgestreckt.

Schließlich öffnete er wieder die Augen und fixierte wie in Trance einen imaginären Punkt an der Zimmerdecke.

»Ja, es ist alles ganz klar«, begann er zögernd und mit sehr langen Pausen zwischen den einzelnen Sätzen. »Es ist Hochsommer, ich streife allein durch sonnverbrannte Felder … Ich habe keine Freunde unter den Jungen der Umgebung, Mutter sagt, es seien alles nur Dummköpfe … Aber ich weiß, daß sie lügt … Sie hat immer gelogen … Ich verachte sie, sie ist oberflächlich und vulgär … Es graut mir jedesmal vor dem Augenblick, wo ich ihr einen Kuß geben muß … Die Berührung ihrer weichen, geschminkten Wangen widert mich an … Sie lacht über Vater … Er haßt jede Form von körperlicher Nähe, schon die kleinste Berührung ist ihm unangenehm … Er liebt sie

nicht, er *kann* sie nicht lieben … Aber er schützt Moriarty … Moriarty, den Verräter …«
»Den Verräter?« fragte ich vorsichtig.
»Ja, Moriarty, unser Hauslehrer … Antonia war in ihn verliebt … Ich konnte es nicht verstehen, er hatte dunkle, borstige Haare in den Nasenlöchern und roch nach billigem Eau de Cologne … Ich will es ihr ausreden, aber sie lacht nur … Sie geht mit ihm spazieren … Ich *hasse* es, wenn sie mit ihm spazierengeht … Ich bettle so lange, bis sie wieder mit mir kommt … Mit zu einem einsamen Stück Badeufer am See … Sie ist wunderschön … Ich berühre sie leicht … Es gefällt ihr …«
Livingston verstummte für einige Augenblicke. James starrte ihn entsetzt an, war inzwischen aber wohl zu schockiert, um noch etwas zu sagen. Auch ich schwieg. Alles kam jetzt darauf an, den Engländer nicht in seiner Konzentration zu stören. Halblaut fuhr er fort:
»Es war ganz harmlos … Wir schwimmen, ziehen uns wieder an … Sie verspricht mir, abends auf mein Zimmer zu kommen … Wir wußten nicht, daß Moriarty uns heimlich beobachtet hat … Er muß Mutter alles erzählt haben … Wir sind auf meinem Zimmer … Ich gebe ihr einen Kuß, und sie erwidert ihn … Sie streift ihr Kleid ab … Ich fühle mich schlecht, bekomme Angst, weiß nicht, was ich tun soll, sage ihr, es sei unrecht … Plötzlich küßt sie mich … Nur ein Kuß … Nichts weiter … Nur ein Kuß …«
Seine Stimme wurde so leise, daß sie kaum noch zu verstehen war.
»Moriarty und meine Mutter … Sie stehen plötzlich im Zimmer, ohne zu klopfen … Sie beschimpfen uns… Ich schwöre, daß Antonia unschuldig ist, daß wir nichts Böses getan haben … Moriarty nennt sie ein verderbtes Geschöpf, das zur Strafe im Fegefeuer für ihre Sünden wird büßen müssen … Mutter verweist ihm seine Kühnheit, sagt aber zu Antonia, sie sei nicht mehr länger ihre Tochter … Antonia sieht mich an … Ich kann ihr nicht mehr in die Augen sehen, ich habe Angst vor ihr … Sie will mich nicht mehr sehen, sie schließt immer ihre Tür ab … Eines Nachts geht jemand zu ihr hinauf … Die Tür wird entriegelt und wieder geschlossen … Ich schleiche mich ans Schlüsselloch … Ich sehe, wie er sich auf sie legt, wie er ihr die Hand auf den Mund preßt … Sie wehrt sich, aber er zwingt sie, sich auszuziehen … Ich will wegschauen, aber ich kann es nicht … Erst nach

einer Weile läßt er von ihr ab, und ich sehe sein Gesicht … Ich muß mich in meinem Zimmer übergeben und erbreche die Austernpilze, die es zum Abendessen gegeben hat …«
Livingston zitterte vor Erregung; auf seiner Stirn standen dicke Schweißtropfen.
»Sie kommt nicht mehr zum Unterricht … Moriarty zitiert etwas Griechisches über Geschwisterliebe … Vater sagt, daß der Inzest eine hohe mythologische Bedeutung habe … Er zeigt mir Bilder von Pyramiden und von einem ägyptischen Pharao, der seine eigene Schwester geheiratet hat … . Ich will es nicht sehen, ich schlage es ihm aus der Hand und laufe auf mein Zimmer … Antonia wird krank … Ich höre, wie Moriarty zu meinem Vater sagt, sie bekomme ein Kind … Vater wird kreidebleich … Er bietet Moriarty Geld an, damit er schweigt …«
Livingston stöhnte, sein Gesicht glänzte schweißnaß. James war apathisch in sich zusammengesunken, doch sein Bruder fuhr unerbittlich fort:
»Die letzte Erinnerung … Wir sind einen ganzen Tag lang zusammen in den Schweizer Alpen gewandert … Der große Reichenbachfall in der Schlucht von Rosenlaui … Sie streiten sich … Mutter rutscht plötzlich auf dem Moos aus … Sie taumelt gegen ihn und reißt ihn dabei versehentlich um … Ich versuche, ihn zu halten, aber es gelingt mir einfach nicht… Er taumelt … Er gleitet immer weiter zum Wasserfall hinab, und ich – ich –«
Er brach ab, begann plötzlich leise zu schluchzen und hielt sich die Hände vor die Augen, wie um seine Erinnerungen dadurch erträglicher zu machen.
»Warum hat er das nur getan«, flüsterte er, »warum hat ausgerechnet *er* das getan? War ich schuld? Antonia konnte doch nichts dafür … Und er war doch kein schlechter Mensch … Er war doch ein gebildeter Mann …«
»Um Gottes willen, William«, preßte James hervor, »von wem zum Teufel sprichst du da?«
»Es war die Strafe … Er ist tot … Ertrunken …«
»Wer *er?*« rief James verzweifelt.
»Der Mann, der Antonia vergewaltigt hat …«
»Wen meinst du denn?« schrie James hysterisch. »*Moriarty?*«

Livingston schüttelte nur stumm den Kopf.
»Herrgottnochmal! *Wen denn sonst?*«
Livingston sah mich flehend an, so als ob er es nicht aussprechen könne, als ob er wollte, daß ich es für ihn täte. Und wie in einer Vision sah auch ich plötzlich die Szene in Antonias Zimmer in ihrer ganzen peinigenden Deutlichkeit vor mir. Ich war also tatsächlich auf einer falschen Fährte gewesen …
»Es war Ihr *Vater*, nicht wahr?« fragte ich heiser.
Der Engländer auf dem Bett nickte wie erlöst.
Im gleichen Augenblick sprang James von seinem Stuhl auf. »Das ist nicht wahr!« schrie er. »*Sag ihm, daß das nicht wahr ist, William!!*«
Aber sein Bruder blieb stumm.
»Na schön, dann sagen Sie es ihm, Doktor!« rief James mit völlig verzerrter Stimme. »Los, sagen Sie ihm, daß er lügt, daß er wahnsinnig ist, daß er alles nur erfunden hat! Sagen Sie ihm, daß Antonia verrückt war, daß es nie ein Kind, nie eine Abtreibung gegeben hat! Mein Gott, das ist hier ja das reinste Irrenhaus!«
Erschöpft hielt er inne, keine Sekunde zu früh, denn schon war eine Schwester erschienen, die mit strenger Miene fragte, was hier los wäre. Ich konnte sie nur mit Mühe beruhigen, indem ich beteuerte, daß ich selbst Arzt sei. Sie verschwand zögernd und mit finsterer Miene, nachdem sie gedroht hatte, beim nächsten derartigen Geschrei sofort den Oberarzt zu holen.
Livingston warf seinem Bruder einen traurigen Blick zu. »Ich weiß, wie dir zumute ist«, sagte er. »Aber bedenke, daß du es heute nur hörst. Ich dagegen habe es damals mit angesehen …«
»Aber das ist doch unmöglich«, flüsterte James verzweifelt. »Er war doch ein Gelehrter! Nie hat er sich in irgendeiner Weise gehenlassen … Du hast dich geirrt, William, du *mußt* dich geirrt haben. Ich bin sicher, es ist Moriarty gewesen …«
»Nein, James, es war nicht Moriarty. Du weißt selbst, daß die beiden schon von ihrer Statur her nicht zu verwechseln waren. Außerdem habe ich Vaters Gesicht gesehen, Antonias Bett stand so, daß ich ihn ganz genau erkennen konnte. Aber ich habe mir später immer wieder eingeredet, es sei Moriarty gewesen – so lange und so oft, bis ich selbst daran geglaubt habe.«
»Und die Professur in Argentinien?« stöhnte James. »Die regelmäßi-

gen Geldzahlungen? Woher kamen sie, wenn er angeblich längst tot auf dem Grund dieses Wasserfalls lag?«

»Von Mutter«, antwortete Livingston bitter. »Sie war von dem Gedanken besessen, daß niemand an einen Unfall glauben würde, wenn wir plötzlich allein von unserer Bergwanderung zurückkommen würden. Also zwang sie mich, so zu tun, als ob Vater noch lebte und direkt aus der Schweiz nach Südamerika gefahren sei. Gottseidank ist nie jemand auf die Idee gekommen, dorthin zu reisen, um ihre Geschichte nachzuprüfen und ihn zu besuchen – wahrscheinlich war für alle Beteiligten der Skandal auch so groß genug. Aber ich war erst wirklich erleichtert, als Mutter nach Jahren endlich die fingierte Todesnachricht nach Cornwall schickte.«

James stutzte plötzlich. »War es denn überhaupt ein Unfall?« fragte er. »Oder habt ihr etwa zusammen –«

»Es war ein Unfall«, erwiderte sein Bruder müde. »Selbst wenn ich es gewollt hätte, stand ich viel zu weit weg, um ihn hinabstoßen zu können. Deswegen gelang es mir ja auch nicht, ihn festzuhalten. Und Mutter hätte den Teufel getan, ihn umzubringen. Erst am Morgen hatte Vater ihr nämlich ein Dokument ausgehändigt, wonach er sich notariell verpflichtete, für Antonia lebenslang das Sanatorium in der Schweiz zu bezahlen.«

»Und woher nahm sie statt dessen das Geld?« fragte James. »Woher stammte das Geld für unsere Ausbildung, für unser Studium?«

»Sie hat alle möglichen Arbeiten in der Schweiz angenommen, um Geld zu verdienen und nach England zu überweisen. An ihre eigene Familie konnte sie sich natürlich nicht wenden, denn alle glaubten ja, Vater arbeite als Universitätsdozent in Buenos Aires.« Er warf uns einen düsteren Blick zu. »Ich habe sie nie gemocht, wie gesagt, aber ich weiß, was sie für uns getan hat. Und ich weiß auch, welch ein erbärmliches Leben sie geführt hat, noch erbärmlicher vielleicht als das der armen Antonia.«

»Wann ist sie gestorben?« fragte ich.

»Vor zwei Jahren, nur fünf Monate nach ihrer Tochter«, antwortete Livingston. »Ich glaube, durch Antonias Tod war ihr Leben sinnlos geworden.«

Ich sah gedankenverloren aus dem Fenster. Die Sonne war untergegangen und die Abenddämmerung warf bereits lange Schatten. James hatte sein Gesicht in den Händen vergraben, während Livingston erschöpft und mit geschlossenen Augen dalag.

»Eine letzte Frage«, sagte ich. »Sie müssen sie nicht beantworten, wenn Sie nicht wollen.«

Livingston zuckte apathisch die Schultern. »Fragen Sie.«

»Sie sind ganz sicher, daß Antonias Kind nicht von Ihnen stammte?«

»Ganz sicher. Es war zwar eindeutig mehr als nur die gewöhnliche Liebe zwischen Geschwistern. Außerdem kam ja auch noch meine Eifersucht auf Moriarty hinzu; vielleicht hat sie mich erst dazu gebracht, in Antonia auch die erwachende Frau zu sehen. Aber wir haben nichts Verbotenes getan, selbst wenn wir es vielleicht gewollt hätten. Es war mein Vater, der den Schritt über die Grenze getan hat.«

Ich nickte und erhob mich, während James nahezu unhörbar sagte: »Mein Gott, wie sehr mußt du ihn gehaßt haben.«

»Ich habe ihn nicht gehaßt«, sagte Livingston resigniert, »das war ja gerade das Erdrückende daran. Ich redete mir immer wieder ein, daß er so etwas unmöglich getan haben konnte. Ich habe mich immer schuldig gefühlt, sogar doppelt schuldig – einmal, weil es mir nicht gelungen ist, ihn damals am Wasserfall zu retten, zum anderen, weil ich unbewußt doch Genugtuung darüber empfand.«

»Hast du wenigstens eine Erklärung für seine Verfehlung?«

»Ja«, erwiderte Livingston mühsam. »Es klingt hart, genauso hart wie das, was er Antonia angetan hat, aber ich glaube, daß er auf sexuellem Gebiet unersättlich war und schon lange von seiner Frau genug hatte. Er kann einfach nicht der weltabgewandte Gelehrte gewesen sein, den wir aus ihm gemacht haben. Vielleicht hatte er schon immer irgendwelche heimlichen perversen Neigungen, ich weiß es nicht. Aber als Mutter und Moriarty ihm erzählten, wie sie Antonia und mich halbnackt vorgefunden hatten, muß ihn das zu Phantasien angestachelt haben, denen er eines Tages nicht mehr widerstehen konnte.«

»Willst du ihn etwa noch in Schutz nehmen?« fragte James angewidert.

»Nein. Aber ich weiß schließlich aus eigener Erfahrung, daß es oft die äußerlich kühlsten Menschen sind, die von den dunkelsten Leidenschaften mitgerissen werden. Soll also ausgerechnet ich den ersten Stein werfen?«

XXV.

Eine Sache ist es, einem lange verdrängten Trauma endlich ins Auge sehen zu können, eine andere freilich, es auch zu überwinden. Ein Geschehen wie das, welches der junge William mit ansehen mußte, gehört sicher zu jener Kategorie seelischer Erschütterungen, die einem ganzen Leben ihren Stempel aufdrücken können, noch dazu, wo es in seinem Fall derart unglücklich mit dem Tod des Vaters verknüpft war. Man hat die seinerzeitige Szenerie in Sussex förmlich vor Augen: ein hochgebildeter, aber kühler und emotional unterentwickelter Vater, der von seinen Kindern mehr verehrt denn geliebt wird; eine sexuell frustrierte, von Affekten geleitete Mutter, unzufrieden mit ihrer häuslichen und gesellschaftlichen Stellung, dabei besitzergreifend und eifersüchtig über ihr *alter ego* Antonia wachend; und schließlich zwei Söhne, die seit ihrer Kindheit zwischen diesen beiden Polen hin- und hergerissen werden. Antonia erfuhr wenigstens zeitweise Zuwendung von ihrer Mutter, und James konnte sich als ältester Sohn in die Vorbildfunktion des großen Bruders und intellektuellen Lieblings seines Vaters zurückziehen. William dagegen war von Anfang an gezwungen, einen anderen Weg zu suchen. Und dieser Weg führte unausweichlich zu jenem Menschen, der das ideale Ziel nicht nur für seine, sondern für die Gefühlsarmut fast aller Mitglieder dieser schwierigen Familie war: zu seiner Schwester. Antonia schien dazu verdammt, die Leinwand abzugeben, auf die jeder nach Belieben seine eigenen Wunschbilder projizieren konnte – ein beklemmendes Beispiel für die völlige Unfähigkeit vieler viktorianischer Familien, in der erwachenden Weiblichkeit ihrer Töchter etwas anderes als eine reine Objektfunktion zu sehen, die nach Belieben ausgebeutet werden kann. Die vollzogene Vergewaltigung durch den Vater bildete insofern auch nur den traurigen Höhepunkt einer Entwicklung, die in anderer Hinsicht schon lange vorher begonnen hatte und letztlich darauf abzielte, Antonia zum Ersatzkriegsschauplatz aller möglichen unterdrückten Begierden und Affekte zu machen. Für sie endete dieser Krieg mit dem vollständigen Zusammenbruch; für William dagegen war der schockierende Akt des Vaters das Ende aller Hoffnungen, wenigstens auf dem verbotenen Umweg über seine Schwester Sicherheit und Geborgenheit zu finden. Als Konsequenz nötigte er sich immer tiefer in eine innere Abgeschlossenheit hinein, die mit den Jahren zwangsläufig zur Neurose werden mußte, zu einer Deformation, die er am Ende nur noch mit Hilfe des Kokains und seinem unbürgerlichen Leben als Einzelgänger, Junggeselle und Bohemien ertragen konnte. Nicht, daß ihn dieser Defekt davon abgehalten hätte, es auf seine Weise zu durchaus beeindruckenden Leistungen zu bringen, im Gegenteil. Er zwang sich, bei anderen tiefer und schärfer zu blicken, um nur ja nicht einen Blick in die eigene Psyche tun zu müssen, und machte das Ganze auch noch zu einem Beruf, indem er seine Talente in den Dienst der Detektivkunst stellte – ein geradezu einmaliger Fall von psychologischer Konfliktverlagerung.

Letztlich aber war es nur eine Frage der Zeit, wann der entstandene Druck so groß werden würde, daß er sich nur noch durch andere Ventile Bahn brechen konnte – eben durch Träume, Halluzinationen, Wahnvorstellungen. Diese wiederum wurden mit der Zeit so bedrängend, daß Livingston am Ende etwas tat, was eigentlich untypisch für depressive Neurotiker seines Schlages ist. Er unternahm den Versuch, sich an den eigenen Haaren aus dem Sumpf der Vergangenheit zu ziehen, fuhr in die Schweiz und löste durch seine Halluzination am Rande des Reichenbachfalls und den symbolischen Inzesttraum jene Kette von Ereignissen aus, die ihn dann zu Freud und später in meine Sprechstunde trieben. James bestätigte mir, daß sein Bruder anfangs wirklich nur wegen Freuds Ruf als Kokainexperte nach Wien gefahren sei und sich während der ersten erfolglosen Entzugsbehandlung auch um nichts anderes als um seine Gesundheit gekümmert habe. Erst die Liaison mit der Adler-Norton und die damit verbundene Rückkehr nach Wien brachte ihn – wohl mehr aus Zufall und um sich von den Qualen des Dreiecksverhältnisses abzulenken – dazu, sich mit dem Unfall Ludwig Kahns zu beschäftigen. Und erst, als ihm langsam klar wurde, was sich hinter diesem scheinbar so harmlosen Tod verbarg und womit er in Wahrheit zusammenhing, erst als ihm dämmerte, daß dies längst keine reine Erpressungsaffäre mehr war, erst da entschloß er sich, auch seinen Bruder in England einzuweihen, der die Information dann unverzüglich an das Foreign Office weitergab.

Damit überstieg der Fall der Schwarzen Hand aber plötzlich alles, woran Livingston in der Vergangenheit seine Fähigkeiten unter Be-

weis gestellt hatte. Er stieg von einem freien Privatdetektiv zu einem geheimen Regierungsagenten auf und war nicht länger nur sich selbst, sondern allerhöchsten englischen Stellen verpflichtet. Zu seiner neurotischen Unausgeglichenheit, seiner unglücklichen Liebe und seiner Rauschgiftsucht kam nun also auch noch ein Erfolgsdruck nie dagewesener Art. James räumte ein, daß er die Schwierigkeiten seines Bruders in den Sitzungen mit den Staatssekretären der englischen Regierung heruntergespielt hatte, weil er dessen Kokainsucht nie richtig ernstgenommen hatte und davon überzeugt war, daß die Affäre mit der Adler-Norton bald vorüber sein würde. Als sich abzeichnete, daß Livingston im Gegenteil immer tiefer in den Strudel der Abhängigkeit sowohl von der Droge als auch von der Geliebten geriet, war es für eine offizielle Entbindung von seinem Auftrag bereits zu spät. Zu brillant, zu beeindruckend lasen sich ja die Berichte aus Wien, als daß man nun noch einen Rückzieher hätte machen können – mit dem Resultat, daß am Ende nicht nur Livingston, sondern das ganze britische Außenministerium und sogar der deutsche Geheimdienst glaubten, das Rätsel um die Schwarze Hand gelöst zu haben.
Der Niederlage gegen Immenhofer, der Entlarvung der wahren Rolle von Kesslers in dieser Intrige sowie dessen Entkommen aber hielten Livingstons Nerven schon nicht mehr richtig stand. Die Mahler'sche »Walküre« mit ihrer überdeutlichen Inzestszene, das versuchte Attentat, die Begegnung mit von Cronstein und schließlich das Ende der Affäre mit der Adler-Norton bildeten danach nur noch die letzten Etappen auf dem Weg zum endgültigen Zusammenbruch in Hamburg.

*

Doch »nur wer den Nadir durchmessen hat, kann sich dem Zenit zuwenden«, lautet ein altes arabisches Sprichwort. Als Livingston am 4. Juni 1893 aus dem Hamburger Stadtkrankenhaus entlassen wurde, war er zwar äußerlich nur noch ein Schatten seiner selbst. Er wog kaum mehr als hundert Pfund, sein alter Tweedanzug schlotterte in breiten Falten um seinen ausgemergelten Körper, der Charakterkopf mit den eingefallenen, pergamentfarbenen Wangen ähnelte einem Totenschädel. Beim Gehen mußte er sich auf einen Stock stützen, und seine Augen waren so lichtempfindlich, daß er auch in der Dämmerung eine getönte Sonnenbrille trug. Aber wenn er all das auch mit Gelassenheit hinnahm, ja sogar noch darüber spottete, indem er sich als »blinden Seher« oder »spiritistisches Skelett« bezeichnete, so war es doch ein unüberhörbar neuer Klang, der in diesem Spott mitschwang. Es war wie der ironische Respekt gegenüber der Erkenntnis, das Leben vielleicht doch nicht nur dem Wirken des Schicksals, sondern einer höheren Macht zu verdanken, möge sie nun Gott, Jehowa, Allah, der ewige Logos oder sonstwie heißen. Nicht, daß er der Mann gewesen wäre, der sich einer sentimentalen Selbsttäuschung hingab, einem okkulten Aberglauben vielleicht oder gar einer demütigen Kirchengläubigkeit. Im Gegenteil, er wußte schließlich nur allzu gut, daß ihn seine Vergangenheit noch lange verfolgen würde und es eines hohen Maßes an Selbstdisziplin bedürfen würde, sich eines Tages endgültig davon zu befreien. Aber das eigene verblendete Bewußtsein nicht mehr länger als das Maß aller Dinge anzusehen – das war es, was ihn, wie er sagte, seine Reise an die Schwelle des Todes gelehrt habe. Und auf der Grundlage dieser Erkenntnis galt es nun, die Weichen für die Zukunft zu stellen.

Was von Kessler und die Schwarze Hand betraf, so schien er zunächst nur noch ein theoretisches Interesse für die Affäre aufzubringen. Er wohnte zwar im Hamburger Hof bei seinem Bruder und wurde von diesem auch über alles auf dem laufenden gehalten, beteiligte sich aber kaum noch an Gesprächen, die sich um die nun unmittelbar bevorstehende Ankunft der Caledonia in New York drehten. Die meiste Zeit verbrachte er statt dessen damit, über seine Zeit mit der Adler-Norton nachzusinnen. Er tat dies unvergleichlich viel sachlicher als früher, indem er eine genaue Chronologie der Ereignisse aufstellte, beginnend mit dem ersten Zusammentreffen in London, die er dann kapitelweise mit mir besprach. Ich hatte längst an einen Kollegen nach Wien telegraphiert, der mich in meiner Praxis vertreten sollte, denn es stand fest, daß Livingston nicht mehr nach Wien zurückkehren würde. Wenn ich also noch etwas für ihn tun konnte, dann hier in Hamburg.

Es war wenig genug. Ich erfuhr in unseren Gesprächen einige neue Einzelheiten über seine Zeit in Italien und die Rückkehr nach Wien, über sein Verhältnis zu Godfrey Norton und zu Freud, immer wieder

unterbrochen durch plötzliche Erinnerungen an seine Mutter und seine Schwester. Er skizzierte noch einmal die traumatische, durch den Tod wie abgeschnittene und gerade darum unauflösliche Beziehung zu seinem Vater, seine Zeit als Student in London und die ersten Erfahrungen mit dem Kokain. Über genaue Ortsangaben und seinen Familiennamen bewahrte er nach wie vor Stillschweigen, und in Erinnerung an James' seinerzeitige Bitte versuchte ich auch gar nicht erst, in diese letzte Bastion seiner Privatsphäre einzudringen.
Dennoch waren es anstrengende Sitzungen, mitten in der glühenden Sommerhitze, die auch den Engländer mehrmals an den Rand der Erschöpfung brachten, zumal er erneut alles daran setzte, so lange wie möglich ohne Kokain auszukommen. Es kam wieder zu schweren Entzugsschmerzen und tiefen Halluzinationen, verbunden mit den altbekannten Wahnvorstellungen. Zwar erlaubte er mir gelegentlich, ihn zu hypnotisieren, doch der Erfolg war mäßig. Es gab Tage, an denen ich seine Qualen lindern, und andere, an denen ich ihm nur mit Hilfe von Morphium helfen konnte.
Schließlich wurde es aber auch Livingston klar, daß er sich in eine Anstalt würde begeben müssen. James hatte sich umgehört und ihm eine Empfehlung über ein Sanatorium in der Nähe von Baden-Baden zukommen lassen, das auf derartige Entziehungskuren spezialisiert war. Ich telegraphierte umgehend an die angegebene Adresse und erhielt zur Antwort, daß man im Sanatorium Puch zwar erst acht Fälle von Kokainsucht behandelt habe, davon jedoch immerhin sechs als geheilt habe entlassen können. Allerdings müsse man mit mindestens einem Vierteljahr Aufenthalt rechnen, in schweren Fällen auch länger. Livingston meinte stoisch, eine Erfolgsquote von fünfundsiebzig Prozent sei durchaus beeindruckend, und bat mich kurzentschlossen, die Formalitäten für eine Einweisung fertig zu machen.

*

Die Bestätigung der Klinik erfolgte am übernächsten Morgen. Während Livingston und James bereits zu packen begannen, erschien am Mittag noch einmal von Cronstein im Hamburger Hof. Er hatte einige Papiere dabei, die er mit grimmigem Lächeln auf den Tisch schleuderte.

»Aus New York«, verkündete er knapp.
»Und? Haben Sie ihn?« fragte ich, der ich im Gegensatz zu Livingston immer noch gespannt auf eine Nachricht von der Caledonia gewartet hatte.
»Ja, wir haben ihn«, antwortete von Cronstein finster.
Nun zuckte es sogar in den bisher teilnahmslosen Zügen Livingstons.
»Sie haben von Kessler tatsächlich erwischt?« fragte er.
»Nicht von Kessler«, antwortete von Cronstein. »Braun. Moritz Braun, um genau zu sein.«
Livingston sah ihn schief an. »Ich kenne keinen Moritz Braun«, meinte er.
»Ich kannte ihn bis vor einer Stunde auch nicht«, erwiderte von Cronstein sarkastisch und deutete auf die Papiere auf dem Tisch. »Er war Funker auf der Caledonia und wurde dabei beobachtet, wie er einem blinden Passagier an Bord geheime Funksprüche gezeigt hat. Angeblich soll er von dem Mann dazu erpreßt worden sein. Kurz vor der Küste sei der Unbekannte dann mit einer Schwimmweste über Bord gegangen. Natürlich glauben wir kein Wort davon. Braun ist todsicher ein Mann von Kesslers, der über alles von Anfang an Bescheid wußte.« Er wedelte mit einem der Papiere und hielt es in die Luft. »Das hier ist ein Antworttelegramm der Cunard-Geschäftsstelle in Hamburg. Demnach wurde Braun erst vor drei Wochen eingestellt. Die Passage auf der Caledonia war seine erste Fahrt. Ein seltsamer Zufall, nicht wahr?«
»Hat man wenigstens Zeit gehabt, die Küstenwache zu alarmieren?« fragte Livingston beiläufig.
Der Deutsche nickte.
»Aber es war natürlich zwecklos, was?« fragte Livingston. »Weil niemand an Bord der Caledonia das Schiff gesehen hat, das von Kessler nachts aufnahm, und weil es daher auch niemand genau beschreiben konnte, nicht wahr?«
»Ganz recht«, bestätigte von Cronstein achselzuckend. »Es muß außerhalb der Zwölf-Meilen-Zone gewartet haben.«
»Sehr schön«, lächelte Livingston und zündete sich eine Zigarette an, »wirklich sehr schön.«
Er ging wieder zu seinem Koffer und fuhr fort, ihn mit Hemden und Büchern zu füllen. »Wissen Sie, von Cronstein«, meinte er, »noch vor

zwei Wochen wäre ich jetzt wahrscheinlich vor Wut an die Decke gesprungen und hätte sofort den nächsten Dampfer nach New York genommen. Ich hätte nach London gekabelt und James beauftragt, mir die nötigen Dokumente auszustellen, hätte meine Kokainkaraffen eingepackt und wäre nur noch von dem Gedanken besessen gewesen, von Kessler bis ans Ende der Welt zu jagen.« Er blies einen großen, kreisrunden Rauchring in die Luft, bevor er gelassen hinzufügte: »Aber das ist jetzt vorbei.«

Sein Bruder räusperte sich, doch Livingston hob abwehrend die Hand.

»Ja, ich weiß schon, was du sagen willst, James: Die Unterstützung der englischen Regierung ist mir jederzeit sicher, die Krone nimmt Anteil, der Dienst am Empire – all diese Sachen, nicht wahr?« Mit einem Lächeln legte er ihm eine Hand auf die Schulter und schüttelte entschlossen den Kopf. »Nein, mein Lieber, ich fürchte, du mußt deinen Leuten zu Hause in Whitehall sagen, daß sie sich einen anderen SHERLOCK HOLMES suchen müssen. Am besten einen noch Klügeren, noch Raffinierteren, noch Verrückteren …«

»Und wen bitte?« fragte James.

Livingston zuckte die Schultern. »Nun, wie wäre es zum Beispiel mit Mr. Doyle?« schlug er vor. »Der Mann soll ja über beträchtlichen Scharfsinn verfügen.«

Nun trat auch von Cronstein einen Schritt auf ihn zu. »Ist das Ihr letztes Wort?«

»Das *war* mein letztes Wort«, antwortete er kurz, »wenigstens für die nächste Zukunft. Ich werde in zwei Tagen in Baden-Baden sein und nach meiner Kur als Privatmann nach England zurückkehren. Nichts für ungut, meine Herren, aber auf mich können Sie vorerst nicht mehr zählen.«

*

Und dabei blieb es. Livingston reiste am Vormittag des nächsten Tages ab. Zuvor händigte er mir noch die Schlüssel zu seiner Wiener Wohnung aus, die ich für ihn auflösen sollte, sowie eine Liste mit persönlichen Effekten, die ich ihm nach London schicken sollte, wenn er wieder dorthin zurückgekehrt sein würde.

»Lassen Sie uns keine großen Worte machen, Doktor«, sagte er, als wir auf dem Perron des Hamburger Hauptbahnhofs vor dem Zug standen. »Sie haben meine Adresse in Baden-Baden, ich die ihre in Wien. Ich werde Ihnen über alles genauestens berichten. Und vielleicht werde ich auch irgendwann wieder einmal zurück nach Wien kommen.«

Er lächelte, als er hinzufügte: »Stellen Sie sich nur vor, Mahler würde eines Tages Kapellmeister an der Wiener Hofoper. Dann muß ich ja fast schon kommen, nicht wahr? So einen Wagner werde ich doch sonst nirgends in Europa zu hören bekommen. Und wer weiß, vielleicht wird ja doch noch ein großer Symphoniker aus ihm.«

»Tja, einen frischen Besen hätten wir in Wien allerdings bitter nötig, in der Oper wie im Konzertsaal. Aber was wird aus von Kessler und der Schwarzen Hand? Wollen Sie das Rennen wirklich für immer aufgeben?«

»Warten wir es ab. Wir werden ja sehen, wie es nach seiner Flucht in Wien weitergeht. Vielleicht erledigt sich das Gespenst in Zukunft von selbst.«

»Und Baron von Seydtlitz?«

Livingston zuckte die Achseln. »Soll sich doch von Cronstein eine Weile an ihm die Zähne ausbeißen. Wenn der Baron wirklich etwas mit von Kessler zu tun hat, wird er vielleicht eines Tages ebenso einen Fehler machen wie unser nobler Oberstaatsanwalt.«

»Aber wer wird diesen Fehler aufdecken, wenn Sie nicht mehr da sind?«

Der Engländer lachte. »Na, na, bitte kein falsches Pathos zum Abschied, Doktor. Niemand ist unersetzlich – nicht einmal ich.«

In trüber Stimmung streckte ich ihm die Hand hin. »Nun, dann auf Wiedersehen«, sagte ich. »Nutzen Sie die Zeit in Baden-Baden und versuchen Sie gesund zu werden. Sie wissen selbst, wie schlimm es werden wird. Aber den wichtigsten Schritt haben sie ja wenigstens schon hinter sich.«

»Ja, ich weiß«, antwortete Livingston mit Wärme und drückte kurz meine Hand. Dann setzte er rasch seinen Strohhut auf, ergriff den schweren Reisekoffer und stieg in ein Coupé erster Klasse, das sein Bruder für ihn bezahlt hatte.

»Auf Wiedersehen, Doktor«, sagte er. »Grüßen Sie Fräulein von Ro-

ther von mir. Sagen Sie ihr, sie soll sich ruhig Herrn Mahler anvertrauen. Ich habe das Gefühl, daß er es noch weit bringen wird.«
Der Pfiff ertönte, und der Zug fuhr an.
»Er hat nämlich einflußreiche Gönner«, rief Livingston aufmunternd aus seinem Fenster, während ich langsam neben dem Wagen herging.
»Meinen Sie?« rief ich zurück.
»Und ob«, nickte er, während der Zug an Tempo gewann. »Obwohl er nicht so wirkt, nicht wahr? Aber er hat sie, glauben Sie mir – er hat beste Verbindungen, sogar nach Wien. Und Verbindungen sind nun einmal das Wichtigste im Leben, ist es nicht so? Denken Sie nur an Wagner!«
Der Zug war inzwischen schon so schnell, daß ich nicht mehr mitkam und stehenbleiben mußte.
Livingston winkte aus dem Fenster: »Es muß ja nicht gleich der König von Bayern sein!« rief er, schon so weit weg, daß ich ihn kaum noch richtig verstehen konnte. »Auf Wiedersehen, Doktor …«
Ich erriet die Worte nur noch ungefähr an ihrem Klang.
»Auf Wiedersehen in Wien! »
Melancholisch winkte ich ihm mit meinem Hut nach, bis sein Kopf nur noch ein winziger Punkt im Fenster des grünen Abteils war und der Zug langsam in einer weitgezogenen Kurve verschwand.

Anmerkungen

Seite 8
Alfred Fürst Montenuovo (1854–1927) – Zur Zeit Mahlers Zweiter, ab 1909 Erster Obersthofmeister am Wiener Hof. Ihm unterstanden alle kaiserlich-königlichen Hoftheater und damit auch die Wiener Hofoper. Der in vielen Mahler-Biographien fehlende Hinweis auf Montenuovos Versuch, Mahler zur Rückkehr an die Hofoper zu bewegen, geht auf einen Artikel in der »Neuen Freien Presse« vom 1. November 1910 zurück (vgl. Herta und Kurt Blaukopf, »Gustav Mahler, Leben und Werk in Zeugnissen der Zeit«, Stuttgart, 1984, S. 233).

Seite 14
dolcissimo – (ital.) Musikalische Vortragsbezeichnung: überaus sanft, süß, lieblich.

Seite 29
Dr. Karl Lueger (1844–1910) – Führer der Christlichsozialen Partei und Bürgermeister Wiens von 1897 bis 1910. Mit seiner Wahl ging das Zeitalter des österreichischen Liberalismus zu Ende. Lueger war ein pragmatischer Politiker, der die starken antisemitischen Strömungen der Öffentlichkeit geschickt für sich und seine Partei ausnutzte. Seine polemischen Äußerungen führten dazu, daß Kaiser Franz Joseph seine erste Ernennung zum Bürgermeister nach dem Wahlsieg von 1895 verweigerte.

Seite 32
Mit einem Wort: Das Kaffeehaus war, wie es der genannte Aphorist so treffend formulierte, *»ein Ort für Leute, die allein sein wollen, aber dazu Gesellschaft brauchen«*. – Der stadtbekannte junge Bohemien und Aphorismen-Dichter (in dieser Reihenfolge) ist natürlich Peter Altenberg.

Seite 34
» … demnächst etwas über Hysterie veröffentlichen wollen« – Heydingers Andeutung bezieht sich wohl auf die von Dr. Josef Breuer (1842–1925) und Sigmund Freud am 1. und 15. Januar 1893 als zweiteiliger Aufsatz im »Wiener Neurologischen Centralblatt« veröffentlichte »Vorläufige Mitteilung – Über den psychischen Mechanismus hysterischer Phänomene«, der zwei Jahre später die »Studien über Hysterie« folgten.

Seite 41
Georg Ritter von Schönerer (1842–1921) – Österreichischer Politiker, Vorkämpfer des bedrohten Deutschtums in Österreich, dessen Anschluß an das Deutsche Reich (nach der Abtrennung der Ungarn und der Slawen) er

vehement forderte, so z. B. in seinem Linzer Programm von 1881. Schönerer war ein rassistischer Gegner des Judentums und zugleich der Anführer der »Los-von-Rom-Bewegung«, die den Katholizismus als staatstragende Religion ablehnte. Er beeinflußte mit seinen Ideen sowohl die Christlichsoziale Partei Karl Luegers wie auch den späteren Nationalsozialismus Adolf Hitlers.

Seite 43
Schmock – Nach dem Namen einer Romanfigur in Gustav Freytags »Die Journalisten« gebrauchte abwertende Bezeichnung für einen skrupellosen, nur auf vordergründigen Effekt bedachten Journalisten.

Seite 45
Amalie Materna (1844–1918) – Österreichische Sängerin (dramatischer Sopran); seit 1869 Primadonna an der Wiener Hofoper. Bevorzugte Sängerin Richard Wagners: erste Brünnhilde in Bayreuth 1876, erste Kundry im »Parsifal« 1882. Sie zog sich 1897 von der Bühne zurück und war ab 1902 als Gesangslehrerin tätig.

Seite 63
Bernhard Pollini (1838–1997) – Eigentlich *Baruch Pohl*, dominierende Intendantenpersönlichkeit des Hamburger Musiklebens vor der Jahrhundertwende; seit 1873 Direktor des Stadttheaters, ab 1876 zusätzlich Leiter des Altonaer Hauses und 1894 des Thalia-Theaters.

Seite 66
Marie Renard (1864–1939) – eigentlich Marie Pöltzl. In der Direktion Wilhelm Jahn (ab 1888) waren Marie Renard und Ernest van Dyck das von den Wienern geliebte Opern-Liebespaar. Sie traten in der Wiener Erstaufführung von Massenets »Manon« (am 19. November 1890), in »Carmen«, die Renard als Hänsel in Humperdincks »Hänsel und Gretel«, als Rose Friquet in Maillarts »Das Glöckchen des Eremiten« und als Tatjana in Tschaikowskys »Eugen Onegin« auf. Sie verabschiedete sich von der Hofoper im Jahr 1900 als Carmen und heiratete Graf Kinsky.

Seite 68
Wilhelm Jahn (1834–1900) – Jahn war siebzehn Jahre lang, nämlich von 1881–1897, Direktor der Wiener Hofoper. Er galt als solider, feingeistiger Kapellmeister und talentierter Regisseur, der das k. k. Hofoperntheater neben der Mailänder Scala zum führenden Opernhaus Europas machte. In seinen letzten Amtsjahren erkrankte er, wodurch auch seine Tätigkeit als Di-

rektor und als Orchesterleiter zu leiden begann. Der Ruf der Oper stagnierte dadurch, wenngleich immer noch auf beachtlichem Niveau.

Seite 68
Verismus – (lat.; ital. *Verismo*) Gegen Ende des 19. Jahrhunderts aufgekommene Stilrichtung der Oper mit realistischer Darstellung von Handlung und Volksmilieu. Der Verismus war Gegenpol zur damals vorherrschenden Opernromantik und ganz besonders zum Heroismus in den musikdramatischen Werken Richard Wagners.

Seite 74
Hellmesberger-Quartett – Berühmtes Streichquartett, gegründet von Joseph Hellmesberger (1828–1893), dem langjährigen Direktor des Wiener Konservatoriums. Hellmesberger war ein impulsiver, hochbegabter Musiker und Pädagoge, der sich an den Idealen der Klassik orientierte, ohne daß ihn dies davon abgehalten hätte, seinen Unterricht durch deftige und zum Teil stark antisemitisch gefärbte Bonmots zu würzen.

Seite 75
Zwei Lieder für Bariton und Klavier nach Texten von Novalis sowie eine »Phantasie für Klavier und Violine« – In keinem der heute einschlägigen Werkregister Schönbergs sind diese Kompositionen aufgeführt. Es muß sich um verschollene oder vom Komponisten vernichtete Jugendarbeiten handeln.

Seite 79
Passacaglia – Musikstück von ernstem, würdevollem Charakter in ruhigem Zeitmaß und 3/4-Takt, bei dem über einem gleichbleibenden Baß die Oberstimmen immer kompliziertere Variationen ausüben.

Seite 80
»der Tod von Hunderten, die einer Offenbach'schen Operette beiwohnen« – Wagners Äußerung wird in ihrer Schärfe erst dadurch verständlich, wenn man bedenkt, daß es sich bei dem fraglichen Werk keinesweg um eine Operette, sondern um Offenbachs berühmte Oper »Hoffmanns Erzählungen« handelte.

Seite 81
Hermann Levi (1839–1900) – Deutscher Dirigent jüdischen Glaubens, Hofkapellmeister in Karlsruhe und von 1872–96 in München. Levi war Leiter der Uraufführung von Wagners »Parsifal« 1882 und in der Folgezeit Wagners bevorzugter Dirigent in Bayreuth.

Seite 85
sotto voce – (ital.) Musikalische Vortragsbezeichnung: halbe Stimme, also gedämpft bzw. halblaut.

Seite 89
Houston Stewart Chamberlain (1855–1927) – In Deutschland lebender englischer Schriftsteller und Kulturphilosoph, dessen Werke von großem Einfluß auf die deutsche Geistes- und Kulturgeschichte waren. Seine Äußerungen im Roman sind überwiegend Zitate aus seinem zweibändigen, weit über tausend Seiten umfassenden Hauptwerk »Die Grundlagen des 19. Jahrhunderts« aus dem Jahre 1899. Dieses Buch, das in Kreisen besonders der gebildeten Deutschen, des Adels und des Militärs wie eine Bombe einschlug, verschaffte ihm einen Ruf, der weit über seinen Tod hinauswirkte. Deutscher als die Deutschen selbst, heiratete er 1908 in zweiter Ehe Eva Wagner, die Tochter des Komponisten, und wurde Berater am Hofe Kaiser Wilhelms II., der in Chamberlains Theorien seine Welteroberungsgelüste bestätigt fand und blasphemisch verkündete, daß Gott selbst es war, der Chamberlains Buch dem deutschen Volke gesandt hatte. Später hielt auch Adolf Hitler das Werk des Deutsch-Engländers für eine Offenbarung – eine Wertschätzung, die durchaus auf Gegenseitigkeit beruhte. In einem Brief aus dem Jahre 1923 schrieb Chamberlain dem »Führer«, daß er ihn für das Gegenteil eines Fanatikers halte, als der er ihm, Chamberlain, geschildert worden sei. »*Der Fanatiker erhitzt die Köpfe*«, schrieb Chamberlain an Hitler, »*Sie erwärmen die Herzen. Der Fanatiker will überreden, Sie wollen überzeugen, nur überzeugen.*« Und sein Brief schloß mit folgender Passage: »*Sie haben Gewaltiges zu leisten vor sich, aber trotz Ihrer Willenskraft halte ich Sie nicht für einen Gewaltmenschen. Sie kennen Goethes Unterscheidung von Gewalt und Gewalt! Es gibt eine Gewalt, die aus Chaos stammt und zu Chaos hinführt, und es gibt eine Gewalt, deren Wesen es ist, Kosmos zu gestalten, und von dieser sagt er: ›Sie bildet regelnd jegliche Gestalt – und selbst im Großen ist es nicht Gewalt.‹ In solchem kosmosbildenden Sinne meine ich es, wenn ich Sie zu den auferbauenden, nicht zu den gewaltsamen Menschen gezählt wissen will.*«
Wen wunderte es da, daß zu Chamberlains 70. Geburtstag am 5. September 1925 der »Völkische Beobachter« eine fünf Spalten lange Lobrede veröffentlichte, in der die »Grundlagen des 19. Jahrhunderts« als Evangelium der nationalsozialistischen Bewegung gefeiert wurden?

Seite 100
Giacomo Meyerbeer (eigentlich Jakob Liebmann Beer, 1791–1864) – Opernkomponist, Generalmusikdirektor der Königlichen Oper in Berlin,

errang Welterfolge mit zahlreichen Opern im prunkvollen Stil der französischen Grand Opéra (z. B. »Die Hugenotten« 1836, »Der Prophet« 1849).

Seite 104
halbtheosophisch – Anspielung auf die von H. P. Blavatsky 1875 in New York gegründete Theosophische Gesellschaft, von der in späteren Kapiteln ausführlich die Rede sein wird.

Seite 106
Giovanni Boldini (1832–1931) – Italienischer Maler, eleganter Porträtist der Belle Epoque, zu dessen berühmtesten Werken die Bildnisse Verdis und Graf Robert de Montesquious gehören. Montesquiou, ein ebenso talentloser wie exzentrischer Pariser Dichter, war das Vorbild für den Herzog des Esseintes in Huysmans Roman »A rebours«, der wiederum Oscar Wilde zu seinem »Picture of Dorian Gray« inspirierte. Vor allem aber tritt Montesquiou in Marcel Prousts »Recherche du temps perdu« als der Inbegriff ästhetisch-dekadenter Perversität auf. Ob diese Darstellung der Realität entsprach, ist fraglich – noch dem schwerkranken Proust warf man vor, Montesquiou durch seine Schilderung in den Tod getrieben zu haben.

Seite 107
Joseph Arthur Comte de Gobineau (1816–1882) – Französischer Diplomat, Schriftsteller und Rassentheoretiker. In seinem vierbändigen Hauptwerk »Essai sur l'inégalité des races humaines« (deutsch: »Versuch über die Ungleichheit der Menschenrassen«) vertrat er die These der Überlegenheit der arischen Rasse vor allen anderen.

Seite 108
Rudolf Virchow (1821–1902) – Deutscher Pathologe, Anthropologe und Politiker, Professor in Würzburg und Berlin, Gründer der Deutschen Fortschrittspartei.

Seite 113
»Corpus juris« – In den Jahren 529–534 unter dem oströmischen Kaiser Justinian I. geschaffenes Gesetzgebungswerk für das Zivilrecht des Römischen Reiches.

Seite 114
Ernest Renan (1823–1892) – Französischer Gelehrter, ursprünglich katholischer Theologe, später Orientalist, Historiker und Philosoph; berühmt und

umstritten vor allem wegen seines geistvollen, wissenschaftlich nicht immer begründeten Hauptwerks »La Vie de Jésus« (1863).

Seite 127
»Simila similibus« – lat., vollständig »Simila similibus curentur« = »Ähnliches möge mit Ähnlichem geheilt werden«. Medizinisch-pharmakologischer Grundsatz, aufgestellt von dem Arzt Samuel Hahnemann (1755–1843), dem Begründer der modernen Homöopathie.

Seite 131
Risorgimento – (ital. für »Wiedererhebung«), Begriff für die Zeit von 1815 bis 1870, in der Italien um seine Einheit und Unabhängigkeit kämpfte.

Seite 133
Grancino – Berühmte Mailänder Geigenbauerfamilie.

Seite 133
maîtresse chanteuse – Anspielung auf die Affäre um die Adler-Norton und den Erbprinzen von Böhmen in London 1888 (vgl. C. Doyle, »A Scandal in Bohemia«). Livingston wandelt hier den französischen Begriff des männlichen »*maître chanteur*« ab, der je nach Zusammenhang zwei unterschiedliche Bedeutungen haben kann: »Meistersinger« und »Erpresser«.

Seite 137
»Ich bin der Welt abhanden gekommen« – Gedicht von Friedrich Rückert (1788–1866). Der deutsche Dichter war ein bedeutender Übersetzer arabischer, persischer, indischer und chinesischer Lyrik. Einige seiner von sehr persönlichem und weltabgewandtem Empfinden geprägten Gedichte vertonte später Gustav Mahler. Am bekanntesten wurde der Zyklus der »Kindertotenlieder« für Gesang und Orchester, der am 29. Januar 1905 in Wien unter der Leitung des Komponisten uraufgeführt wurde.

Seite 138
Lord Byron und Augusta – George Gordon Byron (1788–1824), englischer Dichter der Romantik, führte ein skandalumwittertes und abenteuerliches Wanderleben und starb im Zusammenhang mit dem griechischen Freiheitskampf gegen die Türken. Er lebte insbesondere seine zahlreichen bisexuellen Affären offen aus, was ihm mit der Zeit die völlige Ächtung der englischen Gesellschaft einbrachte. Als seine Halbschwester Augusta 1814 ein Kind von ihm bekam, mußte er endgültig aus England fliehen.

Seite 141
ménage faux – (franz.): wilde, freie Ehe.

Seite 149
Flush – Neunthöchste und damit ranghöhere Kombination: fünf beliebige Karten aus einer Farbe, z. B. Vier, Sechs, Sieben, Bube und As in Kreuz.
Straight – Achthöchste Kartenkombination beim Poker: Folge von fünf Karten beliebiger Farben, z. B. Sieben, Acht, Neun, Zehn, Bube.

Seite 180
Gustav Lewy (1824–1901) – Gründer und Inhaber einer Wiener Musikalienhandlung, die er später zu einer der führenden Konzert- und Theateragenturen ausbaute. Seit 1880 war auch Gustav Mahler bei Lewy unter Vertrag.

Seite 194
Ku-Klux Klan – Name zweier amerikanischer Geheimgesellschaften. Der erste Klan wurde 1865 in den Südstaaten von General Forrest gegründet, um mit illegaler Gewalt gegen die Befreiung der Schwarzen und die Aufhebung der Sklaverei vorzugehen; er wurde 1871 verboten. 1915 wurde der Klan von W. J. Simmons neugegründet, um auch in den Nordstaaten die Vorrechte der Weißen gegen Andersfarbige und Andersgläubige (Schwarze, Juden, Katholiken, Gewerkschafter) zu verteidigen.

Seite 197
»Life's but a walking shadow, a poor player
That struts and frets his hour upon the stage
And then is heard no more. It is a tale
told by an idiot, full of sound and fury,
Signifying nothing.«
(Shakespeare, »Macbeth«)
Monolog des Macbeth nach dem Tod der Lady Macbeth:
»Das Leben ist ein Schattenspiel, ein Schmierenkomödiant,
Der seinen kurzen Auftritt wohl oder übel bestreiten muß
Und dann für immer abtritt. Es ist ein Märchen,
Das ein Idiot erzählt, voll Schall und Rauch,
Das aber nichts bedeutet.«

Seite 200
Rosa Papier (1858–1932) – Wiener Mezzosopranistin, vielgerühmte Interpretin Wagner'scher Altpartien, mit 22 Jahren an die Wiener Hofoper beru-

fen. Nach einer sehr erfolgreichen zehnjährigen Karriere zwang sie ein Halsleiden 1891, die Bühne zu verlassen. Sie wurde Gesangslehrerin am Wiener Konservatorium und zu einer der einflußreichsten Persönlichkeiten des Wiener Musik- und Gesellschaftslebens.

Seite 203
Orlando di Lasso (eigentl. Roland de Lassus, 1532–1594) – Niederländischer Komponist und überragende Musikerpersönlichkeit seiner Zeit. Er war Kapellmeister in Mailand, Rom, Antwerpen und München, beherrschte fünf verschiedene Sprachen und hinterließ ein weit über 2000 Titel umfassendes Werk.

Seite 204
Besetzung Bosniens und der Herzegowina – Als Folge des Sieges Rußlands im Krieg gegen das Osmanische Reich im Jahre 1878 wurde auf dem Berliner Kongreß ein Teil der ehemaligen türkischen Hoheitsgebiete unter Rußland, England, Österreich-Ungarn und den Balkanstaaten aufgeteilt. Wien erhielt Bosnien und die Herzegowina, die damit nur noch formal der Hohen Pforte, also dem türkischen Sultan, unterstanden. Mit Billigung Konstantinopels marschierten am 29. Juli 1878 österreichisch-ungarische Truppen in die neuen Reichsgebiete ein, stießen dabei aber auf unerwartet starken Widerstand in der Bevölkerung, so daß Sarajewo am 19. August gegen 6000 Mann militärisch erobert werden mußte.
Zunächst als außenpolitischer Erfolg Franz Josephs gefeiert, führte die Besetzung bald zu einer innenpolitischen Krise. Nur die Konservativen und die Slawen begrüßten die Okkupation; die Deutschen und die Ungarn dagegen lehnten den »rassenfremden« slawischen Gebietszuwachs strikt ab, während der Unmut in den besetzten Gebieten rasch zunahm und zu ständigen Konflikten mit der Obrigkeit führte. Aus Protest legten in Wien die Führer der regierenden Deutschliberalen Partei, Herbst und Griska, ihre Mandate nieder; Ministerpräsident Adolf Fürst von Auersperg trat daraufhin zurück und wurde im Ferbruar 1879 vom Kaiser entlassen.
Für das junge Königreich Serbien war die Besetzung ein Rückschlag auf dem Weg zu einem Bündnis aller Südslawenstaaten unter der Führung Großserbiens. Zwar akzeptierten König Milan I. Obrenovic und später auch sein Sohn Alexander I. offiziell die Wiener Politik, unterschätzten aber das fanatische Nationaldenken in den Kreisen der serbischen Intellektuellen und der Offizierskaste. Als Alexander und seine Frau Draga 1903 einer Offiziersverschwörung zum Opfer fielen und in Belgrad brutal ermordet wurden, brach der großserbische Nationalismus offen aus, erreichte nach der Annexion Bosniens und der Herzegowina durch Österreich-Ungarn im Jahre 1908 einen

ersten Höhepunkt und führte 1914 zum Attentat von Sarajewo und damit zum Ausbruch des Ersten Weltkriegs.

Seite 204
Eduard Graf von Taaffe (1833–1895) – Österreichischer Ministerpräsident von 1868–70 und 1879–93.

Seite 207
Benjamin Disraeli (1804–1881) – Engl. Politiker, Earl of Beaconsfield, 1868 und 1874-1881 britischer Premierminister.

Seite 229
Jean Martin Charcot (1825–1893) – Französischer Neurologe, ab 1882 Leiter der berühmten Pariser Nervenklinik »La Salpêtrière«. Charcot war eine der großen europäischen Kapazitäten auf dem Gebiet der Hysterie- und Hypnoseforschung. Auch Sigmund Freud gehörte zeitweilig zu seinen Schülern.

Seite 229
Richard Freiherr von Krafft-Ebing (1840–1902) – Professor und Leiter der Psychiatrischen Abteilung an der Wiener Universität. Seine »Psychopathia Sexualis« (1886) galt lange Zeit als das Standardwerk der Sexualpathologie.

Seite 231
»The Sign of Four« – (deutsch: »Das Zeichen der Vier«); Roman von Sir Arthur Conan Doyle (1859–1930), erstmals erschienen im Jahr 1890 in London.

Seite 245
Helena Petrowna Blavatsky (1831–1891) – Berühmteste Okkultistin des 19. Jahrhunderts, Gründerin der Theosophischen Gesellschaft.

Seite 269
Francis Lyndon Lewitt (1854–1910) – Heute vergessener englischer Schriftsteller und Religionsforscher; verfaßte einige Werke über den europäischen Okkultismus in der zweiten Hälfte des 19. Jahrhunderts.

Seite 269
Rosenkreuzer – Sammelbegriff für alle Religionsgemeinschaften, die sich im weiteren oder engeren Sinn auf die 1614 veröffentliche Schrift »Die alchymische Hochzeit des Christian Rosenkreuz« des württembergischen Theo-

logen Johann Valentin Andräe berufen. Ziel der ursprünglichen Rosenkreuzerbewegungen (zu denen im Lauf der Jahre hochrangige Persönlichkeiten aus Staat und Kultur gehörten) war es, die Begrenzungen des europäischen Humanismus zu überwinden und die Einheit zwischen Mensch und Gott wiederherzustellen. Im späten 19. Jahrhundert griff die Theosophische Gesellschaft H.P. Blavatskys diesen Gedanken wieder auf; Anfang des 20. Jahrhunderts spaltete sich davon wiederum die Anthroposophie Rudolf Steiners ab.

Seite 304
Katharina Klafsky (1855–1896) – Ungarische Sängerin (dramatischer Sopran), seit 1886 Primadonna am Hamburger Stadttheater.

Seite 311
»Bhagavad Gita« – (indisch, »Der Gesang des Erhabenen«, nämlich Krischnas als Verkörperung des Gottes Wischnu). Bestandteil des 6. Buches des Mahabarata-Epos; wichtigste Quelle der indischen Moralphilosophie, geprägt von der Auseinandersetzung zwischen hinduistischer Lebensbejahung und brahmanischer Lebensverneinung.

Seite 317
Alexander II. Nikolajewitsch (1818–1881) – Russischer Kaiser von 1855-81; fiel einem Bombenanschlag der anarchistischen Gruppe »Narodnaja Wolja« zum Opfer.

Seite 355
Max Alvary (eigentlich Max Achenbach, 1856–1898) – Deutscher Opernsänger (Tenor); sang an den Bühnen von Weimar, München, New York, Hamburg und Mannheim.

Seite 355
Bertha Foerster-Lauterer – Sopranistin, Gattin von Joseph Foerster (1859–1951), einem tschechischen Komponisten und Kritiker. Foerster war ein Freund Mahlers in dessen Hamburger Zeit und folgte 1903 seiner Frau, die von Mahler an die Hofoper verpflichtet wurde, nach Wien, wo er Professor am Konservatorium wurde.

Seite 360
pizzicato – (ital.) Musikalische Vortragsbezeichnung: gezupft.

Seite 361
Tutti – (ital.) Musikalische Vortragsbezeichnung: alle Stimmen, hier das gesamte Orchester (Gegensatz: solo).

Seite 361
Nur wer der Minne Macht versagt – In späteren Aufführungen wurde an dieser Stelle »entsagt« gesungen, eine Praxis, die sich bis heute gehalten hat, obwohl die Originalpartitur Wagners ausdrücklich »versagt« vorsah und auch nur diese Variante dem Prinzip der Alliteration (Gleichheit der Anlaute mehrerer Worte) im Stabreim entspricht.

Seite 364
»Das Plädoyer eines Irren« – Die Ereignisse in Hamburg 1893 hat Heydinger nicht in Tagebuchnotizen festgehalten, sondern erst Jahre später nachträglich in Wien aufgeschrieben. Insofern ist davon auszugehen, daß er sich bei der Erwähnung von Strindbergs Buch im zeitgeschichtlichen Zusammenhang geirrt hat. »Das Plädoyer eines Irren«, August Strindbergs autobiographische und in der Tat erschreckende Darstellung seiner gescheiterten Ehe mit der Schauspielerin Siri von Essen, erschien zwar tatsächlich im Jahre 1893, allerdings in einer anonymen deutschen Übersetzung unter dem Titel »Die Beichte eines Toren«. Die französische Originalausgabe Strindbergs kam dagegen erst 1895, also zwei Jahre später, heraus.

Seite 379
Julius Rodenberg (eigentl. Julius Levy, 1831–1914) – Deutscher Schriftsteller, Verfasser realistischer Erzählungen und Romane, begründete 1874 die »Deutsche Rundschau« und leitete die Literaturzeitschrift »Der Salon«.

Seite 383
Eduard Hanslick (1825–1904) – Österreichischer Musikkritiker, dessen Auffassung der Musik als »tönend bewegte Form« jahrzehntelang für Auseinandersetzungen in der Musikwelt sorgte. Hanslick war Anhänger der Wiener Klassik (Haydn, Mozart und Beethoven), von deren Idealen aus er einen unerbittlichen Kampf gegen die Musik als Ausdruck seelischer Vorgänge (besonders bei Wagner, Bruckner und Liszt) führte.

Seite 386
Sic transit gloria mundi – lat.: So vergeht der Ruhm der Welt.

Seite 387
Hermann Behn (1859–1927) – Hamburger Rechtsanwalt und Komponist, der zu den größten Bewunderern und finanziellen Förderern Mahlers in Hamburg gehörte.

Seite 421
Florence Nightingale (1820–1910) – Englische Philanthropin, Begründerin der modernen Krankenpflege.

Seite 427
Tragödie von Mayerling – Mayerling war der Name des niederösterreichischen Orts, an dem sich das Jagdschloß Erzherzogs Rudolf befand. Der Kronprinz war Sohn Kaiser Franz Josephs und seit 1881 mit Stephanie von Belgien verheiratet. Er galt als sensible, zur Psychopathie neigende Persönlichkeit, die politisch eher liberal dachte und allzu enge Verbindungen mit dem Deutschen Reich ablehnte. Er starb unter bis heute ungeklärten Umständen am 30. 1. 1889 in Mayerling, wo er sich zusammen mit seiner Geliebten, der erst siebzehnjährigen Baronin Mary Vetsera, vermutlich selbst erschoß.

Seite 459
… und zugleich »*am Schlaf der Welt zu rühren*«, wie es Hebbel ausgedrückt hatte – Heydinger zitiert hier Kandaules' Worte aus Hebbels Tragödie »Gyges und sein Ring«, 5. Akt, 1. Szene

Seite 479
Der König von Bayern – Gemeint ist natürlich Ludwig II. (1845–1886), der schwärmerische Erbauer der Schlösser Linderhof und Neuschwanstein und wichtigste Mäzen Richard Wagners.